國家古籍整理出版專項經費資助項目

尺牘友聲
尺牘偶存

上

（清）張潮 編
劉仁 整理

鳳凰出版社

圖書在版編目（ＣＩＰ）數據

尺牘友聲　尺牘偶存 / (清) 張潮編 ; 劉仁整理
. -- 南京 : 鳳凰出版社, 2022.10
ISBN 978-7-5506-3820-4

Ⅰ. ①尺… Ⅱ. ①張… ②劉… Ⅲ. ①書信集－中國
－清代 Ⅳ. ①I264.9

中國版本圖書館CIP數據核字(2022)第234827號

書　　名	尺牘友聲　尺牘偶存
著　　者	(清)張　潮 編　劉　仁 整理
責任編輯	許　勇
裝幀設計	徐　慧
出版發行	鳳凰出版社(原江蘇古籍出版社)
	發行部電話025-83223462
出版社地址	江蘇省南京市中央路165號,郵編:210009
照　　排	南京凱建文化發展有限公司
印　　刷	南京新洲印刷有限公司
	江蘇省南京市六合區雨花路2號,郵編:211500
開　　本	880毫米×1230毫米　1/32
印　　張	31.25
字　　數	640千字
版　　次	2022年10月第1版
印　　次	2022年10月第1次印刷
標準書號	ISBN 978-7-5506-3820-4
定　　價	280.00圓(全二册)

(本書凡印裝錯誤可向承印廠調换,電話:025-57500228)

前　言

一、編著者張潮的家世及生平

《尺牘友聲》與《尺牘偶存》二書，是清初人張潮與友朋往來的書信彙編。關於張潮的研究已有很多，較爲集中的專門探討有劉紅裕《張潮研究》〔一〕、劉和文《張潮研究》〔二〕、法國漢學家戴廷傑《雅俗共融，瑕瑜互見——康熙年間徽州商籍揚州文士和選家張潮其人其事》〔三〕、美國學者Suyoung Son（孫修暎）*Writing for Print：Publishing and the Making of Textual Authority*

〔一〕劉紅裕《張潮研究》，浙江大學碩士論文，二〇〇六年。

〔二〕劉和文《張潮研究》，安徽大學出版社，二〇一一年。

〔三〕戴廷傑《雅俗共融，瑕瑜互見——康熙年間徽州商籍揚州文士和選家張潮其人其事》，《法國漢學》第十三輯，中華書局，二〇一〇年，第五四四—六五八頁。

in Late Imperial China（《爲印而寫：中華帝國晚期的文本製作與出版》）〔一〕等。今據原始資料，參資前説，間以己見，綜述張潮的家世、生平與著述如次。

張潮，字山來，號心齋，歙縣人。據其父習孔、兄士麟於順治十六年（一六五九）編纂而成的《新安張氏續修宗譜》記載，張潮所在一支世居歙縣柔嶺下。祖張正茂，生於萬曆四年（一五七六），卒於萬曆四十四年（一六一六）〔二〕，字松如，一字元晨，寓居建平縣南蔣國村〔三〕，體弱，父母不令應試，曾以儒士考授内閣中書，未及仕而卒〔四〕。正茂生二子：長習孔，次法孔。習孔即張

〔一〕 Suyoung Son, *Writing for Print: Publishing and the Making of Textual Authority in Late Imperial China*, Harvard University Press, 2018.

〔二〕 張正茂生卒年據張士麟、張習孔所修《新安張氏續修宗譜》，國家圖書館藏清順治刊本。

〔三〕 汪士鋐《新都風雅》張正茂小傳云其『寓建平』，張習孔《家訓》云：『吾先世祖居建平縣，祖石橋府君生二子：長吾父，次吾叔。府君先老，卜築縣南蔣國村。』《新安張氏續修宗譜》卷二十九所載程芳朝《張正茂傳》云：『顯達三子，季順，號石橋，即公父，以童年徙建平。』可知居建平始於張正茂之父。汪士鋐《新都風雅》，國家圖書館藏清康熙刊本；張習孔《家訓》，《檀几叢書》初集卷十八，上海古籍出版社，一九九二年，第八三頁。

〔四〕 張正茂生平除程芳朝所撰傳及汪士鋐《新都風雅》小傳外，亦見《（康熙）歙縣志》卷九『人物』及《（乾隆）歙縣志》卷十三『孝友』。靳治荆等《（康熙）歙縣志》，國家圖書館藏清康熙刊本；張佩芳等《（乾隆）歙縣志》，國家圖書館藏清乾隆刊本。

潮之父，字念難，生於萬曆三十四年（一六〇六），卒於康熙二十三年（一六八四）〔一〕。生十一歲而孤，爲寡母姚氏撫養長大〔二〕。張習孔《先妣姚太宜人行略》云：『崇禎丁丑（一六三七），不孝始謀歸故里。叨飩釁序，而貧窶如故。』〔三〕可知習孔始自建平遷回歙縣柔嶺下。習孔於順治三年（一六四六）成舉人，六年（一六四九）中二甲第十六名進士，歷官刑部主事、員外郎、郎中，順治九年（一六五二）以按察司僉事提督山東學政〔四〕，次年丁母憂歸里，自此退居林下，潛心理學，學者稱『黄岳先生』，著有《大易辨志》二十四卷、《近思録傳》十四卷、《詒清堂集》十六卷、《雲谷卧餘》二十八卷等書，其中《近思録傳》今未見。

〔一〕習孔生年據《新安張氏續修宗譜》，卒年主要據《尺牘友聲》甲集第82殷曙札『今春忽聞尊公老先生騎箕之報』及《尺牘偶存》卷一第20札《與靳熊封邑侯》中『當孟夏中浣之期，爲治潮服闋之日』的記載，結合二札的斷年，可知習孔卒於康熙二十三年。參見劉紅裕《張潮研究》，第六六頁。

〔二〕《新安張氏續修宗譜》附載有張習孔所作《先妣姚太宜人行略》。

〔三〕張習孔《家訓》亦云：『後吾長大，貧劇無聊，漫然回徽，幸列釁序。始奉老母，携家屬，復歸祖居。』《檀几叢書》初集卷十八，第八三頁。

〔四〕《新安張氏續修宗譜》卷首有張習孔《新安張氏統譜序》，自署『賜進士出身奉政大夫奉敕提督山東通省學政按察司僉事兼參議前刑部雲南福建四川清吏司郎中員外郎主事』，可知其歷官。《新安張氏續修宗譜》卷二十八附載有《山東按察司提督學政僉事張習孔敕書》，署順治九年八月。

習孔生四子，張潮其次〔一〕。據《新安張氏續修宗譜》，張潮生於順治庚寅（一六五〇）六月十三日，譜名「朝麟」。張潮早年經歷，主要依據爲其自作的《八股詩自序》：

予十有三歲始爲八股，越二年甲辰（一六六四），受知于温陵孫清溪夫子，得補博士弟子員。其時國家方以策論取士，未幾仍復八股之舊，八股策論，予俱業之而未善也。癸卯（一六六三）、丙午（一六六六）數科，南國諸君子多以國學獲雋，於是學邯鄲之步，捨子衿而就明經，乃簿書期會，時日愆違，南則校無是人，北則雍無是士，而己酉（一六六九）一科已矣。又三年壬子（一六七二），江左督學使者以國子諸生業已需次天官，於格不得與南闈之試，而壬子一科又已矣。逮乙卯（一六七五），痛先宜人棄捐杯棬，讀禮居廬，應不復問此時爲何歲月矣。嗟乎！遥計自乙卯溯於甲辰，積十有二載，星次爲之一周，時物於兹迭變，人生幾何，誰堪屢誤。又况此十二年間，苦辛坎壈，境遇多違，壯志雄心，銷磨殆盡，自是而後，安能復低

〔一〕　據《新安張氏續修宗譜》，長子名士麟，生於崇禎丙子三月初六，卒於順治戊戌八月初三。士麟有二子：紹祖、紹基。三子張漸、四子張淳，未見於《宗譜》，是修譜時二人尚未出生，二人俱見《尺牘友聲》，其長幼之所據，見附録《小傳》。

頭佔畢，以就繩墨之文爲哉！[一]

據此可知張潮於康熙三年（一六六四）成諸生，其時江南提學僉事爲孫蔭驥[二]，即『温陵孫清溪夫子』。張潮見康熙二年（一六六三）和康熙五年（一六六六）有不少南方士子以國子監生或貢

[一] 張潮《心齋聊復集》所收《八股詩自序》，《清代詩文集彙編》第一七七册，上海古籍出版社，二〇一〇年，第一五二頁。

[二] 法式善《清秘述聞》卷九『江南提學道』下云：『孫蔭驥字清溪，福建南安人，順治乙未進士，康熙元年任。』（中華書局，一九八二年，第三二〇頁）于成龍等《（康熙）江南通志》卷二十六同。南安爲泉州屬縣，而泉州古稱温陵，故張潮稱其爲『温陵孫清溪夫子』。然其姓名與籍貫皆有可議。《（乾隆）泉州府志》卷三十七『選舉志』『順治十二年乙未史大成榜』下則作『孫孕驥，江南學道，安溪人』。《（乾隆）安溪縣志》卷六『選舉志』『（順治）十二年乙未史大成榜』則有『孫允驥，號淵溪，儒士聯捷，初授刑部，差湖廣恤刑，陞江南督學』。《（民國）南安縣志》『選舉志』則未見其人。考《明清進士題名碑録索引》『順治十二年乙未科二甲第二十六名』有『孫胤驥』，『福建南安人』（上海古籍出版社，一九九八年，第五五八、二六三九頁），知其原名當作『孫胤驥』，作『蔭』者蓋孫氏爲避太子諱而自改。方志作『孕』『允』者當是作志者避世宗諱而改。至於其籍貫，據《（乾隆）安溪縣志》卷一『建置沿革』所載：『唐咸通而始析南安縣地爲小溪場……南唐始以小溪場爲清溪縣，至宋宣和三年始改清溪爲安溪，前明與國朝仍之。』知清溪雖自南安分出，然早已獨自成縣，無混用可能，則『南安』與『安溪』當一爲户籍、一爲鄉貫。

生的身份考中順天鄉試，遂效仿之，靳治荆等《（康熙）歙縣志》『貢士』類中即有張潮姓名〔一〕。然而，張潮在名籍已經貢入國子監而不能參加江南鄉試的同時，又因爲行政文書傳遞的遲緩，以致錯過了康熙八年（一六六九）的順天鄉試。不僅如此，張潮連康熙十一年（一六七二）的江南鄉試也未能參加，據《大清會典》卷八十五：『凡直省貢監生到監，持本籍文書赴監考到，分堂學習。貢生積十有四月期滿，監生積二十四月期滿，恩貢生、選拔貢生、副榜貢生、歲貢生、優貢生，願就教職及州縣佐貳者，移吏部分班序選。遇鄉試之年，與援例貢監均送吏部考職，蔭監生由覃恩者積二十四月，由賜恤者積六月，均移吏部銓用。』〔二〕時任江南提督學政僉事的簡上應當就是援此例，禁止已經貢入國子監的生員參加江南鄉試。至康熙十四年（一六七五）鄉試時，張潮又因丁母憂而不能參加。此後，張潮遂棄去舉子業，除康熙三十一年以捐納得翰林院孔目虛銜外，并無

〔一〕此『貢士』類附見於靳治荆等《（康熙）歙縣志》卷七『歲貢』後，張佩芳等《（乾隆）歙縣志》卷七將此『貢士』類中有歷官經歷的歸到《仕宦志》中，其餘仍舊附在康熙朝『恩貢、拔貢、副貢、歲貢』之後，并加按語云：『靳《志》「歲貢」條外，又有「貢生」，不知所謂，或暗寓甄別意歟？兹則未敢從同也。』然《（乾隆）歙縣志》失收張潮。頗疑張潮之貢生是捐納所得。

〔二〕允裪等《大清會典》卷八十五，《景印文淵閣四庫全書》第六一九册，台灣商务印書館，一九八六年，第八一四頁。

任何仕宦經歷〔一〕。

自康熙十年（一六七一）起，張潮即僑寓揚州〔二〕。明清時期，寓居揚州之徽州人多有從事鹽業者，張潮即是其中之一。張習孔《家訓》云：『儒者以治生爲急。』〔三〕這或許是張潮投身其中的原因。《尺牘友聲》《尺牘偶存》中對張潮的鹽商身份有所顯示，比如康熙二十七年（一六八八）六月有『湖廣督標裁兵夏逢龍作亂，踞武昌』〔四〕之事，張潮在給時任徽州同知曹貞吉的信中說：『楚氛起於倉猝，殊出意外……邗江鹺業全在漢上，尤爲剥膚，聞已大受其毒，則涓滴微貲不知作

〔一〕《尺牘友聲》丁集第72江之蘭札云：『聞援新例，高登仕版，殊可賀，然以大才，雖躋翰苑之崇班，據木天之前列，亦居之無愧，不足爲榮，曾何取于清華之末席乎？』《尺牘偶存》卷二第7札《與江含徵》回復云：『弟自束髮受書，其志亦頗不小，不謂初而偃蹇，繼復因循，望翰苑中人未免有仙凡之感。近以新例，聊復效顰，雖不能身證仙班，亦可比於掃花弟子，正所謂不得已而思其次也。』此二札所云『清華之末席』『掃花弟子』即指翰林院孔目，因翰林院孔目是未入流品的官職。汪士鋐《新都風雅》張潮小傳云『以明經官翰林院孔目』可證。言及此事者另有《尺牘友聲》丁集第59張都甫札。其所以定於康熙三十一年者，一據尺牘斷年，二據《六部則例全書·户部則例·捐叙》載『（康熙三十一年）貢生、監生捐米三百石，以翰林院孔目用』（轉引自許大齡《清代捐納制度》，哈佛燕京學社，一九五〇年，第三三頁）。參見劉紅裕《張潮研究》，第三八—三九頁。

〔二〕《尺牘偶存》卷五第3札《與王阮亭先生》云：『逮辛亥歲，僑寓廣陵。』

〔三〕張習孔《家訓》，《檀几叢書》初集卷十八，第八六頁。

〔四〕趙爾巽等《清史稿》卷七，中華書局，一九七六年，第二二五頁。

何究竟，將來且糊口無策，言念及此，曷勝於邑。』〔一〕可以確知，鹽業是張潮的主要收入來源。又如，在給方挺的信中說：『側聞先生暫置芸編，下親鹽筴，不識淮商何幸而得大君子之主持，何快如之。』〔二〕并在信中談到鹽業同行在『楚中』所設立『司匣先生』的弊端，顯然是身居其中，方能有此關心與洞徹。而友人殷曙在給張潮的信中曾有『今秋暫返故園，道過鳩兹，走詢貴族大川鹽店』〔三〕之語，則可以推知，鹽業乃其家族產業〔四〕。

但張潮的身份認同仍然歸屬於文人階層。一方面表現在他棄舉業之後，便專意詩文著述與書籍編刊。陳鼎《心齋居士傳》云其『累試不第，以貲爲翰林郎，不仕，杜門著書』〔五〕。倪匡世《詩最》張潮小傳則云其『鉛槧之暇，好作詩自娱，如樂府、古風、近體、絶句又得若干種。己酉（一六六九）入太學不第，乃樹幟文壇，留心經濟，與之談世事得失、吏法重輕，如指諸掌』〔六〕。其所著存世者，詩詞文有《心齋詩集》《詩幻》《集李集杜雁字詩》《花影詞》《心齋詞》《心齋聊復集》，小品

〔一〕《尺牘偶存》卷一第28札《與曹升六郡丞》。
〔二〕《尺牘偶存》卷四第31札《寄方恂如》。
〔三〕《尺牘友聲》乙集第91殷曙札。
〔四〕參見劉紅裕《張潮研究》，第三七—三八頁。
〔五〕陳鼎《留溪外傳》卷六《心齋居士傳》，《四庫全書存目叢書》史部第一二二册，齊魯書社，一九九七年，第五三〇頁。
〔六〕倪匡世《詩最》張潮小傳，南京圖書館藏清康熙刊本。

游戲文有《幽夢影》《心齋雜俎》《奚囊寸錦》《下酒物》《酒律》《唐詩酒底》等，戲曲有《筆歌》等；所編刊書籍則有《虞初新志》二十卷、《檀几叢書》三集、《昭代叢書》三集以及《尺牘友聲》十五卷、《尺牘偶存》十一卷。除此之外，還助友人刊刻書籍，如吴肅公《讀書論世》、曹貞吉《珂雪詞》、卓爾堪所輯《合刻曹陶謝三家詩》等。

另一方面，表現在張潮有意成爲文人群體資助人。『居士性沉静，寡嗜欲，不愛濃鮮輕肥，惟愛客，客嘗滿座。淮南富商大賈惟尚豪華，驕縱自處，賢士大夫至，皆傲然拒不見。惟居士開門延客，四方士至者，必留飲酒賦詩，經年累月無倦色。貧乏者多資之以往，或囊匱，則宛轉以濟。』〔一〕在當時人看來，積極參與文人交游網絡并資助其中的貧乏者，是張潮與一般商人之間的不同之處。

曾有朋友對張潮説：『先生好客喜刻書，早已書傳海内，名滿人間。』〔二〕可見在朋友眼中，刻書與結客也是張潮構建自身形象的兩種主要手段。

然而，張潮的上述兩項事業在康熙三十八年（一六九九）夏天發生了轉折。這年夏天在張潮身上發生了一場變故，他在給不少友人的信中都有『忽墮入坑阱中』『墮落坑阱』『顛倒錯亂，致墮

〔一〕 陳鼎《留溪外傳》卷六《心齋居士傳》，第五三一頁。
〔二〕 《尺牘友聲》新集卷一第32王晫札。

坑阱』『誤墮坑阱中』〔一〕等語，但其原因及情形張潮未明言。不過這場變故顯然導致了其鹽業生意的折損，張潮在給王晫的信中說：『弟生平頗謹慎自愛，不謂料事欠精，變生意外，以致家人生産耗損大半，所存僅十之二三，將來生計艱難，不知作何究竟矣。』〔二〕而這也必然波及書籍編刊與文人群體資助兩項事務〔三〕。

對文人群體資助的影響是最直接的。康熙三十九年（一七〇〇），有秀水同宗張昱來拜訪張潮，并向張潮尋求經濟上的幫助，這位同宗雖然是一位不學無術、到處『打抽豐』的人，不過若以此前張潮的經濟實力，恐怕也能使其如願而去。但此時，張潮應當是對他言及自己艱難的處境，使得這位同宗十分惱火，故而去信責問張潮，張潮回信道：『及接前札，乃知足下大有所不然于僕，意在需索程儀，遂厭人説貧説苦。』張潮畢竟有好客的本性，故而又解釋：『《檀几叢書》二集，俟榮行時留以爲贐，蓋緣皂囊羞澀，不得已而出于此耳。』〔四〕可見，張潮此時已經無法像以往一樣資助他人。康熙四十年（一七〇一），有友人來信言及『月樵上人』募捐事，張潮回信説：『若在

〔一〕分別見於《尺牘偶存》卷七第14札《復吴寶崖》、卷七第22札《與陸雲士》、卷七第26札《寄汪栗亭》、卷八第22札《寄平倩叔》。

〔二〕《尺牘偶存》卷七第15札《寄王丹麓》。

〔三〕參見劉紅裕《張潮研究》，第四〇—四一頁。

〔四〕《尺牘偶存》卷七第41札《復秀水同宗某》。

三載前，理應如命。奈自前歲失足以來，竟成江河日下之勢，自顧方且不暇，何能復作功德事乎！……此日之張山來業已四大皆空，五蘊非有，僅能布施文章，不能布施錢穀。』最後『再四躊躇，惟勉竭棉力，輸助壹金』〔一〕。此雖是關於寺廟募化事宜，嚴格意義上不屬於『文人群體』的資助，但是張潮的窘境已經表露無疑。

書籍編刊上也受到很大影響，可以《昭代叢書》的編刊爲證。張潮在康熙三十五年（一六九六）刊刻《昭代叢書》甲集時，曾在凡例中宣言：『倘天假我以年，俾得每年刻五十種行世，斯則僕之所矢願也。』〔二〕然而在準備刊刻《昭代叢書》乙集的過程中，不幸變故發生，王晫在回信中勸張潮説：『若舍此不事……倘并此亦耗失焉，豈不更可惜耶?』〔三〕想必張潮此時已有退縮之意，故而王晫有此勸進之言。雖然乙集最後順利刊刻行世，但張潮在乙集凡例中特意提到：『種種拙選，衹爲揚芳，匪圖射利。但紙張刷印，殊費朱提，若人人如取如携，則在在傷廉傷惠。愛人以德，告我同儕，倘果癖嗜瘡痂，何妨略償工價。』〔四〕是已不能如甲集一樣任意贈送友朋。至於《昭代叢書》丙集，張潮本已無力顧及，是在其三弟張漸的幫助下，方才完成刊刻，丙集凡例言：『僕

〔一〕《尺牘偶存》卷八第39札《與某》。

〔二〕張潮《昭代叢書》甲集凡例，《昭代叢書》第一册，上海古籍出版社，一九九〇年，第三頁。

〔三〕《尺牘友聲》新集卷一第32王晫札。

〔四〕張潮《昭代叢書》乙集凡例，《昭代叢書》第一册，第一八三頁。

自己卯失足以來，生計蕭然，日就困憊。乙集已自拮据，故不復作鉛槧之想，緣舍弟木山力爲慫恿搜輯，共襄厥成，是以復有是役。』〔一〕今本《昭代叢書》丙集署張潮、張漸同輯，亦緣於此。不料，康熙四十二年（一七〇三）《昭代叢書》丙集正在刷印的過程中，張潮又爲『中山狼』所害，他在前後兩封給靳治荆的書札中都提及此事〔二〕。不僅如此，康熙四十四年（一七〇五）時，張潮再次横遭變故〔三〕，使得他本已不佳的處境更加困窘，以至於『青氊舊物，毫無所存，猶幾不免于中山狼之口』，而不得不『暫避鄉間』〔四〕。但即便如此，張潮也并未放棄編刻叢書的想法：『貧困餘生，復遭横逆，不謂弟之末年潦倒，一至于此。……至于丁集，雖無其力，頗有其心。若張生不即就木，或叨天祐，衣食之外，稍有贏餘，仍當從事于此。若今，則不敢作此痴想矣。』〔五〕祇是，限於無可奈何的現實，『丁集』最終未能問世。

總之，張潮的晚年應當是在困窘中度過的，而張潮的卒年，尚無明確記載。江都許迎年《槐墅詩鈔》卷四《楊柳歌》小序云：『山來張先生文采風流，名重海内，所居自植垂柳一株，濯濯可

〔一〕張潮《昭代叢書》丙集凡例，《昭代叢書》第一册，第三四四頁。
〔二〕見《尺牘偶存》卷九第35札《寄復靳熊封》、卷十第3札《寄復寧波郡司馬靳熊封》。
〔三〕《尺牘偶存》卷十一第1札《復柴陛升》有『今春復墮坑阱』語。
〔四〕《尺牘偶存》卷十一第6札《復余同野》。
〔五〕《尺牘偶存》卷十一第7札《復王丹麓》。

愛。及先生歿，而居遂他售，樹亦伐焉。』〔一〕這是目前所見關於張潮卒年最可信的一條材料。有研究者據《槐墅詩鈔》有康熙四十九年年初魏周琬之序，以及《尺牘偶存》末札繫於康熙四十六年、《奚囊寸錦》有康熙四十六年暮春張賢序等信息，定張潮卒年在康熙四十六年至康熙四十八年之間〔二〕。

『爲人澹默寡言笑，恂恂訥訥，弱不勝衣，而好古甚篤』〔三〕，『爲人端方質直，舉止不苟，爲文則風流瀟灑』〔四〕，這樣一個具有一定程度反差的形象，就是時人眼中的張潮。張潮曾説：『僕在母胎時，先母患瘧者凡九閱月，日惟飲梨汁而已，是以生而羸弱善病。』〔五〕這可能在某種程度上影響了他的性格。張潮本人也進行文學創作，因深受晚明『獨抒性靈』與『好奇炫博』的時代風氣影響，與其書籍編刊多傾向於『清賞』類似，其清言小品創作也呈現出清綺纖麗的風格，如《幽夢影》的格調和書寫方式與晚明小品一脉相承；《奚囊寸錦》則是『回文詩』的集成之作；包含其作

〔一〕這條材料首先由潘承玉先生發現，見氏著《清初詩壇：卓爾堪與〈遺民詩〉研究》，中華書局，二〇〇四年，第二〇八頁脚注。
〔二〕劉紅裕《張潮研究》，第四四頁。
〔三〕倪匡世《詩最》張潮小傳，南京圖書館藏康熙刊本。
〔四〕陳鼎《留溪外傳》卷六《心齋居士傳》，第五三一頁。
〔五〕《尺牘偶存》卷四第44札《與朱贊皇》。

品的《檀几叢書》甚至被四庫館臣評價爲『多沿明季山人才子之習，務爲纖佻之詞』[一]。其詩歌創作注重主體情感表達，多率性自然之語，亦與晚明文學觀念相通[二]。從今天的眼光來看，張潮除書籍編刊以外，在思想史或文學史上或許并未能占據一席之地，但在清初江南仍然受晚明風氣籠罩的文化場域中，他仍然是值得重視的典型人物之一。

二、《尺牘友聲》《尺牘偶存》的通信人及通信内容

（一）《尺牘友聲》《尺牘偶存》的通信人

《尺牘友聲》所彙集的主要是友人寄送給張潮的書信，共一千零四通，另附友人之間的通信七通。《尺牘偶存》則保存了張潮寫給友朋的書信，共四百五十六通。涉及通信者共三百三十一人[三]。

[一] 紀昀等《欽定四庫全書總目》卷一百三十四，中華書局，一九九七年，第一七六四頁。

[二] 參見潘承玉《張潮：從歷史塵封中披帷重出的一代詩壇怪傑》，《蘇州大學學報（哲學社會科學版）》二〇〇二年第一期，第五三—五九頁。

[三] 《尺牘偶存》中有信札五通原失去姓名，未計在内。

以通信人階層而論，從《小傳》中可以考知的人物來看，取得諸生以上科名的共一百六十二人，取得舉人以上科名的共六十五人，有任官經歷的共八十七人。可見，一般知識階層是通信者群體的主流。但是通信者在社會身份上顯示出多樣性。就政治地位而言，其最上者有皇室宗親，如勤郡王岳端；有高官，如宋犖、高士奇、王士禛、張英；有遺民，如冒襄、余懷、黄周星、杜濬；有清初的職業書畫家，如惲壽平、查士標、龔賢；有編刻書籍的合作夥伴，如陳鼎、倪匡世、鄧漢儀；有清初考據學的代表，如閻若璩、毛奇齡、梅文鼎；有方外人士，如釋行溗、釋海岳，等等。

以通信人地域而論，通信者主要集中於江南（江蘇、安徽）、浙江兩省，以《尺牘友聲》所著録的籍貫而言，僅有五十四人不屬於以上兩省。從實際情況看，真正屬於兩省範圍之外的人還要少。原因在於：一是《尺牘友聲》中有不少人的籍貫實爲郡望。比如余懷及其子蘭碩，《尺牘友聲》著爲『莆田』人，但其上世已寓居金陵，從常理推斷應當已占籍金陵；二是籍貫雖在兩省外，但早已寓居兩省。比如余榀，《尺牘友聲》著爲『四川』人，但余氏先世已寓居京城，明亡後，余榀寓居寧波、蘇州等地；再如費密及其子錫璜、錫琮，《尺牘友聲》著爲『成都』或『西蜀』人，然其順治十五年已寓居江都；三是籍貫雖在兩省外，但因爲各種原因暫時停留在兩省。如曹貞吉，《尺牘友聲》著爲『山東』（或爲『青州』『安丘』）人，但曹氏與張潮的通信，都是曹氏在徽州同知任上發生。又如王維屏，《尺牘友聲》著爲『順天』人，而與張潮的通信發生在其任江都縣丞時期。真正的遠距離通信，祇有兩個群體：一是與勤郡王及其幕僚（朱襄、顧卓、釋廣蓮等），以及孔尚任、王士禛等京城文人群體之間的通信；二是康熙四十年以後與陝西的張鼎梅、張鼎望兄弟之間的通信。

（二）《尺牘友聲》《尺牘偶存》的主要通信内容

《尺牘友聲》與《尺牘偶存》的内容豐富多樣，其中除書札所必然具有的日常問候，還有更多文人群體交往細節的呈現。其中有書籍與禮物餽贈，如張潮曾將其父習孔的著作作爲贄禮贈送給靳治荆、許承家、宋犖、張榕端乃至安郡王、勤郡王等人[一]；有詩文倡和，如康熙二十九年張潮姬妾亡故，張潮製《清泪痕》五十首以悼亡，并分贈諸友人以求倡和，一時響應者頗多[二]，今李驎《虬峰文集》卷九、先著《勸影堂詞》卷下、王晫《墻東雜鈔》尚存倡和詩詞；有文人雅集，如康熙二十三年初雪，張潮召杜濬、方淳、閔麟嗣、汪薇、汪士鋐等人集會飲酒賦詩[三]，張潮有《初雪招諸子小飲分得十四鹽》詩被選入《詩觀》三集；有知識交流，如張潮與鄭旭旦、顧彩、李沂、畢熙暘

[一]《尺牘偶存》卷一第20札《與靳熊封邑侯》、卷三第8札《與許師六編修》、卷五第1札《上大中丞宋牧仲先生》、卷七第21札《上閣學文宗張樸園先生》、卷二第11札《上安郡王啓》、第12札《上勤郡王啓》。

[二] 如《尺牘友聲》丙集第84張淳札、第88朱慎札、第89黃泰來札，丁集第10汪鶴孫札、第12楊衡選札等，兹不枚舉。

[三] 見《尺牘友聲》甲集第83杜濬札、第84方淳札、第85閔麟嗣札、第86汪薇札、第87汪士鋐札。

之間關於音韻學的討論〔一〕，與孫蘭之間關於『飛鳥算法』的問答〔二〕，對西洋學士畢鐸民關於『地圓』學説的詢問〔三〕。

但其中最具特質的是與書籍編刊相關的內容。比如王晫是與張潮書札往還頻次最高的通信人之一，《尺牘友聲》中有王晫寄給張潮的書札三十一通，《尺牘偶存》中存有張潮寄給王晫的書札三十五通，其時間從康熙三十三年（一六九四）一直持續到康熙四十七年（一七〇八）。二人的交往與張潮書籍編刊之事相始終，通信內容也多與之相關。康熙三十三年（一六九四）張潮自揚州返回新安故里，便道過杭州拜訪王晫〔四〕，王晫向張潮出示了自己所選輯却無力刊刻的《檀几叢書》的稿本〔五〕。張潮因爲早有纂輯叢書的想法却一直未成，見到王晫所輯與自己的意圖頗

〔一〕見《尺牘友聲》丙集第6鄭旭旦札與《尺牘偶存》卷一第27札《與鄭扶曦》、第30札《與鄭扶曦》，《尺牘友聲》丙集第28顧彩札與《尺牘偶存》卷一第33札《與顧天石》，《尺牘友聲》丁集第27李沂札與《尺牘偶存》卷一第51札《復李艾山》，《尺牘友聲》辛集第10畢熙暘札與《尺牘偶存》卷四第37札《復畢嵎谷》。

〔二〕見《尺牘偶存》卷六第8、9札《與孫滋九》及《尺牘友聲》癸集第15、18孫蘭札。

〔三〕見《尺牘偶存》卷三第6札《與西洋學士畢鐸民》。

〔四〕劉紅裕《張潮研究》第七節《張潮年譜簡編》，第七〇頁。

〔五〕《尺牘偶存》卷三第28札《與迂庵》云：『今年過西子湖，特訪王丹麓於北新關，一見如故，伊向有《文津》之選，皆國朝古文小品，因詢其何不更爲二集，伊云「二集亦久選定，苦無力梓行耳。今選有《檀几叢書》，願舉以相贈」，因允之而歸。』

相契合，極爲高興〔一〕，故許下了替王晫刊刻的諾言。張潮返回揚州不久，王晫如約將稿本三十七種寄到了揚州〔二〕。此後二人不斷魚雁往還，探討《檀几叢書》初集、二集、餘集，以及《昭代叢書》甲集、乙集、丙集的編纂事宜。

又如，無論政治地位還是文壇地位，王士禛都是通信人中地位較高的一位，《尺牘友聲》中有王士禛所寄書札十二通，《尺牘偶存》中有張潮寄王士禛書札十八通，這種通信頻次在所有通信者中已屬於較高的一類。二人之間的通信也主要圍繞書籍編刊展開。康熙三十六年（一六九七）年初，王士禛在京城見到了張潮所刻的《檀几叢書》，『擊節不置』，於是托孔尚任寄給張潮十三種小品〔三〕，康熙三十七年又寄來《隴蜀餘聞》《秦蜀驛程記》二種〔四〕，康熙三十八年又寄來其兄士禄、門人張弨、林佶以及同僚張英的數種著作〔五〕。張潮在書信中反復與王士禛商討對這些著

〔一〕《尺牘偶存》卷三第10札《寄王丹麓》：『叢書遠錫，尤勝百朋，僕向久有此想，前蒙面諭，深愜鄙私。』

〔二〕《尺牘友聲》己集第1王晫札：『時賢雜著除鄴架所有外，謹録副本并原稿共計三十七種寄上，倘得先生即爲選刻，感戴不獨在僕一人也。其式或仿《快書》五十種刻法，何如？』

〔三〕《尺牘友聲》辛集第46孔尚任札，《尺牘偶存》卷五第2札《寄復孔東塘主政》、第3札《與王阮亭先生》。

〔四〕康熙三十六年年末的《尺牘友聲》壬集第44王士禛札即提到寄送《隴蜀餘聞》《秦蜀驛程記》事，然據《尺牘偶存》卷五第37札《寄王阮亭先生》及卷六第21札《寄賀王阮亭先生》，此二書一直未寄到，直到《尺牘友聲》新集卷一第5王士禛札中，王氏才明確真正寄上此二種，此時已經到康熙三十七年年末。

〔五〕見《尺牘友聲》新集卷一第18王士禛札、新集卷一第20王士禛札、新集卷一第33王士禛札。

作的處理意見。根據書札及張潮所刻書籍的現狀，其處理結果如下：最早寄來的十三種著作中，《劍俠傳》《皇華紀聞》被刻入《虞初新志》，《長白山録》、《水月令》、《漁洋詩話》、東蔭商《華山經》、張萬鍾《鴿經》、劉芳喆《拙翁庸語》都被刻入《檀几叢書》二集，《國朝謚法考》、《紀琉球入太學始末》、《紀恩録》、《粤行三志》中的《廣州游覽小志》、《蜀道驛程》中的《東西二漢水辯》則被刻入《昭代叢書》乙集；第二批寄來的《隴蜀餘聞》以及第三批寄來的王士禄的《燃脂集例》《焦山古鼎考》、張弨的《瘞鶴銘辨》《昭陵六駿圖辨》、林佶的《甘泉宫瓦考》、張英的《飯有十二合説》俱被刻入《昭代叢書》乙集。不僅如此，此次叢書刊刻事宜使得劉芳喆、林佶、張英與張潮之間也有了通信往來，亦見於《尺牘友聲》《尺牘偶存》。

三、《尺牘友聲》《尺牘偶存》的編刊及版本

（一）《尺牘友聲》《尺牘偶存》的成書

《尺牘友聲》與《尺牘偶存》的纂輯與刊刻并非一次性完成的，而是逐漸累積的過程。張潮在《尺牘友聲》乙、丙、丁、戊之外的各集卷首均標明：『隨到隨鈔（刊），不分爵里。』而陳軦在爲《尺牘偶存》所作的序言中也説：『山來隨到隨答，應酬不少倦。答訖，命奚奴收貯簏中，不數日輒

滿，歲可得數十麓。暇加決擇，付至剞劂，用十干爲編次，名曰《友聲》，而再以己之贈答四方者附之，曰《尺牘偶存》。』由此可知兩書都是隨着時間的流逝而不斷續刻的。更加明顯的證據是，《尺牘友聲》和《尺牘偶存》所收信札中，張潮及其友人不斷提到《尺牘友聲》及《尺牘偶存》，并有饋贈和索取行爲，這就意味着《尺牘友聲》《尺牘偶存》在此之前必然已經部分刊行於世，而提到《尺牘友聲》《尺牘偶存》的信札則是後續刊入。比如《尺牘友聲》戊集第75吴從政札中提到：『所更幸者，《友聲》戊集竟以小札冠首，俾弟草野姓名獲與海内諸名家同列，并傳不朽，此虞仲翔所謂「一人知己」也，不意于先生得之，謹謝。』今《尺牘友聲》戊集第1札的確是吴氏的來信，而同屬戊集的第75札提到了第1札，這意味着戊集絶不可能是同一次刊刻而成的。而《尺牘友聲》新集卷三第2張鼎望札中提到張潮所贈送的《尺牘友聲》和《尺牘偶存》時云：『承惠《友聲》止于壬集第二十六葉，即釋廣蓮一札亦不全，《尺牘偶存》止于五卷第十三葉《與四弟質生札》。』〔一〕亦可證明《尺牘友聲》與《尺牘偶存》并非按集刊刻，張潮所云『隨到隨刊』當非虚語。

從《尺牘友聲》與《尺牘偶存》的内證中，我們還可以大致推測《尺牘友聲》及《尺牘偶存》初次刊刻的時間與卷數。二書中最早提到《尺牘友聲》的是《尺牘友聲》丙集第27顧彩札，顧彩在信中

〔一〕此札作於康熙四十年（一七〇一），張潮有回信答復此札云：『《友聲》補奉全部，其《尺牘》今已得八卷，嗣當續寄。』則此年《尺牘友聲》《尺牘偶存》所刻卷帙不止此數，張潮所寄當是此前刷印的存書。

説：『閱尺牘，知笠翁十種，鄴架有之。』這裏的『尺牘』指的就是《尺牘友聲》，因爲此處顧彩所以知『笠翁十種，鄴架有之』，應當是讀到了《尺牘友聲》甲集第22黄周星札中『笠翁傳奇十本并畫册、《韵牌》俱完上』的内容。顧彩札作於康熙二十八年（一六八九），知此時《尺牘友聲》至少已經刻成甲、乙兩集。此後便屢見《尺牘友聲》的閲讀、索取與餽贈之事〔一〕。

其中，亦稍可考見《尺牘友聲》後續成書與刊刻過程。《尺牘偶存》卷二第6札《復甘中素》云：『尊札洋洋纚纚，幾及千言，謹借光梓入《友聲》中。』此札作於康熙三十一年（一六九二），應當是對《尺牘友聲》丁集第60甘表札的回復，可知《尺牘友聲》丁集此時正在刊刻。上述《尺牘友聲》戊集第75吴從政札作於康熙三十三年（一六九四），可知此時《尺牘友聲》戊集已刊刻部分。《尺牘偶存》卷八第29札《答家渭濱》是對《尺牘友聲》新集卷三第2張鼎望札的回復，作於康熙四十年（一七〇一），其中云：『《友聲》補奉全部。』此時的『全部』應當指《尺牘友聲》前後二集皆已刊刻完成。

〔一〕分别爲：《尺牘友聲》丙集第52先著札，丙集第64方挺札，丁集第24程式琦札，丁集第72江之蘭札，戊集第1吴從政札，戊集第33陳鵬札，戊集第74、75吴從政札，己集第41張兆鉉札，己集第47吴從政札，己集第60朱慎札，庚集第1陳軝札，辛集第19李淦札，壬集第6江之蘭札，癸集第11王本祖札，癸集第16童茂陵札，癸集第23陳鼎札，癸集第28汪穎札，新集卷三第2張鼎望札，新集卷五第19葛常夏札，新集卷五第25吴從龍札；《尺牘偶存》卷二第6札《復甘中素》，卷八第29札《答家渭濱》。

《尺牘偶存》首次被提到的時間則稍晚於《尺牘友聲》，康熙三十二年（一六九三）張潮致黄逵札中説：『拙刻《尺牘》附政，内有與友人論此事者，幸檢閲之。』〔一〕張潮在此札中與黄逵探討了上古音韵部分合的問題，而在此之前，張潮曾與鄭旭旦〔二〕、顧彩〔三〕、李沂〔四〕在書札中討論過這一問題，故張潮將其寄送給黄逵，以供其參考。而此處云『與友人論此事』，必然指的是張潮本人的書札，可知《尺牘偶存》此時已經刊出部分。此後亦可見《尺牘偶存》的贈送之事〔五〕。

（二）《尺牘友聲》《尺牘偶存》所收書札的時間次序

由於二書『隨到隨刊』的特質，使其中所收録書札自然呈現出時間序列，這對閲讀和使用這批書信提供了巨大的便利。已有研究者對之進行系統的斷年考證，并認爲『《尺牘偶存》中存信約始於康熙十八年（一六七九），止於康熙四十六年（一七〇七）。《尺牘友聲》中存信亦始於康熙

〔一〕《尺牘偶存》卷二第33札《與黄儀逋》。
〔二〕見《尺牘友聲》丙集第6鄭旭旦札，《尺牘偶存》卷一第27札《與鄭扶曦》、卷一第30札《與鄭扶曦》。
〔三〕見《尺牘友聲》丙集第28顧彩札，《尺牘偶存》卷一第33札《與顧天石》。
〔四〕見《尺牘友聲》丁集第27李沂札，《尺牘偶存》卷一第52札《復李艾山》。
〔五〕分別爲《尺牘友聲》新集卷三第2張鼎望札；《尺牘偶存》卷八第29札《答家渭濱》，卷十一第7札《復王丹麓》。

十八年（一六七九），而止於康熙四十四年（一七〇五）』〔一〕。關於起始時間，稍有可議。因據《尺牘偶存》卷一第5札《與冒辟疆》知張潮有向冒辟疆室人索畫之事，且言『不敢徒手請乞，特賦拙句以代潤筆』。考鄧漢儀《詩觀》二集中選有張潮《索冒辟疆姬人畫》一詩，當即指此事。然《詩觀》二集刊成於康熙十七年（一六七八），知此札之作必在此前。而審《尺牘友聲》甲集第5、6冒辟疆兩札，一當作於張潮札之前，一爲對張潮札之回復，其時間亦當在康熙十七年。則《尺牘友聲》《尺牘偶存》之起始時間俱當稍前移。衹是，據此前研究者所考，《尺牘偶存》卷一第4札《與黄九烟先生》作於康熙十八年（一六七九）亦確鑿無疑〔二〕，可知《尺牘偶存》起始諸札的時間順序稍有錯亂，《尺牘友聲》或亦不免出現此種情況。

另需説明的是，《尺牘友聲》與《尺牘偶存》的時間序列性質當有所不同。因爲《尺牘友聲》是按照收信時間排列，而非寫信時間。以常理推測，因張潮與通信友人之間若路途稍遠，書信遺失、遲滯則常有之，致使書信的先發後至、回信與發函之間交錯纏繞等現象屢見不鮮，故而對收信者張潮來説，以收信時間爲序進行排列最爲方便。《尺牘友聲》新集卷三第11孔尚任札下有注文，云：『此札發于戊寅（一六九八）夏月，于辛巳（一七〇一）夏月方到。』而此札的前後諸札俱當

〔一〕劉紅裕《張潮研究》，第四五頁。

〔二〕劉紅裕《張潮研究》，第四七頁。

爲康熙辛巳年(一七〇一)札,是其顯證。

(三)《尺牘友聲》《尺牘偶存》的版本

《尺牘友聲》與《尺牘偶存》二書存世不少,中國國家圖書館、北京大學圖書館、清華大學圖書館、吉林大學圖書館、山西大學圖書館、美國國會圖書館等皆有藏,皆著録爲清乾隆四十五年(一七八〇)刻本,惟有復旦大學圖書館所藏《尺牘友聲》後集二卷殘本及中國人民大學圖書館藏《尺牘友聲》著録爲康熙間刊本。

今按中國國家圖書館及美國國會圖書館所藏本,俱爲半葉八行,行二十字,白口,四周單邊,版心上題書名和卷數,版心下刻頁數與『心齋』二字。文中墨丁、缺字、漫漶處俱同,顯然爲同一版片所印。然其所謂『乾隆刊本』,實際上乃是康熙刊本的修版重印本。所可知者,因《友聲》中有王士禛書札十二通,其中『禛』字俱不避諱,知此版必是康熙間所刊,若確爲乾隆間重新鎸刻,以乾隆朝中後期諱例之嚴格而論,『禛』字斷無不諱之理。而知其所以爲修版重印者,因《尺牘友聲》乙集收入丘元武書札二通,分别爲第61和66札,其中第61札之『丘』字不諱,而第66札之『丘』字則避諱,但亦僅諱其札前所題姓名,至正文中『丘生之瑣瀆』之『丘』字亦不諱。其『丘』字或諱或不諱,可知重印者確曾對原版略作修改,但態度十分隨意。而所以著録爲『乾隆刊本』,蓋因《尺牘友聲》三集及《尺牘偶存》封面俱有『乾隆庚子秋重鎸』字樣,然此不過重印者以之欺人耳。

據此可以推測，存世諸本皆爲同一版本。今據中國國家圖書館藏本整理。

四、《尺牘友聲》《尺牘偶存》的文本特性與價值

尺牘作爲一種文體自爲一集，起源於南宋後期，有《東坡先生往還尺牘》《山谷刀筆》《范文正公尺牘》之類。自明代中期以後，纂輯尺牘的風氣蔚然興起，且逐漸由編選古人尺牘轉爲編選時人尺牘，前者有楊慎《赤牘清裁》、陳繼儒《蘇黄尺牘》等，後者則以李漁的《尺牘初徵》、周亮工《尺牘新鈔》、汪淇《分類尺牘新語》等爲代表。這一現象背後的原因在於，受明中後期『性靈』文學思想的影響，在時人的觀念中，尺牘從單純的日常『實用性』文本成爲了能够展現寫作者真性情的『展示性』文本，所謂『以言觀人，莫尺牘若也』〔一〕。而與之相應，受社會結構的影響，明中後期以來大量與『士大夫』身份有别的『純粹』文人群體（所謂『山人』）又有着强烈的自我身份建構需求，從而促使了尺牘編選的繁盛。《尺牘友聲》與《尺牘偶存》的纂輯不能不説是受此風氣的影響，但却有其獨特的性質與價值。

一是其文本的組織形態。與由不屬於原通信人的第三者所編的書信集的『散焦』狀態不同，

〔一〕黄本驥《明尺牘墨華》序，《叢書集成續編》第一五五册，上海書店，一九九四年，第二八九頁。

《尺牘友聲》《尺牘偶存》的書信則呈現『聚焦』狀態。這使得《尺牘友聲》《尺牘偶存》所收録的文本具有以下兩點特性：一是通信者書札前後之間往往有關聯；二是《尺牘偶存》與《尺牘友聲》的大量書信之間的往復關係能够得到確認。所以，與周亮工《尺牘新鈔》等尺牘選本的『散焦』狀態相比，《尺牘友聲》《尺牘偶存》組成了一個更具整體性的文本聚落。尺牘本屬『私人性』文本，其言説的對象是個體而非公衆，言説者與接受者之間往往擁有共同的生活經驗、知識背景，分享共同的社會情境，故而在書札的寫作中這些共同擁有的東西會被自然而然地省略，書札本身的信息呈現『碎片化』傾向，而書札的接受者自然可以毫不費力地將『碎片化』的信息置入他們共同分享的經驗中，使其信息與語義變得完整，不至於産生閲讀的困難。而對於原本不屬於書札接受者的讀者來説，書札書寫和接受者之間共同分享的經驗大量的缺失，使得書札原本的信息碎片得不到完整和充分的復原，閲讀行爲變得困難重重，其中的有效信息也常常得不到充分發掘與利用。而《尺牘友聲》《尺牘偶存》的特性决定了我們可以較大程度上復原通信者之間所共同分享的經驗，更加充分挖掘與利用其中的有效信息。

二是其文本的原生性。在尺牘由『實用性』文本轉化爲『展示性』文本的過程中，『實用性』所必然具有的生活瑣事與細節往往在轉化中被删節與過濾。由於『聚焦』形態文本的編選者往往是『聚焦者』自身，過濾的可能性幅度會更大。那麽，在《尺牘友聲》《尺牘偶存》中情形如何呢？事實上，《尺牘友聲》《尺牘偶存》的纂輯也經過了某種程度的文本過濾。陳軾在序言中説張潮將書札『暇加决擇，付諸剞劂』，説明書札付刊與否之前，會有一個選擇的行爲。《尺牘友聲》與《尺牘偶存》所存書札之間的往復關係往往存在缺失，原因之一應當就是這種選擇所致。而付刊的文本也存在删節的現象，張潮在給甘表的一封回信中説：『尊札洋洋纚纚，幾及千言，謹借光梓入《友聲》中，而此數句則僭爲删去。』〔一〕是其明證。但是，由於其『隨到隨刊』的刊刻程序，以及《尺牘友聲》《尺牘偶存》之間的相互映照關係，使得文本的删節與過濾必須極爲克制，否則文本之間極易出現扞格。可與之對照的是，張潮的友人王晫所刊刻的《蘭言集》中所收録的張潮致王晫書札二通，與《尺牘偶存》對照可發現，其中的一通經過了王晫的精心修飾，而另一通竟然是由《尺牘偶存》中的三通拼接而成〔二〕。之所以不可能是相反的情況，可以因《蘭言集》是一次性刊刻而成，但《尺牘偶存》是隨到隨刊而成得到確認。所以，《尺牘友聲》《尺牘偶存》中的書札必然極大程度的保存了文本的原貌，這也意味着更多地保存了文人活動生態的細節。

三是其獨特的書籍史價值。對『匡贊風雅』一事，以業鹽爲生的張潮既有熱情又具實力，而書籍的編纂與刊刻正是其重要的組成部分。如前所述，其中不僅有本人編刊的書籍，還有代人刊刻的書籍。而圍繞在張潮身邊的友朋，亦多有書籍編刊活動，比如冒襄《同人集》、黄周星《唐

〔一〕《尺牘偶存》卷二第6札《復甘中素》。

〔二〕可參戴廷傑《雅俗共融，瑕瑜互見——康熙年間徽州商籍揚州文士和選家張潮其人其事》，第五七九頁。

詩快》、鄧漢儀《詩觀》、卓爾堪《遺民詩》、席居中《昭代詩存》、倪匡世《詩最》、聶先《百名家詩鈔》《百名家詞鈔》、王仲儒《離珠集》、汪士鋐《新都風雅》等〔一〕。重要的是，他們的書籍編刻活動并不是各自爲政，而是互通有無的，以書籍編刻爲中心，圍繞徵稿、投稿、編選、評點、閱讀等活動，在這個文人群體之間形成了一個『書籍交流的世界』。他們通過書信商討選書宗旨，互相幫助尋求稿源、提供稿件，互相作評閱人，由此交織成一個密不可分的網絡，而一部書籍的形成，就是這個文人網絡共同作用力的結果。而藉助《尺牘友聲》《尺牘偶存》，我們可以進入書籍編纂的過程，發現隱藏在書籍背後的意義。例如：張潮在《檀几叢書》初集和《檀几叢書》二集之間所編刊的《昭代叢書》甲集，其内容原本是作爲《檀几叢書》『二集』編纂，而在聽聞『侍衛中有欲進呈』〔二〕之後，在内容基本不變的情况下，便改换了書名，從中可以窺探到政治權力在明清文化轉型中的作用〔三〕。

〔一〕　可參王定勇《從〈尺牘友聲〉〈尺牘偶存〉看清初揚州刻書業》，《古典文獻研究》第二十輯下卷，鳳凰出版社，二〇一八年，第四四—五三頁。

〔二〕　《尺牘偶存》卷五第3札《與王阮亭先生》。

〔三〕　劉仁《從匡贊風雅到鼓吹休隆：叢書與明清文化轉型——以〈檀几叢書〉〈昭代叢書〉爲例》，《文獻》二〇二〇年第四期，第一二八—一四一頁。

五、《尺牘友聲》《尺牘偶存》的整理

本次整理工作主要有五部分：點校文本，斷定信札年代，厘清信札往復關係，撰寫通信人小傳，編製通信人索引。

點校是古籍整理最基礎的工作。由於今本《尺牘友聲》《尺牘偶存》基本保存了張潮刊刻時的原貌，而且没有版本問題，所以點校以標點爲主，但在少數地方也做了一些校勘，比如《尺牘友聲》新集卷二第9盧詢札注其字爲『舜廷』，然考時人著作，皆稱其爲『舜徒』，無作『舜廷』者，《尺牘友聲》當是形近而誤，遂亦出校説明。

斷定信札寫作時間對書信的閱讀和使用皆有極大的幫助。《尺牘偶存》《尺牘友聲》書札的繫年，已有劉紅裕《張潮研究》中《〈尺牘偶存〉〈友聲〉的斷年》一節（以下簡稱『劉文』）進行整體推定，大體可從。劉文斷年之絶對證據是信中所涉及的一些可以確知年代的歷史事實，如『康熙南巡』、某人的生卒年等；相對證據則是信中所透露的時間用語，如『新春』『歲暮』等。其具體方法是：由於《尺牘偶存》《尺牘友聲》大致以時間順序排列，故而在以絶對證據確立一部分信札的時間點後，再以相對證據框定出某一部分信札屬於同一年，兩者結合，同時關照《尺牘偶存》《尺牘友聲》中的信札往復關係，則能爲大部分信札繫年。

正如劉文已經指出的，使用以上方法進行繫年有幾點值得注意：（一）有些作於兩年之交的『夾縫』信札，無法確定其作於上年底還是下年初，衹能闕疑。（二）《尺牘友聲》的書信排列應當是以收信時間排列，由於各種因素的影響，《尺牘友聲》中的信札有先作而後到、後作而先至的情況存在。而在繫年過程中，相對標準所使用的是收信時間，但以絶對標準所推定出的則是寫信時間，因此兩年之交的信札有繫年錯誤的可能。（三）某年通信密集，則可供參考的證據就多，繫年就越準確；反之，則不準確。《尺牘偶存》中康熙二十九年之前信札不多，《尺牘友聲》自康熙十九年至康熙二十三年信札較少，其中斷年難免有誤。今以劉文所考爲基礎，對個別錯誤略加修正，編成信札繫年，作爲全書附録之一。

信札往復關係的厘清是本次整理工作的重點和難點之一。書信往復關係的確定，主要根據《尺牘友聲》中的書信内容與《尺牘偶存》中的相關内容是否存在關聯。其中有很明確證據的，比如《尺牘偶存》卷一第10札《與黄九烟先生》有『潮向欲選《外史》一書，如《毛穎傳》之類』云云，《尺牘友聲》甲集第35黄周星札則云『承諭《外史》一書』，二札同時提到《外史》，明顯存在往復關係。又如《尺牘友聲》丁集第16江之蘭札中有『與其嫁傖父而生，不若嫁張郎而死矣』云云，而《尺牘偶存》卷一第49札《復江含徵》中有對此句的直接引用：『台札中有「與其嫁傖父而生，不若嫁張郎而死」，此語差强人意。』此二札爲往復關係更可無疑。

但由於書信寄送延誤等原因，致使書信往復常常不是一一對應，這造成了往復關係確定的困難。比如《尺牘友聲》丁集第54殷曙札的内容與《尺牘友聲》丁集第64殷曙札所言及的事情基本是相同的：一是祈請張潮贈送《心齋詩集》《虞初新志》；二是請張潮轉達其書信給另外一人，希望能獲得葬父的財物資助。衹是從『長日如年，午雲如炙』和『葭蒼露白』的表述，可知前札作於夏季，而後札作於秋季。而《尺牘偶存》卷二第2札《復殷日戒》有關於轉達函札、營葬之資及祈請贈書之事的回應，必然是對上二札中某一札的回復。經過研究，最後將其定爲對《尺牘友聲》丁集第54札的回復，理由如下：一是《尺牘偶存》卷二第1札《復江含徵》確知是對《尺牘友聲》丁集第53江之蘭札的回復，卷二第3札《復諧石》確知是對《尺牘友聲》丁集第55張韵札的回復，而處在其中的《尺牘偶存》卷二第2札則更可能是對《尺牘友聲》丁集第54札的回復；二是此札有『春間一緘寄復，知尚未到』云云，如果此札是對秋季札的回復，此札不應當僅僅提到『春間』札，必然還會提到夏季札。那麽，爲何殷曙要連寫兩封内容相同的書札呢？這是因爲《尺牘友聲》丁集第54札雖然寫於夏季，但因爲在寄送途中延誤，張潮直到秋季方收到此札，證據是《尺牘友聲》丁集第53札有『金風轉令，秋氣正清』、《尺牘友聲》丁集第55札有『秋凉氣爽』等語。張潮自秋季接到書札後立即寫了回信，在張潮的回信尚未寄到的情况下，殷曙等待良久不見回音，恐夏季札在途中遺失，故而又寫了一封内容相同的書信。當然，像這樣的往復關係厘定，難免存在推測的成分，其中或不無舛誤，這是需要提醒讀者注意的。

通信者生平是還原通信語境的重要因素，所以本次整理在撰寫通信人小傳上也花費了很多的工夫。另外，人物的籍貫、寓居地以及行年事迹，對還原通信情境有比較重要的意義，所以在撰寫生平小傳時不避繁瑣地對以上信息進行盡量詳細的説明。比如《尺牘偶存》中對孔尚任的稱呼有『孔東塘國博』『孔東塘主政』『孔東塘户部』，對王士禛的稱呼則有『少司徒王阮亭先生』『總憲王阮亭先生』『大司寇王阮亭先生』，凡此均可在孔尚任、王士禛小傳中找到對應，這對解讀這些書札無疑是極有幫助的。

最後是編製通信人索引。通信人索引不仅是检索的需要，也是聯結《尺牘友聲》《尺牘偶存》的工具。由於《尺牘偶存》對通信者例稱字號而不稱名，爲使檢索方便，將《尺牘偶存》中出現的通信人字號也列爲檢索條目。

《尺牘友聲》《尺牘偶存》的整理得到了蔣寅教授的幫助，又承程章燦教授、漆永祥教授大力推薦，并蒙鳳凰出版社慨然接受，在此謹致感謝！限於整理者的水平，其中一定存在很多錯誤，敬請讀者不吝批評指正。

凡例

一、本書以中國國家圖書館所藏清康熙刊乾隆印本爲底本進行整理。

一、《尺牘友聲》初集與後集、新集在通信者字號、籍貫的著録格式上有不同，初集之字號、籍貫俱在姓名之下，後集、新集則將籍貫置於姓名之上，爲保留原書版式信息，整理本不作統一。

一、爲編製索引，每通書札均予編號。《尺牘偶存》標作『尺』，《尺牘友聲》標作『友』，其後以卷數及書札在本卷中的次序標示。如：『尺·一1』，意爲《尺牘偶存》卷一第1札；『友·甲1』，意爲《尺牘友聲》甲集第1札；『友·新一1』，意爲《尺牘友聲》新集卷一第1札。

一、凡《尺牘偶存》與《尺牘友聲》有往復關係的信札，標注於每札之末。去札後標『某復』，意爲『某札回復本札』；回札後標『復某』，意爲『本札回復某札』。關係複雜者稍加按語説明。

一、避諱字，可以確定爲作者所避的諱字不作改動，乾隆刷印時所避者則予回改。异體字一般改爲規範字。

一、《尺牘友聲》卷首蔡方炳序當是爲張潮《八股詩》所作，或是乾隆間刷印時誤置，今仍其舊。

目録

友聲新集……三七四

尺牘偶存

附録

尺牘友聲

友聲初集

序

才人之奇，何所不可，然不能創今人所未有，則奇亦不至。今人讀聖賢書，束縛于八股之業，奇才無以自騁。間肆力于詩歌、古文以露其才，則父誡其子，兄誡其弟，師誡其徒，慮其妨于制舉，禁使勿作。于是，五七言之于八股，離而爲二，判然如水火之不相入。嗚呼！同此文人，同此文心，狃于此而遺于彼，適彰其才之拙，而爲古人所詘笑。以今日而求二者之兼，才難矣。渾二者而一之，益更奇矣。山來張子，才博無弗精，才大無弗具，一日偶以聖賢書命題，作《八股詩》若干首，窺其似不離于八股，按其實則五七言詩也，才人游戲三昧殆如此。然予竊有感焉。八股取士，明制也，歷唐宋以來，更姓改物，其取士之制亦代更。我朝定鼎，百度維新，而制舉獨仍明之舊。皇上興崇古學，曾以詩賦收天下之殊才，其亦知八股之未足以盡士，而思有以振之乎？況今之八股，較先正淳樸之風，亦少間矣。法久而敝，固其所也，敝則必變。倘或監乎前代，以成郁郁之文，則必命題于四子以監明，用詩課士以監唐，而益之策論以監宋，安知張子偶然之作，不遂爲得氣之先耶？夫詩之昉也，由于里巷之歌謡；策之昉也，由于戰國客士之游説；八股之昉也，由于宋人之拈題以辨疑，初未嘗有意以樹鵠，而後代遂因之爲制，《八股詩》得毋猶是？雖然，張子特游戲而作，余姑妄誕而言，要亦創所未有，成其爲才人之奇云爾。時康熙甲子冬月之吉，平江年家同學弟蔡方炳撰。

友聲甲集

隨到隨鈔不分爵里

心齋張潮鈔

友·甲1

戚玾

綏耳　笑門　泗州人

抵珂里，幸接紫光，兼得瞻太翁先生道貌，皇初彝鼎，古色照人。更拜兩世藏書，如貧兒見寶，神智益生，教我多矣。沈韵之辨，詳載小刻序例中，兹不復贅。昨讀鴻篇，翻駁盡致，雖休文復起，更何從置喙哉！此書成已二十年所，孤掌獨拍，不能成聲，何意嗜痂之癖，不遺菲葑，真天下有心人也。曩者，閩友徐存永及昆山顧寧人先生亦大爲稱快，勉弟力行之。但此中所删之韵，仍欲附載于後。即所存者，有宜并用而不宜單用者，若『罘罳』『貔貅』之類；有宜疊用而不宜獨用者，若『隆隆』『巍巍』『粼粼』之類，皆欲注于本韵之下，凡以示後生初學者作一便門也。向亦草創未備，又苦梨棗無貲，故姑從簡略。今得老年臺鼓吹鑒賞，或亦斯道之幸。願與同心共商之，增補匪正之功，悉歸門下，或得附驥以傳，不亦千古快事哉！弟廿年前已用此韵，得詩頗多，後奉九烟先生臨岐之命，恐白眼者不能見諒，弟感而遵之，作沈韵者又復十九年，今删存者可得千八百首，亦可告無罪于東陽矣。此後，則歌哭思懷，盡出于此，雖群天下而笑之駡之，所不恤也。噫嘻！寥寥宇宙，同調爲難，先聖有言：『德不孤，必有鄰。』豈欺我哉！冗次未敢登龍，聊布寸衷，想當神會。太翁老先生不敢冒啓，統希叱名附謝。不一。【復尺·一3】

友·甲2　**杜濬**　于皇　黄岡

手教下頒，情文兼至。弁言見委，薄劣何堪。徒懷挾纊之温，莫盡斫輪之妙。仰惟尊大人老先生，考亭同里，合先後爲一揆；泗水宗工，知古今無二道。年翁過庭啓秀，肯構鍾英；豹變摛詞，龍光衍慶。不佞弟敢不勉圖報命，附日月不刊之書；努力謀篇，多游夏一詞之贊。謹復并謝。呵凍滅裂，皇恐之至。【尺·一9復】

友·甲3　**汪楫**　舟次　悔齋　江都

讀《心齋下酒物》，真有一斗不足多之嘆。《美人八咏》盡態極妍，雖韓偓、徐陵復生，罔以逾留，當圖請教也。

矣。又荷大句見貽，意厚辭温，自揣何以堪此？愧奔走無一刻清暇，未即步和。到揚或有數日

友·甲4

程邃　穆倩　休寧

前日摳謁，深飫秀世之風。昨辱訪臨，又獲令甲、《八咏》之教。益窺性分自天挺，只此一班，使人興復不淺；其大者，如尊庭闈上承韋齋先生、紫陽之訓，游戲風雅，尤難涯涘也。酬應少暇，當圖請益。主臣主臣。

友·甲5

冒襄　辟疆　如皋

幸托芳鄰，昨領面教，真衰遲大快事也。家落累重，弟賣字，小妾輩賣畫，唐子畏『閒寫青山』意也。乃索者不能應，俱欲焚硯。俟一二日間奉扳茶話，當出請正，并以一二奉呈。第恐不足以報琳琅佳作，徒虚來美耳。

友·甲6

又

不孝三十年前頗爲海内前後輩所重，今則乾螢朽蠹，里巷小兒咸能唾辱之，何敢復言詩文也？承獎許過當，又以無數珠璣揮灑見教，真如貧兒驟獲波斯船，有目眩心摇而已，容步和一二請教。《螢芝集》撿上，此中廣文即公亮兄子也，從容相晤，不妨索其先集耳。【復尺·一5】

友·甲7

汪永清 匪莪 新安

酒佐一書，昔推吾家司馬，固集衆腋以爲裘，今吾兄獨宗李杜五言，而意象無不畢肖，真是天衣無縫矣。所謂子儀之軍，得光弼而旌旗變色者，非耶？仰羨可知。

友·甲8

江之蘭 含徵

五日之飲甚暢，未得面謝爲歉。尊作容細披誦賫上。昔人謂：『翻是近家路，却非歸去身。』又曰：『無端更渡桑乾水，却望并州是故鄉。』其憶維桑維梓者，蓋切矣。尊作出，前無古人。

友・甲9

黄周星　九烟　江寧

《庾詞》中姓字四語，即陳獻老所撰，但仍有未妥處，内『安』字改爲『閒』字，方覺確切。承詢選詩一事，謹以小詩呈覽。此真千古不朽之業，若道兄肯爲此舉，其姓字便可與日月争光，與天地相終始矣。弟嘗謂昔唐人選唐詩，本無甚佳處，猶然傳至今日，若此選果成，雖不佳亦傳，況于極佳乎！蓋『驚天、泣鬼、移人』之名大，足以聳觀聽而感性情也。弟之『移人』本非『怡人』，以爲怡人則可廢；以爲移人，則談何容易乎！此非一言可盡，若道兄果肯作此大功德主，則弟請面商以竟其説。承教佳刻，謹謝謹謝！尚容卒業以復。弟本世外野人，倘蒙不棄，此後只宜用單幅殘箋或竹楮作字，往來一切虚套，皆可蠲去也。【復尺・一4】

友・甲10

陳京　翌圻　江都

細誦佳篇，音律純雅，情致清幽，儲、王之後，超然復古。末二章稍寄感慨之意，以道兄且云然，世態人情尚可言哉？里言呈教，以志弗諼，幸大方進而筆削之爲荷。

友·甲11

江之蘭

八分既妙，而飛白更具精品，不意吾兄兩腕中有如許神通，真可畏也。

友·甲12

冒丹書 青若 如皋

適拜綺製，直并《花間》，捧讀回環，實如明月，即當付梓，爲《同人集》中生色也。小刻殊類巴音，不足供老年翁噴飯，伏蒙齒及，益增慚惶矣。

友·甲13

又

老年翁才高擊鉢，句擅《金荃》，敏捷妍芊，兩者兼得。昔太白《憶秦娥》一調，傳誦今古；柳屯田『曉風殘月』之句，誇絶詞家。今讀《沁園春》新詞，當與前賢并傳，不獨《同人集》中借光已也。昨去友人齋頭，有失裁答，特此再謝。

友・甲14

呂方嘉　禾九　武進

四月間，家表弟楊九皋晋謁鹽臺，曾有一函附候，兼具菲儀。聞駕在新安，未蒙回玉。兹者：舍親惲正叔兄爲道生先生令侄，目空一世，隱逸山林，而丹青猶爲絶筆，筆耕邗關，貴相知處，望多方嘘植，俾旅邸不至寂寞，如弟之親拜台惠也。晤期不遠，白門面悉。

友・甲15

朱衮　補庵　江都

頃讀大咏，僭加評閲，直如昔人讀西京、建安，祇有神會，不能贊一辭也，至今猶縈心曲。台召盛意，以氣疾陡發，不能出户，惟心飲醇醪。若得月來新句示我，由是霍然，且消歲寒蕭寂，則拜德更多耳。

友・甲16

惲壽平　叔子，原名格　毗陵

前因抱恙，未得過候，甚爲耿耿。不識道體亦復違和，可見乍暑乍寒，甚難調攝也。册頁領

到，俟圖畢送上。承諭用原名之説，弟邇來凡畫幅箋扇悉用今名，若改舊名，不知者反以爲他人矣。一笑。【復尺・一6】

江之蘭

友・甲17

小詞聊爲賢主寫心耳，不意竟博大方之和，所謂因周樸而得鄭璞矣。擬後日返棹東亭，何幸得此一解舟中之悶。

又

友・甲18

見尊札銀鈎鐵畫，腕力如此，想已霍然，殊可慰也。然益加珍攝，則蒼松翠柏之姿，凌寒愈勁。詩亦少吟，蓋昔人有因吟而瘦者矣。晤期未卜，臨楮依依。

冒丹書

友・甲19

兩日獲接蘭芬，静聆麈教，欣慰無已。承賜大詩，直與『三百篇』并傳不朽。況年臺至孝過人，立意更深，情性回環，讀之不禁千行泪下，永爲世寶，不獨《廢花朝集》中借光已也。

友·甲20 **江之蘭**

小畫賚上，不足辱命。《牌譜》之惠，不獨作賓筵妙品，即李杜二公佳句，亦因之膾炙于流俗之口。弟往謂昔人譜牌確不可易，今不意又睹天成巧合，乃知楚騷單行，非定論也。便風馳候，不宣。

友·甲21 **吴山濤** 岱觀

吾鄉宦後多不讀書，如世兄好古深思，著作如林，真屬罕見，苟陳王謝，直可駕之而上矣。敬服敬服。大作謬題其二，不足以揚休美，梓成附垂不朽，是所幸耳。

友·甲22 **黄周星**

塵冗鹿鹿，致久違叔度，悵念悵念。園圖尚未告成，尚容另呈。笠翁傳奇十本并畫册、《韵牌》俱完上，惟《閒情》一種，容閲完再璧。草復。

又

友·甲23

弟在此中，辱賢喬梓教愛，可謂三生之幸。今行矣，不敢躬叩以恩起居。拙刻《詩快》先成四卷，謹并《詩戒》一紙呈正。但選唐詩而不選古詩，終是歉事，不識高明以爲何如？【尺·一8復】

吴山濤 塞翁

友·甲24

世兄爲吾鄉繼起畏友，時懷停雲之想，奈賤體善病，客舍亦累月不出，無由抵掌耳。大集見示，已深望洋，容日擬報。

汪鶴孫 聞遠 浙江

友·甲25

前擾冰厨，至今齒頰猶芬也。謝謝。連因俗冗，未及再候，然寤寐高軒，時切神溯。承教大刻，容焚香莊坐而讀之，先此志謝。老年伯前，并希叱候起居。不宣。

友・甲26

侄兆鉉 貫玉

集『葩經』爲贊，可稱千古獨步，况復叶韵，尤爲僅事。容細閱，或有可商，不靳以雀糞穢佛頂。然台作已斟酌至再，恐游夏不能贊一辭也。

友・甲27

又

查『象耕鳥耘』，有云：『舜耕于歷山，象爲之耕，鳥爲之耘。』此共傳俗説也。陸龜蒙又云：『象行必端，履必深，耕田法其端深，姑曰「象耕」；鳥之啄食務疾畏奪，耘田法其疾畏，故曰「鳥耘」。』非真象耕鳥耘也。猶釋氏言佛力廣大，有『龍象之力』云爾。此説見于《韵府群玉》，但不知陸龜蒙之説可爲確據否？據《韵府》注，陸語摘于《文粹》，尊處藏書頗富，暇時查確何如，并以示我爲望。

友·甲28 又

歷代古文之選，山曉閣已先得我心，初刻有《左》《國》《公》《穀》《史》《漢》《六經》之選，嗣刻有『八大家』之選，三刻有明文大家之選，俱久行世，膾炙人口矣，恐後此者未必能出其右也。若備選，則卷帙浩繁，難以授梓。若陳陳相因，則諸名篇又不可廢，又難免人取亦取之譏也。第山曉閣所缺者，《孟子》《檀弓》《考工》《莊子》諸書耳。以愚見度之，明文大家不少，即諸選所録，尚未能盡其勝，所刊布者僅什之二三。不若專意精選明文，定爲若干家之目，加以中竅妙評，庶幾占人先着，且易于成書，不須曠日持久，待十年之遠也。不卜台意以爲何如？容面商，不一。

友·甲29 又

前接手教時，《三字經》已授梓矣，今即印二十册奉上。如仍要若干册，付信即刷，遇便郵到。其板聽便携取，或存刻家印賣，總聽尊裁。《二十四孝贊》既付剞劂，可以傳之不朽。此乃人倫正道書册，非雜劇小説之比，自必爲識者所心賞，拙跋亦附之不朽矣，何幸如之。洪秋老序并同全本賜數册爲望。

友・甲30

聶先　樂獨　蘇州

叨荷左光，頓使寓齋生色。感承示教種種珠玉，如入寶山，采取不暇，佩服師承，當終身識之矣。兹啓者：《指月》續本乃法門第一功德，弟以赧顔乞施，遲遲至今。覺岸先生以道愛拳拳，惟思慕尊太翁老先生爲海内理學大儒，門生故舊，邗上必多，衆擎易舉，所謂大人先生一言九鼎，又得老年臺過庭之餘一言上懇，則些些功德，不難合尖矣。工作荒凉，客心如刺，鵠望語言布施，求爲留神。耑此拜瀆，不盡欲言。【尺一・7復】

友・甲31

杜濬　茶村

日前承台教，因家人傳語未詳，以爲僅序《近思録傳》，遂如命以報。昨始知問及《檀弓序》，則安敢委諸草莽而不重附不朽也。謹已閉户特構一篇，脱草呈教，此篇比《近思録傳序》似乎更勝。先生具眼，無待東方生之自譽耳。【復尺一・9】

友·甲32

王賓 仔園 江都

雪後又數日未得握手，念我良朋，何能已已。今日天氣頓暖，大有春風動物之意，可謂預報陽和矣。尊稿久滯荒亭，不敢以點定本頭呈覽，又不能割愛暫一釋手，故爾遲遲。今特遣价馳上，望勿罪弟圈點不當也。日坐愁城，不盡欲吐，草此代晤。不宣。

友·甲33

葛天驊 霜華 蕪湖

年兄心細如髮，才大如斗，於觴政雅調中，寫不盡錦心綉口。窺一斑而思全豹，伏懇惠大作古文詞，以銷逆旅度日之愁，鼓衰齒讀書之興，豈不快哉！尊公先生爲藝壇尊宿，又得大才子作象賢箕裘，造物菁華靈秀之氣萃于黄山赤松，想南面之樂，無以逾此，目前朱紫，可唾手而得。惟此文心才名，天不易與人，世不易知人，實因魚目混珠，誰能鑒別於驪黄之外耶！謹翹足待命。

友·甲34

汪永清

數日積勞，渾如醉夢，忽接佳刻，光浮玉板，耳目一新。雖未暇深潛領略，然覽其命名取義，已覺巧繪天工，氣横秋爽，何快如之。圖章附上，何物美人令我兄寄懷音塵若是也？一問。

友·甲35

黄周星

久欲返棹，因河干阻塞，是以遲遲。承諭《外史》一書，甚妙。敝友梁溪錢礎日方有《文瀫》之選，弟拙作亦多，統俟明歲携來相商可也。然何如選古詩之爲全美乎！【復尺·一10】

友·甲36

侄韵　諧石

連日過候不值，知公冗無暇。聞中秋，人生百歲不數見。侄擬集張氏一家詩詞刻成一帙，以見吾宗有人，必求尊叔爲主方可。訂初四日晨刻，造府面商之，乞尊叔少待，勿他往，幸甚幸甚。拙作請政，未識批閲否？附問。

友・甲37

又

快譚破寂，殊爲醉心。閏中秋詩詞須尊叔爲吾宗領袖，諒廣徵之矣。少暇，小侄拙作即脱稿請教，更欲走府確商，共襄勝事也。琴畫不足大觀，希付來价轉璧之。諸俟面吐種種。

友・甲38

江之蘭

久不候，歉歉。曩者道兄《韵牌》一刻，誠騷壇勝具，所惠一册，竟不知何人竊去，其人亦偷中之風雅者也，故不欲深求。今乞再惠一二册，以生游橐之輝，勿靳爲禱。醉鄉令甲，亦求一二。

友・甲39

侄韵　浮丘

天氣熱甚，未得入城奉教，稍暇即趨候也。所懇《唐詩酒牌》，乞慨擲以消暑熱，以當卧游也。想當勿吝，容謝，不一。

友·甲40

紀映鍾 伯紫 江寧

積懷甚久，車騎枉臨，深慰饑渴。讀《意中園》大序，奇氣出人意表。至集經以贊《孝》，則尤稱合璧，殊爲嘆服。弟因沉痾初愈，畏風如刺。謹以題像之速，贖報謁之遲，惟年翁鑒原是禱。

友·甲41

又

二之日，弟適有報謁之役，不知道駕枉臨，失於摳迎。歸覽滿案珠璣，應接不暇。聞詩聞禮，得未曾有；單篇寸幅，俊逸超群。酒令游戲之筆，會心解頤；墨卿珍异之餽，娱情奪目。何殊置我小有洞天聽絲竹、浮大白也。謝謝。弟病後手足瘦弱，尚未能至廣陵登君子之堂，覽枕中之秘，臨風馳企，不勝悵結。數行暫布鄙私，伏祈原鑒，曷任依依。舊刻一册附呈覽教，尚有數種，因板寄白下未取至，俟再呈。

友·甲42

王賓

風雪橋邊又是别樣景况，念我年兄風雅襟期，對人不啻如雪，真今人中少覯者。願藉卮酒同長兄一話，撥弟積愁，知不棄我，敬于初八日奉塵緒也。

友·甲43

項斗文 靈野

前送上令兄宅報，應投覽矣。有方外老友道號梵林者，久擅風雅，爲當世推重。今游廣陵，操選詩軒，所已選者皆名公鉅卿，欲借尊作授梓，爲卷帖之光。暇時過從，自然傾倒。先此爲介，幸賜顔色一晤是望。

友·甲44

龔賢 野遺

久聞著作大名，正擬款關奉謁，忽蒙枉顧，喜何如之。昨又辱晋接登階，今復垂教種種，自知晚年又增一知己也。

友·甲45

鄧邵榮 若雍 泰州

所諭極承雅愛，佩服之甚。細查書籍，古籀皆欠月傍，獨漢篆有此，可見盡信書不如無書也，呵呵。兹以旅况萧條，借此小技聊以問世，明晨措得客費，亦即東歸。肅此留別，不能再踵龍門，幸垂諒之。

王賓

友·甲46

昨途遇，未盡欲談，刻下有一友人入都，坐弟草亭，思得年兄《詩韵牌》爲笥中珍。弟爲其促迫不堪，且即日登程，故敢代一懇，幸勿以爲頻瀆也。昨以年兄未到爲悵。弟處《韵牌》亦爲汪年翁携去，肯多給一本更妙。

又

友·甲47

匆匆束裝，未及走候，風雪梅花，何能不念我叔度耶！頃晤諸老，知年兄《韵牌》尚可爲弟一壯詩飄〔一〕，希一檢賜，不妨淮陰多多耳。

〔一〕 飄，疑當作「瓢」。

又

友·甲48

雨中細讀尊作，字字清新，真古人佳境。謹登其合意見者數十首，弟猶以爲少，然諸家所登皆未及尊詩之數也。至尊府諸名稿，亦各次第選出矣。大約每位有數十首，而太老先生詩與尊詩選數相等也。特此奉聞，幸示我，以便即統梓，何如？

又

友·甲49

句句爲又一草亭妝點，句句爲草亭主人誇獎，不敢當，却愛此好詞，一讀一叫絶也。

又

友·甲50

昨讀諸題贈，尚覺年兄風雅意興未盡寫出，弟一二日謝應酬，即勉題奉贈呈正。此時惟料理刻事，速成書以携入行笥。昨承年兄雅召，候弟恙平，再圖卜夜。永老詩，弟昨夕已點定，風流盛事，何君家觸目珠玉也。耑候示我，即付梓人，至禱至禱。

友・甲51

又

台愛迄今尚未及擬謝，悵結悵結。目今尚躑躅無資，不知脂車者何項，苦可知矣。懇者：弟無所奉瀆，惟年兄處《韵牌》求賜弟數十册。弟欲奉紙，反落市井氣，如肯頒給，即如脂我車也，至禱至禱。

友・甲.52

曹溶　秋岳　嘉興

承示書目，大都敝篋所有，惟《周易圖説》一種，向所未睹，不識可轉借一閲否？【復尺・一12】

友・甲53

陳京

頃讀瑶篇，回環之妙，敲戛之工，并皆絶世，但愧葑菲不足當雅什耳。感謝感謝。

友·甲54

汪永清

《孝贊》《集詩》自成機杼，實理虚神俱妙，讀之感發性情，此真有用文章，而非風雲月露之比也。寶臣先生于中間稍易一二語，更覺渾融，附呈大教。諸不盡。

友·甲55

汪鎬京　快士

偶以友人之便即行，高齋李杜集句牌能惠我否？愈多愈妙，不敢以數請。酷暑亦不敢走別，肅此鳴謝。

友·甲56

冒襄　巢民

七年不入郡，三年不下堂，來此應酬杯酒，幾于無地可逃。賤足作楚，不必言矣。承尊翁先生雅愛，亟欲領教，奈病冗，萬萬不能，懇求轉致。俟來月初旬，弟自造潭府，耑領鴻誨也。畫即檢奉，容面悉。

友·甲57

余榀　生生　四川

一别台顔，倏及歲暮，瞻仰之私，曷云能已。弟昨始歸，賤體困頓，未即趨晤。轉盼新正，當叩階下，并叙積思也。外敬亭茶一封，《梅集》一册，俚詩一紙，少盡鄙私，千祈叱存爲荷。

友·甲58

胡廷咏　雅臣

數載未聆台教，瞻注之私，與日俱積。蒙惠佳刻，弟三復讀之，知年臺立言所在，其裨益于世教良多。由斯以推，誠莫測其德業之所至矣，羨甚慕甚。

友·甲59

程守　非二

居士室者且三十年，以此未能再至文選樓前，遂不得一見偉人，快談衷曲。守以文事受知于尊大人亦既久矣，曾蒙其爲我刻一詩集，至今未徵前諾也，過庭時當一訊之。舍親貫玉先生歸里，承示大篇及一二雜著，種種入妙，後來之秀，定推領袖。小序佛頭抛糞，望質之尊大人，或未克揄揚萬一，斯置之耳。如付梓，即以拙筆何如？大貺遠郵，并謝。臨楮依依。

友・甲60　**施閏章**　愚山　宛陵

與尊公先生年誼不薄，得見芝宇，喜甚。讀所著諸書目及詩賦種種，風氣日上，將來不朽人也。僕願附片言，但頃來冗不可言，兼概謝時賢詩集序，稍俟之异日，當有以呈教耳。

友・甲61　**許維楫**　傅舟　武進

承惠佳刻種種，已足當百朋之錫。乃又重費清心，資其行李，殊深不安，然弗敢蹈不恭也。謝謝。《閨訓》十三篇，《三字經》《二十四孝贊》一書，《心齋下酒物》數種，家君各求數本。又《意中園》止有序文，想尚遺全部，并祈簡賜爲感。明晨解維，不及再叩，嗣後期音問常通耳。

友・甲62　**兄文秀**　采三

三月匆促來淮，未及趨階言別，曾托放若侄達意。別來匆匆半年，僻地荒居，俗情勞碌，未得一通音候，好風良月，殊切遠懷。八月九日，貫玉侄偕令郎雲臺之游，便道敝寓，候潮之暇，得以少叙闊悰。因得老弟大人福履亨嘉，殊爲遠慰。聞大集方在付梓，且喜捧讀不遥，告成之時，定先以示我也。奉懷詩二首呈教，幸老弟痛加删削，不揣欲求見復片語入于大集之中，俾賤名藉以爲榮，兼荷鶺鴒之好，無知妄誕之想，老弟大人得無笑我痴耶！然至誠感格，知老弟定有明珠暗投也。相晤之期，准在小春下旬。荒函不煩賜復，晤時敬讀大集，并謝和詩也。臨穎主臣。

友·甲63

許維楫 傅舟　武進

志局歸途，重承雅誼，得以返棹新安。且捧讀佳刻種種，令人嘆服。千里外，每不勝神往也。別後知老年翁新作定已盈笥，如弟碌碌山城，荒棄筆墨，真顧影自慚耳。

友·甲64

殷曙 日戒

昨日快讀佳刻，如入龍宫海藏，觸目皆木難火齊，必傳於後無疑也。其詩集更見識解超群，不屑寄人籬下，開我茅塞，裨益良多，容綴一二蕪言，以附不朽。弟兀坐僧寮，殊爲岑寂，老年臺知交甚廣，千祈逢人題拂，不吝齒芬，俾弟獲晨夕奉教，快何如乎！外有俚句，書之扇頭，聊以請正，非云將敬也。餘圖晤悉，不及。

友·甲65 又

僭閱佳什，如入山陰道中，使人應接不暇。但心粗氣浮，未曾領會真趣，漫綴數詞，同于管蠡之窺測耳，不敢久留寓所，謹耑人奉上。外附俚言二帙，祈老年臺略題簡首，以志弗諼，并求照到爲荷。

友·甲66 又

初意于此地覓一主人，可以晤對年臺，迭爲賡和。不期事機阻滯，承友人薦往淮上設帳，甚不愜鄙懷，猶幸去此非遥，寄書頗便，日内收拾行裝，候彼來請，即當踵門奉别。祈拂冗略題拙集，使燕石重于連城，榮藉多矣。餘不既。

友·甲67 又

《留青》十册完上，乞照入。此書大抵失之庸雜，且多遺漏，若年臺《布菽集》成，爲普天下榤腹人造福無量，吾黨亦與有榮施也。有吾鄉春茶片否？祈惠少許，以潤枯腸，感荷不盡。

友·甲68　叔甫　平倩　河南

憶昔南旋故里，聚族言歡，尊翁方在壯年，愚齒始及廿齡，賢侄猶爾垂髫。轉瞬間，物换星移，竟如隔世矣，可嘆可嘆。天南地北，蓬寄萍分，愚既潦倒山邑，賢侄復客邗關，音問闊絶，骨肉秦越，『人生不相見，動如參與商』，三復斯語，能無黯然？初，白侄至都門，得接瑶函，知賢侄邇來忘情帖括，留心稽古，達人自有千秋大業，不必逐隊流俗爲也。佳刻種種，琳琅珠璣，粲然奪目，批閲一過，怡我性情，緇衣之好，諒有同心，自當逢人説項也。更願賢侄嗣後益復肆力實學，『名者，實之賓也』，實至而名自彰。且宜出經入史，圖其大者，語不本于六經，其文不雅馴，詳究古今成敗得失，則識力益堅，惟賢侄留意焉。愚忝列前行，誼不宜頌而宜規，想賢侄必恕我狂瞽也。至愚濫竽西臺，獻替無聞，方懼隕越，以貽宗族羞。乃蒙注及，兼賜大貺，拜登之餘，益滋汗顔。肅此裁答，并鳴謝悃，仍求叱名，致之堂上。翹首臨風，無任依切。

友·甲69　王煒　不庵

快讀大稿，風雅中力挽末俗，此豈今人所有？嘆服不獨在騷壇也。僭有總評呈到，貫老令侄尚未至耶？弟亦急欲還婁，稍暇趨候，尚有請教也。

友・甲70

陳周 二游 溧陽

去春白門把臂，珠玉見投，惠我實多矣。承示大選，自應紙貴，弟愧非能文，然思質之大匠之門，諒仁人用心不辭斧削，有以教我也。君家小阮種種辱愛，曾托代致。梅花明月，企望清光。肅此郵達，不一。

友・甲71

王煒

違教倏已改歲，春風入户，淑景盈郊，想大著瑶章又當盈寸矣。弟至婁東，苦爲病累，去杭中道而返，得領台翰并《虞初新志》，隨即分致諸名家，遲日各有所致。仍存三册，弟於望前當帶西泠。季春亦當來揚，再容傾倒左右也。拙刻二種呈教，倘有未是，祈教勿吝。方今講學雖不乏人，見地穩實，人品無議，亦寥寥矣，幸遭同志，故遂及之。余生翁之局吴門，偶晤幾人，皆其舊交，不唯無應，且生譏訕，弟不復與談。顧伊人兄歲盡方自浙還，昨來晤，弟已將前啓與之，縱不能大有所望，當亦不致徒設也。聞生翁近抱病不能起，弟以五星爲寄，屬之愚徒御青，并屬其同乃兄鄰秩各致藥貲，少濟一時之用也。浙還再當具候。諸老令侄行止何定？祈鼎及前説，并希致聲。率勒不盡。

友・甲72　**龔賢**　半千　江寧

客歲濱行，擬過辭晤，河冰將合，倉卒登舟，遂不獲如願。前飲草堂中，許爲製横披畫請教。今小力來揚，因附之，希照到爲荷。邇來新作必多，肯寄示否？弟歸來三月，自訂五律百篇，承寶臣諷其叔樸士爲弟灾木，能遂鄙願，月内尚可呈覽也。餘不盡。

友・甲73　**徐崧**　松之　吴江

弟來邗求友，款接寥寥，始至即承台兄移酌華藏，倡和甚樂，借光拙刻。鄙意欲載碧水住持及前後修建之迹，使之稍助剞劂，無奈索之再四，久而不應，直至月餘不得不刻。然尊咏暨仙老與令侄詩，已足爲華藏重矣。别後日苦炎蒸，不便走瀆，今在此已兩月餘，所刻《烟水》已竣，即日往游北固諸山，孝威、豹人、師六諸君俱有詩送行，弟不敢泛求，惟台翁王謝家聲，文章宗主，足以壯我行色，五七律俱可。特令梓人長年來懇種種，長年口中俱能述之。率勒不一。

友·甲74

又

弟初秋移客建隆，老樹迎風，斜陽斂野，出門一望，北城百雉，掩映烟村。而主人遠峰和尚思致蕭疏，爲弟三十年老友，相於在寺，不分主客。雖冷淡中自有天趣，獨是連日分外炎蒸，毒逾三伏，久不肯解，昔人所以比之酷吏。八月初，忽聞雷聲，靡不稱快，雨竟不至。初三徹夜雷電，丁祭者渾汗透衣，時與余子文舒隔床高唱少陵『雷霆空霹靂，雲雨竟虚無』之句。至四日上春一雨始凉，輒取尊著《聊復集》讀之，靈心慧口，草木能言，星河欲下，真有道人所不能道者。若弟輩詩文如候蟲之吟，自鳴自止，何關藝苑，而得見甄録，豈愛而忘其醜耶？不日再叩階墀，以謝知己。《百城烟水》様册附覽。

友·甲75

冒襄　巢民　如皋

幸托芳鄰，竊喜可得奉教，何于下邑跫然足音也。此來復遭奇慘，衰殘菀結，不可告語，乃羈訟四月，眠食與四五十人相共，點金無術，只得賣字畫、製秘食，和會度日。前承枉愛，隨走叩，未得面展，草草筆墨報命，深以爲愧耳。

友·甲76

吴山濤　岱觀

吾鄉文獻，年翁俊才，真足振起八代。弟以瑣尾，未得時親玉麈，然神實忻往也。隆惠辱臨，寒谷春生矣，何以當之。謝謝曷盡。

友·甲77

黃雲　仙裳　泰州

目眚雖愈，而塵坌不了，八九皆不如意之事，以視先生掩扉下簾，静坐讀書，不勝慚汗。

友·甲78

方淇藎　賓臣

自笑貧賤依人，身非我有，正如大海飄絲，了不知其所定。潘雙老極口稱服尊集，附有評語，謹奉台覽。殺青之後，仍祈以此册見還，弟處無副本也。

友・甲79

殷曙 日戒

日前承賜鴻章，不啻蹇蹄受伯樂之剪拂，亦思昂首長鳴矣。仍求書之集首，榮幸良多，且他時披誦，如覩台光，非山川所能間隔也。

友・甲80

閔麟嗣 賓連

弟與道兄生同里閈，常隔河山。邇年又復同寓蕪城，交相懸慕，不獲把臂，爲悵至今。昨因寶臣兄來，吾兩人始得識面，茶話之頃，静氣迎人，真不啻玉山之在坐矣。辱惠大集，時適他出失迓，昏黑到舍，即秉燭展讀佳文，幽雋秀艷，極似唐人得意手筆。而弟尤醉心於有韵之言，不但謂文宗公有子善讀父書，异日有續《秀運集》者，新安詩人爲道兄首屈一指，上下千秋，又曷可多也。快絶快絶！續圖展候，罄所願言。

友・甲81

釋行涞 遠峰

居士《二十八祖頌》，是慧業文人於一毫端轉大法輪耳。讀之天花亂墜，大地作舞，若非夙具靈根，何以至是。雖然，吾又願居士於贊頌不及處，得見二十八祖真面目，是爲竿頭進步耳。

友·甲82　**殷曙**　日戒

客夏詣廣陵貴寓，極荷老年臺教愛，饋遺有加無已，感佩非可言喻。且獲誦佳篇種種，洵爲思致雲騫，詞鋒景焕，非枕藉六經，漁獵百代，固未易臻此也。今春忽聞尊公老先生騎箕之報，驚悼累日，知己之感，又非徒沾河潤者比。而老友江允凝道兄夙蒙尊公推許，賦詩四章爲位以哭，弟因抆泪效顰，殊不足以概尊公之生平，抒鄙人之哀痛，願老年臺讀禮之餘，少爲改定，以郵示爲荷。晤程非老，知年臺所梓大集久已殺青，若遇便鴻，祈惠數部。外允老詩草二册附正有道，并祈照入。臨穎凄斷，不盡所云。

友·甲83　**杜濬**　于皇　黄岡

承移尊之愛，已極其暢，尚未及拈一韵嗚謝者，以日來懷抱如棘也。頃拜大作，令人拭目，王、孟復生，何以過此。『僧醉露禪機』，尤心醉也。暫謝教，俟少寧貼，敢不報瓊。

友·甲84　**方淳**　樸士

初雪雅集，真廣陵勝會，但擾郇厨爲不安耳。謝謝。佳作祈賜，以爲小軒光彩。更感孫豹老許作長干塔燈詩，未蒙見示，祈鼎力轉懇一律，得珠玉以付梓，藉光多矣。

友·甲85　**閔麟嗣**　賓連

快雪初飛，前集頗暢，『公子敬愛客，終宴不知疲』二語，可爲賢主人移贈矣。天下詩人宴賞習用近體紀事，今改賦五古，足挽廣陵一時風氣。拙作書到發笑，乞爲弟加以繩削可也。大著如成，求賜一讀。餘不盡。

友·甲86　**汪薇**　思白

承荀召，不覺盡歡。謝謝。拙句何敢厠大雅之末，僅免金谷罰觥，幸知己爲我藏拙，感甚感甚。

友·甲87

汪士鋐　扶晨

初雪佳招，遂成盛事，讀分咏大作，終推賢主人壓卷耳，欣服欣服。《南巡頌》居然『三百篇』，自是日月不刊之書，竟日捧誦，肅然起敬，不盡清風穆如也。

友·甲88

江之蘭　含徵

峥嶸歲暮，忽讀瑶函，兼得近作，大破寂寥，將來居然名士。弟無似，抱病數年，今始得復，日月如邁，長爲鄉人以没世已耳。然性命之理、養生之奥，反于病中有得。雖好文章、好技藝，只是餘事，從前四十餘年俱在醉夢中。何日過揚，與吾兄爐烟茗碗，各言近進也。

友·甲89

徐崧　松之　吴江

廣陵能興起風雅者，首推台兄，今聞刻《虞初》集，弟舊藏佳文數篇送上。近在京口刻《三山諸勝》，一竣便過邗溝，與先生選輯廣陵人文。特令文舒致意，不悉。

友·甲90　**方淇藎**　竇臣

春光明媚，竟未出門一步，殊爲悵事。樸士家叔詩興勃勃，詰朝奉攀兄翁暨汪扶老同步紅橋探梅索句，謹此代邀。幸乞惠然，以作竟日狂吟，亦大快事，萬勿吝玉趾，至禱至禱。

友·甲91　**方淳**　樸士

天爽開人懷抱，梅花起興，更爲不淺。來晨敢邀玉趾同汪扶老紅橋尋探，乞慨然拂冗，感佩無任，專候專候。

友·甲92　**侄兆鉉**　貫玉

讀禮之時，不敢作新年縟語。然仁人昌後，尤爲孝之大者，熊羆早夢，雖服未闋，亦尊先君子泉臺所樂聞也，安得不爲尊叔祖祈祝乎？不庵翁札領到，謝謝。稍遲修札奉寄，煩轉致之。佳刻《南巡頌》典雅莊重，允與《元和聖德》媲美矣，謝教并轉贈友人，以膾炙妙體也。冗次率布，神與俱馳。

友・甲93

吴聖修 專公

去春奉别苦次，匆匆束裝，入都即病，不能遍謁諸貴人。一切郵函，俱令長班分送，不敢浮沉。廷試後，適遇便舟，附之南旋，又不能守候報函，是弟之罪也。六月間到揚，傷暑病作，急投長干僧舍養痾，廣陵多名賢，亦未謁一人，即高齋在望，徒深仰止耳。許左老携台翰至，捧誦《南巡頌》《集葩詩》，如天孫織錦，兄才洵不可及，嘆服嘆服。弟潦倒無成，守一氊如河清難俟，所幸老蚌生珠，不爲伯道，差足爲知己告耳。吾兄日聽廣陵濤，能弗憶練江一泓碧乎？盍歸故園，攬黄山之奇以資吟咏，不益置身天際哉？宗雅壇坫爲尊公先生所肇建，同人樽酒相對，輒念尊先人不置，倘得吾兄把臂入林，何快如之。貫玉先生想當時晤，煩爲弟道意。聖翼兄大捷未及舉賀，抱歉之至，并乞因聲。臨楮神往，不盡。

友・甲94

汪士鋐 扶晨

余先生久病，似不能起，年臺往復照拂，真有心人也，爲之感切。身後之事既有黄宅任之，此大高誼，弟輩可無他慮矣，見家快兄即語之。鄧孝老寓選樓從事《詩觀》三集，大集祈早致入選，諸可爲孝老地者，切望存神，并托。

友・甲95

弟晟　舜瞻　嘉興

昨奉一札，想入記室矣。兹有敝親孟某某諱某某者，即宫諭端士先生令兄也，與愚父子及家岳皆莫逆至好。其人古道厚德，氣誼如雲，海内名公無不仰重。因係振宇先伯之内戚，故每往來邗上，而邗上紳士俱已訂交，獨以未識荆州爲憾。弟敢介之左右，特囑晋謁，祈長兄俯推烏愛，待以國士。其人雖游朱門，心如蓬户，既爾秉性端方，而又肝膽自負，倘蒙眄睞，自有報效耳。吾輩宗誼素篤，有逾同胞，故敢以關切佳士，求其一經品題，非比泛常瀆瀆，諒兄必能垂鑒也。臨穎曷勝依依。

友・甲96

弟化鱗　含譽

久不晤教，時切縈思，知尊兄閉户著書，故不敢輕造請益耳。昨在殷彦老案頭得睹吾兄所爲詩文，相與披讀，不覺抵掌叫絶，真天下之至文，天下之奇文也。敢乞惠弟一二部，以作枕中之秘。再，尊兄著作甚富，倘不吝教，兼惠數種，則佩教實多矣。特此奉懇。

友·甲97

弟晟 舜瞻 嘉興

昨蒙隆錫，感謝靡涯。敝親顧天老家學淵源，素擅文望，吾兄鴻才雅度，必有水乳之投。今尚懇維揚，祈吾兄破格垂拂，不僅敝親銘佩高厚，即弟亦如躬被之也。禱禱。

友聲乙集

心齋張潮鈔

友·乙1

許維楨 松年 常州

舍弟北行已多日，家嚴寂坐荒署，弟亦鹿鹿，未克一過高齋爲歉。前携去舊刻《宋景濂集》，求擲下是望。尊刻古文集、《八股詩》，又一種如《夷堅》之類，祈檢賜教，感感。率懇不既。

友·乙2

席居中 允叔 遼東

久不覩清光，瞻企實深，軫結軫結。敝友吴涵公兄與弟爲素交，其品誼既稱玉立，而鐵筆篆籀之學爲都人士所推許，此老年臺所稔知者。今更浼鄙言爲介，欲祈推分照拂，并希游揚以慰涵老之望。至禱至禱。

友・乙3

侄兆鉉 貫玉

來教并佳刻領到。佳刻已送呂紫老暨車父母署中，唐兄極爲稱羡，囑筆申謝。第《心齋詩集》只得二部，止送此二公耳。《詩集》總評暨各首仍多空行，侄欲于長夏時一一補上，以待梓入，庶可附青雲而彰賤字。若尊意中有佳句妙論，先寫賤字授梓何如？不肖頹唐日甚，學書不成，去而學劍，學劍復不成，惟有放浪自廢而已矣。良晤難期，再過維揚，當作十日平原飲也。

友・乙4

又

前月廿七日遣价來揚，附有小札，想已寄上，幸示回音。車公署中高人唐十泉先輩諱時淵者，以明經不仕，娱情詩文，與不肖聞聲相思，因呂紫老得以把臂，時時以筆硯爲晤對。渠讀佳集，嚮往已久，今作有詩奉贈，足徵文章聲氣，不脛而走，自有佐賞之者。十翁雅以古道自尚，絶非儕俗之見，大筆亦乞步和二章寄下達之，以示詩文知己之雅，何如何如？原札附覽，仍希擲下。署中仍有陝西王兄，亦是幕友，欲得《心齋詩集》，祈發下一二部。前字内已囑，今再申懇。封托吴尚老處郵沭爲便，日内渠即有人啓行也。

友・乙4附

附唐十泉與貫玉札

飄風凍雨，破壁摧床，幾於無地可避，不知尊寓作何支撑也。良友咫尺，一晤之後，了不可再，夢裏惺時，每呼貫老不置，奈何。令叔先生一代騷雅，讀其書如見其人，載酒問奇，得無恨雲亭遠耶。《獨寤寐歌》漫賦請正，幸勿令君家工部見也。鬬圖握手，不一。【尺・一14復】

友・乙5

汪鶴孫 聞遠 梅坡 浙江 徽州

世兄諸刻，弟心醉良久，不敢遍索，而忽蒙下頒，且琳琅滿目，何快如之。捧誦之餘，并得藉以流布長安，知已勝于射洪之携文萬軸矣，謝謝。初二日登舟長行，再容握別。另有閨人小傳一首，改日奉呈，求入《虞初新志》，先此奉懇。

友・乙6

侄兆鉉

前承惠鄧孝老選梓尊公叔祖遺稿詩，足徵老叔祖孝思永念，久而不忘，凡有表章處，無不留心也。又蒙念及拙作，可以代爲授梓，不肖于詩道尚未入門，何敢問世。且先君《崇祀》《贈言》二録尚未暇脱稿付之棗梨，又何敢及拙作也？謝謝。俟稍暇，以《崇祀》《贈言》二稿繕寫成本郵寄，奉托會計授鋟，何如？明春初夏必圖把晤，以叙闊悰。不盡。【復尺・一14】

友・乙7

又

仲秋之札未領，今來大集，并答贈唐十老詩已到，謝謝。隨即致之十翁，又當渴慕大方，念茲不置也。唐十老爲人古道，恬淡無欲，將束裝歸楚，便道造晤，幸預戒閽人恭迓。渠行色甚速，倘高情不能恝然，下程數色，送入舟中，亦足展台意矣。他不一。

友・乙8

汪鶴孫　梅坡

承年世兄所惠多種，觸目琳琅，敢不什襲，俟至都日，公之同人。内惟《牌譜》一種，繪刻精工，選句佳勝，見者靡不擊節嘆羨，弟未登舟，已爲友人分取殆盡矣。乞年世兄再賜數十册，以實游囊，當爲揄揚風雅于京雒間，使見者如對生花筆意也。再所懇者，年世兄刻唐人張籍詩，乞見惠一帙，鄴架所藏《杜樊川集》并祈暫假一日，弟處此本缺數頁，欲令補抄故耳。

友·乙9

殷曙 日戒

前月獲接嗣音，兼拜大集，不啻百朋我錫，幸甚幸甚。旅館于邑無聊，捧誦年臺《四懷詩》，大有感觸，漫賦長歌請政，以博噴飯耳。遇便鴻，即祈郵示新篇，及舊梓《牌譜》《觴政》，冒辟翁、董姬所集《奩艷》諸書，或名流倡和考訂新編，開弟茅塞，則荷提命更多矣。同鄉洪子彝兄有《和四懷詩》附正。

友·乙10

侄兆鉉 貫玉

八月初五手教領悉，俟容報命。前承寄大集并《八股詩》領到，謝謝。唐十泉先生頌《八股詩》，嘆賞不置，晤間服膺，回署又復寄字以道其服膺之誠，原札附覽，以見其傾慕神交之切也。今束裝歸楚，索字托代爲覓答課船。聞聲相思，便道造晤，以慰調飢，行旌甚速。其人古心古貌，篤於友誼，侄在此亦極蒙其照拂，倘尊叔祖重知音之雅，匆猝無備，亦隨意盡情可耳。

友·乙10附

附唐十泉與貫玉札

唐以詩取士，荆公變爲八股，古無有也。令叔先生又變爲《八股詩》，今無有也。令叔得八股三昧，故詩之章法、篇法、股法、句法、字法、結構、段落、回環、照應，無一不備，且極筆歌墨舞之樂，慧業文人，豈偶然哉。如匡鼎説詩，令人解頤；又如生公説法，石皆點頭。第楚山溝斷，恨不從絳帳游，爲之三嘆，俟圖晤劇談，并言别里句請正。尊足比來痊否？令弟榮旋，未送行爲悵。

友·乙11

顧彩 天石 無錫

大集琳琅，耀人心目，僭加數語，未足以盡義藴也。所撰花名俱已忘之，老年臺暇時廣爲搜緝，補成一類，何如？

友·乙12

劉霖恒 沛然 無錫

久仰大名，前幸識荆州，殊慰夙慕。敝世兄天石極道年道翁製作之富，未蒙賜教，飢渴俟之。

明早即返舍，未得再挹龍光，可勝馳戀。

友·乙13 **顧彩** 天石

兩日不接塵談，真有鄙吝復萌之嘆。弟久滯于此，叠承雅愛，愧無報稱，豈敢復望解推。但旅況寂寥，殊無可告急之處，弟刻下有南譙之行，勉强束裝，寒衣未製，迄今尚擁單衾，恐至前途不免爲左伯桃之續，此可爲知己者道耳，不識先生能以篋中故裘，稍分挾纊之惠否？耑此奉瀆，幸諒不一。

友·乙14 **方淇藎** 竇臣

一城之隔，望兄翁如天上人，如之何勿思。懶眪和尚詩句清新，雖唐之貫休不是過也，方歸故園，以兄翁爲當代名流，敢乞一詩以壯行色，幸無吝珠玉爲禱。

友·乙15 **許維梃** 松年 武進

家嚴明早即歸，不及奉別，囑爲代致：所諭《禪世説》序言，欲求惠教已刻數紙，帶歸詳閲，定有以報命，不論早晚，斷不爽耳。至《韵牌》《牌譜》，更祈多賜數册爲望，盛意即帶送椒峰家妹丈面致尤便也。耑此不盡。

友・乙16

方淇藎

聞文宗考姑熟後即返江陰，吾鄉確在開歲，弟已束裝，得此信且暫止，以素無係累之身，忽遭此管攝，自悔多贅疣矣，悶甚。近得《徽郡詩》一部，自洪永至嘉隆全盛之時所作，悉合唐音，弟擬續成之，欲拉兄翁同事，不識肯許我否？敬問。

友・乙17

又

太平考後，歲已暮矣，徽、寧恐不及，容訪確，仍圖歸也。曹公祖禮物繳上，《韵牌》亦趙到，尊處有裱者，乞惠一册。所云續詩，非《秀運集》，係汪淮所選《徽郡詩》，評選精當，朱竹垞先生《列朝詩選》亦未見此書。弟因束裝，諸書存少修家叔處，一時不便取來，如考信遲，歲内到館，即撿上奉覽。他晤不盡。

友・乙18　**朱觀**　自觀

連因試事甫逼生徒，督以帖括，雖終日相伴咿唔，究無益于人，無補于己也。向讀尊集，清新俊逸，不啻開府、參軍，時深佩服，聞近刻甚富，更肯擲示數種，一慰渴懷，如沐百朋之錫矣。《詩觀》集中句承參閲，謝謝。

友・乙19　**孫弓安**　無燂　高郵

承賜老年伯著述，捧誦之下，如聞謦咳，小子逆旅中之厚幸也。佳刻種種，各臻至妙，而《南巡頌》尤覺組織精工，天孫之巧，莫是過也。歌誦之餘，舞忭欲狂，誠所謂文人之筆，無所不可耶！敬服敬服。容踵謝大教，不一。

友・乙20　**許維梃**　松年　常州

獻春彼此相左，未奉英對爲悵，想新作盈笥，容日求教。適四舍弟都門寄到候函，特呈台覽。

《周易圖説》秋岳先生亦云未見，弟渴思借閲，祈即撥冗檢發，何快如之，非久亦當歸趙。率懇不既。

友·乙21

許維模 姬範 武進

老年兄臺湖海豪士，江介才人，弟夢想十年，始遂識荆之願，方擬對床剪燭，作平原十日之飲，而驪駒在道，行色匆匆，未獲傾倒寸衷，甚爲惆悵。乃隆情優渥，臨行又損嘉惠，拜德而北，無日不感念高誼也。所賜詩文尊刻，入都後即遍致名公卿間，無不擊節嘆賞，以爲詠諧跌宕，不減《答賓》《典引》；其餘小品，俱可頡頏晋宋；不日《凌雲賦》奏，玉堂金馬，非公而誰。弟忝在同譜，亦與有光澤矣。荒械寄謝，臨穎翹企。

友·乙22

侄兆鉉

臘月手教領到，唐十翁渴慕丰采，積誠已久，囑求大序以弁冕其集，誠重之也，誠慕之也。彼此相得益彰，諒不吝惜珠玉，祈早爲抽筆，于月盡月初郵的人寄沭爲望。十翁札甚真懇，并詩稿原字奉上，幸照到。不肖時命不偶，事與心違，窮措大無往不窮，洵難與造物相抗衡矣。今收拾未竣之局，春夏之交必旋南歸里，就醫調治，過邗時，當傾倒積愫也。筆墨久荒，精神復憊，而家計日重，爲儒爲賈，無一而可，知己何以教我乎？不得不引昔人窮達有命之説以自解也。【尺・一15復】

友・乙23

唐時淵　十泉　湖廣

弟資性椎魯，十齡能文，父兄師長咸拘牽章句，諸不在舉業之科者，概勿使學。迨列名庠序，以八股謬見賞於諸文章耆宿，亦愨愨勉以制藝，旁騖則目玩志移，紛進取之功，此因人施教，如通才博學，豈卑狃如此。故五音弗審，四聲罔諳，有若野人適市，布帛菽粟外，琛奇玩好不辨爲何物。又敝郡僻在楚徼，洞庭衡岳，山川間之，舁笈罕到，中間師旅頻仍，故舊藏書，化爲煨燼，于劫煤中捃摭散帙，偶假吾伊，零星瑣碎，屑屑米粒蟲耳。夫盲者無以與乎青黄黼黻之觀，聾者無以與乎鐘鼓管籥之音，智不軼群，言不高物，何其固也。乃揣摩既疏，骨相恒賤，棘闈戰藝，足刖者八。即順治戊子，爲學使者黄仲霖夫子首拔准恩選，行治裝廷試，迫寇未果，抱嘆而已。人範乎造化，遂義命自安，退而學詩，間一效顰，譬之候蟲時鳥，自鳴自已，稿就輒投諸水火，同學有教之存者，終不敢妄留。或一二爲友人許可，稍灾梨棗，亂離以來，委之無何有之鄉矣。前秋浪迹陰平，得定交於令侄年翁，惠及老年臺先生大集，若貧兒獲寶，俯而吟，仰而思，晨昏不釋手，破愁白墮不足爲喻。私計數千里遥，橐無一物，幸得一《心齋集》波斯寶之歸，公之同人，視爲彀率，斯足稱快游矣。喜而嘆咏，草送令侄年翁請正，曾囑其勿令君家工部見，不謂竟郵呈茂先案頭。復荷誘掖深心，不我吐棄，辱賜和章，索花露盥讀，覺面熱汗下也。先生之詩文如晴雲秋月，塵埃不可犯，因得先生之爲人，又當如蒼松翠柏，絶無世味，其才不可及，其年不可及，應北面恐後矣。邗上匪遠，跂予望之，歸途在近，當艤舟曳屨，長跽請益，先生或我許哉。但憾老門生無物爲贄耳。巴曲不自知其媸，稿呈宗匠郢削，使有所取裁，因以結來生文字緣，亦提命婆心也。更猥乞皇甫一序，覽者將心折於名序，而模索其爲所序之人，或藉以浪得虚名，一字之褒，華衮不足喻其榮也。如曰爲盛名之累，則不敢妄冀耳。呵凍率展，伊人宛在，無限溯洄，主臣主臣。【尺·一16復】

友·乙23附

附唐十泉與貫玉札

昨出賀新祉，過煩行厨，醉酒飽德，有感而已。數行寄候令叔先生，以道景仰，未同而言，或可不誚否？里句數首請教，老年臺賜覽，如不足觀，當爲弟護醜，秘勿使投也。辱知我有日，幸無諱，乃徵直道。容過訪聆傢談，不一。

友·乙24 **曹貞吉** 升六 山東

粗紙原欲印詩，不知老世翁已預爲之地矣。如此雲誼，其可忘耶？敬謝。原紙既發回，姑存可耳。

友·乙25 **釋行溙** 遠峰

前有真州之往，爲風伯雨師所阻，護法來，有失倒屣，歉仄無似，想廣大法王必能宥我方外也。倪先生《詩最》之選，勢已垂成，尊著未經壽梓，譬猶藏中或缺《般若經》，終非全璧，幸即付諸長年，無虛彼望。

友·乙26 **江之蘭** 含徵〔一〕

病中筆墨盡廢，遂久疏緘候，罪甚罪甚。承惠《韵牌》，此詞場勝具，不可無者，但賤體仍未霍

〔一〕 按：原本下注『補遺』二字。

然，不審尚有與吾兄刻燭分韻之日否？茫茫寰宇，知己杳然，設一旦化爲异物，真當以青蠅爲吊客耳。

友・乙27　**倪永清**　匡世　松江

弟在都門，潦倒乳茶炙肉間，甚苦，及至建隆，日與蔬笋同事，又復不樂，造化小兒，大抵搬弄英雄，决不肯以前後均也。一笑。讀尊著《瑞麥賦》，偶缺兩章，而《詩觀》諸咏，又屬鄧孝翁選過，恍若乳茶蔬笋，啖之不已，或減至味，幸别惠瑶篇乃妙。太老先生名滿天下，江南何可缺此人物，惟祈賜教一二，并付梓工，荷荷。【尺・一18復】

友・乙28　**何鬲雲**　曾園　令名　錢塘

《南巡頌》典雅絶倫，可賡於《清廟》者也，雖起楊馬爲之，何多讓焉。《四書詩文》更創闢開天，横絶千古。餘作當入舟領略也。

友・乙29　**項斗文**　靈野

憶蕪城分袂，於今三年，竊嘗玩誦年兄《心齋》近刻，雖極小品，必有旨趣引人，活潑潑地，千里恍同面命，受益無量。前蒙翰教，知道履亨嘉，曷勝慶慰。弟自屈首受書，碌碌半生，茫無津涯。邇惟迸絶塵緣，探索性命宗旨，時與蒼山令兄坐卧小樓，互相印證，稍有悟入，天根月窟，儘堪領取。頃令郎令侄謬以鄙人於舉子業粗有所見，不憚降心相從，愚意諸生年富力强，磨礲數載，逢年之技，不患不工。所當亟講者在變化氣質，其次明理，又次經濟，勿問或出或處，俱要有體有用，庶幾可爲真儒，亦可爲名世。即斯地位未易遽到，然必須先存此志，方纔不愧學者。喜諸生黽勉從事，苟能精進不已，將來不獨爲功名中人物，乃弟性分内第一愉快事也。因并及之，惟祈珍重，不宣。

友·乙30

查士標　二瞻

前日復辱枉顧，格外隆意，何可當也。諸大作種種精妙，《集字詩》尤迴出古人，自寫胸臆而一近自然，先生真仙才，豈弟輩所敢望其肩背耶！敬服敬服。序文尊委，恐非蕪陋可以仰承，然又不敢辭，奈何！容圖之。佳詩壁上，照入，不一。

友·乙31

靳治荊　熊封　雁臣　鑲黄旗

老年臺麗藻雲蒸，英名鵲起，曲江風度，企慕良殷，顧以道阻且遲，未遑御李，方抱歉然。承瑶華遠沛，雅意維殷，未識何以當之也。蒙惠教諸刻，足見家學淵源，尤所敬服。特因羽旋，率勒布謝。别諭公文，已如教發行，伫看彈冠而起矣。并希照明，不宣。【復尺・一20】

友・乙32

唐時淵 十泉 湖廣

《三都賦》固重於一序，賦亦足重也，弟巴渝妄奏辱椽筆，已心版識之。荷老先生獎進苦心，代懇孝翁先生載錫珠璣，篇中祇將弟受知於先生輕描淡寫，而詞意已該，以是知文人之筆，横説竪説，皆成妙諦，弟藉榮先生，弟幸矣。夫孝翁爲騷壇名宿，牛耳中原，姓字噪海内久矣。其令音不擇人而付，如此下士，片長足録，不靳揚扢，與先生皆當代之茂先也。統俟過邗，摳謝伭亭，并祇聆提命。一字一絹，窮措大不能酬，所費尊橐，容面補償。孝翁先生前未便通刺候謝，祈叱賤名。便鴻略展，不盡藴言。【復尺・一16】

友・乙33

許維梴 松年 武進

家嚴昨寄到《禪世説》序稿，今呈台覽，不妨以尊意裁削，亦家嚴意也。家姊丈陳椒峰處選事尚未得回音，容再促之。《唐詩酒牌》有印下者，祈惠二册爲感，亦緣友人懇懇，故爲此馮婦之請耳。

友・乙34　**李坤**　申吉　錢塘

久慕高風，得瞻清範，已慰三生。復承賜嘉集，諷誦之下，香生齒頰，真所謂綉口錦心，媲漢魏而夐出，狎宋唐而下之，當什襲珍藏，以快蓬窗咏哦，感謝感謝。又頒佳箑隆儀，令人頂志雅懷，永矢弗諼也。

友・乙35　**倪匡世**　永清　松江

不佞選詩未三月，遂得若干卷，出走城郭，黄童白叟目之以目，指之以指，采之輿論，慕者與謗者兼半。匡世自揣幼無鄉曲之名，長無宗族之譽，一旦遂能至此，非無説也。其中有妙訣二：一曰公平，一曰清介。清介則利不能摇，公平則人不能議。假令謗者與慕者戰，則謗者敗矣。兹有周恕庵令郎子一者，欲刻崔鹺憲之作爲壓卷，後以馬魯士、李霄樹、朱天飲、丁蘭皋諸公依次編號，敢借先生台甫作參閲，然而小乘禪也。愚意欲以《昇平嘉宴詩》弁于首，其次梁樂亭，其次杜茶村，其次龔孝翁，以及王阮亭、施愚山、沈繹堂諸先生，再得四萬字，共分二十卷，纔是大乘境界。不佞之年尚富，不佞之志甚堅，挾此以走燕都，諸先達之詩可不勞而定，勇往直前，必欲成此正果而後已。慕我謗我，在所不計也。獨力不任，孤掌難鳴，先生何以策我。

友・乙36　**鄧漢儀**　孝威　泰州

復來邗城，既多筆墨之擾，而家人卧病，甚苦拮据，未能走候，想蒙台諒。曹公詩已刻成，洋洋大觀，皆年翁之厚德盛事，如寄郡丞公，須合前詩總印釘成一册爲佳，所費不多，期于冠冕，恐其遠寄都門諸公也。弟附有候札，希并郵去爲荷。

友・乙37　**查士標**　二瞻　梅壑

奇暑不能圖晤，時讀大作以當言面耳。詩序日日欲書，諧老傳諭，愧悚交并，想爲達意，重以諄命，明日必走筆書之，止在一二日呈到不爽也。

友・乙38　**方淇藎**　寶臣

相隔未遥，不獲時時過從，亦足以見弟之懶矣。尊集漫附數言呈覽，倘有不妥處，祈删改見教，切磋之益，端在于此，幸無作皮裏春秋也。

友・乙39

李德　若谷

前獲晋接，榮寵殊深，偶成小句，并以賤荆拙畫呈于扇頭，因叨先生知遇之隆，藉此以表芹意，非敢弄斧班門也。

友・乙40

又

佳什惠教，珠玉奬飾，自覺形穢，故不敢續貂矣。賤荆不揣效顰，挑燈强爲奉和，惟希不吝筆削爲望。

友・乙41

又

連日把讀尊稿，身心俱清，不能釋手，且荒寓荆莽草澤中，俱覺光風霽月，不揣沙礫，敬評數語。又賤内讀《詩幻》大作，有小文點污珠玉之章，諒先生不厭布粟也。

友·乙42

洪嘉植　去蕪　秋士

《詩幻》自是海外奇香，仙厨异味，梓行足供解頤，但用圈子之説爲至當不可易耳。《集字詩》成，見示爲望。

友·乙43

又

良工無詭遇，詩題自是閨怨，大筆妙若天成，但須還他本旨，庶免人摘耳。

友·乙44

方淇藎　寶臣

昨于諧老案頭讀尊作《限字詩》，如以織錦之手作無縫天衣，拜服之至。效顰一首請正，祈削示之。聞洪秋老作甚佳，尊處如有，求惠一閲；如無，則乞尊力索來，付下一寓目爲感。

友・乙45

洪嘉植　去蕪

嘉植白：竊聞君子之道，修於身而後及於人，明乎古而後通於時，此學之所由成，而道之所以立也。嘉植自束髮讀書，遠游江漢，嘗及孝感先生熊公之門，先生明程朱之正學，爲海内人望，私心誠自喜悦，岩穴之士附驥尾而名益彰。然自先生退處，僑寓白下，閭巷相近，春秋暇日，每侍杖履於清涼、樸園之間，聆諸緒論，有非淺見鮮聞所能窺測。則又自謂學問之道，精微廣大，不可跂至，而立身行己，持之在我，皆期無負於先生。然而學問之道，行己爲大，以是十年以來，飭身名業，詎可苟且以獲罪戾，是以退則不敢著述，出則不敢抗顔爲人講論，亦唯閉户與一二同志考證古今得失，以爲修身之助而已。自遷白沙，不幸甲子之夏，先母見背，明年九月，先君子又棄世，惡極罪大，疚心痛首，生平所學，一無足恃，執禮大事，唯益茫昧。於時先生枉人吊賻，則渡江往謝，猶執苞履，扱衽厭冠，不入公門。已而先生著《學統》書成，辱寄相示，稽顙拜受，伏讀以致願學之意，此皆嘉植之不敢贋越，有負於先生者也。乃者廣陵師儒諸公仰承大中丞公莅命郡縣，請諸學者講習明倫之堂，名皆濫竽，嘉植亦以。嘉植嘗游孝感先生之門，親正人，聞正學，相爲研悦，使學術昭晰於時，而爲世道人心之所繫屬，則亦近代所未有也。嘉植豈敢蹈高世之行，傲睨辭委而去之哉。顧於禮則有所不可者：自居兩喪，先母服始除，父喪未及小祥，二親皆旅殯未葬，雖已逾三月之葬禮，而三年之喪、將葬日月尚未有時。古之人未葬則雖三年無除服之文，則知古禮未有逾三月而不葬者也，而况至於三年之久乎！然則二親未葬之日，爲葬事謀也，墨縗出門，凡諸行傭細行，以至賣文爲活，隨時而通於古，皆可不廢。若夫飲酒食肉，將獨不可以已乎？飲酒食肉者，飲食之末也，猶且不可，而况岸然而旅進旅退，行禮於聖人之門！其將以學爲聖人乎？聖人者，禮樂之至也，人倫之師也，未有欲學聖人而於禮法之外者也。其將以聖人之學告人乎？未有已則絶倫滅禮，而能使人以有禮以成其學者也。夫登聖人之堂，講聖人之學，則又必有釋菜行奠之禮，行吉祭者必變吉服，《禮》『重素不入公門』，其敢以衰裳而入聖人之廟乎？古者身有喪，雖宗廟之祭祀亦廢而不舉，誠以凶服不可入廟以與於禮樂之地，故禮樂三年不爲，雖崩壞而實存也。或者曰：『子曰：「居是邦也，事其大夫之賢者，友其士之仁者。」非爲仁之利器乎？』豈不曰：『「仁之於父子也，命也，有性焉，君子不謂命也。」禮：「子有父母之喪，君命三年不過其門，所以教孝也。」《記》曰：「君子不奪人之喪，亦不自奪其喪也。」』夫哀人之喪而使之得盡三年之禮，此則嘉植之所以望於大夫之賢者與士之仁者。以今之蒞兹土者，上有大中丞，下有師儒諸公，豈獨大夫之賢者而已哉？故知講學爲近代所未有之盛事，而嘉植必執於禮，有不可應命而行者，自以草土餘生，深維不敢負於孝感先生，以爲門墻之玷辱。所謂修身欲以及人，明乎古而達於時，其道或出乎此，吾兄知我而明於學，幸爲嘉植告於諸公。嘉植白。【尺·一21復】

友・乙46 **殷譽慶** 彥來

前辱教大集，妙手奇思，真創從來所未有，雖李青蓮復生，亦不得不嘆服。若湯臨川、王山陰小品，直可隸畜之耳，羨羨。頃友人以家藏《九成宮》法書求售，而未得伯樂之顧，先生繫大賞鑒家，敢塵清覽。此本精神迥別，乃初拓中之不易得者，倘不以鄙言爲妄，幸即有以教之。

友・乙47 **畢熙暘** 右萬 嵎谷〔一〕

讀佳集，錦心綉口，想見瀟灑風流，稍措一語，不免佛頭着糞之誚。然竊欲附驥，敬評數句于《盆梅》《歸里》及《八股詩》之後。弟新字嵎谷，諸友有《嵎谷寫梅歌》見贈，如不惜珠玉，乞惠一篇爲感。

〔一〕按：原本下注『補遺』二字。

友・乙48

孫自成 物皆 霽園 江都〔一〕

捧讀佳集，諸體皆擅其勝，乃知才人無所不可。僭評數則，未罄揄揚，不能釋手，恐遲報命，謹馳上，俟登梨告竣，尚祈惠教，作几上珍也。

友・乙49

查士標 二瞻 梅壑

日以小恙，辱駕枉問，未即造謝，歉歉。序文久羈，罪不容逭。承諭大刻已竣，需之殊切，即欲濡毫以報。因原稿爲小僮曬書亂疊他處，急簡不獲，如尊處有底本，乞命侍書檢出賜下，即當如式寫上也。【復尺・一19】

〔一〕按：原本下注『補遺』二字。

友·乙50　**黃雲**　仙裳　泰州

小别年餘，弟爲貧病羈栖，然神馳仲蔚蒿廬，非雲樹可阻隔也。今年有何著作，無端百里，聞問闃然，非一言可説。弟亦粗有拙製，欲請政大方，當需之菊花時節耳。

友·乙51　**方淇藎**　寶臣

尊作領到，當即致之。天下有才女如小鸞者乎？雖有至妒在前，吾不顧矣。二詩奉覽，必有同好，其原稿即爲友人攘奪而去，可恨。俟有和章，即當馳上也。

友·乙52　**吕起鳳**　紫庭

久違麈教，時切瞻依，曩每于貫老宅報中捧接著作，令人佩服無已。弟以鷄肋一官，栖栖荒邑，諸凡缺候，罪莫可逭。近以送試淮城，得接瑶函，如親道範，深慰渴思。乃蒙老年臺關心名教，垂念敝學文廟傾圮，慨然捐助，其貲照數拜登，正在鳩工。此真宣聖有靈，不惟通庠得藉帲幪，即弟實叨台光多矣。容返沭，即將老年臺盛舉備陳邑侯紳士，落成日自當勒之貞珉，以彰千秋不朽之德，而老年臺將來福禄日增，龍天八部，實式憑之矣。匆次奉覆，伏惟鑒原，尚容專候。臨穎何勝銘感之至。佳刻領到，并謝。

友・乙53　**查士標**　二瞻　梅壑

序字久稽，復蒙嘉惠，有如几杖之賜矣，愧謝愧謝。前日已書，爲客至中止，今即當續書以報，廿四日必無不呈上，否則不惟弟負食言之愆，而先生亦可著絶交論矣。笑笑。大刻并謝教，不盡。

友・乙54　**方淇蓋**　寶臣

承贈小鸞詩，和者紛紛，偶然遇此韵事，爲兄翁所知，弟却自忘其爲道學先生也。一笑。

友・乙55　**徐貞**　幹臣

尊公老先生理學名臣，其著作足光一代，進呈刊布，梓里榮施。但愧俗筆無能奉揚萬一，聊遵台命，領裨諶之任，再聽高明自行裁定可耳。

友・乙56 **呂士鶴** 御青〔一〕

細讀大作，清麗婉艷，縱横瀟灑，不事穿鑿，自露豪華，别開生面。連因俗冗蝟集，胸次茫然，率筆妄評，第恐佛頭着糞，不足揄揚萬一耳。

友・乙57 **汪薇** 思白

讀大集，心神俱肅，一門著作之盛，煌煌乎吾鄉之光也。小詩呈覽，聊以酬賜教之意。束裝在即，恕不造别。臨穎神溯不盡。

〔一〕按：原本下注『補遺』二字。

友·乙58

程守　非二　蝕庵

年餘不奉教言，神注神注。頃知大著數種，能一富貧兒耶？聞即扶尊大人柩南歸，又或可十日登床商榷風雅，若弟則四十年土室未出也。

友·乙59

孔尚任　東塘　季重　曲阜

適承枉顧，未及快談而別，黄仙老在座，急欲一面，故敢唐突候駕，知老世臺自相諒于形迹之外也。

友·乙60

冒襄　辟疆　巢民　如皋

老年翁南面百城，上下千古，邗上壇坫獨藉住持，愧賤父子不能常侍左右，以供驅策也。瓜豉嘉惠，副以橙匏，皆老人急需，感勝『華筵值一金』矣。賤目作楚，即數字亦昏眵，遲數日，當題畫奉教。《通志》三套再呈台覽。草此，并謝。

友·乙61

丘元武 柯村 諸城

客中無墨，故索之良朋，只一二笏便足，何見惠之夥耶。弟五指如懸槌，固不能驅策老成，即少年精悍，亦未易指使。所云『新進書生』，正恐消受不起耳。笑笑。《集字》佳什，再求一册，雅人雅事，正以瑣瑣爲佳，老世兄以爲如何？【復尺·一22】

友·乙62

黄雲 仙裳 泰州

《蘭亭》訛二字，已爲僭改，未卜妥否。《十七帖》則全璧矣，此行草并《十三行》竟似爲弟而設，先生益我矣。

友·乙63

曹貞吉 升六 實庵 青州

維揚一别，遂更寒暑，回思晤言，如在目前耳。愚兄弟拙集過蒙老世兄力爲表章，不惟勞神，抑且損惠，感謝感謝。重陽後返署，始接去年尊札，種種雅愛，謹對使拜登矣。令嗣令侄俱獲覿面，覺芝蘭玉樹，輝映階除，老夫子之克昌厥後，殊可賀也。蕪詞原不敢問世，承老世兄見索，又不覺見獵心喜，月來始得料理就緒，求老世兄閲之，果可灾梨否。因風便候，不盡欲言。

友·乙64 **鄧漢儀** 孝威 泰州

弟明日東歸，以賤足病且地滑，不能過别爲歉。曹公祖所寄詞留尊處，新正來邗取讀可耳。巢翁盛稱尊選《虞初新志》，而弟未之見，乞惠一册爲望。

友·乙65 **巫敬輿** 德士 當塗

耳先生名已久，客游邗江，歲聿云暮，不及晋謁台階，企仰殊甚。適從敝年叔丘柯村先生案頭讀大刻《韵牌》《集字詩》《虞初新志》等書，真獨出心裁，超絶千古，名下無虚，信然哉！謹奉紙價少許，祈惠我數帙，載之行笥，時一開展，如晤張緒風流，則鄙人幸甚。

友·乙66 **丘元武** 柯村 青州

承賜《韵牌》，賜墨，又賜《集字詩》，兄之于弟，可謂合尖，而丘生之瑣瀆，亦可謂絶頂矣。今又復萌貪心，作無已之求，頃見巫德士年侄領到諸種著作，内有《聊復集》一種，弟檢視之，直覺寶光四射，逼人眸子，遂首折至地，南望百拜，頌張山來先生佛，欲以香華頂供。自顧笥中少此一帙，輒耳熱面赤，慚甚妒甚，欲攫之則不可，欲引例以梓值上求，則又近于套襲故文，取世兄吐棄。仰思躍起，不如冒顏自乞，良以世兄爲近代第一流才子文人，必肯憐才子文人，弟即不文不才，亦吾道中可喜者，諒必不靳此徑寸之書，令其慚極妒極，而抑鬱以生病也，謹托若谷兄代達鄙意。昔人言偷花不爲盜，則丐書不爲騙，正可作轉語耳。

友・乙67　**殷曙**　日戒

冬初復返豐邑，偕舍表弟日坐冷署中，益增離索之感。適瑶答自南寄來，喜慰已極，又得捧誦《集字》新編，秀美清華，直奪唐人之席，真所謂愈出愈奇矣。弟去夏寄詩呈教後，亦未拜領嗣音，或爲人浮沉也。前蒙賜佳稿及《新志》等刻，舍表弟歆慕之至，弟處有重者爲友索去，而此行亦未置笈中，倘遇便人到蕪，祈各寄一部于某翁處，可以早晚郵示。弟承命謹録舊《和昌黎詩》附上，恐不足登大雅之堂，惟冀老年臺之提衡引重耳。又有《庭荷始華》五言古一章，附刻尊公老先生集内，倘蒙鑒别，并祈請正於孝威先生，其三集若竣，望惠弟一部，不啻百朋也。

友·乙68　**沈琰**　冰峙　華亭

先生當代文宗，風騷之主，真海内大手筆，更兼如此交情意氣，寧可復見之今日耶。愧弟即欲北行，不獲時侍左右，深爲惆悵耳。屢承厚貺，愧感交集，長安道上，自當頌德勿諼也。

友·乙69　**方淇藎**　寶臣

一肩行李，囊橐蕭然，弟行矣。但念李兄風雨歲寒，雖舉案有人，不廢嘯歌，而繩樞甕牖，其實難堪。弟力爲謀居，已有善地，但當事所贈之外，尚有所需。前承賢昆玉金諾之數，祈慨然付彼成之，感佩不獨李生已也。

友·乙70　**吴綺**　薗次

不晤思曼又兩月餘矣，緣杜門日久，未及走候耳。聞鄴架藏書頗富，或天下名山記，或名山勝概志，凡有關江浙山水之勝者，乞假一閱即璧，不敢損失也。切切。

友・乙71　**失名**

頃承枉駕，未獲倒屣爲罪。昨晤許年翁，極稱老年臺詩囊之富，故敢一登龍門，不謂緣慳，無繇一晤，悵也何如。午餘即理歸棹，敢乞頒示全稿，以慰飢渴，容來春面悟，不盡。

友・乙72　**王煒**　不庵

拙句呈削，不足以當大方一笑，并上玉環一枚，以爲羊叔子德位之徵，伏冀筦存，曷勝榮荷。

友・乙73　**孔尚任**　東塘　曲阜

廣陵之會，得年世臺爲領袖，遂覺觥籌生色，吟嘯可傳。是日發辭吐論，惟足下爲雄，載卷携書，惟足下爲富，蓋不止一詩之冠冕集中已也。別後時時馳念，每逢同人，即贊服不置口。弟于廣陵後起中，蓋得四才人：閔義行奇瑰高華，張諧石藴藉駘蕩，史淑時博雅雄深，而典麗娟好，則莫年世臺若也。所賜諸藏集已捧致闕里，增輝奎宿，至諸雜著，亦皆細讀，把之過日。雖未洞測高深，然乍觀毛羽，便識吉光，再摩膚理，益驚琬琰矣。近作想益宏深，仍望次第檢示耳。前所賜一書，紙幅太狹，更望賜一大紙者。《韵牌》令牌精好之極，已爲同官攫去，亦懇再惠二副，一藏篋笥，一寄與最相知者作一大人事，想必不吝也。拙刻、粗箑，便寄請教。

友·乙73

查士標　二瞻

昨辱惠臨失迎，罪罪。雨前松茗最不易得，過蒙珍賜，感謝感謝。故山風味，沁入心脾矣。容面叩，不盡。

友·乙75

倪匡世　永清　松江

昨聞先生有得麟之慶，不禁手額，兹以拙扇花箋權爲補賀。選事鹿鹿，未及趨候，深切悵惘耳。海陵女才子蔣冰心，欲求半面，托弟一言爲介，未審肯見容否？此詢。

友・乙76　**蔣葵**　冰心。邯鄲令瑞徵公女，適泰州文學陳□□，儀真人。釋名德日，字智鏡。

一經品題，便作佳士，尊箋拜領。上着如許殘羹冷飯，欲免卅柱杖，了不可得。欲知法王法，法王法如是。

友・乙77　**又**

拜領佳句，種種奇絶，非塵世中人，誠坡仙後身也。謝謝。前俚偈聊以致敬，正恐遺笑大方，何當過譽，惟抱慚而已。不日作歸計，如得便，幸移玉一晤，何如？

友・乙78　**沈琰**　冰峙　松江

昨與倪舍親歷舉維揚諸公，惟老長兄爲當代第一流人物，交情意氣，真可於古人中求之，斷非虚言也。此番浪游，竟有阮途之嘆，今日欲買淮陰之棹，奈囊空如洗，倘肯垂念旅情，佩德更何如耶。

友·乙79

吴度 叔子

連日讀佳詞，小令含蓄而不盡，長調頓挫而有神，不勝擊節，僭加評語，聊附不朽耳。自愧未諳此道，不敢遍及也。謹耑人還上，容謝教，不盡。

友·乙80

王煒 不庵

拙言何敢當盛譽，第就題中本有不爲放過耳。草上，殊羞惡札，有玷大册，愧愧。聞過兵恣搶，龔半翁處不能走候，甚爲悶悶也。

友·乙81

又

拙句但寓禱祝之私，不能頌揚爲愧。南北曲十八九歲時亦曾願學，置曲數百種，因求務頭之説，選數十調延師習之，已經月餘，忽念幾同優伶，一時汗背赧面，遂爾中輟，實同于不知也。大作隱括原旨，不獵浮詞，真有大璞未漓氣象，而用韵絶無旁溢，尤見作家手筆，唯有嘆服而已。暇容趨候，不盡。

友·乙82　**吴綺**　薗次

適讀《集字》大作，格調幽細，音韵清新，不落纖巧窠臼，有自然之妙，令人心折。但所云《詩幻》未得見惠，前刻《韵牌》并祈多賜數册，小兒輩俱欲之耳。

友·乙83　**江注**　允冰

數載傾懷，忽聞歸里，如渴得飲，奈何枉顧既失倒屣，造謁亦復相左。續程非老耑人至珂里相迎，則台騶已遄發矣，何相須殷而相遇疏耶！拙刻拙畫進塵大雅，聊寄所懷，尚容圖晤，不宣。聞尊刻尚多，望郵示爲感。

友·乙84　**程守**　非二　蝕庵

『我非好飲酒，憂煩向誰除。我非好遠游，鄉里不可居。』此弟三十年前詩也。年兄久不歸，歸即出，無乃同情然？弟老而耄及之，不得共數晨夕，此一大憾事。邗上晤梅壑、悔齋，爲弟萬千寄聲，不知合并何日，言之凄然。小詩以志别緒，附小刻一種，亟于請教作者。布帆未東下，尚冀晤言，不盡。

友·乙85

又

小力持小札走柔嶺，知取道蘇浙，無復過屠羊之肆，黯然黯然。『垂老愜知音』，弟近日與王不庵句也。年兄慨然長發，真有未盡之言，得毋如晋人所云『作數日惡』乎？原札并扇附上，鄭修老才品俱佳，幸進而教之。臨潁神溯。

友·乙86

侄韵　諧石

書雲令節，本擬叩庭下，以祝長年，恐動起居，且落往返俗套，特遣小童持書泥首，幸恕不恭。十四日會集甚盛，百年來所未有，知尊叔公冗，已代婉辭，附題求大作以爲壓卷。餘懷俟晤再悉，不盡。

友・乙87 **鄧勷相** 方回 泰州

向于文選樓頭曾獲謁尊翁老先生，不意一代魯靈，忽乘箕尾，真百身難贖矣。幸先生克繩家學，司幟文壇，急欲登龍，瞻厥芝宇。奈天靳良緣，彼此未面，殊爲耿耿，今特以小詩呈教。聞先生著作甚富，倘蒙見惠一二，則遠勝百朋之錫矣。容趨候，不一。

友・乙88 **程守** 非二

前二函定不浮沉，清恙知即平復，弟則違别以來，日在藥爐茶竈，無復曩時興致，道兄日擁萬卷，著作等身，不一及制舉書，尤愉快也。曹安丘時時訊及叔度，有新文詞，幸惠數册，以當《七發》，如何？

友・乙89 **蔣鏞** 玉淵 常州

久企清輝，今斯願適。承惠多編，如球琳琅玕，繁然殷集，不覺目眩神揺也。先生才美如此，聞見俱奇，知尚多秘笈，無任欣仰，望勿吝教。前拙選太翁先生詩，僅得《北邙》《棧道》二章，實以見少爲歉，希多檢示，以光再集。弟生平好游，五嶽幾遍，足迹未至者惟巴蜀滇黔耳。獨往來邗上，從未登岸，邗上諸君子間有把臂投歡者，皆异地相知也。今夏將游山左，便道訪李厚餘比部于昭陽，又爲敝門人楊錫三邀過海陵，與兩邑同人競爲好會。越五月而來維揚，寄居蕭寺，忽忽三旬，壇坫宗工，亦既覯止，先生風雅領袖，當思所以振興之法，俾下里巴人得聽陽春一曲，稍慰數十年往來邗水思慕之誠，是所深望。前呈覽先大父《名宦録》暨《馭鹿圖》，幸賜片言，藉爲光寵，翹切翹切。

友・乙90

江之蘭 含徽

東風届叙，黍谷春回，吾兄動定亨嘉，當不俟流俗之祝也。但東亭去廣陵尺水耳，知交間阻，筆墨緣疏，『人生不相見，動如參與商』，亦不在『道阻且長』也。屢欲作尺書奉候，拈毫時輒有無數牢騷，遂爾中止。頃大作應富，未能多讀爲悵。弟近留心青囊，頗覺意會，自恨業儒未成，無補於世，或因此濟衆，則藥籠功名，視世之華軒大蓋，虚費民膏者，不無彼善於此耳。然千秋不朽之業，莫如著書，而書之能如粟菽布帛之不可少者，又莫如醫書。弟於此道，將來欲集成一書問世，何日過廣陵，相與商榷方爲妙耳。【尺一・23復】

友・乙91 **殷曙** 日戒

今秋暫返故園，道過鳩兹，走詢貴族大川鹽店，則已息業，遂不得老年臺音問。迨晤江允老，知駕曾回府，恨不相值，一抒闊懷也。以後或有便人到鳩兹，必祈郵華翰於西門内新市街恒晋典中。夏間可以領種種大集，不啻親聆玉屑矣。向日所惠諸刻，悉爲允老及敝東宸老奪去，弟仍有請乞無厭，想當不拒耳。年來羈栖河北，絶少倡和，南瞻廣陵，若在天際，惟望故交頻以琅函見擲，一開塵眯，何如？

友聲丙集

心齋張潮鈔

友・丙1

鄭旭旦 扶曦

病鬱數旬，恨無山水登臨，枯寂似老僧面壁。連夜大雨翻盆，雲生屋角，凉勝初秋，因展所賜《聊復集》快讀一過，其中千岩萬壑，競秀争奇，不啻山陰道上。月餘斷酒，此際急呼佳醖，連進數觴，大章遠過逍遥散也。肅此申謝，附上《漢宫秋》《金焦記》，聊供噴飯，恐不能報下酒之惠，如何如何！

友・丙2

又

正思舊案翻新，一醒耳目，年翁先得我心，容盥手焚香，擊節誦讀，驅溽暑而迎秋凉，暫寄羲

皇以上也。《漢宮秋》《金焦記》久污尊齋，適同寓敝友欲得一觀，望撿付來。稍凉當過年翁，盡發名山之秘。【尺·一25復】

又

友·丙3

《一江風》不妨用兩枝，但中須界白，此係最高調，不能連唱故耳。此折已是整體，補曲不能變調，愚意即用《節節高》二枝，與前《梁州》四枝相對作章法，何如？四折斟酌已妥，乞命書記録出示我，當更爲年翁效一得之愚也。【復尺·一26】

又

友·丙4

間白曲中，文理不貫，隨手堆垛，望若積薪，此自笠翁流極以來，今日雅音幾熄，得年翁一爲掃除行奪，大用東籬之幟，不但張我一軍爲快幸也。此篇寫世人巧處，亦已盡情，其『天孫唤醒』及『收場』二處，尚遺餘力，更祈展開山手段，成宇内奇觀，則巧竊天章，予又將從子乞矣。同心之言，不啻清風入坐，知必披襟當之。

友·丙5 又

即今聲場不少知音，詞壇□〔一〕無顧誤，君既瑕瑜不掩，我當玉石相攻，世俗違心之諛，到此都無用處。「文章千古事，得失寸心知」，若弟所點定批評，則又兩心相照耳，知年翁必大有觸發。此後思如涌泉，筆能追電，令僕效馳驅之勞，醉之清酒百壺，侑以歌童一笑，狂獃似僕，尚能爲君致曲以成變化也。

友·丙6 又

音韵之學，言人人殊，獨《中原韵》一書釐剔幾無遺憾，即有議之者，則以「魚、模」合韵，「朋、崩、轟、兄」等字入「東、鐘」，「浮」字入「魚、模」等類耳。夫「魚、模」收音不同，合之固病，然合不難分也。較諸沈韵「支、佳、灰、元」之雜亂無章，則天淵矣。其呼「浮」作「扶」，「朋、崩」等字入「東、鐘」，誠似土音，然吾謂「兄」之呼「薰」，尤似土音之甚。當與「爺」之從「麻」，「母、婦」之從「有」，

〔一〕按：此字漫漶，疑作「絶」。

『姐』之從『馬』，『孫』之從『元』，同一缺舌之音，遺笑千古耳，議者無論矣。其從周韵者，每呼『庚青』韵中『羹』字爲『京』音，『坑』字爲『輕』音，『恒』字爲『刑』音，以爲中州嫡派，殊不知此等則真可議，斷不可從，人耳令人欲嘔。不解何故牢不可破，鐵板遵依，使周韵差訛無由改正，不能大慊於人心，皆此輩墨守誤之也。竊意挺齋定韵『羹、坑』等字未必如是，注音或出後人附會，今試將『羹、坑、恒』等字皆各從本音，何常不與『青』叶，何常不收『庚、青』，何必爲『京』、爲『輕』、爲『刑』而後爲《中原音韵》耶！予向持此論，恐忤時俗，未嘗輕與人言，因讀年翁《贈戚綏耳笑門詩韵歌》，知惟年翁可與語此，故不敢秘，懇賜定評助我，毋使楚咻勝齊語，何幸如之。得暇過我快談爲望。【尺・一27復】

友・丙7

蔡坌　鉉升　江寧

坌浪迹廣陵不覺兩旬矣，荷兩年長兄隆情雅愛，以知己相待，文酒追歡，旅愁冰釋，此行得交二仲，何幸如之。雒橋之游，牛山之會，皆可流傳不朽，正欲題拙句以紀九秋勝事，中有長律一首未成，賢阮促上歸舟，不及脱稿，容寄呈清覽，兼請斤削以付梓人。我輩神交相契，想老世臺必不拘拘形迹之間，以疏狂見罪也。臨楮曷任依依。

友・丙8

又

足下填詞，風流艷冶，前則關漢卿，後則湯若士，未許俗人易曉。《酣春》一折，《小梁州》《上小樓》收結處稍有异同，然亦可唱，不失其爲珠玉。《送春》一章，委婉盡致，獨《北折桂令》似多出入，因録前人數作，祈印證之，不知然否。幸恕弄斧班門也。

友・丙9

叔都甫 平倩 祥符

邗關握别，再見鶯花，回首江皋，時飛遠夢。前聞老侄有獲麟之慶，喜慰非常，河山間阻，未能一伸賀忱，抱歉無似。愚年來跋涉於舟楫車馬間，日無寧晷，至今歲春明始返里舍，命緣作祟，到處迍邅，乘風而去，載月而歸，潦倒之狀，不堪爲老侄述也。兹因紀姊丈南游，便訊近履，老侄素篤姻婭之誼，希諸凡照拂之，即如愚身沐雅愛也。凡我宗族，統祈叱致，不盡欲言。

友・丙10

顧彩 天石 無錫

詒清堂賞海棠後，闊别至今，老長兄坐擁百城，著作有日新之美，而弟長爲羈旅，遠望當歸，不啻仙凡之别，奈何奈何。佳刻偶携片羽，一時價重都門，老長兄何不以全集壽梓，嘉惠同好，佐以清玩之具，尤當不脛而馳。至於《虞初新志》，願讀者多，此時計已增數帙矣。弟不日南返，於邗上作十日留，捧誦當有地也。兹敝友吴荔庵南還奉叩，實欲飽讀奇書，弟因附候台禧。荔老握手，更能悉弟之近况也。爲晤不遠，言不多贅。

友·丙11　**曹貞吉**　升六　實庵　山東

先夫子尊著真能發天人之秘，探性命之旨，開卷尺許，泫然流涕，批閲之餘，繼以太息。甚矣，弟子之弗肖也。雖然，不敢不勉。拙詞遂爾授梓，剞劂之工，爲此中所未有，老世臺雖甚愛弟乎，而弟安得不汗下沾裳也。謝謝。鄙意原藉老世兄評騭以爲光寵，而終卷缺如，良用爲憾，幸有餘地，可以生輝梨棗，祈即惠我驪珠，勿過爲撝抑也。外有貴父母靳公評語數則，定當補入，唯世兄留意。客春以入宛之冗，未獲深聆教益，至今耿耿，而供具草惡，反蒙齒及，愈增恧矣。别諭敬志於懷，俟徐圖報命也。偶刻附呈大誨。去人倚馬，草草奉復，不既欲陳。【尺·一28復】

友·丙12　**又**

道里阻長，瞻言無自，遥憶芝眉，惟深太息。弟於季夏之杪，始獲釋祁門之擔，披絮入棘，情狀已極，不堪爲達者告也。拙集乃少年陳唾，承老世臺一番拂拭，幾於刻畫無鹽，而感激之私，則又何能自已也。佳評雖揄揚過當，然行間紙上，頓覺奕奕生光。謝謝。五十部拜領，大費經營，奈何奈何。貴鄉距楚稍遠，風雀之警，可必其無，獨是維揚諸友，忽遭折閲，令人惻然，而老世臺則尤爲關切者。想天祐善人，或超然于事外，未可知也。於使者之返，聊布謝忱，兼候興居，不一。【復尺・一28】

友・丙13　**孔尚任**　東塘　聖裔

觀濤大舉追隨諸君子後，快慰平生，年翁佳句尤足冠冕一集，三四聯更非流輩所夢見也，羡服羡服。《筆歌》定爲當代奇書，容細讀再謝教。不悉。

友・丙14　**鄭旭旦**　扶曦

措大到中年，千里赴歲考，言之可勝愧汗。所以別年翁者，以往還日深，言論相契，一旦間闊，未免有情，乃蒙惠我贐儀，益增顔赧耳。大作不脛而走，即無我作曹丘，已動伊人之感，況弟又最喜説項，自此兩湖三竺，疇不向慕張公子哉！明晨往謁東塘先生，携書就正，冬仲來邗謀付剞劂,尚望年翁玉成,或可吹噓,亦祈豫爲之地。臨穎無任神馳。

友·丙15

曹貞吉〔一〕

弟於中秋前三日以公事至白門,晤令侄年翁,美秀而文,真不忝烏衣子弟,聞其十月間歸里門,當共圖傾倒耳。拙詞又看出一二字,再煩老世兄爲一改正,昔人云『較書如掃落葉』,信然!老世兄得無笑其人面上起草乎?颶風既息,田園無恙,吉人天相,信而有徵,弟不作誑語也。旅邸節夜,顧影蕭然,率成報章,不盡欲陳。

友·丙16

譚宗 公子 餘姚〔二〕

往承老年翁及令侄諧石兄翁提携,同登方氏白華樓,隨承方年翁垂顧,且賜教乞言,以賤恙久遲。兹小愈,且將次渡江,爲力疾箋書以應。而方氏司閽視爲秋風料,作揮而去之甚,至小力

〔一〕按:原本下注『再見』。
〔二〕按:原本下注『補遺』二字。

無顔却走，亦宇内一罕聞事。詩箋已付丙丁，衹當告語同人，以見乞言家之不可冒昧以言應，固有如是者。【尺・一29復】

友・丙17

王瑋〔一〕 不庵

大作才既富溢，筆復縱横，雖時有徑直少鍊處，終是大家丰度，不必纖冶婉孌，方爲此中三昧也。敬服。

友・丙18

潘鏐 雙南 霜男 鎮江

自違台範，南北飄零，數經寒暑，可勝離索之感。獻歲欲過廣陵，一訪知己，并登堂一拜，兼展闊悰。緣久客初歸，百冗如猬，不獲如願，深爲耿仄也。兹啓：錢子十青向叨宇下，感不去口，近有《詩鑒》一刻，甚有裨於風雅，望先生推分，少爲將伯之助，弟亦均佩明德矣。弟日前欲爲都門之游，或舟泊河干，携數年拙句，就正大方，不審能償此志否。草草，不宣。

〔一〕 瑋：他札皆作『煒』，是。

友・丙19 **鄭旭旦** 扶曦 錢塘

渴欲晤對，以消鄙吝，而俗事鞅掌，竟至焚膏繼晷，不得餘閒，年翁必能諒之，不嗔我之疏逖也。承惠大序，字字透宗韵，書附此傳世無疑。行即付諸剞劂，但光弼之喻，則何敢當，未免擬不於倫耳。旬外稍暇，當走領教言，以寫契闊。牌棋二譜，小道見笑大方，尚冀高明指摘也。餘圖晤悉，不一。

友・丙20 **侄韵** 浮丘

昨擾沾醉，可謂暢叙幽懷矣，謝何可言。諸君子大作刻下即謄付梓人，以志雅誼，特价乞假文選中《上巳日》詩一觀，明日當完趙不爽也。

友・丙21 **顧彩** 天石 無錫

闊别四年，渴欲一晤，頃因赴曲阜聖公之約，路出於此，襆寄興教寺中，走叩未值爲悵。聞先生向欲覓《湘中草》一部，特從吴門覓來奉敬，但其帙經市肆，不甚美觀，先生自加裝潢可也。粗扇所録，俱係近詩，呈政大方，幸照入。

友·丙22

孔尚任　季重　東塘　曲阜

適自吴門返棹，欲過晤一談，而河檄忽至，匆匆赴工，不勝悵悒。拜惠厚儀，出有車而食有魚矣，年翁之愛，弟何篤也。容面謝德，不一。

友·丙23

又

犬馬之辰，乃承光顧荒署，寒齋頓增氣色，弟於次日即赴海陵，昨夜返棹，尚未得趨晤爲憾。《筆歌》抄録未完，遲一日即璧，萬不至遺失也。惠印兩幅，甚可鑒賞，已揭壁上，并謝。【復尺·一23】

友·丙24

王藩　若鵾　真定

久仰名逾岳斗，僕已謹抱於心，但恨未接台教，徒懷悵慕。昨讀佳章，津津有味，誠字字珠璣，且孔東塘先生道及年臺胸富五車，才可七步，是以愈增景切之私，故敢登龍投刺。奈未備拜見之儀，不揣鄙陋，里言并菲意些微，以表一念之衷，倘蒙叱納，榮幸何多。

友・丙25　**黄雲**　仙裳　泰州

厚擾，敬謝。昨拙作枕上細思，結句畢竟要依原稿，方稍有關係，如尊詩之三四句、顧先生之收束是也，何如何如？乞明教之。

友・丙26　**鄧漢儀**　舊山　泰州

前大駕枉顧，失迓爲悵。三集擬於此月告竣，而崔公祖來語刻書正急，只得讓之，臘月又欲爲季男完姻，匆匆束棹，不及再過，明春當奉晤耳。十三卷數葉詩頗好，奉上清覽。不盡。

友・丙27　**顧彩**　天石　梁溪

古人云：『得一知己，可以無憾。』弟於維揚既得長兄一知己矣，尚何奢望於第二人乎！謝謝。目下粗有行色，俟下鄉探一同宗，回寓便買棹矣。頃特走候，領取拙詞一册，并望教我數言，不值，悵悵。《韵牌》不惟取字精簡，圖章尤可愛玩，有櫟園先生之風，倘有印就者，希賜一册。閲尺牘，知笠翁十種，鄴架有之，其中豪邁可誦者爲《蜃中樓》，弟久不見，暫假快讀一過，何如？十六日尚容走握别也。

又

友・丙28

弟昨日纔從大橋來，少憩幾日，竟買舟矣，欲叩高齋，復恐不值。笠翁劇繳上，蠹禍甚烈，非一手所能補，幸勿嗤也。弟有所不解者，沈韵刻本每見『一東』下注獨用，或與『二冬』同用，此易明也。其『七虞』下注與『模』同用，『九佳』下注與『皆』，『十一真』注『諄臻』等，其字即在本韵中，何以謂之同用乎？老長兄究心韵學有年，必知其故，幸明示我，以開疑團。感感。【尺・一33復】

又

友・丙29

大駕已過，弟將買舟赴淮矣。《聯莊》僭題數語，不能工也。并《南華》五本，及尊詞完上。詞妙入微，前序已略言之，苦不能首首批出精髓，聊附名於不朽耳。

友・丙30

又

題詞送上，付梓時，圖章嫌其略小，用擴充法可也。弟二十八日准行，此時已在買舟矣。邗上自先生及許師老外，弟亦并未拜一客，與周旋者寥寥，然亦托庇成行，信乎望門投刺者之徒低聲價耳。一笑一笑。近日流寓人竟有將弟詩全稿竊抄者，弟詩固不足惜，异日惑人觀聽，或反謂弟竊抄其詩者有之。先生知己也，聊復道及，幸無爲所惑可耳。午餘或走叩面別，不既。

友・丙31

彭瓏 雲客 太倉

汪琬 苕文 鈍庵 長洲

秦松齡 對岩 留仙 無錫

韓菼 元少 慕廬 長洲

徐秉義 彦和 果亭 昆山

歸允肅

孝儀　惺崖　常熟

兩地相去，僅逾百里，竟疏良晤，悵可知也。廣陵宿望，惟老年臺一人可以住持，後來弟輩，曷勝仰止。茲啓：靈岩退翁老和尚爲天人師，闡揚宗風，有自來矣。今雖隻履西歸，尚復傳燈東土。其高弟嶭公和尚係嚴存翁少宗伯之弟，現住梁溪大覺寶安寺，克承師旨，宗風復振。近因大殿傾圮，托鉢四方，夙欽老年臺宰官説法，優曇滿座。特不惜尺雁之音，作無知之紹，倘得鼎言噓植於諸年翁中，不惟和尚仰護干城，即弟輩向皈靈岩座下，亦有分榮矣。臨穎曷勝翹切之至。

友·丙32

釋堯南

嶭領

衲前造廣陵，每晤先達，靡不交頌先生道德文章，足爲當今領袖。及踵叩之下，得親道範，益令人敬仰彌深，豈今時虚譽之士所可企及。再誦尊作，珠圓玉潤，語語清俊，始知名下無虚矣。茲啓：衲雖方外，甘旨未虚，吴下名流，謬褒詩什，倡首鈍翁。衲前臨邗上，珍之奚囊，出呈先達，更屬唱和，然未得先生一言，何足光映窮林。謹將《白華》詩册呈覽，幸於閒暇之時，贈我一言，珍之後世，亦可追踪東坡矣。勒此懇瀆，翹悚之至，切禱切禱。

友・丙33　**侄韵**

天氣融和，正是尊叔揮毫潑墨之時，想又添無窮新著作也。來箋求《岷山堂詩》一首，乃楊爾玜爲伊尊人稱祝者，委之再四，不得不轉懇耳。幸勿吝珠玉，藉光不獨楊氏也。餘不盡。

友・丙34　**陳均**　康疇

許久未讀佳作，昨見《筆歌》《聯莊》諸刻，種種匪夷所思，翻閱之下，令我耳目都新，幸各惠一册，以滌俗腸，萬勿吝珠玉也。

友・丙35　**潘鏐**　雙南　霜楠　鎮江

一别如雨，企想維殷。兹因北上，道經廣陵，冀一良晤，以展渴懷，而不可得，悵悵。一詩奉别，知不足以資鼓掌。弟詰朝解維矣，此後握手不知何日，言之益增黯然耳。不次。

友·丙36

又

正欲領教，又以匆匆鼓棹，不得少留，益深悵惘耳。承大刻見惠，已重逾百朋，重以厚貺，愧何以當。然却之恐蹈不恭，謹登謝。不備。

友·丙37

江之蘭 含徵

蝸居未足容膝，然有高人在望，庶幾可以恣談襟抱，無負隙駒。售主約在四月交業，不意改訂六月終。華誕伊邇，竟不能一過維揚，稱觴快叙，悵也何如。聊具屏儀粗箋，以當猿鳥之祝，幸莞存之。

友·丙38

范國禄 汝受 十山 通州

日來因酬人事，僕僕道途，不知大駕賁光，有失倒屣，可勝罪歉。尊詞見教時，與學臣把玩，不能去手，上不侵詩，下不涉曲，周柳辛陸，各極其詣，觀止矣！彼以『大江東』『楊柳外』强分優劣者，皆麻木也。聞齋中箋韵最精，希分惠一册，弟亦有此刻，因旱途未及帶來，歸時專力馳送，何如？餘不一。

友·丙39

又

前蒙枉駕，有失倒屣爲罪。《韵牌》一刻，自有韵來，未見精妙如尊訂者，不知記室肯容刷印否？弟欲得十餘本以廣同好，惟命是荷。倘原板不便搬移，弟當備資繳上，以煩左右經理之，何如？

友·丙40

殷曙 日戒

初夏過揚奉候，不得晤言爲悵，曾留拙作在日宣舍弟處請教，已收入否？弟渴想年臺種種佳刻，縈於寸心，不卜可以寄示否？自恨爲貧所苦，依人遠客，徒切葭水之思。今同舍親在淮送考，約於十月半後方歸豐署，乞即有以慰弟爲幸。顒企顒企。

友・丙41

又

得捧瑶答，兼荷新刻見示，誦之起舞，如聞鈞天廣樂，頓浣塵懷，始信才情發越，靡不造極登峰矣。敬謝教。弟年來南北舟車，備歷勞瘁，望七之年，何以堪此。今舍表弟任所至辛未冬月已及瓜期，勢不能偕往他省，然又無誅茆之資可以終老。必祈一二年間，老年臺與程葛人世兄代爲籌畫，於邗上覓一主人，是所懇也。諸不悉。

友・丙42

曹貞吉 實庵 安丘

老世兄風流弘長，爲一時僑肸，弟辱在世好，奉教有年。拙詩拙詞本不足齒，而校讎之勞、剞劂之費，可謂不遺餘力，雖草木乎猶能知之。向乏便鴻，所以猶稽申謝也。見委《辯志》序言，弟齋心領略，知爲先夫子一生得力之書，鴻寶光華，久而彌著，謹草數行，以志向往，恐不足爲佛頭之穢也。至於師生二字，乃功令所禁，故序中不敢及之。尊詞風神駘蕩，自是三變後身，弟退食之暇，長吟默嘆，爲日久矣。而以鄙見撰之，於中集古諸什，可以單行一世，將使《蕃錦》一集，不得專美。其餘俟卒業後，面商去取，當令海内人士，毫無遺議而後即安。若弁簡數言，不過費墨池一瀋耳，雖不敏，豈敢靳哉。何如何如？承惠尊刻，種種妙絶，惟有欽挹。令侄世翁恂恂儒雅，其好句可抵連城，每過荒齋，時有叩擊，君家之興，未有艾也。因風裁答，不知所云。【復尺・一31】

友・丙43　**冒丹書**　青若　如皋

數月幾不能起，近托庇纔能出户，老大無成，荒廢無補，言之不覺慚愧。家大人感蒙垂注，相念同之，未及另啓，命謝大教。先刻并老父近刻，附呈覽正。所借《府志》因孝老年翁傳命來取，即煩轉寄，久矣，幸一查詢之。【復尺・一34】

友・丙44　**汪永清**　匪莪

春燈繼晷，斗酒談心，爲樂無量，曾幾何時。而殘暑又將歸矣，盈盈帶水，思何可支。頃因賤辰，攝山栖息，遠辱記存，感矣感矣。恭惟老年翁春秋日富，學問日深，欣逢强仕之年，誠爲不虚歲月。如弟者，半生迂拙，瓠落無容，去日苦多，不堪追述也。盛禮不敢固却，謹登以志不朽。附具不腆，上祝千春，契深非套，萬望茹納。嗣容面叩，不宣。

友・丙45

冒襄　辟疆　巢民　如皋

大稿拜璧，謝教。僭評卧病囈語，殊愧佛頭着穢也。

友・丙46

孔尚任　東塘　山東

昨肩輿過訪，而新僕不諳舊交，誤過别巷，至今悵結。捧讀新刻，愈出愈奇，蓋天地原有未發之秘，借年翁手眼，次第吐露。數月不晤，自更有一番花樣也，不勝欣羡。弟奔馳湖海，曷有寧刻，今諸累俱謝，暫停北郭蕭寺。佳著適頒，香臺竹院之間，細細咀嚼，數年俗腸一旦滌洗，何快如之。天綺年兄熱耳久矣，未得把晤，甚爲缺陷，肯賜顔色，實出望外，敬束帶以候。餘面布，不宣。【復尺・一35】

友・丙47

項斗文　靈野

弟前歲失怙，承年臺千里俯慰，兼錫賻儀，以苫塊餘生，未能裁答，曷勝耿耿。復於客冬蒙惠手札，賜和新篇，敬懸諸座右，作午夜洪鐘，當頭棒喝，感荷更爲靡量。有宋蘇學士愛陶彭澤《歸去來辭》，因集字爲十詩，隱括以就聲律，扣筑而歌，迄今傳誦。年臺創《聯莊、騷》，堪與鼎峙，今古筆歌墨舞，亶其然矣。八股初制，賦體也，兹新裁爲詩，變而不失其正，體彌工矣。開函展讀，見者莫不驚嘆，以爲得未曾有，争先奪去，每種祈便各惠數册，勿虚賞音之望，即年臺教思之所被也。弟入坎窞之中，二豎爲灾，飛横叠至，極生平之所未經，想匪老爲言其概。謹録《感懷》拙咏，郵呈台覽，約略足見近况，非敢弄斧班門也。并希郢削，幸甚。【尺・一37復】

友・丙48　**鄧勵秀**　七友　泰州

前承尊諭凡例一事，誠爲缺典，但因匆匆出書，苦于刻費維艱，是以俟徐爲商酌耳。容面請教。

友・丙49　**王煒**　不庵

《莊》《騷》衍爲聯珠，此古人未有之創調，雖曰游戲，實必傳之業，敬服敬服。舍親自婁東來，欲攬維揚古迹，傳之吟咏，即『太倉十子』之惲民先生也，敢借《揚州府志・古迹》之一册，檢閲過即璧上。

友・丙50

宋曹 射陵 鹽城

日來偷暇，捧讀大著，不惟消暑，亦能豁我心眼，快甚快甚。老道翁年富才敏，鏤心織慮，烏能不病，而况造物多忌乎！修養家謂閉息是保身第一妙訣，道翁神恬氣静，只宜獨坐存想，不必着意，久則有驗，非妄語也。《虞初新志》被友人攫去，幸再惠一册，感感。小刻三種請正。

友・丙51

吴肅公 晴岩 街南 宣城

拙集奉呈，以才識淵通，有以批導我也，而推挹過情，直躋諸作者之林，古人其許我乎？弟何敢承羽翼經傳，一得之愚，或可自信耳。釋子稱謂，誠如教旨，訛謬相仍，不及覺也。中有差誤尚多，如此類者，幸勿吝指示。尊著種種，如珠綴玉聯，照耀几硯，盲眼應接不暇，略涉數篇，往往先得我心，《風水論》《异端説》《星曜辨》其最合者矣，敬服何待言。尊公先生夙學久著，繼述有人，光大無既，統俟細繹。他諭寬假之，當報命。目疾有眚，冗次不盡。【復尺・一36】

友・丙52 **先著** 渭求 四川

昨偶他出，致虛道駕。來揚兩月，方苦岑寂無奇特之觀，辱惠大刻種種，挑燈快讀，不自覺其心開目明也。古之名家於筆墨一道，既得正法眼藏，又能游戲三昧，所謂入佛入魔，無之不可，方絶滲漏。讀《亦禪録》，知有得於五家宗旨實深，宜其出入揮灑，解脱自在如是耳。《雅》《頌》集句，《莊》《騷》駢語，真巧奪天孫。而《筆歌》數種，天池若出，要不足多也。耑此代面謝，容暇，當圖趨教。《友聲》諸札皆極贊《詩牌》之妙，貪夫望蜀之念不已，然亦不敢遽有請也。

友・丙53 **李德** 若谷 祁門

社集把晤，未得細悉衷曲，至今悵怏。即席得誦新詞，不惟傾倒一時，風流掩映，實千古佳話也。大作想全完已久，急欲捧誦，謹以拙作相引，希勿吝教，拙作并望斧政。

友・丙54 **先著** 遷甫 渭求 瀘州

暑中簡出，屢欲走候，因寓所僅一童子守門，獨出則苦不識路，倀倀莫能前，幸有以宥。大作三種繳納。《聯莊》承命作數行，未足以贊百一也。詞集諸家評次已備，贅附數言，并教之。《集李》妙甚，鄙意於一二重見者仍欲易去，精金美璧，庶見者無可議耳。未識高明以爲何如？未刻稿雖已卒讀，未敢鹵莽着語，以數日内欲圖歸，不敢沉閣，重來再圖領教可耳。

友·丙55

鄭旭旦 扶曦

弟自入秋以來抱病，迄今未已，雖叔度近在咫尺，竟未得領教言。拙刻效顰，適足供大方捧腹，乃過承賜和，情致纏綿，又復重以賵儀，真發羈人感激。明日竭誠面别，并謝高厚。佳刻當細心請教，以開茅塞也。大駕賁臨，有失迎迓，辱在知己，想能原宥。統謝不一。

友·丙56

倪匡世 永清 松江

選詩者如雲如雨，欲求全部《詩觀》《詩存》之外，惟拙選而已。樣本呈上，先生見之，亦當稱快。三載前有一啓奉達，今日始踐所言，二集已得十數家，祈早賜珠玉爲望。

友・丙57　**王仲儒**　景州　興化

別後數月，且逼歲除矣。賤足無良，竟疏一候。今年旅况蕭瑟不堪，然不能不謀歸也。小詩奉求郢正，伏希垂鑒。春融當快聚，展謝未既。

友・丙58　**吴肅公**　晴岩　街南　宣城

數日讀尊著，詩文駢麗不待言，即小小聯綴，俱極奇巧，爲辭人雅玩，是天孫織錦文也。尊公手迹謹跋，先璧上，餘容一二日再報。拙聯奉贈，不足盡萬一也。

友・丙59　**侄韵**　諧石

新年已過，花燈復殘，歲月如駛，曾不瞬目耳。因讀青蓮『爲歡幾何』之語，頓興浩嘆，况侄終朝抱病，全無生人之趣乎！更可恨者，循俗賀節，奔馳答拜，腰痛益甚，醫人皆云『食鹿角膠可愈』，囊中無錢，亦且聞市多贋物，敢向尊叔乞數兩，則侄有起色矣。有則見惠，無則中止可耳。

友·丙60

又

二十日園翁席上同人期尊叔不至，深以爲悵。侄以往真州辭之，代領題目單呈上。卜居一事，極承關切，奈難合宜，筋疲力盡矣。容面晤悉種種。

友·丙61

方挺　恂如

妙作已送吴余翁加評矣，渠讀之賞心之至。尊表係刻畿輔灾荒，久已借光付梓，但梓價望速惠來手，以便早於竣事，更荷玉成之愛不淺也。昨擬題二紙，幸發下。

友·丙62

叔都甫　平倩　祥符

丙冬道過廣陵，承老侄昆仲隆情隆儀，感勒無已，兼惠扇頭佳什，讀之不忍釋手，真前無古人矣。忽然遺失，惜之至今，乃荷録寄，不啻自五雲中飛下也。謝謝。

友·丙63 **方挺** 恂如

連因溽暑，未敢趨候。早承札示，隨走字往索，渠緣長鬚不知潭府，致未送到。今權呈一部奉教，俟稍遲刷印，即容補上，如何？

友·丙64 **又**

近來交道如土，讀《友聲》集，知兄翁以朋友爲性命，不徒邀結納虚名也。吴石老見之，亦欲囑弟轉求一册，俾風雨鷄鳴，得與群賢相晤對，以資切磋之意。不卜先生肯不吝枕秘否？

友·丙65 **朱澐** 天綺 江都

溽暑恐擾静攝，未候起居，想日來坐擁書城，必更添無窮著作矣。《近思續集》深荷令弟玉成，感刻已難言喻，復蒙高誼，愧何敢當，行將銘之編首，以志不忘之意。仍容面晤敬謝，不盡。

友・丙66 **侄韵** 諧石

愚山、叔子、淵公諸稿幸發來手，其茶村諸名家有集者，仍望尊叔暇時假閲，以襄勝事。諸容面商，侄淺見寡聞，獨力難成也。

友・丙67 **王煒** 不庵

近雖屢晤，胸次俗塵千斛，不及以風雅請教，殊爲悵惘。《集句》本韵和韵無不自然天成，以三人而成一人之製，想靈心所運，不知包幾古人，安得不推爲第一手。敬服敬服。原稿二册繳上。

友・丙68 **洪嘉植** 秋士　去蕪

《集李》擇其尤者加圈，而附以賤姓名於前，可即授剞氏，傳布同好也。稍暇即寫數句文字，以當題辭。《明語林》望假閲。

友·丙69

黄泰來 交三 泰州

拙選《名家詩》先登者不下百餘家，惟待先生尊稿以借光，明早即東歸，今日見付更感。

友·丙70

殷曙 日戒

中元後十日薄暮抵邗，匆匆與舍弟一面，旋即附舟南旋，不獲晋謁芝光，殊爲怏怏。年來承寄佳刻，雖千里宛如同堂，然終有梁月之思也。弟以年老，憚于遠行，至契若江舍親，不得不婉辭以别。惟祈年世翁於廣陵諸親友處爲弟覔一枝之栖，可得賣文糊口，效倡酬之樂，則厚幸爾。

友·丙71

吴綺 園次 聽翁

歸里以來，無刻不相念也。雖當事殊愛，有《天都振雅》之選，而旅人窮愁，刻費維艱，且有久羈，奈何奈何。年兄佳刻，幸付小兒寄來，以爲壓卷是望。

友·丙72

聶先　樂獨　晋人　廬陵

十年之别，如彈指頃，流光可惜。惟先生之勤於著述，多讀好書，所謂刻刻千金也。弟懶殘之性，時以教範爲懷。近選《百名家詩詞》及《宸游謳誦》諸刻，俱欲借名篇冠首，望切异常。兹因王牧之先生歸邗之便，附候起居。牧翁絶代高懷，一見便消暑氣，且極仰宗工，願見頗切。倘有尊著示教，望即速其寄來爲感。小刻一部，附呈台政。不悉。

友·丙73

洪嘉植　去蕪

邇日想玉體勝常矣，尚容趨候。前惠《雲谷卧餘》一部，爲程韋老喜而索去，兹望見補，以必傳之業，顧不得費紙價也。便中并惠渭老一部，如何？閒時相過談談，但俟隨意耳。

友·丙74

錢岳　藴生　十青　蘇州

别後晚岳飄泊於三湘八閩，覓屠釣爲恒計，三年跼蹐，仍然四海空囊。令侄諧老郵筒，無不企念昔日培植之雅也。今因驅車山左，謁文憲朱公祖，緣向有夙昔門墻之誼，携舍弟同伴，暫憩平山，少謀以佐脂車。晋謁雲亭，暨荷枉顧，不得一罄闊懷爲悵。月夜捧讀《集少陵梅花百首》，實古人所未發，先生讀破萬卷，方能工部、供奉指揮如意，混然天成，可爲千秋不朽。洪去老引之最確，方寶老跋之最真，晚岳贅無一詞，必傳必傳。舍弟讀書未成，留心篆學，向從馮補之、沈石民二先生游，深得其妙，晶玉犀牙，尤爲擅場，謹具二石鎸台銜博教。尚留董子祠，指日二十六，准就道矣。聞尊恙已霍然，可補飯顆山頭話緣集詩之苦工耳。廣陵之冠，安得不推張平子乎？《虞初新志》有印出者，乞賜一部，破征車旅店長夜之寂，如拜百朋。奉候相左，代面草瀆，不盡依依。里言呈政。不一。

友·丙75　**吴苑**　楞香

弟自通籍以來，與故鄉親友相别十年，日逐軟紅塵中，苦無刻暇，雖老世兄處，亦未遑裁尺素奉候起居，惟多暮雲春樹之思耳。台翰遠頒，又承嘉貺，感愧并深，銘勒何極。來諭所云，自當留意，正欲籍光，以爲梓里增重。但爲期尚遠，嗣容圖之。率復，不盡。【復尺·一38】

友·丙76

叔都甫　平倩　河南

歲月雖新，契闊如故，引領南雲，時切依溯。客歲一函，因某面請，誼不容辭，故溷聰聽。此時諸事維艱，自無以位置某，某蚤已知之。後接貫玉札，備悉台意，家人言情，自是仰體，何煩又復齒及耶！承諭，足見老侄孝思無已，自宜懇之當事以報來命。佳貺遠頒，感匪言喻，肅此鳴謝，并訊近履。餘悰縷縷，未遑縟陳。

友·丙77

黄雲　仙裳　泰州

闊緒如縷，弟之閉户食貧，裹足不入郡，當亦群賢之所共聞也。先生遠憶故人，蒙寄藥費，至今佩感。頃東下，原期五日枉駕草堂，弟方掃徑竹間，篘酒以待，何又片帆飛渡耶？豈『何必見戴』，更有一王子猷耶？弟劇病後，是再來人，冀見知己，日以爲歲，兹復覿面錯過，何以爲情。册子題上，真以魚目混珠，愧愧。小兒去東村，昨暮始歸，容題就到揚請書可耳。諧石令侄乞道十分懷憶。心逐錦帆，看一路秋光，有佳吟，幸寄和以當瞻待。餘不盡。【尺·一39復】

友・丙78

吴肅公 晴岩 宣城

邗上才藪，以弟所與交，苦心著書，奇巧天授，要未有逾先生者，歸語諸友，兼示以佳刻，莫不嘖嘖健羡。《集李杜詩》俱已授梓否？渴望惠教。敝門人李萬資，少游宦西粤，已復游學京邸，歸而赤貧，覓館幕不得，屢抵邗上，恨未得托交於先生。今將由邗抵京，弟俾之識荆。其人達而鍊，非柔翰章句才也，與之談，當悉之，并煩嘘及。向《五人傳》曾附《虞初》乎？有《義犬》見拙集中，亦并附入爲妙。又向閲像贊，篆書精絶，悔未能乞，能寄半幅否？外三字求書，爲鐫杖頭之用，幸恕瑣瀆。舊刻一種，并補奉《明語林》一部。不一。【尺・一44復】

友・丙79

殷曙 日戒

客歲曾浼令侄永老便寄一函，想入台照。今弟閒在舍，無一館可以資身，雖蒙令侄多方以圖，而吾郡視昔愈薄，迄無成局，必祈鼎言，向諸親友廣爲吹培，每年有若干金，即能時聆大誨，快何如之。得便乞付一手書見示，不啻百朋我錫也。臨穎虔切，不盡。

友・丙80

王正 端人 閨秀

自夏徂秋，苦爲二豎所困，至今賤體羸弱，未得復原。且生計寥寥，當此冰霜之候，兒啼女哭，冷落猶不可言，忝屬先生斯文教下，能無惻然於衷乎！屢叨知己之愛，不得不冒瀆於台座也。不敢他望，惟將畫册八頁，貶價求售，急濟在陳，伏乞慨應，勿以他却，則感高厚不淺也。臨楮翹切。

友・丙81

朱慎 其恭 金華

捧讀《集唐》六首，真有天孫織錦之妙，昨熊公深爲嘆賞，今以金箋求書，但因箋小，六作不能盡載，只用前四首，其後二首已與令侄諧石矣。熊公再三囑致，欲求書法精妙，合於法帖者，知年兄鍾王妙筆，自然不同，如或倩人代書，乞揀一能手。至於查二老、閔義老，已另有箋致之，筆迹不可重複也。【尺・一40復】

友・丙82　**又**

《雁字詩序》呈覽，乞大加斧削，庶不致有玷佳稿也。弟逋負文債已成痼疾，因年兄追呼甚迫，度無可逃之處，不得不拮据完公，『苛政猛於虎』，不信然乎？一笑。

友・丙83　**王本祖**　牧之　松江

欽慕斗山，今秋得奉儀範，殊慰渴懷。因旅冗紛紜，未獲趨聆教益，但極企望德義耳。旦夕之淮安，謹此辭謝。不盡。

友・丙84　**弟淳**　質生　東阁

四老至，接得尊札，《悼亡詩》《集李杜詩》妙甚。《悼亡》情真語摯，如江上琵琶，令人掩泣。集詩如天衣無縫，而《梅花》并《十九首》似覺過勝於《集李》也。再承憐弟孤寂，因有續弦之語。嗟乎，兄亦竟作此薄情之言哉！弟於此念，誓將終身已矣，願無復更談也。今因便羽，修此奉復，并《悼亡》句呈教，更祈爲弟點竄寄來，感感。

友·丙85

江注 允冰

向承佳調見貽，出入懷袖，如拂光風，迄今心猶耿耿，愧久未致謝通候。近知大作又已盈笥，壽之棗梨，爲吾鄉樹詞壇赤幟，榮藉良多。聞有《集〈文選〉詩》，餘諸詩可亦郵示否？歙中耆舊大半已歸道山，其存者殆如晨星。即如老友殷日老，今閒居故里，落莫殊甚，諒老年翁必聞之而愀然，急爲謀一枝也。餘情種種，悉仗令侄代陳。臨穎瞻溯。【尺·一42復】

友·丙86

殷曙 日戒

前令侄永老到邗，附有手札奉候，必入電照。今又歷居諸，亦無刻不神馳左右，皆頻頻以告語令侄者也。邇因拂意多端，難於悉數，大抵爲人世必有之境，不能擺脱，晤令侄自知之。但祈老世臺頒新篇，以啓我爲急急耳。吴聽翁今選《天都振雅》，將已告成，所登大作必多，極爲盛事。諸相知統乞道意，惟祈自玉，不盡顒陳。

友・丙87

吴聖修 甹公

奉别星霜屢易，於令侄瓻老處捧誦新刻諸種，益知著作等身，名山之業，真堪不朽，弟則衰老無似，遠拜下風矣。《元日狂歌》一箋，奉請大教，意求椽筆集字一篇，以爲不才生色，未審勿吝惠教否？近聞新得掌珠，大爲志喜，將來麟鳳叠出，正未有艾也。賀賀。

友・丙88

朱慎 其恭 金華

昨别歸，即把誦《悼亡詩》五十首，字字真樸，率是荆釵裙布語，而其中又有一種無可奈何之意，與尋常惜玉憐香者不同。三復之餘，使我黯然神傷，所謂『人言愁，我亦欲愁也』。看尊序中欲哭無地，更爲凄惻，弟當以拙序數行，助君一哭耳。尊稿俟再一繙閲送上，但拙序未得速就，求稍緩追呼，何如？各種集句已領到，行當公之同好，以慰諸君之請也。

友・丙89

黄泰來 交三 石閭 泰州

到揚奉候不值，悵然而返，呈上《悼亡》四絶，乞改削是荷。尊稿望速示，以目下已刻諸家爲當路争要，亦一時佳話，獨少先生爲不安耳。

友·丙90　**王本祖**　牧之　松江

前八寶之役辱雅愛，惠以《下酒物》，先生大才，留心酒政，集古人佳句爲朋從快叙之樂，欽服欽服。昨日言旋，歲暮碌碌，未敢叩候，容新正恭賀台端萬福耳。《歲寒圖》聊博一笑，惟存是幸。

友·丙91　**侄韵**　諧石

吴人謂貧爲極樂，侄今年可稱極樂之至，欲於假極樂中求真極樂，非放爆竹以驅去窮鬼不可。乞惠我十枚，來年得意，定報以百千萬億爆竹耳。如能分贈，幸甚。

友·丙92　**洪嘉植**　去蕪

駕過失迎爲歉，大作《雁字》《集杜》隨身存玩。奈此處猶未動手，返舍尚遲十日，到白沙即料理奉寄，不致忘懷，以好物天下之寶，共所愛惜者也。率復。

友・丙93

汪鶴孫 聞遠 梅坡 浙江

數年闊別，馳企甚深，昨奉候及枉顧，俱未獲面爲歉。瀆者：弟携都門諸公近什，囑爲表揚，目下有詩選之舉，耑望新作以光梨棗，幸勿吝是荷。外，向年蒙惠《張司業詩》一册，偶緣移家，爲一友竊去，時爲悵怏，敢祈再惠一册。弟中晚諸家略已悉備，得此遂成全帙故耳。諸圖晤悉。

友・丙94

莊文偉 焕章 秋水 儀真

拙句請教，幸勿於飯時開卷，庶無噴之之慮，倘有不妥處，祈直道削正，銘感無既。《下酒物》敝相知見者無不羡慕，囑弟再索二本，叨教不淺矣。容晤謝，不一。

友・丙95

黄泰來 交三

燈下細讀《七療》，真是枚生得意之筆，一代大著作手，非先生而誰，但拙評有玷椽筆之末，奈何。

友聲丁集

心齋張潮鈔

友·丁1

曹貞吉 實庵 青州

歲月如流，葛裘數易，渴想老世臺叔度襟期，輒爲神往。晤令侄世翁，知尊體偶爾違和，不久自當勿藥，以膺新福也。弟賦質硁硁，每自嫌其直遂，不謂老世兄乃能相諒於筆墨之外，所謂一人知己，可以不朽也。佳詩日异月新，可謂竿頭之進，但弟凉薄，當之有愧耳。容當武韵以謝，用志不忘。厚惠領悉，頂戴不盡矣。謝謝。集古諸刻，如無縫天衣，巧奪造化，手敏心靈，一至於此，謹珍諸巾箱，以當珙璧。人回，敬候起居，伏願因時葆攝，爲道自玉。不悉。

【復尺·一41】

友・丁2　**張立**　雪堂　秦郵

刀圭治藥之具，乃童稺時耳受於先大人及業師秦乘游公之口，時先大人病，公贈詩有云『漫點刀圭付藥師』，兒時讀之即疑，疑即問，其答問即云云。其曰『刀碪』，蓋由擬議，非有據也。尊作之疑，疑『入口』也。承示多寡輕重之名，則刀圭爲虛位，然前人有云：『盛丹須竹節，量藥必刀圭。』則刀圭定有是物，求之藥師自得。考亭所謂『入口』者，實刀圭所量之藥耳，量藥入口，多寡輕重適可而止，桐子大小可不必較者也。讀《七療》，細至樗蒱博陸，既非當意，大而鹽梅舟楫，皆存而不論，意天地間舉無可以療公者矣。而刀圭一疑，則發篋傾櫥，克几盈案，神游典册，目涉縹緗，事必求其實而後安，人必釋其疑而後止，先生真博物君子哉！雪堂曰：『是可以當七療。』謹以復。【復尺一・43】

友・丁3　**余懷**　澹心　無懷　莆田

弟懷與尊公先生爲三十年文章道義之交，今人琴俱亡，殊有黄公酒壚邈若河山之感。客冬到邗匆遽，亟欲晋謁高齋，因逼歲除，不能久駐，曾托晋人、十青兩兄傳達鄙忱，臨行乃先蒙佳刻之賜，珠璣磊落，照映江山，舟中朗吟一過，遂使波濤分響，魚龍出聽，虚往實歸，惠我多矣。竹西是弟舊游地，暮春三月，春明景和，或一舸渡江，與老世翁携手平山，載酒倡和淋漓，亦八十衰翁極得意事也，金帶圍花想開以待我。便候興居，并謝大教。不一。

友・丁4

黄泰來 交三 吴陵

個中重煩留神，謝謝。旅邸正苦寂寞，而名酒下頒，詩腸可以不枯矣。容晤不一。

友・丁5

吴聖修 旉公

丁卯一别，不覺五易周星，懷仰之私，與日俱積。去歲賤辰，承賜佳咏足矣，重荷厚貺，何以克當，愧領。謝謝。郡中老成凋謝，觴咏少諧，每念賢竹林，不得時奉清誨，徒縈夢想而已。老年翁著作日富，集句妙出天然，更超今古，近刻必多，便中惠教爲荷。道遠無以將意，自製一墨，不識堪奉中書君否？唯叱存之。言短緒長，神馳不盡。

友·丁6

江注　允冰

套語恕不贅，承示《集李》《集杜》各種，足爲詞壇大觀，實吾鄉僅睹之奇，同聲贊誦者也。兹以歲試在即，諸人雲集，咸欲攫去爲快，以後多寄數本，方可慰愁饑耳。所擲阿堵收訖，書畫原係韵事，弟不當更有奢望矣。册内若佳什辱題，幸郵示借光。藏本其尺寸即照來册一様，以便補入。老去詩篇悉爲漫興，難以呈教，俟再布。不盡。臨穎神馳。

友·丁7

汪鶴孫　聞遠　梅坡　錢塘

因往真州數日，是以未曾面候，殊切懷想。《韓冬郎集》檢出奉閲。適有舍親程雄字穎庵者，因至山左，道經邗上，久仰芳名，欲得一瞻曲江風度，弟爲介紹，幸勿吝教誨。穎庵精於琴，爲韓石耕入室弟子，想老世兄亦知其人，倘於親友處稍爲吹噓一二，伯樂之顧，頓使驊騮生色矣。諸容面悉，不盡。【尺·一47復】

友·丁8

黄泰來 交三

日閲尊詞，真周清真、柳屯田一派，傳世無疑矣。幸早壽之棗梨，與世共之爲快耳。前所惠潞酒，有友人耳聾，醫不能治，過小寓飲之而愈，亦是奇事，今復至索飲，則不能不再乞鄰矣。弟目下欲回，而送選者絡繹不絶，然無大益，仍望先生留意，務使有一二實際方好。有暇圖晤，不一。【尺·一46、尺·一48復】

友·丁9

又

浪游維揚，承先生高誼，有加無已，真天下奇男子也。侯嬴不老，自有報效之處。楊爾玜亦爲家父舊交，尚未拜往，托大筆走字先容，弟往方爲有因耳。人參酒已確寄家君矣，并謝。

友·丁10

汪鶴孫 聞遠

奉候及枉顧，俱未獲面，數年積憶，何由傾倒耶？《悼亡詩》書箋呈教，幸示之。程舍親穎庵承推分解贈，謝謝。尊詞妙絶，已調入譜中，刻成當奉正。穎庵囑筆致意。鄴架有《陸魯望詩》并《甫里先生集》否？乞假一閱。

友·丁11　**叔蓋**　願良　晉濤

前有褻爲罪，佳咏清逸，在主人則藉光矣，未免花神辜負品題耳。連日偶有俗冗，少暇當奉和呈教也。特謝。

友·丁12　**楊衡選**　聖藻　陝西

連日得細讀尊著，無體不佳，海棠烟茶，益當增其聲價。《清泪痕》句句引人墮泪，情之所鍾，自有此佳製也。愧弟不能歌楚些返幽魂，與年翁再爲唱酬耳。小詩一首呈覽，嫫母而步西施之塵，赧顔甚矣。笑笑。

友·丁13　**又**

讀書萬卷而窮於一字，言下筆穩妥之難也。弟負性愚拙，未窺二酉之秘，敢自謂詩之工乎？

承年翁不棄，謬以作者相推許，豈嗜痂者頓忘其臭耶？尊照題上，愧不能贊揚萬一，奈何。《四禮撮要》先呈上，《雷集》俟索到即奉台閲。今見家君，已達盛意矣，容面究。

友·丁14 **又**

到家見所頒諸刻，雖未細閲，而寶光離奇，照耀几席間，知非尋常物也。《十二樓》不獨集句精巧，内養之秘已盡於是。今先馳上《閨訓》，較吕坤《女要》爲更雅馴，可以傳遠，何先生不但啓其童蒙，而令女子亦復知文義如是，是真世道人心攸關者也。敬服敬服。

友·丁15 **汪鶴孫** 聞遠

清書之例，凡姓名地方等項，只用對音，不用翻譯。對音者，謂以滿音對出漢音也。至於印字亦有不便翻譯處，不若以漢文圖書二字配之，何如？

友·丁16 **江之蘭** 含徵

价旋，接手札，并讀近作，知有悼亡之痛，多情薄命，誠哉不誣。然逝者得佳作，不但足慰地下，抑可以留傳人間，與其嫁傖父而生，不若嫁張郎而死矣。承索俚句，雖借面吊喪，古人有之，恨弟少應急眼泪，恐泛而不當，何如相忘於無言也。笑笑。然弟有説焉，如台作若只貪圖好題目，以泄胸中之鬱悶則可，若果忘寢忘饍，病骨支離，泪罷繼血，則誠大謬矣。人生當先人之變，尚且哭踊有節，何况此鍾情之弱質乎！日月如邁，吾儕於道渺乎未聞，不思爲自全之策，一旦朝露興悲，毫無把捉，墮地一生，與菜傭何异，此則真可爲痛哭流涕長太息者也。而欲因此繾綣之衷，創毁不置，當爲有道之士所哂。抑弟更有説焉，死者不可復生，生者不可不慎，弟不知吾兄之哭，將陰哭而陽笑乎？抑大聲疾呼，無所顧忌乎？抑能作半面妝，且悲且喜乎？殊大費經營矣。以欲斷欲割之腸，而處大費經營之境，亦大難爲情也。弟既不能以拙作副命，且作此不情之語，將見吾兄哭聲未竟而又繼之以怒。《内經》云：『思傷脾，怒勝思。』此七情互爲尅制之治，是『七療』之外，又增一療也。不知可能曲當病情否？仍望有以教之。【尺・一49復】

友・丁17

又

又有舍弟親翁西席程眉山先生，時藝中人，捧讀弟案頭諸台作，不啻异味悦口，披玩不置，弟不覺哆口能爲致之，故再字奉懇。乞於諸刻中或詩文真稿，或《聊復集》《筆歌》等，惠彼一二本，庶弟不食其言耳。何肇老仍求《集李杜詩》，并望慨惠。

友·丁18

方挺 恂如 孺庵

惡風老雨，竟夜難眠，兼之木脱寒階，雁號天際，滿目皆成蕭颯，幸不惜屐齒，乘興荒齋，當以床頭斗酒與君痛讀《離騷》，破此寂寥，如何？

友·丁19

又

家岐庵蓄四圖，出近代名手，丹青之妙，不減閻顧。然而作者之意更妙於丹青，游子思歸未得，輒不自寫照，而形容其高堂望子之切，《詩》中『陟屺陟岵』，正是此意。餘皆寓意不淺，題咏遍海内，家渭仁太史與程奇玉敝姻家復爲之傳，獨不得鄧枝昆片，爲此圖中一大缺陷事，先生幸不靳珠玉，聊作五色石以補東北方，如何如何？梅花一卷，望日内題就，以赴吴陵之行，歸舟生色多矣，顒佇不盡。

友·丁20

汪士鋐 扶晨

客夏一椷肅謝，諒達記曹。聽翁還豐南，共商《振雅》一選，以不獲晨夕共數，商定雅音，北望翹首，可勝企切。《今雅際》正在鳩工，大集速望郵教，廣陵諸同志俱望遍徵，增重此選。家弟試後返邗，肅此布候。紫霞出家山手摘，附供品泉。臨穎不勝跂溯。【尺・一50復】

友・丁21

朱慎　其恭　婺州

前月有江南之行，歸家纔得數日，酬應多端，未遑趨候爲歉。《清泪痕》小序，弟曾搦管數回，奈清思方來而俗事忽至，屢作屢止，迄未成篇，然終欲以銷魂語助君一哭，但恐與《七療》相左耳。昨惠教新刻數册，弟適在李家酒座，小力持來，見者無不咨嗟嘆絶，其册即爲友人攫去，弟尚未得細誦，且座中十餘人咸向弟轉乞，不識可多多相應否？弟當作寄書郵也。

友・丁22

黄泰來　交三　海陵

新刻愈出愈奇，先生真一代之才，妙腕靈心，俱聚於此，快極快極。蒙多方教誨，感刻五内，今晚暫歸，兩三日即來，再圖把晤耳。

友・丁23

方挺 恂如

蒙惠題梅大作，不獨梅花生色，而實爲傲骨人寫照生平。揄揚固不敢當，然惟知己能知之，亦惟知己能言之，弟何幸而伸於知己一至此乎！日來應酬鹿鹿，神倦足疲，未克謝教龍門，先此代面，尚容泥首，不盡。

友・丁24

程式琦 奇玉

前承惠示佳刻數種，足果渴腹，謝教謝教。昨偶於湫姻兄方孺庵案頭復見《友聲》《筆歌》二册，縹緗秀整於外，琳琅觸目於中。弟歸來二載，閲人都不介意，頗有『傲吏身閒笑五侯』之態，獨此時忽然熱中，深以不早識荆州爲恨。懶人病入膏肓，輒欲於未識韓之人妄意索賜，亦何殊使罔象索諸赤水乎，然竟未必不得佉珠也。桓伊邀笛，賓主未交一言，風味何嘗不佳，事頗似之，自許太過，有罪有罪。

友・丁25

又

賓主聞聲相思者必一見如故，然從未聞有因懶之一字而反以介紹乎其間者，有之，自奇玉與山老年翁始也。但懶同而亦有未敢盡同者，如年臺珠璣纍纍，佳刻凡數十種，蓋勤於古人，故懶於世俗耳。若弟十指懸槌，并爲古人所謝絶，至於時人，熱腸冷眼，兩無所用矣。一笑一笑。承允示《集杜》一種，固已命十襲虚左，豈料饞人口吻張大如箕，更欲乞《牌譜》《韵牌》二種一塞饑傖。文字中饕餮，弟直受而不辭，不識先生何以教我。

友・丁26

顧彩 天石 梁溪

《清泪痕》一書，直可作江淹《恨賦》讀，伊人得此，流芳不朽，粉痕血點，千古如新，先生亦可以不憾矣，從此亦宜節性自愛。夫彼已遨游蘭香、緑華之間，而猶真真呼之不置耶？勉賦一詞，以應台命，知不足當一噱，然正可借鄙俚之言，破涕爲笑耳。今日擬走高齋一談，而爲暴雨所阻，殊屬悶人。公亮《螢芝集》繳上，此公議論創闢，自成一家，把玩之餘，亦多會心處，然未免好奇太過，亦屬文章家一魔，未審先生以爲何如。雨窗無聊，意欲再借别種遺睡，尊刻《新虞初》既不可

得，竊意舊《虞初志》必爲案間所有，幸簡出借觀。外宋詞選本佳者，不拘何種，亦祈借閱，知必不吝也。【尺・一51復】

友・丁27

李沂　艾山　興化

弟素不做詞，昨題尊照，姑勉爲之以請教耳。詩話大率爲初學作，非爲已成家者言也，先生雄才偉構，正如大帥用兵，出奇無窮，豈可以士卒步伐相拘乎？拙稿奉閲，正欲知其所短，而先生率忘其醜，謬加獎借，慚愧慚愧。承諭賦内出韵字多，蓋古賦有不出韵者，有跨數韵者，先生想俱見之而特以此相詢，尤見析疑之意。至『場』字從『易』，甚是，然弟賦内乃『疆場』，非『疆場』也。〔一〕『眚』字仄聲，弟亦知之，然平聲内不可插入仄聲，先生教我矣。蒙示大稿，數日捧讀，如獲奇珍，快甚快甚。《花影詞》稿壁上，容更領教。不盡。【尺・一52復】

〔一〕按：其中一『場』字當作『場』，刻本混用，遂致不通。

友・丁28 **王仲儒** 景州 興化

前勞駕，謝謝。暢聞禪論，大見宗風，拜教多矣。委作《回文詩》，日者匆匆少暇，幸容寬假，當同拙稿請正也。

友・丁29 **殷曙** 日戒

獻歲方對梅恭祝新禧，而允老適以年臺《集杜》百篇見示，古澹無襞積痕，快讀一過，不啻和雪咀吞，已覺寒香沁入肺腑矣。敬謝教。客冬所托致程葛老世兄札原以處困求之，仍祈索一回字。弟今因歲試，不能遠游，勉就一小館，幸與允老鄰近，可以時通音問也。外一緘乞致令侄爲荷。諸不悉。

友・丁30 **顧彩** 天石 無錫

弟原擬即往山東，奈有所與偕，久待不至，羈棲旅舍，殊爲悶悶，然過節當造府奉別也。平山榴火，曲江蒲劍，此時不乏載兩部笙歌觀水嬉者，而弟寂無與游，乃至珠桂俱絶，想長兄亦當念之也。《虞初志》三本奉趙，有別種解睡書，乞再借閲。不一。

友·丁31

莊文偉 焕章 真州

每逢佳節，聚知己而暢游快飲，誠人生之大樂。蒙相呼，敢不趨教，且諸前輩風雅當代，夢寐間求一晤而不可得。但節下逋負追呼，五月披裘，難見從者，此真率鄙言，向知己告，諒不見笑而叱之也。

友·丁32

又

辭酒之簡，竟作索物之票，愧而受之，感謝無極。第每恨此身入行道之籠，凡佳節與花前月下，騷壇詩府尋山問水大風雅之事，竟與我輩無緣，日驅馳于暑日市巷中，久爲俗子，不知何日脱此，由我自得。是日惟思諸先生勝游宴集，不能叨教于坐右，想先生原諒，或不笑弟爲鄙人乎？讀諸先生句，可作卧游，字字珠璣，何敢不效顰而請教大方也。

友·丁33 **王仲儒** 西齋

前承渥愛，謝謝。辱委《回文》，勉成二首，殊不足觀，幸郢削爲荷。午日尚有《竹枝》數首，當同觀競渡作，遲日草上也，未既。

友·丁34 **程式琦** 奇玉

晨凉早發，曛黑歸來，主人情重，非一謝可了此願也。醒時筆墨，醉後糊塗，想倉卒不堪，乞并命題統付來手，改削呈教，何如？

友·丁35 **顧彩** 天石 梁谿

厚貺，謝謝。弟一至曲阜，即當爲先生查所刻，倘果遺失，亦當有以報命也。尊刻《虞初新志》中聞曾采拙作，倘有印本，乞賜我一册，以便廣爲徵采，彙成奇觀，非敢屢索，以前所惠者竟爲友人奪去，弟反空手耳。《韵牌》亦望見賜幾副，徽墨更求一笏，總于明早顒候。求索無厭，幸勿爲怪，亦以既入寶山，自不肯空手去也。笑笑。

友·丁36 **黄泰來** 石閭 泰州

弟在郡承先生照拂，有加無已，銘佩不忘。《悼亡詩》家父亦有所作，容便中寄上，家兄一詩先呈台覽，弟將廣徵同人作奉寄也。有問津選詩者，封好着梓人繆友臣送下，可不浮沉。臨奏不盡。

友·丁37 **方挺** 恂如 孺庵

昨惠教送吴石老什，恰是歸里祔葬，一切河橋折柳套語，不知消歸何處。名手着筆，迴异庸庸萬輩，如是如是。綾卷呈上，望即揮就，以便日内付梓也。

友·丁38 **莊文偉** 秋水 儀真

前者返舍，與舍弟輩飲諸友，大得《下酒物》之力，壓倒醉倒者，皆曰奇底，因而舍弟囑爲轉懇二本，不識能慨賜，以助飲中之豪想乎？容晤謝，不罄。

友・丁39　**侄韵**　諧石

新茗佳甚，病餘得此，勃然起矣，不僅風生兩腋也。蒙索近作，皆愁魔病鬼之談，不足供尊叔注目。聊録《阿翁詩》四首，亦可爲知己道耳，冀和之，以補前人題之未備，且表侄之境遇若此。其他俟佳茗入肺腑，驅除一切塵凡，得句再奉清覽也。【尺・一53復】

友・丁40　**王仲儒**　景州　西齋　興化

辱諭謹如教。先生以不善書自謙，然以中書君效職于大家傑作前，下駟當不敢進耳。笑笑。附復，不既。【復尺・一54】

友・丁41　**殷曙**　日戒

前承台翰，并惠教《集杜梅花詩》，不啻和雪吞香，至今猶入肺腑也。謝謝。兹有懇者：同懷舍弟日宣，向蒙尊公老先生暨年世翁厚愛，今以己巳冬受室于揚，又兼兩年失館，困可知已。由其爲人樸拙，非涉世才，以致落落難合，久不通信于弟，弟尤慮之，乞鼎言面程葛老、汪傅老，并力吹培扶掖，感且不朽。弟暫館城中，與江允老鄰近，惟祈賢竹林不我遐棄，翹切翹切。

友·丁42　**黄泰來**　交三

春間浪游竹西，極承先生照拂，銘感非筆舌所能盡也。《悼亡詩》已得一卷，家父并致意。熊相公稿前僭列台字借光，原稿呈覽。此番來，尚有三四日擔閣。容圖晤，不一。

友·丁43　**弟漸**　進也　木山

廿一史《隋書》既稱長孫無忌撰，又稱魏徵上者，何爲？豈長孫執筆而魏爲大總裁如後世者乎？抑出于兩人之手，如《元史》之成于宋濂、王禕者乎？幸示之。

友·丁44　**顧彩**　天石　梁谿

水嬉之役尚有餘興，惜不終席而爲汝南拉去也。謝謝。弟即日赴魯，不復逗遛，知此中人情

紙薄，恐愈久則愈不能動身耳。《香草吟》奉上，大刻及《韵牌》尚求多賜。【復尺・一55】

友・丁45　**黄泰來**　交三　海陵

連以酷暑，恐有披衣倒屣之患，是以未敢作襶襶子，然時時注意左右也。弟兩三日内即東歸矣，亦不敢走別，便輿過興教，仍圖一晤。餘不盡。

友・丁46　**侄韵**　諧石

王景老昨携辛未詩稿過舍，欲借尊叔選訂之名刊垂不朽，因不便徑入，只煩達到，行止悉聽可耳。前承面教，深爲佩服，迄今不蹈此病，奈何。祈裁示，侄再復之可也。

友・丁47　**汪鶴孫**　聞遠　錢塘

弟潦倒粗疏，犬馬之齒，何敢當大君子稱祝，又賜以佳句，雖竊感愧，然自此得附名不朽矣。里詞奉答，幸有以教之。是日進香失迎，比及踵謝，又未面爲歉。兹附瀆者：弟南旋後，閉户不接一客，惟一二知己，偶圖把臂，以致生事蕭然。兹因南糧道石天老繫敝同年，再三訂至省中一游，苦無俶裝之具，即襆被未完，良可嘆也。敢于年世兄先生處暫資行李，一濟眉急，在省中尚有舊知數人，可以相爲。季夏返棹，即當奉趙，諒年世兄先生亦可相諒。此昌黎所云『惟執事可以聞此言，惟愈于執事可以此言進耳』，顒望慨然，勿以套詞見拒，至感至謝。

友·丁48 **王煒** 不庵

年來浪迹東西，少至邗上，今春忽爲楚行，晤貫翁，知得寧馨，深爲忭賀。既又讀《七療》之章，復深驚唧，瓊枝在抱，足慰泉下，祈勿過傷悼也。春札弟竟不知，捧瑶翰并《集杜》，合作者集者爲一人，神理周洽，唯有嘆服已耳。

友·丁49 **朱慎** 其恭 武川

《悼亡》拙詩呈政，并青崎二絶附上。弟觀集中所載輓詩，率多『鴛鴦、并蒂』套語，總不從吾兄起見，而一味悲傷，竟似自悼其婦，未免欠妥。拙作雖甚固陋，然句句俱從夫君身上説入，而微寓哀挽之意，頗爲得體。不然友人婦死而涕泗交頤，豈爲識嫌疑者哉？惟高明有同心耳。

友·丁50 **江注** 允冰

月前曾以一緘托吳伯老奉候，想達記室矣。兹瀆者：中洲大和尚繫吾郡諸當事暨諸紳衿迎來，因睹黄山大殿將漸傾危，賫書附靳父母來邗募助修整，凡諸要路親知，悉求鼎言贊助，不第爲佛增輝已也。漢瓿令侄并托轉致。不盡。

友·丁51 **江之蘭** 含徵

夜來刻燭分題，雄談劇飲，正當酣暢時，而敗意之客必欲拂衣而去，竟不知何故。意者，有香印水痕之約，不欲久留耶？别後即與内人言及《清泪痕》索句事，漏下二刻，果成一詩，屬書扇頭呈教。往賤荆從不欲以隻字及閫外，蓋守女人不宜識字之戒，今以情真事慘，有不能默默者，故一爲之，唯吾兄痛加裁削可耳。賀客想正填門，何不來香雪齋中避之，且藉作片晌良晤也。

友·丁52 **蔣燿** 霞生

弟僻處海隅，杳不見當代作者，是以鍵户匿影，有如蝟縮。何幸老年臺殷然惠顧，函關紫氣，奕奕照人。且賜教佳製如林，珠璣錯落，日來寢食其中，欣賞無盡，雖游五城十二樓，未足以喻其勝也。生平快心，於此爲最，銜戢銜戢。《悼亡詩》漫賦一律請正，自覺刻畫無鹽，醜態畢出，老宗匠見之，得毋破涕爲笑乎？望改存之，得附不朽，幸甚。外《秋花》拙作附呈郢教。餘容把晤，再悉。

友・丁53

江之蘭 含徵

金風轉令，秋氣正清，持螯縱飲之時，恨無其友。不意吾兄以泰水之祝，忽過東亭，香雪齋中爐香茗碗，刻燭聯吟，意中所欲之樂，意外得之，真快事也。不知吾兄返棹回首，野烟没滅中，亦仍有依依不捨之念否？所遺近刻，一二日俱爲同人索盡，想俱是食而知其味者，各種刷出，仍望多寄數本，以副衆望。《唐音丹笈》先付一册，此真赤文丹字之書，古今來所僅見者。夫聚古人之珠玉，而供我之器用，美則美矣，然不過雅觀已耳，如《集杜梅花》《雁字》諸刻是也；聚古人之精神而裨我之身心，性命以之，不啻雅觀已耳，此《丹笈》是也。弟每謂人生一世，苟無忝厥生，除不爲將相，便當求神仙。然世人每謂將相易而神仙難，弟殊以爲不然。夫所謂將相者，有命也運也，焉能逆天而得？若神仙則人人性分中有之，皆爲物欲所汨没耳。吾儒謂人性本善，此一『善』字，據弟云，即道家所謂清氣，吐納之基址，升舉之梯航，都不越此。人之所以不能神仙者，非原不具此清氣，第未之存養耳，然則神仙易而將相難，不待問矣。弟庸劣之才，加以五行多舛，骨相甚寒，造物者已默示以寧静毋躁，安分退藏之意，此時尚何所待，不爲其易而妄冀其所難耶？所以身外事一切屏棄，唯養生是樂，每以栽培此氣爲念。或曰：『養生不過却病耳，安望神仙哉？』予曰：『能却病，便能養生，能養生，便能神仙，豈必遇奇形异術之人，然後得麗農廣野之游乎？』吾兄《丹笈》中具有神仙之旨，亦性分所素饒，蓋『書中老蠹魚三食神仙字』者也，故于索書之札爲一及之，不足以供噴飯。外《香雪齋樂事》二十則，吾兄可能去取其間，更作小跋，付之梓人刻斗方，以作齋中一韻事否也？【尺・二1復】

友・丁54

殷曙 日戒

長日如年，午雲如炙，遥憶老世臺以起雷造冰之手，而著涌泉垂露之書，已足令趨炎俗子同納清凉界中，羡極羡極。弟近况前札略陳，今以馬齒將登七十，來日不多，已卜小春下浣，急爲先祖先父營葬高原，少畢心願。但畚鍤之費拮据維艱，兹具書特求某世兄俯念舊交，慨然麥舟脱贈，即懇老世臺代弟致之，如拜台貺，存殁均感也。《心齋詩集》并《虞初新志》乞各寄惠一部，外附文宗古學試卷呈教。餘不悉。【尺・二2復】

友·丁55

侄韵　諧石

秋凉氣爽，足娱人目，不能走晤高軒，悵甚。昨吴蓮老邀看桂花，極贊尊叔著述，但以未得全刻爲恨，仍望罄所有以贈，便于時時快讀也。來箋乃渠令姊六十壽，特懇大作，以光梨棗，想不吝耳。餘俟晤悉，不一。【尺·二3復】

友·丁56

弟淳　質生　東囿

讀《哭駢枝文》，須陪一副眼泪，何也？情之至者，泪即隨之。此事此文之慘，殆不能辨其爲文爲泪者，弟讀一過，直以眼泪洗面，非故爲此態。此女在生時，實儇利可人，弟亦素所鍾愛，而况于兄乎！哀哉，月殘花謝，不可復留，此殆如俗諺所云：『來取人眼泪者也。』其慎重于掌上珠而破涕爲笑可也。

友·丁57

陳鵬　扶九

十餘年渴慕，一朝覿面，不勝狂喜，第恨返轡匆匆，不獲久聆麈誨，得毋小子緣慳耶？未卜何時再得親炙有道也，悵極悵極。初擬附舟趨謁，恐擾令舅郇厨，遂爾中止，家叔祖想已道及矣。鵬於詩賦一道，茫然無得，拙稿前呈郢削，殊愧唐突，諒屬世誼，定不掩口而笑也。承諭挽歌，初六日剪燭吟就。鵬以賤荆已亡，亦復恨填胸臆，漫成六律，未免費老表叔祖剞劂之資，如何如何。幸政定，蚤授梓工續貂，貽誚諒難免矣，仍望撥冗見贈數章爲幸。《虞初集》《韵牌》諸刻并惠爲囑。賀兄謝刺暨其尊人《詩最》幸照入之。鵬處别刻俱有，只《韵牌》《虞初集》《下酒物》三種乞賜來。率勒，不盡願言，臨風神往。

友・丁58　**楊衡選**　聖藻　涇陽

昨睹珠璣，兼擾嘉餚，歸來心暢神逸，覺數月中憂愁萬狀，頓然冰釋，何先生之移我情若是也。分題録政，幸爲斧削。

友・丁59　**叔都甫**　平倩

邗江鯉至，忻接八行，展誦之餘，契闊稍慰。愚花甲已週，正嗟馬齒徒長，乃蒙老侄垂注遠及，既頒鼎貺，復錫瑶章，捧閲再四，愧感交集，真却之不恭，受之有愧也。兹者新例弘開，正宜乘時利見，賢侄捐納京銜，是何衙門，未蒙明示，或欲藉此以慰岑寂，非必欲僕僕京塵也。江南教職候選者甚多，令弟進也賢侄兼捐即用，甚爲有見，然健翮已成，奮飛正在指日，苜蓿一席，不過虛設耳。近例：教職在籍候憑，無事謁選燕臺，中人爲之證明，能不將錯就錯乎？所集《禪世説》與李遵勗之《廣燈》、瞿虞山之《指月録》同功，足見先生之所存，雖不爲吾宗起見，即文章家稽考時，萬一觸着本來面目，亦未可量也。縱不然，亦可俾知吾宗世有其人，人有其説，庶不致肆其口舌耳，先生之功夫豈小哉？蒙索小序，附片言以不朽，何幸如之，第愧身非石門靈隱耳。樣本附趙，幸照入爲荷。餘容晤悉，謹復。

友・丁60

甘表 中素 南豐

承賜《夷堅新志》，篝燈把讀，如獲磁枕，神游離陸，快賞無窮，又皆實有之事，不似《搜神》《豔异》多蜃樓幻境也，洵爲必傳之奇書。近人争尚捃摭，汗牛充棟，書患其多，此猶恨其少耳。弟有友人劉生，年未弱冠，生長夜郎，南涉江淮，東游海甸，北極幽燕，西越秦蜀，凡中原岳瀆名勝，無不身周歷覽，其踪迹頗有類於徐霞客，而其文章絶世，志氣凌霄，又非霞客所可望其項背。弟向有句贈之云：『遨游已遍九萬里，少壯纔逢廿五年。』但其狂爲古今所無，每不爲世所容，著述不止等身，萬言可以立就，其詩句有云：『天讓中原大，山容五嶽高。』即此可知其狂思矣。大概天生奇才，無時無有，但有而不能盡知，知而不能必傳，在得人有以表彰之故，以夷、齊、顔回之賢，有藉于青雲之士，然後可以施于後世，史遷已有同嘆。劉生常與弟論《山海經》皆實有之地、實有之事、實有之物，一字未嘗涉虚，後人少見多怪，橐駝腫背。前聖皆身經目擊，考著成書，所以前民之聽聞，即大禹鑄九鼎昭象垂示之意。且謂東方有無頭國，口生項下，目寄於兩乳間，亦黄帝之後。而穿胸國去中華不遠，至者甚多，夫胸可以穿，或頭亦可無，此友非無稽之士，必有所考。蒙莊云：『以妄言之，以妄聽之。』以妄存妄，乾坤亦一大妄，聊與先生共博胡盧一快。先君集中《紀蕭士麟事》及拙作三首，或堪采取，望加評閲。趙孝子事，弟同鄉共井目擊之人，今死未二十年，自開闢至再混沌，恐未必更有此人此事。愚孝格天，腸斷可不死，終身矢從胸出，尤屬可怪，亦可爲無頭國之一驗。敝鄉諸公記傳甚多，俱非一代作者，文不足以傳其事，弟常謂此人此事，不得有道德而能文章之史筆記載之，則後之人必有不信之而不傳者矣。是不能不有望於先生之留心博采者，以存大塊之無限無極而已。迅筆草草，語無倫次，行時容再面別領教。不莊，不盡。

【尺・二6復】

友・丁61

釋海岳　中州　鎮江

承委《禪世説》序，雖勉成之，終非當行，録上記曹，未必能當尊意耳。倘其中有一二可取處，幸筆削之，何如？承惠大作，歌行之妙，不減岑嘉州，讀之如洪鐘堂堂，貴鄉名山足以當之，道人何足當此，得無愛屋及烏乎？受言藏之，永以爲好耳。草此奉謝，餘晤以悉。【復尺·二4】

友·丁62 **繆沅** 湘沚 海陵

昨重擾，謝謝。擬即刻鼓棹東歸，附小箋一開，祈將大作分韵古詩寫上，以當時時晤對，何如？家父分體詩稿耑呈筆削，乞即點定擲下。家岳統此奉謝，亦不及走別矣。

友·丁63 **兄文** 戩宜 補遺

尊集諸調畢備，觸目琳琅，使人應接不暇。祇緣俗事，匆匆返棹，未得細細體認，然其體格風致，領略一二，已見一班，真可壓倒時髦，樹幟騷壇也。粗浮未敢遽爲塗抹，聊贅蕪詞數語，亦盲人説夢，貽笑大方。再圖拜晤，以暢所觀。原稿呈正，幸恕不恭。

友・丁64 **殷曙** 日戒

葭蒼露白，益切伊人宛在之思，不知老世臺著述日多，遐陬傳誦，何以獨吝教于弟也。所懇《心齋詩集》及《虞初新志》，千祈郵惠各一部，顒望顒望。鄧方老來歙歸邗，附有手書，乃求世臺轉達某世兄，冀其助葬先嚴之資，實爲至急，不卜已達尊覽否？若刻拙詩，又屬餘事耳。

友・丁65 **黄泰來** 交三

讀《恨字文》，知先生爲情種，然天地之所賴以不壞者，惟此情之一字。覺西堂《臨去秋波》一篇，猶未可頡頏，文生於情，情生於文，吾不能測度矣，爲之拍案叫絶。賤評幸勿與解人見之，將噴飯滿案，如篔簹谷中故事也。

友・丁66 **錢岳** 十青 蘇州

别來將及星週，一江迢遞，夢洽神交，無不心依大雅。夏間，令侄諧老札來，悉老先生著書日富，藏比琅嬛，視大江南北，詒清堂屈指第一家耳。晚年來親老，不能遠游，株守荒廬，惟討論殘編斷簡。向所懇《虞初新志》一書，未蒙惠下。今有便羽至令侄處，附候興居，伏冀慨賜，以爲枕秘，朝夕捧讀，拜德無涯矣。肅此奉瀆，臨池瞻切。

友·丁67 **黄泰來** 交三

《觀濤圖詩》得尊作方見本來面目，敬服敬服。乞即寫上見擲，以小兒覆試後，早晚即返棹矣。中和尚一律甚佳，先生刻箋，或附之於後，何如？【復尺·二8】

友·丁68 **又**

《張山萊歌》真堪絶倒，才子極筆，於斯爲甚。近世有三梅岑：佟梅岑、宗梅岑，有僧亦號梅岑。又有三石閭：曹石閭、蔣石閭、黄石閭。先生有興或再賦一歌，則諸君俱借椽筆以傳矣。下午方行，不及走謝。

友・丁69

李德　若谷　祁門

素叨知己，故敢以黄選拙集仰望台光，况春間已蒙鼎諾，今復辱賜品題，此聲教一時勝事，先生能爲岩穴顯幽，所感不獨弟一人，稱功頌德者更普及貧交矣。未知交三選手何如，當付梓與否？幸即示梓人爲望。

友・丁70

侄際昌　孚嘉

丙寅冬，在揚得晤台輝，并讀快作，數年來猶依依不置于懷也。緣以資生無計，愁緒百端，致有便郵，失于修候，罪何可逭。近聞動履清嘉，欣慰何極，每讀佳篇，真與唐宋大家并驅，洵當今第一風流人物。想邇來著作，所爲鞭先秦、撻《左》《國》者，更盈笥滿架，倘叨不屑之教，幸抽寄我，則遠人不啻獲希世之珍矣。家嚴屢蒙淵涵之德，令人感勒，至于近況，不敢瀆陳，諒亦難逃洞察。兹蒙貫玉兄憐無聊之苦，鶚薦一館，雖未大濟，稍爲讀書之佐耳。尊叔祖退食之暇，雅念或一注及，使困厄人得以舒志，高厚之德，永矢莫諼矣。餘情縷縷，筆楮難窮，不勝翹首之至。

友·丁71

宋實穎 既庭 廣平

數年前曾讀尊大人老先生《近思録傳》一書，接濂雒之真傳，私心景行，以不得親炙爲耿。適于敝門人顧槐堂處荷老年臺手頒尺一，盥覽大著，奇奇正正，文龍文虎，何平子之多才若是也！相隔衣帶，未能面訂縞紵，此心負仄，與日俱深矣。猥承不棄，至以吟風弄月之章，索下里巴人之曲，閣筆久之，恐點污佛頭也。過蒙瓊瑶之賜，不惜乘韋之先，慚愧何如。藉老年臺恕我畹晚，或能爲我藏拙，感何如之。小刻幾種，布鼓雷門，尤爲歉歉耳。臨穎主臣。

友·丁72

江之蘭 含徵

接教并《樂事》跋語，謝謝。俟异時熟商，再付之梓可也。聞援新例，高登仕版，殊可賀。然以大才，雖躋翰苑之崇班，據木天之前列，亦居之無愧，不足爲榮，曾何取于清華之末席乎？弟意吾兄以爲不能免俗，聊復爾爾，非若熱中者，必得一把清凉散也。前蒙贈《虞初志》并《友聲集》，俱爲友人奪去，不意昔日之曹丘，今竟作寄書郵矣。乞再付數本，以慰渴懷，餘不及。【尺·二7復】

友・丁73

周之樞 星遠 懊儂 烏程

奉挹清光，殊慰積慕，第千里奔馳，塵襟碌碌，無足當名賢之倒屣耳。晤鹺憲，知行期定在月杪，尚可旬日盤桓。定九先生倘尚留郡中，幸鼎吕特介紹一晤。至交老處發郵筒時，并乞道意。不備。【尺・二9復】

友・丁74

又

《悼亡》五十律，哀情綿邈，所謂文生于情，不朽之作何疑。且如『虛延歲月疑非我，只剩鬚眉略似人』『布褥偏親多病骨，短檠長伴可憐宵』『判飲苦無他日量，遍參難遇死心禪』『三生石上如能認，願訂他年一笑期』等句，皆鑽心取血而出，捧讀之下，惟知頫首而已。古來伉儷之篤，至潘安仁、荀奉倩已造極詣，以觀道長寄柔情於寸管，發哀思于曼歌，悠悠長恨，殆謂過之。承教，勉爲捉筆，第鄙俚無文，不諧格律爲可笑耳。幸鴻筆郢削後付梓，即見愛我矣。冗次草率，且連日略抱采薪，咫尺光儀，未獲時時奉教爲恨。題尊照作，稍暇當遵命續呈。名作如林，高賢在望，小巫對之，不免喪氣，如何如何。

友·丁75

又

俗塵萬斛，滿貯迴腸，焉能執筆，向此中更求生活。道兄台諭諄切，且對兹光霽，庶可略消萬慮，故勉爾應命，俚詞拙筆，有污清照，咎當何如也。耑价馳璧，臨楮憮然。

友·丁76

又

覆閱尊著種種，俱引人入勝，如置我于武夷九曲，慰藉生平，何幸如之。續接來集，又獲珍秘，容細加玩繹。惜客邸塵冗，恐未能領略萬一耳，奈何奈何。別諭已悉，藉復不宣。

友·丁77

汪鶴孫 聞遠 梅坡 西泠

浪游三閱月，歸而仍然故我，始羡老年世臺先生閉户著書之爲得計，且享盡世間清福也。小詩《奉簡偶書》請正，希教之。

友·丁78　**閔奕佑**　右丞

前承惠佳刻，即擬趨謝并領教益，以俗冗未果爲歉。連日刻刻捧讀，如獲异物，種種可傳，益嘆名下無虚矣。《清泪痕》律詩才情在温李元白間，晚日内亦擬作數首求正，但恐布鼓雷門耳。素仰秘笥，覺仍有未盡之藏，聞《酒牌》等皆極精妙，不知能復拜台惠否？十年渴慕，方得一讀异書，自應常侍异人，暇時必欲走謁，故敢預告閽人也。統容面悉，不盡。【尺·二14復】

友·丁79　**又**

廣陵刻詩文者，指不勝屈，從不敢妄求隻字，獨久仰尊笥秘本，如抱飢渴。前承賜已出望外，今復蒙惠，感當如何。拙句賦成，當躬請大教。晚舊亦有《傳人集》一書，大約與尊選《虞初志》仿佛，恨未成帙，然暇日亦欲携政也。

友·丁80　**方壇**　洛瞻　至山　祁門

兩番枉駕，不得一聆清誨，懸切之思，非筆舌所能罄也。聞著述充棟，文章鉅手，非先生其誰耶！兹以敝友朱若邨琢硯精良，超軼前後，酒中命弟爲歌，附海内君子篇什之後，即行剞劂。弟愧無太冲之賦才，苟得佽宴公數語弁首，庶不致徒灾梨棗也。

友·丁81

席居中 永叔 三韓

新正晋謁，值公出未晤，悵悵。但佇立門墻，見尊刻甚富，想年來著作必多，敢求不吝珠玉，慨爲賜教，俾弟得以捧讀，如聆麈誨多多矣。

友聲戊集

心齋張潮鈔

友・戊1　**吴從政**　聖聞

承惠各種佳刻，盥手讀竟，祇覺天葩雲藻，隨手拈來，齒頰俱芬矣。至《清泪痕》悲愴纏綿，淋漓滿紙，昔人云『鍾情我輩』，其在斯乎！弟不揣謭陋，敬獻詩詞各一，務求批削，雖曰珠玉在前，令人形穢，亦所不惜也。佳刻如《新齋詩集》〔一〕、《友聲》、《閨訓》十三篇、《韵牌》、《聯莊》、《虞初新志》，幸各賜一部，何如？

〔一〕按：『新』當作『心』，原文誤。

友·戊2

又

昨蒙佳刻下頒，挑燈快讀，標新立异，愈出愈奇，而《箏歌》聲調悠揚，直奪元人之席，政何人斯，猶敢靦顔翰墨林中而不望塵拜倒耶？何先生不以名士驕人，而謙辭反溢于毫楮也？弟固情深御李，願切登龍，無如返棹匆匆，即或幸瞻丰采，而數年積悃，難罄片時，轉增悒怏。曷若留此相思之一綫，俾廣陵沭水，魂夢交馳，他日相逢，撫掌一笑，何樂如之，不識高明以爲然否？前拙句中仍有二字未妥，今改正呈覽。淮北詩詞，自當力爲徵寄也。

友·戊3

宗元鼎　定九　江都

弟兩年不就正心齋年翁矣！弟踪迹雖未近而心則服之，以爲心齋留心鋭意于詩文，且道義素相合，故過而訪焉。寒温畢，取几案間《集杜句和漢晋古詩》一卷，弟披而讀之，其意非漫然爲之也，今之集杜者亦多人矣，獨心齋與他人集杜有异，心齋之命意，欲于集杜中所未有之詩題而集以杜詩。夫杜之不擬漢晋古詩、樂府之題也，此杜之有以自别也，心齋之用漢晋古詩、樂府之題以集杜也，使天下讀詩者奇而异之，此心齋之有以自别也。杜之意謂自有古詩何必擬漢晋之古詩，謂自有樂府，何必擬漢晋之樂府。心齋之意，蓋取乎杜之不擬者而擬之，苟神而明之，原不悖乎杜之不擬之意。杜之去陳有以自别，心齋之即陳以取新，更有以自别也。夫田何本于《易》也，而卦《象》、爻《彖》《文言》《説卦》雜爲十二篇；伏生本于《書》也，而口授之二十九篇，與百篇有異；韓嬰本于《詩》也，而立内外之傳；《禮記》集諸書也，而彙之以爲《禮記》；史遷何嘗不采《左傳》《國策》也，而編年改爲紀傳，皆取其原文而錯綜參伍，遂各傳其言于後世。總之，取陳以出新有以自别，以名于不朽。心齋之擬古詩、樂府以集杜句，他日當附之于杜集之後，如宋玉之《九辯》、淮南之《招隱》、東方朔之《七諫》，俱附之于《離騷》之後可耳，心齋以爲何如？

又

友・戊4

讀《虞初新志》，如魏冰叔之《大鐵椎傳》、李笠翁之《秦淮健兒傳》、方邵邨《記老神仙事》、徐野君《汪十四傳》、林鐵崖《秋聲詩自序》、徐仲光《神鉞記》，皆足以驚人耳目，開拓心胸，佳選真奇書也。來《仙女廟記》，惜揚州志書僅列『仙女』二字，遂使姓字後代不傳。弟于《漢書》中考東陵聖母杜姜源委，又于段成式《酉陽雜俎》中考唐女冠康紫霞本末，皆留心搜覽，庶後之修志者，不致泯滅無稽，而廟宇神踪亦不致爲他神移駐也。此記既有益于修志之人，亦有功于仙譜之迹矣。張君學者，必載之于《虞初新志》中。宗元鼎拜白。【尺・二17復】

友·戊5

聶先　晋人　廬陵

何幸得偕先生共操選政，惟時時以尊牘中所謂『使天下文人墨士盡入羅網，只此詩選一途，可以進退權衡而無所顧忌』之語銘之座右，私自喜悦，以附不朽爲念。雖蒙海内大人先生之詩郵致如雲，亦從不濫收一人，濫存一詩，以期毋負清誨。今幸成矣，先擬封面格式一張呈政，每四卷爲一册，定四集爲一總目，但計每人詩若干首，不用細目，以省紙刷之費，未知台旨如何，望裁示梓工。且晚往京江晤韋老，取中堂《力行堂詩》以副渠意。又汪舟老向寄《山聞》《悔齋》二册，在澄江舟中失之，未知鄴架有否？并乞留神。其現到未刻四十卷目附商去留。不盡主臣。

友·戊6

錢岳　十青　蘇州

大製賜教，捧讀再四，大豁愚衷，其《清泪痕》一集，不堪多讀，老先生千古情鍾，與安仁、奉倩并垂不朽。晚勉效顰，書之小册，以博噴飯。《虞初新志》一書，蒐羅之文愈出愈奇，晚當留心可采者，即郵筒報命。拙作《金衣公子傳》呈教，未識可入集中否？佟半軒水曹風雅領袖，今因河臺往返，彼迎送無暇，容日當晋謁台墀也。索其一詩先奉上，并候近福。餘俟面頌，不一。【尺·二18復】

友・戊7

朱慎　其恭　武川

尊酒言歡，吾徒快事，但刻燭成詩，使弟獻醜于諸名士之前，醉我適以辱我，乃知年兄見招之意，原安排一副刻毒心腸，此後再有台召，弟亦裹足矣。笑笑。筒中片紙，竟拜解囊之贈，此中何安，古道高情，惟有銘之肺腑耳。容面謝，不既。尊集二册俱已讀遍，附來使璧上。

友・戊8

黃雲　仙裳　舊樵

厚擾郇厨，聯吟嘉客，此會自足千古。《夕佳樓詩》録上，所謂珠玉在前，覺我形穢，然亦不敢藏拙不前也。《蘭亭集字詩》向讀似誤一字，今將詩八首回環往復細看十數回，竟渺不可得，豈樓臺蜃氣，抑亦漁父重入桃花源耶？俟還家再臨，下筆自知之耳。容再報，率復不一。

友・戊9

方挺　恂如

前以不得已事遣价忽往吴陵，未赴宴集，此衷不啻醉飽。昨聞舊樵、永叔、交三、諧石諸君子在座，如此風雅場中，獨弟向隅，可見人生良會，非易易耳。《愛日堂擬表》不日告成，藉光多矣。

友·戊10

朱慎 其恭 金華

前見示《雜俎》及《香夢影》二種，字字新异，不拾人牙慧，弟篝燈展誦，惟有咨嗟嘆奇絶，雖欲略加去取而無從也。兹接來札，謂弟概不着筆，是猶美玉在前，而必捉青蠅以點之，其可耶？又疑弟懶與性成，或未寓目，獨不記前日造擾之時，曾將集中得意處，與在座諸公揮麈而談，豈目所未見，而口能成誦耶？是皆吾兄之深文，必欲加人之罪，而弟實含冤不伏也。若挾此以作吏，恐君家張湯不得耑美于前矣。數年來，吾兄以文字刑我，不一而足，此後願少寬法網，何如？拙筆畫扇一柄，附呈噴飯。餘不一。【復尺·二20】

友·戊11

汪志道 冷松

捧讀佳刻種種，如入山陰道中，令人應接不暇，俗子何足語此，敬謝敬謝。《清淚痕》詩容少暇和政，何如？此復。

友·戊12

余懷 澹心 莆田

屢承大教，珠璣滿案，兩腋風生，遂忘炎暑。來此值平山卧疾，意興索然，賴有年翁可共晨夕，然衰老耻爲褦襶之客。即東歸矣，日於緑陰之下，捧咏佳詞，不忍釋手，聊綴數言，爲佛頭之糞，不足生蘭畹金莖之色也。諸老昨賜顧，尚未趨候，見時爲弟致意，小兒同此謝教。不次。

友·戊13

又

衰老陳人，文華凋落，何當老年翁之謬推謬服耶？真使人愧汗無地矣。《香夢影》題詞已經屬草，容即録出送政，餘委盡當如命。但吕翁點鐵成金，弟則鎔金爲鐵，如何如何！紅橋之游，心非不願，且續阮亭二十年前之舊夢，正好行酒賦詩，以相娱樂。奈弟歸興甚濃，旦夕揚帆渡江，不能在藕花中飫聆塵論矣。敬此附謝，不一。

友·戊14

又

大著愈出愈奇，如游山陰道上，使人應接不暇。《香夢影》題詞呈上，率筆抒寫胸中，不自知文辭之工拙也。歸興已濃，昨晚又得家報，省中有小孫來，有要事促回，一二日即買舟渡江，紅橋之游萬不能赴，愚父子心領雅意。鄙意竊欲年翁輟一日宴賞之費，爲弟刻《冷雲集》之資，成不朽之業，固勝於勸碧筒而唱金縷也，如何如何？

友·戊15

又

捧讀尊先生《雲谷卧餘》，博物洽聞，探微抉奥，覺升庵、元瑞瞠乎其後，枕中之秘，欣忭過望。全集容到舟繙閲，藉光《文救》以樹赤幟。《禪世説》小序如命撰呈，天下禪和子見之，將毋怪我老狂乎？拙作三本想已抄録一二篇，乞將原本發下，弟家抄存友人小品甚多，回蘇當并弟作彙寫一册，寄送刻入《虞初》集中也。《冷雲集》人各一傳，刻入《集杜》佳篇，亦當立一小傳，亦即抄呈記室。此番浪游，殊爲草草，不遇年翁，幾同阮籍，但叨惠過隆，使人慚汗。然孔子受季文子之車馬，孟子受諸侯之餽贐，孔孟家法，夫復何辭。今晚唤舟，明晨鼓柁，去德漸遠，夢寐不忘也。見諧老，千萬爲弟道罪。天炎路遠，報謁未遑，小兒亦多病艱步，幸惟亮恕，感不可言。【復尺·二22、尺·二23】

友・戊16

余蘭碩　香祖　福建

浪游至此，得見先生，兼聆教益，可謂大遂平生之願矣。《集杜梅花詩》妙極，萬片冷雲合成香海，使人古今莫辨，弟不揣冒昧，敢摛一辭，書册呈政，幸斧削爲感。滿擬同步紅橋作竟日之暢游，因有事急欲返舍，耑此辭行，想後會亦不遠耳。

友・戊17

海岳　中洲

客歲在邗，自夏徂冬，三時之内，仰承大力，遍爲吹嘘，兼又重蒙照拂，俾山中千百年一段未了公案，得有成就，此誠曠世因緣也。不惟七層古佛將來永住道場，即三十六峰亦叨光不淺，台護可謂有大造於故鄉名山多多矣。臨别又拜珠玉之惠，載之行笈，倍於腰纏，還山以來，不覺半年，春樹暮雲，時時在念。前令侄居士駕旋珂里，曾命侍者奉邀入山，作群峰十日之游，奈何竟爲他事奪去，不能不令人嘆山林之寂寞耳。此時未識曾回邗上否？因知有此，故不奉書，如歸，幸致之爲感。頃者，耑僧渡江，肅此奉候近祉，不腆將意，未緣瞻奉。伏惟珍育，更祈台照。不宣。

【尺・二24復】

友・戊18

程鋒 穎叔 鐵庵

前承惠賜佳刻，即爲友人携去，日昨始索歸，卓午酷熱時讀之，如披劉㝉《北風圖》，如食茅君穆陀葉，遂覺颯颯生凉，竟忘其暑。《集字詩》如屈刀爲鏡，引鏡爲刀，是一是二，痕迹俱無。《箏歌》一册，意想天開，幻妙已極。最後展《悼亡》諸什，奉倩、安仁决無此奇特，因隨摘數語，續作五絶，備數請正而已。至如兄翁一片瀚淼深情，又如甓金結綉而不可解，豈江子含徵所能奪耶？含徵，余好友也，其尊閫人既投輓章，而彼反爲是矯情之論，何也？且聞其于少君也甚篤，己則順以行之，而欲人背以出之，姑俟其辨焉可爾。一笑。

友・戊19

鄧劭榮 若雍 泰州

屢欲趨候，緣畏暑而止，拙選四集已梓多篇，特懇瑶章賜教，以光棗梨，幸甚。余澹翁昨以新詩一帙付榮授梓，而行李忽遽，未能自備殺青之資。榮思風雅而兼具肝膈者，惟先生一人，若能俯聽鄙言而發老友之幽光，真千古不朽事也。

友·戊20　**又**

溽暑未遑峕候，知先生臨風北窗，縱觀今古，不啻十洲三島矣。欣羡欣羡。曼翁前以近詩囑榮入集，而《哭龔尚書》一首，淋漓痛切，欲亟付梓而未能。謹此奉商，若有此高義，望即直教，以便給於繆梓工也。

友·戊21　**叔蓋**　晉濤

日來暑氣不減去年，惟有兀坐荒齋，雖覺離群索居，然與我輩落落株守者轉相宜也。笑笑。偶製得魚鬆些須，聊供一飯之需，幸勿見哂，何如？此達。

友·戊22　**鄧劭榮**　若雍

澹心先生詩承慨允代梓，弟惟向諸同人爇瓣香而誦高義也，位次在四卷之首。必得佳吟連篇梓去，殊覺可觀，特此敬請瑶章賜教，幸勿珍閟是禱。旅次小窘，謹命奴子奉到三集一部，些須紙工，悉聽酌發，千祈置之案頭。想風雅如先生，自不忍使百千名士往來僕僕於道左也。不宣。

友·戊23

陳周 二游 溧陽

自闊芝宇，幾及十載，每晤令侄年翁，得悉興居安吉爲慰，熊羆入夢，兆協多男可知。想比來著述日富，不及浣手捧讀爲悵耳。小兒久思御李，兹同狄舍親北行，敢覯台光，幸厠之提命之末爲幸。令侄去歲一别，未審近況若何，祈爲叱致。不一。

友·戊24

狄億 立人 向濤 溧陽

夙欽雅誼，渴欲談心，剢聞西園盛集，弟有不願執鞭弭，步武諸君子後，以作千秋佳語者乎？奈舟中溽暑，酬應勞勞，旬日以來，幾廢晨夕。今忽倦恃床簀，不獲親承塵誨，殊爲悵惘，實非故違台命也，幸叨世好，伏望見原，并爲弟致謝諸同人是荷。餘容另日踵叩，不一。【復尺·二26；尺·二27復】

友・戊25　**釋元濟**　石濤　廣西

山僧向來拙于言詞，又拙于詩，惟近體或能學作，餘者皆不事。亦不敢附于名場，供他人話柄也，唯先生亮之。

友・戊26　**叔蓋**　願良

前蒙見招，雖未躬逢其盛，而欣羨之私，已不禁爲之神往矣，謝謝。詩詞數題俱妙，但一時不能立就，先成二作，幸斧正之。

友・戊27　**程鋒**　穎叔

前承寵召，以未獲趨命，耿耿於中，因有不得已之遭，想舍侄已代達矣。但兄翁主盟風雅，𢥞蓋交游，聲馳遠邇。曩者扶曦稱道高誼，弟亦欽仰有年，近屬比鄰，相去咫尺，而領誨之念，饑渴愈殷。不期舍間忽有奇症人擾亂心曲，日内俟其喘定，即有鬱岡之行，蓋結伴偕往，不能自由也。

拮据行李，不克踵府面謝盛情，漫成一章，特呈教削。餘不宣。

友·戊28

陳亮　賓王　瀨水

西園雅集，千古艷談，亮何人斯，竟叨末座，至今清夢，尚爾懷慚。諸同人命題，極欲潦草塵削，奈丹次喧褦不堪，酬應鹿鹿，竟無寧晷，到北發後，并所諭諸作郵寄請教，何如？至未梓佳稿，正欲浣讀，消遣暑病，臨行時定當着穢馳納也。外蒙座上諸先生枉顧，苦無僮僕，亦少片閒，俱未躬復，罪極罪極，惟恃知愛代爲解説是荷。明後渴擬叩謝，未審得接塵談否？舟次率泐，不及多云，竟不能達。初三日躬叩呈上，千乞一晤爲〔一〕。

友·戊29

卓爾堪　子任

一夏苦旱，河水斷流，紅橋亦甚蕭瑟。獨是廿四日雅集，風雨驟至，滿座生涼，蓮塘中雨打葉聲，風吹花氣，高歌縱飲，爲樂何似。晚來移尊艇子，水增半篙，沿柳堤刺歸，聽前船後舫歌聲笛

〔一〕按：原文疑脱『禱』字。

韵，又是一境。所分諸題本當一一構政，奈調名醉後忘記，幸寫示爲望。先以雅集一律請教，大作亦希擲下。容面謝，不一。

友·戊30

鄭晉德　蕃修　歙縣

舍妹節壽徵詩，名作如林，七律惟大製最爲第一，不特苦節藉傳不朽，即弟亦有榮施矣。五律則高澹人先生，七古則蓮生崔公，并堪鼎足。弟有拙句五古三十韵，真切之詞，易于見長，或可附大君子之後，容録出請正。兹有友來自真州，欲讀大刻《七療》及《清泪痕》，央弟轉懇，望惠我。餘面，不既。

友·戊31

楊衡選　聖藻　西安

到家即欲趨候，念餘暑未息，恐以衣冠擾動履，然渴慕之忱，不啻三秋也。著作想日富，少凉當聆清麈。尊著《唐音丹笈》敝友人見之如獲异寶，懇乞一册，以爲朝夕玩味。

友·戊32

又

語凡數見則不鮮，今《香夢影》段段開人心胸，吾欲焚瓣香，共莊子《南華》讀之，晋人清談，覺無意味，即付剞劂以開聾瞽。望望。

友·戊33

陳鵬 扶九

昨秋駕過，竟日盤桓，把酒論詩，頓消鄙吝。雙九迅速，今丹桂又飄香矣，景物依然，遥想高風，無因良覿，悵甚悵甚。適接手書，如親道範，不禁雀躍。鵬海陵試後，買棹南旋，今春又復逐隊梓陽，舟車勞頓，山川笑人，幸有潘、宗兩門人俱受知許文宗，而晚仍然故我。四月終，始抵南梁，鬱鬱不得志，竟未一修尺素，寄候興居，歉仄殊深，恃尊表叔祖有以宥我也。輓詩蒙授梓，珠玉盈前，恐未免形穢耳，慚感慚感。二律呈政，聊志不忘，得毋重令噴飯乎？近稿容再楷録，專求斧削，并乞跋語。尊表叔祖天授异才，名滿海内，且古道照人，更爲近今罕見，每遇良朋，輒爲嘆服不置。邇來著作知又積案盈箱，安得縮地壺公致鄙人于左右，一一欣賞，以開茅塞也。高齋吟嘯之暇，仍望惠贈瑶篇，以光游橐，得隴望蜀，諒不見責也。去秋所貽佳句，歸付知交捧誦，無不聞聲相思，故復腆顔瀆懇。望望。《友聲》幸賜一本，附便羽帶下爲感。客秋曾索書數種，不識有刷就者否？倘得慨擲，當什襲藏之也。篝燈率復，不盡願言。

友·戊34

陳亮　賓王　溧陽

維揚風雅，止得思曼一人，可以少展旅人懷抱。奈弟窮愁落莫，五内如焚，竟不獲片言隻字就教高賢，可勝愧赧。前題定當郵寄斫削，諒不以燕臺爲避債臺也。

友·戊35

冒丹書　青若　如皋

拙於生事，貧不自聊，七年未能入郡，念故人無已時，此來晤言，深歷間闊。昨荷倒屣，即蒙賜顧，古道交情，非可易及。更拜佳刻種種，新奇爛然，涜露讀之，真應接不暇，較昔侍中博物，燕公大才，無多讓焉，肅此謝教。尚欲少住，静聆麈誨，恐老父懸望，確于明日買舟行矣。秋暑不敢趨别，言之黯然。

友·戊36

又

接手教，益感深情，非老年臺真道義素心，那能篤于貧賤舊交如此。弟今日尚欲少爲料理返里之計，蒙移尊話舊，其何忍辭，然萬不敢當。或俟他日入郡，一盡傾倒也。

友·戊37

王方岐　武徵　江都

集句諸詩既見聯貫之巧，全無襞積之痕，吐言天拔，出於自然，即令楊馬曹王效而爲之，未是過也。高齋松竹秀美，文雅縱横，眷想雖深，即事多阻，何時一叩雲亭，當與其恭、西柯諸君携手至也。先此馳謝大教，不盡。

友·戊38

又

周長年持華軸至，即致李書老題數語，弟亦附小贊於後，金玉之姿，莊叟所云『見若眉睫之間』，已得之矣。《清泪痕》詩綿綿長恨，殆所謂『帶天有匝，横地無垠』，真以泪和墨而書也。屢欲和正，以枯坐日談無生之學，不慣作綺語，即作，恐亦少纏綿之致，容勉爲之。

友・戊39

王煒　不庵　鹿田

無意偶爲楚游，遂淹歲半，每念先生以讀書著述爲樂，日接四方名流，真如紫霄上人，曷勝企羨。旅中極蒙貫翁令侄之愛，時時過存，復以俗務屢混左右，雖塵羹土飯爲世鄙笑，然傳之與否，係一日心血所寄，山鷄自愛其羽，亦不能漫然棄之。重承台愛，不獨費神檢括，且代充費贖還，弟之感切于先生實深矣。弟自愛者，不能爲下流逐世，旅况不堪奉告，托貫翁代爲充上。向非托重先生，則并存者烏有矣，感謝何可言喻。《泪痕》字字情種，《雁字》語語天工，至《丹笈》則緑字真文，借彼代宣，自應收之金簡玉册中，爲教多多也。贈輓二篇請正，《漢皋小草》係李鄭二友代刻，謹上求教。詩文尚有未刻者半，不敢再煩之。奉晤無期，未能面謝，臨穎馳溯，不宣。【尺・二40復】

友・戊40

朱紫　西柯　雲南

伏承翰示，謂先君子《四本堂集》中『有所謂「風動石」者，竊疑之』，想謂石無動理，而風又無動石之理，將疑其説爲誕而不經乎？僕請言其詳。石載《閩志》，有二焉：一在海外，一在漳州之銅山，即先子之所云也。銅山處海中，一面距岸可四五十里，三面皆大洋，一望無際，所謂琉球、日本諸國，晴明望之，亦在縹緲間。山中有城郭，有宫室人民，每静夜則書聲與濤聲響震崖谷。山之巔最中爲督鎮之署，左則黄石齋先生之居，右則文公夫子之講堂也，其西南角自城而度望之，巍然從空而立，若墜復倚者，即所謂風動石也。石下有坡陀承之，後高前低，從低處俯視之，則洪濤震蕩，石與坂似俱不可終日。石有足，週圍不過八九尺，由足仰觀，有若偃蓋，高可三十餘丈，形圓而有方體，每面横亘五六丈，其對海者則嶔崎巉岩，形勢險惡，難以窮狀。晦庵夫子鎸題『補天之餘』四字，苔蘚剥落，每字大可丈餘，石下游人不絶，遇風發，則往聽之以爲樂。其石足與坡陀相摩有聲，全體摇撼不止，無風之時，欲其動宕，則取小樹枝二三尺者，撑其足之罅，趺坐而以背揉其枝，背動則石亦動，間至背小動則石大動，有似扼其吭而導其竅者，勢使之然也。僕時年十三，以身蹲其下，且喜且懼，惟恐身陷石中而石溜海中不得活也。然又有不可解者，微風則動，遇大風則卓然屹立，一人倚之、童子運之則動，數十百人逼之，則如端人正士袍笏狀，毫不可犯。前有阮公者，恃權位，擁戈甲，欲與石抗，以巨纜縛石之足，命所屬將士拽之，欲其沉諸海也，而石足陡與坂離，纜竟從石下脱出，拽者咸倒，溺海死者甚衆。由此觀之，石之不附於地可知矣。近有漳之人自銅山來者，詢之所爲城郭宫室則墟矣，所爲人民則無一存矣，徒有山魈木客、天吴海鳳之往來，而怒濤拍空，與石相叫號，俯仰如故也。天下事少所見，多所怪，願先生信之，勿疑之也。謹復。

友・戊41 **張鳴珂** 珊來 山萊 江都

別時榴吐江城，忽又桐飄金井，睹物懷人，寧不賦『秋水』之篇耶？想先生學更日新，瑶章盈篋，倘蒙惠讀，則受益良多矣。前承厚愛，得以復游燕都，皆屬栽培之德，感謝之私，銘勒五内，惟逢人稱誦而已。兩王爺極口稱賞著作，恨不能親聆大教爲悵悵耳。暇時當再修片言，恭請近祉，何如？蓋文字之交，正不厭其煩也。臨筆神馳，依依不盡。

友・戊42 **葉桐封** 錫蕃

未覿龍光，歷有年矣，企慕之私，常晤永孚令侄詢之。偶過邗關，晋謁屈尊，兩不相遇，又何悵望之深也。惠以瑶篇，如拜百朋之錫，讀與寶兄札云『前刻不必續送』，但寶兄之所已讀者，實弟之所未見，懇賜全刊，盡領金玉是禱。

友・戊43 **吴孟龍** 伯御

曠歲睽違，企懷何已，遥想年先生縱情觴咏，寄興湖山，大著作於千秋，廣交游於四海，致足樂也。弟年來株守，無一好趣以告知己，而兩番都門之役，徒爲孟浪。今又不得不前，拮据艱難，益非昔比。維揚闤市，豈可屢以不揚面目取憎於人，用是瞻顧徘徊，決意道由浦口，非髫年同學，沐愛有素者，不敢以披吐耳。近于省邸刻拙句近體百篇，懇惠一言，弁之册首，其爲光寵，奚啻百朋哉！前方寶老來邗，曾托先致鄙意，輶儀將悃，仰冀鑒茹。臨風瞻注，不宣。【尺·二37復】

友·戊44

黄泰來　交三

垂翅歸來，殊覺寂莫，時念知己，應有天際真人之想。啓者：張覲宸年翁西湖名宿，風雅絶倫，目下正與弟有《清詩片玉集》之選，蒙任刻費，古道照人。久聞原嘗高風，特一晋謁，且欲訂千秋之交，幸爲倒屣。其尊公乃吉水黄堂，爲東南領袖，相見自有水乳之合。周星遠先生如至，乞引與覲老一會。如覲老有寄弟札，即留尊處，俟來取，何如？

友·戊45

何五芝　蔚宗　廬州

弟甫自瓜洲歸來，竟無買舟還署之資，敢向年翁商之。此地豈無他人可告，正如王修齡所云：『修齡若饑，祇向謝仁祖索食，不向陶胡奴乞米也。』一哂。前過擾兵厨，附謝不一。

友・戊46　**先著**　渭求　遷甫　瀘州

昨月之杪，匆匆返棹，未獲走別。張僧持先生白下老名宿也，與弟至契，素耳高名，兼醉心《集句》，僕常告以足下著作之奇，不盡於此。今有淮陰之游，便圖把晤，此來須盡發篋衍之藏與之快賞，僕竊謂有太沖《三都》，亦必不可少皇甫士安也，如何如何？【尺・二47】

友・戊47　**張愬**　僧持　南村　江寧

聞風仰企，飢渴殊殷，登堂得炙芝顏，兼聆茗話，深慰夙懷，辱駕枉臨，有失倒屣爲罪。捧咏佳什，清逸遠過庾鮑，愧無以當。并展大刻，珠玉琳琅，輝映几席，可以卒業，三冬不虛矣。《江舟詩》妙甚，妄爲句讀完上，小詩以志銘勒，録政。不盡。

友・戊48　**鄧劭榮**　若雍　泰州

入吳兩月，昨始來邗，尚未遑過雲亭而敘疇昔也。余淡翁深感至情，囑致謝。愬者：婁縣少尹楊君諱自牧號下人者，乃北方名士，素慕雅望，有《潛籟軒徵詩》行卷，托弟代求五律一首，韵式俱照副卷款式，茲卷用墨筆寫之可也。敢祈推分拂冗爲之，想宗盟自不負其遠求之意。此君公務在此坐候，千祈撥冗，至禱。拙選遠近諸公已梓多篇，獨以未得佳篇賜教，真爲大缺陷之事，謹此肅請，倘不遐棄，伏望早錫瓊瑶，以光梨棗爲慰。餘候晤悉，不盡。

友・戊49　**張庸德**　紫裳　江都

枉駕失款，詰旦詣府叩首不值，一東一西，不獲晨夕侍坐，殊爲悵然。歸來取所示各種再細讀之，大篇尺玉，短章碎金，奇情至理，引人入勝，不能釋手。惟《清泪痕》一集，一見鼻酸，實不忍復寓目矣。先生清臞如不勝衣，而胸中古怪一至於此，弟恨相見之晚，始信古人非虚語也。《會意解》共十卷，付梓人呈削，未審台意何如。如發刻有期，乞示知。《八佾》《梁惠上》《離婁上》三册乞付來手，再懇。

友・戊50　**朱慎**　其恭　婺州

白雪新詩曾和，紅豆佳詞評過。夙債一時蘇，免追呼。《單調昭君怨》【復尺・二44】

友・戊51　**張惣**　僧持　南村　白門

屢辱枉駕，以寓中未免應酬，失于趨教爲耿。承諭二序，自愧無所知見，兼以微鄙不足爲重，逡巡久之，然不敢辭，勉書數語，希正爲荷。蒙不棄，肯以大著發讀？慚非其人，望之望之。

友・戊52　**張惣**　僧持

承示大集種種，如昇珍羅列，竊得捧玩，實深愉快，何幸如之。微有商者：敝寓雖頗軒爽，但十字街頭，最便會客，難以看書。既蒙頒教，須得閉户謝客，澄懷静慮，稍盡一得之愚，以報台命。如敝寓左右關帝廟之類，或小庵静室，暫借捉筆，又便于寓中飲食，則六七日可以告竣，更爲快事。否則小寓亦無不可者，恐未免作輟，俟之旬日外，方能卒業耳。希酌之，何如？【尺・二46復】

友・戊53　**洪嘉植**　去蕪

《清泪》一體最宜詩餘，然此事自姜夔、張夏以後四百年無妙手矣，近日人尚長短之句，而皆不能及先遷甫之妙，蓋其一種纏綿曲折之情，非徒閨閣猥褻之餘事也。南邨數日即歸白門，當屬其索遷甫長調以壓斯編。遷甫古文甚有原委，人或有知者，而皆不如稱其詩餘之人無异辭。夫無名位之人而所爲至使人稱之無异辭者，當世如此，後世可知矣。吾故謂遷甫詩餘之必傳，非虛語也。歸舟束裝，不次。

友・戊54

王正　端人，適祁門李若谷，江都閨秀

前以尊著詩稿委正評閱，連日偕若谷挑燈讀之，令人食寢俱忘，不能釋手，真移我性情之深者。不審先生命意措詞，何高且奇，一至於此。俚言適足以增佛穢，去取仍望裁奪，萬不可因愛中灾及梨棗也。草復，不一。

友・戊55

程雲鵬　培風　西頑

日内爲敝友陳大始兄分選鄉墨，甚冗未得奉教，殊歉也。啓者：敝友極索尊刻《虞初新志》，不識可惠一部否？《清泪痕》續詩削就，亦望擲二三帙附去。聞不庵先生在廣陵，確否？此老學有本源，無時下名士浮囂習氣，若果在此，僕當齎糧爲十日之談也。前所托絳帳之謀，適今日師

道不嚴之世，較昔人粵雪蜀日之喻，相去寧止徑庭。僕之所以未能免俗者，以年翁才高道廣，雖不獲發軔夷門，亦未必即失言於泛愛之末耳。呵呵。

友·戊56

朱襄 贊皇 無錫

集句向無選本，弟不自揣，僭擬爲之，年來頗喜成帙。今春於敝主人紅蘭室中得讀尊製《集李》《集杜》諸刻，皆集句以來所未有，私心异之。因思凡物聚於所好，集句如先生，則案頭必多古今人集句。昨奉見之餘，果得數家，且許力爲搜輯，共成不朽之業，誠甚幸也。弟歸爲家君六十壽，抵家未及旬，復來維揚，直欲了此心願耳。心願已了，即當返棹渡江，匆匆言别，知己必能諒之，更不奉禱也。【尺·二48復】

友·戊57

又

《遠村集句》二册領到，容選定抄出奉還。至《清泪痕》詩，自當遵命率課，於明春來揚呈教。此來定千古之交，實無他望，雅惠謹璧，敢蹈不恭之罪，惟冀海涵，幸甚。人還率復。【復尺·二48】

友・戊58

張鴻照 玉山 淮陰

往歲懷刺，曾上一函，不知達記曹否？雲子家兄欲編江南各郡詩鈔，向蒙不棄賜教，幸甚。真珠璣觸目，天縱之才，濯濯佳公子，不負玉堂揮翰手，惟有欣羨而已。後因疊遭坎壈，未授梓人，書輒罷去，抱恨無涯，想老長兄亦有同心焉。昨秋杪渡江訪舊不遇，即一床琴，一篋書，皆爲游累儹去，信成『十嶽歸來，買山無地；五湖欲泛，換酒無資』，勢不能不復典鷫鸘裘，療我饑腸耳，奈何奈何。但得知己解橐，稍借長風，轉瞬即抵鄉關，便是快事。弟雖一貧無賴，尚有鬚眉，安能向市儈求活耶！冒溷清心，惶恐無已。

友・戊59

錢岳 十青 吴趨

廣陵樹幟，咸推閣下，四海寒氊盡出，詒清堂蒐羅多矣。淮陰雲子太史難弟玉山年翁，久與白門南村先生竹林至好，向曾晋謁左右，今呈佳句，并手札一封，囑晚轉呈。緣其訪舊不遇，歸舟無計，先生愛士憐才，决有所贈，望即俾其行旅回寒春谷，晚亦均受隆渥多矣。

友·戊60 **王正** 端人 閨秀

歲寒風雨，天爲梅花助妝，想先生紅爐詩酒，新著成編，不知牙籤又增幾軸矣。正雖養拙深山，緬望高風，未嘗不爲嚮往而健羡耳。獨若谷自月初持都門書去皖謁高撫軍，至今日久未回，日内厄苦在陳，特以小窗新染一幅奉托，望先生鑒存，倘能得濟燃眉，更感高誼不淺也。

友·戊61 **張惣** 僧持 南邨 江寧

邗上之行所賴文字之知、友于之愛，舍老宗壇其何歸乎！銘勒何已。日來不趨别者，亦不忍遽别也。筆墨微緣，絲牽未斷，似仍有一二日之留。大集三册先完上，祗存《雜組》一册，俟讀畢，容面别繳上。頃將尊賜諸集送裝潢者過半矣，查《筆歌·乞巧文》第十八欠一紙，《十香曲》欠臨末一紙，并望補擲是荷。

友·戊62 **蔣魯傳** 東衍 漢陽

廣陵爲天下才士之區，而先生尤廣陵之第一流人物，傳素聞名景慕，今始得快睹芝顔，飄飄仙骨，迥异塵表。承惠大著，挑燈展翫，種種珠璣，如游鑒湖、登武夷，使人應接不暇，步步入勝。讀至夜半，不能釋手，此蓋先生天才獨异，非特家學討究之力而已也。傳不才，生於楚地荒僻之村，聞見寡陋，毫無所長，然竊留心於詩字者有年，雖非焦桐枯竹，每乏知音之嘆。兹幸得遇高賢，請政左右，尚乞直示指南，勿謂古道不可行於今日。且弟奉家大人嚴訓云：『古人求師訪友，往往得之數千里外。有道德文章勝己者，汝即當執子弟禮師事之。』若先生者，其傳之師乎！倘蒙不棄，納之門墻，授以衣鉢，俾得聞所未聞，則更獲生平之大願矣。俚言載之粗箋，以博一笑，伏唯莞存。旅店喧雜，筆墨不莊，恕罪恕罪。【尺·三3復。按：尺·三3乃友·戊62、友·戊63、友·戊64的共同回復。】

友·戊63

又

讀大著至《清泪痕》，不禁愴然，爲之掩卷三嘆。宋劉庭式之妻瞽，及第後妻父畏其貴，不敢以盲女相攀，願求别娶，庭式不許，卒娶之，及殁，哭之過哀，會東坡曰：『吾聞情生於愛，愛生於色，吾不知子有何情何愛，而哭之如此其慟也。』庭式曰：『吾但知喪吾婦耳。』聞者服其盛德。今先生是篇之作，蓋亦出乎情之不得已也。吾知先生所最傷悼者，令公子之幼而失母。然如古之鄭畋、盧煐，則自鬼魂所産，後皆位極尊顯，又古之异人，往往無母，吾正以此卜令公子之非凡物

矣。敬賦輓歌一律，録呈大教，希斧削之。【尺・三3復。按：尺・三3乃友・戊62、友・戊63、友・戊64的共同回復。】

友・戊64

又

前投刺謁兩令弟先生，深以不得望見顔色爲悵，然得領先生片時之教，其受益又自不淺矣。序跋二稿呈教，乃敝友白門王安節、越中陳藴文手筆，煩具眼再爲斟酌，并求椽筆評訂數語，以光卷首，幸勿惜墨，至感至感。拙稿如已改出，乞擲還。寓所尚未得妥，敢再勞盛使一往圖之，何如？【尺・三3復。按：尺・三3乃友・戊62、友・戊63、友・戊64的共同回復。】

友・戊65

汪鎬京 快士

違晤芝顔，不覺數載，渴慕之懷，與日俱積。小兒在邗素蒙垂拂，深感五中。連年奔走閩中，風塵碌碌，今出關到杭，因二三知友留此盤桓，不日到邗，良晤在即矣。附來壽石乃連歲閩中所得者，因先生素稱賞鑒家，特此奉寄，幸推分留用一二方，何如？

友·戊66

蔣魯傳

東衍　漢陽

承惠《韵牌》，日摩挲以驅旅悶，真不啻百朋錫我矣，謝謝。傳年少不諳，所存貲釜盡被同鄉一友術去，今夜即買舟往索，容返邗再圖良晤也。聞先生著有《窮途哭》，窮途客正宜讀之，幸賜教。拙作并求斧政是荷。

友·戊67

又

禪窗静吟佳著，如瑶琴仙管雜奏於前，能使人不知有窮途之苦也。杜老云『白也詩無敵』，若執先生之詩，與青蓮旗鼓相當，未分瑜亮，因特書『白敵』兩大字奉贈，惜無二王筆法耳。暇時倘肯格外枉顧，更爲榮荷。所托萬希留神，不盡。

友·戊68

又

旅次褻尊簡出，幸不我罪。大作雖未細讀，然一望已知山輝五色，水變白虹，真歐公所謂『至寶之有在』者也。蒙諭往謁諸公，或先生晤中豫爲通名姓吹嘘一二，或以書進，或以盛使引道，三者必策其一方可，不然彼必且峻拒，反遭瘯公子之辱矣，如何？

友·戊69

余懷　廣霞　莆田

盛夏游揚，天炎路廣，未及遍訪同人。獨蒙老年翁知己高情，備盡延款，瀕行又承餽賮，并佳刻多種，虛往實歸，不用壓舟鬱林石也。别來葛已易裘，伏惟台候萬福，新屢勝常，殊深跂祝。兹以敝友周孚尹兄渡江之便，附奏典籤。孚老清襟雅度，文苑首推，字仿晋唐，印工秦漢，向在顧槐塘署中。已耳盛名最久，今恐無因至前，敢爲介紹，以通彼我之懷，以定僑札之好，相晤自當水乳，毋俟鄙人贅言也。貴鄉親友有可吹嘘者，幸勿惜齒芬。手戰不能多作字，幸亮之。諧老乞致遠念，倘得再過竹西，飲酒賦詩，當圖後舉。小兒祝筆申謝。臨穎曷任神馳。

友·戊70

許承家　師六　耒庵

當今徐庾作手，惟先生一人，弟拜服已久，祇因病魔見侵，不得匍匐奉教也。承惠《李杜集句》，大慰飢渴，當以瓊笈貯之，珍爲枕秘耳。弟不知文，《獵微》小刻久久未竣役者，以旋刻旋悔，未經大君子削定故也。今特馳請大誨，送臘迎年之日，呈此朽穢之物，殊污案頭，惟直教，則弟幸甚。病軀不任步履，節套概不能行，俟少遲，當圖傾倒也，并諒爲荷。

友・戊71 **江之蘭** 含徵

新歲無他祝，唯願吾兄再産麟兒也。弟運蹇，去歲半年抱足疾，因少裁候。夫自衒自媒者，當遭卞和之刖，弟一向甘爲鄉人，不知何故亦令兩足痛廢，安能起三閭大夫爲弟作《天問》乎？近作又增幾種？便乞付閲，以慰枯坐之寂。【尺・三7復】

友・戊72 **畢熙暘** 嵎谷

適承大教種種，展誦之際，如游三十六峰，使人心目驚悸，但叫奇絶奇絶而已，豈筆墨所能置贊耶！弟昨作梅花一大幅，千花萬蕋，變幻縱横，適置案頭以待賞音，正值大教俯頒，因馳此以報，『匪報也，永以爲好』耳。

友·戊73

李篤祜　其純

酒熟梅馨，正宜歡聚，忽而陰晦，遽鳴歸鞭，未暢鬱懷，是以怏怏耳。分得『元』字，勉就一律，苦無精句，吾兄固詩伯也，祈爲破格改削，庶幾點石成金耳。

友·戊74

吴從政　聖聞

客春承惠佳篇，倏爾一經寒暑，雖曰無緣御李，未獲登龍，而先生玉山照人，丰神奕奕，已略窺見一斑，如飲醇醪，令人心醉矣。弟自歸淮北，即將《清汨痕》分致同人，已各賦詩詞，敬呈清覽。但先生祭酒詞壇，名傳遐邇，且著作如林，讀之如獲至寶。今不自揣，斗膽相求，如《心齋詩集》《集杜梅花詩百咏》《集字詩》暨尊選《友聲》《下酒物》諸刻，各賜一帙，弟當以薔薇露浣手，爇名香讀之。恐擾興居，未敢晋謁，幸惟鑒諒。里言一律，祈先生教之。

友·戊75

又

拜登如許珠璣，不覺欣欣然喜凝眉宇，未及開卷，早已璀璨陸離，既而擊節高吟，真是篇篇白雪，『光摇銀海眩生花』矣。薄暮舉此珍珠船，載歸淮北，貧兒暴富，驕語同人，快當奚似。所更幸者，《友聲》戊集竟以小札冠首，俾弟草野姓名獲與海内諸名家同列，并傳不朽，此虞仲翔所謂『一人知己』也，不意于先生得之，謹謝。

友·戊76

江注 允凝 葯庵

神交得晤，何快如之，但仙舟迅發，未得一盡地主，抱歉何似。别來捧誦大作，經兩晝夜，如入花谷睹珠船，信奇珍也。速宜授梓，以便贈人。弟拙稿畏縮不敢呈于知己之前，然又不可不藉重大序也，容録郵上。承雅貺種種，附謝不既。尊稿二種繳上。西湖會汪學老，幸爲弟致意。前承委刻《黄山詩》，可即惠數本，以示同人，《天都振雅》亦當入選矣。

友·戊77

又

和章并題册二首領到，如獲天球大玉，光生蓬蓽矣。第匆匆舟集，未盡地主之情，歉恧奚似。所委事一一遵命。榮行何日？不能走送，悵也何如。殷日老囑筆申謝。《聊復集》必祈寄惠一部，詩餘梓就，亦乞示教。《岑山》拙刻附呈斧削，請題數語爲幸。臨穎神馳。

友·戊78

殷曙 日戒

前日承台軒過舍下詢，未修鷄黍爲歉，所呈拙草望賜序評，俾蹇蹄增價，不啻榮于華衮也。弟老而益貧，近茹淡懸鶉，惟沾河潤耳。

友·戊79

王輅 大席 蒼霞 句曲

老年世翁藻思綺合，筆露横流，久想識韓，無由御李。聞暫歸珂里，袖中猶帶天香；又忽去邗江，梁上徒看月色矣。弟幸交小阮，久要杵臼之間；追溯前徽，又附棣華之末。愧未申鷄黍之歡，敢反拜瓊瑶之賜。蒙惠佳刻，珍如趙璧，光勝隋珠，再容細讀，以作長吟。臨楮依依，不勝馳溯。

友·戊80

蔣魯傳 東衍 漢陽

貴鄉山川秀麗，以才子而游眺其間，定多佳句，幸早示我。

友·戊81

李上德 若谷

久未把晤，室邇人遠，不勝勞我寤寐也。聞駕新從故鄉來，花鳥雲山，新著定成帙矣。能惠我快讀，使天涯羈客，一與烟霞相接手，希示爲望。

友·戊82

蔣鳴奎 西章 漢陽

奎以謭劣，僻處山邨，老而益拙，退守孤陋。數年來獲與令侄助老交，親密有加，久已悉聞先生家學淵源，海内尊宿，山斗之望，時切於衷。嗣從貫老處得讀大著種種，才雄養邃，益深企慕。憾以吴楚遥隔，無由奉教左右，悵懷徒切耳。昨歲豚子魯傳浪迹秣陵，遂便舟至邗，遠覲龍門，荷承青盼，游子酸寒，幸托鴻庇。在先生大雅古道，獎進後學，自覺尋常，而羈旅之人得邀噓植，其佩德當非語言文字所能罄也。日内小兒郵書到家，極稱隆誼，老耄如親受之千里之外，望風拜謝，銘感銘感。目下聞得畢先生優待，留之座側，此誠厚幸，將來一切玉成，尚冀刮目。凡此皆先生特知之惠也，敢忘所自乎？但兒子駑而且少，聞識寡陋，諸凡鮮能諳習。先生長者，尚幸進教之，相愛以德，俾令漸就老成，免爲時所棄，則啣結寧有已耶？至懇至懇。

友·戊83

蔣魯封　漢陽

五六年前與令侄助翁交，得耳先生大名，聞其風骨超逸，迥出塵表，心竊儀想其人似冲漠虛净，不食人間烟火者，大抵江梅共瘦，檻竹同清耳。及令侄貫老來漢，出大著種種讀之，則有以窺其俠腸血性，雖體不勝衣，而勇于行義，賁育不能過，先生殆子房、鄴侯之流亞，而向之所謂冲漠虛净者，尚不足以知先生也。所憾天各一方，無由親炙，慰此飢渴之想耳。舍弟以鹿鹿不偶，輒自憤悒，浪迹天涯，冀得從四方賢豪長者游，以廣其識，雖不敢方諸古人之千里負笈，然其心頗不欲以三家邨自錮。先生不以其無知而不加屏斥，乃更進而教之，噓而植之，小子何幸，而得沐此殊青也。因嘆向者俠腸血性，勇于行義，得之想像者爲不誣。是僕之於先生，始爲慕，今而感矣，其爲依切，更當何如。謹泐數語，敬候興居，溯洄宛在，實深神馳也。佳刊夥甚，僅得讀《虞初》《聯莊》《集字詩》數種，嘗以未窺全豹爲憾，未知有緣得蒙惠教否？顒望不置，臨穎主臣。

友·戊84

鄧劭榮　若雍　泰州

重午將近，因思孟嘗生辰，屈子忌日，讀《史》讀《騷》之際，不覺忻慽交感。空樓掩卷之暇，竟無斗酒新茗，攻此磈礧，客况倍增鬱鬱耳。

友·戊85

程雲鵬 西頑

久不奉教，以今年遠館淮陰也。屢欲作詩寄懷，殊無好况，恃在愛下，能無爲弟嘆念耶！淮陰敝友欲索尊著《清泪痕》，幸惠一二本爲禱。

友聲後集

友聲後集己集

隨到隨刊不分爵里

心齋張潮鈔

友·己1

與張山來

仁和　王晫　丹麓　木庵

二十年想慕一旦得望見顏色，意可作數日盤桓，細聆麈誨，不謂匆匆返棹，地主之誼闕然，先生縱不深責，僕獨能無内愧于心乎？承惠琅函秘笈，又辱走筆，贈以珠璣，銘佩之私，與日俱永矣。別後盡讀諸大刻，無體不備，亦無體不佳，巧手慧心，想落天外，流布海内，不獨紙貴一時，自足千秋不朽，以視世人以一長自鳴者，直井底蛙耳。蒙委《幽夢影》題詞，弟以筆墨久廢，未敢草率，或俟先生刻成，幸以刻樣見寄，當跋數語，以志向往。《清泪痕》情文相生，真所謂『一句詩成千泪垂』者，令人不忍竟讀，謹賦里言四首奉輓，乞改削存之。時賢雜著除鄴架所有外，謹録副本并原稿共計三十七種寄上，倘得先生即爲選刻，感戴不獨在僕一人也。其式或仿《快書》五十種刻法，何如？【尺・三10、尺・三13復】

友・己2

又

瀘州　先著　渭求　遷甫

去臘南村歸，述風雅之愛，兼荷手教見及。三月望前曾入蕪城，知道駕返新安，因不踵門。承示《七療》，極才人之觀，真不知文生情，情生文也。一詞寄正，此道弟雖好而未工，非泉之見許者過也。別後必更有新刻，幸不吝教我。俟有便舟，再圖快晤。《夕字倡和詩》并呈教。餘悰耿耿，此未能悉。

友・己3

又七言古

婺州　朱愼　其恭　菊山

遺忘佳稿慚無有，風前獨立踟蹰久。正思今日訪高齋，細誦佳篇傾斗酒。忽見蒼頭持柬來，沅芷湘蘭香在手。開函字字欲銷魂，從此真娘堪不朽。多謝心齋老長兄，同學小弟愼頓首。

友·己4

又

莆田 **余懷** 澹心 廣霞

去歲此時正在揚郡，獲與知己盤桓，樂而忘旅。獨恨衰翁多病，忽復思家，匆匆渡江，未能久住，雷塘烟樹，螢苑風花，至今猶縈魂夢也。弟老矣，無能爲矣。老年翁少壯登朝，立德、立言，三不朽之業有厚望焉，非止雕蟲之技，焜燿藝林已也。弟萬念俱灰，一絲不挂，竟可長嘯凌雲。惟是生平著作，未忍委諸草莽，八十之年，崦嵫甚迫，今春料簡成編，而艱於剞劂，意欲藉年翁爲主盟，自來募刻，不識庾元規肯爲王隱《晉書》計否？兹因小壻赴某公之約，特遣小兒隨來，以請教於門下。若以爲可來，則踴躍奮迅，擊祖生之楫；若以爲來而無益，則竟裹足不前矣。顒望嗣音，以定行止。尊大人《雲谷卧餘》乞再賜一部，有好松蘿乞餉寄一瓶。諸惟崇鑒，臨楮神馳。【尺·三12復】

友·己5

又

西蜀 **先著** 渭求

三次入郡城，皆迫於歸，不得圖晤。暑候已臨，惟起居佳勝也。弟以四月望後返白下，而南邨同日自江陰歸來，云今春蒙寄手教并大刻，未曾裁答。前在湖上，聞道駕適在西泠，及相覓，已先一日發矣。頃方抱恙，又不能作字，特托弟爲道惓惓也。昨來時過弘濟，見蒲公，即索所委者，渠亦脾病甚憊，云稍緩當請教，而意中則嚮往甚殷也。緣不能面，特以此代。

友·己6

又

武川 **朱慎** 其恭

閏五之集，二難四美兼而有之，吾兄真可謂名士風流矣。尊作氣體流逸，本無可議，但愚意欲求精而益精，以傳示海内，故字句間尚覺有推敲之處，謹將閱過原稿璧上，幸恕其狂直可乎？拙作呈求大教，乞痛加斧削，俾不致貽笑騷壇，此真愛我者也。

友·己7

又

黄虞 **方熊** 外士 黄冠

道人出山入市殊不韵，然非此不能與高會，又自以爲韵。有志者則笑謂真仙骨定超然遠舉，不宜作此沾帶，貧道未免亦生慚愧，請質之主持風雅主人當如何。任公《文章緣起》納上二十本，前承剡藤資，到山即釀醇醪待客，幸毋忘山中也。

友·己8

又　江都　張庸德　紫裳

來《八股必讀文》，懇數言弁之，集成苦無紙印，不能致遠，如床頭大竹筒中有用不盡錢，不妨盡數倒來買紙，亦是快事。倘慳甚，當別向雅人圖之。笑笑。外《韓柳歐蘇文》亦懇一序借光，感感。【尺·三19復】

友·己9

又　金華　朱慎　菊山

漏天不止，舉步維艱，悶坐荒庭，鬱鬱成病矣。承教《采蓮曲》，多風流宕往之句，使我形神一開也。稍有未妥處，恃愛直陳，諒知己勿以爲怪。

友·己10

又　山西　劉長會　與偕

世誼久疏，企懷莫慰，曩從友人案頭快讀佳刻，傾倒至今。昨晤孫無老、卓子老，備道高風，托其先容，方敢求教。荷蒙全頒，如獲异珍，檢點裝襲，而《集杜》册内遺漏數頁，惟乞查補以成全本，感無既矣。容謝不一。

友·己11

又　中州　迮俊　旦庵

蜀岡勝地，弟息痾三十年，閉處未能眺望。今惟先生雅意，爲詩壇牛耳，千秋大業，因勉力趨教。飯後未别倦歸，勉就一詩，聊供噴飯，希亮之教之，扶之植之。

友·己12

又　江都　張庸德　子常　紫裳

《制義必讀文》序蒙面允今日擲賜，專价叩領。此書待先生而行，非大推其轂，恐不能遍覽五嶽十二州之勝，惟望有以成其貪耳，毋徒爲楮先生所笑也。《韓柳歐蘇文》序并求速構，以便付梓爲感。

友·己13

又　同里　陳圻　康疇

前制藝一序，吾兄自謂太長，以弟讀去，殊不覺也。非特不忍斫小，且益之竹頭木屑矣，未審何如。今此序更覺修短合度，但於臨結處，弟又妄增一二筆，此又若方寸之木加於岑樓也。一噱。其所選様子可曾付來，如有幸付一觀，望望。

友·己14 **又** 西泠 **諸殿鯤** 若雲 際南

本欲趨謝高誼，因赴試之後，即擬携家至此，則相依宇下，爲日正長。復荷隆情，佩感曷有已已，奔走之餘，尤恐不能仰副台望也。拙作愧不成句，恃有宗匠大加斧削，或可附於大集之末耳。

友·己15 **又** 成都 **費密** 此度 燕峰

前有勞道駕，緣足蹣跚，致失遠送，甚爲不安，想蒙諒宥也。承諭鄙作，容再商量。拙稿友人借去，俟取回奉教也。恕甚，未悉。

友·己16 **又** 同里 **江之蘭** 含徵

文駕錦旋，奚囊中定添一種佳製，恨未能瘦竹芒屩，一躡後塵耳。承問及賤恙，幸自知調劑，以漸平復，第兩足尚不能健步，雖曰『跛能履』，亦難免蕭同叔子之笑，今且杖於家矣。又《五日詩》弟曾有遲客之作，回想病時，此身甚脆，將來重逢五日，又不知故我苟延，新我何在，聊爲愾嘆。書呈塞責，然另作亦不過此言也。《真娘墓詩》附上，統望郢削。蔣霞老設帳都門未回，騷壇中少此驃騎爲悶。社詩刻成，早惠一卷。餘不瀆。

友・己17

又

江都 **張庸德** 紫裳

兩序各暢所云，足見先生於此道甘苦，歷嘗殆盡，拙選生色多矣。他日《聊復集》中又得令紫裳厠名其間，何榮如之。急欲走謝大教，腹内苦熱，病不能行，遥拜而已。

友・己18

又

泰州 **黄雲** 仙裳

念四日尊札并徵詩啓、詩題俱領到，六月三日復得後札。弟以多病戒思，然《閏五日》《真娘墓》兩題絶佳，一吊幽魂，一志佳節，可見鍾情决在我輩，弟當破戒爲之，并促小兒同報命也。

友·己19

又　住黄山　海岳　中州

先生慨詩學之荒蕪，特借吾佛五戒名相痛呵嚴責，其用意可知，早晚給示詩壇，即李杜亦當斂手矣。蒙委跋數語於後，得附不朽，固所深願，第蕪句陋辭，不足重輕，得非先生有嗜痂之癖乎？如命草上，中間倘有一二可存者，幸潤色之，則荷光不淺矣。臨池悚息，不一。

友·己20

又　婺州　朱慎　其恭

《幽夢影》一書久爲方符白攜去，渠方日在槐安郡中，唤之不醒，奈何。但吾兄爲夢多端，都化作蝴蝶飛去，使我何處捉拏，若欲得其端倪，不如足下權作杜麗娘尋夢一番，可無煩弟作李少君也。一笑。【復尺·三15】

友·己21

又　同里　殷曙　日戒

十載惄飢，忽蒙垂顧，已出望外，乃復重以評跋和章，過情奬借，在老世臺不忘舊誼則然，若弟則自六十以來，不求聞達，鄉里小兒共訕笑之。雖近時高、許兩文宗臨試古學，并叨剪拂，一二知友又以碩果品題。然去冬稱七十矣，未能省静寡過以餞餘年，而猶强顏逐隊，妄希詭遇，可乎？坡公云：『人生浮脆，何者爲足恃。』世臺絶頂聰明，自能筆補造化，走雷電而叱星辰，弟獲列賤名拙製於大集之中，實多榮幸，世臺之詩文不朽，弟亦免朝菌貽譏也。謹此報謝，不悉。

友·己22 **又** 同里 **江注** 允冰

通問有年，今春始聆麈教，辱惠諸集，而仙舟遽別，未盡地主之歡，宛似海上見三神山，風輒引去，如何如何！承委校令祖老先生詩，訛字俱已改正刻竣，并與諸公訂正。尊公《詒清堂詩》選目呈電，或有增減，即望郵示，以便付梓也。兹中州和尚重詣詞壇，面懇鼎言代達諸公，俾得早完勝果，頂祝無盡。《振雅》内叙語附覽，并拙刻呈教，幸檢入是荷。

友·己23 **又** 莆田 **余懷** 澹心

小兒歸，具述起居佳勝，詩文日富，甚慰鄙懷。又蒙垂注殷殷，深仞知己。弟八十之年，若不料理生平著作，恐與草木同腐。到揚少募刻貲，其商家有好事者，有貴宗龍老爲介紹。至於風雅壇坫中人，必藉老年翁領袖嘘拂，俾得虚往實歸，方不負一番跋涉也。猶要緊者，煩覓一清净居停，少可置筆床茶竈者更感。小壻前番爲龍老匆匆返吴郡，未遑晋謁，頃者再到，當締僑札也。

友・己24

又

西蜀 **費密** 此度

密敬白：連因暑瀉，賜書未報，密聞先生名久矣，緣村居，上城甚稀，不獲奉教。頃玉趾過臨，乃得與親高論，非悠悠歲月之君子也，甚以爲快。至如密者，避亂家貧，無資讀書，又乏良友夾助之力，倀倀以至於今，鄙吝日生。雖幸先子稍誨文章大法，二三耆舊咸得摳衣請問，而無奈才氣本薄，不足以達之也。先子嘗言：『天生美才，亦各殊异，或大或清，或長或奇，隨分而就，古人行誼文章不必相同，但力學深思自成一家耳。人患無才，苟有美才，加以篤嗜，積之歲時，前哲所至，亦能至之矣。』捧讀鴻篇，氣暢詞潤，瀠洄宛轉，令人怡神爽目，可敬可愛，以此天才俊拔，加之深好，遠則子瞻、山谷，近之義仍、熙甫，可後先而趨也。尊意欲追踪前喆，立志高邁，如此愈久愈閎，風雷河漢，莫測所至，密方將側立屏息，沐浴而後展視以開蓬心已。秋氣漸凉，少選或隨友人過寶齋觀藏書，又獲執手細談，一對歡笑也。大集蒙教，謹謝。小文已領到，并致去。秋後十日制，密稽顙。偶志在野田，俟异日呈正。統此。【復尺・三16】

友·己25

又　江之蘭 含徵

盛伻來，讀華札外并閲斗方二幅，知琳琅大作尚有未及見者，豈恐弟有望洋之嘆，故秘而不與耶？千乞各付一册，以慰渴思。其《匵董詩》，弟於此則有説焉。夫骨董之可珍可玩，宜什襲藏之者，蓋以其無雕琢之痕、鍛鍊之迹，雖有光怪陸離之時品，不敢與之争奇，俗稱『出土』者是也。今有人焉，葛衣草履，遁迹丘園，其形其貌若猿猱焉，窮理盡性在其談笑間，此真無雕琢之痕、鍛鍊之迹，俗稱『出土』者是也。然唾棄之者有矣，交臂失之者有矣，曾無一人以爲古董而珍之玩之什襲藏之者矣。然則世之所謂古董，其輕重軒輊，竟無能辨之者。世之所謂古董，何异李晟之紗帽、老子之火扇，聊以戲此無目者耳，烏足以知真贋哉！道兄之作，頗稱具解，故附數行以助噴飯也。又台札有鐵拐遲賓之説，不知七位高真，何故不能療人一足，使李仙蹣跚躄躠，游行於蓬島間，亦大可醜，何所重而尚酒食是議也，益增絶倒。其《真娘墓詩》不便代索同人，以此問『壓孕』者多，成詩者少，何可以瓦礫溷珠玉耶？此復。【尺·三18復】

友·己26

又　西蜀　費錫琮 厚菴

閏五勝會，已自播聞，况饒佳句，成帙後祈略賜示一二名流之作，更得少睹近日風雅宗工也。

潄世兄遠道聞慕，遥和一册，謹呈台覽，餘俟再布。

又

萊陽 姜實節 學在

二十年景仰鴻名，願得一親丰範，而謬叨知己，未獲登龍。每欲躬自渡江，面謝明德，乃車騎見過，遲此兩天，反交臂而失之，豈不可恨可惜哉！客歲手書下頒，深感綣綣厚愛，一切篇章俱造極至，方今海内共推，無俟鄙人贊訟。集句之工，亦比天衣無縫，何其玅合乃爾也。輓歌樂章得之如得珙璧。先祠未就，又辱高情種種，謝私莫可言罄。友人汪淡洋、楊可師兩君子，今之詞伯，寒門世好，漫爲薊北之游，因同蔡九霞諸君餞之支硎山下，於初六夜從虎丘入城，初七日入山，阻雨僧舍，初八日抵家見尊票，已極暮，初九早趨虎丘，而行旌已發，遍問鄰船，求之不得，翹首岸傍，悵然何及。入祠始知隔夕已去，復拜佳詩，且知蠢僕鍵門未啓，更爾開罪，尤爲惶悚。然而花徑常封，蓬扉晝掩，亦可想見。弟住山枯寂，僵卧餘生，比年游倦，知交絶稀，聞剥啄之聲，幾欲避形而匿影，遂使若輩相視爲固然，而不知所以獲戾於四方之長者幾何矣。惟望先生諒其無他，不加譴責，不相鄙遺，他日臨吴，仍復叩門相訪，倒屣相迎，快談數日，庶足慰此飢渴耳。《送淡洋》四詩録扇求教，幸與破老傳視笑之。倩扶較書之女弟偏紅贈破老一絶，收貯笥中，思之不得其處，容并碑刻續寄，先惟持此致言。葵榴花放，鰣魚出網，擬附學先兄錢塘歸棹，一渡邗江，即應

肅謁。臨書馳切。【復尺・二31】

友・己28

又

同里 **江之蘭** 含徵

初六日接來教，謂弟以古董自況，不待價而亟欲索價，不知弟前札所云蓋謂世間有此一種古董而人不識耳，非謂弟即此一種古董也。使弟即此一種古董，方今海内真有車不勝載、屋不勝貯者矣。弟之古董則有若顔子之簞瓢、原子之敝履、范萊蕪之牛衣、司馬相如之犢鼻褌、馬少游之下澤車、黄葉老人之折脚鐺，謂其有幸得親高人之服用而不棄擲則可，若以爲古董，置之通衢廣市，曰：『此值幾何？彼值幾何？』則直令人掩口而笑耳，台意以爲然否？又前札相求新刻，未蒙示復，豈道兄之古董必欲待價而沽耶？然昔人有一言投契，盡舟中所有而與者，安可作尋常闤闠之争競乎？倘不能全畀，其《逸民四史》《弈乘》《禽史》《檀几叢書》《禪世説》《仙世説》此數種，弟所酷欲見者，檢付爲望。俟足全愈，仍欲來揚行醫，此不是來賣古董，是來修古董，吾兄同人中有欲修之古董，而拙匠血指染汙者，不妨令至吾門也。【復尺・三18】

友・己29

又

仁和 **王晫** 丹麓

晤後忽四月餘，高懷雅量，時時在胸臆間，想吉人福履，自多佳勝，而著述亦定富有日新，他日或能爲廣陵游，當首圖叩謁，一罄積懷耳。承惠瑶緘，似伏初所寄，至七月十七日始到，寄者抑何濡滯也。盥手捧讀，知叢書之刻，先生即欲舉行，是文壇中大幸事。弟初爲此舉，原仿《快書》五十種而輯，今先生所定書様板式，皆最雅最妥，恰與鄙意相符，真可謂賢者所見略同也。但署名處，先生久爲人望所歸，自當專列，至必欲兼列賤名，尊謙亦太固矣。假使此書弟曾有批有小序，高賢見之，或恐埋没其苦心，不肯遺落原姓氏似也。此數十種不過偶然抄撮，方恨無力，不能傳布，忽得先生起任其事，一旦懸之國門，已爲表章莫大之德，况諸種拙作亦得仰附青雲，五内銘感且終身以之，何必首版更列賤名哉。又况從來諸選本一人出名者，日後易傳，兩人共事者，卒難省記，往往俱不傳，奈何以弟故而并累先生也。乞細思之，應不河漢予言。如隆情無已，并拙作《看花述异》及《鳥官》二記仍載叢書，弟之叨榮更幸於列名矣，萬祈俯從，無俟再煩斟酌。蒙示新刻，覺天壤間勝舉韵事，先生都已占盡無餘，得毋令人生妒耶？謝謝。書到之日，恐尊處懸望回音，久不能待，即日草復，不盡之言，嗣容續布。外《廣抑戒録》十二則，係丁巳孝廉候補邑令朱雪巢所著，附呈台覽，或附載《觴政》之後，何如？【復尺·三13；尺·三27、尺三35復】

友·己30

又

吴陵 **黄雲** 仙裳

五月間兩接手教，足仞意中常有賤子也。《閏端午》四首即當報命，貧冗未能。《真娘墓詩》

先就，兹附上。經廳徐宛湄公祖博雅至誠君子，弟交游海内五六十年，如徐公者實罕其儔，渠亦道先生垂愛，知弟莫逆，命説項，願與足下爲歲寒千古之交。蓋莅揚來，相識多而知心少也，先生從此當數與周旋，其人之高致，更過弟十倍不止耳。此公無書不讀，尊府大刻俱宜送之。諧石弟亦命价引其一晤，不及别作書，以此札示諧老一閲可耳。弟于七月二十二夜忽得危疾，今手足不仁，將有性命之憂，貧家饘養且不給，何從覓參朮，待死而已。昨小兒家報回，知東行先生又厚贈路費，老人感切不可言。謹附謝，餘待嗣音。

友・己31

又　莆田　余懷　澹心

昨赴龍老之招，承賁玉，失迓爲罪。龍老薦拜河下諸君，然弟清夜自思，此乃山人墨客所爲，悚然愧汗，不願久留，明日便欲渡江東去。惟有年翁風雅知己，或可少分剞劂，所謂王修齡饑則就謝仁祖食，不受陶胡奴米也。老詩狂言，聊供一笑。昨往訪諧老未遇，幸致念。餘不盡。

友・己32

又　前人

弟素性迂直，沿門托鉢之事，生平未爲，故悔而欲去，但屢損大惠，深屬不安。然誼在斷金，故受而不辭，我輩文章義氣，期以千秋，固不在形迹間也。虎丘立碑之事，小兒往覓主僧未遇，俟弟歸，督之以報。晉人處《花影詞》索之極急，而應之最緩，奈何奈何。弟老矣，未知尚能再至蕪城共倡酬一番，以成佳話否？瀕行尚趨別也。

友·己33

又

華陰　**王弘撰**　無异

連讀大著，既博且精，信名不虛得也。又承頒尊翁先生《大易辨志》《檀弓問》二書，乃知家學淵源，羽翼經傳，爲先聖功臣，啓牖後學，洵不朽之業也。今之以風雲月露自矜風雅者，瞠乎不敢望矣。所論互卦之説，經無明文，不但此也，即變卦、覆卦亦俱無明文，皆先儒以聖人之言求之而得耳。以『因、重、錯、盪』之言得變卦，以《雜卦傳》之言得覆卦，以『非其中爻不備』之言得互卦。蓋易道廣大，聖言淵微，自然之理包孕體中，故謂文、周、孔辭中所未及猶可，謂伏羲卦畫中所未有則不可。《儀禮疏》與先儒説尚是後人之言，如《左傳》舉《觀》卦處亦自分明，然是本卦外之一義耳，故云『非其中爻不備』，二四三五自耑言本卦，而互卦在其中矣。本卦之二爻即互卦之初爻，本卦之五爻即互卦之上爻，皆一爻當一爻；本卦之三爻即互卦之二爻四爻，本卦之四爻即互卦之三爻五爻，乃一爻當二爻，蓋三四兩爻又爲互卦之中爻也。以本卦體中有此互體，故舉二四三五爲言，若非互卦，則此章之言贅矣。再以法象觀之，益知其説之不可易也，洪容齋所舉《師》

《謙》二卦尤可證。胡安定以中爻單屬六二、六五、九二、九五，於貴中之義固得之，恐非所以言『不備』矣。故吴臨川云：『内外卦既有二正卦之體，中四爻又成二互體之卦，然後其義愈無遺闕也。』斯言得之矣。律吕之學，弟本無知，特自先儒文義言之耳。弟不解歌，不諳絲竹之譜，竊疑世俗所爲『合四一上』諸吹彈之法，樂府新聲，梨園法曲，皆非聖人之所知，蓋古樂之亡久矣，弟於後序中已詳之，不審高明以爲如何。《檀弓問》中以『防墓崩』『防』字爲周慮之意，是與上『防』字不同，而『防墓崩』三字爲文亦突，且門人防之，而孔子乃不防之耶？又『孔子少孤，不知其墓，殯於五父之衢』謂當作一句讀，孔子『不知』者，不知其爲殯，非不知墓所，可謂創解獨得。但云『顔氏少寡，未必躬行，故不知』，而何以郰曼父之母特知之耶？又『世傳孔氏三世出妻』，實始於《檀弓》『不喪出母，自子思始之』一言，他無所考。或有謂子上出繼伯氏者，唐荆川《稗編》中載之；或有謂出母乃所生之母者，近日張世維作辨，要之，皆未確。即所云『孔子出妻，以其不能儷聖人，非謂有罪也』，若無罪而出之，豈人所爲？况不爲已甚之聖耶！凡此數端，以高明勤學好問，故敢直言之，幸毋罪。【復尺·三20；尺·三21復】

友·己34

又

信安 **徐瀫** 宛湄

日承老先生駕臨寒署，瀫適以于役北橋，遂致有失迎候，鄙懷歉仄，曷維其已。兼荷大刻下頌，薄暮歸來，盥焚捧讀種種傑作，無非至理名言，深情宛致，悉皆出入經史，貫穿百家。《集詩》則敲金戛玉，陶鑄無痕，洵千秋必傳之業也，敬服敬服。不肖日來雖以賤冗僕僕，晚歸必篝燈三復，不能去手，自念儉腹獲此，奚啻貧兒暴富，得未曾有，生平大快，當何如耶！敬奉爲鴻寶，秘之帳中，藉以益其神智耳。昨復荷榮施載錫，揣分難安，但出先生之賜，却則恐蹈不恭，而受實增愧多多矣。謝謝。家先慈節孝微行，懇祈勿吝珠璣，以光梨棗。黄仙裳先生所賜詩章藉爲乞引，敬呈尊覽。祗候台禧，伏惟崇照，臨楮主臣。

友·己
35

又

順天 **王維屏** 希召

佳刻四種，各具穎思，因嘆老年臺心靈手敏，無物不妙，昔人云『如萬斛泉源，隨地涌出』，又云『水大則諸物畢浮』，其佳刻之謂乎？秋署一燈，焚香静讀，仿佛珠光玉彩，羅我几案間，頓令松齋生色，拜貺抑何多也。謝謝。《悼亡詩》情文倍至，不堪多讀，老年臺真千古之有□〔一〕人有情人矣。情之所鍾，固在我輩，然發乎情，止乎義，又君子之所以自愛也。不揣固陋，成詩二首，無當大雅，聊供覆瓿耳，惟老年臺進而教之。虔布不既。

〔一〕按：版片闕損一字。

友・己36

又

山陽　**張鴻照**　玉山

鴻稀鯉絶，已三月餘矣。訪舊西湖，僅留十日，遂冒暑入秣陵，日泛舟於秦淮，問桃葉渡歌吹如何，醉卧荷香柳浪間。適友人王宓老爲弟戲圖之，乞老長兄題贈珠玉，亦添秦淮一段佳話也。

友・己37

又

華陰　**王弘撰**　山史

昨日得面教，慰快之甚，其《河洛合一圖》，衹是上一圖耳，下左右四圖皆解其合一之數。《大方圖》第四圖衹是從一角次卦相對，亦皆自然相合，然非有他深意，不過見《大方圖》整齊自然之妙而已。又别有所言，以其言長，遂列别楮。今人如先生潛心讀書者少，故不覺有言即吐耳，幸諒之。

友・己38

又

華陰　**王弘撰**　無异

三代以前，凡言『書』者有二：一爲《詩》《書》之《書》，《詩》即今之《詩經》，《書》即今之《尚書》，如云『《詩》《書》執禮』『誦其《詩》，讀其《書》』『教以《詩》《書》』是也；一爲『六書』之『書』，即今之字，如云『洛出書』『書同文』『禮樂射御書數』是也。子路所謂『何必讀《書》』，《尚書》也。蓋《書》以道政事，民人社稷皆政事所在，故曰：『有民人焉，有社稷焉，何必讀《書》，然後爲學。』今之説者，以《書》爲書本之『書』，誤也。伏羲造書契，書者，文字；契者，刻木書於其上也。自此相傳，有簡策而已，無有以字在紙上，累紙成卷爲書，如今之書本然者。單札謂之簡，連編謂之策，《詩·小雅》『畏此簡書』，《禮·内則》『請肄簡諒』，《學記》『今之教者，呻其佔畢』，《爾雅》『簡，謂之畢』，孔子云『文武之政，布在方策』，孟子云『吾於《武成》，取二三策而已』，『韋編三絶』，『執簡以往』，皆是也。『筆』，古作『聿』，《説文》：『從又持巾，一聲。所以書也，楚謂之聿，吴謂之不律，燕謂之弗。』秦蒙恬取中山兔毫置管，加『竹』於『聿』，謂之『秦筆』。《中華古今注》云『書契以來便應有筆』，《曲禮》云『士載筆』，《左傳》云『臣以死奮筆』，其所言皆刀筆也，故云『加木焉』，云『使書以爲三策也』。唯古《筆銘》有『毫毛茂茂』之詞，《莊子》有『舐筆和墨』之説，《筆銘》乃後人僞作，《莊子》亦爲後人假托增餙，不可盡信。秦漢以來雖有筆，其書字尚率用縑帛，司馬相如奏賦，猶給筆札，『札』乃木簡之薄小者。至和帝時，蔡倫始采樹膚、生布、漁網諸物造紙，自此以後，方有書本之書矣。《易·大傳》言『易之爲書也』凡三，皆言卦畫也，故初曰『周流六虚』，次曰『六爻相雜』，又次曰『兼三才而兩之，故六』，其言甚明，非謂書本也。因讀尊刻中言『易之爲書』處，尚作『書本』，故敢直言請質，無怪其妄，幸甚。【尺·三23復】

友·己39

又

曲阜　**孔尚任**　東塘

前得手函，兼惠大著，種種勝義，豁人心目，真如甘泉芳井，汲多更佳，即買紙傳鈔，一時洛下蓋無人不讀新論矣。弟流浪淄塵，俗氣入骨，雖未焚筆硯，大抵應酬諛誦，所謂不堪對衾影者，况故人乎！兹江寧馬衆老過邗上，特托一訊佳况，衆老入洛名流，公卿雅重，龍門雖高，諒不惜階土耳。諸惟噓及，弟感實深。餘不宣。【尺·四17復】

友·己40

又

淮陰　**張鴻照**　玉山

老長兄才名玉署，望之如北斗，然乃不棄蓬蒿人，教誨殷勤，憂其暴鰓也。解囊食之餘河潤之，俾得買舟歸里，則豈非池塘春草情故耶？弟近狀如宿瘤、無鹽老寡婦，稿然東壁下，無復長安五斗志也。老長兄京兆後身，不知可覓十二金釵，都索夫婿畫眉妒春山耶？昨燈下讀元人詞，至『故將紅袖遮銀燭，不放才郎夜看書』句，應爲贈老長兄，弟亦有此念，奈囊空如水，寒士思美人，斷不可得之數也。忽承遠命登泰岱，看趵突泉，老長兄山左或有舊好，妄請爲曹丘生，歸囊多得朱提，便邀惠不淺矣。北上期尚在明春，《十六家詞》有印成者，望寄一部。草此代面，不一。

【尺・三26復】

友・己41

又　張兆鉉　貫玉

頒到《友聲》佳刻，應酬之暇，展讀卒業，惟甲乙兩集有鉉往復十數札，而丙丁戊三集則未之見矣。蓋以邇年來，所往復者皆塵俗之務，猥瑣之語，非文人翰墨耳。因憶令小阮與鉉札云：『曩年生與老師往來，楮牘皆言文藝，今則長篇累幅，不知所言何事，投筆長嘆，通身汗下。』誠哉是言也。此昔人所謂『三日不見黄叔度，則鄙吝復生』，又謂『士人三日不讀書，則義理不交于胸，便覺面目可憎，語言無味』，皆古人反躬深省，顧影自慚，方能道此。今兹鉉與尊叔祖迹既疏闊，而往復文翰亦且罕見録於集中，能無三嘆耶？兹值便郵，率勒謝教，并冀多惠佳刻，以豁蓬心爲望。

友・己42

又　江都　史申義　蕉飲

前者接教，正在卧床，失於裁答，讀禪悦近著，不啻楊枝霑溉，熱惱銷除。弟佞佛有年，兹以痁苦，益栖心梵唄，欣得年兄亦是八部會中人，具此慧業，不獨生天在靈運前矣。大藁碎金寸璧都可愛玩，里有才人而不一與酬唱，懶放疏野，想荷鑒察。《檀几叢書》檢出奉趙，只此一册否？依稀記是兩册，傾箱倒笥，無從尋覓，天下之寶，當與天下共之，斷無藏弆寫本，靳其流傳之理，此胸無點墨者所不忍爲，弟恐蹈此，惶惑滋甚，幸直示以破疑團。無則止之，有則便於向亂書堆裹大索耳。

友・己43

又

同里　**姚曼**　東只

頻年浪迹，甫得親炙大賢，忽爾又成遠别，真昔人所謂『一身爲輕舟，常隨去帆影』，飢驅之苦，豈得已哉！年先生聞之，亦應爲我感嘆不置也。承惠詩文，與同人共之，如獲波斯异寶，不啻可破舟中風雨，且當山水奇特處，携此佳編，高歌狂叫，大爲山川開生面，感何可言。惟舊製《韵牌》《牌譜》尤友人素慕，望惠數册，知年先生必不靳也。舟次鑾江以待，伫候頒賜，不及面别，容旋日把晤於高軒，一尊唱和，弟雖衰暮，猶不減此豪想也。臨楮依依。

友・己44

又

同里　**張兆鉉**　貫玉

近見閩中張夏鍾先生所選刻批評《有明八大家文集》，深爲有識，而每集有序，各如其人之文品李崆峒、王遵岩、唐荆川、茅鹿門、李滄溟、汪南溟、王弇州、歸震川，而八大家總序尤爲超卓統括，即向年鉉所襄贊于尊前當選明文之説，而彼已先得之矣。而張夏鍾自己文集，其各序并論五經、論理學，煌煌大文，駕于近來諸公之上，時流名士瞠乎其後，張君誠可爲後來居上矣！我願先生選刻國朝八大家之文，此乃獨擅先着，何如何如？至於刻資，先生可優爲之，所費不過二三百金，而可以垂不朽於千古，且可以表彰學憲之文，何如何如？此選之後，不妨又選國朝八名家而嗣刻之，此真不朽大業也。學憲公《詒清堂全集》《雲谷卧餘》《檀弓問》《近思録傳》諸書，并《大易辨志》乞各寄一部，鉉于暇時再細披閲可選授梓爲八大家者，抄目奉商，何如？至於所選之文，必如張侗初、葛端調所選所評古文，可以家弦户誦者爲妙，不可如山曉閣所選諸明文，只可觀而不可讀，是以不能大行而垂遠也，何如何如？芻蕘管見，不卜有當於高明否？

【尺・三28、尺・三引同復】

又

友・己45　　益州　**費密**　此度

密白：秋霽未深，紅葉初潤，正宜静聞至誨，而左足蹣跚，迄今未已，不遑走候道履也。尊照妄跋數語，無可觀者，謹送上。家君遺集近乃印出，并鄙作請教，幸誨我爲荷。

友・己46

又

同里 **江之蘭** 含徵

重九日來札已具數行附戴韋庵先生賫復，不日想達左右。《幽夢影》僭評有提挈大意者，有全神領會者，有斷章取義者，有意在言外者，吾兄文心慧眼，自能了此，諒不抹去，不敢更爲饒舌也。《木蓮花詩》緣起甚佳，弟曩游黄山，曾見此樹在四面佛殿角，今讀此，如逢故人，且知别來無恙。昔徐文長云：『如病者一聞藥香而興必起之心。』大衆一聞木蓮花香及讀其詩，真能令此樹希有過於優曇鉢，各各生歡喜心，面不狹長，此便是木蓮花阿耨多羅三藐三菩提也。

友・己47

又

同里 **吴從政** 聖聞

遠人往返匆匆，恐擾興居，未敢晋謁。然先生雄才慧業，遐邇喧傳，以致淮北群英時形寤寐，每覽大作，若獲奇珍，知弟久屬神交，紛紛請乞，如索逋然，門限幾穿矣，不識先生何以教我也。《友聲》一種繼戊集而付梓者又得幾何？《韵牌》《李杜牌》《下酒物》各贈一本，代致同人，非貪也。天下之寶天下争之，勢固然耳。

友·己48 **又** 江都 **宗學曾**

記九月秋杪，先生盛集賓客於西園，以興送秋之會。是時僕獨登園樓，憑軒眺望，遠見栖靈法海一帶，蒼烟縹緲，與斜陽日脚映射蜀岡平楚間，俯視荷枯水涸，猶有小舟簫鼓點綴于紅橋酒旗之畔。僕撫軒移時，嘯咏悠然，不覺誦杜牧詩『誰人得似張公子，千首詩輕萬户侯』之句。轉盼冬深，又復鼓棹蕪城，先生必有新詩餉我矣。早晚東帆，歲杪再晤，何如？

友·己49 **又** 江都 **史申義** 蕉飲

體中未佳，有疏詣候，尊著《行酒雅令》一書，祈爲見惠。外者《太平廣記》《劍南藁》二部存之京邸，知是才人架上必有之書，特向老年兄暫借，作九九消寒具，不致久沉，想大雅所不吝耳。

友·己50 **又** 萊州 **姜實節** 學在

神交二十年，公訪我而不得見，我寄書而又不得達，意者此中亦有魔鬼耶？携書者爲汪子淡洋，今自都中歸，問其付書何人，云：『初欲付之蔣前民先生，既晤李君字久于者，云願爲轉達。』渠即以書付之。外有白扇一柄，係弟奉寄詩句求政者，亦久老收去，沉閣到今，則有不可解者，幸先生向李久老索之。修復真娘墓、短簿祠二事，爲虎丘生色，文人所至，山水附之以遠，非我山來，曷以有此。祠栅已增，墓碑久立，過者健羨，不獨弟也。詩箋轉贈同游外，更爲粘之僧舍酒壚，俾來往者見之。弟不知詩，然而老興未倦，乃一扇請正而不得即達，未免微怨于淡洋及李久于年翁耳。十月初八于先祠晤汪冷松漫寄。【復尺·三14；尺·三34復】

友·己51　　**又**　**項準**　志堅

向者驅馳南北，即知廣陵有寓公張山來先生，所謂景星慶雲，高山大河。乃得一登龍門，望見顔色，不勝欣喜，十年之夢寐爲不虚矣。奈相須甚殷而相遇終疏，將欲解維而不能奉先生之教，其抱耿何如也。

友·己52　　**又**　**江之蘭**　含徵

念二日領來札，戴韋庵仍在場，故其牘未送到耳。《香雪齋樂事》二十則及《淡薄歌》二種，望煩善書者書作兩横雅式斗方，付之剞劂，雖曰狂夫之譚，亦是救時之藥，今之不能爲善者，總因不甘淡薄耳。此便是功過格入手工夫，有興更望作弁語或跋，以永其傳。但字不宜多，多則費刻價，且冗長不好看。道兄亦有意救時，諒不以弟言爲狂瞽而棄擲之，且惜此小費也。

友・己53

又

同里　江之蘭　含徵

承索《神仙通鑒》，弟架上不獨無此書，亦且未聞其名，可見世間之書，未經見者多矣，烏足以言博洽哉！弟竊謂此書雖未經見，然其名殊覺不稱，何也？蓋『通鑒』者，覆轍在前，鑒其興亡成敗之迹耳。若夫神仙，則逍遥物外，獨善其身，世界即有滄桑，而彼則與造物者游於無窮，有何興亡成敗之可鑒，豈非名不稱耶？腹藁諸種，另日再求可耳。

友・己54

又

興化　王熹儒　歙州　勿齋

幸得一二日不醉，中夜爲先生草成小序，録呈覽正。然雖醒時脱稿，實自醉中結構，人之不可不醉也如是。夫文成又當醉我一回，何如？

友・己55

又

莆田 **余懷** 廣霞

自秋徂冬，不勝溯回之想，聞孫無言詞板在年翁處，弟詞已寫樣，尚未刻成，若可附之以行，則以樣本寄上，可邀梨棗之惠，亦是王隱《晉書》也。 敝友查書雲兄乃梅壑先生小阮，風流文采甲於天都，來往竹西，以未見心齋先生爲恨，特介紹以通僑札，幸進而交之，知必有水乳之合也。

【尺・四2復】

友・己56

又

同里 **江之蘭** 含徽

舍弟函得尊札，蒙喻斗方式樣，要不過如吾兄《真娘墓》《古董箋》二製最雅，書法亦佳，不識可能爲弟仿而用之否？如費事，則古藤竹節邊圍可也。 近又有《文房約》一箋，欲并梓，非敢作無已之求，覺三者有不可偏廢之勢，倘能俱付剞劂，工價過多，容補何如？《文房約》望覓善書如弟來式書作長箋，不知可不須邊圍而亦便印刷否？如可，竟不用邊圍，遠望若墨筆斗方也。《樂事》前後跋俱佳，第後跋以孔顔爲況，則何可居，不若用前跋爲妙，然前跋承示藁爲友人携去，倘台處無副藁，未免又費推敲，弟敢僭擬台筆，占數語跋之，附録以憑采擇。

友·己57

又

同里 王煒 不庵

夏月自中州回，日纏病境，以致久疏具候，但囑筆貫翁申致耳。令郎當日見崢嶸，知慰懷抱。大著種種出色，《集杜牡丹》純乎天工，使少陵自爲，恐不能如此精妙。拙作《緑牡丹》少年習氣，不足存，可存者或《太昊陵詩》耳。弟已三載不歸，嘗有句云：『浪游隨風忽墮楚，極目江漢天四圍。碧空窅窅莫可語，賣文索米常苦飢。』親知隔絶，豈弟所樂，换歲必當更轍也。前蒙中洲和尚賜函，弟當極拂逆時，屢欲裁答，竟爾蹉下。《木蓮花詩》固是今時白足，殊爲黄山生色，而大序尤見才人游戲之妙，然獨不計綺語戒乎？再來人現身優婆塞中，固時有此。《漢皋草》不記前奉寄者止於何處，今去詩續文約共有百二十張，可分四卷。尚有《楊龜山文集序》《論嘯序》《題了勗庵》《獨釣》等作未刻，共二十餘張，先以續成九十五張者請教。貫翁壽序已刻，内不另寄，或有訛謬，望直抹示。近日尊製并希見教，不宣。【復尺·四14】

友·己58

又

武林 王晫 丹麓

十一月二十三日始接秋杪台緘，二十七日隨接後來尊翰，云叢書之舉仍欲即授棗梨，具見先生留意風雅，不惜費盡婆心，非以斯文爲己任，以朋友爲性命者，未易語此也。但欲每種各加評論，在弟實有數難。夫既欲評論各種，必將各種始終循覽，或俟有興乘暇，可以漸作，今已奉寄台處，案頭别無副本，且不知前集數十種爲誰何，不便命筆，一難。若待先生梓成寄樣而後命筆，則所難得者成書耳，幸而書成，渴望傳布矣，乃爲此評論復耽延時月，曠日持久，所不取也。如欲速，則弟又無此捷才，可以走筆應命，二難。況弟近今苦境更有不可對先生言者，加以舊染風症，痼疾怔忡，兩者不時竊發，一發則心志動摇，肩臂痛不可忍，貧而且病，不能用心文墨，三難。雖《快書》之前俱有小序，然《説郛》《稗海》及《漢魏叢書》諸本皆各自爲一種，并無評論小序。故得已，則弟欲已之，如不得已，先生必欲有作，則是集既分兩人前後纂輯，弟前集自無，先生後集自有，亦不礙也。承惠石刻，勝於碧落碑矣，謝謝。率復，不盡。【復尺・三27、尺・三35；尺・四10復】

友・己59

又

雉皋　冒丹書　青若

不孝自先君背棄，痛不欲生，骨立苟延。殘臘負土粗畢葬事，久在昏憒哀慘中，不復問人世事矣。遠承吊唁，感逾死生，兹特買舟入郡，匍匐造謝，風雪滿門，即蒙倒屣相慰，非先生古道真交，那得如此。屢荷枉顧垂恤，深念先君，賜以哀輓大章，至情真切，溢於筆墨，捧讀感泣，不能自已。肅此先謝高誼，即當泥首面展，不盡。【復尺・三11】

友・己60

又　武義　朱慎　其恭

查前後《友聲》集，獨欠戊字一册，乞足之，以成全錦。吾兄自撰尺牘諒有新增刻本，并惠教爲望。昨者，戴子無忝枉顧，坐譚良久，其人古貌古心，如冬嶺寒松，使人悚敬。覽其詩集，古風大見所長，不愧名宿，至律詩韵脚多有出入，是遵何體耶？此君來游廣陵，必有所爲，但以樸訥之姿而入輕浮之俗，恐如圓枘方鑿，不無齟齬耳。奈何渠又以晋謁當事相商，弟力阻之，蓋近來世道，口談風雅，心愛朱提，分俸贈貧，十不得一，又何苦以林泉高品而折節于若輩哉！尊札所云『安邑豬肝恐不易得』，與愚意正相脗合也。

友・己61

又　前人

兄翁性厭肥炙，應是維摩轉身，茶笋二種於尊脾夙稱莫逆，奉上以供清齋。請君坐蒲團中，與趙州、玉版兩禪師對參片時，便可證再來因果也。不既。

友・己62

又　如皋　冒丹書　青若

讀先生《幽夢影》筆記，大是豁人心目，意想超拔出塵，皆再來人夙悟語也。承命妄附數小評，未免有佛頭之誚，原本呈上。不孝即于今晚東歸，不敢趨別，言之黯然，此後通夢贈影，最不能忘者，《幽夢影》一書耳。謹謝教。大著中江含徵先生諸評絶佳，乞致傾慕。敝同志老友戴無忝長兄高名實學，古道素心，果稱當代模楷，久處深山，二十餘年不至吾郡，真品可知。知先生臭味道義相同，客中敢托加意照拂，至懇至感。

友・己63

又　錢塘　汪鶴孫　梅坡

新年賀節，彼此俱未得晤，然吾輩往來，正不必拘拘俗套耳。風雨連綿，想老年世兄殊有焚香把卷之樂。去歲吳門友人見贈《元詩》一部，今歲又寄一部來，恐老世兄未見，因以副本奉贈，但内中有動筆者，知老世兄真讀書人，當不以此爲嫌也。【尺・四8復】

友聲後集庚集

隨到隨刊不分爵里

心齋張潮鈔

友・庚1

與張山來　□□　陳軝　□□[一]

舌耕邗上二十餘載，未獲一造雲亭問奇，懶惰成癖，鄙人實甚。而老長兄先生之大名，固已久藏胷臆，景行勿諼矣。前年夏，於世掌兄寓所望見顏色，姿形鶴立，便心許爲非常人，及署尊銜，乃知即二十載來景行未遇者。僕非季野，君實孟嘉，深以得交賢豪長者爲幸。奈爾時賓朋雜遝，寒暄數語外，不能傾所欲吐。大抵敦槃之聚，不可多人，尤不可演劇，人既多而劇復喧之，蜩螗沸耳，同席山河，有會與無會等。因憶甲寅乙卯之交，三吴兩浙歲有宴集，多坐此弊。弟未嘗

[一] 按：籍貫與字號原版俱爲墨丁。或因爲陳軝首次來信，有所不詳，故而空缺。

不身厠其間，散去未久，欲仿佛同會者之姓名容貌，竟邈乎不可復得矣，豈非論交一大憾事乎？春初偶過願體主人齋頭，見尊刻纍纍，不勝驚喜，袖一兩册而歸，展閲數四，如中郎之得《論衡》。乃蒙老長兄先生盡出篋中之奇，貺以示我，四座變作五都，琳琅珠璣，目不暇給，雖愁霖浹日，爨下無薪，炊烟欲斷，竊自托貧兒暴富，絶不知有旅人之苦。所恨久嬰肺疾，看書稍多，輒心悸不止，此番開卷，僅能讀數百字，多亦不過千字，然甫加涉獵，真幸見所未見。竊謂先生著作日奇，總由才大而心細，才大則揮灑不滯，心細則梳櫛皆靈，涉樂方笑，言憂已悲，其啓牖蓬心，何啻發蒙振落。容假旬日之力，精研細討，不特膏肓可以霍然，异日與弟往來晤談者，必訝其腹何便便，弟敢匿先生陶鑄之功，不舉以示人耶？雨脚如麻，中衢泥淖，賤性尤畏躡屐，俟病少間，擇一最晴暖時候，躬詣高齋，飫聆麈誨，伸二十載景行之思，先此鳴謝，伏惟崇照。外見尺牘中索《韵牌》者幾於屨滿户外，而弟實未睹，其可愛玩，不知又當何如，得隴望蜀，昔人言之，豈獨弟貪心無厭耶？至所載《虞初新志》《檀几叢書》《禪、仙世説》等書，卷帙必繁，紙價多費，未敢固請，倘有副本，乞借一觀，少遲返璧，寧蹈還書之痴，斷不浮沉取戾也。楮短情長，無任主臣。【尺·四4復】

友·庚2

又

同里 **畢熙暘** 嵎谷

連年讀尊刻《集杜梅花詩》，每讀一首即畫梅花一幅，畫竟即題尊作于上，今已完百幅矣。二年之間成此清構，千枝萬蕊，橫斜浮動，可謂洋洋大觀。弟頗自覺得意，想先生見之，亦必鼓掌稱快也。有暇幸過我一觀，何如？

友·庚3

又　　莆田　余懷　曼翁

周孚尹來，曾寄片紙，想塵清覽矣。長小兒賓碩家報中云即同蔡鉉升往廣陵，未知曾謁年翁否？弟今年竟八十矣，《自壽詩》八首呈教，幸賜和，并索諧老和之，都爲一集，名曰《秋禊》，刻成亦一快事也。查二老處得小畫，更足生屏幃之光。好松蘿或真毛尖乞惠少少許，滌老人詩脾，感甚。餘容面悉，不次。【尺·四6復】

友·庚4

又　　休寧　查士標　梅壑

前日辱臨，殊慰渴想，見示大刻，連篇累幅，閱之如行山陰道中，令人應接不給。昔人著作等身，古有是語，今於先生得見其人矣。謹謝教。《木蓮花詩》領到，曼翁《自壽詩》繳上照入。不一。

又

同里　汪士鋐　扶晨

匿影山鄉，與生平好友八年不得握手，人生幾何，堪此離索。客秋破水兄枉顧，備詢興居，極切翹溯，總因貧病相仍，出户便多内顧。庚午以前，家山尚有一二老友，即敝鄉三詩人，如岸舫、硯村、散木，高吟刻燭，頗多宴集，且安丘曹公、武密靳公，清宴賦詩，亦不落寞。今兩公遠宦，蝕庵久歸道山，不庵老年客游外郡，敝鄉三子，己、庚兩載，前後召赴玉樓，惟弟孑然一身，生趣都盡。年長兄視弟近況何如，能不爲之太息耶？武密公臨行殷勤握手，贈以刻資，爲序拙稿，又恐弟爲家計費去，叮嚀諸友促付梓人，僅成三卷。刻後檢閲，大半欲自删削，因循不敢殺青，實覺負慚於中，非辱教愛如年長兄，不即以之就正也。大刻自是千秋之業，讀之起敬，即傷逝諸篇，一字一泪，與安仁《悼亡》諸詩爲鍾情千古第一。弟學道人，年來無所繫戀，又願吾兄以達觀銷之耳。《山志》續集爲安丘、武密兩公迫於付梓，年來友人畀稿俱欲亟爲開雕，内止訪得尊公老伯一詩，借光登梓，若有全稿，切望郵示補登。諸老與諸友游草，千祈廣徵見寄，弟只以『續志』名編，至於定本，他日尚當携與賓老商之耳。司成公歸，正在商酌《新安山水志》一書，鄴架中凡關係新安山水者，俱祈留意抄示。貴鄉山水未著名者，得搜羅開載，或撰一小記附入尤妙。拙刻二種，附請大教，拙詩尚望爲弟藏拙，勿示他友，俟改定再一一郵寄。《笛聲草》十箋先成其半，權正大方。

臨穎不盡。【尺・四9復】

友・庚6

又

古婁 周鼎 軒三 荆山

仰止高名，已將一紀，不意倉猝摳衣，便得面聆清話，霍然發蒙，若沉疴之去體也。日昨惠枉文旆，竟失倒屣，入户見塵案上寶光陸離，知爲先生大集。發函伸紙，驚心動魄，玉潔珠光，鏤金濯錦，挑燈檢輯，雖未能卒業，然中心折服，眼中之人，指不再屈矣。塵鞅稍撥，尚當略贅數語以識向往也。弟幼學無聞，年來更以浪游廢棄，兼之諷玩撰述，益覺小巫氣盡。又零星本子皆從都中灾木，去歲策蹇南還，未遑捆載，唯第一卷板在故鄉，真屬少作。念先生愛我，不敢自匿其醜，謹同留别詩一張貢置左右，就正之意甚誠，藏拙之念亦切，幸毋泛語外人，足見知愛，非同膚膜也。率略未盡，尚容再叩以悉。

友・庚7

又 前人

坐雨雲亭，得聆謦欬，歸途復荷肩輿之便，遽免狼狽，何感如之。拙作録一樣本，并宋撫軍《廬山詩》呈到。其穢劣處，望不吝删定，足見愛弟之至。并希即付刻工，屬其繕寫，其字能如《廬

山詩》甚妙，否則《唐音丹笈》本子，諒可彷佛，於一二日内促其鎸成，恐再遲，於春晚之景不合耳。【尺·四11復】

友·庚8

又　前人

蕭齋無事，高卧宴起，盥漱甫畢，即攬瑶華，詩句之佳，無能贊頌，但自愧拙劣之姿，何堪當此，慚謝交并矣。尊著三種領到，未曾捧讀，不敢溷贊。《蘇集》《韵玉》暫留塵几，俟閲畢奉歸鄴架也。

友·庚9

又　雲間　陳軝　藥聞

承賜《韵牌》，精良無匹，何先生製作之創美若此，謹謝謹謝。外委序言，得毋有佛頭之誚乎？病餘筆墨久荒，容少間，擬數言請正，但恐不足當一噱耳。率復，不既。

友·庚10

又　華陰　王弘撰　山史　無异

歲杪過廣陵，匆匆不及造晤爲悵。《近思録傳》序勉承尊命，不足存也。附十青兄便舟寄上，

幸賜改削。十兄來顧，弟竟不能爲主人，今過年翁，或有以周旋之耳。月杪仍欲南來，匆匆不多及。【尺・四12復】

友・庚11

又

通州 **范國禄** 汝受 十山

數年不得一晤教，客秋大會，真賞心也。時以朋友之急，來去匆匆，不能自主，曾托畢右老持小作呈覽，想已入記室矣。歲底陳鶴山至，得先生台翰，如對面談，鶴山此時尚在敝地未北行也。近日吾郡好客重聲氣，舍先生無兩，斯文之幸，吾道之光也。友人李心構高才絶俗，留心風雅，不可不一識先生，而先生愛重交游，亦必知有心構，惟左右進而見之，兼祈引謁朱先生爲快。

友・庚12

又

古婁 **陳軝** 藥聞 道闕

抱恙半月，日坐藥鐺茶竈間，不能趨聆大教。外委潦草塞白，望先生大加郢人之斤，倘欲灾梨，則慚恧實甚，唯祝知己之爲我藏拙也。餘不次。

友・庚13

又

黃山　**釋海岳**　中洲　菌人

兩度維揚，辱培植照拂者不淺，匆匆違教，倏已累月，不及裁謝。傾仰增劇，比日私計台候履茲麗景，唱和必多，遞中得便，幸惠我數篇，以慰岑寂。人來，肅此奉候，山物二種將意。臨池依溯，不一。

友・庚14

又

同里　**鄭旭旦**　扶曦

六載不覯耿光，每手佳稿數編，不啻伊人宛在，盈盈帶水，阻我晤言，悵何可道。昨來有失倒屣，歸寓歉然，及讀新刻種種，抑何奇創妙麗至此，敬服敬服。弟附敝世兄入都，意圖教習一席，因渠適有小務，囑於邗上待之，尚有數日之留，故得作清書箋間，以供大方一笑。容日當走尊齋，一寫闊衷，并請教言，以增意氣耳。餘縷面悉，不宣。

友・庚15

又

古婁　**周鼎**　軒三　荆山

連日爲俗冗羈絆，竟虛良晤，悵何可言。頃接簡翰，欣若相逢。《叢書》先歸鄴架，《幽夢影》

俟於兩三日内持上。《春晚》尊咏曾雕板否？此間屬和已得五六人，若不得先生大作，便如驪龍無珠矣。幸不愛寶，是所禱切。

友·庚16　又　通州　李堂　心構

大雅久不作，賴先生一人障百川而砥狂瀾，騷壇有領袖矣。先生挾黄山白嶽精英，增光吾郡，宇内協然宗仰。堂僻處海濱，浪游江浙，稔耳其名，而無緣謀面。去秋以直道賈禍，往來江之南北，天涯知己，隨處盤桓，至今尚未返里。家報中寄范十三叔草函道及先生龍門，更爲指引登名士之堂。值公出，不獲望見顔色，蒙枉顧，又有友人拉游，失迎是罪，未嘗不嘆相晤之難而咫尺相左若此。承賜種種佳製，深信名下無虚，旅邸獲此异物，盥手捧讀，如東阿王夢中初遇洛神時，欲下一語稱贊，了不可得。及細味，《集句》之妙，子美傾心，青蓮橋舌。自訂真稿一册，初讀之，宛爾八股，再讀之，却屬古風，此聖於詩、神於詩者也，即聖於八股、神於八股者也。著作等身，無不登峰造極，今之名士，誰敢與之頡頏，萬選青錢，其君家故物乎？惟讀《清泪痕》并《愁》《恨》兩篇，一句一字，皆刻入鄙人之心，愁益加愁，恨益添恨，長歌當哭，莫是過矣。先生昔日哭之，鄙人今日哭之，既自哭之，又代先生哭之，且觸先生之集而益放聲大哭之，昔人有『流泪眼看流泪眼』之句，似爲我兩人云云。而堂之錐心酸鼻，更有甚於先生者，内子徐氏係丙午孝廉諱石芝先生女，其德性温淑，識大體，盡婦道，里人多稱誦不衰，又工于貌，兼有才幹，凡詩文亦稍稍領略，自視爲閨中朋友者已十四年，年三十卒於今之正月五日。堂爲事牽，由揚而淮而常而鎮而蘇而松，半年踪迹杳無定期，及省婦翁於松江署内，忽接訃音，而竟閲月餘矣。年三十而夭，娶十餘年而永訣，與先生之境大略相同，而生離死别，一見不能，思之錐心，言之酸鼻，則所謂較先生而更甚者也。以同恨之人，同愁之況，寫同彈之泪，燈昏雨冷，不能自持，草成兩絶，恭呈台教。望先生不吝珠玉，亦輓内子數言，俾内子藉珠玉以傳，亦是九原之幸，言至此，又不覺『清泪痕』之交流矣。附拙草一律，因讀尊稿，漫志私佩之意。更有舊著《西湖紀游》十卷，緣草本不便呈覽，大約記其所游之處，附以詩文辭曲騷賦歌行，有體必備者，敢丐一序弁集，增光百朋，感謝。尚容另日面晤，求郢斧商定之。外友人寄《濠上吟》一册，係往時限五十一字詩牌同用集成者，中載拙句請教。臨穎曷勝翹企之至。

友・庚17

又

宣城　**吴肅公**　街南

雨窗静讀佳刻《清泪痕》，令人既服才藻，又知天下大才子未有不情深誼篤者，所謂『國風好色而不淫』，乃真詩人也。來扇勉應書，海叟《白燕》二語亦似與此扇相類，勿論書法可耳。篆箋謝謝，容再晤悉。

友·庚18　**又**　同里　**鄭旭旦**　扶曦

清書從無翻詩者，以字多寡不齊，韵彼此不叶耳。今特作三言詩，以五言翻之，字齊韵叶，頗費經營，先生賞鑒家，當領此意。若真正『昂邦章京』，或反厭其多事。聊奉一笑，容日走領教言，何如？

友·庚19　**又**　同里　**王煒**　鹿田

捧讀大教，愧不能承。早年誤走艱深一路，日與爲鄰，病中忽思孟子之妙，一時放下，遂得輕便自在，不求世好，世亦無好之者，先生真弟知己，然非敢當也。《虞初》欲得者多，印出望惠數部。栗亭札來，曾及楞翁《山水志》之舉，舊有一二撰著，俱留他所，客邸無以應之。先生定多大作，望并新篇見示。游楚不乏名流，弟出與讀，足爲吾鄉增赤幟也。【尺·四14復】

友·庚20　**又**　宣城　**吴肅公**　街南

西園勝會，大費主人清心，分韵自愧荒陋，未即呈教，諸公佳咏不能一一捧誦，奈何。前《論世》拙著，托長年携正大家，倘就梓無緣，弟當篋以歸耳。衆擎固易舉，而衆志亦難齊也。《雜組》全稿望賜一閲，便撥冗序之。【尺・四15復】

友・庚21 **又** 同里 **王棠** 名友

日前名侶得年翁爲風雅之宗，雅集西園，今再見也。讀各種尊製，無一不另開生面，洵文人慧業，敬服。拙稿頗多，昨家兄處檢得顧選《詩鈔》呈教，餘再呈覽。《聽鶯》詩奉上，家兄詩亦呈上，屬筆道意。餘不盡。

友・庚22 **又** 廬陵 **聶先** 晋人

高朋勝會，荷承招與，感何如之。紀兄今日寄到詩并同拙咏，求郢削付梓。葉星老帶來《已畦集》止此一部，因不概投，托弟代上，幸爲賜閲。星老意欲此地賣文，代撰墓志碑銘，有丐文之家，乞爲留神是望。

友·庚23　**又**　吴陵　**唐麟翔**　石郊

讀大作，理精而法密，直逼盛唐，雖集字聯句，種種入妙，益信才人之筆，無所不可也。屢欲徒步過高齋一話，因午節届期，知不免人事之擾，故未敢趨候耳。拙句呈教，即祈删訂爲望。尊作《聽鶯》一詩亦求書便紙惠教。集中有《八股詩》《集字詩》，及目録中所有者，雖篇帙繁重，不無紙工之費，然望教甚切，倘蒙慨賜，則百朋之錫矣。先此馳晤，容節後再圖申候，不一。

友·庚24　**又**　吉水　**聶先**　樂獨

前後奉教詩册中，合鈔百五十餘首，先録目次求政，乞於每體下略補新吟，足見吾兩人交誼不同於諸選家之泛泛也。佳節冗次，荷承雅惠，先此拜謝。尚容另頌高深，不盡感切。

友·庚25　**又**　同里　**江之蘭**　含徵

拙箋到日，即有一字奉候，想已投覽。俚句雖刻，然以爲傷時忤俗之言，當遭按劍，不意此間人競取而懸之座右，數日求索殆盡，且頌心齋之踐行此種，則知其平昔之文，非徒爲風雲月露已也，弟於此輩益信蠛蠓俱有佛性矣。仍望照前刷印多張，即日寄下。其《文房約》照舊用談箋可耳。

友・庚26

又

宣城 吴肅公 雨若

承諭知愛我甚，剞劂無緣，效剖腹藏珠之故智，將束裝返矣。倘得一二人爲之首領，應有和者，不然無爲也。原稿三册，閲訖見還，望望。委序的屬何部，或叢書，或未刻尊稿，詳示之，統俟嗣寄，此間萬不暇也。【復尺・四15】

友・庚27

又

同里 王棠 勿翦

《幽夢影》一書可以療俗，似屬格言，然却無一毫道學氣，必傳無疑。弟遵命妄評數則，原稿璧上，幸照入。弟仍有傳數篇，俟到淮再馳寄，煩邀惠附於《虞初新志》之後，便感多矣。先此相訂，餘不盡。

友·庚28

又　建州　王弘文　器先

《訪花令》乃敝友所創，非拙製也，今蒙鑒賞，正是一經品題，便成佳話矣。不種花四籌俟廿八枝訪畢，而後梅花主人挨家問出此四籌，照籌上所載發落。其酒政例也，底律也，即如荷花酒政，罰席間彼時善笑及多言者飲，照分酒底是默乾，以此推之，可倣而知矣。

友·庚29

又　同里　王棠　名友

《孝子傳》《孝女傳》二作呈教，如可參入《虞初新志》，弟亦藉二孝以傳矣。連日細讀尊作，嬉笑怒駡，皆成妙文，洵是目下逸才，仍有未擲下佳作，求不吝珠璣。特此代面，不既。

友·庚30

又　宣城　吴肅公　晴岩

不朽之業必不朽之人共之，《論世》一書舍心齋先生誰屬乎！蒙已見允，欣躍不勝，且鏤骨矣，豈復有他。昨以編中未盡檢點，故携歸重酌耳。今閲完首册奉到，先付寫出，并求宋板善款爲則，餘册嗣即郵寄也。

友·庚31 又 成都 **費錫璜** 滋衡

前郊園一集得奉教諸君子之末，爲竟日清言，真我輩快事也。謝謝。弟返舍數日，昨始到館，《聽鶯》之作勉强應命，都無足采，惟先生爲我正定之，何如？

友·庚32 又 興化 **王仲儒** 景州

前承雅愛，以賤體小極，早歸失謝爲罪。翌日趨候，又煩駕臨，彼此未值，尤歉甚也。《輦下》詩并素庵太僕三箋壁上。弟選問亭將軍及贊皇朱兄詩，刻價弟無力辦之，竊欲奉懇先生高義爲兩君授梓，贊兄向在愛下，而將軍亦雅人，先生或不吝此數金，結歡兩君也。在今日黄金不賤，誰肯浪施，而先生度量凌邁等夷，或匪尋常人所可擬測耳。《聽鶯》題不知分弟何韵，幸示以便效顰請教。俟命，不既。

友・庚33 又 同里 畢熙暘 嵎谷

昨以微雨數點，驚返文旌，未獲暢談爲悵。又以梅册百韵爲友人借觀，故未呈教，數日後當索來置館中，俟晴明日，或再屈尊玉一鑒，何如？疏稿一篇，有關聖學不小，謹呈台電。先人遺集甚多，惜無力全梓耳。拙刻并望削正爲感。

友・庚34 又 萊州 姜實節 學在

承寄石刻領到，是處江山，咸留翰墨，高懷勝事，寧不令人羡妒耶？孫太史愷似先生今將北上，停棹邗江，雅慕才名，願投縞紵，知兩賢相見，酬倡必多，付之梨棗，俾海内同人共讀，平山堂上當又添一番佳話矣。

友・庚35 又 同里 江注 允冰

令弟進老回揚，弟曾托其面陳委曲，兹不贅及。佳稿重爲僭定呈上，不卜有當於大雅之懷否？中公歸，以尊作《木蓮花詩序》見示，知年翁舌有蓮泉，已悟最上一乘，持向蓮峰絶頂，宣此妙義，豈止萬石點頭而已耶？佩服佩服。日老歲試甫畢，今始命駕踐約，弟近況可代悉也。

友·庚36

又

武林 **王晫** 丹麓

違教忽已一年，相念之深，幾於縈盡九迴腸矣。弟老大無成，空負歲月，辱承先生念及賤誕，不覺愧感交并。偶刻倡和詩箋呈政，試覽拙作，潦倒之狀，足見一班。蒙示《叢書》刻樣，標題安頓款式俱極大雅，仰藉鴻名，自必風行海内，第鄙人姓氏僭居先生之前爲不安耳。尊論五月間可以成書，計發華翰之日爲三月二十日，至四月十九日始到弟處，弟之報緘又未審何日始入台覽，此時刻書諒已告竣。若又復往返以待弟序例，不知又費幾許時日矣。未見全編，又難以預製，愚謂書一刻成，不若先生竟發凡起例，序而行之，或於例末帶弟一二語，何如？率復不盡，神與俱馳。【復尺·四10；尺·四21復】

友·庚37

又

吴陵 **唐麟翔** 石郊

年翁雄才碩望，馳驟大江南北者有年，弟僻處海濱，杜門不出，恨相見之晚也。拙選期於深秋告竣，此間賜教入集者不過十有四家，然皆爲他人作嫁衣裳。袁安僵卧，乃復於暑中見之，可爲一笑也。

友·庚38

又

莆田 **余懷** 澹心

霪雨連綿不止，江南禍水爲灾，虹不飲於甕中，蛙已生於床下。書空愁坐，瑶翰飛來，炯炯雙眸，天清日朗。馬齒則已長矣，蠅鳴何足和哉，謬荷高吟，珠璣滿紙，貧兒暴富，老詩增輝。又蒙令侄漢兄飾溝斷以青黄，助竹林之鼓吹，發函伸楮，喜愧交并，雖高賢之愛我誠深，實不佞之懸弧有幸也。又種種箋刻，遠過崔瑗，穆穆交情，上追鮑叔，古道照人顔色，真堪砥柱狂瀾矣。長小兒即來吴郡迎祝金陵，或擊楫渡江，謝訪我心齋先生於螢苑雷塘之際，面領大教，亦未可知耳。樂讀於午節前往游山左，便道過揚，豈竟未來會晤耶？梅老、諧老、定老并煩叱致。帶水雙魚，聊推襟抱，目眵手戰，語不宣心。孚老亟回，草泐不次。【復尺·四13】

友·庚39

又

吴趨 **周人玉** 孚尹

先生儒雅風流，當代所僅見，幸停雲相望，不克時親顔範，悵也何如。承委瑶札，面致曼翁，索得回書送上。聶晋老已在維揚，未識曾來奉候否？原札繳到，拙草附政。不盡。

友·庚40

又

華陰 **王弘撰** 無异

昨歲奉别，倏忽逾年，今且過天中，日月不處，而弟衰老日增，每懷嘉友，未嘗不形諸寤寐也。欲往白門，便道披叔度之帷，偶患足疾，步履艱難，遂至遲滯耳。前十青兄枉顧，曾有短札奉候，并以《近思録傳序》稿呈正，義荒詞蕪，不足存，望大加筆削，乃爲相愛耳。

友·庚41

又

吴陵 **唐麟翔** 石郊

每怪近時爲詩者，言人人殊，即一二選家阿意逢迎，人不必衣冠，詩不必紀律，隨其所見，濃圈密贊，若人人可以李杜也者，人人可以蘇陸也者。究竟元明諸名作，何曾夢見，乃紛紛言唐言宋，各立門户耶！風雅敗壞，莫此爲甚。弟生平不善譽人，又疏於應酬，非素相知，或有爲之媒者，不敢輕自投刺，恐見者以山人視我也。故拙選成之頗艱而卷帙亦不甚浩繁，幸其中入選者，大都無世俗鄙夫孺子之名，或可以無玷大作乎？尊集美不勝收，但其中已爲諸名選采録者，概不敢入，即未經采録諸作，又復嚴爲去留，小評、總跋一字不敢苟且，誠恐以褒美之不當，反爲全璧之污也。謹裁爲十頁奉覽，如評語不甚悖謬，即祈發付梓人照様繕刻，弟於七月初旬吴門返棹，當載版而歸也。

又　同里　王煒　不庵

友·庚42

接教翰，并《緑牡丹》集句，如：『青帝若教花裏用，便分茅土鎮東方。』『却嫌脂粉污顔色，奪得千峰翠色來。』『新安江色常如此，寄與湘妃作翠鈿。』真霞裳霓佩仙官之句，即餐風吸露之道人且望而下拜，况塵土中人乎！他七首亦無不恰當奇妙，惟有嘆服。吴楞翁《山水志》不知作何裁取？弟以《龍溪》《金液泉》《五峰》三記寄之，聽其取擇，容後呈正。宅上可入者必多，亦望頒示爲荷。【復尺·四14】

又　湖州　周之樞　星遠

友·庚43

尊集超超玄箸，名語如林，雖秘笈卮言未易有加，捧讀不忍去，當以瓣香敬奉，敢復爲游夏之贊耶？勉評十四則，惟長兄删削存之。松坪先生爲當代才望，契念甚殷，惜溽暑恐擾起居，不獲周旋。今以大著轉示，屬構題詞，并賚諸評，遣力馳趙，幸檢收。再圖晤罄一切也。

友・庚44

又

同里　**畢熙暘**　樅亭

前承台札指教，足徵道愛真切，感謝感謝。拙筆梅花百幅昨于友人處索回，專价呈鑒，可留高齋十日，即此溽暑煩渴之時，一一展玩，雖未必寒香繞室，然弟一片冰心素志，先生自能俯察之也。況藉尊集百首，如數分題，縱粗毫枯墨，無有可觀，然已獲附驥名彰之幸矣。笑笑。

友・庚45

又

婁縣　**周鼎**　軒三

佳刻下頒，已叨榮賜，更荷香茗之惠，感何可言，謹襲諸瓶罌，以貢高堂，未敢輕爲啖啜也。謝謝。發棠之請，俟叩別時奉求，如何？

友・庚46

又

雲間　**周鼎**　荆山

知己分携，便增作惡，辱頒大集，歸舟温繹，如對故人，至撫軍處當即轉呈，并道種種高雅。商丘公愛賢若渴，諒自深景仰耳。弟蒙先生骨肉之愛，素心銘諸五内。兹荷華程，愧不敢當，謹對使拜璧，如叨大惠矣。後會未卜，不勝依戀。

友·庚47

又

宣城 **袁啓旭** 士旦

廣陵聲利之場，弟十度經過，未留鴻爪，雅不欲以非隱非仕之身，玷五城十樓之繁艷也。昨以金臺之役問津至止，不意二豎侵尋，遂成羈泊，冠蓋故人，翻雲覆雨，而乳臭兒郎遂得肆其揶揄矣。先生逸才曠世，風駭雲流，紅橋曲宴，一見遂成投契，沉疴之中屢辱軒車存問，古道雲情，有超出尋常萬萬者。弟三十年湖海之身，一旦以病魔障其豪氣，人多以頹廢置之，所拳拳於窮旅者，唯先生與大村、勿齋、菊山諸公耳。柳州公子往而不來，世情歷歷如此，良可慨也。弟日下漸有起色，但肌肉未復，餘恙猶留，不能冒暑趨候，行將鼓枻北上。尊集曾録成否？幸早料理見付。西園雅集詩，彼夕已成，因病遂忘録正。另容面教，不一。

友·庚48

又

雉皋 **冒丹書** 青若

春初奉教，忽又夏杪，浮生幾何，能作數年數月别耶。懷人夙夜，我勞如何，感念古誼，永矢勿諼也。不孝自返里後，家兄忽抱脾病，日夕延醫侍藥，憂心如焚，不孝亦以沈痛積傷，支離衰敗，萬念全冷。近復鷄骨支床兩月，藥餌無謀，貧與病聽之而已。遥憶先生神仙厚福，年富學優，讀萬卷書，立不朽業，斯世那能多得，翹望雲亭，徒增悵惘，前拜手教，次於面也。和州戴二兄今之有道，不孝骨肉交，急欲得其消息，聞索莫而返，念之念之。先君《岕茶彙鈔》呈上，内有拙作《品茶歌》亦涉茶事，果能附入大選否？先君著述付梓者極多，不孝因先君見背，日夕號痛，去死不遠，然一息尚存，未能忘此，恨無點金之術，廣爲印行，奈何奈何。淮陰卞公祖曩涖敝郡，先君暨不孝兄弟皆沐千秋知己之誼，無時敢忘，兩年中曾三寄書通候，正恐浮沉，今春煩王中翰轉寄一札，乞先生確詢回音。太史汪老先生近況何似？其老朱世翁聞久去都門，此皆素心世好，拳拳在念，均望切致之。附寄花卉册葉十幅，此册藏之最久，特持贈知己，乞鑒存之。又虞山、桂香二佩，統望叱留。力疾草略，不盡欲言。【尺・四24復】

友・庚49

又

宛陵　**吴肅公**　晴岩

别後一函奉寄，想入記室。《叢書》序冗次草就，恐未足揚扢盛舉也。《論世》之役雖未即就緒，而諸友聞之，無不色喜而誦功德者。雜著三種倘可入選，乞削用之。

友·庚50　**又**　宣城　**袁啓旭**　士旦

窮途抱恙，蒙先生過爲存恤，感佩之私，曷可言喻。復承嘉蔬種種，染指生香，謹拜賜鳴謝。尊著容玩味數日報命，何如？

友·庚51　**又**　武義　**朱慎**　菊山

弟向來止知衛足之葵即向日之葵，因昨閔賓老言葵有菜與花之别，故降心以從之。兹讀手教，考核詳明，則即以向日之葵屬花卉門，未嘗不可也。大抵讀書者不可不精細，亦不必過於膠執耳。【復尺·四25】

友·庚52　**又**　姑蘇　**陳翼**　雀山

自菊山先生齋文宴，得侍光儀，迄今忽兩月矣，想念之私，與日俱積。去歲薄游狼雉，爛存笥稿百有餘首，每欲一登長者之堂，以求斧削，俾有適從。奈舊疾大作，展轉床第，孤踪客路，觸目酸凄。非賴菊山先生款留高義，飲食醫藥，時時關切，而欲漸臻起色，難矣難矣。故就教之願，究未能遂，歉憾何似。兹者：因應都門舊雨之約，復賴菊翁拉我同行，奈囊空如洗，羞澀興嗟。素佩太翁先生爲當世大願船，仁心俠骨，風雅壇坫，翼十年愛下，仰止實深，不揣冒昧，專祈手援，以濟彳亍。倘蒙不賜麾叱，俯鑒其不得已之苦衷而注存之，則前路之光，皆拜明德矣。

友・庚53

又

晴川　**蔣魯傳**　東衍

去年客江南，今年客湖南，弟之近狀盡在『客』字中，可想見矣。虹橋春盛，想先生臨眺之餘，奇句新篇，又當使揚州紙貴，見奉懷拙作，可知蔣生之神往也。友人李無□〔一〕系敝邑巨閲，三歲讀書，十歲能文，與傳屬世交，而詩亦伯仲，實切高山仰止之思，其藁不妨直評，蓋奇才而心虚者也。臨穎溯洄，不盡依依。

〔一〕按：原爲缺字符。

友·庚54

又

漢陽　**李能哲**　無□〔一〕

題御溝紅葉之流，此中空洞無物；望函關紫氣之盛，意者籬邊有人。然茶碗酒瓢，白雲留住；詩筒文笈，青鳥莫來。對之茫茫，何能已已。昨晤東衍蔣子，始知心齋先生牛耳怪魁，鷄林綉虎。烹茗坐月，横短笛以吹烟；抱琴登樓，携美人而捧句。又或解推游客，招邀良朋。平山送春歸，拈破杯中鸚鵡；虹橋浮槎去，驚開水底鴛鴦。著書嗤揚子一床，揮金笑長卿四壁。此曰翩翩公子，彼誇落落書生。是誠詞壇文場之奇緣，而亦瓊宫瑶圃之秘樂也。弟腕中有鬼，筆端無靈。故人二三，誰爲鮑子知我；韶光十九，將更鄧禹笑人。承屢代之家聲，平生志不在温飽；做百年之事業，大丈夫安用毛錐。淡掃蛾眉，紛擊洛陽之瓦礫；生成薄命，投滿中山之篋書。一肚牢騷，從何説起；兩把眼泪，到處安排。又安能鬭寵争妍，尋行數墨而已哉！今復見獵心喜，驚艷魂飛，敢作詼諧東方，以至唐突西子，并呈巴曲，仰企郢裁。明年賣藥長安，行訪金臺之客；歸後買舟邗水，定戰廣陵之場。狂態勿嗤，赤心可取。臨函葉拱，幸宥枝譚。

〔一〕按：原爲墨丁。據《湖北詩徵傳略》，李能哲號無隱，前札缺字與此墨丁當俱爲「隱」字。

友・庚55

又

廬陵 **聶先** 樂獨

印得《指月》百部，欲於旦晚作武林之行，布散於五山十刹間，以副二十年諸方之望。不謂魔孽肆行，毁壞斷橋一支，修補添刻，費盡心力，纔得竣事。此後尚祈鼎力護持，庶不散失也。連日叩謁，欲快讀《檀几》新刻，未知曾發利市否？幸付弟一二本，携之往杭，當與湖上諸君子快讀之。丹翁處一到即泊舟相晤，有函致去，當代上，何如？

友・庚56

又

宣城 **袁啓旭** 士旦

病後多冗，終日不得休息，尊著敬着數評，恐無當大方也。小序已脱稿，因其中尚費商量，不敢即呈教正，容改定面奉。一二日内當圖晤，不一。

友・庚57

又

錢塘 **汪鶴孫** 梅坡

奉候暨枉顧，俱未面爲悵。弟自四月病喉，迄今未愈，不第不能托鉢出門，即寓中，日内竟有在陳之厄，臨邛富人俱不可語，又不能學相如滌器，躬自操作。前月遣人至吴門一二三當路故舊告急，至今未回。白香山云『貧中有等級』，在弟今日可爲貧士之魁矣。然此種苦況，惟老世兄聞之，或不我笑耳。聞新刻數種甚妙，成書日千祈惠教，以療調飢，何如？

友·庚58

又 曲阜 孔尚任 東塘

前接翰教，并示新著，牛馬溜塵中，忽聞明月簫聲，十年舊夢，瞥然一現，何快如之。弟寒氊日久，頗不覺苦。非不苦也，見諸大老朝參會議，暴日冒霜，其苦有十倍於弟者。弟每月入衙不過六次，除此皆文酒之會矣，無拘無束，還似揚州一寓公。所稍苦者，不能回席耳。前在揚州時便不回席，甲顏厚面，亦奚苦哉！近得怪石子百餘枚，長日摩弄，至忘飢渴，人頗厭之，予曰：『此事自老顛外，誰關痛癢者。』忽憶大作《拜石》一折，蓋已先我解嘲，更快更快。又得嶺南林桐叔先生日日聚首，其人其詩，皆如怪石，乃受弟袍笏之拜者，玆旋裝過邗，先生不可不識之。凡弟舊游有念弟者，不可不引令皆識之。何也？見桐叔如見東塘，桐叔之于東塘，蓋已神似矣。世俗寒温，筆不暇及。【尺·四29復】

友·庚59

又

同里 **江之蘭** 含徵

來刻如肥甘悦口之餘，傍有畦菜，取而食之，亦殊不惡。又如洞房深閨之人，忽步入郊野籬落，驟得逸趣。今之輯書者，總是取大家熱鐺子再作一餅耳，但能將此餅做得別些，不見雷同之迹，便是妙手。然今世豈無藏之名山、傳之其人之書？心齋不可不留意焉。何日過廣陵細商此等不朽之事爲快。

友·庚60

又

狼山 **范國禄** 汝受

心構歸，極道先生教愛之殷，弟代爲感。復承翰教，把對如覿面談，稍慰契闊。弟家居無事，擬有《選選詩》之役，『選選』者，選近日諸名家選本也。諸名家選本約有三十種，弟曾收得一半，爲王仔園借去未還，今作那移之想。郡中如尊府及朱其老、席允老各處以三法那移：一則出貲交易；一則藏本兑换；一則逐部借看。如或可行，祈示一信，以便專力走懇，特托友人黄百忍晋謁時申達。百老吾社英士，風雅注疏皆精，久仰龍門，亟爲通引，把晤時自得聲氣之合也。臨穎翹切。

友·庚61

又 建州 **王弘文** 器先

連游金焦，昨始回寓，以疏晤爲悵。《虞初》佳刻膾炙人口，好友囑弟轉覓，不但作微生高，即弟前所得尚覺不足，兼欲作馮婦也。笑笑。

友·庚62

又 同里 **江注** 允冰

日老來邗，曾附數行奉候，想達記室。比聞得賢昆玉相延，共談名理，真人生樂事。尊作日增，望爲郵示，以慰飢渴。新安近刻選詩二種，曾附令弟字中相聞，并有所商，幸惟台照。臨穎依依。

友·庚63

又 仁和 **王晫** 丹麓

八月十八日聶晋老來，得接雲翰，兼讀扇頭佳咏，遲暮之年，得先生一詩，可作駐顔膏矣。謝謝。叢書諸種自是可觀，更得尊公老先生暨賢昆友佳構爲之弁冕，益足不朽，必傳無疑，弟亦得附青雲，感深没齒也。序例胡亂塞責，録稿求正，惟改削用之。《將就園記》及《增訂心相》復將原本奉上，并拙扇一柄，拙刻《遂生集》一部呈教，伏乞照入。【復尺·四30】

又　前人

友·庚64

八月廿八日曾有小札奉寄，不識上達記室否？拙作序例如蒙改削得付梓人，刻成乞即將每項印二十餘篇惠擲，以便補入前書，奉揚高雅。外方渭老《俗砭》一册，吴舒老《仕的》一册，并呈台覽，倘蒙采録，弟亦與有榮施矣。率勒布懇，不盡神馳。

又　如皋　冒丹書　青若

友·庚65

歲云暮矣，轉憶春初奉教，不免慨然，既念先生久别，又感先生相見深情也。不孝身在苫塊，日夕慘痛，兼之貧病，不能出户。家兄卧痾終年，日加危篤，尤不忍出户也。今夏拜手教，又荷牙籤之賜，謝何可言。遥想先生近履益佳，著述日盛，四方景附響和者，猶百川之歸巨海，鱗介之仰蛟龍，一時以爲風教主持，正未易及。不孝苦道遠睽隔，不得朝夕聞先生講論，讀先生製作爲恨耳。兹修尺素申候，霜天伏惟珍攝是禱。

友·庚66 **又** 莆田 **余懷** 澹心 廣霞

來此匆匆應酬，屢候知年翁有麟郎天花之喜，雖中心關切，然不敢問喜頻頻，今日方聞大喜，今而後喜可知也。年老畏寒，不能久留邗水，此刻已束裝登舟矣。春明或當再來，快談尚有日也。獨是靦顔又拜台惠，何以克當，鮑子知我，惟有感戢。

友·庚67 **又** 同里 **楊駥** 非馭

大江南北無不景仰先生爲當代名宿，弟叨同里，以不得登龍門爲愧。昨從鄭破水先生齋頭得讀諸著作，益深嚮往。又讀《清泪痕》書，才子多情，一至於此，漫擬輓章一律，東家效顰，不自知醜，敬呈教削。今特攀破水先生同過訪高齋，并求諸大刻，幸多惠我，不啻琳琅見錫也。

友·庚68 **又** 泰州 **黄泰來** 交三

七月間朱令親處接翰教，隨以鄭解元詩抄寄，蓋此兄與弟雖初晤結，然松石之盟甚堅，乃肝膽男子也。傾倒先生，寤寐神合，不知南歸曾一奉訪否？早晚欲偕家表叔秦君以御過廬江謁李相國，尊作《白燕詩》當爲致去也。

友·庚69

又[一]　湖廣　曹之璜　中玉

向從金閶過武林，晤余曼翁、王丹麓、尤悔翁三先生，知先生德業文章，早已耳熱，故維舟關口，即圖晋謁。三過龍門，未及面教，鄙心悵然。明日補金焦之游，覓舟徑返。願得先生《檀几》諸大刻一讀，即領教言，道範之親，願以异日。

友·庚70

又　湖州　周之樞　懊儂

逼除，諸務蝟集，急欲返棹，而旅囊羞澀，惟旗槍尚存。二石原值如此，意欲懇諸同人，各爲分用，正如五萬蒲葵扇，希太傅手握一枚，便得售而去，何敢望知己解贈耶！來教甚明，復恐妨命，益滋罪戾。謹此拜嘉，率布嗚謝。

[一] 原注：此係卓君子任代致，及余訪之，方知三度枉顧，皆誤拜他人也。

友・庚71

又

江都　吴應麟　□□[一]

先生芳名雅度，湖海悉知，應麟始於吴聽翁太守處一識荆州，既於諧石小阮家再親元禮，迄今八載，恍如日昨。雖頻年就館東沙，每與騷壇宴會時，捧頌佳著，都人士咸曰先生今之厨及也。世方趨下，重貨財，薄倫彜，有粟紅貫朽之家，不能赡窮親急友絲粒者，他如陌路，尚何説哉！而先生近而井里，遠而關山，凡有告者，靡不周急之，且拳拳無倦意。應麟欣慕高風，欲爲先生執鞭者久矣，豈期今日竟有請於尊前。應麟兄弟愧竊黌宫，家寒祚寡，窮經半世，未叨一遇，加以嗣息維艱，弟早鰥居，止存一侄，寒門宗祧，賴有此耳。不意客歲弟方襆被游都，秋時阿咸夭喪，應麟正悼伶仃，旋嬰二竪，漸入沉疴，東主辭歸，無枝可托。累居貧友村莊，呻吟枕簀，于兹五月，揭典皆空，妻泣饔飧，人悲身後，舉世悠悠，誰堪語此，彼蒼者天，夫何使我至於此極也！喘息惆懈，因念疇昔瞻依，當今任俠，舍先生其誰與歸，故不揣妄修半牘，用表哀忱，伏望軫恤無歸。況囊叨眷顧之私，慨分囊橐之惠，俾陶棺土穴賴有所資，免於暴露，應麟感志結草，不敢忘於再世矣。卽异時舍弟歸來，不負先生大德者，即不負應麟之遺囑也。病革之言，殊覺不恭，懇希原諒。附呈小

[一] 按：原版爲墨丁。

詩望政。臨穎涕泣，惶恐之至。

友·庚72

又

宣城 **吴肅公** 街南

猝猝歲除，得奉手教兼《雜組》《叢書》，二編告成，展帙讀之，欣忭無似，儼詒清堂寘身酬對時也。尤可慰喜者，《論世》拙輯遥遥莫待，先生成言是踐，命工付鍥，俾垂死之年，得附驥尾，不朽之業，實心齋先生造之矣。居嘗以此書於世道人心，雅多關繫，非騷壇藝苑争長於詞翰者比，上下古今，羽翼經史，正須高明各參意義，以公百世，即評駁無妨，况稍稍异同乎？來諭正弟意所欲及也。至板式之説，原不足泥，宋板式本無謂，今庸俗詩稿板式精好，亦復何益？但望不憚讎校，字無訛謬爲妙耳。後三册重加斟酌，謄副呈上，乞先寫付刻，仍煩一二詳閲。首一册倘未就梓，便郵寄下，再細勘之，即馳上也，如何如何？倘首春從事，夏秋可以告成。弟老而憊矣，恐旦暮長逝不及見爲遺憾耳，是用惓惓盼企，唯知己憫亮焉。倘不即死，而食息稍健，或鼓棹一叩首尊庭，以觀厥成，未可知也。【復尺·四27】

友·庚73

又

江都 **宗元鼎** 定九

翰苑名流，年翁爲騷壇宗匠，弟不獨重先生文章詩賦，推爲第一，而更重先生篤愛故交寒士，深爲拜服，每當凉月清風，何嘗不懷想季鷹先生也。記去歲送秋，把酒吟詩，醉擾西園，光陰如瞬，今年秋盡，伏枕東原矣。弟于暮春偶得中風之恙，僵卧半載，近復稍醒，豈料硯田荒廢，四壁蕭然，連日藥餌竟缺。來眉公真迹一軸，此字是當年面寫以贈先人，并非贋本，留爲先生書齋展玩，何如？

友·庚74 **又** 雲間 **倪匡世** 永清

秋光如許，不能躡屐登山，與物外友人作竟日飲，終日丹黄，濟得甚事？天下最俗者風雅二字矣。弟舊有《詞最》之刻，今鄭懋老出而輔之，欲竟其説，乞將大著發來，望望。

友·庚75 **又** 華亭 **沈白** 天庸

十載神交，片時清對，雖未快領麈譚，然已稍慰素懷矣。日來知有正務，弟亦於廿日將赴敝門人之約，不及再叩高齋，細讀名山之藏，聊拈二韵，以志嚮往，倘承和教，可附以千秋也。

又

江寧　龔柱　礎安

先生風雅軼倫，名滿天下，又好汲引寒士，此當今指不再屈者。兹來敝友程子天臺，詩文詞賦久重南國，梅花寫生，力追古人。道經邗上，慕先生行誼鼎望，願爲執鞭，特此介紹尊前，幸推分廣爲噓植，俾天老筆墨生色，不啻柱身承垂注也。臨楮懇切。

友聲後集辛集

隨到隨刊不分爵里

心齋張潮鈔

友・辛1

與張山來

仁和 **王晫** 木庵

春光漸麗，遲日和風，想先生新禧駢集，無任欣慰。承惠《檀几叢書》，見者俱嘆必傳，將來自是風行海内，弟亦得附驥而馳千里，感佩何可以言盡哉！但二集蒙許今春發刻，何時付樣，望乞示知，倘得慨然完局，竟成全璧，便爲天地間不可少之書矣。小兒見獵心喜，妄事效顰，所輯《西華仙籙》一帙，求弟呈覽，不識先生肯嘉與後學，收入集末否？前閲二集目有《外國竹枝詞》一種，近于詩矣，與兩集所采，體似未合，敢商之。

又

同里 **畢熙暘** 嵎谷

昨承枉教，失迎爲罪，奉讀尊刻種種，愈出愈奇，使讀者如在山陰道上，心目應接不暇，异哉异哉！及閲黄九烟先生《鬱單越頌》，則不禁嘆息黄先生學識之誤，謹具其説以塵清鑒，惟高明察之，幸甚幸甚。蓋佛氏之言，皆有所指，貴乎善讀者『以意逆志，是爲得之』。其所謂『自然衣食』者，指羽鳥毛獸不織而衣，圂豕塒鷄不耕而食之類也；所謂『宫殿隨身』者，指蝸蠃蛤蚌肉殼相聯之類也；所謂『脱衣岸上，乘船渡水，遇衣便著，不求本衣』者，指蛇蜕爲龜，蜣螂蜕爲蟬之類也；所謂『七日便産，置于四衢』者，指蝤蜒蜾蠃不數日而成形之類也；所謂『命終不相吊哭，死尸置四衢，有鳥啖之』者，指糞蛆泥蚓遇暴日曬死，鳥雀得以食之之類也。黄先生作《人天樂》傳奇，説白中既知云：『鬱單越不受教化，聖人不生其地，韋馱不能感應。』則鬱單越顯然一無知畜類境界矣。夫所貴乎爲士君子者，以其有知也，有知則人，無知則畜，黄先生讀『自然衣食、宫殿隨身』二語，便欲托生彼地，誠所謂捨有知而墮無知者也，豈不誤哉！僕不揣荒陋，敢爲饒舌，以瀆清聽者，實有望于讀佛書諸君子，不至爲其説换却眼睛故耳。惶悚惶悚。【尺・四36後】

友・辛3

又　畢熙暘　右萬

秦漢以後，爲士者不爲衣食居室所累者甚少，但當思一易食之法耳。能訓蒙者以舌易，能書畫者以筆易，能著作者以文章易，何至羨『自然衣食、隨身宫殿』哉！夫羨即貪也，苟具貪心，無所不爲，目前之膏粱文綉，數尺榱題，自不能浮雲視之矣。笑笑。札後所云『足徵明辨』，兹録舊作五首請正，不卜有合台意否？【復尺・四36】

友・辛4

又　無錫　朱襄　贊皇

去春入都，舟泊維揚，時雨如注，及晴而同行者又不能待，遂無緣侍面。及根公至，備述懸念，且讀西齋《離珠集》所撰拙詩序，申詠反覆，始信相思之多如先生者，即古人何以加焉。向日大刻并啓寄呈紅蘭主人，惟星遠曾到，此外未免浮沉。主人既羨著作之富，復感殷勤之雅，每坐起，嘆述足下不去口，近賦四絶句奉寄，并囑筆代致願見之意，先生倘能命駕而來，則主人即當擁慧而迎矣，鵠候鵠候。主人曾次答西齋先生扇頭二律，已刻入全稿，兹因梅谷師首塗匆迫，未及録出，容當續寄。白燕、晴雲兩主人亦囑轉致，并希芬及。集句詩曾搜訪得幾種否？《匯村集句》

聞已付梓，幸携一册見惠。厚爲時節，寶愛光儀，相見在近，書不盡懷。【尺・四44復】

友・辛5

又

古歙 **釋廣蓮** 根潔

去秋到京日，將足下好風雅之勝呈白主人，即欲作詩相招入都，奈鴻羽未便，故遲遲耳。梅谷上人返南，主人贈言可接着否？白燕有詩托寄，兹因見庵師回南，轉托寄上。外西齋詩一幅，主人評勿齋《唐選》，望先生轉呈上二公。勿齋詩主人深喜，板上可刻紅蘭主人某人較訂，至囑。目下當事匆匆，不及爲西齋先生引意，俟日有好機緣再報可也，先生爲我致聲。主人想念之切，并寄一回音入京爲感。

友・辛6

又

毗陵 **許維楫** 傅舟

二十年來忝居老年翁聲氣之末，每到潭府，如坐春風中，且承厚情種種，不一而足，時時夢寐不安，深愧報稱無地。乃昨者惠教尊刻，捧誦之餘，已令人心脾俱快，復荷頒賜路費，何以克當，然却之又恐蹈方命之愆，謹對使勉登，謝非言喻。自此數程，皆拜台庇，惟鏤之心腑耳。匆匆束裝往楚，弗及再面頌隆情，後此舟過維揚，定圖會晤。但萬萬不可再費清神，以弟行李爲念，此弟素懷，非一毫飾説也，囑謝。

友·辛7 **又** 白門 **程宏** 天臺

先生著述等身，名滿天下，每從友人案頭捧讀佳製，以不得遍閲爲憾，有功名教，當首推先生爲天下第一人，指不再屈矣。適蒙華簡寵召，理宜趨赴以聆玉屑，緣束裝匆迫，有負雅誼。台愛謹心志之，并謝不一。

友·辛8 **又** 華陰 **王弘撰** 山史

昨承叢書之惠，嘆服。先生之好學篤誼，爲今時所鮮，及聞將有二集之刻。弟曩有《正學隅見》二卷，欲付棗梨而未能，倘先生肯冠之以序言行之，感何可喻。明日鼓棹回淮，即便西歸入關矣。後會無期，言之黯然。

友·辛9 **又** 宣城 **吴肅公** 街南

舍弟還宛，具悉興居萬福，杜門著述，作斯文砥柱，恨弟衰朽，不能左右硯北，效一得之愚。

所幸《論世》一書，邀惠就梓，吳下顧寧人《日知録》潘稼老已爲竣役，此書與之方駕，豈非盛事，同人顒望，不特老人待以瞑目也。首册領到，痛加删改，似可無弊，亦少省鎸木也。中有不如尊意者，更酌定之，或存評駁數語尤妙耳。論《毛詩》數條雖不合朱子，然不妨於時藝，錢飲光先生《田間詩學》全不遵朱亦無害也，大抵雷同剿説，非有識所取。其字畫雖準拙集，亦寧斂而筆畫稍豐可以久不漫滅耳，囑囑。外一條補入第四册『門』『三大缺』後『三大獄』前，又囑。

友・辛10

又

同里　畢熙暘　嵎谷

昨承飲食教誨，謝謝。弟年來因訓蒙童，得輯經史諸書中疑難數百字，編成一帙，名曰《蒙席一隅》，雖不足以盡字學萬分之一，然能使初學之士一展卷間，已讀之誤可正，未讀之誤可免，非無小補也，謹呈鑒教，不敢望收入叢書也。内有與《正字通》稍异者，以《正字通》亦有不必全遵者耳。餘容面晤，不一。【尺・四37復】

友・辛11

又

吴陵　繆肇甲　墨書

久不奉塵教矣，懷想之私，無時不縈諸夢寐，比來著述益富，能一一惠教，以當時時把晤，可乎？啓者：敝同社張良御年兄英年异才，著有《依歸集》，薈萃理窟，非近今名士所能窺測，先生一代巨手，自能賞鑒。良老近復有古文之選，尊公太老先生遺文，暨長兄巨製，望借光棗梨，以成千秋大業。此外，則求廣爲説項，俾良老得大張旗鼓，表微闡幽。近代選家皆尚聲詩，古文一道幾如暗室一燈，良友苦心搜輯，真不朽之事，惟望將伯之助，則榮施不淺耳。

友·辛12　**又**　同里　**畢熙暘**　嵎谷

拙作《佛解》己未庚申間曾請教尊翁老先生，蒙賜評語，已經付梓，仍有數篇未及續刻。今彙成一帙，共計六篇，謹呈鑒教，雖不敢望收入叢書，然叢書中似亦不可少此也。蓋從來闢佛者雖多，而得其解者甚少，苟不得其解，雖盡力闢之，徒增釋子之笑耳。恃在高明，當不見棄，餘不盡。

【尺·四38復】

友·辛13　**又**　吴趨　**錢岳**　十青

捧讀大集，氣折小巫，真能驚天泣鬼，豁目醒心。生發不窮，有如春之潤物；變幻萬狀，又如雲之行天。掩卷三思，知明公自是千載傳人，非僅名烘海内已也。僕急欲得附尾末，因明公之傳以傳，使此生心血無終淪落，則冥報相期，陶靖節與有同心矣。前接丰彩，兼之藹然和平之氣，温若玉人。如令時親塵言，必不相忤，且陶鎔之餘，僕之學問，應日有進，誠恐覿面竟失，翻貽後悔，故敢交淺言深，直爾瑣瑣也。語云：『生得一知己，可以不恨。』僕於明公，實深有厚望，不識可許階前尺地，容僕揚眉吐氣於前，作此生第一知己耶？附來小詩相贈，不盡所言，但佩慕之心，未能自已，聊復寫此，以獻愚忱耳。

友・辛14

又

海陵 **張符驤** 良御

窮鄉晚進之士，本無意争人間之聲聞，而爲千子先生理嫁衣，不免略露頭角。昨薄游邗上，不敢概援時貴而首造龍門，知先生明眼慈心，其有以教之也。承賜大刻，纍纍珠貫，舌至今爲橋。拙選《折衷》中當以大著爲壓卷，只彼此投答，僅有虛名，未謀一面，玄亭咫尺，豈真遠如天樣哉？似宜一訂後會，并望於諸同好處略爲説項，此中作家鱗立，先生聲氣最廣，幸羅而致之，以光拙選也。外行篋所携《天傭子集》尚餘數十部，不識能爲傳布否？三年之艾，或亦有識者所不廢，附博一笑。【尺・四40復】

友・辛15

又　同里 項文斗 靈野

瑶函遠降，兼錫嘉儀，慰諭殷殷，銘感不盡。捧誦佳刻，如入鄧林，探海藏，極宇宙之巨觀，不覺令我塵襟頓豁也。祇領，謝謝。年兄履亨藉泰，視弟屯蹇頻遭，奚啻霄壤，追念曩昔，聚首言歡，杳不可得，感慨係之矣。聞年兄廣陵新構大廈，弟僦居武邑，遥隔一水，意俟落成之日，艤舟邗上，偕同人登堀，歌《斯干》之詩，以頌無疆之慶，第未審不復慳於一遇，得從所願否耳？附具正叔畫一幅，蘭陵筆廿矢，用供高齋清玩，哂存是荷。臨穎曷勝瞻注。【復尺・四34】

友・辛16

又　泰州 黄雲 仙裳

《無雙譜》呈上完諾，因少便風，遲遲爲罪。此册用意寄托遥深，不徒筆墨之工已也。古良年近耳順，長身玉立，風神開霽，弟山陰道上行，至老方得識荆，嗣來揚，容導之奉謁。先生意中或有新題目，不妨羈留行李，乞其染翰，俾與《無雙譜》并傳，亦一韵事，何如何如？弟前臨别之日，索書扇箋大小幅者堆案盈几，不發付盡，絶不放行，小兒在傍捉刀，遂亦不能分身，非敢自外于教誨也。謹此謝罪，并求慈諒，餘不盡。

友·辛17

又

秦郵 **蘇仝許** 友燕

先生以八斗才而輝煌宇宙，使人莫可測其淵深，前蒙惠尊刻，數日以來，坐卧把玩，如在冰壺中，已不知户外炎蒸，何旅人之庇福若斯耶！走此鳴謝，并望《檀几叢書》一覽，非許無厭之求，實令人求之無厭耳。挂帆在即，佇候叱擲。統容面叩，不宣。

友·辛18

又

興化 **李淦** 季子 礪園

承賜大刻，快讀累日夕，腹爲便便不欲飯，足見尊著之富而腴也。當今之世，擁貲自厚者，多以持籌會計爲事，趨炎附勢爲能，逢寒士狂生則遠之，四方之名流奇人至則避之，若先生之著書不倦，求賢若渴，此豈可多得哉？僕耳先生名久，竊疑其負材如此，必高視闊步，目無一切，恐難近也。頃寓興教，諸德鄰無不誦先生之高雅好義者，因從友案轉索拙刻游記一種以爲贄而造訪，則恂恂儒者，氣宇可親，于文章一道，又肯爲人改削，于嘉言懿行，又輒爲表章而傳之，信足爲風雅主盟，恨相見晚也。僕有纂輯《月令》一書，名曰《約義》，蓋從《廣義》大部頭删成，六本抄録中本，一以便于觀考，一以便夫行笈，其爲人所必需無疑也。顧無資以鐫，衹自怡悦，孰若公之海內？若先生一加校訂而付諸剞劂氏，則賤名亦附以不朽，至于板藏鄴架發行，計償工價之後，獲利不貲，然後分藉惠及，悉惟命。昨借令侄使者呈覽，未審尊裁以爲何如？讀過十三種，求換諸未見者一閱，以紙印太夥，不敢爲無厭之請耳。不宣。【尺·四41復】

友·辛19 又 前人

昨暮自先塋還，捧讀手示，頓令慚惶無地，罪誠莫逭矣。愚意《月令》一書需費不貲，必可獲利，然後謀梓行世，如無利，則自已之，正不必諱言利也。而不意先生之聞利輒怫然也，此其見更高于尋常百倍，非鄙人所能測識，豈謂大刻之贈貽有利心哉？先生之疑過矣。至于所惠十數種，已幾盈尺，而更欲請諸所未睹，似涉于貪，故以既見而果腹者暫存尊處，以防倉猝急須，候他日以楮索印，然後可以求全，而先生云反璧，云不再污目，則督過甚矣。即如惡札中有一二言可采，尚希宗工節取入《友聲》之內，以附不朽，寧有輕薄意哉？先生亦可以鑒諒僕矣。叢書之賜，諷咏方殷，昨正檢出《鶴齡録》與家侄柟閱之，謂斯人何可不會。歸當簡先兄所著《不知姓名録》諸小品呈備觀覽，安有慕義無窮者，而或有异議乎？《布粟集》雖未成，又令人朵頤矣。呈樣《月令》二小本，幸擲付來手。主臣主臣。【復尺·四41】

友・辛20

又　　上元　蔡𡊮　鉉升

自前歲維揚一别，又兩度春風矣，回憶清簟疏簾對弈，金昆作壁上觀時，至今猶宛然在目也。兹有敝友吴下陳定九先生，黔中科目，謁選北來，與弟夙爲金石之交，其人意氣如雲，抱負甚偉，不獨詩古文詞樹幟鷄壇，亦且經天緯地之學，久爲清要諸公所推重。因翹企斗山，特申晋謁，叩其所藏，始知言之非謬。如有仰藉，加意周旋，不啻鄙人親沐恩波矣。臨穎曷勝諄切。

友・辛21

又　　黔中　陳鼎　定九

弟於維揚如瞽無相，貿貿然欲由，不知路也。兹欲徵忠孝節烈作傳以垂，苦無爲導，先生文章司命，四方學者咸朝宗焉，蓋久已推重海内矣，此邦人士固將以先生爲木鐸也。弟不揣，仰干一言九鼎，廣爲徵求，雖弟之文章不足以光潛德，而或藉以不泯於數十年間，亦未可定，則先生樂善與人之功，不啻淵岳高深矣。

友·辛22　**又**　吴門　**馮湘**　淡霓

木天仙品、鰲禁才人賜顧，得睹芝眉，兼聆玉屑，良慰夙企。瑶編遽蒙寵贈，拜惠無量，謝謝。伏讀種種大作，瀉銀河而倒瞿峽，奏鈞天而響羽衣，驪珠盈捧，鮫綃滿前，驚嘆曷已。第不識黄山齊雲，何許靈秀，乃生先生如是人耶！客窗孤燭，忘暑忘寐，吟餘搦管，一編輒題一章，以志景行，非技癢也，寧有威鳳鳴翔而佞舌歌鶯尚敢肆其睍睆耶？先生當一笑揮之可也。拙作幾種，屢欲呈正大方，逡巡而不敢進，先生其何以教之？不宣。

友·辛23　**又**　如臯　**張九鵬**　埜園

昨候起居，未得覿面快談，悵悵。客歲于漢乘舍侄處得睹佳章，迄今心折。弟旦暮入都，敢懇一二種携至長安道上，與冀北才人角技争雄也。

友·辛24　**又**　海陵　**張符驤**　良御

弟符驤再拜裁復心齋先生：弟生平不能爲違心之媚，腹誹口是，尤近奸險，不可以爲人，故于大集借光六篇，悉求其無愧古人者而已。有志之士，奮其才力，不難抗衡韓歐，何况近代諸子，願兄無爲短氣。承教屢以剞劂之費爲問，弟誠孤掌難鳴，目力足力多所未到，不止家道貧乏。目下謀《天傭》紙價，先刷數百部，過江發坊，思以其羨補《折衷》之不足，未知能如意否。參定之責，不能無望于將伯。今日披某公文集，此公是廣陵一作家，其文與鄙製門庭頗不遠，惜其祇能了得一身，而不能爲他人破費。先生騷壇領袖，不識有可告語者乎？若以濫惡爲生活，弟則何忍，玉我于成，全藉二三倜儻嗜奇之士耳。諸容再布。

友·辛25

又

仁和 **王晫** 丹麓

五月十九、廿二日連接翰教，具見深情，愚父子俱蒙表彰，德及兩世，感并千秋矣。伏讀尊諭，意欲每年刻五十種，托弟留心，簡閱架上，已得七八種，但須繕寫。如明歲果刻，當廣爲搜羅報命。然蒙諭書名，去歲承教，酌定前集弟名占先，先生爲次，盡登尊作則用别友姓氏校閱；二集台銜居首，弟名爲次，或可盡收拙著，亦用别友校閲，此論最爲妥確。今蒙改《昭代叢書》，雖甚至善，愚謂初集即用此名爲妙，改之于今，恐于坊間行書未免稍滯。夫人見叢書，必思有二集，若仍舊名，買初集者聞有二集，必買成全書，或先買二集者，亦必求初集，買爲合璧。今易以异名，遠近未知，則有《檀几》可不必定購《昭代》，有《昭代》可不必更訪《檀几》，勢或然也。如以拙作有嫌，凡蒙采録，悉照前集較閲，開列别友姓氏，諒亦無妨。辱承下詢，敢以相商，爲行書計。倘尊意已决，如刻成已多，不便鑿補，悉惟台裁。至于三集、四集，竟顔《昭代》名目，便無可商。每卷只須先生出名，别用一人較閲，所用五十人姓氏亦不必雷同重列，庶與初集、二集稍别，不識高明以爲何如？狂瞽之罪，伏乞格外恕之。

友·辛26 **又** 萊州 **姜實節** 學在

兩載之中，疊承手教，其人皆到虎丘留茶社中而去，不知弟在祠中反關下鍵也，無由奉復，惆悵難言。傾慕有年，晤期無日，把讀大作，如或見之，著作之精，篇章之富，海内恐無兩人也。嘆羨嘆羡。真孃墓碑久立，過者咸爲頌美，東山廟栅則依舊欹斜矣。倩扶與其女弟偏紅俱不知消息。黄虞外史來，倚船草候。外史與弟爲世外之交，以九十白頭之母在堂，不得已束書册薄游人間，飄泊可念。惟先生於貴知交中爲説項，偶得即還故山，勿致久羈江上也。切禱切禱。【復尺·四18】

友·辛27 **又** 吴門 **錢岳** 十青

前留竹西，快聆麈教，深慰闊懷，次日解纜，不獲叩别台墀，雖帆指吴會，而神彩猶依依詒清堂也。同社馮淡霓兄幸得把臂爲快，其生平所著詞曲勝於詩律，而長歌如千頃之波，更稱獨步，大製有所校讎，不妨任意賜教，渠記事頗類《齊諧》，或可采入《虞初新志》也。啓者：閨秀蔣琰期素著吴中，連因硯田荒蕪，久有揚州之夢，欲携油壁一游二十四橋，出門之資，殊爲拮据。岳述先生廣陵牛耳，主持風雅，願一登龍，奈雲樹江山，每增悵悒。今特點染一册寄呈清玩，鑒其筆墨題咏，可爲葉底聞歌，花間起舞，若淑真、清惠，亦讓一籌矣。更祈推分，佐其脂車，感佩不獨岳一人耳。方望老近從黄山至，每荷高誼，頌不去口，新刊陶詩喜已成帙，但後卷未竣，實爲缺陷，今遇心齋先生，必有補天之力，毋俟岳嘵舌也。余曼翁於荷花誕日仙游，令嗣鴻客從白下奔喪，於中元日領帖，先生至交，必有哀輓之章，即郵至是望。臨池瞻切。

友·辛28

又

同里 **江之蘭** 含徵

盛伻來，承惠《雜組》，弟即携向醉鄉槐國讀之，覺酒龍夭矯，夢蝶翩翾，益增其態。所喻説鬼話，雖曰諧謔之言，亦人間或有之事，今日之人即將來之鬼，人鬼本無二理，陰陽原同一致。但人言鬼苦，予謂鬼樂，不須吃飯穿衣，一樂也；往來輕捷，二樂也；不生疢疾，三樂也。君子有三樂，鬼亦有三樂，更可樂者，重依骨肉于九泉，晤亡朋于冥漠，其生也若寄，其死也如歸，何快如之。獨是驕妻悍妾，生時冀其死，死而復聚，房幃生妒，柴米交謫，此時鬼話聒刺，天長地久，無了無休，則真莫可如何耳。呵呵。

友・辛29　又　吴趨　**錢岳**　十青

七夕前，董友歸廣陵，晚耑候一札，并閩秀蔣琰期畫册寄呈台鑒，想入清供矣。晚因有事阻滯，未得即來領教。今喜檇李劉扶翼先生來，所携古玩俱出墨林項氏珍藏，老先生素重賞鑒，特令晋謁，或可得列案頭者，求推分留用。扶老非尋常輩，迥出時流，可共與語也，延接之時，始知晚言之不謬。華翰有答蔣琰期者，望付扶老携歸，足稔雲天之誼無極耳。

友・辛30　又　古黔　**陳鼎**　定九

王子龐先生天下士也，爲平湖陸鶴田先生渭陽氏，足迹遍海内，公卿大夫莫不奉爲長者，與福建卞撫軍稱莫逆交。去冬往謁撫軍，撫軍投轄款留，今春始反，撫軍數問子龐先生云：『江南新出一部《虞初新志》，皆天下奇文章也，人多稱之，惜予未見，先生曾覽否？駕還杭州，如有，乞購一部附來，幸勿相忘。』昨暮，子龐言及，弟因以先生所選告，彼大悦，請出覽之，讀至夜半方休。子龐與令侄漢老相與有年，深知其爲長者，兹欲晋謁先生，求諸種著述，幸進而一談之。

又

鹽城　宋永貽　汝吉

濱海賤士，造次登龍，寵顧之頃，又得捧誦瑶章，頓開茅塞，何幸如之。客揚三月，先生冒暑枉過，弟曾奉達造門，兩次俱值公冗，無緣傾倒，何一識荆州後，竟不得使黄茅白草中人揚眉執事之階前，而一快吐其景仰之夙心也，怏怏奚似。比者，河伯爲虐，千里一灾，弟《紀事》十詩，有『城封高郾水，帆貼射陽天』『出城軀命賤，入市稻粱尊』『窗流清海月，門釣錦江魚』『雨趁風牽屋，湖添浪打門』等句，敝邑被灾情形似堯九年以後所未有。家老母年將九十，日夕坐水國中，甑無升斗，釜不再炊，不得已，欲遣艾年兒子糊口四方，茫茫皆是，下榻者誰？曹丘者又誰也？弟閲廣陵人事多矣，惟先生風雅宗主，夙推有道，交淺寧冀解推，途窮竊資齒頰，倘先生俯念同人，慨然動念，于貴相知中曲意游揚，俾得青氈一席地，上慰不肖之高堂，或亦有道仁人所不惜也。先生不必知弟，而弟竊竊然願知於先生。碔砆非玉，瓦礫非珠，計無復之，急而求售，以自投於卞隨二君之門下，何必真按劍耶。曩者歸舟倉卒，鄙願未言，《虞初》《叢書》兩大刻，嚮慕久矣，懼涉貪鄙，不敢徑求。令侄漢翁暨殷先生俱希叱致，特函申候，伏冀鑒臨。臨楮依馳，曷勝翹切。

友・辛32　**又**　同里　**畢熙暘**　嵎谷

諺云：『捉賊見贓。』禪家云：『不入虎穴，焉得虎子。』弟昔留心禪學十有餘載，後遇真師，得示《易》學諸書，苦心研究，亦復十有餘載，禪學來源因得洞悉。曩呈拙作《佛解》六篇所云即『真贓』也，『真虎子』也，校歷代之捉賊、搏虎子者有异矣。篇中或有文理未順與字面觸世忌者，幸高明指摘示知爲荷。

友・辛33　**又**　平湖　**王世淳**　子龐

旅人萍梗，幸瞻風度，兼叨雅愛，雖朝宗意切，而仰體心誠，又不敢時登君子之堂。刻下弟因海關故人有約，日内即作歸計矣，頃叩辭未晤，草此代面。《周易筮述》奉璧，幸照入。不盡。

友・辛34　**又**　通州　**范國禄**　汝受

弟老頹，無所事事，友人屢訂刻近代《選選詩》，『選選』者，選諸名家所選刻已成之書也。近代名家選本約計之，有三十部，弟曾有十五部，爲王仔園借去未還。今徒束手，虚友人之意，時歉于中，不知藏書之家，或借或换或賣，肯成就此事否？不去人而去詩，部頭不繁，收買容易，似乎便當，竟無機緣，惟有唤奈何而已。前曾托周長年謀之左右，頃古愚先生持台翰見過，謹煩轉達先生相與玉成，不敢勞尊府工費，以鑒定歸先生，何如？古老選本弟欲附先君及拙稿數首，而行甚速，不及録出，祈侍史留心，存一地位，以待弟寄到謀梓。統惟台照，不一。

友·辛35

又

如皋　**冒丹書**　青若

弟三年哭父，血泪未乾，不幸今正又抱原鴒之戚，慘痛孤苦，生意益盡。然當此萬念全灰之際，最不能忘我知己，每傷間隔，徒想徽音，忽接良書，如慰寂蔑，申咏著述，曠若復面矣。又獲與古愚先生訂交，先生益我良厚友，其人如金如蘭，讀其書，如江如海，雖一夕十年，未免以速别爲恨，簡慢之罪，乞代致之。其恭兄何竟長逝耶？聞之驚痛不已。他鄉客處，賴有先生厚斂，何減古人，誠所謂一死一生，乃見交情也。傳播海内，同人無不銜感，非止弟拜服頌揚耳。弟苦貧極，力不從心，慚惶殊甚，深念其堂上膝下慘苦，何以自安，知先生必始終照拂，以慰亡友九原也。

友·辛36 **又** 西蜀 **先著** 遷甫

兩載皆在真州，無入郡城之便，不能造訪，然數見去老，起居亦恒在意中也。張南村先生前歲冬已歸道山，櫜在邗上，與高賢通譜，歸後每爲惓惓。今其家嗣元子世兄渡江過其宗家因亓先生諸郎處，謀剞劂遺稿之事，因念宗誼修敬，并乞一輓章爲集中之光。元老簡素清雅，仿佛其尊人，相見必蒙賞嘆也。近作必多，佳刻寄教一二。

友·辛37 **又** 徐州 **張道深** 竹坡

承頒賜各種奇書，捧讀之下，不勝敬服，老叔臺誠昭代之偉人，儒林之柱石，小侄何幸，一旦而識荆州，廣陵一行，誠不虚矣。昨晚于大刻中見燈謎數十則，羡其典雅古勁，確而且趣，不揣愚昧，妄爲擬議，不知有一二中鵠否？敢録呈座下，幸進而教之爲望。昨夜陳定翁過訪，亦猜得四枚，并呈台教，附候興居。俟容叩悉，不盡。

友・辛38

又

江都　**宗元鼎**　定九

弟伏枕不覺已近兩載，屢蒙先生古道，篤愛舊交，令弟銘感不忘也。不知何時筋力復健，得與心齋先生把酒論詩，吟嘯于水石間否？

友・辛39

又

宣城　**吴肅公**　街南

海内友朋知心寥落，先生知我愛我，不獲時時商榷，筋力衰頽，何日復趨承函丈也。《論世》一書倘即付梓，或少加圈點如拙集爲妙。去蕪先生以大禮一案與弟相辨證至數千言，其學其識，自足千古，嘗見弟《論世》中語，不盡謂然也。弟意正兩存之，各行其所見，不須改易，益見洪先生特識耳，先生以爲何如？剞役垂成，不獨老朽翹望，即海内無不望之者。舍外甥沈兆符，耕岩夫子之聞孫，畫諳古法，詩尤嫺雅，久以筆墨游長安公卿間，每所游歷，交其賢豪，嘗從弟處得心齋先生行誼著述，服膺寤寐而傾拜無從。兹以邗上之游，介弟一言，原有世誼，知先生正無俟弟言也。他可嘘拂，勿吝齒芬。節傳附正，求詩不朽。洪去老應不時晤，一椷并附。

友·辛40　**又**　彭城　**張道深**　竹坡

連日未獲趨候，歉歉。承教《幽夢影》，以精金美玉之談，發天根理窟之妙，小侄旅邸無下酒物，得此，數夕酒杯間頗饒山珍海錯，何快如之。不揣狂瞽，妄贅瑣言數則，老叔臺進而教之，幸甚幸甚。拙稿數篇并呈，祈郢政爲望。

友·辛41　**又**　**前人**

捧讀佳序，真珠璀玉璨，能使鐵石生光，小侄後學妄評，過龍門而成佳士，其成就振作之德，當没世銘刻矣。謝謝。

友·辛42　**又**　莆田　**余蘭碩**　香祖

秋云暮矣，黄菊初開，追憶客秋隨家君渡江，相訪先生於叢菊之下，白髮紅橋，吟詩把袂。今倏忽一年而家君已經辭世，遥望金焦，不勝物在人亡之感，思兮若夢，痛何如耶！前晤别時，欲隨勒公北上，奈彼急於復命，陸路星馳，不肖未得預整行裝，兼多家累，所以不曾同往耳。兹有啓者：貴郡吴蓮翁先生知與先生交情最厚，聲氣相同，彼將聘西席，敝郡錢十青世兄已爲奬薦，然非鼎力，恐難玉成，敢求不惜齒牙餘論，爲我先容，則萬全之妙也。不肖倘有寸進，自當圖報耳。前已具一札托顧槐堂先生轉致，想曾入覽，兹因卓子任先生歸舟之便，再附荒函，通候起居佳勝。秋冬之際，伏惟保重，設或就館蓮花，則相晤不遠矣。《秋船》拙刻再請大教，幸笑而擲之可也。

友·辛43

又

西泠 **王晫** 丹麓

數載睽違，懷思山積，想近來尊著富有日新，詒清堂中又不知增幾許丈尺矣。七月廿二日接得台翰，備述叢書改名之故，始知先生所見者大也，敬服敬服。尊札云『八月中凖可告竣』，此時諒久已成書，如有樣書惠教，乞注明部數，托沈敝友帶回，亦可不致浮沉。敝友字培九，舉業當家，倘蒙晋接，弟亦與有榮施也。

友·辛44

又

四川 **釋祖香** 蘭村

來春志游五岳及遍游天下名勝，欲辨諸物以壯行囊，書則六種《史記》《前、後漢書》《文選》《杜詩》

《六經注》，不求精好，但係全書亦可，共約重二十斤。琴一、硯一、氈一可作蒲團卧具兩用，又約十斤。百衲衣一可便日衣夜衾之用，再約十斤。統計四十斤，則予足力之所能任也，少則不足以自供，多則力不能任矣。特求椽筆爲之紀，或作小叙，藉重文光，易成斯舉。然實如向空中募化，而又不得作募化語，意在大方，庶藉鴻文，永垂萬世，此即文中之大領袖，幸毋以天寒爲却也。

友・辛45

又　同里　江之蘭　含徵

久未裁候，非不裁候，蓋饒舌漢無法可説也。古愚來東亭，其人清癯，其筆高古，郊寒島瘦，兼而有之。當此時，正如净丑當場，喧闐叫笑時，忽然停腔換板，一旦囀喉，詞清字確，在知音者改容而聽，不知音者未免説心事、談名利而不顧，顧曲周郎安在哉？昔人謂文章擲地當作金聲，蘭謂若作『金聲玉振』之『金』字，殊不足貴，惟作『金銀』之『金』，方可貴耳。嗟乎！吾儕筆墨，何日可作金銀之金也。古愚在香雪齋挑燈閒話，酒後作此札附寄心齋，不知心齋亦有法可説否？

友・辛46

又　闕里　孔尚任　東塘

結冰萬里，尺鯉難通，東華紅塵中，忽憶高標，如天半明霞，褰裳莫就，自恨沉溺，受教無地矣。閔左兄南旋，敬以便翰候近況。特托者：阮亭先生久慕博雅，每對弟咨嗟，以未獲識韓爲悵。近見《檀几叢書》，尤擊節不置，偶檢雜著數種，欲求續入，其取擇可否，一聽尊裁，惟望蚤付梓人，借巨手以垂不朽，弟忝聲氣之末，亦有榮施。【尺・五2復】

友・辛47

又　釋元運　泊三

自前歲雅集一會，欽羡至今。到真州偶冒風疾，深愧塵緣鹿鹿，有負出世之心，遂飄然勇退，深入焦山養静，將波旬窟内是是非非一筆勾下。日在江中，兩耳洗清，脱去弊屣，東望朝曦出海，西瞰落照垂桑。白雲接水瀰漫，緑樹連天蒼翠。潮音鐘唄，眼底仙鄉；幽鳥竹聲，耳邊清籟。若乃霜染丹楓，茹青吐紫；雲拖怪石，凸凹嶁峎；不似米家圖畫，何殊赤壁泳游。時聞欸乃扁舟，載酒携琴；藉草崇山曲水，不減蘭亭。若非萬緣放下，拚得窮寒，那識此中幽妙。不欲獨賞，折簡奉聞，倘閒領略一天新緑，不亦快乎？每仰高風，久疏教益。兹因鑒庵門人向在黄山爲中公奔馳南北，不勝土木之勞，深愧荒廢本業，特來親近山僧，窮參力究，有志法門。特遣持書到揚，奉候興居。附敬菊茗藥豆，伏惟莞存，幸甚。

友·辛48　**又**　宣城　**沈廷瑞**　兆符

凍雪初霽，風日寒冽，河流堅冰，竟難買舟，只得策蹇而行，第苦資斧不給耳。前特踵候，值駕公出，已托殷先生代致，弟思得《虞初新志》及《昭代叢書》數種，且佳刻甚富，願得縱觀，不識得蒙慨然否？望之望之。日内即行，不敢走别，合并何時，臨風惘然。

友·辛49　**又**　江西　**周卜年**　曉窗

歲暮途長，偶停蕭寺，得覲文光，著作等身，懸國門而高騰紙價，何羡如之。目下望黄山白嶽，冒雪衝寒，一訪貴鄉郡伯，里門必多賢豪長者，得一言爲介否？或南向江關，有貴知一二人接濟中途，亦皆出指南之一助也。

友·辛50　**又**　莆田　**余蘭碩**　香祖

前接瑶函，如親顔色，不勝忻慰，及錢十老歸，又述關切之誼，肯爲力圖館事，感戴非常。弟自先君亡後，孤苦伶仃，白首慈萱，難供菽水，兼多兒女之累，八口嗷嗷，非筆畊不能糊口，如之奈何！追憶先君存日，與先生文章道義之交，肺腑相照，今一旦永别，乞念舊日交情，爲之提挈。弟雖愧菲才，倘先生處有筆墨之命，願當效勞，若得時親函丈以聆教誨，則吾之幸也。苟或不能，即轉謀一席之地，可不虛其所望，感甚感甚。今因新貴徐衮侯世兄應試入都，便附一函通候。衮兄乃吴門名宿徐用王先生令似，曾受業於既庭宋老伯之門，學富才高，青雲早步，騎鰲挂緑，可拭目待之。弟與衮兄曾同硯席，係通家之好，先君亦極獎其才。久切登龍，敢爲引見，量必有水乳之合，弟言不足增重耳。匆匆草具，餘托衮老暨十老面悉，不復多贅。臨穎翹切，惟有神馳。拙刻附呈大教，尊刻新咏祈賜教爲感，切切。

友・辛51

又

山西 **劉長會** 與偕

日欲過雲亭問奇，以苦塊餘生，未出户庭一步，惟神馳耳。向蒙賜佳刻種種，什襲珍之，光分十乘，惜《下酒物》一集爲友人携去，在彼云『偷書不爲賊』，而弟如失至寶矣。敢望再賜一部，俾案頭盡分四庫之藏，無些毫缺陷，真大快事也。《昭代叢書》并求擲閲，其工價即行賫到，引領以望，幸慰雲霓。

友・辛52

又

同里 **吴高佐** 孝永

早間具刺踵謝，想達記室。兹以寒舍向乏井泉，其官井復值歲底，汲者益衆，遂成涸竭。意欲於尊處暫汲一日，倘蒙慨允，在鄙人無殊昏暮之求，而先生亦不啻雨露之施也。顒候明示，不一。

友・辛53

又

吴趨 **錢岳** 十青

人日前舍弟以朝公車北上，曾附一札奉候新禧，想呈記室矣。上元天氣晴融，踏燈必多麗句也。敝鄰僑寓汪履九先生，世籍新安，久在蛟臣大參幕，於八閩蔡九霞處曾執子弟禮。縠日集草堂見尊集二書評跋，極其嘆服。今郵寄其投贈一律，并所製四六、古文一册，呈先生鑒定之。履老設帳廡下，束脩甚微，不足供其米鹽瑣碎，久仰高風，欲來一識荆州，有依劉之意，未識可否？然其人年将六十，歷練老成，所製不論體格，俱稱倚馬，惟采擇焉。《清閒供》一書寄上，可采者録之，俟岳來擲還可耳。外雲間張洮侯先生，年九十，乃王總憲業師，詩一册，係岳剞劂，付晋人選者送覽。并餘杭陸蓋思廣文斗方數張、四六一册，如有遴選，求采擇之。蓋思，王丹老内兄弟，想久識其人也。岳因將之雲間謁張侯，上巳前後方得來揚，願言俱面教耳。余湘老囑致意。花朝後，鄧尉梅花香雪十里，岳雖不能作東道主，然嚮道人可爲也，如有興，望早示之，以便守俟文旆，如何？

友·辛54　**又**　宣城　**梅文鼎**　定九

世之學者貴遠賤近，以爲難得之貨也，則震於其名而寶之；耳目所及，以爲常有也，狎而棄之，恒情固然，不足爲怪。向在武林見王丹麓兄鈔録近人有關係文字甚多，服其遠見，乃先生竟能壽之棗梨，豈不尤爲難得哉！舍親吴街南《讀書論世》一書，持論平允，視他著撰尤善，今得籍大力，可以公諸海内，真大快事。弟半生精力爲曆算之學，論列頗多，然其中亦有小本可以分刻專行者，容當録副奉寄請正，倘獲蒙采收，附存大刻之末，亦可以備一種也，何如？兹因舍弟爾素往宿遷館，肅此寄候近履，兼布其私。臨啓曷勝馳溯。

友·辛55　**又**　秀水　**張昱**　赫山

盥手披讀尊刻，琳琅滿目，合三教爲一家，又合李杜爲一人矣。弟交遍海内，未見有老世兄如是之宏才，始信向日所聞之盛名如雷灌耳，洵不誣也。弟七歲賦《走馬燈詩》，迨十一歲縣試，又和東坡《咏雪》『六麻』原韵，承吴梅村、宋荔裳、周櫟園、王阮亭諸先生輩，無不奬借，選之《神童録雋集》中。嗣後涉歷名疆三十餘年，於十五省之山川風土人物，無不延攬，又總成一大部，顔之曰《梯航集》，灾之梨棗，今板存金陵書坊。又總蒙四方諸君子贈跋評選者二千餘人，弟不便序其先後，乃以百家姓挨次集其姓字，在前如我宗之京江、桐城諸兄俱在其内。但自愧譾劣，敏而不工，竟不知唐詩爲何物，初盛中晚爲何人，而妄思登作者之堂，欲自闢於時尚，豈不大迂？今宏篇種種，俱超凡入聖，發先賢所未發，弟不但心折，抑且將閣筆矣，敬服敬服。弟蹇不辰，自患難之後，家無儋石，僅賴四方縉紳不我遐棄，聊可爲舟車之需，庶不致阮途飲泣。然春光明媚，坐之於憂愁寂寞之鄉，以視老世兄烹茗飲醇，豈不仙凡之隔耶？昨承賜顧，指教殷殷，古道不泯。謝謝。粗箋以碌碌拙句，不能揄揚，并望鑒原。再容耑候，不盡。

友・辛56

又

萊州　**姜實節**　學在

《叢書》爲當代奇觀，蒙惠如獲珙璧，復刻賤姓名于中，尤感。乃寄書者不道所居，擲之而去，末由奉答，更爲歉仄，所委謹存之心。弟非牧翁相款，亦未常一入署門，蓋布衣之分應爾，非敢傲世也。茲敝鄉高霞山世兄之便，草此肅候。霞老爲相國文忠公冢孫，孤忠大節之後，訪友南來，未遇而返，客途寥落，情所難堪，知先生一見定爲酸鼻。我輩生不逢時，至姓名不爲人識，亦云苦矣。乃致失路于异鄉，誰爲知己，能無把手痛哭耶？相國爲前庚戌進士，與君家有年誼，而太翁老先生在敝鄉造作人材，霞老亦宮墻之末士，一番相見，追述淵源，當作長歌以紀始末，弟雖病廢，猶思和之。

友·辛57

又　前人

敝鄉高霞山世兄渡江，一函申候，定達記室。次日廣平公見招，弟因述先生立真孃墓碑風流逸事，并問《叢書》序文，廣平極贊此書，而作序則未云何期，容再晤時問之。蒙賜《叢書》爲是日同座友人攫去，能再惠一部更感。廣平相訂晤于山中，想在梅花開日也。

友·辛58

又　仁和　沈輅錫　六飛　曉村

老年臺先生一代偉人，千秋作者，弟心企神交久矣。前敝同學周白山、吴志上極口稱道，更動未獲識荆、虚生人世之嘆。邇者薄游袁浦，道出邗關，始得登龍晋謁，承先生不鄙遠人，忘年略分，把晤之下，如坐春風，屋梁落月之思，隴上停雲之感，一時俱釋。及臨去河橋，復蒙嘉貺，下頒旨酒佳餚，益令我飽德無已也。大集之惠，如獲秘珍，别後次日渡江，晝舸青簾，焚香卒業，奇文异想，各體無不擅長，集古人之綉口，寫才子之文心，吐鳳粲花，渾然不見雕琢之迹。井大春紛綸五經，曹子建才華七步，以視先生，不亦瞠乎？《清泪痕》一集，尤見緣情綺麗，刻意纏綿，泪竭西江，亦無不可。『痕』之云者，自今日而驗之也，雖然海枯石爛，地老天荒，何往非一痕之所漬。吁嗟，先生情能已哉？弟少年薄倖，愛不能終，每於春花秋月之下，好風快雪之時，掩袂悲啼，青衫猶凝。讀殘全卷，漫賦八章，諒先生定不以我爲疏狂，或因此而重提舊恨泪痕，多少佳句益工矣。弟比年以來，懷人賦物，尚有拙作四卷，俱未脱稿，俟返舍後，陸續繕寫呈覽，倘蒙雅愛，乞賜弁言，光之梨棗，感佩又當何如耶！喬東湖先生係弟肝膈之交，刻下想離路浦，不久即鼓西泠之棹，并望先生叱致。歸帆未及，途遇便鴻，肅此聊達遠懷。臨穎黯然如結。

友・辛59

又

宣城　**吴肅公**　街南

新正萬福，遥祝江干，舍甥沈生歸，極口高誼，兼拜手書及所刻三種，草木之資，得備藥籠中不朽。《改元補遺》，服膺博洽，大有裨于疏陋，使後人讀是書者，知學之無盡藏也，弟尤深感相叨不淺。《論世》拙著承許今春竣役，果爾，弟之衰廢，或可待以瞑目也。弟病喘嗽，似不復起，恐久則未能待耳。抄本已經售對，承索原稿，謹襲郵奉勘，校畢仍望擲還。凡弟拙撰皆彙稿篋中不欲廢棄者，俾小兒知前人著輯之艱，非屢脱稿不能也。

友聲後集壬集

隨到隨刊不分爵里

心齋張潮鈔

友·壬1

與張山來

丹陽　吴思祖　允懌　雲谷

弟以衰老迂夫，漫涉騷壇艱境，竊深愧悔，中夜詳思，非遇嵩嶽之依，拂塵築壘，終嘆難成。蒙先生首開提挈之門，何敢有不情之望，惟聽尊裁可耳。且思此舉本欲圖不朽之名，倘貪一時微餌，雜不類之人，收不經之句，遺臭將來，何苦以數十年風窗辛力，一旦置之錙銖尺寸之間，此素心自矢、寤寐不欺者也。然所選太多則難爲力，意欲至金陵胡致果處，受其所諾海内名人底本，嚴加參訂，每人止録數張或數首，一則貴精，二則省費，况部頭略少，則價廉而易售。於前輩中采其六七，近日名流参入二三，大約不過四五百張，分爲十二卷，與時下選家别由一路，或不爲識者所厭棄，亦未可知。謹將汪、宋原選再呈，乞同王選删擇减數，俟胡致果選本并訂成編，先生以爲何如？

附近作四首，求賜評語補足一葉，便後葉可接入集，不勝幸甚，候教。恐勞起居，代面希宥。

友・壬2　又　莆田　余蘭碩　香祖　湘客

蘭自先君變後，孤苦伶仃，無一善狀，屢蒙先生關切，感不可言。前月十青兄轉述雲誼，肯覓蓮花，故欣然買棹耳。一到之時，即偕十兄奉謁，反勞大駕，以至失迎，罪極罪極。所具微物不蒙莞存，蘭益增慚愧。蘭此來，一則商刻先君遺集，二則謀館養親，爲這兩件大事求先生不惜齒芬，俾得就其一，則存没俱感也。承頒華翰，適吴似翁見招，席間托其轉送。香翁先生頃往拜之，聞已發回書，即造府奉候，又不值而返，故敢具柬一詢，乞示好音，望望。因有老母在堂，恐乏薪水，不忍久客他鄉，倘能就緒，則可留連，如其不然，則束裝難緩矣，特此瀆瀆，希恕之不盡。前承寄十兄轉惠《檀几叢書》爲敝郡徐用王先生得去，旅中寂寞，無書可觀，幸先生勿笑蠹魚之貪，再賜一部，則勝錫百朋矣。餘容面晤以悉。

友・壬3　又　丹陽　吴思祖　裦人

愚山詩粗閲一過，謹先完璧，不識止此乎？抑尚有七律、絶句耶？恐有所删正，特鈐記呈覽。

孫豹人詩選完前二本，先馳上，其後集三本容選過即奉繳。外已刻者十二葉請政。下午即去白門，有致胡静夫札幸即擲來。往返不過旬日，容再晤教，不悉。

友·壬4

又

武林 王晫 丹麓

二月初旬，接到佳選，每種各有序跋，議論精確，妙緒紛來，此如造物因物賦形，天機隨遇而發，真所謂人患才少，先生獨患才多也。愚父子重辱表彰，復承惠二部，感謝之私，言何可罄。但前後兩集，諒俱發坊，敝鄉書肆尚未曾見，豈武林與維揚書賈不相通耶？不識何法得使各省風行爲妙。蒙諭今歲必刻《檀几》二集，自是先生高義，然隴蜀之望，非弟所敢必也。謹呈樣書十七種，以備采擇，加以《俗砭》《仕的》，并先生之收藏，及阮亭先生所寄，或可足五十之數，倘尚缺幾種，乞示來以便廣搜報命。拙集内有《紀陸子容事》一篇，向蒙許入《虞初新志》，如已補入，可印一篇賜覽否？率此附悃，不盡餘情。顒望回音，即賜是禱。

友·壬5

又

丹陽 吴思祖 允懌

僕自金陵返，欲述鄙懷，適足下他出，不得面宣，謹留書奉覽。古人不見用於時，或藉空言以見志，必將謀可久之業，徵信於方來，非徒欺世炫俗已也。故幽囚作記，閉閣草《玄》，極至窮之境，堅守不移；放迹沅湘，《騷》憤斯著；困羈蜀楚，詩聖乃傳；即如蕭《選》一編，亦必積歲扃樓，方爲世賞，是豈苟焉者所得竊取而附會哉？下至宋元之交，正當風雅接續之際，得元遺山、辛敬之，持論嚴正，至今遺緒尚有可稽。苟不爲其事則已，爲之而不救其弊，且從而壞之，具此生人面目，何堪竟入敗流。僕本迂夫，杜門不出，撚髭孤吟幾三十載，但愧醯鷄守甕，思一縱觀甂外，少擴見聞，故爲是蛇足之舉。然不知此途情態固有大不堪者，若僅碌碌隨波，聞腥逐鮑，則徒爲有識者所厭賤，而淵珠昆璧，究不易得，篠驂芻狗，卒致貽譏。如足下之物色風塵，一見即舒青眼者，有幾人哉！是以有金陵之役，問道於過來人，覓得前輩名人詩數十種，雖未遍歷搜求，亦可循序漸至矣。暫携購本歸玩山齋，越夏徂秋，其中有清而不枯、葩而不冶、高而不僻、和而不靡者，種種流派，去僞存真，采成一帙，質正騷壇，豈非一破格快事？或公諸同好，或留以自怡，其刻之成與不成，固有定數，不可强也。鹿豕之性，眷戀山林，趨歸情迫，不及相待，故抒所欲言耳。

友・壬6

又

同里　**江之蘭**　含徵

承示叢書，謝謝，俟弟嘗出滋味，再舉似同座可也，今已發裝釘矣。予嘗買舟抵吴門，舟中正飽飯無聊之時，忽有洋客談异域風俗，并向其行橐中擲出數件洋貨相示，此際甚勃勃然喜，大約讀叢書略似之。《幽夢影》梓成望多寄幾册,《友聲》并望付二三部。不多及。

友・壬7

又

同郡　**李上德**　遯庵

乙亥春握别,至十月初,方抵都門,雖即應顯府召,賓主固相得,惟主人位極隆,值班職事之官,皆當宁之大臣,勢位之不能忽,故動止拘牽,弗得自如。去秋世子慘殁,方得復應大司農馬公之請,此公温和下士,不失吐握之遺,每退朝政暇,即留連經史典籍。談及時事,故鄉山水人文,未嘗不飄然神往,動我以江雲渭樹之思也,凡弟所致思者,必反覆詢其底藴。弟復以尊刻質之諸君,以兹主人若親若友皆相極口交贊曰:『當今作者山來先生真才人也,宜遯庵繾綣若此。交友而得李,著書而出張,兩君文章意氣,誠當世之特起,堪爲异日楷模。』主人交譽如此,弟之生平可謂附青雲而直上矣。此地糊口年餘,庶幾可遂偕隱之願,惟目前所積有限,欲寄回南,煩先生代覓數椽,爲异日栖身地,不知可能爲我一留神否?

友・壬8

又

江寧　**胡其毅**　致果

弟弇陋無似,所見近代説部書,最心服者,檇李陳無功先生暨金陵老友丁菡生,二家著述甚富，惜散軼罕有存者。近睹佳刻種種，又喜昭代壇坫當屬之先生，惜無由一窺宛委之藏耳。吴允老至，承惠尊選《叢書》初刻，快讀序引跋尾百篇，高華典則，益知年翁道德文章，淵源家學，迥非今之才士名流可及，竊奉爲矜式，謝教侈矣。弟嚮有抄輯《學林要覽》一書，自性理經史以至雜學，分門十二類，多前代近人可傳者，恨馬齒已逾七十，精力衰憊，聊授兔園册以糊口，未能告成公世耳。兹具《檀園集》一部奉覽，其中題跋極妙，想法眼有同賞也。外揀得友人雜著十二種附上清几，或蒙選録以慰亡友，弟亦同感矣，其書仍求繳還，幸甚。肅布不盡，統惟照察，臨楮馳溯。

【尺・五6復】

友・壬9

又

同里　**汪士鋐**　扶晨

客歲得捧瑶械，并示新著，披讀循覽，如獲异珍，年道翁以大著作手，成此千秋之業，信今而傳後，真藝林盛事，不肖惟有嘆仰。弟自戊辰病後，匿影荒廬，不覺十載，衰遲老懶，時時有離索之嘆，老年兄不鄙陳人，頻賜慰問，高風古道，近今所無，彌深感戢。諧老起居若何？同庚老友不得把臂已十餘年，每一念及，不勝渭樹江雲之憶，晤中望道區區。《阮溪三詩人遺集》一部，紫霞茶一瓶，惟冀鑒存。憑穎不勝跂戀之至。

友·壬10

又　宛陵　吴肅公　街南

叢書快讀，老懷怡豁，尤快者，諸小引短跋，或發明本書，或别有頤解，《檀几》書所無也，前番所賜已爲舍甥所有矣。《論世》散帙一一售勘，惟敕梓人改其錯訛，翩望每卷先寄樣本，統俟改定全印可耳。秋老《大禮議》多不合，弟愚亦不能盡解，硃評略采一二如何？王濟老、李大老俱嘗酌論過也。

友·壬11

又　姑蘇　錢岳　十青

數日不晤，念甚念甚。適家信至，附到尤老師與岳手札，外年譜一册，乃寄先生者，又一謝教帖并原札附到。有一友索《檀几叢書》，不敢以紙價唐突，敢以澄泥硯一方相易，幸賜下，感感。《第一奇書》先交六本，俟一總閲過繳上，何如？

友·壬11附

附悔庵先生與十青札

久在山中，失答尊教，承寄張山老佳刻，讀之絶倒，信乎才人游戲，無所不可。至辱和拙

詩，尤荷注存，馬齒老矣，何以當此，幸爲我致謝。年譜僅存二本，一寄山老，一奉上。餘容晤悉，弟侗頓首。【尺·五4復】

友·壬12 又 金壇 于銓 臣虎

得聆塵屑，十年神注，慰於一席間矣，快也何如。復承佳刻下頒，一展卷而珠璣燦爛，珍寶錯陳，使貧兒目炫心驚，不覺鼓掌叫絶，花宫龍虎且爲之起舞。然文生於情，理原於性，以至性發至理，以至文達至情，文人鍾情，獨有深焉者，即如《清泪痕》，已極情文之至矣。爰有感於懷，填《摸魚兒》一闋，以呈清誨。如他諸刻，則先生心羅星宿，捉筆時便分而爲江淮河漢也。按目考書，尚少數種，《心齋詩集》猶爲最要，以便梓入拙選耳。餘晤，不宣。

友·壬13 又 仁和 王晫 木庵

頃接瑶緘，兼拜新刻，名章俊義，絡繹奔赴，直必傳之書也。承委序言，不敢久稽，草率應命，惟改削用之。外見集中各條下尚有空行留木者，妄擬小批數則，另録别紙，以備采擇。尊刻如修補完好，敢乞多惠數册，以友人見者，無不欲搶欲奪也，即如所寄樣本，已爲友人强要去矣。叢書今年有興續刻否？五十種之數曾足否？乞即示覆，以慰鄙懷。前所懇拙集内有《紀陸子容事》一篇，蒙許補入《虞初新志》，如已補入，可印一篇賜覽否？率勒，不盡欲言。

友·壬14

又

宛陵 **梅文鼎** 定九

讀我心齋撰述，如游黄海，步步引人入勝，非若他山水，只一兩處足供觀玩也。諸家小品盡賴表章，實有功於來學。舍親晴岩《讀書論世》尤勝於其餘著作，非遇賞音，豈能公之同好？當今好古者固不乏人，安得如先生者數輩盡發其藏耶？閻百老有小册數種在洪秋老處，不知曾見否？兹者：敝友朱邠瞻，浙中人也，頗多能事，尤善丹青，西人諸巧畫悉能爲之，久慕先生，托弟介紹，望推烏愛，多方爲之汲引，俾得展其技，所成不獨朱兄也。匆匆奉寄，不盡所言。

友·壬15

又

同里 **汪鶴孫** 梅坡

不晤者半載，渴想殊甚，前奉候并枉駕，俱未得面，殊覺悵然。新刻佳甚，另闢天地，别具眼界，唐宋元明後，不得不推吾心齋先生爲第一才人矣，敬服敬服。

友・壬16

又

同里 **朱觀** 自觀

前鑾江返棹，即候興居，嗣又同汪耻老奉訪，不卜司閽者曾爲道及否？承示輓殷日翁詩，詳而且切，交情繾綣，俱露筆端，聞後事皆賴爲之備，先生真誼，足千古矣。《詩幻》一編，字字奇妙，巧絶天孫，讀之不能釋手。諸大刻弟素喜讀，以能頓開茅塞，然不克多得，又不敢爲無厭之求以取憎，惟深寤寐之懷已耳。

友・壬17

又

武林 **王晫** 丹麓

六月望日接到雲章，并領尊刻，謝謝。拙序不蒙改削，遽付棗梨，遺穢佛頭，慚汗無地。先生心靈手敏，凡有所觸，如風行水上，自然成文，故其爲書，必出人意表。《雜組》又不朽矣，所謂『當代論才子，如公復幾人』哉！台札云有《清泪痕》一册見惠，細翻緘内，并無此册，想臨封時誤落耶？還祈簡寄爲望。叢書之刻，先生必先《檀几》二集，此種高風，尤爲近今所罕覯者，但不知何時起工，何時可以告成，伏乞示知。據弟愚見，此番發凡，斷宜先生自作，蓋此中選輯義例與友人投贈本末，惟先生意中了了親切，若弟作，又隔一膜矣。況郵筒往返，耽延時日，甚非阮亭先生急欲成書之意也。即或不然，竟以先生口氣做成後，附賤名同列，每見時刻凡例，亦有多人并出名者。悉候台裁，非弟所敢臆斷。至于前送樣書内所遺者，豈與尊旨不合，竟置之不録耶？抑留爲《昭代》二集之用耶？統乞示明，以便後此爲先生搜羅，庶有所矜式耳。外陳漱六偶刻一本附到。餘不盡悉。【尺・五25復】

友・壬18

又

雲間 **周鼎** 軒三

知己睽違，彈指一載，遥睇選樓，時深凝佇，固無俟月朗風清，然後輒思玄度也。商丘中丞夫人之喪，老長兄曾來吴閶相吊，弟因在撫署，遂失把臂。比發謝帖，而青翰已遄返，中丞即以原柬屬弟轉致，且道匆卒中不及細叙，甚以爲歉。因昨歲曾以尊著詩文轉呈，且極口肝膽氣誼，爲聲氣中第一，故淵源有自也。原柬唯恐乾没，兹特附敝同學金漢老使者馳上，倘便道來吴，或再至鈴閣，商丘自當開徑相延耳。弟極擬渡江，緣俗冗牽纏，未能如願，冬盡春初，决當乘興來游，與長兄爲平原十日之歡，一以讀新著，一以踐夙約也。因風馳候，不盡翹瞻。

友・壬19

又

曲阜 **孔尚任** 東塘

千思百憶，縮之數行，而數行又多浮沉，昔人不爲致書郵，真忍人也。弟廣陵多故人，每飯不忘，不問則缺然，問之則難遍，惟先生爲聲氣之歸，弟有疏忽，尚望補過，況弟諄諄相托，有不向同社致此意者乎？弟版曹非雅官，幸有阮亭先生爲俗魁，弟可以解嘲矣。阮翁雜著數種求入叢書，擇其可者留之，惟先生自爲政，并致丹麓先生。楊耐老雄才偉抱，今之管葛，向慕歸依，幾于川之趨海，新知快樂，弟已遥羨矣。餘不及。【尺・五12復】

友・壬20

又 平湖 王世淳 子龐

昨年先生所筮《泰》之《夬》卦，其繇曰：『帝乙歸妹，以祉元吉。』《象》曰：『中以行願也。』據此爻象而斷，凡保泰之道，惟在積賢以自輔，群才輻輳，泰可以永亨，而名亦可通帝座，宋儒得一爻象必依而行之，以應其占。弟仰承台愛，情甚關切，引言借光，蓋有深意存焉，諒知己必能鑒照也。

友・壬21

又 同里 朱觀 自觀

《凱旋詩》并《凱歌》大作，體製和平，詞華備美，真足以鼓吹休明，目下傳誦廣陵，將來定遠播京師，爲聖天子所嘉與也。欣羡欣羡。兹有雉皋童菊潭先生，係鹿游先生胞弟，詩文外尤工八法，素擅臨池之譽，夙慕大名，願一識荆，囑弟爲之先容，想晤對時必能浹洽，不待弟囑也。

友・壬22

又

如皋　**童茂齡**　菊潭

前得識韓，大慰生平夙願，重承尊作示教，加以鼎貺，感愧交集。先生著作等身，名傳不朽，真足徵名下無虚矣。敬服敬服。朱自翁云尊作中有《集字詩》一册，甚爲弟輩之所必需，更求擲惠，得毋笑其得隴望蜀耶？慨然是荷。

友・壬23

又

江寧　**胡其毅**　致果　静夫

弟廿年來，自安蹇拙，從事童子章句，以代力耕，未免交游曠隔，幸諸名賢不我鄙棄，時蒙教督。兹承心齋先生垂注，叠惠大刻，如獲瑰寶，感戢何似。弟少時多病，喜閲晁文元公《碎金録》，後聞一前輩謂其慧悟不深，故筆之椎輪少致。今讀尊著《幽夢影》，悉本睿照所發，又極雋永微妙，可敵晋人《世説》，固宋儒所當遜讓者，謹與櫟園公《書影》一編奉爲帳中之秘。來諭屬評一二，不敢自外，謬附四則請政，聊志傾倒之萬一耳。拙輯《要覽》倘能托庇粗成，容具藁馳上，專求是正也。前友人各種又勞擲還，如數領到。率布，不盡。【復尺・五6】

又　仁和　沈輅錫　曉邨

友・壬24

春深一晤，轉盼秋中，露白葭蒼，伊人繫念。憶自閏春返舍後，隨有小札奉謝，兼附七言八絶，聊續《清汨》一痕，想必久塵記室矣。邇來年道兄動定倍常，著書益富，未審能於便郵惠教，以充儉歲之糧否？王仲昭先生暨王丹兄俱爲轉道款曲矣。吴志老近有羊城之役，并此寄問。頃緣舍親諸秦邨之便，率勒蕪函，恭叩道履。秦邨年少多才，襟期磊落，慨然有上交之志，敢于楮尾唐突一言，願道兄進而教之。邗關浙水，衣帶爲遥，鴻羽參差，臨風翹注。

又　同里　黄袞　補臣

友・壬25

伏以蘇洵學富，非簡夫而世莫知；賈島才高，得退之而名益著。可見昔人之譽望，亦資前輩之揄揚。若乃不遇夫表彰，未免卒流於湮没，古今同慨，理勢必然也。恭惟山翁年臺先生天資穎异，家學淵源，人本茂先，况有秘書三十乘；才如安道，真能借史一句看。筆端有萬丈毫芒，腕底無半纖塵俗。片言隻字，無非《鸚鵡》之詞；纍幅連篇，不羨《鴛鴦》之賦。一代人文避席，千秋藝苑增輝。是以聲名洋溢于兩間，因而著作遍周於六合。盈門賓客，咸欲經其品題；比户謳歌，莫不賓其翰墨。是誠騷壇之綉虎，而爲盛世之雕龍；抑亦金粟之僊人，豈特瑶琳之才子耶！衮家原歙邑，寓寄邗關，傍黄海之峰巒，幸叨共里；到緑楊之城郭，又托比鄰。髮未燥即耳轟雷，自昔傾心之有素；刺將投而行却步，迄今識面以無由。昨向窗間敬讀心齋之集，適看卷内，見有《外史》之徵。爰敢不惴荒蕪，聊通尺素；渾忘鄙俚，略獻寸長。亦知技愧雕蟲，自合貽譏於固陋；然而情殷附鳳，終期仰借乎應求。倘荷不厭夫下愚，猶可繕寫而上瀆。君能説項，誼或等於於陵；我欲識韓，心切同於供奉耳。

友・壬26　**又**　海陵　**繆肇甲**　墨書

往來邗上，匪止一次，而未敢造謁者，以匆匆挂帆，不能大肆盤桓，不如含情以俟他日暢聚耳。兹附方年兄來揚之便，順候近祉。方兄精于音律，年長兄填詞之暇，或邀一會，調紅牙而披白雪，自是文人快事也。

友・壬27　**又**　海寧　**沈嵩士**　岱瞻

老年臺先生以斜川、浣花之風流，兼南郡、方城之博雅，騷壇吟社奉爲宗工，大江以北，一人而已，弟仰止之殷，五載於兹矣。所恨相隔千里，無由望見顏色，一聆粲花之譚。比來因江都邑令潄世兄相招盤桓，特過邗江，即叩台階，未遂瞻韓之願。意欲再掃舍人之門，恐典謁者辭以他出，未敢輕造。近作數首，聊以博大匠成風之斧，然終擬一聆謦欬，祈先生稍垂延引，預戒紀綱勿拒也。先太史請假閑居十有五年，所譔述論著充棟汗牛，於性理經學尤深研討，因見《十三經》一書但有注疏行世，而諸儒序説辨論之文，惟散見于各集之中，未有薈萃成編者，爰竭十年之精力輯《十三經文緯》六十卷，上自周秦，下迄明季，洵足爲後學津梁，經傳羽翼。伏惟長兄先生文譽溢於寰宇，若得作序付刊，不獨表章之功歿存均感，而經術有用之書，較之風雲月露，相去不啻十倍，宣導流傳，固屬不刊之盛業也。肅此奉瀆，臨楮依切。【尺·五18復】

又 黄山 釋海嶽 菌人

友·壬28

違闊忽復旬日，思企益深，比來秋光爽朗，起居佳勝，至慰至慰。興教方丈豁公係前天寧雪兄法乳，賦性柔易，雖無祖父闊大之風，然不失衲僧本色，實非諸方滔滔者也。有語録數卷，將付剞氏問世，欲求布施大序一篇冠首，審其所存，即古人因序而傳之意。昨特走候，未獲面陳，竊恐左右疑其别有所干，不蒙賜答，故托道人代爲申明，惟不吝大教，則此子自不止一日千里也。臨池不一。

友・壬29　**又**　海寧　**沈嵩士**　岱瞻

僧寮岑寂，焚香盥讀尊著，如入龍藏，無所不有，驚才絶世，疑不從人間來。竊謂淵明、東坡、眉公、伯虎諸公，即當日之心齋，而心齋即异日之淵明、東坡、眉公、伯虎也，何必贊嘆企慕，切羹墻之願乎！拙作一首，聊志景仰之誠，唯賜之斧定，并祈玉和，布鼓雷門，以石引玉，幸勿嗤其妄也。平山本才人吟嘯之地，而阮亭先生觴咏之後，寂寂無繼之者，望先生主持騷壇，重聯詩社，弟雖駑下，尚可當偏師一面，倘得鞭弭以從，安知非异日之佳話耶？案頭録布之書充棟汗牛，如叢書諸種，冀不吝洛陽之紙，傾囷示我。即著述亦不盡於此，統希見惠，知先生必笑其得隴望蜀，然求教之殷，不得不再瀆耳。銀釭之下，吟諷《十香》佳曲，字字艷絶，不覺羈旅中歸夢頓生。然敝世兄投轄堅留，尚有半月盤桓，容叩雲亭，圖晤芝宇，一爲傾倒也。【復尺・五18；尺・五19復】

友・壬30　**又**　同里　**許文匯**　子柔

蕪城此地如屠羊暮肆，濤聲鶴影，咸作刀布氣。心齋先生以華胄才人，淵源家學，博物洽聞，獨能杜門日事鉛槧，著書不輟，載酒問奇者，户外屨滿，真天下士也。拜服拜服。昨過玄亭，讀太老先生枕中秘本序文，可補二百年郡乘之遺，新安文獻大有生色。平原來書云：『及今不發猛訂定刊刻，將來展轉因循無底。』修志之舉，不得不首推先生椽筆執牛耳也。昨暮趨舟所，友人定拉結伴同行，行色匆遽，後日定偕就道。平原公處，可迅作一候函，晚代面致。秘本幸令貴侍史星速分録，以留副本爲妙耳。

友・壬31　**又**　长洲　**顧嗣立**　俠君

昨承枉顧，匆匆未盡欲言爲耿。所懇《小秀埜集句》止求先生和章，不必次韵也。尊稿領到，容燈下細讀，自當借重以光拙選耳。

友・壬32　**又**　興化　**李淦**　水樵

《幽夢影》僭評出於中心之好，録就呈閲，或其中有一二可取者入之，否則已耳。尊著所已讀者醉心良多，所未讀者如《昭代叢書》《虞初新志》，業承諾賜，弟不日言旋，特此走領，得毋太貪之誚乎？

友·壬33

又

無錫 朱襄 贊皇

去冬以來，曾辱手教兩通，伏承動静康和，可勝欣慰。所寄《象脅林雜咏》及梅谷寄來復啓與詩并諸稿俱已領悉。匯邨先生來京，紅蘭主人曾囑奉邀，而匯邨固守不見之義，至今怏怏，晤間幸爲道候。弟久已言旋，蒙主人款留，遷延一載，秋冬之交，决計成行。道經邗上，自當趨晤，以悉闊悰。西齋、交三及令弟東囿諸公祈先致。外附寄答交三《古南池見懷》一律，并祈轉達。

友·壬34

又

新城 王士禛 阮亭

昔尊大人老公祖視學海右，先兄輩皆荷國士之知，其托孔李通家者四十餘年矣。頃聞老年世翁僑寓廣陵，鋭志著述，心殊嚮往。向承垂注，惠以瑶音，因檢家塾所刻小書數種，付東塘奉寄典籤。未幾有秦蜀祭告之役，間關萬里，遄返經年，久乖麟羽，適拜良書，兼頒大刻，慰藉無量。其中《長白山録》止見三葉，似未刊完，伏祈留神，將此卷全刻，庶有可觀，且所載二碑皆《集古》《金石》諸録之所未睹者，亦足以廣异聞也，唯加意焉。如刻竣，每種祈印百本寄下。先長兄西樵所著説部數種，京邸無從尋覓，故僅以笥中所存《然脂集凡例》《宫閨待訪略》請正，并祈留神表章

之。臨池溯洄，不盡。【復尺·五3、尺·五13、尺·五24；尺·五26復】

友·壬35 **又** 曲阜 **孔尚任** 東塘

今年在銅臭中不爲所染，自覺瀟灑，而長安僚友多不相信，偶得句云：『銅山金埒勢峥嶸，暴富乞兒恬不驚。每日垂鞭歸第邸，有人來看孔方兄。』料江南故人知我者深，不肯以世俗相待耳。寄到叢書爲本朝一大著述，編摩之功不小也。諸新撰盪我心胸，豁我眼界，所謂人間未見書，三冬炕火不寂寞矣，謝何容口。前扇詩藏墨終未拜領，不知浮沉何所，千里魚鴻，其難如此。此函不知得達否？聊盡一片故人心耳。新城公見代刻雜著，甚感，尚怪寥寥，尤切囑免加删削，恐似《説郛》有剪頭截尾之憾。言不盡意，俟具别函。【復尺·五12；尺·五27復】

友·壬36 **又** 蘇州 **顧嗣立** 俠君

昨走候未及面晤爲悵。伏讀尊集，如入龍宫海藏，琳琅滿目，洵是大觀，但美不勝收，衹擇其最佳者用圖記印出，便間幸録寄吴門，當編入《今人風雅》中耳。匆匆返棹，未能再叩，草此代面，不一。原藁五本附繳。【尺·五36復】

友・壬37

又

弟漸 進也

東莊之行筮得《明夷》二爻，羸背一蹶，幾至于殆，幸一變而爲《履》之三，今日竟霍然矣。連日聞四弟作東請兄出游，因有事而止，今彼囑我再邀，不識有暇否？愛朝雲之妙舞，兄可『出其東門』，倘秋興之未闌，弟亦叨陪西席。

友・壬38

又

仁和 王晫 丹麓

十月十日始接九月三日尊札，并拜佳刻，以今時人名入諸頌體，愈覺其古，天縱异才，真不可有二者也，必傳無疑。《清泪痕》暨樣書俱領到。如《俗砭》刻成，望即先寄一帙，以方渭老有書問及故爾。《昭代叢書》不知明歲果刻二集否？倘果從事，乞示知，當再爲先生搜羅一二，以備采擇，何如？柴虎老著作有十九種，但只刻得一紙封面，并未一字付梓，即此十九種内每種極簡約者亦得百十張，無可擇録，謹從令嗣處于詩文集中采得記一篇呈覽，渠再三托弟致懇，欲必得附入選内，不知可否？弟不敢自專，統候裁覆。陸雲老自令江陰以後，便不歸故里，聞有刻集，總未見寄。顧寧老《日知録》敝處坊間絶少，弟去秋在貢院前曾見其書，所載皆考古證今訂誤辨疑如

《事物原始》《群書備考》之類，亦難采取，如必欲得其書，須從本處覓之。《幽夢影》得再惠一册爲感。【尺・五32復】

友・壬39　又　長洲　**尤侗**　悔庵　艮翁

前在山中，再接手劄，惠教大集，目不給賞。兼推譜誼殷勤，委以玄晏，敬聞命矣。因郵筒未的，報答遲遲。今有及門吳子山便道維揚，特令進謁，所著《叢書》一序附呈左右，要未足揄揚萬一也。《幽夢影》中多致語，可供解頤，附評數則，并博一笑。衰老杜門，無緣問廣陵之渡，尚望嗣音，以慰延佇。草草不盡。【復尺・五4；尺・五31復】

友・壬40　又　白雲庵　**釋廣蓮**　根潔

江雲渭樹，秋水伊人，有懷若渴，筆楮難罄，半年來未奉德音，殊爲望切。前者紅蘭殿下曾有書奉詢起居，未卜得達記室否？主人日企魚箋，倘有便即當作函相寄，以慰其虛中下士之義，爲切囑也。再前蒙囑《幽夢影》作叙，主人已爲首肯，但未見尊稿，則措辭無由，幸速寄來，以便其乘興揮毫可耳。啓者：虞山黄尊古先生諱鼎者，相國索公之上客也，雄才偉器，筆墨超絶。今問道邗江，因久慕大名，願得接教，故主人囑衲代爲介紹，幸先生格外照拂，則知己之感，不獨黄君已也。風便耑此上候近禧，臨啓曷勝禱切。

友·壬41

又

白下　**張筠**　元子

先嚴得荷挽章，光生泉壤，昨始得踵謝，已自抱歉，復蒙左顧，兼失款接，不益滋罪耶？冬暖如春，欲暫往延令數日，歸時願請益尊前，想老叔大人自不鄙棄也。近詞書箑請正，外家刻《九華志》附覽。餘俟面布。

友·壬42

又

宣城　**梅文鼎**　定九

向在武陵見王丹麓所輯近代人書，多經濟實用之言，曾鈔其目録，今所藏小本，强半爲先生搜集梓行，豈非快事？具此大願力，又何患奇文之湮没耶！《讀書論世》在舍親晴岩著撰中爲極平允之論，必傳無疑，然非大力，安能速公海内乎！《學曆》一篇厠大刻中，甚感，大匠雕琢丹黄，使溝中之斷，比于文木矣。尚有《曆學》中小品及舍親《聾志》等作，容當録正。臨穎主臣。

友・壬43 **又** 毗陵 **吴來儀** 丹崖

同門兄弟二十人，四十八年中淪落殆盡，幸老師之後有青岩，尊公之後有年丈，前人未竟之緒，得年丈繼述而光大之，慰藉何似。昨者，感承賜光，兼惠佳集，展讀之餘，不啻色香味俱絶，聯袂蘇黄，齊名李杜，非宿劫洪爐中鼓鑄得來，風雨名場，且迷於大麓矣。

友・壬44 **又** 新城 **王士禛** 阮亭

前奉良書，兼寄示刻樣，隨有數行報謝雅誼，當久達典籤矣。再承手教，并讀新製洎《長白山録》續刻數紙，深用慰藉。近有《隴蜀餘聞》《秦蜀驛程後記》二書刻成請正，前奉寄《皇華紀聞》《廣州游覽小志》《蜀道驛程記》三書不知尚可節録以入尊撰否？又先兄《然脂集例》亦求采取入集，其《宫閨待訪略》不記刻凡例之後否？并希留神一加檢點。甚荷甚荷。《鴿經》《華山經》祈各先惠五十本，《二戎志》統祈刻入以廣見聞爲祝。丹麓如在廣陵，煩叱致。燈下呵凍，不一。

【尺・五37復】

友・壬45

又

白下　**張筠**　元子

昨冒雨歸自延陵，以泥濘尚未恭謁尊前爲罪。此行得一二宗弟兄輩商刻先嚴詩集，小有頭緒，意欲就維揚覓一舉業小館，先嚴一集可以來歲坐觀告成，侄亦得稍藉菽水以奉慈幃，仰恃惠照非淺鮮矣。惟冀緩頰吹噓，自不責以唐突耳。小晴即拜別庭階，恭領教益，此不多贅。

友・壬46

又

泰州　**黄雲**　仙裳　舊樵

水困連綿，今秋繼以劇痢，已將就木而復甦，今竟是再來人也。翹首西望，知交雖多，惟注念先生，不知《檀几叢書》之後，又有新刻否？此書爲人攫去，乞仍惠一部。弟今年付梓者有《景曾録》一册呈覽，書尾擬借光大名，乞斟酌數句，須貼切『曾』字者，即速見寄，容補刻入，至囑至囑。弟近況遂不可名狀，恃在鮑知，或亦聞而垂念耶？賤性不肯干人，即如轉運公，不可謂非知己，然介之推不言禄，禄亦不及，吾守吾貧，想先生能亮之。澄泥硯一方附貢，弟自用之物，代晨夕侍側也。【尺・五28復】

友・壬47

又

莆田 **余蘭碩** 湘客

憶自柳條攀緑，忽又楓葉飄紅，半載離情，常縈寤寐，化作莊周蝴蝶矣。頃讀華翰，喜慰不勝，兼蒙以書票遠頒，感謝非淺。但緑蔭主人云尊刻尚未售去，即售亦不能付銀，今恐其兩誤，仍將原票繳上，然已心領厚情矣。初冬欲雪，貧客懶游，未知何時再得聚首也。尊刻叢書二部，吴中敝友仰慕者多，而敝西席愈深渴想，特托轉懇，倘不吝珠玉，賜以瑶編，則拜台惠多多矣。承賜《凱歌》并未之見，或驪珠之浮沉于滄海耶？

友・壬48

又

錫山 **顧彩** 天石

昨過擾，謝謝。歸讀《幽夢影》，一則一叫絶，今于無批語處僭添數段，以附不朽。原本繳上，以便補刻，如以爲太多，或移數語于他良友名下可也。

友・壬49

又

廬陵 **聶先** 樂讀

臨行時荷承種種教愛，感佩無已。兹錢塘陸雲士先生，乃兩浙第一人物，所著等身書籍，紙貴一時，其文集中多有足供尊選《虞初》《叢書》之取裁者，特索一部奉寄。雲翁亦久仰盛名，致懇不勝踴躍，幸即賜丹黄品題爲荷。

友·壬50　　又　　宛陵　吴肅公　晴岩

臘朔之三日得《論世》全部，并十月二十二日尊札，快不可言。呵凍力疾校勘數日，似訛處亦少矣，補改印行，千秋盛事，千秋佳話，先生功德無量，弟之頂禮所不待言，而海内顒望可想也。幸先寄賜數部，嗣後容奉紙價，需數十部以廣及知音，不敢損尊費也。但歲底不暇，約計功成，恐在二月時方畢事耳。每郵人不免月餘淹閣爲悵，桑榆影迫，垂床不可久待，如何如何！承詢崇禎帝庫藏一事，即有之，亦妃監等私橐，恐至尊不知也。他如姜黄門事，盛德之累，或有之，信史自當直筆，若我輩不妨爲尊親賢者諱，『魯昭公豈知禮者』，夫子云云宜法也，高明以爲何如？【復尺·五29】

友·壬51　　又　　同里　江之蘭　含徵

久不裁候，今歲行盡矣，不知我心齋作何排遣也。頃讀叢書，如赤箭丹砂、牛溲馬勃，俱收并蓄，可謂醫師之良，而引跋更見精特。但弟觀集中雜流盡載而獨乏岐黄一種，夫醫爲九流之首，而反不載，是猶珍錯具陳而獨缺江瑶柱也。且晦翁云：『爲人子者不可不知醫。』豈格物之士所不當究心者耶？然今之醫書不過摭拾前人唾餘，改頭换面，攘爲己有，此豈可入心齋彀中。弟向著《醫津一筏》，自謂無剿襲之陋而能闡發經旨，殊不負藥籠功名，但篇册繁多，難于問世，謹采其中《疑似難明》一種，删繁就簡，書呈台教，請亟付梓人刻入集中，裨益蒼生，其功匪小。如心齋易視此書，請拂晷刻之冗，凝神静氣，一賜披閲，自有領會，不肯棄擲，至于梨棗之費，又是心齋造福于冥冥，當亦不惜。況書目添此一種，購者必衆，尤非費于無所取償之地也，乞加叙跋以增拙作之光。餘不一。

此書亦醫門之小品也，雖曰小品，而精微法則，擴而充之，無所不備，心齋解人，自能辨此，又達。

友·壬 52

又　焦山 **釋元運** 泊三　櫟亭

舊冬遣鹽庵拜候台階，忝承答教，云：『臘月三十日將近，不識我師以何法度人？』正搔着山僧癢處，不覺風聲水聲突起彌天之辯，樹頭石頭盡露本地風光。待問二三子，猶未委悉，然一向無事，空山大澤，豈可虛度時光，只得亦鼓兩片皮，説些閒話分歲，拄杖子出來道三界無安。客路遐馳驅，假設鹿羊車白牛烹了同分歲，不涉程途怎到家？試問諸人，牛既烹了，不涉程途怎得到家？若道得分明，臘月三十日到來，正好安享受用。其或未然，飲水也須防噎。諸子正欲擬議開口，被山僧一喝，大地不見有些子隔礙，且喜歸堂吃茶，流光電迅，不覺又是一年。特寄舊日葛藤，望道翁施一轉語，使舊日未歸客得歸，今年未歸客盡作主在，説甚三界火宅即是佛國清涼，佛國清涼現出三界火宅，塵塵是主，處處是家，何往而非當人受用三昧也。今夏山僧無事，注頌《華嚴》八十一卷，于中善財南詢五十三參共百有三十四則，惜不與道翁同游華藏，質聆玄談，惟望道翁于此經中亦當涉獵，則眼光爍破四天下矣，此又山僧之以言爲道翁分歲也。舊日承惠叢書，深服蒐羅博覽，必傳無疑，特作拙句呈正。山居空寂，無以爲敬，藥豆伴函，伏惟莞納。

友・壬53

又

武林　王晫　丹麓

元正首祚，道體多佳，想履新之慶，無事遥祝也。此時揮翰摛藻，并麗春華，不知又有何新刻可以賜教否？除日得接台函，知有托沈岱老一札，此札至今未到，但内有序文凡例，卒不得見，如何如何！還乞先生即日再寄一册爲妙。捧讀函中救時良言，真居官者之藥石，安得使若輩一聞此語耶！蒙諭傳記十九首，弟向無能書之僕，弟又不能手録，容少遲當覓繕書人向各種文集中抄奉可耳。【復尺・五32；尺・五34復】

友・壬54　**又**　同里　**江之蘭**　含徵

臘念七日，接教云云，然則今歲所祝，唯願心齋之心只在《夬》卦旁，不在大門内也。笑笑。蒙諭拙著《醫津一筏》其高一字書者係《素問》之辭，弟蓋以《素問》爲綱，證治爲目，叙中原有推本《内經》之語，想心齋歲暮事忙，未及細閲耳。此書折衷諸家，參以治驗，方敢筆之于書，不然豈敢貽誤天下後世哉！識者自能賞心，但其中有片言居要之處，有舉一以例其餘之處，實削之無可削者，心齋當破選額，造福于無窮也。又，此書篇册甚多，因欲附大雅之林，故删繁就簡，僅存此册以便刻入叢書，若再加竄削，遂非全書，不足取信有道矣。即如弟自序自跋，若删之，則觀者不識立言之旨，而妄生訾誹者未必無其人，他可知也。心齋諒得我心，新叢書何日告竣？便望示知爲荷。【尺・五33復】

友・壬55　**又**　蘇州　**錢岳**　十青

律轉春回，香傳梅信，吴市燈火甚繁，每念廣陵，自增十倍。獻歲以來，新禧日勝，惟額手以祝。客歲長至後，吴子山兄携尤悔翁之札及《昭代叢書序》，想達記室。其《幽夢影》并《雜俎》評前踵府面罄要言，不一。

榜人代面，回示即付之，便可到吴門耳。悔翁云梅花時之訂，日盼文旆不至，想他冗阻耶？上巳語，岳來面奉。緑蔭堂書票香兄後又收去雜書，存有手札奉謝。岳因拮据一時，不能來揚，特囑

友·壬56

又

西蜀 **費錫璜** 滋衡

前捧讀尊著二種，數日不能釋手，如入岩谷而啖芝草，氣味俱别，直與眉山小品并稱藝苑雙絶，近日仲醇、笠翁瞠乎後矣，何快如之。更有懇者：向於友人處見《檀几叢書》《下酒物》兩種，尤屬案頭不可闕之書，欲奉求裝爲秘玩，知先生必不我吝也。

友·壬57

又

同里 **畢熙暘** 嵎谷

尊刻《昭代叢書》未蒙賜教，然弟亦不敢求，何也？以先生曩日所賜甚多，故不欲作馮婦之請也。然弟欲得此書，不啻如饑渴之待飲食，而又礙於不敢復求，則此書終不可得耶？因百計躊躇，惟有古人交易一法耳。然檢敝簏中，無一可以敵此書者，又復深思，惟反求于己之神氣可也。弟之神氣專一於梅花者三十餘年，曉霜冬雪拈筆時，欲與當世之賢人君子同訂此歲寒之盟，具此

微衷，或可以易此書而無愧。于是濡墨吮毫，凝神斂氣，寫成小單條八幅，以貢清鑒，雖片紙不足以易百城，然神氣所在，或亦先生之所稱賞也。【尺·五35復】

友·壬58　**又**　武林　**王晫**　丹麓

二月九日接到瑶函，并讀序例，大作已得驪珠，使弟更從何處生活，况近爲索逋者所迫，心緒惡俗，勉構小序呈上，殊不能工，惟先生改削用之，具感愛我以德也。倘成書之後，如蒙惠寄，萬望覓的當人，不致浮沉阻滯爲妙，若沈岱老札至今未見，真堪笑倒。例内所云餘集之輯，乞舉數篇式樣相示，以便推類搜羅。至于《昭代》乙集，不知今年果從事否？如果行，或數有未足，并祈示知，當再以案頭所有仰助高深，何如？陸雲老不知何見，竟不歸故里，聞有刻集，總未見寄，所開目録無從抄補，其詳向已具覆。諸容續布，不盡。【復尺·五34；尺·五39復】

友·壬59　**又**　蘇州　**錢岳**　十青

燈後日盼仙旆過吴同探鄧尉香雪，隨有一札奉邀，花朝前五日，榜人歸，欣接手覆，如面領麈教。余湘老舊歲書票已取《群芳譜》一本，楚其券《昭代叢書》携去，其《檀几》爲同社汪履九先生强爲奪去，故余湘老札中鳴謝及之耳。三春飄泊鴛湖三泖，徵名媛詞如雲，本擬即過廣陵檢點未竣之事，緣家嚴年暮減餐，不敢擅離侍奉，倘稍覆精神，即可買棹矣。然一江迢遞，把酒當歌，無不依戀詒清堂，特乞高夫子繪小圖請正。許天衣女史曩應明中堂之聘，北游都門，今已旋吴，筆墨淋漓，慕曲江公子不去口，岳索其評語數則奉上，或可用，即付梓。萬萬。湘老近印《西堂餘集》四十部，欲載之竹西，尚藉大力分致，囑代懇之。顧俠老前同客鴛湖，已致台旨。有詞數十帙付寫樣人，囊澀無以爲寄，附到箭砂二兩，合印泥之需，謹呈左右，敢乞易朱提五星付友晨更感。斧硯一方聊伴荒械，幸哂存之。浴佛日或可渡江，并領大教以罄闊悰，何如？

友·壬60

又

莆田　**余蘭碩**　香祖

春光頓暮，開到酴醾，又值緑肥紅瘦時矣。追憶去年此際，作客邗江，兩度流觴，幾回把臂，至今猶戀戀春風也。别來一載，想近祉必獲安寧，慰人遥念。前接手教，拜領叢書，感謝非可言盡，但僅得《昭代》一集，而《檀几》則未之見，聞係十老令親借去，屢索不還，今十老聞亦有札奉候，自當言及耳。另有懇者：尤悔翁老伯與先君交甚厚，乃先生所久聞者，不以存亡易心，因憐孤苦，命刷印《西堂餘集》幾十部到揚發兑，必有餘資，稍供薪水，已經印就，候設處盤費，即便渡江，全欲賴先生之鼎力也。先君所藏名畫一册，已懇西堂老伯跋語，將欲携贈書畫船中，容與尊著《幽夢影》并奉，何如？因便先此通候，餘容面布。臨穎不勝翹切。

友·壬61 前人

折柳紅橋，倏更蕉纊，弟漂零無所依歸，每念先生逸才絶世，著述等身，真海内一人也。舊在金陵刻有近稿四卷，借光大名，欲呈教削，奈無便鱗可寄，今因敝友龍司六長兄來揚，特修尺書，恭候起居，兼附近刻，幸爲照入。龍子，弟好友，乃司馬公茗麓先生之子，太史公雷岸先生侄也，久慕清風，特謁龍門，倘有可曲全處，幸爲垂青。令侄漢老處并乞叱名。臨風馳溯，不勝翹切。

友·壬62 又 鹽城 宋曹 彬臣 射陵

尊咏認真揣摹，字字珠玉，妙不可言，勒石時自當加意潤色，决不負台命也。容走謝，不悉。

友聲後集癸集

隨到隨刊不分爵里
心齋張潮鈔

友·癸1

與張山來

泰州　**黄雲**　仙裳

《景曾録》跋語極荷品題，謹登梨棗，令子孫世守，然只用先生一跋，不復再求他人矣。兩度叢書皆蒙附賤名參訂，感勒可言。聞第三刻又將竣，望收弟拙著一兩種。弟有《洗心録》，精采前賢，又不涉庸腐，有二三十葉。又有《臨池隨筆》，乃前輩講書法，皆短章精語，與射陵不同。謹先以聞，望留一坐位，使弟附尊選以傳，感當不朽。小犬泰來亦乞附一參訂。切禱切禱。【復尺·五28】

友・癸2

又

江都　**黄官**　雲紀

官，野人也，陋巷孤吟，落落寡合，每見時賢佳句，未嘗不欲結交唱和而無因也。如先生天下高才，辭壇重望，不獨詩文膾炙，而且意氣感人，十餘年前於鳩兹祝子寓中悉之已久，慕之已深，特以奔走四方，未得一識荆州，徒想見丰采而已。去歲自閩歸里，遇程端士兄，云忝舊交，因同晋謁，即蒙枉顧，雖未見顔色，而亦承垂注矣。又以匆匆出游，久疏親近。今春閒居，嘗過陳次山兄齋頭晤繆友晨，詢及近祉，藉投里曲，就正大方。不意不吝教言，即爲明示，更頒華翰，并賜序文，捧讀之餘，如聆麈誨，野人何幸，叨愛如斯，所謂不叩洪鐘、伐雷鼓，則不知其音響者也，敬領來教，并謝佳章。其餘拙稿數種仍欲面請指南，倘不棄野人，詰晨恭候，言不盡意，謹此代陳。

友・癸3

又

江都　**黄官**　雲紀

語云：『知音者稀。』又云：『知音世所稀。』又云：『知音如不賞，歸卧故山秋。』皆嘆知音難遇，而欲人之知己也。於戯，子昂碎琴，豈得已乎！嘗見古人投稿上書以求知遇，莫不掩卷太息，以爲自衒自媒，然而束帶見李，倒屣迎王，或爲呼仙，或爲説項，留作千古佳話，則又喜其附青雲而得顯也。官幸識荆州，不嫌下里，而且教言迭示，佳刻屢頒，種種精妙入神，使我捧讀生香，莫忍釋手，昔人謂『初日芙蓉，自然可愛』『玄圃積玉，無非夜光』，未能喻也，豈僅爛若披錦、擲地作金石聲哉！拜服拜服。官也不才，半生感遇，四十無聞，日勉千言，未經一顧，承開青眼，何快如之。邇因閒居，意欲北上，遠投一二故交，以圖托足之地，所需刻稿一編，聊通聲氣，同學知其囊澀，代爲經營。荷蒙洞悉淵衷，慨然相助，如此意氣，自古罕聞，銘勒之私，棗梨同永，先生之風，山高水長矣。第拙稿諸體俱備，鄙里浩繁，文、賦、四六、詩餘，莫敢仰望，而五七古調，自揣不合時宜，謹將近體四卷進呈台覽，間有可觀，伏希拔出，倘叨十中取一，得成小帙，圖報异日，所不敢忘。亦知先生不屑以選家自居，官又不屑投諸他處，幸爲破格鑒原可也。凡入選者，祈加小紅點於書上，仍求大序，祟藉光輝，雖拙作不及《三都》，而先生名高皇甫，所謂『一經品題，聲價十倍』者也。於戲！知音自古難逢，相遇恨其太晚，又豈介意於自衒自媒哉！餘容晤悉，不盡欲言。

友·癸4　　**又**　　同里　**吴錫晋**　子山

老年臺清才艷發，盛譽葩流，客歲晋謁，不過欲捧讀尊著，以開茅塞，何敢復叨厚賜。爾時因匆匆放棹，且台使傳命諄切，勉爾拜登，至今思之，猶抱愧無地也。兹以便郵勒候福履，并將西堂先生所閲《幽夢影》一并持上，伏望驗收。余湘老以近况多艱，不得已而作出游之想，即今所携之集，亦出自西堂先生相爲之意，更仗老年臺廣爲設法，俾得藉此生色，不獨湘老深荷栽培，即曼翁老伯亦銘感于九泉矣，諒老年臺決不以存亡易心也。

友·癸5

又

莆田 余蘭碩 香祖 湘客

花事全闌，緑肥紅瘦，黄鸝百囀，夏木嚶嚶，每念先生風雅詞宗，以不能時趨左右爲恨也。屢接瑶函，重蒙垂念，感佩非常，可謂海内惟一人知己，彼浮雲世態，誰肯燒此冷竈耶！蘭邇來窮愁落魄，苦況不堪，坐吃山空，挑雪填井，所得莫償所費，如之奈何。乞先生鼎力謀一館地，濟弱扶傾，使存亡俱感，諒叨雅愛，不俟叮嚀耳。特有懇者：承西堂尤老伯古道照人，憐其伶仃孤苦，爲之籌畫，命印《餘集》四十部到揚發兑，稍有所餘，以供薪水，兼托先生吹嘘一二，此真名士之提挈子弟也。遂拮据那借阿堵物，勉力印就，欲同十老渡江，奈家計之累，不能動身，只得遣小僕隨往叩候起居，兼以十部懇爲覓售，幸不我拒，感何如之。另具名畫一册，特求西堂老伯跋語，聊供清玩，不足云敬也。《餘集》一部并奉，乞檢收之。篝燈草草，不盡欲言。

友·癸6

又

吴江 顧卓 爾立

先生碩望宏名久播寰宇間，嘗竊讀各種著述，不禁擊節嘆服，第以風塵間隔，未獲一覩光儀，悵怏奚似。弟浪迹金臺，謬承紅蘭主人招致末座，七八年來每見主人才氣焕發，俯視一切，於當世諸名士未嘗輕爲許可，獨語及先生，便復心折，故前奉贈四詩中有『願君就見慰平生』之句，寧徒千里神交而已哉？客歲，根潔上人引贊府徐公持尊啓至，兹值徐公回署，主人囑筆致問興居，并附畫一幅、稿一部，幸爲檢收。願言不盡，臨穎依依。【尺·六6復】

友·癸7

又

白雲寺 釋廣蓮 根潔

昨歲，贊府徐君至，得捧手札，兼悉動定，深慰鄙懷。紅蘭殿下見諸佳作，極爲快賞，少遲當作序相寄也。朱贊老讀書副衡，在幕下者乃顧爾立先生，爲人高雅，風采言論，迥非流俗可比。今來主人詩一部、畫一册，可查收。再者，骨董一道，主人無所深好，惟喜徐文長筆墨，倘覓有佳者，不拘何時，即爲相寄，則十朋無足貴，而片紙有光輝矣。至囑至囑。風便附啓，臨穎企切。【尺·六7復】

友·癸8

又

仁和 王晫 丹麓

三月念八日捧接瑶函，并拜叢書六部之惠，欣喜無量，第先生任勞任費，使弟感刻不盡耳。

謝謝。所云餘集，弟究未識尊旨云何，豈所選必欲如所寄斗方例乎？抑只須字不滿千，但求旨趣生新者，亦不論文之各體乎？謹仿斗方之例奉呈九首，并開一目，中選者乞于頂上加圈，如不合式，下須注明所以不選之故，發還原目見示，以便後此搜羅，庶有所矜式耳。外又開一文目送覽，可用與否，伏乞明示。今年乙集、餘集畢竟孰先發刻，統乞示知。又聞先生近有《詩幻》之刻，見者俱云出奇無窮，弟渴欲一讀，希惠一二册爲荷。【復尺・五39；尺・六12復。按：尺・六12乃是友・癸8、友・癸24的共同回復。】

友・癸9

又

同里　**張兆鉉**　貫玉

尊伻至，頒來各種佳刻，臚列案頭觀之，滿目琳琅錦綉，瞬不暇給，宛如貧兒暴富，不禁色飛眉舞。快甚快甚，拜謝拜謝。浣讀《幽夢影》一書，其中有格言，有理學，有創解，有幻想，有別見，有奇思，有韵語，有趣論，有异説，有麗情，有經濟，有戲謔，有醒世驚人之句，大率顯而非幽，覺而非夢，質而非影也，乃名之以『幽夢影』者，在尊著必有所謂，而鉉則不解何謂也，願明以教我。據臆見，當以『心齋隨筆、偶筆』名之，亦不爲襲前人之書名也，何如何如？

友・癸10

又

宣城 **吴肅公** 雨若

新正未奉尊函，想浮沉耳，然弟亦未獻歲也。浴佛後二日，接到印書十部，喜而欲狂，感而欲泣，不朽盛事，先生實成之。又坊間布之尤廣遠也。弟尚需廿餘部，今奉銀一兩六錢，買紙一簍，外工費或不足，再容量補。乞囑其用煤濃潤，若所寄，淡墨不明爲嫌，想忙迫過耳，乞懇赦之。或云尊序後宜添康熙某年梓行，不識可省否？酌之。卷中有錯處，另紙録付梓人。又《改元》一條附覽。

友・癸11

又

□□〔一〕 **王本祖** 牧之

久不晤叔度風流，覺面目言語俗塵漸積，何時得聆風論，一洗積垢耶。前在王子龐先生案頭獲見《友聲》集，展之快讀，覺天下人都在目前，先生真于友誼之中，千古奇爽。世道衰薄如此，獨能留心，使朋友之中一言一語傳之千百載，後之賢人知今有如此人，而先生之高誼，令百世後贊

〔一〕按：原版爲墨丁。

嘆希有，今之賢人如此，恨不生于今之世與先生同時者多矣。欣羨欣羨。弟每浪游四方，不過僧房道舍，短榻疏籬，筆墨之外，得遇奇書妙迹，亦可忘愁。今見尊刻，敬求一部置之案間，如對高賢，且知先生交天下士，千古瞻仰也。刻下放舟儀真，歸來泥首雲堂，便聆緒論。不盡。

友·癸12　**又**〔一〕　古黔　**陳鼎**　留溪

此桐鄉俞寧世先生之所製也，先生廣搜奇异作叢書二集，似此清理之技，高出馬吊之上者，必見收藥籠，故以奉覽。

友·癸13　**又**　同里　**閔麟嗣**　賓連

前即同銕公奉候不值，悵悵。像贊雖名作如林，讀大著，可謂後來居上，語語入禪家三昧，視彼一知半解者，慧落前人牙後，悉下乘矣。佳句長留天地間，銕公名亦不朽，何幸如之。特令小价賫上求書，書成仍付弟處可也。《讀書論世》領到，并謝。不盡。

〔一〕　原注：送《花甲數譜》。

友・癸14

又

祁門 李上德 遜庵

別經三載，梁月之思，何能悉于毫楮，惟憑雲樹而深企慕。正懷想百結時，友人始携去歲八月來書，并《凱旋》大刻，得以大慰饑渴，隨呈主人大司徒馬公，并舊主人顯府殿下，又三阿哥殿下，讀大稿者無不稱快。内廷海公云：『《凱歌》猶爲精妙。』一時游揚推重，使弟閉關枯坐之人，俱藉聲華而蜚騰，其相感何深也。不識將來能卜數椽于左右，得以寄籬下，遂白首知交之雅否？山老念吾，幸示以進退之方也。雲間張葭湄先生，博古名家，弟共起居者三載，其行止盡在此君，可以細述，故特以平安字煩其親送尊府，并令晋謁，使得親炙台範，不特足以慰葭湄之景仰，回京述于敝東，更見弟稱述爲不虛也。即望回音，臨楮神馳，不盡。

友・癸15

又

江都 孫蘭 滋九

前過戴門，適逢公出，高軒報答，又值睽違，悵甚悵甚。讀來教，云：『西洋人遍觀大地山河，猶是人在山中，不識廬山面目。』是言其足迹而未窮其理法也。天爲圓形，圓則進退不窮，所謂由天之度，準地之里者，蓋是『飛鳥算法』，山川回折不在其中也。天之東西爲經度，南北爲緯度，經度則三百六十五度四分度之一，緯度則割去五度四分之一，止用三百六十度，故一度得二百五十里，以天準地，得九萬里。蓋立表于地，定晝一時刻，如測得夜戌時一刻北極在表端一度，再至明日戌時一刻，向北行二百五十里，則北極在表端二度矣，至三日戌時一刻，向北行又二百五十里，則北極在表端三度矣，如是，則知天一度爲地二百五十里，此爲『曠野測法』，如今漕堤上直行可驗，不在山川回折中也。至如所論北京度分與江南度分，非敢私説臆度，誠以西學天度分爲四段，每段得九十度稍强，則在地上見者恒有一百八十度，在地下不見者亦一百八十度也。北京北極既出地四十度，則極南五十度爲北京天頂，南距赤道熱海四十度，以二百五十里筭之，非一萬里乎？距北極五十度，以二百五十里筭之，非一萬二千五百里乎？至江南則不然，江南北極出地三十二度五分，比北京南移七度五分，每度二百五十里筭之，正該一千八百七十五里，江南南移七度五分，則距熱海亦可扣筭，大約北增一度，則南減一度，南增一度，則北減一度，圓象則如是也。至論西洋之學，其測量勾股，《幾何原本》比例諸法，皆周公《九章》所有——但利泰西入中土，講究于徐光啓、李之藻、葉向高諸公，遂至精微絶世。其論有口不能言，則以干支配之，十干不足，增以十二支，十二支不足，增以八卦——元人郭守敬、許平仲天文水利之源本也；沈括、劉徽能説一表，不能説重表，今增至四表；周公《九章》能説九乘方，今增至十六乘方，此固隸首、商高之遺法流存外國者也。至如西洋每有所言，不答回書，一以文法之不能兼通，一以妙理不可以片言而指，理幽説長，不易爲人開示也。至如所論聲音之事，不過偶舉一端以見意，如先生所云

不差也，覽書不勝敬服。知先生虚中下詢，聊書寸簡表意。尚容面悉，餘不盡言。【復尺·六8；尺·六9復】

友·癸16

又

如皋 **童茂齡** 菊潭

邗江風月不共吟弄者半載有餘矣。曩承雅誼，及今夢寐猶弗諼也。邇日作客海陵，從友人齋頭見先生新刻《友聲》一書，讀之令人氣爽，意欲拜求一帙，豁我心茅。擬于今秋策蹇長安，携之囊底，庶于旅愁岑寂時，開篋展讀，覺鄉關烟雨，湖海風流，集我几席間也。謹此申候，不盡瞻依。

友·癸17

又

八寶 **陶澂** 季深

乙亥二月，弟偶然往游黄山，所以天都之雲物山川，千態萬狀，都收入腹笥中，可謂虚往而實歸矣。歸來忽忽即遘室人之慟，兼以槃姍足疾，動須人扶，是以未能即來郡城奉候道履，此心未免耿仄也。先生近者著述弘多，日在縹囊緗帙中，而弟則枯坐閉門，徒有筆墨之累，縷縷不止而已。前年弟有蘇、陸詩選本，曾大費一番心力，含英咀華，探賾索隱，可出諸選本一切之上，又有王阮亭公祖作大序以推廣之，因一時尚無剞劂之資，難以傾倒南北。弟謂先生網羅百氏，當必亟賞不朽之書，况此選本從千百中拔其尤者，與其秘之篋中，不如公諸同好，與其爲一家之私寶，不如代大匠之斫輪，倘先生有意流通，不徒爲蘇、陸功臣，實可以沾溉後學。今弟願將此事盡屬大儒，行見大江以南，聞風而興起者，必争先恐後矣。今弟足疾漸瘳，可以攜此選本來入郡城，與先生商確種種，若弟静坐一室中，筆硯餘閒，猶可以雜然四應也。近有小詩云：『山厨茗粥未爲貧，燕坐蕭然有葛巾。除却槃姍雙足外，其餘都似少年人。』此時，弟年力尚未老也。凡有未盡者，甘兄定能口述，大約一二日内即望復音。臨楮不一。

友·癸18

又

江都　孫蘭　柳庭

鄙人以投老殘年，遯迹湖濱，謝絶人事，日于翠竹紅蓮中俟其天年，不意支祁肆虐，竄舞横流，乃蕩析離居，避家郡城西郊之米市，隻身僑寓馨聞兄園林中耳。頃聞先生好學深思，特踵門投刺，以拙刻相正，過蒙先生虚中下詢，至一至再。所云『以天準地』，既已豁然。至于勾股之説，先生又以手教下問，謂『圓則徑一圍三，方則徑一圍四，正方則方五斜七，俱是呆法』，此語誠然。但『方五斜七』，則一勾一股俱五，今勾損五而用三，股損五而用四，正于參差處妙用活法，是以有以勾股求弦，有以勾弦求股，有以勾股求容方容圓，有以勾股和求餘勾餘股，有以勾股較餘勾餘股，舊法中已有二十四名義，西學則删其冗而演其義。手教又云：『圓則有如毬、如鏡，方則有如骰子、如棋枰。』所謂『如毬、如鏡』者，此立圓與平圓也，立圓既有東西爲經、南北爲緯之説，平圓不過抹其四角，直七五乘法耳。『如骰子、如棋枰』者，此立方與平方也，平方有廉有隅，立方亦然，但屢加廉隅耳。勾股方圓，此測學用學之至難，神禹經天緯地，參身横流以平水土，端借于此，鄙人但能略言其梗概焉，敢强不知以貽笑大君子也。承賜貴刻至一至再，寵命之錫，如同百朋，俟暇當浣手薔薇，焚香静讀也。書不盡言，俟望見顏色，方可面陳。老愚昏惑，幸恕狂悖。草勒，不宣。【復尺・六18】

友・癸19

又

江都　**孫蘭**　柳庭

六月九日再拜致書山翁先生閣下：僕聞山林之士，槁項黄馘，著書自娱，能傳名于天下，不朽于後代者，必有一人好學深思，負天下之望者爲之先焉。此一人者，略去邊幅，以性情相通，不拘拘于禮數，不詹詹于世紛，故恢奇之士，得以玄言疑義相質于高明，有所成就而愉快也。前者，以拙刻相證，蒙先生不鄙蕪陋，清問下詢，至一至再，僕亦竭其愚誠，勉强奉答。及登門再謁，幸得瞻拜華堂，而先生過馨聞兄家，又以不遇相左，是何相須之殷而相遇之疏耶！昨大熱，偕浮村上人特携《字學》一書奉證，令侄先生云卷帙繁重，難入叢書小品，彼時即遣伻暫呈尊齋。如拙書繁冗不可入大刻，或毫末之間，借光剞劂，俾諸同人共襄厥事，使老耄無知，不致消沮，亦盛德事也。如或不可，乞將原書二本付與令侄先生，以便來取，何如?【尺·六11復】

友·癸20　**又**　長洲　**尤侗**　悔庵

自春徂夏，養疾山中，應酬都廢。昨錢十兄從廣陵來，獲接手劄，恍如面談，兼惠多儀，愧荷交集。載讀佳選，標新領异，亦消夏灣中一佳話也。尊辰祝嘏，即當應教，而酷暑爲虐，趙盾畏人，體中殊憊，稍候秋凉，便可握筆報命，想不爲遲也。使回，匆匆謝復，不盡翹依。【復尺·六10；尺·六20復】

友·癸21　**又**　同里　**江之蘭**　含徵

叢書二集愈出愈奇，序更古樸可喜，心齋行且爲文章之藻鑒、人物之權衡矣。拙著《醫津》何以不入刻，豈是以多見擯耶?據弟謂著述一道，務期不朽，不必以多寡爲拘，最要是不經人道，無取陳陳相因。弟所著《醫津》殊殫心力，與古今醫集不相雷同，千乞付之梨棗，以備叢書之所不備，且于蒼生少補也。弟曾見《四十家小説》，悉載漢唐宋諸名家小品，多者連篇累牘，少者數簡，亦不以多寡爲去取矣。是歲二月間，有狼山之游，舟中無事，撰有《狼山率筆》并圖，此山係廣陵名勝，倘新叢書及叢書餘集俯取此册，亦足作佳觀，但是刻圖之人能明畫意方爲有神，其圖是照叢書紙幅大小寫就，不必另加損益，費心齋墨瀋耳。

友·癸22

又

貴州　陳鼎　定九

三年揚州得依足下，又承指教無窮，感戴之私，時切五内，匆遽解維，未能握别，怏怏之私，不能自已。兹弟現寓鷲峰寺中，不特江南名士大集于寓，即南來北往高流一駐足間，未嘗不得見也。知弟與先生交好，無不問詢起居，而欲求先生之《昭代》《檀几》兩叢書者難更僕數。如王安節、龔文思、王昆繩、朱少文，此數公皆當世海内大名士也，囑之再三，要索此書，而藩臬兩臺幕中之王仙冠、李雲衣輾轉相托，索取此書，弟亦無辭以對。其下不相知者，概以不上交先生謝之，彼皆大笑，以弟爲鄙夫，謂烏有在揚最久而不識心齋先生者，此一匹夫耳。奈何！不得不呶呶左右，仰希垂手，祈先生《檀几》初、二集各賜數部，《昭代》亦賜數部。此種書讀之令人快心爽目，故易令人垂涎耳。先生若不急急賜來，弟必爲若輩訕笑唾罵，難以久住秦淮矣。

友·癸23　又　前人

抵省連具兩函恭候，想俱達矣。所寄十竹齋胡静夫書，入城次日即投，曾有回字來否？先生名動一時，而省會之都藉藉以弟與先生莫逆，求大作者屨滿户外，而求《檀几》初、二集及《昭代叢書》者指不勝屈，皆弟素所交好，義不容辭，故前二札皆上懇先生共賜一二十部之多。去歲曾以《昭代叢書》呈張臬臺，今其兩位郎君各索一部，弟欲購簍紙奉來刷印，奈在空囊時，力不從心。蔡氏弟兄因其尊公著作在集，索之不已。江寧名下士如朱林修少文輩皆呶呶不輟，林修有《青溪志》，亦欲附驥，但其書有二三十頁，方之余澹心先生《板橋雜記》過半，而文章更奇，青溪亦在板橋南北間，蓋環繞板橋秦樓楚館之水，可否入集？乞示我也。《檀几》《昭代》兩種書，如先生不寄來，弟亦無以自立于天壤矣。其《虞初志》及尊著雜作，并《友聲》等書，大爲諸名士垂涎，動稱張山來先生懷寶迷邦，藏板不行，俾諸同人不得共嘗异味，此言已遍金陵矣，先生能無懼乎？倘蒙慨惠，即付岱賫樓，一晝夜便達敝寓，敝寓在鷲峰寺器成長老家，即余澹心先生所謂長板橋北是也。嗟乎！觀澹翁之書，當年敝寓朱樓翠閣、粉黛烟花，今則荒烟蔓草、糞土滿目而已。陳鼎前生不知作何重孽，乃遲生五十年後，不得遇此媚柳妖花、嬌鶯艷蝶也。拭目而望，翹足以待，伏俟好音。不一。

友·癸24

又

仁和 王晫 丹麓

敝鄉久雨之後，繼以酷熱，炎凉乍改，尤難爲懷，想先生際此長夏竹林荷渚之間，定有以爲樂也，不識又有何翻新出奇之作，教弟以豁老眼否？《昭代》乙集與《檀几》餘集今年刻起，未知孰先？前札已曾動問，未蒙賜覆，敢以再請，萬望示知。外擬兩書樣本以備采擇，另開目單，統希照入。內有兒子言一種，其意將欲爲發棠之請，求弟呈覽，倘蒙不棄而收録之，是亦鼓舞後學之一道也。并懇，不具。【尺·六12復。按：尺·六12乃是友·癸8、友·癸24的共同回復。】

友·癸25

又

江都 卓爾堪 子任

拙作遲灾梨棗，其難有三：一難得好板式，一序難其人，一刻工難措。前歲游吳門，見陸其清藏祝京兆手録伊先人文集，姜勉中學在浼張漢如摹刊《敬亭集》，弟甚羡之。但漢如居吳門，往來郵寄不便，去年繆友晨處得一友姜百進兄，授其書，習數月，字頗肖，將拙作録出，凡四卷。板式已得，序則無如先生爲最。先生騷壇耆宿，弟之生平又所洞悉，應不吝珠玉，爲弟弁首也。且先生素樂成人之善，四方君子文集多所倚藉，弟詩一卷，并園次先生、家火傳伯序二篇，要先生爲逐臭之夫。向之三難，今一旦俱易，稿付友晨寄政，遲一二日晤謝。不一。畫扇二柄博粲。

【尺・六1復】

友・癸26

又

休寧 趙吉士 天羽 恒夫

拜别多年，竟不記老年翁聲音笑貌何似，子柔許子至，忽得手緘，讀之恍如把手當年也。聞年翁寓廣陵，終年以著述自任，四方有心人履滿簪盍，相得益彰，真不虛此日月矣，企羡殊深。郡志之舉，弟留心三十餘載，今得從事于此。輦下吾郡宦游人頗多，然絶不敢相聞，恐意見各有不同，議論多而成功少，終難完書，所以慘淡經營，以期得當，不復商于同人。老年翁見聞最廣，幸惠存，以益耳目所未及，至禱至禱。告竣日當以副本請正，然不敢旦夕期功，惟盡吾心力之所及而已。燕揚隔域，行人不絶于道，寄音甚便也。辱遠惠，拜領，謝甚。近詩附正，神爲之溯。【復尺・五22】

友・癸27

又

如皋 冒丹書 青若

客冬晤對，大慰闊懷，匆匆返里，未及趨别爲悵。蒙賜尊刻《檀几叢書》，如獲珠船也。倪永老客敝縣數月，每聚必推重先生爲風雅總持，輝映海内，共切依注。暑中忽接手教垂問，深感不忘，又拜大著種種，何异渴飲上池水，飢食元冰丸耶。肅此謝教，不一。

友·癸28

又

同里 **汪穎** 遯漁

弟往來邗上幾廿載矣，恨不能一覿台範爲歉。屢於知交案上快讀先生著述，真世間所無，爲之狂呼叫絶，不意世上竟有此靈心慧筆，秘諸洞府，誰曰不宜，勒諸心版者十數稔。今夏復孟浪來邗，得晤令小阮漢瓿兄，時爲把晤，先生山斗重望，一閾之隔，竟不能一識荆州，悵怏殊甚。昨承枉駕，并荷瑶集，纍纍若若，誦讀之際，旅愁盡釋，真所謂集腋成裘，天衣無縫，匠心獨妙，若出一手拈來，少陵、青蓮即生，恐不能有此脗合也。并有請者：弟以束裝就道，明晨即出白沙，貧兒暴富，復生覬覦，更求大集中《昭代》《檀几》二叢書、《虞初新志》《唐詩韵牌》《聊復集》《友聲》前後集，理宜奉紙資呈上，恐蹈俗習，恃同桑梓，不禁瑣瀆。倘邀慨賜，弟携歸黄鶴晴川之間，雪窗月案，朗誦數過，不啻神游十洲三島，譬如參寥子所云『未有吃長素人見江瑶柱而不朶頤者』，况先生所著諸集過于江瑶，豈不令人羡絶，俾弟此游大勝腰纏十萬跨揚州鶴也。緣解纜匆遽，不敢走候，有煩興居，引領以俟，顒望惠之。餘俟後晤，面謝不戬，臨池主臣。

友·癸29　又　古黔　陳鼎　定九

兩函奉寄，欲求大刻分惠同人，未蒙見賜，怏怏殊甚。日來清閒無事，又抱采薪，謝一切客，惟與二三知己徘徊舊院旁，求余澹心先生所云長板橋故址，今已改作長堤，爲武人所有，蓄魚種茭。曩日之紅樓翠閣，盡成蔬圃糞丘，因賦一絶：『蔓草萋萋雜瓦鱗，前朝粉黛盡紅塵。可憐長板堤邊月，祇照青溪水上蘋。』雖不成句，然感慨係之矣，敢呈先生一笑。《檀几》《昭代》兩種叢書千乞多寄幾部，則勝惠黄金百鎰矣。

友·癸30　又　錫山　朱襄　贊皇

一别五載，相思之多，積如山岳，雖音問常通，終不如把臂談心之爲快也。弟無似，奔走四方，頗有十年讀書之願，久而未遂者，以無静地故耳。昨承程君潤周願爲住山主人，因請假于紅蘭殿下，鍵關霍山萬山深處，半載于兹矣。春間偶讀《易》，忽爾感觸，因著有《易韋》一書，其説未免荒唐，然較之宣尼本指，頗覺不大徑庭，秋冬之交，即可告成，自當就正有道也。霍邑千羅巡司婁君慎先，本以國子上舍爲貧居卑，其爲人誠實，近奉鹾院檄來揚，其令甥陳君翰可善文詞，深明

《易》理，俱與弟爲莫逆交，惟冀先生推愛，左提而右挈之，是所荷也。景州、滙村、交三、滋衡、汝誠諸先生，統祈芬致。潤周家霍山，慎先籍大興，皆紅蘭門下士也。臨楮不宣。【尺・六26復】

友・癸31

又

京口　**錢志遷**　善士

先生《十愁曲》種種愁懷，描寫殆盡，秋風夜静時，挑燈讀之，不覺撫掌叫絶曰：『心齋先生何善言愁乎！』世人能于此曲中悟出割斷愁腸，是先生善于言愁，又善于消愁也。愁乎不再來，似不必以濁酒澆之矣。戲填小詞二首，録呈教政。【復尺・六14】

友・癸32

又

太原　**閻若璩**　百詩

垂老之年，忽遭悼亡，猶復視息人間者，實書册力也。何意荒殘撰著，得挂名先生不朽業中，喜慶之深，不覺破泪。敬謝敬謝。弟生平頗與先生同癖，最嗜説部書，如《困學紀聞》，其首推也。校對初成，付湯姓剞劂，以不甚慊意而止，昨特遣人往吴門聘善歐體者，尚未到舍，來手自妙絶一時，但俟吴門信回不果，方能領教也。率復，不宣。

友・癸33

又

昭陽 **王熹儒** 歙州

久不快晤，時抱叔度之思，邇來尊刻想益充棟矣。紅蘭主人有回音否？亟望緘寄。兹者：舍親李虬峰，詩古文辭一代老宿，移居近郭，故舊寥寥，夙慕高名，特來相訪，一見定有水乳之合也，幸加意垂照是荷。外拙刻請正。

友・癸34

又

江陰 **陳鼎** 定九

正在窮居蕭索之候，忽接手教，又得多書，足以慰諸同人，喜極喜極。昔舜得堯之天下而天下不以爲貪，况先生之書亦天下之公器，故雖多求之不爲墨，而我反以爲廉也。呵呵。承諭封面悉發各坊，此書各坊久已聞之，前王子龐携得兩部來，因乏食寄寳翰樓，一得銀六錢三分，一得銀四錢八分，蓋金陵諸名家垂涎此書已久矣，故弟有二三十部之索也。今坊中人多窮，不能來印，十月間書客一到，必蜂擁要此書，坊間必慫恿來印。肅此奉謝，并候近祉，不宣。【復尺・六13】

友・癸35

又

彭澤 **釋廣徹** 豁庵

久缺趨候，疏略之罪，實難自逭，然素叨雅愛，想能恕衲于世禮之外也。拙句繕呈，惟望痛加刪正，兼求大序，則筆尖放光，何止價增百倍。容日面謝，不一。

友・癸36

又

蘇州 **徐發** 衮侯

憶自丙子計偕，道過邗江，接奉光儀，披拂清風，得讀等身著述，爲生平大快，至今未能去懷也。比來遥聞福履清勝，殊爲慰藉。兹啓：敝老師陸雲士先生，以錢塘名士而爲江上循吏，自罷官以來，日以撰述爲事，藩臺張公祖見其新著《大有奇書》及《蓉城六種書》，深加嘆賞，特爲作序行世，且行文各邑，相與謀爲付梓之役。今將告竣，然以未得請正于大雅爲欠事，適來訪江都石公張父母之便，屬弟一言爲介，奉叩雲亭，諒相見之次，自有水乳之合。至敝老師所著各書，或有補於《昭代叢書》及《檀几叢書》者，尤望先生采而輯之，俾得托大業以垂不朽，不獨敝老師爲厚幸，而弟亦與有榮施矣。臨穎翹企。

友・癸37

又

錢塘 陸次雲 雲士

嘗檢唐人詩，見有任華《寄李白》一篇，歌而壯之，因擬以李答任一首，起語曰：『天下文章天下客，共道任華同李白。四海皆知有兩人，兩人翻自不相識。』斯言也，其若今日弟與先生言之也。弟耳先生名二十餘年矣，每聞友人傳述佳句，珍而愛之，片羽一斑，想見全彩，蓋滄海之味，未嘗不具於一滴之中也。邇年來得見先生諸刻矣，又得見所選《檀几叢書》矣，未幾，又得見所選《昭代叢書》《虞初新志》矣，欣賞奇文，拍案叫絶，自悔西泠與廣陵雖越數百里之遥，隔一大江，猶衣帶也，何不早泛扁舟，向剡溪而訪戴。蓋十年之前，弟亦有《古今文繪》穀集、玉集、稗集之選，而未及載先生之文。弟亦有《北墅緒言》《八紘譯史》《八紘荒史》《洞溪纖志》《湖壖雜記》諸書，不得早奉教於先生，爲先生所選也。今得偶暇，急渡邗江，懷刺未投，蒙先生聞弟至，而舉玉先施，把晤之下，見光風霽月，道氣迎人，名滿藝林，又能脱盡人間名士之氣，真不异親見青蓮，識君身仙骨也。且携已刻未刻諸書，傾笥賜教，弟亦以已刻未刻諸書呈教先生，交融水乳，旗鼓相當，人或以樓頭沈宋目之，所不敢讓。虞仲翔有言曰：『宇宙之大，得一知己可以不恨。』今而後，弟可以無恨矣。又蒙惠以珍品，對使拜登。命作乙集弁言，竊恐佛頭着穢。至於榮壽作序，此絶佳題目，深喜爲之，第慮圖畫廬山奇峰幽壑，未易得其面目于紅泉青靄之中，身無關、荆之筆，非惟不能盡之，且莫能似之也。奈何！至於曲江徵啓，感其雅愛，而附覽於先生，豈敢望損台惠耶！傳奇二種，詞選抄出一卷、二卷，先塵文几。胸所願言，統俟再晤，以悉縷縷，不盡。

友·癸38　又　前人

晤後又越數日，讀大選不去目，念心齋不去心，渴欲再登詒清堂上，一罄願言，而爲塵務所牽。昨日又承左顧，弟偶他出，不及倒屣，悵怏何極。子夜歸來，望案頭熊熊旦旦，光怪偪人，啓視之，則尊著《聊復集》也、《雜組》也、《下酒物》也，急呼童子然炬焚香，展卷流覽，見奇思天開，得未曾有，如鵝籠書生，出奇無窮，令人狂喜，達旦不寐，幾欲頫首傾倒於先生至矣。即將選目録出，俟歸江上，即補入於玉、稗二集之中，計十六篇，非謂美盡於此，如旃檀林内寸寸皆香，瓊海蠻人不能盡載，則亦隨意采收，肩負所不能勝，無可如何而置之耳。《叢書》乙集命作弁言，得將稿本稍一涉略，斯可措語，否則且將全目先示一覽，亦可得其概也。《四種書》《大有奇書》草稿一十六本呈正，一二日間稍暇，弟還趨教也。不既。

友·癸39　又　江都　卓爾堪　子任

弟尋常數事先生，以《毛詩》篇什配之，典雅絶倫，事以文傳也，在先生愛我不惜嘉言，然捫心實愧，孟子曰：『盡信《書》，則不如無《書》。』亦此義耳。皖行旋時并謝種種。

友·癸40　又　同里　江之蘭　含徵

教至，蒙鑒賞《醫津一筏》，弟所以諄諄望梓者，亦以吾兄操人文之冰鑒，故不欲默默藏之名山，欲傳之其人耳。今既閱定，宜速入藏書，友人評論亦佳，但其中有不合處，想是流覽之頃，未及潜心理會，乞不必因其評另有損益，爲識者所嗤也。原藁呈上，俟鈔畢再擲下亦可。今又寄上《前魚厲禁》一書，雖是諧謔之談，亦是救時良藥，又是盤古以後，康熙三十七年以前未有之書，刻之尊集，頗能令人寓目。弟因病知醫，因知醫，故不敢耗其心力，不然則腕中奇書頗富，何難爲叢書備員。心齋讀書著書之暇，亦宜從事虚無以養神，何日得到揚，爲知己説養生法也。

友·癸41　又　同里　吴逸　疏林

渴慕有年，始瞻山斗，實獲我心，第恨相見之晚耳。夜來挑燈讀佳集，種種妙絶，如入波斯藏，其實非一，五色炫目，真令人應接不暇，且又有《下酒物》，急浮大白，朗誦叫絶不已。旅寓寂寥，不意有此一大快也，謹謝大教。外拙筆一幅，拙刻一册，并所篆台印呈教。

友・癸42

又

武林 **陸次雲** 雲士

弟將至維揚，同人莫不曰：『君此去當往晤張山來先生矣！』既至維揚，同人相見，亦莫不致詢曰：『君曾晤山來先生否？』信乎，兒童下走，莫不知名，諸葛君真名士也，弟益殷殷願見，有水觀滄海，山仰岱宗之意。及一晋謁，把臂入林，彼此素心融合之懷，出於尋常交誼之外，真足以慰三生矣。本欲匝月盤桓，以傾積愫，無如爲文衡相促，即返澄江，中情戀戀，惟我詒清堂上文人落日晚山，難爲懷抱。然來春再會，亦在彈指之間，酬唱正有時也。匆遽登舟，不遑走別，率泐代面，并謝高深。臨楮不盡。

友・癸43

又

泰州 **張符驤** 良御

昨承大刻，累珠比玉，穴固縋危，不知我心齋心口如何生，所謂『蠶叢及魚鳧，開國何茫然』也，敬服敬服。

友・癸44 又 同里 江之蘭 含徵

《前魚厲禁》勸世親切之談，道兄二則不妨以之作跋，所云『以熱合冷，殊不受用』，誠然誠然。世人不以爲苦而易所好，《西厢》所謂『昨日箇，熱臉兒對面的搶白；今日箇，冷句兒將人來廝侵』，豈冷熱不調之間，定有一番情趣乎？記東坡語沙彌云：『和尚不于福上加修字，全靠那痾矢處。』腹上且不羞，又何懼其冷。香雪齋主人更下一轉語云：『豈道在矢橛乎？』心齋當發一大笑也。

友・癸45 又 侯官 高兆 雲客

比者，訪舊北地，經過珂里，未獲晋謁張先生，雖弟衰齡避暑之罪，亦醉白諸同人之過也。抵湖上，丹麓兄首稱先生，且出示尊梓，諸函捧接，方大慰懷來。披睹編輯，驚睹采收先人《塾鐸》，并及拙作《觀石》《硯考》，先生不遺溲渤，使先集附見于世，真使弟感激涕零，况不肖如弟，亦蒙拜教，令托不朽已耶！栖遲湖上，便思肅謝，既乏急足，復阻便羽。頃至四明訪馬乾翁元侯，晤汪練翁，始知即有使行，不忖先修尺一，仰通寸誠，外附舊刻，奉博清覽。弟暫止旬日，仍還武林，定計此月之末辭張撫軍歸里。如先生不督疏略，盡以叢書各種兼大集加惠，俾弟長跪載歸，藉以過日，蓬蒿又豈衹受照乘尺璧之珍已耶！蕪城非遥，自當另圖酬報，雲霄至誼，不敢忘每飯也。荒槭恭候起居，臨楮依結。【尺·六25復】

友·癸46 又 曲阜 孔尚任 東塘

暮雲春樹，離緒日增，每得大著，即爲懸金國門，一時卿相望君入洛，蓋不啻望歲矣。兹有梓客南旋之便，申候起居，餘不悉及。

友·癸47 又 平山 崔岱齊 青峙

久違光霽，時切懷思，衹緣南北殷遥，有疏修候，然每溯高風，未嘗不神游於竹西烟水間也。兹承老年臺先生華翰遠頒，殷殷存注，捧誦之餘，真令弟感愧交集矣。蒙惠近作，語語直逼少陵，不禁拍案叫絶，弟鹿鹿京塵，久疏筆墨，對之心目一爽，時供案頭，又何啻連城之錫耶！羽便，肅此布謝，并候近禧。臨池南望，無任依依。

友・癸48

又

仁和 王晫 丹麓

九月二十日尊札至十一月十二日纔到，而廿九日恬庵上人來，又接十一月十四日札，俱已收明。適遇便人至嚴州，即緘寄毛會老矣。蒙委壽言，弟人微言輕，何敢有辱屏幛，但既承不棄，誼無可辭，勉應台命。真如畫家寫意人物，未盡揄揚，或字數不敢逾限，差足稱台旨耳，録之扇頭呈上，望賜改削。家仲兄年來謝絶酬應，專著性理辨注之書，序文得已則吾欲已，不得已，或稍致潤筆，亦老人所不戒乎？總惟台裁。閱餘集樣，欲如此類者原少，尊諭既難足額，不如權且置之明歲，先了乙集，何如？況《檀几》已有二集，《昭代》原屬先生專選之書，乙集尤不可緩，且選定者已有三四十種，要足五十之數尚易，謹上三種擬樣，伏惟鑒定。大選《虞初新志》一十二卷，弟内止一篇，而此篇又向爲陸雲老采用，改頭换面刻入己集，雖《左》《國》《公》《穀》，一事儘有互見者，然不若是相類之甚也。拙作《看花述异記》偶因一夢敷衍成文，久欲附入《虞初》尊選，因先生曾有假文之嫌，遂爾中止。然牛奇章《周秦行記》，昔人亦有疑其假托者，而各選本相傳至今，則拙記先生破例收之，似亦不礙，即以此當一情面可耳。若非必傳之書，弟亦不敢再三干瀆也。復將舊刻記藁，并黄九烟先生所撰雜劇一并奉覽，此劇已蒙黄先生刻入别集内者，倘慨允見收，弟何慮不千古耶！至郵筒一事，尊處除沈鋪之外，尚有便人可寄，弟處若非沈宅，别無他塗可達，彼因連年相托，亦似有厭煩之意，將來相通正難，故愚謂餘集序例評語，一以先生主之爲妙，若以弟同事爲嫌，凡例内只須添一二語『路遠郵筒不便』云云可矣。【復尺・六24；尺・七2復】

友・癸49

又

錢唐 **吴陳琰** 寳崖

往從友人齋頭讀大作如集古諸編，天工人巧，不可言喻，雖睹一斑，未窺全豹，然私心向慕久矣。每見靳世兄熊封道及年長兄才名，輒以道遠不得把臂爲恨。近作想又盈笥，何日道過邗江傾倒快讀也。近見王丹老與老長兄同事《檀几叢書》，真可與《説郛》《漢魏》《唐宋》諸叢書并行千古。又聞有《昭代叢書》未成，丹老特囑拙作附刻。今匆匆重入學院署閱文，檢得《春秋三傳异同考》奉教，求附不朽。尚有《五經今文古文考》，并爲王學院擊賞，因友人借閲，容索到再寄，附入續編，何如？刻成耑懇賜教一部爲感。又《檀几》二集已承丹老見貽，而初集未見，千祈冬初先寄一部，并尊著種種惠教，足仞雅愛，自不敢忘報也。拙刻偶存數種呈政。臨楮不盡，翹切鵠候。【尺・七1復】

友・癸50

又

焦山 **釋元運** 泊三 櫟亭

山僧自離熱鬧塵緣，棲心寂寞岩壑中，於世間奇言妙句，綉口文心，同念枯槁。偶於枯槁中開眼見山，臨流聽水，活潑潑地不從别處出來，信口吟哦，無心鑿索，山山水水，面目現前。歲久月深，絡索成帙，有客即已欣賡，目爲《焦山百咏》，山僧愧笑，不知是何言句。雖非詞人風雅，棄之可惜殘年，專使呈質大方，文宗堪作何語？倘可采取，望一痛删，尚祈筆底借光，庶使枯木生花，亦快事也。草上，不悉。

友·癸51

又

同里 **程雲鵬** 西頑

久不奉教，知著書甚富，名山千載，固非徒爲今日蕪城中張太史也。所可怪者，先生實學士也，世乃以翰苑末微置之，先生能任受哉？非止先生不任受，即上下千古，凡有能著書傳後者，寧肯舍學士之名，而博末微之稱謂哉？弟近作得一香浮閣卷子，意欲廣羅海内名碩之詩。兹特寄求大作，并懇轉乞艾山、歙州、仙裳、定九諸老翁之作，以便先爲付梓，携往都門。蓋緣始于淮揚，則諸公當爲眉目，望不恪代效一臂，感不淺也。至有他友流寓揚州者，亦望轉懇一二，尤爲玉成至愛。寒威逼歲，遥念先生嘯傲百城中，真神仙也。俯視諸財奴昂昂然上運司聽鼻息，忽榮忽辱，不啻蠛蠓視之矣。臨穎神注之至。

友·癸52

又

同里 江之蘭 含徽

讀《駐雲飛》曲，不意心齋近作亦復狡獪如此，直與《清凉辭》《七筆勾》同調，即關、馬猶遜其脱。此日正當以此種玩世不恭之辭，舒其憤懑不平之氣，所恨咫尺天涯，吾兩人無由呼斗酒，相與且傾且唱，拍案大叫以賞之耳。

友聲新集

友聲新集卷一

隨到隨刊不分爵里

心齋張潮鈔

友・新一1

與張山來　紅蘭夫子

諱岳端，字兼山，長白覺羅

某啓：久闕音問，蓋以懶病相兼，人事多廢，恃賴知己不以書信疏數爲意爾。人至惠教，知尊體休裕，實慰企想。蒙尊稱厚禮，感懼交并，足仰見君子憐才好學之深也。此事古人所少，近代絶稀，既足爲榮，亦堪自愧，知不可却，勉强以應嘉命。人還，粗晝表信，皇恐皇恐。【復尺・六15；尺・七6復】

友·新一2

又

吴江　**顧卓**　爾立

前者一緘寄復，想塵記室矣。所須尊刻於初六日取訖，當即分送。兹有主人回書、絹畫、詩箋，煩洪年翁寄到，幸檢收。徐文長畫主人之所最好，無論單款雙款，或大或小，儻有覓處寄到，甚妙。拙句寄呈，幸賜斧削。餘情縷縷，俟後信再悉，不一。【復尺·六16；尺·七7復】

友·新一3

又

遂安　**毛際可**　會侯

久聞先生輯古甚富，饑渴之懷，與日俱積。近晤丹麓，始見所定篇目，并備述先生神韵高曠，迥然塵俗之表，益令人作天際真人想也。本朝六十餘年，雖名流間有專集，而文獻可徵闕焉未備，今得先生此書鼓吹休明，津梁後學，庶漢魏以來餘風不至歇絶，何快如之。敝省老成凋謝，惟丹麓如魯靈光獨存，而僕馬齒更加長，恐不能一瞻道範耳。拙刻數種，附呈清覽，尚有《春秋五傳考异》，篇帙甚繁，因剞劂無貲，不能請政。臨楮翹企。

友·新一4

又

曲阜　孔尚任　東塘

一歲郵筒，三獲台函，詩箋文稿，琳琅觸目，車塵馬足之間，時時披清風、挹曉露，先生教我良不淺耳。承惠新刻，知有《昭代》乙集之選，甚慰鄙望，謹如命編《人瑞録》一卷，恐不稱台委也。又《出山异數紀》一卷，久欲呈覽，嫌於自媒，昨見阮翁《紀恩録》已入大選，故敢比例奉教。又舍侄《畫訣》一卷，頗有别致，十年前游廣陵，人多賞其畫，今在長安，名已成矣，因出此以問世。外金素公《旗軍志》一卷，亦可備本朝八旗典故，素公苦心經學，古文辭爲後來之勁，不可量也。又搜得《鵪鶉譜》一卷，雖小品，亦不俗，可補叢書之未備。弟十五年拙宦，碌碌無成，旅邸鬱陶，間作詞曲，比於古人飲醇酒、近婦人，亦無聊之極思耳。《小忽雷》一種乃與天石合編者，燕市壚頭，頗邀畫壁之賞，刻本尚未全出，先以凡例寄覽。悠悠客况，如是而已，餘不多及。【復尺·六17；尺·七5復】

友·新一5

又

濟南　王士禛　阮亭

每奉手教，輒如昔人所云『舉篇見字，听然獨笑』，矧重以佳刻之頒，觸目皆琳琅珠玉乎！至于小品頭屑，藉以流通于世，尤心佩之。不佞以孤踪蒙上特達之知，復此峻擢，益難報稱，汲深綆短，幸年兄惠而教之。先吏部兄《然脂集凡例》刻本前曾屬孔東塘寄上，豈浮沉耶？又所寄拙著《皇華紀聞》《粤行三志》内《游覽小志》可先單刻，《蜀道驛程記》數種不知各有可采否？至《驛程記》中之《兩漢水東、西考》、《三志》中之《劉龔墓辯》，或以卷帙稍繁，摘録亦可，唯酌之。《隴蜀餘聞》無副本，即以篋中底本寄上，《秦蜀驛程後記》吴中印來亦止一册，亦并奉正。曩在揚州，有《焦山古鼎圖詩》之刻，容令兒輩覓以奉寄。向又有《古歡録》《五代詩話》二書已脱稿，惜乏書記，尚稽就正耳。【復尺·五37、尺·六21；尺·七4】

友·新一6　又

溧陽　狄億　向濤

昨年小憩邗關，備承雲誼，篤眷有加，燕誨周旋，可謂情浮於分，感刻寸丹，故非書言之所悉具也。春來唯福履大佳，與時偕茂，不勝馳仰。日前因有向平塵累，頗費拮据，兼以浪迹湖山，勾留彌月，不得一握手，倍覺憫然。錦囊佳句必多，未審肯于便郵中鈔示一二否？拙著二種附正，倘蒙不棄，録入典籤，即更感高懷也。匆匆不復多及，臨筆主臣。

友·新一7

又

同里 **汪士鈜** 扶晨

十餘年來匿影荒邨，日與樵牧爲伍，藥爐作緣，生平好友凋謝殆盡，即敝鄉一二吟嘯之侶，皆以貧死，吊影自憐，花下樽前，亦時時慨息。去秋欲勉挂輕帆，一問隋堤衰柳，或得與舊游老友一尋夙盟，中秋後忽得滯下之疾，幾不可救，病後又復吼喘，三冬皆與附桂參苓相依過日，亦憊極矣。雲逸兄歸，亟詢起居，知新著甚富，剞劂多未見書，快想之至。客夏買棹明州，無意中得爲梅岑之游，垂老補此勝緣，是十年來一段快事，拙句災梨，聊供噴飯。新安風雅一道，絶無復究心者，吴綺老竹林是桑梓巨手，近多衣食於奔走，新安壇坫尚賴力支一綫，即黄山慈光因緣，非梅莊一門，更無復有問及者，殊可嘆也。中公確係普公再來，艱盤萬狀，念不少衰，近有白足克己協力同心，亦屬艱得，武林所募未全，今惟漢上一途，又未識機緣如何。年兄情切桑梓，故不禁縷縷也。池陽郎趙客、沈契掌諸年兄總持風雅，常時通問，沈爲湯岩翁高弟，今將梓其遺稿，徵及拙言，此書出，亦快事也。獨怪茶邨先生遺詩無留意者。鄧舊山遺詩尚有佳子弟，未識已有刻本否？雲老行，匆匆附此。臨穎馳溯之至。

友·新一8

又

太原 閻若璩 百詩

歸舟竭五日之力始得盡讀所賜佳刻種種，嘆爲望洋，而於尊公老先生《雲谷卧餘》尤覺心折，真説部書中第一書，惟王伯厚《困學紀聞》可相伯仲，非程大昌《演繁露》比也，何不就吴門第一手重爲開雕，廣爲流通，使天下盡奉我一家之學乎？來拙著《毛朱詩説》十數葉，與《卧餘》『《詩》非孔門舊本』之説不謀而合。异哉！真此心同，此理同也。幸亟梓入乙集中。偶畜一疑義請正者：韓致光『隔簾窺緑齒，映柱送横波』，何以爲『緑齒』，疑恐有訛。及披覽其全集，又有『南朝天子欠風流，却重金蓮輕緑齒』，是『緑齒』不訛，幸爲我解焉。不勝延佇之至。【尺·六30復】

友·新一9

又

同里 畢熙暘 嵎谷

昨所云日月之説，諸家俱非確論，惟近日吴門熊焦占《易説》一書言之正當，謹録數行於左，惟高明垂鑒焉。其言曰：『佛氏以日月之行周於須彌山之四旁，與曆家度數不合，無庸論矣。天主教以大地六面可立，人必以頭頂北極，脚踏南極爲正，有斜立者，有横立者，有倒立者，是此土則斜立耳，是皆不知升降運行之道者也。地以降爲性，地之不墜，天持之也，非地自能不墜也。

故凡有形質之物，莫不下墜，横斜則墜矣，而況於倒乎？蟲蟻之倒行，有所緣也，非真能倒也。或謂天持地以不墜，則亦能持人物以不墜矣。不知大地之上皆天地沖和之氣，與人物相接，故人物得以生生也。日月即升降爲運行，故上下四旁作个斜圈，非人之立斜也。日月根於下之北而轉於上之南，根於下之北，如兩腎之在腰，轉於上之南，如兩目之在面。極之偏於北，猶日月之偏于南，俱不敢當天之正中。極根於上之北，而轉於下之南，亦作个斜圈。惟人之立是正的。』又云：『方出之日，光彩鮮新，將落之日，光采黯淡。在《易》，「明出地上」爲《晋》，「明入地中」爲《明夷》，是知明入地中，不明而晦矣。謂地之下有倒照之日月者，不知幽明之故者也。月自上弦以至望，光采鮮新，自下弦以至晦，光采黯淡。日以一晝夜爲幽明，月以一晦朔爲幽明。月光借于日，其説未嘗不是，然所爲借光者，氣之感應耳，必日光照月，月始有光，則固也。無論相望之夜，日光爲大地所隔，不能照月，且其時日已入地而晦矣。以地中方晦之日，資中天正明之月，是亦不知幽明之故者也。』又云：『地中之天根而幽也，天中之地華而明也。日月星辰，行於下則幽，行於上則明，一升一降也；行於北則幽，行於南則明，一向一背也；山有基則幽，挺爲峰巒則明，水有源則幽，涌爲波濤則明，一隱一見也；草木根荄則幽，華蕚則明，一本一末也；鳥獸潛蟄爲幽，鳴躍則明，一静一動也；人夜寐則幽，晝作則明，一闔一闢也；臟腑則幽，耳目則明，一内一外也；孩提則幽，成人則明，小人則幽，君子則明，知與不知，學與不學也；生則明，死則幽，人則明，鬼神則幽，返於其根也；總由仰觀俯察得之。伏羲之作《易》，則自仰觀俯察始。』以上三段出自《易說》書中，仍有死生、鬼神、三極、太極諸說，皆奇闢快當，未及盡述，晤時尚當面悉也。

友・新一10

又

萊州 **姜實節** 學在

病懶不堪，不復理渡江之楫，惟時時讀大作，問訊起居，如身侍左右也。弟每自笑無過人之才，而思友高才之士；欲盡交天下之友，而老憊不欲出門；日起思飲酒，而量不勝蕉葉；顧愁悶以至于老，則亦何意人世；故於四年之前敕斷家務，營一抔以待撒手，而不知何以又苒苒到今也。牧堂和尚自雲間來相訪，出詩見示，爲拜服頂禮，此僧之所謂高才者也。師將北上，弟因爲說大名如兩賢，可不把手一論心乎？黄虞外史想時時過從，幸并道意，匆匆借楮草上。

友・新一11

又

蘇州 **汪岱實** 柱東

別緒依依，恍如昨日，不意一屈指已十有三年也，歲月如流，情何能已。連日捧讀瑶編，如入龍宫海藏，光怪陸離，觸目無非秘寶，一時目眩神移。又如貧兒暴富，無處收藏，此中復大費經營也。山陰道上，應接不暇，豈足比其萬一耶？拜服拜服。先君一生心血，著述頗多，其未刻各種，容當郵寄，以求大選中附載一二，存殁均感。況今日文章宗匠，當推先生爲第一，表揚之責，諒大君子之所不辭也。昨因感冒甚苦，不能裁答，深自歉仄，容面謝，不盡。

友·新一12　又　武林　王晫　丹麓

二月四日，李因老來，捧接台翰，兩部尊選俱得厠名其中，青雲之感，没齒不忘矣。謝謝。春杪成書之後，望惠一部，以爲榮寵，不止爲帳中之秘已也。高雲老已於臘月四日回閩，尊刻及手札俟有的實便人方可寄去。吴寶老今年已辭學署，尊帖前已手致，渠意欲得尊選一二，不識能慰其調饑否？率勒奉復，餘容續布。

友·新一13　又　錢塘　吴陳琰　寶崖

二月間從丹老處得接先生報章，及撰著種種，靈心妙腕，俱不從人間來，可謂人巧極天工錯矣。日與諸同人欣賞，共競爲絶世奇才，借讀鈔寫，殆無虚日，久之，且負之而趨，爲惋惜者累日，乃信先生真善移人情也。若得再見寄，藏爲家珍，更感。兹晤李因老，備知先生近祉嘉勝，擁書纂述，樂逾南面百城，不朽盛事，早有耑屬，未審何時快晤，傾笥盡讀，方慰積懷耳。弟生平雜著甚夥，苦無繕書者，是以草本多藏篋衍。承諭拙著《三傳考》《攬勝圖》附載乙集，知尚未成書，尚有《登科録記》《放生會約》《雜説二則》，亦祈采入，最感雅懷。其他種種，容即録出續寄，懇入丙丁集中，驥尾之附，謝何可言。五篇中幸勿見遺爲荷，統望郢削，然後付梓也。頃聞因老言及先生今年大慶，亟欲附一奉祝俚言，以因老便人行促，匆匆未及，俟其行時附呈，何如？弟因秋闈事，讀書湖上，已辭張公之招，其尊刻《四書會意解》有功世教不小，已致張公即作序，但略一展覼，未蒙見賜便人。千祈連尊著種種示教，感何如之。弟尚有詩古文小品拙選未成書，亟欲請正大方，或可同事附行，統俟嗣音再商。此後敝省中何處可以常寄小札，幸示知。拙著因連客江右，無近刻，謹以舊存古作一册未成者先奉正，鵠候回音，以慰懸望。臨穎曷勝馳切。【尺·七14復】

友·新一14

又

仁和 王晫 丹麓

二月十五日有字一封，托李因老奉覆，不識曾達上否？十九日復接正月三十日台緘，知餘集欲仿《文繪》法，用附政字，極妙，但太便宜王生耳。謝謝。尊選乙集既已足額，可即付刻成書，以慰海内想望。吴寶老書劄俱轉付去。恬庵上人住錫岳墳後山，由墳側進路，相去不及半里耳。散篇古文去歲都收明訖。新著想來天外，出奇無窮，每見一篇，惟有嘆爲真才子而已。《筆歌》全部未曾捧讀，乞惠一册，以開茅塞。宗定老所選《花鈿詞》有處轉覓得寄一部爲感。拙作《看花述

异記》又校出數訛字，特將原刻樣繳還，以便鑿補改正。諸容嗣悉。【復尺·七2】

友·新一15　**又**　雲間　**釋元壠**　牧堂

前以小詩奉別，欲求大篇教和付梓，以光行集。辱承大偈，但卷中無偈，倘不棄方外疏狂，再示一詩，喜出望外。先生邗江名士，海内推仰，不可無詩。衲因雨阻，天晴即欲解維，未審再能一晤否。

友·新一16　**又**　同里　**汪允讓**　半亭

久欽芳譽，摸索有年，及聆誨後，令人心醉，更荷賜以六種奇文，伏讀累日，如入山陰道中，筆歌墨舞，應接不暇，然猶更望得諸種《集字詩》見教，奉爲法則，斯賣菜傭求益之義，實貪得寶珍也。拙筆二種、志茶二件引敬，希哂入。徵詩箋簡倘喜拙作，都門相好者有幾人，如都憲王阮亭先生、張蘧若年伯、黄樵谷先生、任丹菽先生皆可捉刀者也。如欲見教，希將《金縷曲》箋紙，乞多發幾張來，備諸體陳覽可耳。

友・新一17　**又**　宣城　**梅庚**　耦長

已渥盛筵，復損隆貺，何以克任，拜登爲謝。筆墨諸件俱已收拾上道矣。委幅即寄到，不敢後期。晴翁書領悉，容轉致。諸容嗣報，不既。

友・新一18　**又**　濟南　**王士禛**　阮亭

歲前遠承存注，即有數行報謝，想起居入春迪吉，副墨剞劂，又當插架矣。比來從故笥中尋出淮上敝門人張力臣《瘞鶴銘》《昭陵六駿圖》二辯，又閩中門人林吉人《漢甘泉宫瓦圖記》及增益愚兄弟《焦山周鼎圖釋文》，凡四種，皆足資博雅、廣見聞。又先兄所著《然脂集例》一卷，前曾付孔東塘奉寄，乃刻本，不知渠浮沉何所，今另寫一册寄上，如宋人《打馬圖例》之類，亦可刻入也。尚有《宫闈待訪略》《志遺略》各四卷，容嗣寫上。冗次不悉。

友・新一19　**又**　北平　**王源**　或庵

胸中貯有山來先生五六年於今矣，嘗從友人案頭得見所刻諸書，具悉吾兄襟期卓爾不群，世俗方悠悠汩没於勢利，而先生獨有志於千秋之事，此在當今爲絶無而僅有者，是以私心嚮往。咫尺維揚，擬欲摳衣晋謁，而因循未果，未嘗不自笑其陋也。然家著述頗多，而剞劂無資，多不能問世，坊間賣文糊口，非其好也。弟五月間爲燕齊之游，當紆道邗江圖晤，一悉區區。適有俗冗，匆匆率布，不能盡意。

友·新一20　**又**　新城　**王士禛**　阮亭

暮春復奉手書，極荷垂注，雜著多承采摭入大刻表章，尤至感也。頃奉寄有《隴蜀餘聞》刻本一卷請正，想入記室。昨又從王庶常楚士郵中奉寄先兄《然脂集例》，又《昭陵六駿圖》《焦山瘞鶴銘》二辯、《焦山周鼎圖釋文》《漢甘泉宫瓦圖記》，凡五種，似皆可備采録者，不知已到否？唯向其家一詢之。《東西二漢水辯》已稍加增删，來人行太迫促，須鈔寫另報。匆匆附候，并謝非一。

【復尺·七4；尺·七12復】

友·新一21　**又**　泰州　**黄雲**　仙裳

久隔聞問，馳懷可言，先生爲我作《景曾録書後》，字字是聖賢堂奥中語，已經付刊，俟覓紙印釘，即奉呈也。聞去歲又刻昇書五十種，可能見教一部？偶檢笥中，得葉九老《酒政》一種，急齎送台覽，如可存，乞梓入尊選中，以存亡友，原稿仍見擲。小价遄回，望便回數字以當對語。

友·新一22

又

同里　**江之蘭**　含徵

梅花屏障如命題成，若外求他友詩句，弟之詩友唯一蔣霞老，今往海州司鐸去矣。餘人俱不合弟意，想亦不合心齋意也。附刻《醫津一筏》并《前魚厲禁》諸書，何日梓成，望示知。大壽不敢援套祝，漫作《松竹圖》爲敬，數年之間，此種亦可換酒吃也。石天外所題梅花詩，弟雖未見其人，想於此道亦甚工苦，何日於北海座中晤此高人方慰耳。香雪齋主人非僧而稱心齋爲居士，何也？以心齋自稱故也。

友·新一23

又

泰州　**黄雲**　仙裳

弟奉箋之日即先生枉札之時，雖相左而彼此同到矣。不謂揆辰已躋五十，先生秖承家學，以書卷友朋爲性命，群羡黄岳先生有子即是大孝，試問維揚百萬户，如先生者有第二人乎？來綾敬題齎上，求詩他友，深恐浮沉。蓋湘芷新失怙，陳芳亦殞掌珠，何廣文頗能詩而職司賑濟，儀逋踪迹無定，萬一迷失此綾，不若歸璧之爲愈也。先生去年所刻叢書，乞見賜一部，至懇至懇。今歲有新選乎？目録望見示。貧無一物可以將敬，近况荒年，山窮水盡，兼亮之。

友·新一24

又 宣城 **梅庚** 耦長 雪坪

投分方新，深情如舊，臨發重承貺貽，益徵篤誼矣。兹因小壻程偕柳來邗，命其趨謁，先生氣類主持，風騷道合，當不俟羽言相介也。一詩奉報，不足介華筵之觴。《湖舫》拙句附扇頭并正。外敝鄉張鈍翁有雜著可入叢書，幸取而觀之。

友·新一25

又 長洲 **尤侗** 悔庵

自舊歲撰文祝嘏，冬間伏枕三月，春來接駕南巡，應酬旁午，久疏聞問。客有以《金縷曲》相示者，知今年正誕，偶題一絶，聊博長筵之笑。余子香祖特來介壽，即令致意，并附小刻呈教，想新製必多，能惠寄否？曼翁已作古人，其著書湮没不傳，良可嘆惜。孤子伶仃，尤爲可念，倘維揚有適館之地，祈留心引薦，足仞高誼不忘舊雨也。【尺·七23復】

友·新一26 **又** 泰州 **黄泰來** 交三

臨岐折柳，感鮑子之深情；禪榻病絲，叨鴻漸之佳茗。重以賜和佳句，傑視諸家，惟有前路奉揚仁風，拙選中廣存倡和詩，差足報知己于萬一耳。

友·新一27 **又** 同里 **閔麟嗣** 賓連

弟雖戒作應酬語，然大壽豈可無詩，連爲恙苦，又爲吴綾阻興，故爾稍遲，非爲知己吝也。蓋隸法忌綾，墨濃則滲，墨渴難書，且不宜過小，難于用筆。今空白無幾，不得不小，勉强寫此，遂不能工，奈何！恐誤他求，特伻繳到照入。不盡。

友·新一28 **又** 黄州 **胡復亨** 會來

得讀先生《幽夢影》諸編，快妙無比，及承賜太老先生文集，何筆之健勁而學之淵博至此耶！昔人云：『魏武如幽燕老將，氣韵沉雄；子桓如三河少年，風流自賞。』今二先生所著，將毋同耶？快事快事。繆友晨以華誕在即，得墨刻老梅以進，屬某爲之引語，忝在世交，當不鄙陋蕪辭，不識有當于大觀否？敢先呈稿，惟高明裁之。先太僕金太史序刻成，并呈覽。

友·新一29 **又** 錢塘 **陸次雲** 雲士

客歲廣陵之游，頗多佳勝，尤快心者，得晤山來先生，并載盈車珠玉而歸，頓使貧兒驟富，開拓心胸，樂不可支，惟有手舞足蹈，莫能言喻也。返至澄江，寤寐動息，無刻不有山來先生在於方寸之中。今春擬再買舟相訪，商略古今，乃因翠華南幸，未遂攸行。繼又漸入炎暑，憚於行役。曾聞華誕在於秋間，故壽序於三月間撰成，緣無便，未郵台覽。五月之杪寄到瑶函，先後兩書并至，深荷記存，不勝感刻，益形弟疏節之愆。唐人之詩有云：『常疑即見面，翻致久無書。』正此故耳。想知己必能鑒原。兹有便風，先將里言寄正，隨後稍閒，當趨祝南山也。相晤不遥，餘不縷述。【復尺·七13；尺·七22復】

友·新一30 **又** 吴陵 **黄泰來** 交三

昨有一札奉謝，想達台覽矣。兹啓者：常州有李子左民寫真與禹尚基并傳，當今之曾波臣、子矣。臨奏不盡。

銀鹿呼李子畫《五柳先生圖》，亦可以爲銷夏之具。親友處有賞音者，并乞説項一二，則感不獨李

景色，弟曾有長歌贈之。兹來邗上，欲望見大賢顔色，托弟介紹，乞爲倒屣。先生北窗高枕時，命

謝文侯也。其長君思勉世兄世其家學，曾爲弟寫《七夕穿針圖》，宫女如花，碧香梅閣，如見齊宫

友·新一31

又

同里 寓宣城 **程元愈** 偕柳

前者邗江一行，以得登元禮之門爲平生第一幸事，猶恨返棹匆遽，不獲罄領塵誨，惆悵至今耳。委寄街南先生書，歸即面致，想有報函。張鈍翁先生《聾志》《雉疏》二種想蒙采録，今又鈔得二種奉覽，《弓裔佳話》尤屬華胄故事，或可備觀，其雜著尚多，倘荷留意，當次第謄寄。《槐亭酬筆》五種，卷帙稍繁，似不便入叢書，當謀專刻，不審我先生欲寓目否？嗣容彙集并呈也。《弓裔》二種如鈔有副本，原稿仍懇發還，寄沚上家格思叔處，托家賓華兄轉致爲便。外一函與石大師者，望遣盛伻送往。臨楮神溯，不盡欲言。

友·新一32

又

仁和 **王晫** 丹麓

嶽降之辰，不能登堂隨諸同人以介眉壽，惟鮑子能知我也。五月廿二日捧讀尊札，有墮入坑

阱之語，不勝駭异，以先生之爲人，生平極謹慎自愛，而猶不免意外之變，世事之不可測度如此。幸而先生好客喜刻書，早已書傳海内，名滿人間，若舍此不事，一意經營，倘并此亦耗失焉，豈不更可惜耶？設想至此，先生所得尚多，正不必以此介懷也。《虞初新志》諒久成書，乞惠全部，以當《論衡》。《昭代叢書》既以坊行，其二集自當即出，令想望者與《檀几》二部有連璧之目，詎非盛事？不知何時告成，幸祈示知。至餘集，真所謂餘波耳，成固欣然，緩亦無礙。所寄吴寶老書與尊刻，到日即手致寶老，以是日恰往吊彼令堂也。茲有懇者：弟自庚申歲于小兒住屋之前小築墻東草堂，四方諸君子及二三同好每過從者，輒有題咏，録之盈帙。近弟衰老待斃，而小兒又貧且日甚，此地不久必屬之他人。弟想古來别業，其地不知更易數十百姓，而其名往往至今存者，皆文人之彩筆有以傳之，自愧無文，不能如右丞之傳輞川，全賴諸公彩筆，因手自編次，彙刻一編，特呈台覽，奉求大序，以爲弁冕，使千百世而後，知有王生草堂，皆出玄晏先生之賜也。懸梨以待，月内準望惠教，幸甚幸甚。

友·新一33　**又**　新城　**王士禛**　阮亭

向有數行，憶是夏間所寄，尋遭悼亡之戚，比來精神怳忽，不復記憶作何許語，唯仿佛記是從庶常王年兄處所郵遞也。愁病中拜手示，足當《七發》。先兄《燃脂集例》極承表章，感且不朽。

《瘞鶴銘辨》并得表章，可備將來金石考証，而力臣老友數十年稽古苦心亦不湮没矣。其《昭陵六駿圖》亦望便付剞劂尤妙。至《焦山古鼎》二種，不知亦可采入否？鄙作《兩漢水辨》稍改訂録上。頃大宗伯張敦老作《飯有十二合説》，偶以相示，不佞因言可奉寄刻入叢書，宗伯遂另録一本相托，今并附到。不盡。【復尺·七12；尺·七24復】

友·新一34

又

曲阜　**孔尚任**　東塘

初夏一函不知何處浮沉，種種高誼，中心藏之。叢書乙集承示樣稿，小大皆識，包羅萬象，當今第一傳書也。小著兩種過蒙留神訂正，真有知己之感。《幸魯盛典》久付史館，《出山私紀》乃一家言也，仍舊名爲是。《旗軍志》《石村畫訣》借郵付回更正訛舛。前《鶺鴒經》係程石林著，原稿有姓名可稽也。弟尚有《廣陽關三叠譜》一卷，《佳節承歡録》二卷，篇帙稍多，故未敢奉教，用之續貂時，可寄去耳。《小忽雷》尚未梓完。弟又編《桃花扇》一本，傳弘光時事，頗有趣，容一并寄覽。縷縷不悉。【復尺·七5】

友·新一35

又

吴江　**顧卓**　爾立

久疏通問，想念殊深，閏七月初八日接到先生寄紅蘭主人啓本，即爲轉達，始知夏間曾寄一啓，并露油、素珠，至今未到，不知何處浮沉。主人囑筆致謝，兼詢起居。又囑以後稱呼，竟稱夫子爲妙。聊附牡丹一幅請正，幸檢收之。弟於此月終有事游浙，道經維揚，自當晋謁台墀，以罄積懷。兹因便羽，先此附候。臨楮曷任依依。

友·新一36

又

祁門 **張瑗** 蘧若

邗江辱荷隆情，迄今飽德，鴻羽未便，音候殊疏，心甚歉然。遠辱芳椷，深荷存注，至云仲夏曾有尊札相示，兼以鑲盃見遺，弟未之接，得毋浮沉耶？荒函奉覆，并候興居，伏惟鑒原，臨楮神溯。

友·新一37

又

烏程 **周之樞** 星遠

别來三載，知老長兄著書又等身矣。弟萬里驅馳，塵容碌碌，無一善狀可告知己。近以淹迹淮浦，有二三故人假手河務，一時未得即返里門，適逢敝同館爾立顧長兄北來，得悉朱門近狀。爾兄詩畫即今之摩詰，老長兄神交已久，今復得把臂，快何如之。第爾兄此行乞假南來，實爲經營買山之費，淮上當事已有王言照應，望老長兄更於諸公中推廣説項，俾錦囊增重，旅館生輝，則志感不獨爾老一人矣。順候台祉，臨風翹切。

友·新一38 又

蘇州 **徐時夏** 丙文

十四年闊别，無日不神馳左右，常從書肆讀大刻，如領面訓者多矣。前者走候，又勞賜顧，俱未得面晤，悵悵。日讀大著，竟是蘇黄一派，可當詩話，可入《世説》，實獲我心矣。謹登數首，録樣呈覽，其餘美不勝收，俟五卷六卷爲一見再見，何如？凡有尺牘賜教，弟概將起結套語删除，先生以爲是否？鄴架倘有今名家尺牘專集如陸縣圃、龔端毅公之類，得以借抄，最感。讀尊作，知先生欲選今人古文，但今人以詩詞名其家者甚多，以古文名其家者甚少。古文與時文原迥然不同，今之舉人進士僥倖厠名花榜，便自以爲昌黎柳州，輒縱筆爲人作序作傳作碑銘，而人亦以其爲舉人進士也，重而求之，殊不知以古文之筆爲時文便妙不可言，以時文之筆爲古文便成笑譜。今之笑譜，天下當不少也，亦誰辨其爲是爲非耶！蓋文章原本六經，非理極透、學極富、筆力極勁且健者，不能道隻字，如先生之尺牘，於三者兼之矣。然尺牘，古文之小品耳，想先生定有大篇，可以賜教否？弟偶有拙作數首，亦所謂今之笑譜也，厚顔呈覽，乞賜改削爲荷。先生約定何日得暇，容弟面談終日，可乎？知先生今歲五旬華誕，微儀四種補祝，生平不善作壽詩，幸勿怪無南山東海之句也。

友・新一39

又

同里 **汪士鋐** 栗亭

客冬一椷，附有《移情》拙刻一帙請正大方，諒荷電照。記今歲夏秋崧降，名壽傳人，遠邇具瞻。弟自匿影荒鄉，十二年未到竹西，好友雁鴻都已隔絶，無從確詢，弧辰後至之誅，恐不能逭。兹賦得里言二首，書之便面，并附紫霞一錫，統祈鑒茹。閔賓老大壽失記，今歲聞之鐵夫和尚述前歲松寥軼事，始悟誤戊辰爲庚午，愧悔不可言。劍老出邗，方附一椷補祝。總之，山村聞見絶少，當年舊侶，不止落落晨星，少年英發，擯斥陳人。久矣，裹足不過阮溪矣！望好友一椷，不啻拱璧，知年兄著書甚富，授梓亦多，鳳吹鸞音，日盼天風吹下，佇望之至。臨穎不勝馳戀。【尺・七26復】

友・新一40

又

長洲 **尤珍** 慧珠

每吟白雪，未睹紫芝，迢遞一江，相思兩地，邈爾斯人，時繫於懷。弟因乞命奉親，編茅裁月，雖苔岑舊好，未敢一修尺素，如陶弘景松風自怡也。十青世兄屢述年世臺品行高古，主持騷雅，足徵吾道不孤，特製小詩奉寄，情見乎辭。忽蒙瑶華見頒，兼拜元卿鳳團之貺，感愧交并，謝謝。

兹十兄之便，草此申意，并附小刻，幸斧削之。臨潁不勝翹企。

友·新一41　又　興化　**解鼎基**　陽山

恭讀佳稿，如貧兒入龍宮寶藏，惟驚心炫目而已。所最賞心處，漫以管窺之見，用浮籤評定，青蠅點璧，罪誠莫逭矣，伏乞汪宥。外具拙作呈上，幸有以教之。

友·新一42　又　錢唐　**汪鶴孫**　梅坡

因迎送聖駕至錢唐，復以十年未歸，事如擢髮，憶夏間嵩辰，竟未申祝，至今抱歉之甚。菊月返揚，當補叩尊前也。前有敝門人陸桐山，乃暻城世家少年，精詩文，兼工書畫，其畫與王石老可稱伯仲，將來必傳。又屬，程天石年兄之門人前來廣陵，特謁龍門，敢懇老年世兄作一地主，并乞廣爲揄揚，得以潤色行李，弟感如身受矣。桐山復有河工之役，倘有淮上貴相知，并乞作札一二封，更感。因係師弟，關切非泛常可比也。

友・新一43 **又** 泰州 **黃泰來** 交三

弟到都門，頗爲公卿所延譽，未知能副知己所望否也。來書托切致舍下，或轉致繆友晨寄去亦可。諸當事每晤必道孟嘗高誼。《檀几叢書》人望如渴，王總憲尤亟推服也。

友・新一44 **又** 吴江 **顧卓** 爾立

紅蓮映日，碧葉接天，邗溝六月，不減西湖，遥想老年臺先生携客同游，賦詩飲酒，瀟灑自如，致足樂也。羨羨。

友・新一45 **又** 武林 **吴陳琰** 寶崖

初夏，從王丹老處捧誦手書及大作，知近履甚悉，然吾輩讀書談道，志在千秋，自深契乎樂天知命之旨。頃于費厚老詩序中略及之，區區偶然之得失，不足介意也。特弟今夏喪母之後，旋悼鼓盆，秋間又被竊一空，青氈俱失，境遇之慘，畢集一時，真不堪爲知己道耳。《昭代叢書》二集蒙允刻拙作《春秋三傳考》及《攬勝圖》諸種，感銘五内，總祈多附數首爲荷。如已告成，祈先見賜，如未成書，弟尚有《五經今文古文考》，頗爲諸前輩許可者，容即抄寄就正，求附以傳，幸示知。又有請者：向從方渭老處讀尊公老先生《雲谷卧餘》，真發千古未發之藴，佩服深至，惜未得竟讀，時以爲憾，今叨在知己之末，敢求先生檢家藏副本，即賜教一部，足仞良友至愛，萬勿見拒，容草小引以頌揚萬一也。新春將有北游，萬祈在歲内寄到爲感，知杭城常有便鴻，不我棄也。聞先生今年大壽，愧無爲贈，草小詩二首寄祝，以博粲正，有暇見和更妙。嘉平初旬，耑候《雲谷》諸大刻，容再報謝。臨穎曷勝依切。【尺・七31復】

友・新一46

又

檇李 **戴錡** 坤釜

昨承賜教新著佳刻，美不勝收，愧無以報。又蒙寵召，早已心醉，候雪霽，當踵謝也。弟館邗上，被時藝鎖住，架上又乏古書，所以詩興有三年不發矣。見先生高雅，舉世無兩，不覺勃然漫賦長句請教，佐以書聯二對，非報瓊也，實就正耳。小影三種，求題佳咏，月初返棹，自來面領，另有口悉。

友・新一47　**又**　祁門　**張瑗**　蘧若

前有一札奉復，想入記室矣。八月十四日始接前書及佳刻、鑲盃，但客歲兩函，迄今未見，浮沉可知。熟讀《凱旋》《集句》諸咏，真得詩家三昧，敬服奚似。倘有新句，不時頻頒，以慰渴懷，感甚幸甚。便羽附候鳴謝，諸不縷陳。【復尺・七17】

友・新一48　**又**　濟南　**王士禛**　阮亭

梓工來，又拜手教，兼枉雅惠，心銘道義之愛多矣。新刻拜教，頃寄張力臣《昭陵六馬圖辯》似亦即當付梓也。《焦山古鼎》《未央宮瓦》二刻，既第二幅刻圖，其首幅空二三行亦無不可，惟酌定之。先兄《然脂集例》希惠寄三四十本，以爲家藏之秘，且識雅誼也。內首行『閨閣』二字有誤，祈命改正。再謝再謝。《東西二漢水辯》昨已奉寄，想發函時尚未至耶？【復尺・七24；尺・七34復】

友·新一49

又

曲阜 **孔尚任** 東塘

前接手函，即修報章，今讀來諭，似又浮沉矣。承頒鑲盃十二副，深感教我之意，座上客滿，不敢空此盃也。拙著二種果厠選中，命名取義已詳前札矣。先生不朽盛業，采及芻蕘，藥籠廣大，不令世有棄物，而物亦不能自棄，當世第一壇坫也，推重之私，匪可言喻。臨楮神往，謝忱另宣。【復尺·七16】

友·新一50

又

江西 **八大山人**

久耳先生之名，兼得先生立言功德，以爲天下後世子孫傳遠之書，自此天下後世無不拜服先生功德之言，山人何幸，後世子孫何幸，而享此耶！屬册頁一十二幅，畫扇二開呈正，便中望示石濤尊者大手筆爲望。【復尺·七8】

友·新一51

又

同里 **汪士鋐** 栗亭

稠墅健步歸，捧讀瑶函，又承惠教异書種種，乍見書目，光怪陸離，目不給賞，一冬藉以送日，又何樂也。感甚感甚。氈衣大睨，深荷故人推解之雅，何以克當，但增怍感不既耳。吾鄉風雅主盟，惟年長兄先生是賴，詞壇推轂，必首屈一指。《昭代叢書》乙集梓成仍望惠寄。新守公風雅名家，一見即暢談詩文，蒞任旬餘，即行季試，行事事事平易近人，真一郡福星也。到揚諒把晤有水乳之合矣。茲值去人索回音，匆匆呵凍，不備不莊。嗣圖肅候，不盡。【復尺・七26】

友・新一52　**又**　蘇州 **徐時夏** 丙文

滿載珠玉而歸，此行爲不虛矣。名人尺牘乞先生代爲廣收，大約以小札爲主，其長篇成古文者不在選内。弟此去浙中，或在大寮幕下，可從王丹老處通往來。餘不盡言。

友・新一53　**又**　秀水 **戴錡** 坤釜

奉繳經義四種曾歸鄴架否？昨日走别，又值駕出，不獲一面，何咫尺千里也。弟於詰朝挂帆，所懇題咏，乞即賜讀，當作歸囊之珙璧矣。來歲尚無定踪，倘得貧閒，仍渡江而來，與長兄把臂聯吟，亦大快事也。行期已决，如有貴冗，不暇搦管，亦望擲還，顧俟异日拜誦推敲之句，何如？餘情縷縷，不宣。

友·新一54

又

河南 **張榕端** 樸園

尊公老年伯高風卓越，爲理學宗工，忝附孔李，嚮往久切，近得瞻誦遺編，益服闡發精妙，私淑有賴。前者附贅一言，自愧學殖荒落，不能表揚萬一，乃承過諛，殊增顏汗。蒙惠尊選，知向歆家學，夙有淵源，敬置案頭，徐領教益。尊貺不敢套却，飲飫隆情，藉手鳴謝。《凱歌》《杜集》正在較訛，明春過揚携奉。外附拙稿，并試卷兩部奉正。餘不宣。【復尺·七30】

友·新一55

又

杭州 **陸次雲** 雲士

弟今秋往晤江邨，即爲先生道意，淡翁欣然作書，托郵數種，歸視之，皆新刻。弟又作書寄之，索其扈從所紀諸編，方合《昭代叢書》之意。回札答云：『此數種久不刷印，印就即當再致。』弟候其續來并寄，且弟亦尚欲一至維揚，故爾遲遲。不意俗務久羈，竟爾未果，元亭造訪，期在明春。兹有使者之便，先將其三種附上，至弟作不堪，亦蒙采録，得附瑶編不朽，感更何如。序稿久已撰就，性懶未經録出，使旋甚急，不遑少待，尋當覓便呈教。謝惠琅函，俾弟聞未聞而見未見，領益良多，曷勝銘刻。臨楮神馳。【復尺·七29】

友·新一56

又

平湖　**高士奇**　澹人

老年翁風雅宗工，表彰藝苑，私心企向，積有年所。今春邗上往來，思得一睹紫芝眉宇，適以匆冗，未遂素願。陸舍親裘敝友備道存注，且讀佳刻，徒切神交也。兹以小稿請政，尚有數種，另容奉寄。臨穎神馳。【尺·七36復】

友·新一57

又

武林　**王晫**　丹麓

自閏月二十二日接尊札之後，音問久疏，懷想之私，與日俱積。承惠大序，足令草堂生色，謹已刻就，借光簡端，合《蘭言集》全部一并奉教。叢書乙集未審何日告成，慰我饑渴。《虞初新志》弟處未有全書，乞賜一部，以爲帳秘。宗定老《花鈿詞》曾覓得否？先生大壽詩文如有刻本，并望賜覽，即賜回書更感。外毛會老書一封，又方渭老書一封，文集一部，托弟寄上。渭老意欲將集内《使蜀日記》懇求入選，弟想日記之類，恐不勝收，然受渭老囑托，不敢不奉聞，其與弟一札附電，統候台裁。毛大老亦有《連厢詞》奉政，因紙板較大，不便彙封，且存弟處，嗣容續到。

友·新一58 **又** 杭州 **毛際可** 會侯

前於丹麓處得接手教，頒示大刻，并尊翁先生遺集，衰老杜門，伏讀至月餘，始藏之篋笥。但憾山川間阻，不能一瞻道宇耳。拙刻《燈謎》雖雕蟲小技，然出於一部之書，較九烟前輩所出爲尤難，不知可厘爲一種否？聞王景州已逝，《離珠集》倘有成書，乞覓寄爲禱。【復尺·六23；尺·七38復】

友·新一59 **又** 遂安 **方象瑛** 渭仁

神交廿載，未接光儀，景企之私，匪朝伊夕。己巳冬，薄游蕪城，與諸君子握手論心，亟圖踵叩，值文旌遠出，未得一識荆州，至今念之，彌切悵惘。老年翁淵源家學，著述等身，名山大業，真使人健羡無已。弟自抱痾里居，十有五載，比來病既日增，貧且益甚，不獨筆墨之事都已荒棄，即良朋勝地，亦不能策杖偕游，自分此生已同廢梗。讀《檀几》大刻，蒐羅之富，無美不收，小製二種亦獲附名卷帙，在老年翁嗜痂成癖，然弟之邀光不朽，蓋已多矣。即擬一函鳴謝，緣敝鄉僻處山陬，鱗鴻乏便，頃過丹兄，備悉近履，謹此附候，并申謝悃。拙集一部奉呈大教，良晤何時。臨潁可勝馳溯。【尺·七37復】

友・新一60

又　蘇州　徐時夏　丙文

先生洵文章之全人，吴下阿蒙，得與名世往來，榮于華衮矣。尺牘寫本又録數首，恨拙集太窄，遺珠之嘆頗多，不獨於先生爲然也。前後約共十餘頁，分刻三卷，何如？前呈覽四頁乞付下，以便發寫。拙稿呈醜，覽畢并望擲還，餘稿尚有數本，得賜總序一篇最感。墨梅用張華字題句，已寫台銜，豈能再尋一與先生同姓氏而有大才重望者以贈之耶？幸哂留是禱。尊刻種類太多，乞就現有者見惠幾種，不敢犯奇貪之戒也。即日游天台，踐十月朔日月并出海面之約，後月來揚，定有游記可以呈教。小羅經與頂烟俱出新安，想先生案頭所有，均得一枚足矣。越回時，當以《天台志》及南路奇物奉報。不盡。

友・新一61

又　西泠　吴陳琰　寶崖

十月間，費厚老歸揚之便，敬附一函，并小詩二首，寄祝先生大壽，想塵清覽，正以未得回書爲悵。頃晤王丹老持尊刻拙作一篇暨小圖見示，不勝狂喜，謹遵諭校正璧上，梓成千祈惠教乙集、餘集各一部，斷不敢效流俗爲發棠之請也。前小札中奉懇尊公太老先生《雲谷卧餘》，思如饑渴，敬求慨發一部，即附便人在新年見寄。感甚。諒表章遺集，在先生仁孝之心必不吝教耳。至《五經今文古文考》容向友人索還續寄，求附入丙集，何如？前尚有數篇，如可采，附入丙集，更感。令郎佳卷火候精到，惜尚爲六月之息，此時敝友無選政，俟蘇州一友來商，即囑入選可也。新春鵠候《雲谷》大刻，以慰遠念。諸俟再申謝，不盡。【復尺·七31】

友·新一62

又

宣城 **沈善貞** 樂山

幾年企仰，一旦登龍，何快如之。先生著書滿家，壽之梨棗，富有日新。丁丑春，善游真州，假榻洪去蕪先生齋頭，閱所輯《昭代叢書》洎各種名家文集，不覺望洋興嘆，而敝地吳街南、梅勿庵兩銘伯俱藉光不朽，獲以公諸海内，此盛德大業，近古罕儔，不謂于吾生吾世而親炙之，洵乎紅蘭主人之言良不誣也！惜家夫子著撰累有等身，乃弗克一邀大君子爲之丹黄甲乙而編輯之，或者向往之忱有未盡耶？然家君子比年鍵户，疏懶成習，弗事游歷，居恒侍側，每談及宇内諸名鉅，輒爲先生首屈一指。弟之此番假道，原擬不敢叩候，是以家君欲言種種，竟未獲一申尺素，良爲憾事。然後此歲月方長，奉教正自有日，如何如何。至善呰窳下士，樗櫟散材，雅耽吟咏，碌碌無奇，唯於儷體之言，略有一得，生平結撰，約有百篇，稍需時日，容端録一帙，就正導師，倘蒙惠而教我，是厚幸也。至去蕪先生之定交，亦係儷體文字作合，勿庵先生介紹之者。頃善更有請者：

此來雖擬北上，然遥遥京國，跋涉維艱，且時届嚴寒，望而却步，先生尊意中有一席地可以容身，即書記典籤之類，俱差能勝任，倘荷鼎錫嘘植，玉之於成，俾得時親道範，痛聆矩誨，所得不益多乎？忝屬苔岑末契，冒昧瀆陳，祈勿㚖爲幸。

友聲新集卷二

隨到隨刊不分爵里

心齋張潮鈔

友・新二1

與張山來　同里　洪嘉植　匯郇

獻歲發春，恭惟先生福履永綏，百事稱意。弟以十二日返至白沙，釋此萬里之行，而未得脱然遂山林麋鹿之性，不知是知己愧我，不知是我愧知己也。想定囅然微笑耳。舍弟入揚，附候賀意。不盡。

友・新二2

又　宛平　陳于王　健夫

維揚詩文壇坫蕭條，幸賴長兄先生存聲氣一息。弟客途匆匆，不能時聆麈誨，種種雅愛，申謝不盡。得大作一首，行旌生色之至，又何敢當厚贐？叨在知己，不敢言却，對使拜嘉，容走字再謝。

友·新二3

又　宣城　梅文鼎　定九

刻古人書者多矣，同時之人而不憚表章，且久而靡倦者幾人哉！雖欲不以古人位置足下，不可得矣。弟去歲在閩一載，時從北來友人問訊興居，或言頃有小累損貲，然吾竊知，決不能以累好善若渴之心也，決不能以少阻與人爲善之勇也。輪扁曰：『臣也，以臣之事知之。』弟之信足下亦如此矣。兹以舍弟往宿，敬候興居，不恭不備，惟諒宥是荷。

友·新二4

又　宛陵　孫錫彤　歌載

向者滯客邗江，得挹芝眉，種種雅愛，寧特桃花潭水，始足方君情意也。别後以俗累紛紜，不獲時修尺一，恭候起居，然相念之私，無刻敢去諸懷抱間也。兹者：有張年翁係圍棋國手，弟叨十餘年至契，其爲人豪華風雅，迴异尋常，今來邗江，欲晋謁臺端，囑弟先容，知老先生古道照人，應無俟弟之多贅耳。明春便道金臺，再容過訪。先此奉候，不盡。

友・新二5

又

同里 **閔麟嗣** 賓連

久不相晤，且兩候未值，亮閽者必言及矣。老友王椒卹先生曾爲關中名令尹，有聲辭壇，宋撫軍重其《集唐》，物色久之，而後得見，先生曾聞之乎？久慕種種大刻，欲索《虞初新志》一本轉送，彼親托弟亦半載矣，原字奉覽，刻下能即慰其饑渴，是所望也。

友・新二6

又

延令 **李淦** 季子

去冬從西湖游歸，欲晤先生道丹麓之致意以及久闊之懷而不可得見，承顧又適之崍鄉，何相須之殷而相遇之疏也。新正彼此拜節後，又踵門者二次，閽人皆辭以他出，僕竊不能無疑。蓋郡城富貴之家，非冠蓋不傳，非輿馬炫赫、僕從如雲者不傳，不則或素封相埒，或親暱恒聚者始傳。而落落韋布之士，與矯矯稀至之徒，不待主人之命而輒麾之門外者，例也。相習成風，夫何足怪。若先生之門，則貴游訪候者固多，而問字考業者正復不少，必曉諭閽人，凡曾通一面而未嘗有所干瀆如某某者，雖外州邑無拒，則庶幾望見顔色有日，不致經年契闊，我心忡忡也。且文事相商，道義相質正，不致高山景行，徒深仰止耳。向見先生爲陳定九批閲文字極當，故昨命童子稍録呈正，欲求斧削，知趨向間加批騭，以俟借光异日，又恐多則厭倦難動筆，故止數篇，何竟以原本返質耶？荆園簿正等言或采或不采，其原本仍祈擲下。今偶簡容城孫鍾元先生《家規》，又《旗陽家規》及《訂誤》數頁，更以呈覽，候教我，何如？

友·新二7

又

祁門 **李上德** 遯庵

去秋初，黄交兄來，雖未得手教，已深悉起居。及十月，江表弟公車抵京，接翰教，蒙注念殷殷，白首如新，千古一人矣。但弟素性疏懶，生平知交，至此飄零垂老之年，始終惓顧者，惟長兄先生一人。至于行弟之志，從弟之言，恭敬有禮，朝夕莫懈者，則惟中堂公耳。一切利弊之商，幾務之密，問于弟者，必酌理折衷，直陳其可否，歷五載而交益契。蓴鱠之思，好友之念，如我長兄文字知己者，未嘗不刻深饑渴。無如東南雖美，客況蕭然，尚未得濟買山之計，安能皂帽而歸耶？此情此緒，鄉黨故舊之親，未有不爲弟嘆贊者也。今歲因小兒長成，敝東勸弟爲之擇配受室，蒙農部程武岑先生許以家報囑公郎世兄，弟故復以此意并懇長兄先生特請程世兄共商，訪求吾鄉或親或友，或商或士，惟以舊族相宜，德性温順之女爲高，其父兄亦必詩書文物之人，方爲得偶，未審能撥貴冗一爲酌量否？倘得如願，不惟歸期可定，即謀歸之計，亦可藉之以爲辭命矣。伏望垂鑒示何如。華胄會元蘧翁爲寒舍數輩姻親，去寒舍僅十里，且世戚相好，非同泛泛，常晤于中堂座間，每稱述長兄才品爲一代大作者，中堂深爲嘆服也。

友・新二8

又

京江　於人龍　御六

龍嚮景嘉名，并見大作，私心向往者七載矣。渡江以來，舍館未定，即先造謁，適值公出，復蒙高軒枉過，又失迎候，始終未獲瞻仰芝顔，感愧交集。思得時侍長者之側，方大慰曩日向往之私，然數數求見，抑又不敢。自後凡遇居揚及客揚而好我者，輒相謂曰：『曾進見某先生否？』予曰：『唯唯。』大都意旨不過云某先生好客云耳。予意天下人始而好客，既而游者闐門，真屬可賤，彼此投刺之後，寧能尚屬主人意中耶？在台臺雖未必，然龍固審之久矣。昔太冲得元宴，遂免覆瓿，子遷得祭酒，聲價立重。今龍讀書論文之外，酷嗜形家者言，幸遇真傳，殊得個中三昧，至於軒岐之道，則又世授者矣。敝同學惲禹甸頗知書畫大意，予二人末技固不足當宗工之巨目，然台臺若肯施品題，嘘植于萬一，則一言九鼎，飲惠實多，奚必損鈔而始爲惠乎！書畫二種，自愧塗鴉類狗，然就正維殷，伏冀莞存。前承賜大集，晨夕晤對，因嘆奇文共賞，何快如之。尊刻《韵牌》惠我一册，感感。臨楮戰栗，餘不宣。

友・新二9 **又** 奉天 **盧詢** 舜廷〔一〕

恭惟老年翁台臺名高東璧，價重南金。月照鸞坡，清夜争輝於玉署；雲飛鶴禁，祥光流彩於木天。禀黄山白岳之奇，固已庭推片玉；攬瓜步邗溝之勝，何難市閲千金。弟年不後人，學未逮古，識荆州於昨歲，座入廣陵之濤；啓瑶楮於今朝，箋潤歙溪之水。加長馬齒，愧無追風絶景之材；重换勾芒，益深棼尾膠牙之感。辱承雅貺，徒恧鄙忱，志之於懷，臨風鳴謝。臨楮曷勝瞻溯之至。【復尺・七39】

友・新二10 **又** 蕭山 **毛奇齡** 大可

江東月旦，久以老年兄作楞伽頂首，指不兼詘，衹欲搜觀秘笈，不可得。前從王丹兄處得竊觀《檀几叢書》二集，知年兄汎愛，濫收敗屨，雖極感知己謬顧，然終歉污牘，且喜且愧。今復不鄙

〔一〕 按：據汪士鋐《秋泉居士集》卷二《景陵盧舜徒先生文序》、張大受《匠門書屋文集》卷十九《盧光禄詩序》，「廷」當作「徒」。

衰朽，千里枉存，兼獲拜讀名集，鄧林森𣟗，扳躋莫及，百回開揭，爲之悵然。海内作者漸稀，而弟以日暮途遠之人，每嘆經學晦蝕，思與二三同志昌明其事，而此願未遂。先生上下千古，籛目如電，焉得面相折証，使後來學者有所指歸耶！承索《曼殊别志》，此不幸之作，劇不足觀，原列在志銘卷中，而拙集未了，不得完印，衹以殘卷奉覽。外呈《聖諭樂本解説》《竟山樂録》《皇言定聲録》《春秋毛傳》《詩話》《彤史》《拾遺記》《武宗外紀》《後鑒録》《蠻司合志傳》共十種，統惟誨定。弟年七十有八，捉筆無緒，并藉鑒原。【復尺·七35；尺·八14復】

友·新二11

又

海陵　**黄雲**　仙裳

馬齒虚增，空悲老大，乃承老年臺先生記注，佳篇厚貺，百里遥將，愧赧無似，四方見贈諛言不下數百首，俱荷雅情，但一字一句，深入骨髓，則惟有詒清主人兩詩，古稱一人知己，可以不恨，信有之耶！使弟感入心脾，謹泥首以謝。拙句二紙求政，《贈劉公祖修王祠》一作乞速賜和，欲彙刻一長箋，即付擲爲感。

友·新二12

又

濟南　**王士禛**　阮亭

新正奉到手書，極慰，兼示叢書三種，尤稔汲古雅尚，即馳送龍眠，渠深佩荷，囑致意，原札附覽。諸刻中間有訛字，并拈出奉聞，祈命改正。《二漢水辨》《焦山古鼎圖詩》計已刻竟，統希郵示。冗次報謝，匆匆未一。【復尺·七34；尺·八2復】

又　宣城　沈善貞　欒山

友·新二13

先生氣備四時，學涵二酉，昨蒙寵召，不啻坐我于春風中，醉酒飽德，何日忘之。漫成二律，敬致謝私，兼博珠玉，幸毋棄置也。至伏讀太老先生行述，益徵清河理學淵源，世德發祥，正未有艾，健羨曷已。顒賀顒賀。况于家姑山貞文伯祖忝附通門末契，一日千秋，更非泛泛，何幸如之。前晋謁時，不敢套具一芹，抱歉良多。頃笥中檢得蘇長公《橘帖》一部，聊奉文房清玩，蓋長公之于陽羨，猶今日先生之于維揚也。人物相宜，不信然歟？叱存爲感。

又　沈善貞　力仁

友·新二14

勝地良辰，風風雨雨，孤踪逆旅，寂寂寥寥，偶托微吟，奉懷知己，啞其笑矣，謂之何哉。唯冀先生惠然答教，實獲我心，如何如何。賤照邀光，蚤爲泚筆，以便他匄，如石公前亦索觀，即當致去也。

友·新二15

又

同里 **汪士鋐** 扶晨

客冬惠教諸書，多出生平未睹，漸次快讀，一一擊節。平陽鐵公時過斗室，相對嘆賞，共欽先生爲千古人也。近得讀王丹麓先生《蘭言集》，又復擊節，嘆不肖之離群索居，亦已久矣。鐵公話先生清課種種，謂弟仍多未見書，此番過邗江，當代懇見示，心志其言。公二月之望買棹新安江，由武林過姑蘇、雲間，北渡廣陵，還焦洞，挈行李歸雲谷消夏，計清和佳候，當在廿四橋西把晤也。黄山山水以後海爲奇秀，雲谷跨九龍之巔，俯矙天紳懸瀑，入夏山漲，勢如萬馬奔騰，不讓匡廬擅美。游人多爲湯泉，止就慈光一面，至玉屏多興盡，登蓮花者少矣，與之談漢洞、海門，往往望涯而返。弟嘗欲修《後海志》，紀其山川雲物，可以孤行，獨一雲舫雪公懶于撰述，祇就繪事中略存大意。今得鐵公主雲谷，後海頓開生面矣，爲之快絶。并聞之先生，知有同快也。鴻便修候，敝鄉紫霞一餅，敬奉清鑒。臨穎馳溯。

友·新二16

又

宣城 **沈善貞** 樂山

聞大作工甚，壓卷無疑，亟求賜教，即擲爲荷。拙句勉成，濫厠前列，自羞形穢矣。唯宗工進而教之，不然倘傳播四方，并有削主司壇坫者之色矣。

友·新二17

又　前人

先生道德潤身，文章儀世，門風赫奕，家學淵源。姓列薇垣，自昔神仙之胄；族推漢室，繇來師佐之家。詞賦著於兩京，孝友賡夫六月。共挹曲江丰度，争推淮海俊人。久企風流，夙深仰止，一朝聚晤，孤陋潛消。如善者，碌碌無奇，硜硜自信，廿年鍵户，駒隙堪虞，一旦問津，鵬程殊邈。夙齡微尚，雅有慕於賢豪；嗜古興懷，亦冀逢夫喆士。其如才匪抱璧，世舉好竿，間托聲詩，殊慚大雅，即探《丘》《索》，終屬謏聞。席先世之聲華，祇餘清白；睠名流之矩矱，幸賴甄陶。是以浪迹頻年，所在頗融水乳；謀生异地，論文差藉畋漁。粤稽周鼎漢盉，以洎晋書唐畫，略資涉獵，泛覽菁華，或助咏吟，用爲諧謔。將欲脂車遠邁，仍顧後以瞻前；彈鋏干時，亦腐心而蒿日。吁其甚矣，謂之何哉！昨者扁舟宛水，偶棹廣陵，一登君子之堂，頌《嘉魚》以命旨酒；再偕仙侶之棹，紀勝地以樂良辰。廿四橋頭，争賡名韵；十三樓畔，共聽清歌，其樂只且，追驩不少。乃茫茫鴻爪，回首成虚；冉冉蛛絲，縈魂似夢。言還旅館，惱風雨之凄其；瞻彼蕪城，悵衷懷之騷屑。倘若無聊之想，敢作未同之謀，竊有片言，陳于上座。方今茲地，詎乏鐘鳴鼎食之家；抑有聞人，雅耽慕義招賢之事。唯先生嗜痂成癖，嗤賤子結網臨淵。仰藉鼎歔，俯遴幕所，或代庖書記，或削牘詩篇；藉彼斧資，用爲膏火；即或寄情貨殖，亦係大道生財。僕且泛宅浮家，隨僦居于此地；仍朝祁夕惻，學賃廡于將來；聊復爲之，都無不可。想有道仁人，當不訝爲虚妄；庶羈棲浪子，亦獲識所皈依。則蛇望隋階，願吐明珠以徑寸；雀來楊館，應銜白玉之雙環。銘勒之私，造次於是矣。嗟乎！井中蛙語，正復沾沾；葉底蟬吟，偏能栩栩。所幸中郎卓識，欣聽爨下之琴聲；廣武高明，遥辨斗邊之劍氣。倘際風雲之會，都歸雨露之功；一顧東施，終身北面。仰干清鑒，俛冀慈裁。臨穎惿息，主臣主臣。

友·新二18

又

住黄山 **釋海岳** 中洲

别教至今，雖則東西南北，迹似孤雲，身如落葉，然心中眼中，無時不有一心齋居士之影現其前，苟非居士深有所以繫我此心者，何以如是。中間曾不一裁候起居者，滿擬大誕之期，移軒轅峰頂萬年松一本，隨白石而種高齋，爲居士壽。不料彼時忽被一陣黑風吹其船舫，漂墮羅刹鬼國，致所願不果。兩年來，此中蓋未嘗須臾忘之也。黄山居震旦名區之首，而探奇攬勝應酬之苦，亦居震旦之首，兼以土木之役尚未强半，而百孔千創，正費手脚，想居士知我愛我，更當爲我籌之計之，自不深訝耳。即日伏計履兹清和，起居勝常，慰喜可量，道人仰荷台庇，凡百如舊，惟無少閒讀書静坐耳。山物二種將意，末緣瞻仰，臨紙悵然。

又　武林　柴世堂　埅升

友・新二19

去年曾有一札及先徵君所著拙刻各數種，托若兄郵寄，迄今未蒙賜覆，豈盡爲殷洪喬浮沉石頭耶？維揚去浙五百里，每思挂片帆一詣文壇，其如塵坌間阻，屢作屢止，正如舟近三神山，風輒引去，遥憶紫芝，時與隋苑繁華、竹西歌吹同其結想已耳。《腐史》云：『讀其書，想見其爲人。』僕今日不得見先生，正欲讀先生之書者，敢祈取佳刻種種，盡發所藏，郵寄惠讀，賜我實多矣。一水盈盈，曷勝顒望。【尺・八17復】

又　池州　沈思倫　契掌　閑吾

友・新二20

道德文章，久爲世推，鄙懷仰止之私，亦已有年。客秋赴遠友之招，舟過維揚，欲一詣候而使者迫以行，竟不可得，至今念之，猶悵然也。先生《昭代叢書》一選甚芬人齒，僕雖未睹，可遥測以知爲必傳之書。舊有敝友欲代寄拙稿請教，僕未之報，近歙西汪栗亭先生寓書諄諄屬郵，以入二集，僕自知拙著荒謬，安敢覬覦附刻，致玷芳名。但當吾世而有先生大手眼爲斯道任選事，不藉此請教，則終于固陋，待益何日耶？今因役便，手録稿數篇呈正，幸有以賜示也。臨穎神馳。

【尺・七42復】

友・新二21　又　蘇州　朱正色　元素

客夏稱祝登龍，過承篤切，佩何可言。秋冬浪迹南游，致疏申謝爲悵。李其純年翁光顧，詢及老世臺近祉較常臻勝，欣抃無既。遥憶石枕方床，湘簾冰簟，自多佳興也。陸雲士父母向選《五朝善鳴集》，盛行宇内，在都滿漢尤爲推重。今寓吴門遴《國朝諸名家樣本》將竣，囑筆轉致，幸以未曾付梓近作各體鈔録郵寄是望。曩賜《檀几》二集，在閩時晤高雲客先生，深感選其《塾訓》二種，是以索去。林吉人兄公車有札托渠申謝，想達函丈。第尊選乃案頭定不可缺者，敢懇見發《昭代》暨《檀几》初二集錫我，足荷至誼。附到笪江上墨迹一軸，以準紙價，統希炳照。秋爽或至邗，當踵謝不既。肅此恭候崇禧，臨穎曷勝瞻切。【尺・八12復】

友・新二22　又　黄州　胡復亨　會來

前月溯游河淮，旋放舟金陵，山川佳麗，得復細心領略，頗稱快事。今將歸里，以所求先生之書，未即擲下，特再轉邗江。弟初于肆中見先生雜著，以爲古博物君子也。至《幽夢影》，則風流蘊藉，蒙莊達觀，蓋白太傅、蘇端明其人。然以弟獲奉先生聲色，古貌天徒，退思風采，謂必有异。最後讀《四書箋注》與叢書二種，始知先生以歐蘇之才，發程朱之理者也。景慕之餘，刻不能忘，每以未得卒業爲恨。去歲領過《幽夢影》諸書二次，頃蒙賜《檀几叢書》初集，如獲异珠，收爲帳中之秘。但《四書箋注》與《昭代叢書》及《檀几叢書》二集幸勿秘惜，思得再賜，以成全錦，使鄙人枯腸時，優游厭飫于大官之庖，山珍海錯，無不如意，則萬幸矣。雖鄙人之望屢進而益奢，先生大雅，必笑其貪而必不厭其求，何也？先生之書馳行南北，家弦户誦，豈忍使一夫不獲耶？往者，私心欲製一叙，恐微軀不足爲重。篋此以歸，進之家方伯伯父與金豫齋太史，兼求跋之，則小子之得遠交大賢，亦與有榮焉。不宣。

友·新二23

又

遼東　**靳治荆**　雁堂

辱教諸刻，謝何可言，原擬今早趨晤，面聆玉屑，苦爲雨阻，容回日另圖暢叙也。聞另有吴街南讀史小刻，幸惠一編，以破長途寂寞，具仞雅意矣。率布不一。

友·新二24

又

濟南　**王士禛**　阮亭

今夏酷暑，什倍往昔，京師如此，不知江淮間比復何如？快讀手教，便似清風來故人也。小著種種荷留神，深感。黃山上人尚未到。敝門人林吉人《甘泉宫瓦圖咏》、張力臣《焦山鶴銘辨》《昭陵六駿圖考》三書，亦求惠寄各數十册。吉人公車下第，七月自水路歸閩，舟次邗上，當奉訪也。龍眠即致雅意。揮汗匆匆，容再悉。【復尺·八2；尺·八9；尺·八19復】

友·新二25　又　桐城　**楊文鷟**　龍御

羈旅客楊文鷟再拜言心齋先生台下：大選《昭代叢書》久已膾炙人口，夫書曰叢書，不無旁駁，然先生逐段題譔，總衷之大雅醇正，實有裨于人心世道，其自任以斯文之重如此。鷟每于友人處假閱，不忍釋手，奈購求無自，不勝怏悒，是以斗膽丐惠，自知此舉大屬躁妄。但先生教思肫切，骨月同人，或能原宥于萬一也。拙作附覽，乞爲塗乙。外《十愁曲》、紅蘭主人贈詩及述懷咏物諸什，并望賜惠。明早飯後，耑价趨門下泥首祗候。無任冒瀆，悚禱之至。

友·新二26　又　皖城　**潘介**　幼石

介聞足下名久矣，未見其人也；聞足下之著述亦久矣，未見其書也。介去年冬始來揚州，栖于卑枝，所授徒僅讀《四書章句》，于此邦士大夫及富厚要人，既不願見，如足下者可以見，亦不必見也。同里楊子多才耿介士，躭古好奇，喜交游，非其人不與語，獨慕《叢書》之乙集，喜而來告，且曰足下徒步携書來遇，疏于相需，投館人以去。介于是益知足下之爲人矣。足下踞詞壇，能使海内之人無貴賤近遠，争出其所能，求一言以施後世，又能致吾楊子，可不謂當代一人？而楊子以賤貧羈旅之身，素無傾益之知，偶一通名，其應如響，求之今世，豈不難哉！今月十七日詣楊子，索所得書涉獵大概，初怪其賾而無紀，汎而不擇，恐非純腋之裘，不足以行遠而傳世。既而觀所題及跋語，言文而旨遠，似各有微詞焉，而後嘆足下之果知言也。『伯樂一過冀北而馬群遂空』，韓愈解之曰：『非無馬也，無良馬也。』夫其大耳而短脰者，豈必不與千里之馬同櫪，而相之者精之所凝與神之所注，則固獨有在焉矣。足下之爲叢書于昭代，其亦猶是乎？楊子既得書，將謝于門，又走告介曰：『如夫人者，其可以不見乎？』介曰：『不然。人之所難得見者，性情耳，次則莫如文章耳。今張子之言曰：「世固有有力而不好事者，有好事而無力者。」是其爲人必無力而好事者，其性情可得而知矣，其文章雖未盡窺，然就子之所得，竊觀而私淑之，亦何啻于覿面。若其人，則固竪鼻而横目，宜無以异，不待見而後知也。且夫人之相見，亦各有數存焉。羊角之雲，大澤之梗，澹然而浮，自然而合，况介與張子之精相凝而神相注者，又安知其不邂逅相遇乎？』夫是以不同楊子來，非敢自外也。介素譾劣，不敢爲文章，或間有作，輒棄不留藁，近所爲三四篇尚存案頭，文既陋，又多錯字，不及謄寫，敢以楊子爲媒，獻之座側，冀大君子覽觀而筆削之，介用以自益，若云付之棗梨，褎以題跋，則叢書中之荆棘也，非所敢望。介再拜。

友·新二27

又

武林　**王晫**　木庵

自三月十七日接尊札後，音問杳然，契闊之極，殊切懷思，時際炎暑，想先生爲銷夏計，竹林荷渚中，調冰雪藕，又不知添幾許佳話，傳布人間也。《檀几》餘集諒已出書，乙集所需高宫詹作度寄到已久，不知何日告竣，望并餘集各多惠數部，以慰同人飢渴。毛大老《九懷詞》一册，托呈記室，幸簡到。前閲凡例中尊選尚有《布粟集》，不知所選何種？統乞示知。率布不盡，望即賜回音爲荷。【尺·八22復】

友·新二28

又

泰州　**黄泰來**　石閭

昨挑燈細閲叢書，包羅萬象，無物不有，足破俗學管窺之見，而其中有關名教處多，不得概以《虞初》《津逮》目之也，不讀此書，幾枉過一生。賤名何足挂齒參閲，然古人云：『吾黨中一人傳，則千萬人皆傳。』其是類乎？弟有《十二刀法》，皆古人秘訣，蒙允見收，歸當寫寄，乃摹篆家心印，藉此以傳，庶幾古人之奥妙，不致湮没無聞耳。去秋浪游都門，侍新城先生側，言及此編，公亦心折，此當代所共推，非弟一人之阿好也。

友・新二29

又　白門　周易　蓮峰

《叢書》二集更見風雅得主持人也，集中諸君何幸，藉足下一一獲傳于後。致静夫先生者，渠亦見而嘉賞不置。印色因無大佳者，容再寄上。《與良御兄書》理正氣平，自當心折，教我『學士』二字，知我輩動筆，不可率意類如此。但足下刻書甚多，僕所進言者，仍欲刻古人傳書，如《大學衍義補》、朱子《綱目》，加以心裁，尤爲有益後學。朱師晦兄，吾鄉高才，詩文古作最有講究，僕道邗上風雅有張心齋一人，故囑趨謁，彼謁劉太尊，其順道也。【復尺・八11】

友・新二30

又　雲間　張天翼　昭敬

弟在京師，嘗聞足下之名于孔東塘主事坐中最後，吕柏庵給事從維揚來，亦爲我稱道足下之賢不置。給事于交游不輕許可一人者，而獨不惜娓娓于足下，則其爲人必非虛張無實，可知矣。弟與給事夙有縞紵之好，因給事之所稱而常思一識足下，乃僕僕往來于此，而逡巡不一造門，非欲待給事之重介于足下而其交始合也。蓋維揚地當孔道，四方之往來于此者，孰不願交于足下，而弟亦從衆人之後，卒然挾刺以干閽人，安知足下不泛然以游客相待耶？今給事已罷官矣，無論弟素不屑因人爲熱，即使此時有給事介于足下，恐亦不足爲重也。兹以需次入都，暫泊邗關，倘足下欲相見，則握手正在此時，否則明早即欲解維矣。拙集聊代面談，臨楮神往。

友・新二31

又

江都　王轂　椒却

同里同學每晤，同人無不極口老年臺文章聲氣爲當今第一流，又見著述等身，坊間行世者汗牛充棟，而弟尚未一識荆州，鄉城之隔，阻我良晤，悵何如之。回憶十數年前，于劉玉老齋中獲讀年翁《花影》新製，曾謬爲賞識，隨以拙作《异夢記》命周長年呈閱，欲附之《虞初》刻中，不意其竟浮沉久也。今春晤閔賓老道及向往之切，遂代爲介紹，蒙惠大刻種種，貧兒暴富，快何可言。即欲偕之登龍，以鳴謝私，奈彼有新安之行，束裝無暇，而弟又以急務返墅。入夏以來，畏熱不出，遥企斗山，如朱霞半天，可望而不可即，益深秋水伊人之慕矣。賓老云年兄所刻甚夥，每歲五十種爲期，皆徧徵之四海者，弟愚不自揣，偶有《讀史管窺》一册，并《异夢記》特布之几右，祈不吝郢斤，代爲斫削，或得濫竽諸公之末，亦蜀人附子雲意也，幸恕其唐突，何如？至于别種，繕寫不及，未獲呈教，容秋深稍凉，或賓老旋時，當同謁就政可耳。臨潁翹企，不勝悚仄。【尺・八18復】

友・新二32　**又**　龍眠　**潘介**　幼石

前承左顧，榮幸殊深，然十年仰止之情，片刻間不知從何處説起。又值病中，匆遽遂别，所謂『相逢半字無』也。前所呈拙作，雖先生直少譽多，而《浮山記》中蒙易數字，删二客姓名數字，頓令文氣緊策，亦拜明德不淺矣。奉贈小詩一章，付紀綱傳進，想達台覽矣。内『厥聲等洪鐘』一句，『洪』字訛『黄』字，希大筆改正之。自辱駕後，隨即踵謝，足兩至門，皆遇公出。今又不值，肅此代面，并懇前録本中《中泠泉記》拙作，雖不足教，亦求抹過賜還，不足覆尊瓿也。翹切不盡。

友・新二33　**又**　蘇州　**徐發**　袞侯

憶自丙子登龍門，瞻芝宇，叨荷隆情厚誼，感篆至今，未嘗少釋五中也。曩歲陸雲士先生來游廣陵，又過承推愛，極加款曲周旋，歸道先生風義，絶於今古，弟聞而嘆服，蓋不啻如身佩之矣。兹有啓者：敝郡王東筏先生抱道績學，老而彌篤，生平著有《六書勺》一書，行欲懸諸國門，先思請正大方。蓋其積誠幾逾三載，今乃渡江，衹俟雲亭，吴門蔡息關、萊陽姜學在兩先生皆與敦縞紵之歡，而備述其品誼學行于左右矣。弟辱在世交，輒敢代爲先容，惟冀崇鑒。進謁之悰，非世俗浮薄流輩干澤者比，破格接見而慰存之，則此書得梓行于世，不朽之德，在東筱銜戢爲何如耶！臨楮曷勝瞻企之至。

友·新二34

又

萊州 **姜實節** 學在

千里神交，一江相隔，不獲親承塵誨，悵何如也。弟比年善病，蒲柳早衰，厭棄人事，即祠前寸步不出，乃有年八十六，而皇皇夙夜，惟恐所學之弗傳。若東筱王先生，不以年老灰其心，不因千里畏其遠，持其所著《六書勺》，將就有道而是正，其立志亦何堅，而用心亦何苦也。聞蔡息關、吴子山諸君子俱有專函相介，瀕行復囑弟數行通候，先生當代茂先，一見自應傾倒，弟固不能窺其涯涘也。《今代叢書》又增幾種？吴下坊間何不廣爲傳布耶？

友·新二35

又

平江 **蔡方炳** 九霞

敝邑王東筱先生，吾鄉耆宿碩果，六書之學討究精切，亥豕魯魚暗中可辨，向來編次謄寫共五十霜，其書名《勺》。今渠年在桑榆，尚未壽棗，寢食不寧，向杜門寡交，獨渴慕老年臺先生。卜日買舟，抱書泝濤上謁，屬弟輶言爲介，一經品題，聲價百倍，幸先生進而禮之，倘得掃南州之榻，更佳。況此書告成，字義曉暢，誠爲後學指南，在東老不没其五十年苦心，在門下一朝而收成人之美譽，不亦快乎！即付剞劂，弟樂觀厥成，在此舉矣。臨穎翹企，以俟主臣。

友·新二36 **又** 吴門 **吴錫晋** 子山

丁丑冬晤别，至戊寅春曾具一函，將西堂先生所評尊著《幽夢影》寄上，不謂竟屬浮沉，殊爲可哂。兹有王東筏先生，乃吴中逸士，究心六書，精于籀篆，昔年其世兄李諱昌垣者爲運使時，曾一過廣陵，此後則未嘗輕出户庭也。今年已八十有六，猶匍匐渡江，以所著《六書勺》就正于當代諸公，蔡九翁、姜學老念其高年篤志，已廣爲説項。但此翁賦性樸率，不能與世推移，苟非仁人君子洞鑒苦衷，直言指示，恐异地孤踪，難免阮途之嘆，故不避冒昧，輒以一言瀆聽，亦聊補蔡姜兩君之所未悉耳，非敢更爲饒舌也。

友·新二37 **又** 蘇州 **馮湘** 淡霓

憶丙子歲上書，星霜四易，山川修阻，造候爲艱。老先生著書日富，星燦雲霞，筆新花柳，如湘謭陋，不能一親几案，供輔翼之役，畢生悵望，無渝于此。客歲榮壽，見有徵詩大作，欣欣把筆，擬申頌祝。時有王東筏先生欲渡江一瞻顏色，行李既戒，旋因事阻，弗獲如願。今彼努力摳趨，鴻飛之便，特進壽詞一闋、壽啓一通、畫扇一握、喬松一幅、古篆一幅、鈕印三方，芹曝之私，于焉少展，先生得無掀髯否？外湘蓬窗兀坐，殊無聊賴，老先生倘肯舒意外之顧盼，春風口角，授之以一館地，呫嗶之餘，篇章翰墨隨意驅策，館穀豐嗇，所不計耳，翹首望于仁人長者也。雲天浩渺，疏遠之士，冒昧相懇，從旁聽者，或以爲非愚則瞽乎？先生俠腸，恐未必然。寸悰縷縷，書不盡言，憑穎曷勝神往之至。

友・新二38

又　前人

伏以山川凝秀，產夢花吐鳳之英；星日分光，誕綉虎雕龍之彥。紅顏呈菡萏，慶紫蘭錫兆之時；翠袖曳芭蕉，記玉燕投懷之日。生申生李，碩望塞乎人天；來白來曾，休聲流于今古。九如《詩》載，三祝人傳，恭惟山翁先生台臺金相雅度，玉潤清姿。色笑雍和，崔宗之一枝瓊樹；襟懷磊落，黃叔度千頃澄波。文衡組綬之華胄，趙平原公子翩翩；詞伯簪纓之後賢，吳季札王孫楚楚。住卧篇章之府，陋花衢走馬多痴；翱翔翰墨之林，笑雪榭圍碁非急。五車充腹，窮九經而上探周秦；二酉羅胸，校諸子而旁通佛老。落筆壓王盧，驚鬼神而却走；吐詞欺沈謝，捲風雨以横飛。著述富邗江之水，沉雄虎踞詞場；咏吟多白岳之花，清逸金聲文陣。米家船之所到，則泉石藉以生姿；謝公屐之嘗來，斯風雲因而增彩。辨魯魚而正字誤，孜孜後學津梁；注墳典以涉書淫，汲汲前賢輔翼。是書皆刻，盡江北而遍購梨材；有册斯鐫，非洛陽而平增紙價。滿榻牙籤，未亞鄴侯架上；充廬錦帙，誰誇孫氏樓中。詩壇大會英賢，彩筆花前領袖；酒社常偕髦俊，金杯月下平章。女妓與撚鬚之席，紅袂生香；道人列琢句之班，黄冠增色。清而不吝，幾曾踵措大家風；華却非靡，自是絶膏粱習尚。紆青拖紫，玉堂忘傲物之心；結駟乘軒，金穴鮮凌人之態。愛才施倒屣之迎，座有登樓王粲；養士寡無魚之嘆，門羅彈鋏馮驩。豪聲廣布于四圍，奔走交郭家有道；誠意直孚于九域，喧嘩識韓氏荆州。琬琰詩投，迹叠琴書之叟；巍峨簡謁，肩摩冠蓋之人。若置身于廊廟，媲彼永叔子瞻；乃寄迹于林泉，居然嵇康阮籍。今則懸弧令序，酒傾北海樽開；紱角芳辰，頌進《南山》篇什。悟昔多非，年臨寡過；知天有命，歲届純修。邀賓雜沓，盡東南佩玉鳴珂；賀客紛紜，混遐邇拖笻戴笠。麟脯賒陳，或有獻安期之棗；瓊漿難買，豈無餽曼倩之桃。時也，隱流高潔，會采芝采藥之儔；逋客疏狂，集釣鯉釣鰲之伴。靡不辭吐金荃，願淑人之難老；談霏玉屑，祝君子之維祺。瑞旋紫氣，知騎鸞金母遥臨；和致祥雲，想跨鶴王喬總至。拈花催飲，便梁園莫媲盛筵；刻燭聯吟，雖金谷應輸勝集。洵矣文章驚海内，世事最榮；果然車馬駐江干，人生至樂者也。湘向挹芝眉，接雄談之瀟灑；曾蒙青眼，貽佳什之琳琅。想切望風，屢問北來鴻雁；思存落月，慳尋南往魚鱗。聞介壽以神飛，欲捧紫霞之盞；睹徵詩而色舞，慚無黄絹之才。顧盼長江，不憚片帆之可渡；躊躇旅店，苦無尺地之堪容。采菲采葑，有意陪金貂座側；獻芹獻曝，無緣登玳綺筵間。滴露揮毫，組織岡陵之舊語；焚香染繭，畫描松柏之新詞。瞻紅日以摳衣，亦算躋君堂廡；寄清風而拜手，無非披我肝腸。伏願藥樹身康，愉恍而駢臻福履；蓮花口馥，悠閒而更進聰明。看竹看山，歲歲作烟霞宰相；讀詩讀畫，時時爲富貴神僊。青峰猿嘯，耻來虎豹之譏；紅樹鶯啼，畏取鳳凰之笑。謹啓。

友·新二39 又

同里 姚增 □□[一]

先生牛耳騷壇，名傳海内，凡屬大人先生以及雕蟲下士，無不願見顔色，而通家如增，未獲登龍，其頑鈍廢禮，又豈可名狀哉！友人楊子龍御、潘子幼石先後過寓，稱述先生禮賢待士，有吐握遺風，增私心切感，而終不遑請謁者，誠以迹寄市廛，先人有玷，未敢以詩文自問耳。頃者，家叔華曾太史敬慕先生，不啻飢渴，昨手札寄囑，耑匃先生佳刻，且深責增不就教先生之過，用是不揣固陋，漫賦里言二章請正。兼録呈先王父遺集二種，求賜序跋，另具書單，懇示工價，一二日内附寄都門，家叔自應有耑啓報謝也。

[一] 按：原版爲墨丁。

友・新二40

又

嘉興 **朱彝尊** 錫鬯

曩在老友西堂齋中獲披大刻叢書，知有山來先生久矣。坤釜歸，荷頒示及，弟勝收珊瑚之網珍珠船也。即擬修頌德之箋，而邨居乏便，兹同里鄭子元訪友邗溝，特附數行稱謝。鄭友鐵筆極其古雅，無大小篆夾雜之病，先生賞鑒名家，見之定垂稱許，并祈不惜餘論獎及之，則弟亦有榮施矣。弟近輯《經義考》三百餘卷，已刊就六十卷，傳聞太老先生有《大易辨志》及《檀弓問》二書，業經采入而未睹全部，想當有雕本，若得各見惠一册，感不可喻，再懇。【尺・八20復】

友・新二41

又

秀水 **戴錡** 坤釜

去冬握别，倏爾經年，夏間晤朱贊兄，知先生動履平善，遠懷稍慰，兼聞浸淫典册，梨棗日富，羡甚羡甚。敝業師《經義考》發刻幾半，將命弟面商博雅，細檢鄴架，佐其所未見者，大約十月之望可以握手矣。敝友鄭葭邨兄係同窗世好，詩文工妙，尤精于鐵筆，向客粤東江右，交益廣而藝益精。近與雲間張提臺契好，引其來見維揚郡守，敢藉鼎力，多方布置，得增行色，實拜大德，并可時接風雅，則詒清堂中必多增幾段科斗書矣。酒旗歌扇之場，願留一座以待弟來，如何？

友・新二42　**又**　興化　**王熹儒**　歙州

拾得一錢，却贈人一金，此錢當是寶母，弟歸囊可潤，先生之囊從兹不復空矣，此謂善頌善禱否？謝謝。

友・新二43　**又**　同里　**程元愈**　偕柳

首春得拜瑶函，兼承叢書之賜，頻損清費，當之不安。續以俗累奔馳，遂致長者之前久疏修謝，然而蒹葭之慕，未嘗不日神溯于邗江秋水間也。頃又蒙良書見頒，如奉麈誨。山居去沚百里而遥，間以事往來其地，不久即旋。破水先生來游，有失迎候，地主之誼未申，且以素所心儀之賢，幾可交臂而失之，懊惱當無似也。閩茶一簍，聊表芹忱。家外舅頃留廣陵，想當過候，匆匆草復，諸俟再宣。【尺・八30復】

友・新二44　**又**　豐潤　**曹鋡**　冲谷　松茨

渴想數載，及聆謦欬，始知爲通家世好也，冒昧之愆，擢髮難數矣。惠教佳刻，捧讀竟日，僅了得《幽夢影》一種，不揣蕪陋，間綴僭評一二，未知有當高明否？特呈上，望直以教我。感感。原本仍求擲還是荷。諸容面悉。

友・新二45

又

仁和 吴陳琰 寶崖

去冬從王丹老處接尊札，知乙集已成，因天寒未印，蒙允今歲見貽，時深渴想。伏念先生近祉倍勝，著述必更富也。今秋赴敝東淮揚大參之招，匆匆同來役過揚，未及走候爲悵。每與敝東道及先生大名，爲當代宗匠，且極道《會意解》《叢書》之妙，因索《會意解》，弟亦云未蒙見贈，但從他處心賞耳。兹因舍間二殯有期，暫歸度歲，本欲恭謁，并面領大刻，緣宋中丞見招，即送舟行，且殯期甚迫，恐停一日即不及取爾，特遣价道候，其乙集并《會意解》，千祈即檢賜二部最感。新正重來，爲采風之設，令郎世兄大篇正欲借光附刊，以志我輩相好之雅也。舟中口占小詩奉懷附正。所懇二書萬弗吝教，鵠候鵠候。容耑謝，草泐不盡依切。

友・新二46

又

安慶 潘介 幼石

屢承枉教，離索久之，誠不欲以户外之屨頻擾闇者，然懷念良深也。前所呈《中泠泉》拙記，原訂抄本中付之楊君襟袖，不識何人抽出另寫，且多改竄，如改『戊戌』爲『朔四』、『己亥』爲『朔五』、『楮幣』爲『冥鏹錢帛』，自餘舛謬不可勝舉，真堪噴飯，幸蒙摘出，實獲我心，足見先生吃緊爲人，至真切也。弟二三日内即返棹皖江，念自辱教以來，雖數相往還，而心期未展，不卜何日文駕在館？公冗稍暇，弟當摳謁名園，一傾積愫，亦不負我兩人邂逅因緣也。

友・新二47

又

嚴州　**毛際可**　會侯

承以《昭代叢書》見頒，篝燈連夕，千里迢遥，何不忘衰老若此也。自慚材識謭陋，仰屋著書，恐終與草木同腐朽。先生叢書種種，皆爲海内所必不可少之書，其爲獨有千古無疑也。讀凡例，知《燈謎》雕蟲小技已緩不能附入餘集，似有數存焉。何時得把臂二十四橋，一罄積悃。臨楮惟有神馳。【尺・八23復。按：尺・八23是友・新二47、友・新二48的共同回復。】

友・新二48

又

遂安　**毛際可**　雀舫

前承大刻下頒，已托丹麓耑札致謝，想達記室矣。偶游新安，晤汪扶晨及敝年侄錢仁山，俱云《燈謎》曾經付梓，不勝愧荷，益信『文章有神交有道』，不必在傾蓋把臂也。幸見惠一册付仁山處。又前惠叢書，其《板橋記事》之類全部皆爲人竊去，本不當爲無厭之求，但天下之寳，當與天下共之，而海内索解人亦不多得，弟自謂如香山家老婢，能讀亦能解也。一笑。雜刻數種呈教。臨楮惟有翹切。【尺・八23復。尺・八23是友・新二47、友・新二48的共同回復。】

友・新二49　**又**

紅蘭主人　玉池生　長白

某白：山澗幽阻，音塵闊絶，僧來，承惠書并青藤畫卷，展翫三復，不勝爵躍。謝謝。奉寄畫扇一柄，不敢言答，聊以表信。拙刻《寒瘦集》俟印完再寄。顧爾兄未知返維揚否？如在彼，乞促其來京爲望。餘不盡。【復尺・八1】

友・新二50　**又**

山東　**王士禛**　幔亭

前承來教，并印寄數種書，深爲佩荷于中。《瘞鶴銘》《甘泉宫瓦》《昭陵六馬圖》三種更希各惠廿册，以應求者，惟知己諒之，不厭其瑣瑣也。龍眠久致雅懷，云當有字報謝，而未見送到。頃相遇于朝，又促之矣。《昭代》《檀几》二書，計凡四集，并望薈萃全部，便郵相寄。統此附謝，不宣。【尺・八24復；復尺・八19】

友·新二51

又

黟縣 **黃元治** 自先 涵齋

蕪城晤别幾廿年矣，深慚馬走落拓荒鄉，今又匏繫長安，無從晤教，翹企道履，惟有夢想。惟年先生數十年來，雅操選政，安石碎金與卞和尺璧無不彙聚兼收，萬寶所歸，淵藏嶽蓄，真生平之快事，千秋之大業，私心企慕，非復常言。至弟黔中鄙作，如卉服鳥言，豈可登大雅之選，猥蒙收録，實增慚悚。叢書大集以弟附較訂之末，榮何如也。屢蒙不棄，感頌難言。克上人托鉢而來，以長安爲首善之地，謂好善者必多，孰知卿士大夫半皆托鉢之頭陀乎！其來也，只可作孤雲野鶴耳，十萬腰纏，尚須向揚州覓生活。今有公書致兩淮諸君子，分萬人之利，各覆一簣，合萬人之力，共成一山，仍冀年先生鼎言及之，尚不難鼓其義俠之心也。寄新城夫子諸刻，弟已代致之矣，取有回札，望檢入。承惠叢書已被友人要去，便中更祈一部，感感。臨穎想望，不宣。【復尺·八3；尺·八26復】

友·新二52

又

休寧 **趙吉士** 天羽 恒夫

久未通候，時切神馳溯，知老年臺耑精著述，真能以千秋自命，求之今日，何可多得，敬羡敬羨。黄山得中洲和尚，真大願力，自能振興，高足克己入都，廣募宦輩下者，無不樂輸，但有心無力，止成虚願。今諸位作公函致廣陵商總，未審因緣如何。遠寄《昭代叢書》，閲之耳目一新，真足繼《語林》《世説》。聞别刻甚富，并望續寄，知不吝教也。近刻附正，神爲之溯。【復尺・八5】

友・新二53　**又**　無錫　**顧彩**　天石

弟一春落魄廣陵，惟恃長兄周旋度日，别來半載，感念未嘗去懷也。今在闕里，爲舊東所留，屬以風雅之事，差爲得所，想著作之暇，亦必念之。兹聖公昆玉喬梓皆欲得弟《鶴邊詞》一册，啇遣人回南之便，先期奉瀆，乞命刷印二三十册，付與來人。吴雲老亦均此意，不另字候，并祈叱名道及。萬惟垂照是荷。

友・新二54　**又**　福建　**林佶**　吉人

久欽大雅，渴欲一識荆州，因歸期匆匆不及待，今晚即解纜矣。前於大司寇公處見尊刻叢書内爲弟刻《焦山鼎銘》及《甘泉宫瓦》二種，極感厚意，尚欲印刷各十餘本，歸贈故人。薄具印資，祈囑記室留意，即交耦翁先生帶入閩中，三兩日即印爲妙。諸容嗣布，未悉。

友·新二55

又

宣城 **梅庚** 雪坪

無意淹留，遂及兩月，彼此相詣既左，竟未得一晤，日内即束裝。因閩友林吉兄有一字屬爲轉致，所印之書，望于三日内見付爲妙，遲則恐不能待耳。前出都時，四明萬季野有《石經考》一小册，擬入叢書，書最詳核，倘有意及此，仍覓便郵上，前偶置書笈附還耳。

友聲新集卷三

隨到隨刊不分爵里

心齋張潮鈔

友・新三1

與張山來　陝西　張鼎梅　嘯月

往以天涯萍梗，幸邀老仲臺詞宗分外垂青，引之譜末，兼惠佳刻種種，如入名山遇球琳琅玕，恣意探取而歸。方今風塵汩没，老仲臺稽古自娱，著述等身，真第一流人物也。抵里後，逢人説項，無不敬服，正擬修候，乃承華札遠頒，佳貺復爾盈前，大篇所謂『力障文瀾環砥柱，獨留俠氣到昆侖』，殆老仲臺自道矣。但前此一函竟未寄到，浮沉之故，幸追究之。兹因申六舍親赴揚，肅啓鳴謝，并候道履。有胞弟鼎望强作解事，其慕藺之私，并先人著作數種，俱詳載其札内，老仲臺評操月旦，録及幽微，况忝在雁行，想自不忍湮没也。區區伴函，伏惟諒納，南風如便，幸布德音。臨啓無任溯馳之至。【復尺・七11；尺・八28復】

友・新三2

又

關中　**張鼎望**　令公

戊寅之秋，家仲氏自南旋，斗酒相勞，即聞命云：『廣陵有山來先生者，當世偉人也，余與之聯譜訂交，汝好事風雅，爲山川所阻，不得一識荆州已。』出見惠諸刻，盈箱積案，望取而讀之，如上林春花，遠近瞻望，無處不發；又如武夷九曲，步步引人入勝，輒不禁俯而思、思而嘆也。竊念望自束髮以來，身患清羸，遂棄去舉子業，有志于古，既晤頻陽李子德先生，稍聞緒論，乃知學問之大，茫若苦海，相與把臂談心，偶及金元以來，關中數經兵燹，文獻缺略，往往惆悵者久之。方今八股之外無文章，科名之外無人品，即吴越風氣正萃之地，類皆急于功利，視古學爲虚文。望孤立寡偶，顧影而悲，不圖大江之濱有豪傑焉，得長兄先生登高而呼，主盟壇坫，慰我心期，何快如之。急欲裹糧南下，操彗門庭，緣老母在堂，不敢遠離，兼之賤恙未痊，姑俟异日，昔唐人任華與李白遥聞相思，不必謀面，望於先生亦猶是已。先生才高學富，思鋭力彊，故諸所著述皆出人意表，居然東箭南金。竿頭之步，則在録其小，尤貴圖其大；合乎時，尤貴追乎古。管見一二，附有求請，俱條列于後。蓋惟先生爲能不朽自命，亦惟先生爲能不棄芻蕘，望山陬樗櫟，似不宜妄瀆龍門，然遭逢一旦，雖冒交淺言深之戒，所不能辭矣。伴函不腆，并希笑留。

一、承惠老伯大人《詒清堂集》十七卷，已細領教矣。聞猶有《檀弓問》《雲谷卧餘》等書，皆望所未見，伏惟各惠一部爲感。

一、承惠尊刻種種，已細領教矣。聞猶有《聊復集》《花影詞》《下酒物》《逸民四史》《李杜牌》《博古牌》《弈乘》《禽史》《禪世説》《仙世説》《二十四孝贊》《張籍全集》凡十二種，皆望所未見，伏惟各惠一部。蓋望非屢索，又不多索，想先生必應也。惟《張籍集》非著作一類，其紙價明示望，當奉補。

一、承寄《四書尊注解》，精當詳明，足以羽翼考亭，嘉惠後學，望所謂圖其大者，此類是也。

一、承見懷家兄二律，秀折纏綿，得中晚三昧，至自然渾成，法脉一絲不走，仍是盛唐氣味，敢不敬服。但次首既云『獨灑西州泪』，又云『獨留俠氣雨』，『獨』字宜改一字。

一、前承惠諸書，皆是散葉，奈吾秦僻處西陲，裝潢無人，勉付俗手，則鹵莽不堪，未免有玷珠璣，嗣後如叨再寄，伏祈精訂成本，惠我遠人，其背紙工綫之費明示望，當奉補。

一、承惠《檀几叢書》，止得一集二集，《虞初新志》止得八卷，嗣後如有續編，伏祈惠寄，其紙價明示望，當奉補。

一、承惠《友聲》止于壬集第二十六葉，即釋廣蓮一札亦不全，《尺牘偶存》止于五卷第十三葉《與四弟質生札》，想年來續梓必多，伏祈查號補寄散葉可也。

一、按《友聲》俱係尺牘，惟載朱其恭七言古一篇，以詩代簡，畢竟不倫，望思先生應求既廣，倡和必繁，伏願舉有韵之言别勒一集，斯與尺牘相映生輝矣。

一、按《友聲》海寧沈太史有《十三經文緯》之刻，望雖未見其書，想于經學有功，因思《二十一史》《資治通鑑》、朱子《綱目》而外，聞有《古史》《荒史》《帝王世紀》《吴越春秋》《楚漢春秋》《東觀漢記》《英雄記》、謝承《後漢書》、干寶《晋記》、王隱《晋書》《十六國春秋》、元澹《魏典》《唐鑒》、劉昫《舊唐書》、薛居正《五代史》諸書，今日不知傳者幾何。伏願先生與貴鄉同志者廣搜遠索，勒爲一編，名曰《逸史大觀》，其存亡之功，當與海寧迭霸。

一、如《太平寰宇記》《括地志》《漢官儀》《古今注》等書，皆昔曾顯傳于世，今雖罕見，恐未必如《周禮・冬官》之絶無也。伏願先生廣搜遠索，翻刻行世，其繼絶之功不小，望所謂追乎古者，此類是也。

一、按韵之一書，《洪武正韵箋》序例中已明言之，顧寧人、李子德兩先生辨之尤詳，以爲自三國李登始作《聲類》，其後代有作者。至梁沈約作《四聲類譜》，宋濂謂唐取此書科士，改名《禮部韵略》，然天寶間陳州司馬孫愐又作《唐韵》，今考其自序，但就陸詞《切韵》刊正討論成書，初不及《類譜》，其與『沈韵』或同或异，皆不可知。至宋祥符間，陳彭年等又取《唐韵》重修，改名《廣韵》，其書顧寧人先生嘗校刻之，今其板見藏淮安張氏家。至理宗時，平水劉淵又取《廣韵》之通用者并爲一部，復删去閒冷諸字，頒于淳祐壬子，名《壬子新刊禮部韵略》，此即今見行韵本也。適讀尊著《答顧天石》一札云『近日購得古本』，豈《廣韵》之外，别有古本歟？抑所購者即《廣韵》，偶隱此『廣』之一字歟？又云『後沈約輩合通用者爲一部，定爲一百六韵，名曰《禮部韵》』，此語大誤。蓋《韵略》著于唐，沈約生在唐前，《韵略》并于南宋，其時去沈約益遠，但當云『今韵本乃劉平水所并之韵，其曰「通用、獨用」，蓋緣刻者沿《廣韵》舊文，未曾削去，故滋後人之疑耳』，如此則是矣。至合『殷』於『文』爲一部，以獨用爲通用，此亦平水之過，揣其意，大抵以『殷』部除諸閒冷字，所餘甚少，姑妄附于『文』也。先生山斗之尊，望輕爲置喙，正以忝附雁行，不欲白璧有微瑕耳。唐突之罪，伏祈鑒原。

一、伏讀尊著《復李艾山》一札云：『「三江」「七陽」無合用之理。』且以字之偏傍及《毛詩》證之，其説極確極當，與李子德先生亦合。然韓昌黎《此日足可惜》一篇合用『江、陽、庚』三韵，《中原音韵》《洪武正韵》皆『江、陽』同部，其誤也亦非一日矣。至先生以『支、微、齊』、『十灰』之半爲一韵，李先生則以『支、微、齊、佳、灰』爲一韵；先生以『真、文』、『十三元』之半爲一韵，李先生則以『真、文、元、寒、删、先』爲一韵老杜《彭衙行》便如此，想各自有説，非望所能解也。

一、按《友聲》朱贊皇有集句之選，可稱創闢，望思帖子語亦從無有專刻，如『雨打無聲鼓子花』『月滿兔兒肥』之類，皆昭昭人耳。又《笑史》《一夕話》等書，亦間載名聯，況先生《聯莊》《聯騷》，皆巧奪天工，生平佳句必多。伏願廣搜博采，合古今帖子語，勒爲全書，亦小品中一奇也。

一、伏讀尊著《箏歌》，可以凌壓關王，望思元曲之稱佳者，《西厢》《琵琶》《拜月亭》，今《西厢》有金聖嘆評，《琵琶》有毛聲山評，惟《拜月亭》尚在缺然。伏願先生出其靈心妙筆，點綴成評，亦小品中一奇也。

一、按《竹枝詞》始于唐劉夢得，後來作者雖多，從未有專刻，近朱竹垞先生有《鴛鴦湖棹歌》，尤悔庵有《外國竹枝》，徐沙村有朝鮮、珠江等《竹枝》，想先生必有黄山、維揚等《竹枝》。伏願廣搜博采，合古今《竹枝詞》勒爲一選，不惟適性陶情，兼可省方問俗，亦小品中一奇也。

一、伏讀《虞初新志》凡例，知諸選家積弊陋規，先生固皆刷去之矣。望思詩之一道，唐人初盛中晚各有佳處，今雖貴鄉風氣俱尚中晚，然初盛何可廢也。先生如操選政，伏願地無分南北，人無分貴賤，詩無分盛中，大公至正，方可傳之永遠。如唐選多矣，《品彙》一書獨較彰明者，職是故也。

一、忝在同譜，先人履歷理宜相聞，但寒家三代志銘浩繁，尚未付梓，今姑録先曾祖謚記一通、先祖别傳二則，伏祈先生暇日賜覽，則崖略可知。

一、先曾祖舊有《易占發蒙説略》一刻，謹此呈上。先生於《易》道家學有原，是非可以立辨，如其可傳，伏祈留神表彰，歿存均感，其刻資明示望，當奉補。

一、先祖舊有《紖庵集》二十卷，鼎革以來，散逸過半，今故録《手讓文》一篇、曲二套，又舊刻《杜陵秋咏》一册呈教，如其可傳，伏祈留神表彰，歿存均感，其刻資明示望，當奉補。

一、拙作不一，俱堪覆瓿，今姑擇賦八篇、《集杜》三十首、《集唐》八首、曲一套、《竹枝》十首、對語十條，繕本呈上，實以就正大方，非敢自炫其美。千祈先生勿拘常例，逐一筆削，詳施評語，仍將原本寄還，在望固資玉成，亦足徵先生聲教訖于四海。倘其中稍有可采，尤望嘘枯吹生，乘便表彰一二，則鶺鴒之雅，感逾骨肉，其刻資明示望，當奉補。

一、敝村八咏拙作甚夥，其他見和者亦不少。今特録《八景考》一册呈上，伏祈先生不拘體裁，依景賜詩，即詞曲皆可，尤望廣徵同人，務使遐荒泉石借琬琰以生光，望則感甚。

一、今後如承寄書，須托申舍親或員舍親覓三原妥人付之，庶不致浮沉損濕，其卷帙如多，即與彼言明，到家之日，望即補其脚價，則彼自不畏難矣。【尺·八29復】

友·新三3

又

宣城 **梅庚** 耦長

邗江兩月，未得一面吾心齋先生，大是闕事，重拜良書之惠，并承分寄小壻偕柳，已爲轉致，屬聲謝，尚圖顯復也。萬季老《石經考》一册附往，其綜核極爲詳明，真藝林不可少之書，倘以卷帙於叢書中略繁重，不妨以尊意稍汰一二授梓，但存其原稿本見還，未爲不可。季老著述不下十餘種，惟此册較簡，輒以備佳刻之采擇，其校閲望即署賤姓名是愛。又弟歷數生平知己，誼不忍忘，作《知我録》數葉，頗爲京師諸老所賞，雖爲一家感恩酬知之言，敢援新城《紀恩録》、東塘《异數紀》之例，收入叢書，可乎？謹録副馳請台裁。《江變紀略》乃江右徐巨源先生作，亦諧亦雅，文筆奇詭，附上備刻。弟向從西昌僅抄得此册，祈留原本勿失，或先命侍史寫一副本即寄還爲囑。

【尺・八27復】

友・新三4

又　同里　閔麟嗣　賓連

有道高言，久不晤聽，企懷甚殷。弟月來大病，危而稍安，奈何奈何。靳父母醉心大刻叢書，去春以《思舊録》一册欲求收入三集，其文係初脱稿，委弟復閲一過，欲芟去冗長與可以不存者，因匆匆返里，無暇點定奉到。今又寄《西湖游覽記》十餘頁，亦屬較定，滿擬三四日内先以此册送上，并求酌正作序發梓，而尊票已至，權此裁報。二集如能分賜一部當《七發》，感甚感甚。靳公仍有秘書目一單，共三十餘種，皆無雕本，先生如有意嘉惠來學，取其卷少者隨力鐫三四種，此真不朽盛事，惟留神。單容查出呈覽。

友・新三5

又　前人

顧俠君選注唐宋金元詩，而先生裒集當代雜著，其爲傳書一也。雁堂先生極感許梓雅意。《游記》校過送上，似覺已妥，乞大宗工再一閲之，急爲作序發刻，刻成先付弟寄往明州，慰其遥望爲屬。

《思舊録》俟弟恙稍差，即可呈覽，弟亦謬有一二小册，改日亦欲請教。二集能慨惠一部乎？

友・新三6　**又**　住黄山　**釋海岳**　中洲

尊作真歐蘇絶等文字，游夏不敢復贊一辭，容走謝。謹復。

友・新三7　**又**　石埭　**沈思倫**　契掌

夏間以便役候教，雖愧唐突，而實此衷耿耿，不忍自棄于大君子之側也。蒙賜巾墜，并種種佳刻，鄙人獲此，增所見聞，欣慰不止，如貧兒頓富之況，先生益我多矣。謝謝。邇來興居定佳，可勿念。兹特寄《廿一史目例异同》鈔本一册請正，以備尊選丙集采取，此爲貴池吴山賓先生新著，亦從前所未曾有也。附拙稿呈郢，所録彈文，仍乞見便擲還。郵書者云開正旋里，曾托領回音，或即屬之此人亦可。呵凍不盡欲言。

友・新三8　**又**　同里　**項斗文**　靈野

不接丰儀者十有餘載，而雲亭景仰之私，未始不時縈胸臆間也。弟匏繫家園，荏苒遲暮，一切放廢于人世之外，雖我年姻臺岳降令辰，亦未能寓書申賀，他可知矣。兹荷瑤函下頒，兼錫佳刻珍儀，金玉之音，好風之拂，頓俾寒谷春融。感謝感謝。緬維興朝著作甚夥，爲宇内夙推者，向有鈍、笠兩翁，批閱大集，又爲藝苑另開生面，鼎足而三，真不朽盛業也。小園荒陋，無足煩高賢題咏者，第假此以裒集鴻篇，晨夕吟咏，聊爲暮齡遣興耳。前曾附起卿令郎郵寄，祈年姻臺勿吝珠玉，并祈覓貴知名公椽筆，藉光棨潤，更所望也。氣淑梅芬，伊人宛在，臨穎無任馳溯。

又

叔都甫 祥符 平倩

鱗鴻無便，聞問久疏，翹首南雲，時切依溯。老侄抱膝長吟，奚囊日富，計著作當汗牛充棟矣。南風有便，幸賜垂示，俾聾聵老叟得聞所未聞，是所願也。兹值初白侄之官，便道省覲，附寄八行，一訊起居。初白患難餘生，光復故物，若非鐵漢，豈易臻此。愚愛之重之，故思欲與老侄合力玉成之。上林雖在天末，乃粵西奥區，初白才具勝任快愉，報最無難，所難者長途乏費，竭蹶難前耳。伏祈老侄俯念族誼，一爲援手，初白一片有心人，斷不至忘高味深，令華陰黄口笑人也。臨啓無任禱切。

友・新三10

又

萊州 **姜實節** 學在

景仰二十年餘，頃間始得奉教，即匆匆一見而別，已大慰夙昔之思，此番渡江不爲虛矣。耦長札已寄去，季野處時有人往來，當以所疑質之。戴南枝先生子劉子之及門，數十年來幅巾野服，潛踪匿迹，與樵收爲伍。頃爲澗上先生募葬，又爲文靖先生募祠，披荆棘，冒寒暑，跋涉江湖而不顧，當斯世而有斯人，吾不令吾山來見，豈不負吾山來哉？僕有詩贈之，望吾山來亦贈一絶，知余之深，定有奇句。

友・新三11

又[一]

山東 **孔尚任** 東塘

長安名利之藪，爲雅俗所共艷者，近乃知已寥寥，交臂道上，不辨何人，則弟之不合時宜也可知矣。遥想先生著書名邦，爲宇内所推重，過邗上者無不願識荆州，况夙負重名如吾二維者，肯當面錯過乎？故弟爲介言，俾并德爲鄰，二妙不孤，亦弟無可奈何之小經濟也，惟先生鑒之。外

[一] 原注：此札發于戊寅夏月，于辛巳夏月方到。

阮亭先生屢書求印《鴿經》百本，不知已達執事否？如印就，乞早寄爲祝。餘不多及。

友·新三12　**又**　三韓　**嚴錫璋**　二維

夙仰斗山，未瞻芝宇，于戊寅夏初自燕來吴，曾叨東塘孔先生具札奉候，兼令弟晋謁台階，以圖把臂。奈孤客依人，三年以來，弗獲如願，耿耿之懷，徒有望邗江而浩嘆耳。兹幸山陰高士戴南枝有蕪城之役，特將東塘原札托其轉達，并近作數種寄正，伏冀電照，他日再當躬叩于臺端也。南枝先生乃古之逸民，今之皋羽，所南也，相晤時莫逆可知，不待遥祝，但已暮年，促其早回爲妙。統此附候近祉，臨穎曷勝神往。

友·新三13　**又**　河南　**叔都甫**　平倩

頃因初白南行，曾具寸函申候，想久達掌記矣。至老侄近事稍不如意，此自是知者千慮一失，然得失亦何常之有，無往不復，否則生泰，再候機緣，即可轉敗爲功，老侄達觀，不必介介于懷也。久未承教，茅塞日增，快睹新刻，開我眉鎖。謝謝。臨池依切，不盡欲言。

友・新三14

又

同里 **汪永清** 匪莪

相愛之深，别後時勤思念，乃相距不越數武，而反弗獲常挹清光，真有不可以理解者矣。捧誦台札，感嘆彌深，作客邗溝，殊非本願，淹留日久，更復抱慚，旦夕且渡江矣。弟此番出門即作遠行地菩薩，一絲不挂，實本念也，雅貺謹鎸心版完璧。謝謝。後會有期，餘惟鴻照。

友・新三15

又

仁和 **王晫** 丹麓

五月七日斗山上人携中洲和尚《黄山賦》至，并得捧讀雲章，知福履駢集爲慰。細閱所作，非中洲不能爲此賦，亦非先生不能爲此序也，傳之藝林，可稱雙絶。初夏吴江徐虹亭太史過湖上，談及先生，仰慕甚至，特以文集一部、《詞苑叢談》一部，托弟寄政。《叢談》中有紀事數卷，内一卷皆紀本朝人詞話，意欲懇載尊選丙集，乞存篋衍，俟成書編目時，萬勿遺此一卷也。聞三月八日平山堂大會，定有合刻詩文，能惠讀否？【尺・八38復】

友·新三16　又　濟南　王士禛　阮亭

二次奉手示，極荷注存，遥念閉門著書，道腴清暢，不勝欽企。不佞伏枕兩月，具疏請告，蒙恩予假五月，不令開缺，暫歸復來，不能竟賦《遂初》，聖恩深重，正未卜稅駕何時。刻下治裝行矣。承諭大刻已付謝爾among兄，竟未見寄，幸一查之。龍眠相公已致意，有答函，并附二幣寄上，唯驗入之。匆匆就道，無以將意，家藏聊供居士被服，統希笑存。敝門人汪扶晨、于鼎近有信往來否？于鼎向屬不佞選訂吴非熊兆、程孟陽嘉燧二布衣詩，尚未卒業，容抵里後了此宿諾，秋冬或可覓郵南寄也，幸先叱致，尉其跂望耳。畢嵎谷在廣陵否？想時相晤，亦望道意。【復尺·八24；尺·八42復】

友·新三17　又　龍眠　張英　敦復

白嶽黄山，秀絶寰宇，年兄鍾山川清淑之氣，抱卓犖大雅之才，搜輯群言，網羅藝圃，持文壇之牛耳，擅雅望於鷄林，夙慕聲華，匪朝伊夕。每與阮亭先生論一時才雋，於年兄深切推重，茂先博物，平子鴻詞，方之古人，未能遠過也。生碌碌軟紅塵中，絶少餘閒可以從事著述，昨偶有瑣屑之言，不意遠傳文席，編入叢書，荒陋不文，良深慚恧。頃辱翰教，并讀尊刻，理學傳薪之旨，承平雅頌之音，已窺一班，服膺無已。時當新夏，梅雨迎凉，遥憶黄海白雲，瀰漫無際，年兄登臨覽觀之樂，興會正自不淺，愧不能與之快游也。戔戔不腆，聊表縞紵之交，惟笑存之。不宣。【復尺·八25；尺·八43復】

友·新三18

又　曲阜　孔尚任　東塘

久缺尺素，而先生之尺素近亦寥寥，或不知弟仍未出都耳。弟迂疏之性，每爲世容，今雖放廢，猶有知己款留，濡滯一年，實非沾沾鷄肋也。大選諸種又增新刻否？弟不日有觀濤之行，充我客囊，諒不見吝也。兹敝友余尺玉送親廣陵，欲一窺著作之林，幸勿以生客拒之。尺玉爲雪齋主人契交，數年典籤，小山之賦，膾炙長安，惟先生接其丰采，自有投合耳。諸望指示，如弟受教。臨楮匆匆，不備不宣。【尺·八41復】

友·新三19

又　長白　何圖　□□〔一〕

弟長安一少年耳，與孔東塘爲莫逆交，今寄迹河干，三易寒暑，因馬首未便，不獲進謁龍門。

〔一〕 按：原版爲墨丁。

茲將北返，恐萍踪無定，終不能把晤高風，故不揣愚昧，輕造階墀。豈知風塵俗吏，仙島無緣，道途相左，悵也何如。更蒙厚餽，謹當心領，雅意殷殷，令人感佩無既耳。洪秋岩舍親曾囑《幽夢影》見賜一二本，從禱是荷。

友·新三20　又　同里　汪士鈜　栗亭

中公還山，便道荒村，得捧老年臺先生瑶翰，垂注賤辰，錫之琬琰，跽讀數過，怍感交至。又拜珍葛，出所未睹，衣被仁風，銘刻曷能已已。大選正欲爲寶林家弟購求，恰捧仁賜歸之，感不獨弟一人也。客歲，遂安毛會侯先生枉過，談及老年臺先生著書等身，欣慕之至，毛先生有《孟子七篇人名燈謎詩》一册，欲呈大教。匆匆即别，以冬寒不克踐游山約，訂以重來，今太守公憂歸，未必再來此矣。其《安序堂集》文多可傳，亦今之大手也。附聞，刻有小箋，附呈大教。臨穎不盡依溯。【復尺·八34】

友·新三21　又　京江　釋海岳　菌人

初夏返棹，自浙還山，途中炎歊泥人，殆不可勝，入門木蓮花落，餘香猶在，磵水邊浣之酌之，煩熱頓解。道人忽復自嘆，五柳先生至五十而行役稍休，白香山年經知命而宦情冷，欲營菟裘爲終焉之志，道人齒及知非，擔此願力在頭上，汲汲波波，迄無寧歲，回視二老偷安，轉覺自在。『松際露微月』，蘭雪灑衣襟，悦然寤寐見我心齋。白露戒寒，金風當令，眠食有加，足慰遐思。十月間來邗圖晤抵掌，如何如何？

友・新三22

又

雲間　**張天翼**　昭敬

維揚偶泊，方快論心，不謂舟子訛傳啓纜，倉卒挂帆，遂不得復圖握手，回望玄亭，竟如海上三山，忽遠忽近，而不可即，悵然悵然。舟中無事，盡發大集讀之，悲壯激蕩，烟水蒼茫，濤聲和答，恍若與吾山來抵掌揚扢于蒹葭楊柳之間。然後知神明所寄，寤寐可通，必欲聯縞帶以爲歡，銜盃酒以爲樂者，皆形骸之論，而非有一往之情也。諸刻博核精詳，居然一代之書，不覺令人生妒。都門時時笑語東塘，謂山來高視江表，而吾輩不能一旅當之，葵丘牛耳，不得不讓此君獨執矣。今少年纔習操觚，輒自命作者，使卒與山來偏師相遇，能不立潰耶？弟奔走風塵，日與荒傖爲伍，文酒之會，絶無而僅有。近日新城請急，則騷壇旗鼓愈嘆荒唐，不若山來以一丸塞函谷，此中足以自樂也。時因亭山董君之便，聊附數行，董君海昌儒者，倦客南歸，既作寄書人，自當挾刺到門，幸閽人勿以游客例概逐之也。冗次臨楮，希照不一。

友·新三23

又

關中 **張鼎望** 渭濱

長夏炎暑困人，得接手札，并拜厚貺，清風披拂，不啻投我以冰桃雪藕也。弟忝附雁行，則長幼之序，自不容紊，尊刺『弟』之一字，何過謙耶！諸書護以篛葉，喜不爲雨水所濕，然揉損過半，用大石壓之多日，尚未平復。嗣後如叨再寄，止托申舍親爲佳，蓋彼納之巾箱，自無諸患，且居處與寒家相近，到日轉致亦甚便也。捧讀老伯太先生行狀，始知理學博施，出處俱堪不朽，《辨志》《問》《傳》純粹，入程朱之奥，《卧餘》博雅，在楊用修之上，謹奉之座右，如對嚴師矣。但於《詒清堂全集》目後文前，宜載本傳一篇，如無傳，宜載墓志銘，古人文集往往皆然，想先生偶慮不及此耳，以愚見補入爲是。承諭《太平寰宇記》《括地志》，《漢魏叢書》内有之，即假敝友全編檢視，則始于漢《京房易傳》，終於梁虞荔《鼎録》，凡經史子集七十六種，訖不見二書，豈别有所謂『續叢書』者耶？若續，則又不可以『漢魏』名之矣，此實弟所不解。《昭代叢書》佳製固多，惟艾山李翁《秋星閣詩話》大中至正，堪爲貴鄉今日作者選者藥石，而先生能坦懷收録，尤足爲頽波之砥柱也。至以濟南與竟陵并論，稍不愜人意。何則？濟南七言律高華俊爽，所嫌者虚響耳，置之《品彙》可當羽翼之選，若竟陵則直魔障矣。又論限韵步韵之陋，極當，然唐元白倡和即有步韵者，非作俑于宋也。不知李翁見居何地？步履尚矍鑠耶？幸先生便中致弟慕藺之私，并索其詩集教我爲感。《博古牌》遵命補校，恐未必有當高明，原本敬繳，幸酌用之。前寄正拙作數種，原以先生爲海内宗工，實欲其筆削評閲，不圖吝教乃爾，殊非弟三千里外仰止高山之意。又有舊著《華山記》一通，急欲呈教，緣曩蒙華陰王無异先生賞鑒，携去評定，尚未擲還，但人微言輕，不知先生肯采入丙集否耶？敝村《八景考》如失去，試細觀拙賦，則巔末可知，必求佳咏八章，增光僻壤。兹有先郡丞舊刻李國柱《小兒經》一册，頗與《閨訓》相類。又先工部行狀、墓志二種，統呈台覽。便鴻申謝，言有盡而意無窮。時八月既望也。【復尺·八29；尺·九34復】

友·新三24　**又**　宣城　**吴肅公**　街南

年年衰病，手戰不能操觚，遂失修候，足復痿痺，昨冬不幸，又喪壯子，西河之戚，兩目失明，支離床褥，待斃而已。所邀惠不朽者，《論世》一書藉藉遠邇，尚需數部，容我稍譾印費以請。筆山一座，奉致永訣之念，异日硯田間如對故人也。

友·新三25　**又**　同里　**洪嘉植**　秋士

心齋先生古文自是著作中第一，其古勁清折，頗近退之、介甫，但欲降心爲俗下應酬之篇，則非所長也。蓋鑄辭鍊字，秦漢尚矣，藻麗又六代獨絕，人學之各有一途。終願我心齋舍所短而用所長耳，鄙意如此，未知然否。

友·新三26 又 遼東 靳治荆 雁堂

客秋聞問，歲籥遂更，想春來江上，年臺先生福履益臻，當無待贅，北望紫氣，可勝翅賀耶！拙録承謬采付梓，深感雅懷，舊歲即有一札奉謝，小力不知潭府，竟爾帶回，殊爲歉仄。蒙賜樣本，足荷訂定費神，但其間尚欲竄易數字，諒刻工可以抉補者，謹用紅筆改出求正，惟知己再垂神，尤感明賜於無窮也。【復尺·九2】

友·新三27 又 長洲 尤侗 悔庵

新春印宣來晤，詢及起居甚佳，旋接手劄，殊慰遠懷，辱貺愧荷。來教節婦壽章允當，但天下莫難于壽文，尤難于女人之壽文，承命勉强爲之，老病荒疏，得無嘆筆乾乎？近有新刻，并祈惠教。率復，不一。

友·新三28

又

池州 **沈思倫** 契掌

福祉與歲俱新，不待遥祝。昨秋蒙賜教，啓函讀之，欣如面對，隨有報札，托祁邑汪兄轉致，内有拙稿《立嗣問》一篇呈教，并乞大評，未識已塵台目否？念念。拜讀種種尊著，名言至理，真發從前所未發，覺眉公當日猶涉纖巧，不足奉爲指南，僕心折先生殊深矣。間見《幽夢影》部内諸家評語尚有空位，妄擬數辭，録之别紙呈正，如有可采，幸存一二，然總聽尊意，恕其僭妄可也。貴宗諧石先生處晤時并乞代致。往歲蕪陰家天士曾作字導僕往謁，時因舟行甚急，趨訪未果，今天士作古且五載矣。便役奉候，春風多厲，顒望自珍。臨穎神馳。【尺·九3復】

友·新三29

又

同里 **汪士鋐** 扶晨

檀林先生客臘過阮溪，數晨夕者旬餘，出先生所惠新刻共忻賞者十數日，馳念心齋先生，真無日去心去口也。靳公《懷舊》一刻，得綺老寄觀，欣慰之至。弟年來有《新都風雅》一書，授梓已二十餘家，分爲『懷古』『信今』二集，約二百餘葉矣。故鄉詩人未刻稿如方沂夢、鮑畏簡、汪遺民、吴非熊諸公漸次刊就，程蝕庵、吴右舟、方玉如、張省庵諸先生正皆購求授梓，又如程石門、吴岱覯兩先生詩，石門則賓老許爲抄寄，岱老詩聞鮑沐封年兄處抄有百篇，亦正在購求。知老年臺與岱翁一人之交，遺稿必多，且其生平必悉，幸撰就小傳，并其詩之佳者廣爲抄寄，表章老友，知先生與弟必有同心。每以此商之同人，輒謂不急之務，弟未敢以爲然也。尊公老伯大人，吾鄉詩文宗主，乞先生自撰小傳，并生平得意詩，先生詩亦乞自選定，入『信今』集中。近貫翁以省庵先生詩數章，又自選詩一帙見寄，已梓就寄漢上矣。弟生平寡交游，又離群索居，匿影山村者廿餘歲，寡聞鮮見，得睹故鄉名稿無多。先生一代龍門，四方以詩文爲贄者通問廣大，前輩或今人中凡可應表章者，祈不靳一一指示。老友如查梅壑，好友如公家諧老暨畢樅老，俱望代徵見畀。詩與好友生平或弟所未見聞，總祈代致，不妨自撰大略見教爲望。耑此瀆懇，臨穎不盡。

王符素先生詩前歲從樅老假得本子，尚未寄璧。但先生好詩，本内甚少，倘仍有别本，亦望抄寄爲感。【復尺・九5】

友・新三30

又　黄山　**釋海岳**　中洲

『風暖鳥聲碎，日高花影重』，入眼入耳，深心吾道，定多遠會。嘗笑山谷居士每謂賢士大夫每日必須叚好議論，若據菌人，每日只須叚好意思，亦何必好議論耶！然則此説，交友中非高懷不能水乳，故書以奉寄，第未識我老道翁還是横點頭竪點頭也？臨池皇恐，不盡神往。

友·新三31　**又**　同里　**張慤**　守誠

憶自己卯夏一别，三易星霜，問候疏闊，殊爲抱歉，每閲與家嚴信中，悉尊叔祖近况不佳，無一善狀，然著述日新，名播朝野，百城之樂，亦人生一大快事也。慤年來運途坎壈，不獨處境寂寥，抑且突遭慘變，情鍾我輩，幾欲與之同穴。重違老親含悲勸諭，又不得不勉自抑情，同于未亡嫠婦，然朝朝莫莫，痛思無已。尊叔祖《清泪痕》末云：『他年縱是歸同穴，曾補生前缺限無。』此恨綿綿，不獨尊叔祖一人寫之，正是爲我今日寫之，更足爲天下後世鍾情人寫之，三復斯語，痛哭無聲矣。昨承寵吊遠頒，殷殷慰藉，足仞多情，以卑幼之喪而勞遠吊，益徵古道，謝感五中，生死同勒也。慤傷痛稍定，仍爲作一小傳，以表亡人賢淑，容後寄求大筆點定。今特懇尊叔祖惠賜瑶章，爲我悼亡，同病相憐，諒不惜珠玉也。

友·新三32　**又**　仁和　**王晫**　丹麓

自去歲十一月十九日接到十月十三日瑶函，音問不通者三月餘矣。今者春暘布暖，桃柳争妍，想先生于此中又增幾許樂事，欣羡欣羡。蒙諭爲先生悼亡題下多一字，弟已遵命，并小注剷去，印樣呈覽，以前唐突，幸勿罪也。又承教謂『醉翁操』，『操』字不宜讀平聲，友人先有論及此者，弟曾略爲辨記，特録一道并正。尊選丙集今年果發刻否？偶輯《文苑异稱》一種，斗膽欲懇入丙集中，伏惟慨允，不勝欣荷。內載賢喬梓稱號，因未知先生確是翰苑何銜，不敢擅定，乞先生自爲填注示教爲望。此外文人有异稱者，倘爲見聞所及，乞將所刻見示，當即補入，更有一二人爵里未詳，另開别幅，得查明填寫賜教，感不可言。同學吴君舒鳧渴慕芳徽，以在憂中，未便通候，特以所刻《牡丹亭》一部托弟呈政，後有《還魂記或問》十七則，不識亦可收入叢書否？請商之，非敢要也。又友人沈瑶銘者，仰企尤甚，亦有所刻四種，屬弟求教，更以手定《書齋快事》欲入餘集，自爲刻板，冀附青雲。後見所惠上卷後已有《笑政》之補，則沈刻過目録又爲無用，或將送來《書齋快事》中縫號數改在《笑政》之後，其原刻目録《半庵笑政》之後，再補一行，以完其初願，何如？倘蒙俯俞，得印樣張寄付沈君一覽，妙極。雨中悶坐，戲作《丹麓記》一篇，附呈一笑。札中事緒多端，乞即詳示回音，佇切佇切。【尺・九6復】

友・新三33

又

同里　**閔麟嗣**　檀林

凡著書者泥古而不通今，只可藏笥，不可問世，承大教後，即力疾將遼東、宣府附見二則立爲改訂，居今日之域中，而遵前此之輿圖，豈爲下不倍之道乎？受教良多矣。其改正二則行文雖長，頗有考據，於上都叙猶詳悉，後辯舜葬處亦發前此未發。後附《十六州考》，雖爲此書蛇足，然頗有益于後學，同心如先生，必不徑庭其言也。小字雙行附見在後，不礙前編，幸勿削去爲囑。顧先生所著部頭博大，恐不如弟之精而核、簡而備，得先生刻成，料不爲有識者所揶揄也。通篇又復添改一遍，更覺周到，仍乞正之。

友・新三34　**又**　同里　**汪士鈜**　扶晨

捧到瑶椷，重荷存眷，垂念老疾，錫以蕿資，拜嘉之餘，銘心鏤腑，欣謝欣謝。承寄令祖老先生曁尊公老伯大人詩集，如獲尺璧，盥讀雀躍，吾鄉先達巨公如此大手，百不一見，藉以冠冕《新都風雅》，誠哉桑梓之光！與家弟于鼎、文治一讀一擊節也，選付剞劂，梓成報命。傳狀珍閲，借光小傳。大著搜羅已得一斑，未窺全豹，跂余望之。近見卓子老《遺民詩》一刻，甚慰鄙懷，弟因鄉居離索，有志未逮，今見書面，甚慰我心。石天外兄近在荒鄉寧齋家弟處，來踐黄山之約，附有二箋請正。總附子老緘中，望取閲，何如？同人徵啓，藉重台銜，并同近刻數家寄政。紫霞一錫，附品第五名泉，希哂入。臨穎不勝企溯。【復尺・九5；尺・九17復】

友・新三35

又

武林　**王晫**　丹麓

自三月朔日弟發書之後，蒙頒客臘五日及二月四日華翰始陸續寄到。所須西河《大小宗通繹》《喪禮吾説篇》已索得，并《大禮議》《昏禮辨正》，共四種貢上，不審有可入丙集者否？寄吴舒老手書佳刻，到日即面致，渠因廬墓山中，從未作貴游，答書云俟除服，自即耑函奏謝。其舊刻數種存弟架者，先囑呈教。沈瑶老家塘西，俟其來，當面付。再覆：《文苑异稱》因有增補，又録一清本奉覽，以便發樣，亦省記室一番謄寫也。前所寄《异稱》草本，乞將尊銜填注發還爲荷。吴江徐電老《詞苑叢談》内蒙許采《本朝紀事》一卷入選，幸勿遺忘。《戒淫録》如有刻樣，望先印一帙惠閲。偶爾效顰，忘作《謟卦》一篇附政，未識能博一笑否？外唐翼修《身易》，其可入丙集與否？幸即示覆。草草，不具。【復尺・九6；尺・九16復。按：友・新三35、友・新四1共同回復尺・九6。尺・九16乃是友・新三35及友・新四1的共同回復。】

心齋張潮鈔

友聲新集卷四

友·新四1

與張山來

仁和 王晫 木庵

五月廿四日正遣人將書一封托沈宅奉寄，而沈宅恰以補寄尊翰相授，開緘則《昇稱》草本在焉，其中票出如陳章侯、張公亮皆卒于本朝者，例得載入，如宋撫軍之宜稱中丞，吕半隱之宜稱奉常，修和之爲吴司理某，先生自爲改正可也。弟向作《松溪十友贊》，竟以賣花老人爲宗定老，故不得不以此實之。至興化李若老别號雖多，而錫山錢礎老亦有十數稱，皆不能備載也。前台札云『丙集已刻就三十種矣』，今蒙示選目三十種，不知只將刻就者見示乎？抑所收丙集樣本止于此乎？伏乞明示，如果種數未足，以便爲先生留心。所委訪購書目曾于朱竹老《日下舊聞》内見此種種，心竊好之，然頗難爲訪購也。容再報，不盡。【復尺·九6；尺·九16復。按：友·新三35、友·新四1共同回復尺·九6。尺·九16乃是友·新三35及友·新四1的共同回復。】

友·新四2 **又** 同里 **畢熙暘** 嵎谷

不過高齋者忽覺一月有餘，雖夏日欲避褦襶之嫌，然素性亦不喜揮汗訪友也。昨於梅雨傾注之時，閴[一]檢故友查梅壑手札，共得二百一十三紙，言言道誼，筆筆菁英，誠雨窗樂事也。漫賦五律一首以志之，録請教正，未審閒中能賜和否？

友·新四3 **又** 同里 **汪士鋐** 扶晨

外日一椷權復，諒投記曹，横逆之來，想已悔悟自息，犯而不校，益見山海之度耳。讀尊公老伯大人全集，詩力之厚，不獨於新安罕見其兩，即昌黎之後無復昌黎，我新安黄岳先生，真可直接昌黎，超宋元明諸公而獨出也。焚香盥手，肅然静對，爲之斂容，爲之屏息，快慰何如。今合大作共成選本，令祖老先生詩已梓就，餘已付梓。大著小傳候自撰付弟，恐不能詳也。諸大作有自得意未經選出者，幸細示知，不妨補入，多多益善，好詩流傳，讀去惟恐其盡耳，但求即行知會。卓

[一] 按：『閴』疑當作『閒』。

子老《遺民詩》一刻極好題目，吾鄉程蝕庵著作頗多，晤中望年兄極爲慫恿，爲好友多傳數篇，亦盛德事，想年兄必不遺餘力耳。臨穎不盡。

友・新四4

又

無錫　**顧彩**　天石

弟從山東至此，不覺又淹二旬，溽暑蒸人，不獲時接故人言笑。幸今稍凉矣，本待燕客回署，與之盤桓，昨令人細訪，乃知渠在雲間，受代無期，則住此無益。月來惟當疾赴白門覓一静處，少親帖括，弟于此事久擬棄擲，伏櫪老驥，忽思長鳴，背城借一，决于此舉，惟藉先生爲我助鼓三通，拔幟而歸，不亦快乎？

友・新四5

又

同里　**劉彬**

奔走風塵，不遑寧處，高賢在望，有失追歡。頃自池州來，吾鄉梅村葉瑞屏先生爲建德廣文，晤間深慕老世臺佳刻《虞初新志》，心儀久之，囑弟到揚構求一册，以爲案頭清賞，倘蒙推分，望惠一册，足徵雅愛多矣。餘容晤謝，不盡。

又　山東　孔尚任　東塘

魚雁常通，浮文不贅。黄交三來，以先生叢書二集充爲贄禮，備細讀竟，見凡弟所寄皆荷鐫入，爲榮多矣。謝謝。留滯京華，弗克歸山，度日如歲，知已聞之，當必見念也。令親黄生諱堂字斯肯者，在御史黄公諱秉中家設帳，知爲令弟内舅，近在門下，其人沉潛，將來大可期望。詩詞頗佳，相與極廣，見案上叢書，甚喜，欲乞代請，然弟見乙集首有『如取如携，傷廉傷惠』之語，何敢遽爲代請，想爲令親，或又不同耳。將來南游，相會有日。汪半亭居近岸堂，盤桓朝夕，囑筆拜意。臨楮依馳，曷勝翹溯。不宣。【復尺・九20；尺・九28復】

友・新四6

又　濟南　王士禛　阮亭

客冬假滿入都，至今半載，略無暇晷，拜奉手教，深感注存。謝謝。龍眠先生南歸已久，其公子無深交，故未以台札付之，今并錦硯二事仍附回，江淮間郵寄差便也，其外封係誤拆，希諒之。畢先生前寄五言，風格甚高，無慚名父之子，如有新詩，莫惜頻示。扶晨、于鼎皆爲切致，于鼎屬選吴非熊、程孟陽詩，公事蝟毛，尚未卒業，統希代致。臨啓神馳。【復尺・九9；尺・九29復】

友・新四7

友・新四8

又　同里　朱觀　自觀

尊稿一本，真州返棹即已奉璧，想照入矣。舊歲閲大著，曾録數首置案頭捧誦。兹復增新作，共計十五首，加以評跋，雖不足稱揚萬一，聊以志愛慕之忱，擬登《詩正》拙選，以爲集中之光，先將録本呈閲。又汪寧老、吴仲老二君與弟札附覽，覽畢統望擲下是荷。

友・新四8附1

附　汪熙楨　寧士

礫石流金，忽接手翰，清風與故人俱。佳選鼓吹藝林，讀鶴栖先生序，固見當今以此事推君，然《三都》不因元晏重也。伏承賜和，并諸年翁佳咏，琳琅奪目，一一當借光。謝謝。張山翁集咏，心源獨濬，詞壇罕見其匹，豈李杜後身耶？并煩謝教。草草布復，俟爲及門輩料理場屋事畢，統容求教。不宣。

友・新四8附2

又　吴從龍　仲雲

攤書北牖，顧影頽唐，忽拜琅函，宛自九天而下，披讀躍然喜也。張山翁大刻見貽，真掞天妙手，錦心綉口，詎意于古人千百年間翻出新案也哉！把玩尤不忍釋，希便中爲道莊謝大教，如何？猶憶弟甫垂髫時，與山翁同受知于郡公祖鄭公，覆試論策兩藝，援筆立就，迄今念之，忽忽如昨日事。今山翁不啻天上人，雲泥之隔，徒慚形穢耳。幸致區區，感感。

友・新四9

又

奉天　**靳治荆**　熊封

邗江秋老，足占嘉祉日臻，著述之富，又不知何如矣。前承翰教後，即有數行報謝，不謂道里齟齬，以致徹覽遲遲，諒蒙台鑒。兹游鱗適便，特此申候邇綏。弟頻年苦累，又攝太末荒殘之區，諸務棘手，無一善狀，遥睇紫氛，如在天際，不知何日續良覿，念之實勞我心。《昭代叢書》丙集竣事，幸老年臺惠我全帙，一浣俗塵，尤荷知己雅愛。弟亦代爲訪得名流雜著一二，倘尚可續，幸一示知，當即郵上。草草，不盡欲悉。

友・新四10

又

池州　**沈思倫**　契掌

吴山賓先生爲樓山六世弟，博學高行，亦今之碩果，已八十五矣，精力尚勝後生，年來即爲弟西席，蒙諭取所著數種，容遲抄寄。《目例异同》其自序誠有可删，既采入尊選，或即以論起，不必存序，如何？惟裁之。《幽夢影》一書頗望刷印多見惠幾册爲妙，諒不吝教。弟今秋以俗務累身，未得與科場事，念及高賢，不知何日得乘便舟一過訪也。悵悵。《讀書論世》一刻更見美意，此公學識最高，真一代古文手，雖不無偏論，而亦自有佳處。前歲蒙以所用匏道人印章轉贈弟，用心甚感之，惜近來目失明，爲之奈何。【復尺·九3；尺·九19復】

友·新四11

又

興化 **解鼎基** 陽山

秋光蕭瑟，最易感懷，先生拾雨中桐葉，觸景題詩，其寄興深遠，味溢言外，基讀之，如桓子野聞清歌，輒喚奈何矣。唐人『霜葉紅於二月花』雖是名句，然尚多一艶字，若説至情，恐遜先生一籌也。

友·新四12

又

京江 **錢壽軨** 次辰

恭惟老年臺先生鋭穎專英，修綆汲古。胸儲二酉，探琅環石室之奇；座擁百城，窺宛委仙都之秘。擅天人之博洽，踵武茂先；擷詞賦之菁華，齊驅平子。蚤飲香名於江左，夙推雅望乎竹西。弟未獲識韓，徒思御李。猶憶十五年前作客邗水，從先表兄潘雙南暨家季鶴山游處時，即耳熱先生名。蜀嶺春風，隋堤夜月，旗亭花舫，詩酒徘徊，風流藉甚，徒以才譾分疏，未敢晉謁。嗣緣蓬梗燕齊，旅食晋豫，傖父面目，不齒士林。年來遁迹丘園，息機筆墨，偶乘秋興，放棹焦岩，坐山僧櫟亭精舍，見先生所輯《昭代叢書》初集二集，率爾寓目，不勝醉心，誠可謂釀萬花而成蜜，彙千腋以爲裘者也。讀之不忍釋手，而舟子以風便促人解維，割愛渡江，悵怏何似。歸途心口相語，念先生知名海内有年，著作等身，剞劂充棟，久經膾炙人口，今始獲染指一臠，輒望朵頤全豹，未嘗不自嗤還自愧也。聞先生廣贈同人，嘉與後學，擬作一詩代懇，未免小巫氣索，不克成章，敢敬達蕪緘，用披丹悰，倘蒙不棄菲葑，恕其冒昧，以叢書兩集惠教，慰我調饑，洵不啻百朋之錫矣。且聞大集頗多，求者日衆，未免疲於應酬，附上側理六方，少資印費，若可於叢書外再惠別種一二，則感逾望外，先生將無哂其未得隴遽望蜀耶？餘情覼縷，總慮有入寶山之嘆耳，伏冀鑒其悃忱，俯俞所請。臨穎曷勝慚悚，顒望之至。【尺・九27復】

又　繡水　王臯　司直

友・新四13

昔青蓮之《與荆州書》，亦其氣誼學問有足以感動其心，不能自已，故雖未謀面，而即致書以通其慕望愛悦之情耳。先生固今之荆州也！今秋在洪昉老館中獲睹大集，展閲數葉，已爲敬服，及接舍親沈契掌所寄《幽夢影》，盥手捧讀，不覺心曠神怡，頓開茅塞，誠爲大幸。雖向蒙四方名彦不以鄙人爲樸陋，常賜教著述以光拙選，然如先生之宏才博學者，未可多得。因思吾人讀書，每見古之襟期曠達，自命非常者，輒恨生不同時而與爲賞奇晰疑傾蓋定交以成生平之快事，今生同斯世，而可無一言以通其慕望愛悦之誠乎？因不揣弇陋，僭評數語，欲附驥尾，想先生或不以爲厭也。茲因書肆便人，敬布荒函，殊慚冒昧。臨楮不勝瞻依之至。

友·新四14

又

同里 閔麟嗣 檀林

病中屢辱通問，極感。賤體雖稍稍平定，然時作時止，奈何！《史懽》一書，輯之非一年，采之非一書，删之又删，仍存此帙，字數如來册可謂簡而盡矣。謹呈作手大教，其宜存宜删宜補，煩賜覽一過，自得其消息。古人著書，原非一人一手之力，况高朗如先生，虚以受益如弟者乎！萬乞直爲指示，乃見朋友切磋之益也。如合台意，或能付之梓人，以附不朽，否則仍祈付徒兄發來，是所至望。此册乃弟力疾草成，苦無副本，千祈留神。不盡。

友·新四15

又

安慶 潘介 幼石

拙作得入大選，增價十倍矣。敬謝敬謝。輓天外詩纏綿真摯，高義古情，翟公所謂生死交情，乃於佳什見之，捧讀之餘，至爲泣下。前諭《寧古塔志》已覓得謄本呈上，原本仍望發來。弟久欲同宣左兄來謁，適左兄以家務耑歸不果，故遲遲報命也。左兄一到，即同來候，并謝注存。草復，不盡。【復尺・九23】

友・新四16 **又** 同里 **汪士鈜** 栗亭

年兄著書等身，海内之士，望心齋先生如泰山北斗，而先生自視欿然，方今文章鉅公，如龍眠相國、新城大司寇、平湖侍郎、綿津巡撫，莫不嘖嘖才名，見之交游通訊中者，僕亦習見之矣。大集種種，弟皆藏弆有年，以限于卷數，不能盡登，誠爲割愛。今又奉到近札二通，并未見佳刻數種，一一領閲，内有舊見者三種。今擬以《凱旋》十四章爲大集冠，撰有小序呈電，如仍有删改，望早寄示，計九月必梓及矣，刻資領入，即付梓人，并買紙印訂也。故鄉梓人少，遴刻手之稍好者不過二三人，若與散刻，又參惡手刻壞，命其到舍，悉自照看，不得不遲，一成即當馳寄也。匆匆布復，來人甚老成可語，倘不時往來，便希賜教。臨穎不盡欲言。【復尺・九24】

友・新四17 **又** 三原 **梁嘉稷** 五桑

古今來詞章性命之學，恒不能一身兼而有之，雖以劉穆之之才，弘通肆應，輒亦有所不逮焉。

以觀於我心齋先生，所謂天授，非人力也。顧家世貴顯，乃獨閉門下鍵，著書幾於等身，天下讀其書者，如見其人，即未讀其書者，亦莫不想望風采，購求其書而願納交於其人也。先生淵博精敏，發爲辭章，若先秦兩漢以及魏晋唐宋，罔不溯源窮流，含英咀華，出諸口而運於手腕間，而又根柢性命，上自洙泗，下迨濂洛，咸洞貫其中，取之甚廣，施之甚溥，何其一身兼備，而綽綽然有餘裕哉！以是海内皆仰先生如泰山喬嶽，願執鞭承蓋者比比矣。孔融座上，元禮門前，獨少一粱生乎？况近在里居，不一登君堂，識朝宗面目，豈非异事？而纍纍大集，向在四方，曾竊窺半豹，亦未獲盡披讀，《論衡》希世之寶，竟無由入中郎帳中耶？謹修剌晋謁，并托剞劂氏繆子代求大集，若以爲孺子可教，知圯上先生定舉以見授矣。再拜以請，當今弘獎風流，與許氣類，惟先生一人，望塵先謝。臨楮可勝企切屏營之至。

友·新四18

又

綉水　王概　安節

廿餘稔來，飲食寤寐於我山翁先生之道德文章，未嘗少輟，先生駕出黄海，聽濤廣陵，尤弟熟游之所。時擬蒲帆挂月，留叩尊前，式攄積素，并請洛誦等身撰述。憾是小恙因仍，邇復兒女婚嫁，塵冗逼迫，不翅敗絮之落荆棘，以致高賢在望，徒切神馳也。二舍弟頃自淮歸，云與昊翁夜泊城下，摳衣座右，甚感雅誨。弟欣羡之餘，壹若身受。手札旋寄二舍弟，舍弟出閲，極荷清問，我輩心智久接，聲氣相孚，即數千里外，尚如同堂，况此隔宿程，自不能終阻人一往再往，先生幸爲弟稍待，有日自載酒問奇矣。兹值便足，挑鐙立草，通賤名向記室，粗笨文稿，特求抹正。尚有如許述作，皆近賢者，欲呈槩閲，或可采存，匆迫不及，容嗣寄將。弟近爲星源張紫佩大令輯梓《畫梅世系》，亦好嬉子，奈几上缺印出本，一二日間書肆人可代呈。《昭代叢書》甲集、《檀几》二集，弟已覓得藏弆，深感采入俚筆《學畫淺説》，附鴻編永傳不朽，鳴謝無盡。但《昭代》二集急欲一觀，肆中無有，若尊前有存者，幸惟擲教，弟當以他書奉報。油凍燈昏，恀憛不盡。【尺·九32復。按：尺·九32是友·新四18、友·新四19、友·新四20的共同回復。】

友·新四19

又

秀水　王臯　司直

小春下浣，冒以荒函寄候，雖心爲仰止，猶未得一識芝顔，不過想像其丰采耳。及廿四日薄暮，二家兄自淮上歸，因告以有字寄尊前，而不意家兄已爲握手論心矣。嗣後復接手教，并惠大刻諸種，焚香披讀之下，不异身接芝顔，則由此神相往來，豈偶然哉。尊著《幽夢影》妄評續貂，或有可録，擇而取之，則弟亦賴以傳不朽矣。見寄書目中有《禪世説》《仙世説》《聯莊》《聯騷》種種佳集，倘能下頒，不啻金珠之錫。弟構有拙畫一幅未竣，俟竣時自爲寄呈一笑。臨楮不勝瞻依之至。【尺·九32復。按：尺。九32是友·新四18、友·新四19、友·新四20的共同回復】

友・新四20

又

綉水 **王蓍** 宓草

寒江帶月，由淮抵河，當風雪之淒其，閱波濤之浩淼，所歷邗溝舊游地，殊難爲懷也。但以得與先生把臂論心，大慰廿年來相思之切，且惠以大刻種種，俾舲窗尺讀，令人頓離塵境，不异置身蓬瀛弱水，却笑腰纏騎鶴者，不及弟之歸舟矣。抵舍正擬拜函致謝，而先生更以手札下及，感知己情深，寧有既哉！兹以王宗伯遣役邗溝，附此寄候。宗伯前泊舟邗關時，且備名柬，兩次入城，欲奉訪尊前，因有所阻，思之殊爲悵然，諒明春再過，定當相晤耳。兹以匆匆放棹，尚有拙刻數種，未獲印成就政。前見大刻書目，如入寶林，但以不得盡讀爲恨，猶有得隴望蜀之想，先生能無笑其貪得無厭耶？家兄、舍弟各有緘函寄候，幸爲照入。臨楮依依，莫盡覼縷。【尺・九32復。按：尺・九32是友・新四18、友・新四19、友・新四20的共同回復。】

友・新四21

又

如皋 **張九鵬** 萬程

八九年不晤，客歲于醇社一觀芝顔，匆匆一語，又不得暢叙離悰，悵歉之極。弟日來窮促之甚，是以失候台安，料長者襟期，自當容納，必不拒人于千里也。兹舍親欲乞舊所刻悼亡詩暨《詩幻》二種，弟已慷先生之慨，幸而贈之。外另有著述，乞多贈幾篇，弟開春北發，奉之王公大人，异日黄金臺上，需郭隗諸人，舍先生其誰與也！臨楮依依。

友・新四22

又

仁和　王晫　丹麓

十一月初七日得接先生十月二十日札，至十二月初七日又接十一月二十五日札，兩讀瑶緘，似弟十月十一日所寄小牘，尚未蒙賜覽，不識此時曾達記室否？捧誦『冉冉』四詩，嘆有同心，弟向亦有《老至》一詞，雖謂真切，然豈能及先生體格。高老五律之長城也，録藁呈政，聊以爲笑。姚升老九月仍赴象山，所著《大易證史》，弟亦未見，來歲倘得開科，或回省城，當面詢有無報命。十月十六日，吴江徐電老有書致弟云：『昨晤揚州郡丞周燕老，曾説及山老《昭代叢書》，渠想慕之至。日下正在重刻櫟園先生《閩小紀》《字觸》《印史》各種小品，燕老現任廣陵，若山老一往晤之，甚妙。』特此奉聞。如往相晤，并乞爲弟轉索《閩小紀》《字觸》各種見惠。弟往刻《今世説》内載櫟園先生嘉言懿行頗多，想此書燕老定已見過，必不吝教也。來雜文二十一篇，俱從各本搜出，命幼孫呵凍抄成奉寄，似可備《虞初》兩三卷之用。又唐翼老《坤輿格致論》并上，其可入叢書與否？悉聽尊裁，非弟淺識所敢主也。書到之日，得即賜回音，感佩無涯。倘逼歲除，或多尊冗，但求寫一條示覆，云『某日所寄之書俱已收明無誤』，弟便放心矣。餘俟新正再候台教可也。外有雙名二條，煩爲弟補入《雙名志》各條下。《虞初新志》蒙載兒子拙編，欲求印全樣一帙，未審可否？丙集何時可告成功？統希示知爲荷。

友·新四23

又

長洲　褚人穫　稼軒　石農

夙欽山斗，未遂識荆，而文字之好，頗有同心。前晤毛鶴舫、陸雲士兩先生，極道高雅，愈知先生胸羅萬卷，眼空一世，以當代而有先生，又誰謂古今人不相及也。弟自愧淺見渺聞，《堅瓠》拙集聊存一二睹記所及，殊不足當大方一笑，而先生乃肯寓目，其間瑕疵正多，惟祈摘示爲荷。比來得讀《虞初新志》等書，方深嘆賞，而手翰忽頒，恍如晤對，兼惠佳製種種，觸目琳琅，使人應接不暇，何幸如之，何感如之。所云拙刻中借重大文處，緣於書肆廢册内偶見《聊復集》數頁，如獲吉光片羽，因即藉爲拙刻生色，正恨未得一窺全帙也。續、補、廣、秘數卷，暨《續蟹譜》《游河説》，敢呈記室，倘有可采，望爲痛加删削，得入《昭代叢書》，幸甚。將來有餘集之輯，求先生椽筆一序。佳言軼事如《憶聞録》之類，懇賜郵寄。渴欲親炙休光，面聆誨言，奈道里阻長，衰年不能遠涉。滿擬舍侄愈計偕北上，道經貴郡，令其叩謁，親承教益，不意同行諸友自丹陽起程，不果所願。兹因鴻便，一函申悃，遲答之罪，秋間已托丹麓先生郵致。希照不宣。【復尺·九18；尺·九33復】

友・新四24

又

同里　**程元愈**　偕柳

年來鹿鹿無狀，以致長者之前，通候都疏。夏秋間留金陵數月，時時與戴田老相聚，輒嘆上江風氣寥寂，因約有《今文》之選，擬爲安徽諸屬稍張一軍，徵啓奉覽，望先生勿吝珠玉，并祈傳布吾鄉諸同人。近刻數種附請教定，外册希致朱自老，開歲稍暇，容另録鄙作，屬其丹鉛也。《叢書》丙集已見《石經》一編，餘想次第付梓。張鈍翁先生諸小著，萬祈留意表章，拜懇拜懇。呵凍草草，不盡。【尺・九10復】

友・新四25

又

如皋　**佘瓌**　文賓　自玉

昨駕枉臨，有失倒屣，抱歉之至。承惠佳刻種種，如入大酉洞天，目所未睹，不覺神思頓開。聞叢書另有初集二集各五十種，搜奇剔异，定多奇妙，弟深恨未之見，倘老年臺不吝珠璣，傾筒賜教，真勝百朋之錫矣。貪之一字，吾輩所戒，獨於徵求异書秘典，不妨犯此戒也。諒老年臺定不我責。外拙句書陳郢政。

友·新四26

又

泰州　**張符驤**　良御

雲谷勝游，快通情愫，歸寓細披佳刻，何乃章及卑人，使天下志士聞之，知一落筆，即有嗜善之人垂之梨棗，則不復輕易以一字迹出户外，如處女自愛乃得。至吾兄所賜舊札，彼時未得從容快論，亦不意兄遽已付梓。昨讀時，使弟置身事外，亦覺疏脆可聽，但恐只如前人所謂以辯勝者，幾于能使臧三耳矣。世間可説道理甚多，弟又何必定與吾兄争一張九四耶。叢書弟向止拜《檀几》之惠，此外尚求徧賜一披。并製烟頒下少許，助塗鴉之費，望甚望甚。弟向年選本朝古文，梓已得六七分。來草稿三册，送兄一校正之，自知批尾之言尚不落林西仲、過商侯諸家説數。約略費百五六十金，再静攝三月，即可以行世矣。或兄不以爲謬，相與從事，則當視田有之例，然而不敢强也。在此尚有數日留，欲俟鑾輿回後，見一二巨公，或可再謁元亭，然亦未定也。【尺·九31復】

友·新四27

又

陝西　**張鼎梅**　嘯月

别來五易干支，寸心千里，日繞寶檀數匝，蓋神明性情之相關，求自解不得，非故作寒暄套語也。十月望三日，陳西老使到，喜接雲翰，兼賜尊祖大人集暨佳刻數種，洗心卒業，引人入勝，益羡老仲臺以雕龍綉虎之才，樹幟東南，主盟壇坫，自王公以及海内人士，靡不籍衣被而飫緒餘，其名榮矣盛矣。顧獨慮老仲臺玉質清癯，宛如洗馬，兼之春秋日茂，或冀於名場中急一轉頭，味彭老之餘言，希松喬之遐算，其裨益不較多乎？區區之私，祝望良切。弟山居幾載，抱膝食貧，足未嘗一涉公府，木石鹿豕，性寔相宜。今春忽奉部檄截選，行將捨松月，弄簿書，作錢奴宦婢面孔，山老想嘯月子能堪此耶？計新歲花時，勢必脂車燕山，仕路茫茫，未卜何時復同老仲臺把臂湖山，一聽二十四橋玉簫耳。兹因西老索報，敬修蕪啓，仰候崇禧，瞻望弗及，慨當以慷。臨穎無任溯馳之至。承錢十青兄惠寄選詞，匆匆不及專函致候，煩便中叱及。【復尺・八44】

友・新四28

又

關中　**張鼎望**　令公

夏日接片札云客秋有瑶函書籍之頒，愚意以爲即客夏所寄，又云弟次札『已收到，因目下懷抱作惡，不及裁答』。乃今十月十三日又接長札，并書籍一束，而札中所言，大抵皆補前札未盡之辭，於弟次札則一不及。初視之茫然，反覆詳諦，始知長札本在片札之先，片札到日，此長札尚在濡滯，此札經歲後達，想緣陳西老萍踪無定所致，若托舍親申六老寄之，必無此患。承惠令祖太老先生詩集，冲和秀令，足爲後輩矜式，其餘諸刻八種十五册俱領訖，按之冰紋書目，無缺欠矣。

屢荷百朋之錫，感勒非輕。其《逸民四史》等集，命意極佳，纂録之亦易，但恐鄙見未必有當高明耳。前呈先人舊著數種，原求表章，業蒙尊諭代爲留神。今忽將所抄先祖《手讓文》并填詞擲還，豈偶誤歟？又閲《檀几》餘集，俱零星小品，先祖《手讓文》例應得采入，何老兄臺先生竟不一顧宿諾而棄置之耶？若疑先祖生于明代，先祖於順治丙丁間就養先君宦署，兩受恩貤如令甲，非前朝人也。伏聞先生自己卯夏失足坑阱，又爲宵人所侵螫，手足相關，不勝憤切，顧人生坎坷，雖古昔聖賢亦不能免，況我曹乎？惟善爲排遣是幸，明知邪不能勝正，遥計此時魑魅已技窮矣。不識先生暇日肯取弟次札一一寓目乎？兹因陳使索音報命，呵凍數行，敬候興居。然前札未聆台教，兹固不敢縷縷也，并諒。【復尺·九1；尺·九34復】

友·新四29

又

泰州 **張符驤** 良御

雨鈴風鐸，百感紛來，乃信旅食者不如安居之樂也。海内無幾知己，千秋之業，舍吾兄其誰與商之。前雖承手示，非所願聞，恐是一時權宜之答，終欲藉吾兄明眼大力，一襄不朽。充吾宗兄平日嗜善靡寧之心，當不以弟言爲河漢也。前奉樣本不過三之一，此事大有商量，恨不得朝夕從兄從容細論之耳，果有繆誤，不妨摘出以俟改正。『信今傳後，不争目前』，水鏡先生兩字矣。倉卒促裝言返，未及更叩元亭，姑將前樣擲還，真有文字之好者，『印須我友』，溯洄以從，未是難事，但遥遥不可必之數耳，如何如何。敝友徐彤章昆玉，夙嗜文章聲氣，尚論之識，未讓我曹，捧檄亦在即矣，今冬值其强仕，欲匄一言以光屏幛。來箋望於著述之暇，一戲墨及之，則叨光不獨在彤章矣，猝不及領，準俟季春。外一綾轉致諧石兄，届期彙取。渠三十歲時，曾荷諧老贈言，想尚能記憶也。耆舊凋謝漸盡，即查二瞻、黄儀逋已不可得，何况其他。偶泚筆報兄，不覺剌剌不能了。諸惟台照，不宣。【復尺・九31】

友・新四30

又　　同里　**汪士鋐**　扶晨

弟自正月廿八送客跌傷右體，足不能立，痛楚萬狀，扶掖起居，迄今廿日，尚艱澀如故，苦難筆盡。恭聞聖主南巡，臨幸兩山，此開闢至今未有之事，七十二老人敬撰《天子萬年頌》一章、《三十六峰迎鑾曲》三十六首，安心到慈光迎獻，生逢其盛，樂有頌颺，非有他望也。今一跌不振，病魔爲我藏拙矣。客冬至今，山中督理修路，弟與高父母相商，極意護持。又尋湯口程恒益、張謝諸士人出與細商，量砂路險者稍平，一松一石，萬萬勿動，又通會兩刹及雲舫、珠林、獅峰、貝葉諸庵僧衆加意護持。習知聖主巡幸，履險如夷，萬勿開鑿任意，每舉檀林先生詩中二語『伐餘木石須當惜，莫等恒河一粒砂』，切切相戒。年兄舉江村先生日記相示，亦此意也，今竊幸有同心矣。日來正印訂《歙南五先生一家言》，恰好信到，即刻索回音，不及訂，今印上三十本，乞電入。如印若干，希示知。臨穎不盡。

友·新四31 又

同里 **吴雯炯** 鏡秋

十年企慕鴻名，一旦得親光霽，其爲樂也，固有出于尋常萬萬者。況復重承雅誼，不鄙疏庸，放舟納凉，飲開河朔，收荷香之習習，迭賡和以爲歡，此時此際，不居然天上人乎？瀕行更蒙分贈大刻種種，粲然如珠玉溢目，自揚抵豫，昕夕于孤蓬下讀之，頓忘身之是客，先生其洵能移我情哉！比來自應多祉，著述益富，便中能郵示否？外《啞孝子傳》一册附上，似可入《虞初新志》。因風肅候，春波芳草，不盡依依。

友·新四32 又

黄岡 **王澤弘** 昊廬

天氣炎熱，學道家正欲薄滋味之時，即多食，不過滿腹，何敢當盛饌見頒，致煩多費耶！謝謝。自後往還，願存雅素，方可時謀促膝，以聆塵誨也。如何如何？

友・新四33

又

奉天　**靳治荆**　熊封

舊臘捧手示，具荷雅懷，敬謝敬謝。時下薰風應候，想喜祉益當倍臻矣。一春鹿鹿，襍著未遑多購，今附到姚江先生一種，其長公主老〔一〕四種，内附萬履安先生小品二篇，有可采入大刻者，統在冰鑒之中，諒無待復參鄙見。但丙集全帙仍惟先惠讀爲望耳。季野先生書一大封，舊歲老年臺一寄到時，隨已付其令侄孫開遠兄，比時季老在京，故無回音，今季老雖作古，台函自有所屬，不致浮沉也。并此藉復，不盡。【尺・九35復】

友・新四34

又

杭州　**吴儀一**　舒鳧

僕少失學，長困于游三十年，載籍之林，涉獵而已，非有所知也。近以風木之感，息影苫廬，所讀唯軒岐家言，將托迹于方伎，不敢復言著述。里中故人多疏闊，獨松溪主人時時往還，嘗見示叢書數集，知爲心齋張先生共事編撰者，高文瑣録，細大畢收，自是天壤内不可少之書，祇辱采

〔一〕按：此處『姚江』當指黄宗羲，『主老』爲其子黄百家，百家字主一。

拙著一二爲玷耳。家刻玉茗劇，閨襜小語，本不足觀，亦以松溪謬許，遂塵典記，乃遠荷翰劄，過相獎譽，與寒荆對誦，殊益慚色。又承惠詩歌雜文各六本，詩箋五頁，尊經之餘，及于禪悦，莊語諧言，無不入妙，求之古人中，惟東坡差可方擬，它家守一氏之説，無此廣大辨才也。硯匣鏡臺間，驟得鴻寶紛披，頓覺菱影光增，墨花香發矣。緣衰绖中未敢以不祥之名報謝，遲遲逮今，始克裁答，曾囑松溪申意，定爲雅量所容。至先生名山之業，幾于充棟，蒙允次第寄貽，不啻如望歲焉，以果枵腹。僕舊刻零落未全，今謀剞劂《仲景論略注》及《醫方辯誤》，俟彙集成，便當呈教。附上友人贈言三篇，非以自章，知己如先生□〔一〕欲知僕近狀耳。臨楮依企，不盡願言，主臣。【復尺・九7；尺・九37復】

友・新四35

又　同里　程愈　偕柳

新祺萬福，不卜可知，惟有遥賀。去冬曾具一札，并近刻徵啓奉寄，未審已蒙賜覽否？《叢書》丙集想又梓若干種矣，奉托張鈍翁數編，萬望采録一册，不特頓翁瞑目泉下，即愈亦銜感於無窮也。切禱切禱。《江上今文》之選，各郡已次第郵省，敬懇鴻篇及知交中名作，以早寄爲祝。戴

〔一〕按：原文空缺一字。

田老去冬携家旋桐卜宅，距郭廿里，曰『南山崗』，或便馳往亦可。頃客汪爾老郎川學署，因人便還揚，率此奉候，不盡匆匆。【尺·十9復】

友·新四36　**又**　**汪士鋐**　扶晨

手教并找刷印乙金領到，今照來本改好，又刷印上四十本，乞電入。簽頭原對字本一應皆在封内。外附紫霞茶一錫，以供品泉，希哂置之。卓子老《遺民詩》凡已刻者，千祈老年臺多方覓一册見寄，杜茶翁、吴野老、申鳧翁，俱欲得而亟讀之也。蝕庵不知刻過多少，屢札托綺老應些刻貲，爲亡友刻得幾篇，亦是後死者之責。孫無老雖不大著名，附入遺民，亦可無愧，今日揚州求一孫無言以通南北聲氣，不可得矣。弟處有稿，倘能存得數篇，刻貲弟即應上，先生有心人，乞代圖之。《黄山修路》八截，録箋呈正，虚其半以待先生和章，知我兩人有同心也。【尺·九38復】

友·新四37　**又**　太原　**閻若璩**　百詩

兩番晤對，快所未聞，真可謂虚而往，實而歸矣。重有懇者：新城先生《唐賢三昧》《十種唐選》《五古七古詩選》暨《謚法考》，鄴架定有，盡簡付一目，感激何啻假三十乘也。望望。

友聲新集卷五

心齋張潮鈔

友・新五1

與張山來

同里　**程桂**　雯修

十餘年來，叨屬貫翁比鄰，得朝夕晤對於其喬梓，深悉先生文章氣誼，景仰殊殷，只緣衣帶之隔，未獲一覲光儀，悵惘何似。曩荷賜題小照，謹勒五中，亦未敢造次，一言申謝也。昨托守誠三兄懇覓高手書歐字鐫板。頃接回札示閱，不勝感激，特將抄本附到，已煩守誠兄詳懇。弟更有請者：詩文中純疵不一，或亦有之，弟固自知寡陋，且承諸名公雅意見遺，何敢妄參己意，雌黄一字，然竟悉以原稿剞劂，則又恐貽識者之譏，敢求先生大筆少加更易。弟另有字致洪秋士兄，或得共相校訂，庶不致過費清神。仍希一叙表出，斯成完璧矣，弟之銘鏤，豈有盡耶！不腆將忱，聊效野人之敬，幸鑒入是荷。【尺・九40復】

友·新五2 又 山西 龐弼 筆公 天池

弟於海内聞先生名熟，頃息帆廣陵，急欲一登龍門，藉倍聲價，未敢造次，乃蒙頒惠大刻種種，沐手歌讀，得未曾有。詩集驅使百家，爐錘諸子，變幻之妙，真如神龍不可測識。至於襍著，亦莊亦雅，可歌可泣，文采風流，略見一斑。聞尚有未盡者，入滄海而使有遺珠，愚者不爲，祈傾篋示之，以果枵腹而慰饞眼。弟雖山右鄙人，能讀能解，亦頗堪爲白家老婢耳。且將携之金臺，誇示知交，俾知貧士南游，收得如許奇寳异物，不勝于黄金十笏、白璧百雙耶？至雕蟲小技，真足貽笑大方，如不嫌蠅迹，但有所命，即當細書應教，弟自字云『筆奴』，不爲先生奴，而尚爲誰奴乎？泚筆以待。拙刻呈覽，實欲藉此領教，不然布鼓雷門，大膽不知耻，亦不應至此極耳。當齋心造元亭問字，料不拒而不納也。

友·新五3 又 寧波 萬世標 子建

不奉芝眉，夙深仰企，伏審先生槃澗晤歌，百城南面。前秋承賜手教，兼荷尊刻，先生咀含典記，雖經笥武庫，不足以方之。顧如標者，不學面墻，彌增抱愧，每當策蹇京華，思欲游歷江都，過聆清誨，而馬首匆匆，未遑少待，致有懷莫罄，至今闕如。先君《石經考》一書得附尊選，并光梨棗以垂不朽，先君雖未識荆州，而知音相賞，何幸得此風流儒雅如先生者耶！銘刻之私，何日忘之。是時，先君客京，偶患足疾，標得諭帖，不知所爲。即擬襆被就道，而華翰適至，因敬拾行囊，上達先君座側，竊念著書殊種，各欲就正，以部分繁重，命録小種。時先君以史事告竣，將賦歸來，披先生之情愫，出所著以供先生之點竄。不謂壬午初夏，忽焉謝世，顧所慇懃致念者，惟以不獲一見先生爲憾。初孤標在哀痛中，不敢以片紙通侯，兹當初虞之期，謹抄數種郵致鄴架，乞賜騐收，倘於乙夜校讎，有尊裁可以附梓叢書，是又先君之素心也。伏望不遺葑菲，用加校訂，先君儼然以長者重矣。行述奉覽，并祈賜之哀誄，永光泉壤。孤標可勝百叩呼籲之至。【尺・十4復】

友・新五4

又

高都　龐弼　天池

《集李》《集杜》尚未拜讀，《聊復》一集不知爲詩爲文，立名古雅如此，其書可知，并望畀我。《七療》如有，先賜一册，十斛俗塵，難以浣洗，得此不啻枚乘《七發》也。因讀大刻，五六夜不曾交睫。昨偶中暑，伏枕不起，而尊刺式頒，啓函得《博古牌贊》，纔讀數條，頓覺灑然，豈獨陳琳檄能愈頭風乎？紅橋之召，誼不敢辭，緣天道酷熱，尊體既不爽快，而賤軀亦抱微恙，彼此攢眉，恐不獲終日聆教。不若稍遲數日，作不速之客，煮茗敲冰，細接塵談，何如？昨粗紙求代印《感應篇》，祈諭工人早爲裝訂，恐在早晚挂帆，不能久待耳。適檢書目内《八股詩》《禽史》，如有印者，乞各發一册。不一。

友·新五5 又 海寧 沈嵩士 岱瞻

去冬風雪中，得接芝眉，頓慰契闊之感，復承名書之惠，如饑十日而得太牢，喜極欲狂矣。又念及長途蕭瑟，辭曰餽贐，何以克當，惟深銘佩耳。兹者：敝同門盛紫兄之便，附申嘉祉。敝同門爲江都公門下士，其文章人品，敝鄉有少雙寡二之目。渴慕老長兄爲廣陵第一流人物，思訂縞紵之歡，特索片言爲介，知相晤時定有水乳之合，無待諄囑。諸凡幸賜指南，感刻不獨敝同門已也。漢兄不及另啓，乞致相念。冗次草布，不次。

友·新五6 又 河南 周在都 燕客

先生以綜核之才，主盟風雅，爲名山不朽之業，所著諸書膾炙海内，人人以爲得未曾有，此真宇宙第一大觀，古今第一盛事。惠教大刻，敬置几案，光怪陸離，襲人眉宇，耳目聞見，煥然新异，時共桐陰竹韵茗碗爐香玩味久之，不覺煩襟頓釋，多寶藏又可當清凉界也。先大夫《閩小紀》鎸板早付劫火，今復梓之。《印人傳》《讀畫録》近又剞劂，并《茸城倡和詩》、拙稿三頁，計七種附上，祈大方教政。外《茸城贈言》一册求跋，勿吝珠玉是荷。餘不悉。

友·新五7　又　豫儀　**周在都**　燕客

先君子與太老先生文章意氣，爲水乳交，而弟復時承先生教益，誠厚幸也。贈言得經品題，當奉以爲拱璧矣。謝謝。《書影》一套，係家藏原板，先行呈政。《同書》《字觸》容搜覓奉上。餘不宣。

友·新五8　又　同里　**畢熙暘**　嵎谷

尊刻數十餘種，連年蒙賜者，已有十分之三，而弟以藏墨畫梅相易者，亦已有十分之三。今聞有新刻叢書，弟欲急得一部爲快，然斷無屢屢邀惠之理，而所謂藏墨畫梅之事，則已行之於前，不便復踵故智。今檢敝笥中，有《曾南豐文集》一部，當亦鄴架所備，然持此以求，庶使彼此無傷惠傷廉之失。台意或以南豐見重望，益之以《檀几》二集一部，何如？

友・新五9

又

長洲 **褚人穫** 稼軒

養疴杜門，未遂登龍，惟日披大集，如與先生晤對也。弟三月中過武林謁丹麓先生，極承清盼，去秋遲答之罪，托丹翁轉達，諒已爲弟荆請矣。兹蒙翰教，兼賜令祖老先生暨太翁老先生諸集，讀之益見先生家學淵源，世濟其美，弟不啻貧子暴富，兼且過於猗頓，何幸如之。餘集暨諸五六卷尚未竟，容日當采録呈政。序言蒙譽太過，謝非言既。復承惠文綺諸種，却之恐違台命，勉爾拜登。擬於秋間買舟過貴郡，登堂叩謝，以答厚貺。先以李司農《石園全集》暨拙集二部奉呈記室，幸先生哂存。臨楮依依，曷勝神馳。【復尺・九33】

友・新五10

又

杭州 **王晫** 丹麓

五月十一日，始接四月初四日台札，并《聖師録》數十册，既蒙雕刻，又叨紙價印資，先生隆情，有加無已，不知小子言圖報在何日也。《孝匄》拙傳又蒙采入《虞初》，種種雅誼，高并雲天，感謝之私，筆不能盡。承委二吴君書，俱即分致，舒鳬囑謝，尚容報函，寶崖云或再至淮揚相晤未定。《長生殿》下卷雖已刻動，還未知何日成書，聞渠意正不欲急竣事耳。《健松齋續集》一部，方渭老托奉教者。丙集此日諒已刷印完好，倘蒙見惠，須覓的郵，不致躭延時日爲妙。頃以其目示毛西河，亦托道意，且云老病不能作書申謝也。櫟園先生諸刻還望留神。外奉《金剛經紀驗》十箋，敢乞先生代爲傳布，幸勿厭煩。具感至愛，餘不備悉。

友・新五11

又

曲阜 **孔尚任** 東塘

屈指睽教，屢易春秋，梁月之懷，時殷寤寐。比來老年臺嘉祉罄宜，當此平山烟月，隋苑清風，豈但清興日增，而著作諒益日富矣。弟不獲一追嘯咏廿四橋頭，惟有神繞耳。兹遣小价詹英下江南之便，特命叩候台禧。聞李大郡有逸詩之刻，卓子任有《遺民詩》之選，然否？佳刻必多，小价返，幸勿吝金玉也。臨池翹切。【尺・九42復】

友・新五12

又

□□ **胡煌** □□〔一〕

晚幼時侍先君子側，曾聞江含徵先生云：『吾鄉山來張先生與吴園次、汪悔齋兩先生文酒唱

〔一〕 按：籍貫與字號原版俱爲墨丁。

酬，今之詞壇宗伯也。』先生耕耘書圃，弋獵文場，不啻教化之笙鏞，經綸之綵繪，晚急思一親炙焉，而難於游屐，未能也。因自念寄居海濱，賦質庸下，幼即失怙，母老家貧，雖粗識《詩》《書》，而未獲卒業，既無耳目見聞之助，復鮮山川流覽之奇，而所謂大人先生者，曾不得以薄識浮詞仰叩高深於萬一，悲矣！今春夏之交，將之吴越，舟阻維揚，於家姑丈范公孚處見先生《李杜集句》《箏歌》雜劇，晚讀之，手不忍釋。時家姑丈爲余言：『汝先君集中有《春風吊柳》《桓温伐蜀》諸劇，及徽郡唐守之、胡梅林諸公一全部向曾令優伶演之。』晚因思先君著此，雖藝慚博古，才謝專家，而午夜一燈，晨窗千字，良亦苦矣。顧使之湮没無聞，豈非晚不孝之深罪？素慕先生時開文苑之門，不拒問奇之客，晚因沐浴造先生之門，不意公出，及駕枉顧，而晚又放棹吴江，何晚之於先生慳于一見如是其甚耶？竊不自揣，將先君《吊柳》一劇呈上，望先生評其可否，可則餘劇嗣當録進，倘有言詞可采，幸不吝筆削，付之棗梨，豈惟晚没齒銜結於無窮，即先君九京亦藉以不朽。外有晚里言數首，皆信筆口占，聊以志一時之興，非敢云詩也，并希不鄙棄而辱教之。冒突威嚴，慚悚無地，臨穎無任翹切之至。

友・新五13

又

同里　汪士鋐　栗亭

前札復候，倏又初秋，故鄉旱既太甚，各佃借赦賴租，郡邑不敢問，儒生勢將飢餓死矣，奈何！《修路口號》刻成，今印上二十册，希照入。《遺民録·蝕庵詩》刻否？故友遺詩，想先生與綺翁必垂青料理。別駕公祖蒞任，風雅絶倫，安丘、武密遺風，又將復振。新安除海陽外，年來絶無講究，今得文章鉅公領袖于上，咸欣欣然有喜色而相告矣。不肖惜衰遲抱疾，無能復賈餘勇，櫜鞬而承壇坫，然亦喜之不勝也。方望子兄倘在維揚，望先生一垂盼之，老友得俾其無恙歸故鄉，則所造非淺鮮矣。【復尺·九38；尺·十1復】

友·新五14

又

平山 **崔岱齊** 青岟

久隔清輝，時勤企想，老年臺先生鍵户著書，汗牛充棟，名山石室之間大業，自應不朽也，可□〔一〕健羨。弟塵鞅鹿鹿，假暇無時，尺一之問，亦致疏節。過蒙垂注，遠辱瑶華，殷殷雅誼，惟有中心銘戢而已。别語悉之令弟年兄，兹不再贅。肅此附謝，并候近祉，臨風馳企。

〔一〕按：原版缺一字。

友・新五15 **又** 武密 **靳治荆** 雁堂

邗江秋滿，足占佳興之增，弟山城索寞，塵滓盈襟，北望能無翹羨？夏間承瑶音注及，兼蒙惠讀新詩，咏物言情，各極其致，正復觸吾近緒，敢以固陋自外？勉爲奉和，請正大方，惟知己有以教我是幸。叢書三集既經竣工，萬望賜以全郵，尤感老年臺之雅惠也。檀林先生起居何若？片椷寄候，希爲轉達。不宣。【尺・十3復】

友・新五16 **又** 同里 **程雲鵬** 鳳雛

張先生天下才也，不應於醫體獨無撰述。今者，弟有《慈幼筏》之刻，第十二卷發明藥性，意欲借重台光，此書補古人未備，大半爲寒家三世所藏經驗秘方。□〔一〕因江玉章翁欲代刻傳，故

〔一〕按：原版缺一字。

爾編論成帙，不意汪〔一〕翁下世，其子庸俗，不足與談。諸先生代爲徵啓，不列先生名者，欲先生作一序，以身入此中耳。倘親友中有樂善者，望不吝邀之，使得早觀厥成，天下赤子幸甚。臨穎馳切之至。

友·新五17

又　真定　崔岱齊　青峙

黄菊舒英，丹楓刻錦，遥審興居，定當與時增勝，欣慰欣慰。令弟在都，弟以塵鞅鹿鹿，有慚平原之誼，歉仄殊深。大刻遠頒，披讀之下，頓令塵氛盡滌，《漢魏》諸集，不得專美於前矣。但二酉之秘，尚未能盡窺，倘得再惠數種，則紙窗竹屋間，直如南面百城也，快何如之。率函奉謝，并候近祉。臨楮曷勝瞻溯。

〔一〕按：『汪』字循文義似當作『江』。《慈幼筏》凡例有『先生自廣陵返歙，坐江丈玉章齋中』云云，知前『江』字不誤。

友・新五18

又

黄州　**王澤弘**　涓來

企仰已久，今得晤對，已慰素懷，年兄杜門著書，諸如人事應酬，屏絶不問，乃廣陵市上一山中人，良可敬也。承賜柬見招，意欲固辭，因前者佳品見貽，再擾冰厨，未免過費。弟向有五篋之約，希俯從所請，弟來就教，令身心俱安，其紉佩實無既也。至切至切。

友・新五19

又

沭陽　**葛常夏**　□□[一]

淮水邗江，勢同脣齒，未獲一登龍門，稍叙譜誼，殊爲憾事。猶憶貫翁先生在沭時，每偕吕紫庭先生輩，杯酒劇談，道及老年翁文章道義，爲海内第一人，繼讀《虞初》諸佳刻，益信盛名無愧。最可欽者，敝邑學宫自地震傾圮，鞠爲茂草，老年翁越在鄰封，慨然捐金助修，迄今廟貌粗整，多士瞻拜有地，悉出老年翁之賜，宜遠近稱道勿置也。惟是不肖如常，兀兀窮年，老將至矣，景仰雖切，徒付之寤寐而已，奈之何哉！頃於友人案頭見老年翁《昭代叢書》一刻，有資博雅，并《友聲》

[一] 按：字號原版爲墨丁。

全集，望各惠一部，付來人郵致。臨書曷任主臣。【尺・十5復】

友・新五20　又

長白　**洪天桂**　秋岩

何圖　羲文

東塘齋中見《昭代叢書》，淹貫精美，搜剔無遺，真可與鹿門、貴與并驅，幸勿秘藏，假我捧閱爲禱。弟雜著數種脱稿後，另當請教，不識能附驥否耶？拙刻一册呈政。兹因沈方老南旋之便，耑勒寸函，順候近祉，統惟台照。不既。【尺・十13復】

友・新五21　又

武林　**王晫**　丹麓

兩月餘不通音問，懷想頗切，近毛會老在省城亦數問起居，其意欲求丙集，弟已代爲婉謝。但見弟《文苑异稱》尾尚有空木，欲將别號附入，另書一條在後，乞先生命梓工照式補之。柴陛老向有書一封，托諸際老轉致，久已浮沉，今特又托弟奉寄，伏乞照收，幸賜回函。《虞初新志》補刻四卷，諒已竣事，乞賜全書一部，以爲什襲之藏，内有毛會老《紀袁生遇仙事》，并望另印一篇寄示爲妙。

友・新五22

又　杭州　柴世堂　陛升

曩者曾以騈文一通并先徵君小品數種敬呈典籤，不謂爲若兄浮沉，後聞續刻尚緩，用是未敢再瀆。昨於墻東先生案頭得讀新刻，裒然如許，深悔續寄逡巡，未得一附傳書也。弟少所嗜好，唯見名人著述，不禁如道逢麴車，流涎希冀，以必購得而後已，然於先生述作爲尤甚。向聞先生豪舉頗多，揮金不忲〔一〕，兹何惜盡以先後所刻種種悉取寄惠，俾旬飢者而得太牢耶！山窗岑寂，燈火晶熒，耑候好音，以爲消寒之具。前書一通，小詩數頁，大類持布鼓而過雷門，毋惜郢削見報是荷。【尺・十12復】

友・新五22附

附前札　柴世堂

蓋聞左思有賦，藉玄晏而始彰；楊子談玄，賴桓譚而乃顯。誠以人無賞識，雖美勿傳；書乏表章，有佳不顯也。恭惟山來張先生者，天上張星，人間才子。司空廣博，久震東京；

〔一〕按：『忲』疑爲『吝』字异體『恡』字之訛。

平子英華，夙摽西鄂。秉持衡之玉尺，弘獎風流；築文選之層樓，抽揄月旦。集成秘笈，如觀曹氏之倉；裝出奇書，似入杜家之庫。極文壇之勝事，真藝苑之功臣。固已莫不奉若碎金，寶同枕秘者矣。世堂霸兒可鄙，伶子何知；生愧伯魚，早失趨庭之訓；并慚馬服，不能讀父之書。展先人之手澤，徒自欷歔；發㪚篋之遺書，都增嗚咽；自恨賤貧，末由剞劂。頃者，于丹麓王先生齋頭得觀尊選，載誦弁言，知蒙訪求而不得，因志遺憾于簡編。披讀一過，感切寸心；掩卷再思，涕零雨面。慨自雅道陵遲，文人傾軋，蔡邕得王充之《論》，但云秘之帳中；王騫慕樂廣之名，不聞録其述記。甚者，視後嗣之興衰，定前人之優劣；論生前之爵秩，爲選事之去留。考之近日，大概類然；問之文人，竟成通病。乃先生則獨持大雅，月旦無私，發潛德之幽光，構遺編于没世，先賢復生，負慚斯舉，此身未没，應感餘恩。用録小品數通，質之大賢門下，伏望重賜品題，續登梨棗。勿使茂陵舊稿，流落人間；應看天禄遺文，傳之域内。則先子固志德于九原，而鄙人亦銜恩于百世矣。因風寄意，不啻神馳，臨紙懷人，無任翹企。

友・新五23

又

同里　程雲鵬　鳳雛

佳刻領到，如與故人作平原聚首也。《感應篇》自是醇儒妙理，苦爲俗本塵垢，令人難置案頭，不謂龐君乃能擅如許神通，遂使厭憎者轉爲敬畏，敬畏者轉爲快活，自今不復有不奉斯篇之地矣。龐君欲天下無不善之人，弟欲天下無不壽之子，固有同心也。《慈幼筏》已刻七卷，餘者無從措辦工費，倘先生親友中有好善樂施者，乞邀得一二人，共勸盛舉，使得早觀厥成，弟當從自叙中推揚大力不既也。來教謂遭中山狼之變，此禍弟亦身親歷之，直唯以浮雲視耳，何屑較哉！彼固不能損我千秋名也。呵呵。

友·新五24　　又　　黄岡　王澤弘　昊廬

秋暮再至邗溝，景物蕭條，無可對語。所喜者，時與年兄大小阮相接，深情招飲，談論今古，消此岑寂，總不覺三冬之過半。寒江放棹，帶月南歸，又若積冗應酬，轉羡客懷清暇矣。借抄《左傳經世》四本録竣，謹以原本耑役奉上，幸查歸鄴架，奇文共欣賞，未得報以三瓻，奈何奈何。肅此言謝，匆匆莫盡欲語。洪昉老屬筆致意。月杪欲問歸棹，晤對當在開春矣。張燈奉寄，不盡縷縷依切。

友·新五25

又

同里 **吴從龍** 仲雲

髫齡相聚，華髮分携，睽隔以來，幾三十載。老年兄才大如海，名重如山，王公大人，争相傾倒，牖間寒賤，妄能易見顔色耶？笑笑。弟廿餘年來，每虚應棘闈，一試輒晤康疇先生，得悉起居，著述自娱，怡情林壑，曷勝天際真人之想。數載前，拜讀《友聲》大刻，去冬又承惠《集杜》諸編，令人驚訝無已，騷壇一席，老年兄真欲空前絶後矣。健羡，謝教。弟占籍江都，時作館游，近句二首，擬附家鏡秋爲媒，馳上左右，因彼行久，今托古愚先生代致區區，幸推夙昔之雅，進而教之，感感。家伯兄園居守拙，待謁西清，昨有札至，囑候近祉，他容開歲，當奉訪揚齋敦舊好也。臨風結想，不盡綣切。

友·新五26

又

淮安 **張培** 秦岡

僕慕閣下叢書者十載矣，無緣一叩龍門，每過維揚，悵悵而返。梁太史席上得接丰采，喜出望外。兹晋謁臺端，若蒙慨然惠書，僕將以薔薇水盥手捧而讀之矣。至先祖吏部公與太翁老年祖，丙戌己丑同科世講之誼，容面，不一。

又 同里 程桂 二金

秋間拜接琅函，啓誦之下，如親瞻光霽，少慰遐思。不腆將忱，既未蒙見納，反荷隆儀遠頒，不勝汗甲。謹登佳刻數種，俾桂時時捧讀，得開茅塞，拜惠良多。謝謝。花葛敬璧，俯冀鑒收。昨承寄守誠三兄處書樣一册及删改原稿，得先生偕秋兄斧削，并賜大序，不止爲全集生色，而桂之得叨光寵，豈有涯涘耶？謝何可言，惟有東望九首而已。附呈蒙葰湘蓮，少徵遠人之意。來集梓手甚高，若楚人，相去幾天壤矣。補到刻資一兩一錢，統希照入。餘惟台鑒，不盡依依。【復尺·九40】

友·新五27

又 同里 吴從龍 梅谷

弟前在邗晋謁台墀，即荷高軒枉過，一見傾倒如故，三十年之鬱，獲以伸矣，快極。拙詩急于當面求教，所以未即覓箋請正，尚容後報，如何？佳句字字驚人，真堪壓倒元台，把玩至再，愈增狂喜，信所謂抛磚引玉者也。謝謝。外拙記拙詩俱從邗返儀所成者，兹附朱古翁請教。聊供噴飯，如何？

友·新五28

友·新五29

又

山東 劉芳喆 宣人

久儀曲江世業，東白鴻名，急欲親炙光輝，暢聆訓誨，衹以南北隔遠，晤對無由，寤寐之思，未卜何時克慰也。弟賦性愚魯，禀質虚羸，不幸而蚤獲科名，濫登仕籍，庸庸碌碌，于聖賢學業，茫乎未有見聞。自薄謫歸田，卜居范水，閉門却掃，塵囂不及于目，喧闐不接于耳，得失榮辱不關于心，甕牖之下，從事于濂洛關閩及元明諸儒之書，始嘆曩昔陷溺于波濤危險中，而莫知涯岸之所在也。心有所得，筆之于紙，日積月累，率成一帙，非敢謂有益于身世，不過置之案頭，觸目警心，聊爲自修之一助，亦時而就正于同志諸君子，冀其指教，以輔不逮。然人則拙，語則庸，究無一二辭之可語于道也。今春謝恩入都，得與新城先生時相晤對，乃知大刻叢書竟將鄙言附載于後，在老年翁虚懷善下，不靳博采兼收，第魚目溷珠，碔砆厠玉，恐終爲全集之玷，感甚，不安尤甚矣。家侄興聘南行之便，特令虔謁崇階，代候台履，不盡頌詞，晋晤間自能口悉也。陽氣方升，君子道泰，臨風申祝，曷任馳依。丹麓王年翁尚未耑函致候，求先道意。

友・新五30

又

同里 程元愈 偕柳

獻歲以來，知純嘏日新，惟有遥祝。客冬曾有一函奉復，當即投記曹。秀水朱公《明詩綜》一選，春夏之間，必可告成，吾鄉前輩遺詩能搜輯蚤寄，猶可采入，遲則恐不及也。近聞先生與丹麓翁亦有揚扢風雅之編，未審果否？友人白嶽吳訒齋夙操制藝月旦，其集名《中林草堂》，頗爲士林所宗仰，詩古文尤工麗可傳。頃因悼亡作《傷逝賦》，且欲表章其細君香奩之什，遂屬代請附録閨秀卷末，以未得確信，不敢遽以其集冒陳，如誠丹鉛有期，容即以鈔本奉覽，便中伏懇示知。《叢書》丙集又將成帙否乎？朱自觀先生想尚留維揚，片札附候，并祈叱致。倘蒙德音，或沚水或廣德學署郵傳俱便。匆匆草瀆，不宣。

友・新五31

又

仁和 王晫 丹麓

刻下領到華翰，并《函貞閣稿》，蒙加評閱，賜以弁言，致之裘少君，感可知矣。弟亦與有榮施，銘刻何可言盡。與毛會老札惜到遲兩日，不及令方渭老使者帶去，容存案頭，俟便即寄渭老。《史傳》一册，托呈大教，奉上，乞檢入。承惠《孑遺録》，謝教不盡。【復尺・十19】

友·新五32

又

杭州 柴世堂 埅升

斗山瞻仰，十載爲勞，今歲假館吴署，雖去平山稍近，然盈盈一水，仍阻話言，引領清光，猶在紫微一點。頃松溪先生書至，備述先生道愛，得惠寄以等身之刻，何啻如旬饑而得太牢，所恨饑驅外地，不獲在家薰沐盥誦，此正如舟過三神山，輒有閬風吹之使遠，可知天地間奇人奇書，正未易消受耳。先此布謝，容俟差人歸取，快讀後再報，不盡。臨穎翹切。【復尺·十12】

友·新五33

又

關中 張鼎望 渭濱

客歲夏五，申舍親歸，承手教，殊慰渴懷，但《博古牌》一册，弟增加補校，其中寧無一二當者？何老長兄先生一語不及也。捧讀佳構敝邨《八咏詞》，皆温雅自然，然相去三千里之遥，暗中摸索，間有於形勢未合者，自應僭改入集。疇昔誦唐人詩，見杜少陵觸景言愁，李太白逢人揮泪，以爲此風人之逸致，不必果有其事，今先生復以『四破』言貧，可與李杜千古同流矣。垂涎染指之餘，亟欲奉和，伏念時之所尚者，錢虞山《列朝詩選》暨宋之放翁、明初數人，弟所喜則弇州《巵言》暨盛唐諸公、明之七子，自顧形穢，故不敢唐突西施。抑竊有進者，海内之令德大業，先生負荷一身，即世路有小梗，正須處之泰然，何遽作此寒儉相耶！努力勿懈其夙志，是所禱也。其他正誤數條，繕本呈上，恃愛藥言，幸先生平心而聽，勿以狂瞽目之。弟空山岑寂，所好惟書，屢蒙琬琰下頒，感深寤寐，惟《張文昌全集》《二十四孝贊》尚未拜惠，先生業以大官厨見飫矣，何獨靳此一兩臠耶？先大令《手讓文》仍寄報命，附有與表祖王端節公倡和題咏一册、《奇器圖説》三册、《新器圖説》一册，又李太史《田家詩》一册，統惟騐存，或可備一時采擇。家兄於今歲三月始赴京，度六月内可分一符，倘得鄰近貴省，握手高齋，亦未可知。便鴻裁候，并祈速賜回音爲佳。【復尺·九34；尺·十24復】

又　淮安　崔國屏　□□[一]

友·新五34

先生馳聲江左，飛輊詞壇，有道者莫不艷仰心折。客冬幸侍謦欬，兼讀琳琅，殊慰夙懷，奈盈盈帶水，不能時時問字元亭、細探西藏爲悵耳。兹啓者：貴同宗太史毅文老先生見佳刻《心齋雜組》，極其嘆服，以未見全集，益深景慕，因與先生音問久疏，囑弟寸言奉瀆，便中惠寄全集一部，不勝拳拳顒望也。

〔一〕按：字號原版爲墨丁。

友·新五35

又

張漢麟

八年前，廣陵蕭寺讀先生之詩，以爲盛唐之音於今僅一覯，欲飫聆教益，恨隨侍無因。及得握手晤言，覽丰儀，親色笑，兼領略泉石棋枰，行住坐卧間制作，又色色晋人風味，以爲先生真天下奇才也。愛慕方殷，從游未久，迫於歲試，匆遽言歸，自是音問缺如，竊謂先生視弟僅屬萍交，未敢漫通尺素耳。比者，謝九兄返自廣陵，云晤間過辱清問，不忘之雅，感勒五中。特乘天茹程兄之便，率函奉候，聊志頌私。更以程兄係同硯契友，有所操以求售，乞先生進而教之，苟有賞鑒者，自不吝吹植也。

友·新五36

又

奉天 **靳治荆** 熊封

久疏通候，依溯良深，昨敝世兄蘇月槎旋自燕城，携到新刻，披覽之下，仰見老年臺興會彌佳，風流不減，以視鹿鹿塵壒中者，不且有雲淵之隔耶？健羨健羨。序啓長贏，南薰入座，嘉禧時益，不卜可知。兹因敝世兄赴鹺臺幕中，順寓數行奉候。敝世兄才兼班宋，學富徐庾，今來邗上，得與老年臺騷壇領袖倡酬其間，文宴往還，必且倍增韵事，何快如之。臨風拜手，莫罄欲宣。

又　龐弼　天池

友・新五37

雪蘣初融，柳絲欲綻，先生尋芳選勝，縱横詩酒，風流逸興，徒令人千里神往。别後取道任城，晤好友玉圃侯君，將有廣陵之游，曾附片言候謝，想達塵記。弟原擬春初南下，再約侍教，不意至都爲舍親强留，遂違前約，尚不知後會何日，悵望南雲，翹結實甚。尊刻《幽夢影》携之金臺，皆爲友人劫去，目下索者紛紛，乞先生慨發數册，付大東門臣止馬橋往西敦遠旗王右銘處，托其轉寄都門王賓極敝友，不致浮沉。《牙牌譜》亦惠數册，更感。近日佳刻，奇异者必多，統望垂示。耑此瀆候春福，臨啓依切不既。

又　山陰　章大來　泰占

友・新五38

齋居寂寞，閲《昭代叢書》，差解人意，雖未曾覿面，已識山兄矣。吴晴岩《改元考同》一卷，缺略尚多，謹條列别紙，有餘功，可將舊板刻過，亦不必言某人增訂，仍舊貫可也。弟有《山房隨鈔》一卷，特抄録奉上，可選則選，不可選則止。選時乞寄惠刻本一卷，不爾，可就將此帙付還，以舊稿毁滅故耳。昭代不可無叢書，叢書不可無山兄選刻，每年欲刻五十種，妙人妙事，健羡健羡。

維揚係自古勝地，無緣寓目，更不知山兄寓宅何處，祈一一開示，他時停舟相訪也。外許又文《西賓記略》一篇檢收。敝鄉如王白丘《虎史》、陶聖水《綿蕞》，未刻者甚多，尚當奉寄。三月初六日舟過吴門，匆猝未暇肅書，《隨鈔》都未及繕訂，山兄以弟爲三鹿郡公矣。有德音可寄至南京都閫司家兄署中。不盡。【尺・十31復】

友・新五39

又

關中　涇陽　**張鼎望**　令公

首夏有書籍隨八行奉教，秋分猶未得回示，不勝浮沉之懼。嗣接瑶函，暨新鎸四種，似是客歲所頒，則知濡滯又非一日也。先大令《手讓文》承老兄臺先生慨付剞劂，且綴以美評，歿存俱拜明德于不朽矣，其刻貲容圖補寄。又承垂問弟近著，仍將《八咏賦》并《游慈峨山記》一通，各附小箋，就正騷壇，伏惟裁酌焉。細閲《今世説》，言簡意長，綽有臨川風味，『政事』中載荆歸安公，公字維烈，與先水部戊子同舉于鄉，不知何修而得流芳汗簡，爲之一快。又於敝鄉孫、王二先生皆極口贊揚，於李先生僅注爵里。夫三先生抱負各殊，要皆能詩，姑取其詩譬之唐人：子德，少陵也；山史，元次山也；豹人，高岑也。蓋緣豹人流寓廣陵，山史遨游吴越，若子德則辭官後，高卧頻山，未嘗一至江南，以致品題不愜如此，人生之際遇，有幸不幸，大抵然矣。尤可怪者，先生風流才藻，照映江左，實詞場不易覯之賢，况松溪交稱莫逆，乃於『德行、文學、企羡、賞譽』等部，何不一列香名耶？《集篆感應篇》委曲勸善，匪夷所思，然此本獨不加裝潢，何也？《咏物詩》諸體俱備，有詩餘亦當附收於後。改《牌譜》爲《骰牌譜》，則『六同』固不容缺，但『三同』亦骰子所有，豈得盡廢，倘以爲汪司馬等譜皆無『三同』，亦思身任鉛槧，凡理所應有，不妨自我成之，何必寄人籬下，區區往例是拘耶？今擬補《李杜牌十六譜》，略備其數，即《博古牌》可以類推，幸祈節取采擇，勿負苦心。又，弟亟欲梓《魯橋八咏全集》，必得大序一篇，方稱冠冕。謹拈王、沈兩先生舊序，并更定佳構《浣溪沙》八闋，同繕一册呈覽，先生心如旋床，援筆千言立就，想不吝珠玉落九天也。但弟僻處邊上，竟無以爲潤筆之資，甚用悵悵耳。夙聞懸弧令旦，正值盛夏延昌之時，弟縮地無由，敬鑄壽爵一品，泐款遥祝，附毧巾二方，統希驗納，速賜德音。先生一代人豪，雖弟他山之石，亦未忍拋棄，壎篪之感，臨穎勃然矣。【復尺・十11；尺・十36復】

友・新五40　**又**　杭州　**吴陳琰**　寶崖

夏間赴商丘中丞之館，匆匆欲行，留一字付丹老寄候老長兄先生近祉，想久達清覽矣。每向潄東道及老長兄立品著書，爲吾黨首推，公亦欽佩無已也。所懇代索周燕老家刻《閩小紀》及《印人、讀畫傳》四本未蒙見惠，頃聞渠方在品中，又歸揚署，千祈叱名，早寄爲望。如有吴門便人，竟付鸜哥巷内顧俠君宅爲妙。若有至杭之便，寄至丹老處轉付舍間尤快也。外一札煩致張印兄，又一札煩致小東門外郭于宮兄，千祈勿浮沉爲囑。又聞陳定九刻《留溪外傳》甚妙，皆係老長兄評定，千祈以尊處者見贈一部，總寄來爲感，弟自不忘報也。二書得在冬初見寄更感。餘俟再悉，不盡。【尺・十29復】

友・新五41

又

錢塘　王言　愼旃

日侍老父，從案間得讀老叔尊著種種，包羅萬象，冠絶古今，豈止耳目生新，直覺心胸頓爲開拓，欣嘆交并，嚮往彌至。徒恨家貧，不能具行李，親詣揚亭，一拜床下，得面領教益，爲生平缺事也。念侄譾劣無狀，小有排纂，輒蒙不棄，收入大選，嘉與之恩，造就之德，感刻五内，自終身以之矣。茲啓：明年三月爲老父七十生辰，雖處困窮，堅辭祝賀，但爲人子者，上之不能進取青紫，邀一命以榮其親，下又不能效富家兒開筵張樂，遍索宗族交游，以爲光寵，若竟漠然不乞大君子一言，博堂上之歡，何以生存人世。特録老父《自述》詩藁敬呈大教，奉懇和章，外具箋紙十副，敢煩老叔爲侄轉索名家，伏乞憐念烏私，廣推錫類之仁，俾得厭所欲，銘謝何可言盡哉！况北海之門，高朋日滿座上，以此相求，不啻挹水於河，取火於燧，即使多多益善，諒十數人定不虚所請耳。肅此布懇，期在開正一并惠教。無任激切虔禱之至。【尺・十38復】

友·新五42 **又** 淮安 **葛常夏** 文度

沭距維揚，道里不甚遼遠，奈僻處淮朔，郵人裹足，欲覓一便鴻，終歲間不一二值也。去冬今正二次小札俱寄至東大店托戴友轉達，直至二月間始接後次報章，而大著佳箋仍不知浮沉何所，以不得即拜台惠爲憾，正在查詢。但所懇《檀几》兩集，尊函中未蒙道及，急望示我，以便再備紙資奉求。外有瀆者：海郡雲臺山弟屢游其地，雖未及江南諸名勝，然峙立海中，週圍數百里，山高水闊，與夫層巒叠翠，廟貌巍峨，亦泱泱乎江北大觀也。香火之盛，數省之人奔走不遑。獨是郡乘并予序記載不詳，而名公巨卿絶無題咏見於載籍，豈山川有幸不幸？即敝友趙子時偕曾作《游雲臺記》，頗能道其梗概，爲録一通，質之大雅，倘有可采，幸老年翁加以潤色，俾此山别開生面，亦表揚之至意也，不識以爲何如？臨楮曷勝馳切。【尺·十39復】

友·新五43 **又** 淮安 **葛常夏** 文度

承惠大著并詩箋，於前月中旬始得郵至，焚香玩讀，四座風生，不特耳目一新已也。黄舍親更叨明賜，如獲拱璧，統此鳴謝。其尊人先年諸刻，因板爲偷兒所胠，未遑修補，謹檢得舊本詩集數册呈政，不恭之罪，惟祈鑒諒。舍親雖家徒壁立，一編之外，雅好藝菊，然絶非當年宿本，悉係花瓣中細子種出，標新矜异，雖千百株絶不相犯。秋來黄白交綻，大者徑可四五寸，驟觀之儼如木芍藥、千葉蓮，不辨其爲菊也。但種類既繁，凡剛柔燥濕之殊性，陰陽向背之异宜，自分植以訖登盆，中間護持灌溉，捕蟲插竹，著爲一譜，纖悉畢具，多久而獨得之訣，雖曰天工，半由人力，覺《群芳譜》猶爲未備。書成，藏之笥中，欲匄名公巨卿一言弁首，公之同好，舍先生其誰屬耶！以弟忝竊神交，諄浼代懇，闡微顯幽，當不吝珠玉也。外《二十二君子贊》乃敝篋中檢得者，鈔録附覽，以佐大選采風者，或有取焉。弟先有小札奉覆，爲友人沉閣，兹仍令送上，統希丙原。不一。

【復尺・十30；尺・十42復。按：尺・十30淹留日久，先尺・十39發而後至。】

友・新五44

又

杭州　**吴陳琰**　寶崖

夏間赴中丞公之招，即留一札付丹兄處致候，想久達典籤矣。冬初，從家郵中又附札寄訊起居，想近履安吉，不卜可知也。所托周燕老《閩小記》《印人傳》承允今冬必索到，今中丞公亦欲覓此，作札與之，諒必不吝見贈。祈即叱名索之，并《留溪外傳》一部，寄至舍間或丹老處或顧俠老處轉示，皆可。每與東翁道及先生人品詩文，皆爲吾黨祭酒，渠亦甚佩服。承刻《登科録》，已采入《筠廊二筆》矣。候印成，當奉寄也。《登科記》亦懇印三十篇見示，尤感，以索觀者多也。小詩一首奉懷，幸和正。外一札煩致印宣兄，弟亦向彼乞書，幸總付便郵見寄最感，知己定不嫌瑣瀆耳。

友・新五45　又　陝西　張鼎望　渭濱

花朝接台函并佳刻多本，且於弟所致辯皆不憚委曲裁答，益嘆老兄臺先生好客崇文，出于肺腑，舍己樂取，大道爲公，蓋東南龔端毅以後一人而已。但屢閱諸叢書暨《新志》，國朝小品已蒐羅殆盡，何不於重且大者少加意乎？今世日用，悉遵《文公家禮》，《家禮》祖《儀禮》《曲禮》，而宗《書儀》，首重宗法。夫宗法與封建相爲表裏，封建久廢，宗法亦不能行也。又如過時葬親者，服緦麻三月，《家禮》無文，昨見韓昌黎《改葬服議》，兼及過時之葬，其文精確可采。又如過繼等事，皆禮之大者，《家禮》無文，亦無儀節。余擬修《家禮補》一編，凡古今异宜可變通者，考漢唐以來言禮諸書，斟酌至當，亦效《四書》例，作《或問》附於其後，或徼倖得以進呈，庶幾家喻户曉，事事奉之無礙。惜弟人微言輕，不能肩弘任鉅，貴鄉言理學者，未必無人，先生何難商成此美舉。又聞尊學憲老先生劇愛崔鴻《十六國春秋》，弟因向《漢魏叢書》中拈讀之，洵爲可嘉。先生何難專刻此編，即標學憲公評點於上，并列令從孫庭碩年表於前，不惟嘉惠後學，亦以繼揚先志，况卷帙又不甚浩繁，此二書學關經史，大有益世道人心，先生鉛槧功高，故企予望之。其他管見，瑣細難

以聯貫，仍條分別楮求教。【復尺・十24】

友・新五46

又

山東 孔尚任 東塘

平山隋苑，彈指多年，不復更作勝游，每憶老年臺以俊逸才華，富史書偉抱，清尊共話，益我良多矣。別來轆轤，予懷時深梁月，正不止讀『采蕭』之詩，始切三秋感也。前歲小价歸里，佳茗佳刻，實慰鄙懷，感何可言。兹以敝親劉諱允中之便，附此順候，兼導謝私。敝親亦風雅佳士，晋接自蒙推分，弟不贅言。近作愈富，幸祈惠示。臨池翹切。

友・新五47

又

江陰 章大來 泰占

今年二月二十六日始接先生舊歲十月中書，緣弟於冬初歸里，今春纔到也。讀尊著，意境頓新，形神超越，我先生不從鬘持天宫來，那得此別腸創論雅韵雋致耶！尊翁老先生《檀弓問》一書，剖從來未决之案，其有功聖門甚大，領惠多多矣。拜謝。自冬徂夏，相隔半年，著作又高幾尺？不審肯時時賜教否？長江一帶水，不能飛渡，使人恨煞羞煞，嘆衣食累人，一至於此。弟嘗欲取古時《毛穎》《倉庚》，今時《蹇千里》等傳另彙一書，而苦於無資，先生有興可即成之。今録

《虎史》一卷、《詞判》四條，并拙卷一帙寄上。陶敝友《綿蕞》檢行笥中無此，容當續寄。草草奉達，并候近安。餘不一。【復尺・十31】

友・新五48　又　休寧　程瑞礽　姬田

不睹紫芝眉宇，倏又數年於兹矣。年先生迹寄市廛，心懷猿鶴，一種孤高峭潔之致，四方莫不仰慕。惜以萍蓬潦倒，未得日覯光儀，得領麈誨之爲快耳。别後三載，著述想自等身，辱寄《檀几叢書》，時時存之案頭，以消永日，睹此便如見故人也。客秋在黄海，遯迹匝月，每看峰巒佳處，恨不獲與吾友共之。登雲外峰，有五言一章奉懷，雖語無倫次，實以道胸中之夙懷，并望千秋大業，爲名山生色，當於年先生有厚期也，幸進而教之。栗亭去後，吾鄉耆舊亦遂寥寥，具班馬之才而擅三長者，舍足下其誰望哉！淹留既久，遂多蛙鼓之鳴，當另繕一册請政，未審郢斧之餘，肯賜一弁言否？拙句極不足存，庶得元晏一言，稍足取重於藝林耳。肅此代面，不盡之懷，俟到邗，當踵叩也。不宣。

友・新五49　又　秀水　王著　安節

春仲夏初，兩過廣陵，知先生正閉門謝客，未敢摳衣，恐煩静攝。屢托小阮繫老致意，諒爲轉達也。茲以方不匱世兄至邗江之便，附此寄候綏履。不匱乃𩚮山先生文孫，爲家兄内侄，印有《𩚮山詩集》謀售，以資薪米之乏，望先生或有可行處，一留意爲之推許，則感愛多矣。臨楮莫盡一切。【尺·十43復】

友·新五50

又

綉水 王臯 司直

秦淮簫鼓，晝夜歌橈，負郭貧居，讀書半厂，長江上下，悵望雲山，真情深潭水，令弟之思良友也。《幽夢影》求多擲數册，小畫一幅附呈笑納，如有何新刻，不妨多求一二種，則弟焚香盥手拜讀，如對故人耳。弟之《詩可》《詞源》《近代文抄》欲速成，抄稿刻費求留意齒芬，知己之命，决不化爲烏有也。今因方不老來揚，草此數語寄上。外集古句一首求和。【尺·十44復】

友·新五51

又

江都 蔣繼摶 宋徵

嘗讀佛氏書，謂『一切有爲法，如夢幻泡影』，蓋謂影虚而非實也。及讀心齋先生《幽夢影》，句句皆實學，則吾儒所謂『影』，與佛氏所謂『影』，固自不同。然吾儒中自負於實學者頗多，觀其文字語言，終涉影響，抑又何歟？請以質之心齋先生。

友·新五52

又

江都 **蕭陽** 也堂

水沮孤邨，兩月不入州府，建安座上，定罪責灑掃失職也。昨徽州太守幕中友來道羅公思見先生所輯《昭代叢書》，不啻望歲，蓋從黄山方丈捧讀也。知蕭子交善，必秘之枕中，孰知孺子不可教，安能得之圯上老人哉！昨已謝去，今復來諄諄，必欲作微生高，且問發坊價值，羅雖一錢太守，知此書細責十倍，必欲購求耳。今春應命小詩已灾梨棗，印後即送發笑。

友·新五53

又

山陽 **張鴻烈** 毅夫

適得一晤談爲快，况承惠佳刻纍纍，舟中玩味不盡，所得爲已多矣。謝謝。族叔祖在此行醫道三世矣，術工而不能逢時，則其命也。卓人少習儒業，見《詩八股》而心喜，欲求一册。倘有可吹噓者，望不惜齒芬，俾得稍有生色，則感德當何如。

友・新五54

又

杭州　吴陳琰　寶崖

昨余公祖深以未盡快談爲悵悵，酒間偶口占二詩，爲三在先生解嘲，□〔一〕擬四在，未審以爲然否？古云『擁書萬卷，何假南面百城』，則吾兄貴不可言矣，何但富乎？一笑。曹氏小詩韵，幸割愛見貽。又拙詩舊稿八首既命令侄抄出，祈即檢還。明日如未行，尚圖把晤也。

〔一〕按：原版漫漶。

（清）張潮 編
劉仁 整理

尺牘友聲
尺牘偶存

下

鳳凰出版社

尺牘偶存

叙

從古文人未有不篤念朋友者，情之所鍾，言以將之，自詩歌投贈而外，輒用書翰相往來。或連篇累牘，灑灑千言不爲多；或碎璧斷金，寥寥數語不爲少。凡皆吐其胸中所欲言，而使後之讀之者如即乎其人、如即乎其事云耳。顧其間詞之汗漫、事之重大者，往往載在文集，而一二詞簡而事韵者，則散而爲尺牘。唐宋以來，唯東坡、山谷最美且富。吾家眉公曾叙而梓之，世所稱《蘇黄尺牘》是也。新安張子山來筆墨妙天下，結交亦滿天下，所刻詩文雜著凡若干種，其才之大，如海涵山負；其心之細，如剥蕉抽繭。每出一種，藝林必奉爲拱璧，以故世之求之者無虚日，雖千萬里外，争走書幣購之。山來隨到隨答，應酬不少倦，答訖，命奚奴收貯簏中，不數日輒滿，歲可得數十簏。暇加決擇，付諸剞劂，用十干爲編次，名曰《友聲》，而再以己之贈答四方者附之，曰《尺牘偶存》。其他以俗事相關説者不與焉。山來，文人也，亦篤行君子也，讀是刻可以想見其概矣。彼今之外膠漆而内戈矛，翻雲覆雨，不旋踵以釁絶者，對之能無泚然乎否也？余又思昔者李唐以詩取士，才如青蓮，竟不由科目起家，官止翰林供奉。今國家右文之化可謂極盛，而山來迄未一遇，亦僅以木天散吏榮其身，豈造物妒才，故嗇之以蘊其奇致？抑山來固青蓮後身耶？雲間同學弟陳軝道闢氏拜手題。

尺牘偶存卷一

心齋張潮筆

尺・一1

與呂紫庭

公事重藉賢勞，謝謝。但前所懇詩題，蒙分以《飛布雲深》。弟即從雲生意，不意畫竟無雲，太不合題，奈何奈何。不知此畫出自何人手筆，敢懇鼎力，仍煩其人於其上疏空處，略補雲氣數筆，俾詩與畫稍相稱，感荷雲誼，當何如也。明後日當過觀之。不又。

尺・一2

與方寶臣

尊號是何人所贈，每一拈毫，輒有一十九筆，殊令人難耐。昨日見有求字于兄者，當以筆畫減少之字字之，亦無限陰功也。

尺・一3

復戚綏耳

沈韵向所不解，然不敢語人也。不意年臺竟敢明目張膽勒成一書，故弟膽爲之壯，特作長歌請政耳。今接來翰，乃欲弟另刻行世，弟何人斯，敢承此重任乎哉？夫四方之風土不齊，聲音各別，無論其他，故就江南一省論之，其語音亦紛厖而不一。即如尊刻中，亦有不合弟之聲口者。如『朱書』不入居韵，而與『孤枯』同類；『謀牟』不入『尤』韵，而入『扶』韵。弟尚覺其如此，又何能强天下千萬人之聲口以合老年臺一人之聲口乎哉？既不能强人以從我，而猶欲條分縷析以號於人，則是以燕伐燕，以暴易暴，自以其身爲沈約，而致群天下之人盡作笑門。其攻伐之衆，當有未易敵者，不識何以禦之？狂瞽之言，幸爲原亮，并煩以此質之九翁，何如？【友・甲1復】

尺・一4

與黄九烟先生

潮自束髮受書以來，即知有黄九烟先生，然以爲天上神仙無從識其面也。今先生以老前輩居然設帳此間，使潮得以親承色笑，何幸如之。理應執贄以備門墻之末，但馬渤牛溲，氣味終嫌惡劣，徒令大醫王瞑眩顰眉，是以未敢耳。昨晤程未能兄，知先生向有選詩之舉，其目分爲『驚天、泣鬼、怡人』三類。此書若出，當令竪儒咋舌。但以鄙見揆之，覺『怡人』一種，未可與『驚天、泣鬼』同類而并觀。想先生必自有説，幸明以教我，切禱切禱。又偶閲《一夕話》中，見所謂『廋辭』者，其列名處云：『中央四圍滿天列，十處烽烟一處安。』參詳其意，似是先生姓字，益以想見文人游戲之妙耳。【友・甲9復】

尺・一5

與冒辟疆

僕於貴邑置此别業者，意欲親聆教益耳。乃尚未摳謁，遽蒙先施，復示以種種大著，頓使寓齋生色，何幸如之。旅中無事，焚香細讀，非一詞所可贊，因各贅一詩請政，幸賜覽而筆削之。又閲尊刻《同人集》中，知家公亮與先生莫逆，《螢芝全集》鄴架必有其書，幸一惠讀。又見諸名流倡和贈答詩，知香閨中有二才子，不識肯爲鯫生潑墨乎？不敢徒手請乞，特賦拙句以代潤筆，倘得蒙奩前之一笑，則尤爲厚幸耳。【友・甲6復】

尺・一6

與惲壽平

弟向在都門，屢於諸公卿錦屏中見大筆，真足令人生愛。今接敝同年吕禾九札，知即年臺

也。但忽變易名氏，在年臺必自有故，今來册頁求畫，乞仍署舊名，何如？【友·甲16復】

尺·一7

與聶樂讀

家尊十餘年來屏棄一切，惟日與濂洛關閩諸書相晤對，今若以《指月》功德爲言，未免南轅北轍耳。昔韓昌黎因有《與大顛》一書，至今理學家以爲詬厲，弟其敢以法門事達之家尊耶？此覆，不一。【復友·甲30】

尺·一8

與黄九烟先生

承諭《古詩快》之選極妙，但此事必得先生爲主，潮從旁效參閱之勞可耳。若竟以見委，則是畀蚊虻以泰山，其不克負荷可知矣。此復。【復友·甲23】

尺·一9

與杜茶村

大序領到，謝謝。容呈之家尊。但前所懇者《檀弓問》序，若《近思録傳》則悉聽尊意，蓋以理學家言，或非先生之所樂爲耳。今乃先其所緩而忘其所急乎？幸不惜一揮成之，則家君之拜德更多也。烏薪附敬。不一。【復友・甲2；友・甲31復】

尺・一10

與黄九烟先生

昨晤高門，始知行旌尚未榮發。潮向欲選《外史》一書，如《毛穎傳》之類，想此種文字，大作必多，明歲按揚時，幸携全集見示爲感。【友・甲35復】

尺・一11

與龔半千

黄九烟先生有新年對子云：『人不負我，我不負人，三十夜果然快活；吏若無民，民若無吏，初一朝真是升平。』其出句蓋謂無人索逋也。對句民若無吏可矣，吏若無民，亦何樂乎爲吏。弟今對之以『主不賀賓，賓不賀主，初一朝纔得安閑』。元旦慶賀，投刺紛然，真屬苦惱。聞我兄於此節竟能與世人絶不往來，不識有何奇策，可使弟得聞乎？特詢。

尺·一12 **與曹秋岳先生**

承諭代爲借書，此間藏書家絶少，難以報命。偶於友人處得書目一帙，平平無奇，恐行臺不知而見讓，姑藉以塞責。如汲尋常溪水以𤜶惠山中人，亦不得已而然也。亮之爲荷。【友·甲52復】

尺·一13 **復徐松之**

接翰教，知某公欲評弟詞而無其暇，因以屬之道兄。今道兄以縈旋之速，欲弟自評而用某公姓字，此則非弟之所敢承矣。譬之貧女貸東家衣以往西家，他日此女衣己衣以赴東家之召，未有不疑其出於借得者。故弟寧缺此公之評，不敢如命也。

尺·一14 **與貫玉**

接來教，知唐十老於尊處得見拙稿，聞聲相思，形之歌咏。愚何修而得此耶？感戢感戢。特步來韵以志謝忱，幸爲致之。拙集遵命奉到兩部，又《詩觀》三集，分編呈教。如有大作付選，不妨寄來代致孝翁，愚可代效微勞也。【復友·乙4、友·乙4(附)；友·乙6復】

尺·一15

又

仲秋一札，曾塵覽否？承諭唐十老欲索拙序，閱其來札，備極推重，在唐君則出於至誠，在愚實徒增顔甲耳。若竟虚其來意，則此中又有所未安。今草就一篇寄上，煩斧削過，并回札同致之。又代懇得鄧孝老一序，以報十老聞聲相思之雅。又其詩稿中間有謬誤處，摘出録之別楮，如或嫌其太直，則此幅付之熇池君可也。統惟裁酌。不盡。【復友·乙22】

尺·一16

復唐十泉

瑶札下頒，情文兼至，捧讀珍重，如挹清輝。老年臺瀟湘高士，荆楚名流，家侄貫玉曾備述雅人深致。弟方切秋水蒹葭之想，而老年臺復深瘡痂昌歜之思，至形之咏歌，見之箠札，能無令人且愧且感乎？浣讀佳篇，珠璣盈帙，自足以長留天地。而乃過自撝抑，欲得拙序以冠其首。既不敢承，復不敢諉，赧顔削稿，就正大方，恐終爲佳集之玷。謹代懇鄧孝翁一序郵上，孝翁詞壇老

宿，其品題足以取重於世，故欲藉以報神交之雅耳。臨風洄溯，不盡所言。【復友・乙23；友・乙32復】

尺・一17

與顧天石

前所云『花名酒令』曾憶數則否？幸示知，如或遺忘，不妨另爲撰造也。

尺・一18

與倪永清

讀來示，不覺啞然失笑。道兄既苦炙肉乳茶，而又不樂與蔬笋同事，是欲頓頓笋炒肉而後可，世間那有如許佳味乎？拙稿未刻者，俟另録呈上，大抵亦蔬笋氣居多耳。蒙詢先君詩稿，先君存日曾語弟，勿輕與人入選。弟謹遵治命，是以不敢呈覽。至《詩觀》所載，則繫先君存日曾送孝翁一部，孝翁通部著筆一過，非弟所手授者也。【復友・乙27】

尺・一19

與查二瞻

《集字詩》欲懇大序者，以先生書法精妙，可藉此以流通也。然極知先生不肯輕易揮毫，前者亦偶爾道及，不意遂蒙面允，是以敢萌妄想耳。今爲日已久，一切刷印現成，專候序文一到，即可成書，此真圓滿功德，想先生亦决不於爲山九仞時故靳此一簣也。【友·乙49復】

尺·一20

與靳熊封邑侯

恭惟老父母先生台臺：盛世文星，清時碩望。江花開筆底，揮成錦字生香；郢雪落歌中，傳出新聲吐秀。鐘鼎名家，筮仕而仁流蔀屋；綸綸世冑，服官而名紀御屏。借補衮之才以製錦，懸知五袴興歌；藉調羹之手以烹鮮，快睹良庖游刃。治潮章縫末士，鄉里豎儒。幸叨德宇之依，竊屬編氓之列，虔修尺素，用表寸丹。薄將絲粟之忱，用比曝芹之獻。附以家君舊刻，兼之後學蕪詞，統冀麾存，敢祈斧削。邗上《詩觀》之三集，偶分參閱於一時。讀鴻篇而仰止，如瞻紫蓋山樓；握兔穎以鈔謄，疑獲赤文异寶。敬陳百帙，并望照留。附有啓者：當孟夏中浣之期，爲治潮服闋之日，遵例起復，賫呈上投。伏乞老父母台臺早賜施行，即治潮實叨德愛，其爲感勒，何可名言。仰冀丙融，曷勝寅禱。臨緘馳溯，無任主臣。【友·乙31復】

尺·一21

復洪去蕪

先生爲守禮君子，弟所稔知。前兩廣文過舍時，弟不待奉聞，已備述其概矣。究竟諸公祇是

奉上司來文，不得不支應故事，豈真爲講學盛舉乎？先生即不在制中，弟亦決不勸駕也。【復友·乙45】

與丘柯村明府

尺·一22

僕素不善書，故雖與子墨客卿同鄉，而實無藏者。今承見索，檢得數笏奉敬。大抵皆新進書生，苦乏舊人，風味未必堪供驅使耳。【友·乙61復】

復江含徵

尺·一23

伻到，知近履佳勝爲快。弟資性魯鈍，百無一能，即如字畫諸藝與文事相近者，且不能窺其門户，矧醫道爲生死關頭，何敢妄一問津乎！道兄留心青囊，欲集成一書問世，不但爲不朽大業，且可藉以活人，何快如之。但學書紙費，學醫人費。曩見吾兄以回塲號簿代懷素緑蕉，所費者乃無用之紙，取之無禁，故足供揮灑而有餘。今若學醫，安得有如許無用之人，以供吾兄之費乎？人面起草，甚爲吾兄慮之。《無聲戲》有云：『揚州醫生止某一人，其餘皆劊子手。』語雖太狠，頗爲確當。吾兄歙人，當不在其内耳。然此輩殺人亦非無故，想造物者因人心艱險，假手若輩除

之。吾兄若要作劊子手，須如東坡所云：『剮得幾個肥漢，方快活也。』一笑。【復友・乙90】

尺・一24

與冒辟疆司理

造謁不值爲悵。見壁間帖子，知作字皆有定價，一字一文，取不傷廉，甚善。然舊錢四字，今錢六字，以六易一，亦未嘗不便宜也。來畫求題，俟書過算緡可耳。欲丐大筆一聯一額，不敢援此例，俟覓得當十大錢，方敢請乞也。

尺・一25

與鄭扶曦

《漢宮秋》《金焦記》繳上，後俱附有拙評，未審有當否？弟嘗恨世俗所演《昭君出塞》一劇，鄙猥可厭，欲爲改政一番。後見尤悔庵先生所著《吊琵琶》，淋漓滿志，實獲我心。今又得吾兄大作，可謂一時瑜亮矣。拙作《窮途哭》呈政，幸爲我平章焉。【復友・丙2】

尺・一26

又

承諭須從正意説起，甚是。但按譜無一牌名可用，弟意仍用《一江風》，何如？『浣紗』後『訪

中』亦連用兩枝，想當不礙也。至後半仍須添出『引古』一段，不識以何牌名爲合式？統乞示知爲禱。【友・丙3復】

尺・一27

又

音韻之學，素未究心，今得吾兄作指南，可以從事于此矣，然口法終無處入門也。《中原音韻》實勝他書，至『羹』必爲『京』音，『坑』必爲『輕』音，雖曰墨守，實不礙事。其不合鄙意者，亦不獨『魚虞』之與『圖、都』也，如『知、痴』之不入『支思』而入『齊微』，實不可解。又『灰、回、眉、歸、杯、堆』等字當另分一部，不當附入『齊微』，況『齊微』韻寬，分之殊不足爲窘乎！若再將『元、淵、權、懸』等字亦於『先天』韻内提出，則已精而益精矣。又入聲之作平者，不盡分陰陽，此亦挺齋之未盡善處也。至若北用《中原》，南遵《洪武》，《洪武正韻》亦未盡善。不識吾兄以爲何如？【復友・丙6】

尺・一28

與曹升六郡丞

孟夏浣讀教旨，撝抑謙光，溢於楮穎，三復之下，景仰彌深，不禁咨嗟大息。俗務羈絆，未獲言歸鄉國，時親左右，聆麈論而問奇字，爲悵悵也。鄧孝老今歲竟未來揚，《詩觀》藏板無從可得，俟其到日，即索板刷印。尊著數十册郵上，近刻佳什更進，令潮諷咏不忍釋手，敬謝大教。《珂雪詞》校讎再四，應無訛謬，靳父母評語俱補刊入。遵命漫綴拙評，以志嚮慕，然言之不文，奚异佛頂着穢，徒供大方捧腹耳。兹印若干部，幸祈照到。楚氛起於倉猝，殊出意外，我郡不無震鄰之恐。賴有老祖臺鎮定撫戢，未雨綢繆，則訛言不興，而衆嘩自息，我郡可恃以無恐矣。第是邗江鹺業全在漢上，尤爲剥膚，聞已大受其毒，則涓滴微貲不知作何究竟，將來且糊口無策，言念及此，曷勝於邑，辱蒙世誼殷篤，捉筆不覺覶縷也。臨風馳結，不盡依依。【復友・丙11；友・丙12復】

尺・一29

復譚公子

接手教，不勝驚駭。所云白華樓，其主人雖於僕有戚誼，然僕從未一至其處，并不知其制度向背果作何狀。今足下乃云與僕同登，豈夢中事乎？至於送詩遭拒，此則足下之自取耳。僕寓此地，求詩者實繁有徒，僕必待其催促，然後搦管，約以數日後到舍携去。如彼不催詩，則竟付之不作，從無遣人登門送詩之事也。然彼閽亦不應如此拒客。僕細思之，得無以尊姓爲『譚』，『譚』與『痰』同音，而尊號又爲『公子』，彼誤以爲『痰公子』送詩，其拒之固宜耳。一笑。【復友・丙16】

尺·一30

與鄭扶曦

承委作《切字譜》序，草就呈正。此道素所不解，夫所謂切字者，以兩字之音合爲一字之音，亦事理之顯明而不易者，陰陽上去入，自當各如其聲以切之。獨怪古人於平聲字中，往往以陰切陽，以陽切陰，殊不可曉。如：『東』字，不曰『德翁』，而曰『德紅』；『西』字，不曰『先鷖』，而曰『先齊』；『天』字，不曰『他烟』，而曰『他前』；『陽』字，不曰『移羊』，而曰『移張』；『文』字，不曰『無墳』，而曰『無分』，此何爲乎？設若以『德翁』切『東』，以『先鷖』切『西』，則其音不待調而自出，豈不盡善，而必欲交相借换乎？即間有陰陽不繆者，亦不過十之一二云爾。近日《正字通》一書，其切字多改前人之舊，頗與鄙見相同，不識道兄切字之法，與此同异何若？不敢以此意作序者，蓋以此道既所未諳，而又未見尊譜，若强爲置喙，恐遭識者之議耳。此非楮墨所能盡，有暇過我面談，何如？

尺·一31

與曹升六郡丞

洊聞老公祖年世臺先生移節諸郡邑，惠政覃敷，頌聲遐播，行見名列御屏，榮膺内召，額手忭舞，曷罄名言。客冬數行修候，并《詩觀》、尊著呈上，想達臺端。謹將《珂雪詞》板二束賫送貴署，幸爲照到。其間訛字已經改補，但恐讐校未精，有辜台委耳。附有懇者：先君《大易辯志》一書，生平心力所注，時有發前人所未發者，而《繫辭》則尤多闡析，敢求老祖臺自公之暇，賜以大序，俾《三都》藉皇甫先生而益重，當亦仁人君子之所不拒者耳。不揣冒干，伏惟俞允。臨池翹企，曷任主臣。【友·丙42復】

尺·一32

與孔東塘國博

《筆歌》曾録完否？僕於此道，原非當行，不意過蒙蒲歜之嗜。以家無副本，不得不專人領回。且聞駕按吴門，恐倉卒之際或致遺失耳。【友·丙23復】

尺·一33

與顧天石

笠翁劇領到。所云『虞模』通用、『佳皆』通用，弟向亦未曉。近日購得《廣韵》，始知古人分部乃是『一東、二冬、三鐘、四江、五支、六脂』，故有通用、獨用之説。今韵本乃宋劉淵所并之韵，删去閑冷諸字，名《禮部韵略》，而刻書家仍其舊貫，未曾去此一行，故滋後人之疑耳。即如《周易》

中凡稱『《象》曰、《彖》曰』處，原是『《彖傳》曰、《象傳》曰』。故朱子注云：『《彖》者，文王所繫之辭；《傳》者，孔子釋經之辭。』今既無『傳』字，而此注仍載之不去也。又古本中『文』部、『殷』部俱注獨用，今合爲『十二文』一部，是誤以獨用者爲通用矣。并以奉告，儻遇高明者，幸更質之，何如？【復友・丙28】

尺・一34

與冒青若

久不奉教，懷想爲勞。遥意老年臺賞奇析疑，閉户著書，艶羨爲劇。向年尊公先生借去《揚州府志》一部，久未擲還，内『流寓』條中有先君小傳一則，今板貯郡庫，輕易不能刷印，是以不得不向劉使君索取荆州耳。【友・丙43復】

尺・一35

與孔東塘國博

聞駕到揚，俗冗未遑趨謁。拙著《聯莊》呈政，倘蒙點定，不啻面聆麈誨也。此地官長主持風雅者，自阮亭、長真兩先生後，幾成絶響，幸得老世臺再爲式靡起衰，真斯道之幸！然爲王、金兩先生易，而爲老世臺難，蓋彼居得爲之地，自足以奔走賢豪。今世臺獨以閑曹冷署，又且來往靡常，而行署所在，坐客常滿，何快如之！敝友朱子天綺，乃祖則潛心理學，尊人亦曾中副車，天兄家學淵源，復躭吟咏，以老世臺爲壇坫宗工，欲一識荆州而後快。特浼鄙言爲介，惟希進而教之，則所感不獨天綺一人已也。【友·丙46復】

尺·一36　與吴街南徵君

連日捧讀大集，真可云無美不備，兼理學文章二者之長，佩服佩服。潮閲古文辭，見優於理學者，字句篇章多屬重滯；優於文章者，則純王雜霸又復錯出不倫。古來兼之者，唯吾鄉考亭先生爲最善，今先生真可繼美矣！内釋子稱謂似當直書其字，不當云某公某師，屬在至愛，姑妄言之。先君文集呈覽，想自有水乳之合。册頁二部，係先君爲諸生時游戲之筆，欲藉仁人之言，以爲光寵，想當不靳。拙集附呈台教，以其中《風水論》《异端説》，或有與先生相發明者耳。【友·丙51復】

尺·一37　與項靈野同年

久疏道範，夢想爲勞。接家兄手札，知年臺讀禮之餘，復嬰大病。近晤匪莪年兄，才悉致病之由，并得讀病中佳句，匪兄和之，俱本色人語，非泛泛唱酬之比。不揣效顰，郵呈台教。又拙刻數種附政，極知病後不耐丹黄，以其中可笑者多，或可藉以當枚生《七發》，則望聞問切之流，尚當遜弟爲上客耳。【復友・丙47】

尺・一38　與吴楞香檢討

老世臺先生盛世名家，熙朝儲相。石渠揮鳳藻，昭垂天下文章；芸局展鴻裁，闡表寰中人物。光騰簡册，譽重藝林。弟夙忝世交之末，時深景企之思。衹緣無事，不敢輕瀆記室，是以久疏奏候。然每從三令弟年翁處詢悉老世臺木天望重，□□〔一〕殷隆，聞之不勝色飛神舞也。兹啓者：近奉部咨檄，取直省各郡邑國朝崇祀鄉賢、名宦人物事實開送史館，纂入《一統志》。先祖諱正茂，於順治十一年間，公舉祀於我郡鄉賢，《江南通志》列在我郡『孝義』條内，載有小傳。幸遇老世臺董成纂修，伏乞留心照拂，俾得列於《統志》『孝義』之末，不至删逸，歿存世世銜結于無既矣。儻《一統志》不分『孝義』條目，幸祈曲賜采録，附入『人物』之後，略載數語，便足不朽。國朝人物，我郡入志者甚少，仰冀老世臺爲我郡生色，桑梓均沐榮施矣。不腆伴函，伏祈莞照，臨穎無

〔一〕按：版片闕損二字。

任虔懇。【友・丙75復】

尺・一39 與黄仙裳

前以東淘之回，便道過此，可得一晤，稍慰調饑，故訂以某日造訪。不意彼地主人多留兩日，今日經過貴里，不及躬詣雲亭矣。小照想已題畢，幸交朱自老處郵來爲荷。【復友・丙77】

尺・一40 與朱其恭

弟素不善書，勢不得不倩人代寫。廣陵善書者不過查、閔二君，今既不可重複，是窘弟之甚矣。此量非當事之意，不過吾兄刻毒耳。然弟除却死法，仍有活法，不妨以草篆行之，弟向于壽屏徵詩家悉用此法。蓋以製屏，必各種俱備爲佳，若見此，必不肯作副卷，乃最討便宜法也。【復友・丙81】

尺・一41 與曹實庵郡丞

自别台顔，星霜屨易。凡敝鄉來者，莫不極口老祖臺清操美政，而舍侄則尤沐鴻慈，造就之恩,感且不朽。潮自孟夏以來,迭遭拂逆,大病之後,復患創瘍,四肢已廢其三,十指僅虚其一,不第楮生毛穎久付塵封,即盥濯衣冠,一切人事俱廢,以故未通魚雁,想老祖臺或能鑒宥于形迹之外也。近始擘去瘡痂,粗能握管,奉懷拙句,郵政大方,極知不足以稱述高深,惟冀賤名或得出入懷袖,不啻躬承謦欬耳。舍侄春月在邗時,備道台愛種種,兼之拙詞蒙賜教削,捧閲之餘且感且愧。此後倘有所作,自當洗去浮艷。但恐朽木土墻,終無進益,虚負師承。然謝愛佩德之私,當與有生俱永矣。【友・丁1復】

尺・一42　與江允冰

尺一久疎,勞心忉怛,遥想道翁杖屨逍遥,烟雲供養,真不啻神仙中人,何羨如之。僕自夏徂秋,事多拂意,有難爲道翁告者。大病後,手足皆瘡,指臂間累累然如松上龍鱗,莫可名狀,若使道翁見之,必以爲黄山松所化耳。承詢集《文選》《詩餘》諸拙作,此種成書已久,名曰《詩幻》,豈向日未呈教耶?目下寒風料峭,刷印維艱,俟新歲春融,再爲補上,何如?【復友・丙85】

尺・一43　與雪堂

昨承諭刀圭即刀碪,乃治藥之具,不可以『刀圭入口』四字連讀成文。因細檢《字彙》《韵府群玉》《正字通》諸書閱之，皆引《本草》，李時珍云：『刀圭者，十分方寸匕之一，準如梧桐子大。』則刀圭乃量藥之器，『刀圭入口』如俗諺所謂『三杯落肚』云爾。杯雖非落肚之物，而杯中者未嘗不可落肚，則即以『刀圭入口』四字連讀成文，亦未爲不可，但刀圭所容，尚有未合。蓋匕方一寸，其方面可容桐子者四，四四一十六，是爲最下一層；等而上之，每方縮小一粒，計桐子九枚；又上之，計桐子四枚；其頂當爲一枚，合計可容桐子三十枚。若嫌其太峻，則下層仍十六枚，第二層每路兩枚半，計桐子六枚有半之半，又上爲二枚半，又上不足一枚，合計如桐子者，當得二十五枚七分强。刀圭爲十分之一，亦不止一桐子大也。足下以刀圭爲刀碪，如有所本，幸不憚援引，詳確示我，何如？【友·丁2復】

尺·一44

與吴街南徵君

幸炙光儀，倏旋珂里，時緐大集，以當晤言。然托梁月以踟躕，終不若挹松風而繾綣也。貴門人李年兄到，得接瑶函，兼拜《讀禮問》及《明語林》之贈，不啻錫以百朋，謹謝教。尊作《五人傳》已借光梓入《虞初新志》中，其《義犬》一篇，文雖甚佳，然義犬事頗多，載之不勝其載，是以不得不割愛耳。拙作《集李杜詩》已經授梓，遵命呈到，尚祈有以教之。又《讀禮問》，細閱一過，筆力不減《檀弓》，而識見尤爲夐絶，必傳無疑。有質疑數十則，不識可附梓其後否？杖頭三字篆就

呈覽，恐未足爲藤竹之光，亮之爲荷。【復友・丙78】

尺・一45

與余澹心徵君

夙仰宗工，末由問字。蒹葭秋水，徒切溯洄。去臘聶晋老過舍一晤，即刻解維，因以蕪陋之篇，藉塵行笈，不謂先生不我遐棄，獎借過情，益令僕慚恧無似已。拙著《花影詞》寫本，晋老携往吴門，不識曾博周郎之顧否？倘孺子或有可教，乞錫以片言弁之簡首，其爲榮幸，仰賴良多。更乞代致聲晋老早爲郵下，切感切感，以家無副本，不得不索回耳。

尺・一46

與黄交三

潞酒治聾，古無此説，貴友真可謂意外之幸。但弟此酒是敝友所惠，而敝友又繫晋省人所贈者。今貴友索之吾兄，吾兄索之於弟，弟今索之敝友，想敝友必索之晋省之人。一勺之多，經無數轉折，不識微生高當日乞醯亦如是否？【復友・丁8】

尺·一47

與汪梅坡

翰教下頒，以他出未及裁答爲歉。穎庵道兄榮行如此之速，不獲一聆雅操。特製小詞，附以薄贐。倘此詞可以入譜，乞穎老調入絲桐，即付梓人，何如？【復友·丁7】

尺·一48

與黄交三

昨代索潞酒不可得，覓得人葠酒一瓶。如送貴友，未免可惜，不若寄回珂里，爲尊公釣詩鉤，何如？【復友·丁8。按：尺·一46、尺·一48是友·丁8的共同回復。】

尺·一49

復江含徵

台札下頒，浣手開讀。以爲必有透頂議論可發愚蒙，不意一團迂腐之氣，勃勃紙上。嗟乎！弟非木石，豈迂論可動乎！亦知我兄有道之士，原非迂人，不過欲借題作文，否則欲博弟一篇回札已耳。既而又思之，兄原只可監厨請客，何能借面吊喪，所語非人，自無足怪，但不識我兄所謂未之聞道云者，將謂吾儒仁義禮智之道耶？抑二氏不墮輪回、不受閻君拘束之道耶？若謂吾儒之道，則已童而聞之，所乏者不能行耳，非不能聞也。若謂二氏之道，則匪獨伉儷之愛所當割捨，即父母罔極之恩亦且違而去之，豈復肯如我兄長篇大幅與朋友相辨論乎哉？夫死者不可復生，生者須當自愛，亦旁觀者相慰之套話，弟亦常以此套話勸人。今復見人以此套話勸我，對之不覺啞然失笑，此等八寸三分套話，僅足以語漠不相關之人，其何能解弟之悲也。大抵人生在世，所缺乏者及鍾情者便難相忘，如貧士之于阿堵，熱中者之于美官，魚之于水，鳥之于林，子期之于琴，伯倫之于酒，皆性命以之，不可一朝相捨。欲解弟之悲者，庶幾唯有顧左右而言他，及相忘于無言耳，再無他法也。即弟亦是哀至則悲，固非陰哭而陽笑，亦非能半笑半啼。旁觀者亦唯有見如不見，聞如不聞，聽弟自悲自止，若一加勸慰，或以迂談見責，則更增弟之悲痛耳。台札中有『與其嫁傖父而生，不若嫁張郎而死』，不識我兄又將以何辭爲解也。此語差強人意。弟今又作一轉語，『與其嫁張郎而死，曷若嫁張郎而生』。弟近又有一種拙作，專言内丹，刻成再當郵政。先露此消息，猶之以蜜少許置小兒鼻尖，引其饞態以博觀者之一笑也。【復友・丁16】

尺・一50

復汪扶晨

客歲一緘寄祝之後，方訝故鄉魚雁嬾過蕪城。及接瑶函，始知曾惠報章，但不識浮沉何地也。承寄紫霞佳茗，特汲第五泉煮之，真不啻瓊漿玉液，清我夢魂，受益良多，感謝何既。老年臺名山大業，新著定可等身，幸不惜郵示爲禱。【復友·丁20】

與顧天石

尺·一51

承製佳詞，捧讀之餘，益令人增落葉哀蟬之痛，存殁均感高吟矣。《螢芝集》領到，此公文字雖曰好奇，然與其爲印板人物，雖寫數十人皆如一父之子，又不若陳章侯之肥則奇肥，瘦則怪瘦，尚足竦觀。若能以顯淺之文寫幽僻之致，則更妙耳，我兄以爲何如？《虞初志》正續共三册，幸撿入，閱畢幸即付還爲荷。【復友·丁26】

復李艾山

尺·一52

古賦跨數韵者，在古人非是跨韵，古韵本是如此，今人不知，遂以爲跨韵耳。如『東、冬』爲一韵，『支、微、齊』『十灰』之半爲一韵，『真、文』『十三元』之半爲一韵，斷無有『三江』『七陽』合用之事。蓋以『三江』一韵，其出口是『七陽』，其收音仍近『東、冬』，是以古人次于『東、冬』之後。今江右人聲口猶是如此，如或不信，則俗説有之，『秀才不識字，只認半邊』。今『江』韵之中，如『江、杠、釭、缸』之從『工』，『幢、撞』之從『童』，『邦、降』之從『丰』，『腔、羫』之從『空』，『淙』之從『宗』，『窻』之從『悤』，此皆顯而易見者。內唯『雙』字不曉所謂，然觀漢人『天下無雙，江夏黃童』，『雙』與『童』叶，亦可知此字之本音矣。僕向亦不知其説，因敝鄉鄭扶曦與僕談及口法，僕因晤得此種道理。復以《毛詩》證之，句尾用『三江』韻者凡二十三句，除不押韻句外，其押韻之句共十有七，皆□[一]于『東、冬』而不合于『七陽』。至于閉口韻，如『侵、覃、鹽、咸』□[二]部，斷無有與開口韻相通之事也。僕初以爲尊賦出韻必有所本，故欲扣其所由來耳。至若拙集諸賦用韻錯出不倫，皆少年無稽之作，不足爲據。恐先生執僕説以攻僕，故并以奉聞，或得援自首免罪之寬條耳。【復友・丁27】

尺・一53

與諧石

《阿翁詩》領到，不解其大指何謂。豈謂作家翁之苦耶？若然，則不第貧士以爲苦，即富家郎亦有不免于室人交謫之處耳。至詩中有『磚床』二字，不知出于何典，或老佺實事耶？磚不可以

[一] 按：版片闕損。
[二] 按：版片闕損。

爲床，三尺童子皆知之，而老侄又決無效北人打炕之事，則此二字乃憑空杜撰，以描寫貧士家風。吾恐世之讀是詩者，因一事之虚，并疑他端之不實，是欲訴苦而不能動人之觀聽矣。幸明以示我，倘果有其事，吾爲作《磚床行》以告于世，何如？【復友・丁39】

尺・一54

與王景州

僕素不工書，故于毛穎一物，不甚購求。今某君彤管價俱不廉，以佳筆供惡札，其辱中書君亦甚矣。兹擇其最賤者買一二十矢，幸毋罪僕之不受薦書也。【友・丁40復】

尺・一55

與顧天石

弟寓廣陵十餘載，從未買一葉之舟，恣水嬉而觀競渡，今長兄暫過此地，即以不獲游泳爲言，則平時之豪興可知已。敢卜翌日邀二三詩人，攜一尊于衣帶水中，候吾兄之酬酒賦詩，幸毋負弟之盛舉也。【友・丁44復】

尺牘偶存卷二

心齋張潮筆

尺·二1　　## 復江含徵

良朋快聚，人生不可多得，然正以聚而復别爲佳，若久處則亦相忘而不覺其樂矣。承索弟各種拙刻，弟到家數日即爲人携取殆盡，《唐音丹笈》僅存一册，如命奉到。弟於此道原未入門，不過姑妄言之以欺世耳。譬如田夫野老摹擬建章宫中景象，恐未能得其仿佛，設真仙見之，有不笑其狂誕耶？今吾兄乃謂此中具有神仙之旨，不知吾兄或因弟妄言之故，亦故妄譽之乎？否則，或如莊子所謂『道在瓦礫屎溺乎』？弟之敢於成書者，亦以真仙决不肯游戲人間，此書决不爲其所見，若果能遇真仙，邀其一盼，是則弟與此書之厚幸也。【復友·丁53】

尺·二2

復殷日戒

春間一緘寄復，知尚未到。台諭命致某兄札，弟流寓此間，與若輩雖皆相識，然實無深交，亦復艱於會面。即弟以切己事見彼，亦須因鬼見帝，僅免炊桂食玉耳。來札適值彼有价在舍，因面與之，并將兄與弟之札一同附去，此實出於一時之機緣，設有所濟，弟不敢居功也。菲儀一函，稍伸尊公佳城，吉奠叱獻是荷。承索弟各刻，因去使由陸路歸，不便携帶，祇近刻數張附政。不一。【復友·丁54】

尺·二3

復諧石

來箋領到，稍遲着人來取可也。吴香老索及拙著全部，愚之各種皆係陸續刷印，即舍下亦無全部，有此則欠彼也。且人之一身不能處處皆善，與其自頂及踵通體現形，又不若露尾藏頭，尚可藏拙耳。【復友·丁55】

尺·二4

與釋中州

昨聆闢僧妙論，真獨到之識，敬服敬服。弟今欲吾師更進一籌：蓋闢僧者，忘人也，若并將『闢』字忘之，則人法雙忘，與佛何別乎！弟向輯有《禪世説》一書，未經行世，原以供文章家稽考之用，非爲法門起見也。欲懇吾師一序，特以樣本呈覽，不審須菩提於意云何。【友·丁61復】

尺·二5

與鄭蕃修

自去春把晤後，再未一睹紫芝，今日何日，乃復於《梅花書屋圖》中相對耶。台委固不敢辭，但僕向曾以《清泪痕》拙句呈教，拜懇鴻章，兼煩代索閨秀一詩，不意至今未蒙慨賜，尚欲僕爲尊照題贈耶？僕今一力擔承，定有拙句請教，然必俟大作下頒之後，乃始報命耳。前刻恐尊處或有遺失，兹再奉一帙，并附近刻二種，惟斧削是荷。有挾之求呵凍之筆，統惟亮之。

尺·二6

復甘中素

《虞初》之輯，蒐采維艱，辱惠佳篇，感荷無既。貴友劉君誠當今傑士，但所云『陶堯鑄舜』二句，不惟出古人成語，且下句復得罪名教。尊札洋洋纚纚，幾及千言，謹借光梓入《友聲》中，而此數句則僭爲删去，不第所以愛貴友，并所以愛足下也。台旌榮行甚速，不及尊酒論文，悵悵何似。倘於諸相知處有可采入《虞初志》者，乞爲郵下，多多益善耳。【復友·丁60】

尺·二7 與江含徵

弟自束髮受書，其志亦頗不小，不謂初而偃蹇，繼復因循，望翰苑中人未免有仙凡之感。近以新例，聊復效顰，雖不能身證仙班，亦可比於掃花弟子，正所謂不得已而思其次也。吾兄乃以末席爲嫌，請援成語以解嘲，曰：『詞林盡處是張山，餘人更在張山外。』又況顛之倒之，反在諸公之上乎。但不知此一把清凉散，較之吾兄之一味逍遥湯爲孰優耳？拙刻盡爲友人攫去，俟印出補寄，幸姑待之。【復友·丁72】

尺·二8 與黄石閭

《觀濤圖詩》呈教，前諸公詩皆於題外立論，極佳。弟若效之，反覺千篇一例，故特將題面實處發揮，所謂『打鼓下下打在鼓心』者，不識我兄以爲何如？如其可用，則將卷子付來寫去可耳。

【友・丁67復】

尺・二9

與周星遠

懷想有年，一朝握手，何快如之。宗定老聞其不日入城，黄交兄弟亦寄札與之。俟諸君到時，奉屈老年臺過舍，同作竟日清課，看吾兄執牛耳時，當另有一番號令也。【復友・丁73】

尺・二10

又

古人有言：『生爲上柱國，死作閻羅王，吾願足矣。』僕今謂，大則爲鄉會試總裁，次則爲督學使者，亦足以進退人文，權衡風雅，俾入彀之子，匍匐而稱門生，豈非人生大快事乎？然已捷賢書者，學使不得而門生之；已成進士者，主考亦不得而門生之；又有栖遲衡泌，嘯咏林泉，無意於功名者，座主亦不得而門生之也。欲使文人墨士盡入網羅，惟有詩選一途可以進退權衡而無所遁。顧此日操觚家大抵藉選事以糊其口，苞苴竿牘日陳於前，往往視之以爲低昂殿最，雖欲嚴於去取，其道無由。今幸有賢主人爲詩壇宗主，不徇情面，而年臺復如碧眼波斯，精于鑒別，正斯道昌明之日，何快如之。伏惟我兄於懷鉛握槧時，寧嚴毋寬，寧苛毋恕，勿强人以從己，勿屈己以狥人，平奇濃淡，一視夫詩之優劣而無所容心，則不第不負賢主人委托之盛心，而千載以上以下之詩人，皆爲之心死而無復遺憾矣。既叨教愛，敢布鄙私，狂瞽之談，統惟原宥。

尺·二11　上安郡王啓

潮聞之：泰山不辭土壤，所以成其高；滄澥不擇細流，所以成其深；鄴架曹倉不拒草野之獻，所以成其縹緗之富。然而有難焉者，則以藏書之地尊嚴，獻書之人卑賤，是以有懷莫遂耳。顧潮又思之，人子之于親也，其親生平無書則已，苟有所作，則凡可以表彰是書者，自當竭厥心力以求達于東壁藏書之府，即尊卑懸隔，判若霄壤，亦將忘其勢分之所在，而思有以得之。又況仁人君子，當必有不忍虚其顯親之意，而思有以慰之，此亦古今情理之必然，有不待轉計而决之者。潮句讀小儒，章縫末士，夙仰賢王殿下德并東平，學齊河間，爲宗室重望，而友人周之樞蒙兩世知遇，忝厠幸館，復道諸王好善之誠，不遺縫掖。藩邸尊嚴，末由摳叩，然而寸心嚮往，無間山川。念潮父習孔，生平喜讀理學之書，窮年累月，鑽研罔倦，所著雖未必有補于理道之高深，或亦可略同于管蠡之窺測。殿下著述之暇，俯賜觀覽，亦足以知其志之所存。兹者不揣冒昧，謹將父集《大易辨志》二十四卷、《近思録傳》一十四卷、《詒清堂集》正續共一十六卷、《雲谷卧餘》正續共二十八卷，附以拙著一十二種，裝帙進呈。伏惟殿下恕鯫生之狂瞽，納下里之微言，則鄴架曹倉不徒抽玉簡金函之句，而寒茅父子咸得沐清盼於無窮矣。臨穎可勝戰懼之至。

尺·二12

上勤郡王啓

潮聞東平王之在漢也，顯宗問王：『處家何等最樂？』王對以『爲善最樂』。斯言也，上之足以啓天子好道之誠，下之足以錫天下蒼生之福，中之足以表屏翰爲國之忠，一語而三善備焉。顧藩王爲善與臣庶异，而以語於今日，則尤有不同焉者，蓋以聖朝雨露無所不周，匹夫匹婦莫不與被堯舜之澤，譬之泰山滄瀣，無由益其高深，則欲以『爲善最樂』之言進者，徒虚語耳。然世有有形之善，復有無形之善。有形之善既不待言矣，若夫無形之善，則所謂『發潛德之幽光』，施恩於不見之地，其漸被爲尤大。夫儒者讀書懷古，無以自見於世，往往形之歌咏，著之簡編，苟非有大力者爲之物色而表章之，終當與草木同朽腐耳。方今海宇乂安，文教四訖，能詩者十人而九。潮生居縫掖，識等拘儒，不啻太倉稊米。伏聞我賢王殿下，天潢貴胄，宗室懿親，世之躭吟咏者莫不想望風采，一經品題，便作佳士。而潮也復從友人周之樞、族人張鳴珂處得讀殿下『東風無力』之句，神移心醉，莫罄名言。伏念潮父習孔，曾於世祖皇帝時視學東魯，予告歸林，唯以著書自樂，生平所作有《大易辨志》二十四卷、《近思録傳》一十四卷、《詒清堂集》正續共一十六卷、《雲谷卧餘》正續共二十八卷，雖未必有當於理道之高深，或亦可略同於管蠡之窺測。潮不揣冒昧，裝帙進呈，附以拙著一十二種，叩乞恕其狂瞽，惠賜覽觀，俾草野俚鄙之詞，得接於屏藩之几席，其爲榮幸，永世難忘。藉非殿下樂善虛懷，不加過督，則書生之罔識忌諱，當亦難免於無知誕妄之譏矣。臨穎可勝戰懼之至。

尺・二13

與願良叔

梨園子弟往往讀『下』字爲『沙』去聲，一友人云：『此是金家門頭，稍有聲望者，莫不如此。』細詢之，此友亦不得其解，豈金元之代時尚使然耶？又或此道老郎姓金，如魏良輔之流亞耶？又或京師之京耶？向日鄭扶曦最恨優人崛强，『書』字必讀爲『須』音，想亦是『金家門頭』之類耳。從來戲場字音必用《中原韵》，然『婆、破』等字挺齋皆收入『歌戈』韵中，與『魚模』絶無干涉，而優人必讀『婆』爲『蒲』，讀『破』爲『鋪』去聲，則又何也？老叔知其所以然乎？幸于暇日詳示，以廣我聞見爲禱。

尺・二14

復閔右丞

耳賢昆玉才名已久，不敢遽以拙句呈教者，恐點污太清耳。不意年臺過聽虛聲，然犀以待，致不獲藏匿其醜。復荷不我鄙棄，獎借過情，仍必欲窮其底蘊。昨值俗冗，未遑裁答，拙刻雖仍有數種，尚未印出，即舍弟輩欲得全部，亦復不能。蓋有此則欠彼，及有彼，則又欠此也。《牌譜》二種遵命呈到，又附政二三種，尚惟進而教之。其《牌譜》幸毋與人見，見則必爲所攫，此弟所屢試而知者，并以奉聞。其《蘭亭集字詩》内仍有一二訛字，未暇改正，倘蒙點定，尤稔至愛也。【復友·丁78】

與程穎叔

尺·二15

正初承華柬到舍，其時即懷刺報謁，因不知尊寓所在，詢之友人，或曰在觀巷卓宅質庫左側，及造訪，并不得其門也。或又曰在觀音堂某姓對門，及造門，乃岑山貴族諱湛而懸壺者也。或又曰在小東門城下，訪之，亦懸壺而字允淑者也。憶緞子街貴族有磁肆，不意又已息業，因嘆年翁如天際真人，可望而不可即，又如神龍見首而不見尾，迹誠高矣。然揆之往復之義，時用歉然。適晤未能兄，寒温而外，即急叩行臺所在，方知去舍不遠，亦何相須殷而相遇疏耶！報謁之愆，實無可逭，雖年臺或不加過督，而弟心終有未安，是以詳布所由，以冀鑒原耳。

尺·二16

寄孔東塘國博

判袂以來，屢更裘葛，緬惟道範，靡日不思，固不待望雲樹以徘徊，睹梁月而容與也。老年世臺先生宸眷殷隆，行且晋登樞要，何慰如之。年來樂育英才之暇，新著當遍滿長安，恨不獲躬詣臺階，飽讀奇書，爲悵悵耳。兹值敝宗入都之便，肅候台禧，附有拙著數種呈教。臨風翹企，不盡溯洄。

尺·二17

復宗定九

接手教及《仙女廟記》，細讀之，深服足下考訂詳明，引據確切，心目爲之一快。弟去秋泊舟廟前，特詢主僧仙女爲誰，并不知也。復詰其既爲住持，何以不加考核，則茫然無復置對，其可笑一至于此。旁一士人云：『仙女與孔子同時，有「九曲明珠」問答。』荒唐附會，尤可痛恨。若非足下佳文，則此廟幾在可廢之列矣。弟意欲將此文大書一通，榜于廟壁，庶經其地者，有以知其源委，而不致爲妄誕無稽之言所惑，且可爲主僧解嘲也，何如何如？【復友·戊4】

尺·二18

復錢十青

幾年闊别，歲歲相思，日坐愁城苦海中，竟不知面目何似，是以未敢輕詣行臺也。《金衣公子傳》筆致幽雋，讀之不能釋手，直與悔庵先生之《雪衣娘》、湯卿謀之《采香使者》共垂不朽矣，敬服敬服。但《虞初》拙選，唯實事之奇者方爲載入。弟尚另有《外史》之輯，自當借光，首録《金衣傳》大作也。承惠閨人輓章，存殁均感大德。又承索得佟公祖詩，尤爲銘佩，外具賤名投謝，煩叱致之。妙畫較前更勝，然不敢當元章之賜，謹璧上，希照是荷。【復友·戊6】

尺·二19

寄王不庵

許久不晤不庵先生，蓬蒿滿徑且滿心矣，安得時挹清風，使面目不致可憎也。接家貫玉札，知游屐仍駐楚邦，瀟湘雲夢間，不知增幾許佳話，康樂之吟，道元之注，能一惠讀否也？《鴻逸堂》板片遵命查出，今代贖回寄上。但以大集計之，僅存三分之二，仍者因其家鬱攸之祟，爲祖龍劫去。想造物精華，先生泄露太過，不能不遭其忌耳。其印出者，舍下尚存二十餘部，今并寄上，統惟照入。近著數種附政，希賜斧削。倘能辱贈一詩爲我悼亡，則更拜高誼于無既也。臨風翹企，不盡溯洄。

尺·二20

與朱其恭

弟前以拙著呈教，蓋謂我兄爲個中人，其當尊意者，不妨韙之，不當意者，不妨攻之，如此方見相長之益。今乃概不着筆，豈竟無足當一盼耶？抑或攻之不勝其攻，因置之不論耶？又或懶與性成，竟未嘗一寓目耶？三者必居一于此，特走字以詢。【友·戊10復】

尺·二21

與朱西柯

同寓廣陵，經年闊別，此正如東坡《凌虛臺記》所云居萬山中而目不見山，『雖無關于事之損益，而揆之物理，有不當然者』。唯時于其恭年翁處詢知起居佳勝，差如相對耳。近閲《四本堂座右編》，得讀尊公先生《尊生閣記》，乃知吾兄所居，有如許福地，不識可使弟輩一游乎？不敢累兄臺爲倉卒主人，弟自携杖頭造訪可耳。

尺・二22　與余澹心

僕之想望丰采，不啻如漢武之于神仙，今幸得親承謦欬，復辱題小像及《花影詞》序，所得不爲不多，而貪心猶有未已。此正如蔡經既見麻姑，猶欲得其手爪以抓背，其不爲王方平所鞭責者幾希。然方平雖鞭之，而麻姑究不以介意，得毋以此手既似鳥爪，原足以致背癢者之垂涎，故恕之耶？今亦不敢多有所干，唯《集杜梅花百首》各首之中無重題，通編之中無複句，欲附大選《今冷雲集》之後。其《禪世説》乞賜大序，以垂不朽。至《幽夢影》一編，則乞揮數語以爲弁。無厭之請，不識先生將爲王方平揮鞭以責乎？抑將爲麻姑之漫不介意乎？否則，或竟如其所請，如吕祖之所謂『吾之求人，甚于人之求吾』者乎？僕知先生領袖仙班，爲當今吕祖，專以度世爲心，必不惜齒牙餘論，故敢蒙此妄想，唯先生察之。拙著《筆歌》附政。不一。【友・戊15復。按：友・戊15爲尺・二22、尺・二23的共同回復。】

尺・二23　又

《幽夢影》承惠弁言，可藉台光以爲重，感何可忘。紅橋之游，鄙意原欲屈先生執騷壇牛耳，邀諸名流作一雅集，今既榮旋甚速，不復爲此舉矣。捧讀古文尊稿，知徐巢友《梅花詩》頗爲先生所賞，龔柴丈曾爲僕道其生平甚悉，不識先生曾爲立傳否？如有此傳，乞屬三世兄撿示，以便借光載入《虞初》拙選中，何如？又《文救》大選，定是斯道干城，謹以先君文集呈覽，倘蒙采録若干首，歿存均感隆施，其刻資自當補上，決不敢有負清心也。僕拙著古文，大半皆係小品，是以未敢呈教。尊居在吴門何地，并乞示知，便道經過，摳謁當有日也。【友・戊15復。按：友・戊15爲尺・二22、尺・二23的共同回復。】

尺・二24

復中洲上人

道駕還山之後，無日不神馳黄海，輿逐蓮峰。晤兩上座，深悉尊候萬福，近履佳勝，復荷雅貺，何以當之。謹登山菜一種，以當晤言，咀嚼之餘，如挹我師風味耳。佳茗璧上，附敬岕片一函，聊充清供，統冀笑留。舍侄近在京口未回，台惠存舍下，俟一到，即致之。黄交老處，俟覓的實人，即代郵去可耳。佛殿因緣，任事諸公想能報命，不復更贅。【復友・戊17】

尺・二25

與閔右丞

昨爲某君所苦，幾于無地可逃，昔顔魯公有《争座位帖》，吾兄何不將昨日情景草一段『讓座位帖』，以與魯公相配，何如？席半先歸，不識曾有詩題否？有則示知爲荷。

尺·二26

與狄立人太史

太史，貴人也，極不當輶褻。然我世兄又韵人也，又似宜脱略形骸，因敢以雅集相候。特約諸同人于西園角韵飛觴，静聽宗工旗鼓，千希即刻命駕，臣卜其晝未卜其夜也。【友·戊24復】

尺·二27

又

夙仰宗工，亟欲一聆麈誨，何見拒之深耶？倘不以腐儒粗糲爲嫌，仍乞皤然命駕，并拉陳賓兄同來，作竟日清談，何快如之。如果連日酒困，則茶話亦未爲不可耳。【復友·戊24】

尺·二28

又

日前之游，深爲簡褻，罪歉何似。會作想已脱稿，敢抛磽确之磚，以引無瑕之玉，乞不憚指南爲禱。前所呈教之未刻二種，内《花影詞》乞賜台評，詩文稿拜懇大序，已面托陳賓老代致鄙意，想能達之左右也。此二稿初無副本，閲畢仍乞發回爲荷。

尺·二29

與潘霜楠

日前一卮奉屈，何竟不赴耶？連日細讀尊稿，真不讓香山、劍南，傾服傾服。但其中多有傷時憤世之句，殊非明哲保身之道，公真大醉耶？又『吮』字乃仄聲，而『永夜吮毫遣睡魔』則誤作平聲；『頤』字平聲，而『何物近來堪朵頤』則誤作仄聲；『堠』字去聲，而『斥堠高起列峰巔』則又誤作平聲。諸如此類，當是偶然錯誤，然畢竟改而去之，更爲全璧也。忝在文字之交，或能亮其三尺狂喙耳。其會作想已脱稿，希早賜讀。狄立人敝世兄，聞台駕在此，亟欲把晤，倘移玉過彼舟中，幸爲弟致意爲望。近刻數種呈政，祈賜直筆。弟非齊宣王，雖斫而小之，亦不碍也。

尺·二30

復卓子任

日前之游，雖曰簡褻，然幸在雨中，頗不爲袯襫所苦，惜觴政匆匆，未能盡致。此狄立老到遲所誤，非主人之過也。大作領到，可云妙極自然，真鍾譚之所謂『清空一氣如話』者也，敬服敬服。拙作因乏人抄録，不獲呈政，既蒙見索，敢以草稿呈覽，閲畢幸仍發回，蓋弟之拙筆與兄之尊髯政復相類，人見之未有不以爲怪异者，故不欲久停尊處耳。適陳賓老在舍，云不知高齋所在，不能報謁，屬弟致意，并存有斗方呈上，希撿入。不一。

尺·二31

與姜學在

久聞貞毅姜先生有儁才子曰學在，恨未能一聆緒論，惟時于諧石舍侄處詢及丰采而已。今鄭舍親破水忽以台札見示，欲索僕一詩爲貞毅公輓章，且欲得僕古風爲快，聞之不勝且愧且泣，且重以感也。夫聲聞過情，君子耻之，是以愧；以貞毅公之忠貞，不獲賜環，而以宣州之戍老，是以泣；後生小子闒鄙之詞，得附大君子以不朽，能無感乎？僕於詩文一道，毫無所窺，而《仰止録》中古風觸目，皆琳琅珠玉，若復效顰爲之，懼不足以仰副台指。因集《葩經》成語爲詩十章呈教，復製樂歌五章，祭之日俾歌以祀公，聊以志高山景行之慕。雖歌詩之法今已失傳，或姑存其意，當亦尊公老先生在天之靈所不鄙棄者耳。此詩不妨呈之撫軍，撫軍文章宗主，當代偉人，自能定其可否也。拙刻附呈台教，其《清汨痕》敢懇悼亡佳句，倘能爲僕轉爲徵詩，則更拜高誼于無涯也。臨風馳企，曷任溯洄。【友·己27復】

尺·二32　與狄向濤太史

小照辱賜品題，榮幸何似，又重以佳聯之惠，謝胡可言。承示《分影圖》新詞，讀之雖識其工，而不解其所謂，適陳賓老過舍，始悉其詳。何老世臺爲世間佳人所愛慕一至於此，羡之甚！妒之甚！遵命效顰步韵呈教，其前半專訴鄙衷，極知不合台指，祇以藉重郵筒之便，冀得附呈于箽緗校書妝前，正如熱中者所云，「欲使賤名常達鈞聽耳」。一笑。

尺·二33　與黄儀逋

昨將《詩韵輯略》粗檢一過，尚多未合處，大抵古韵當以《毛詩》《楚辭》爲主。《毛詩》讀「天」入「真」韵以與「新」叶，不聞讀「新」入「先」韵以與「天」叶也；讀「嘉」入「歌」韵以與「何吪」叶，不聞讀入「支」韵也；又如「斯、私、資、兹」等字，「四支」韵内已有而古韵中複載之；又如「飢」爲「飢餓」，从「几」，在「四支」内；「饑」爲「饑饉」，从「幾」，在「五微」内，今兩韵皆訛注。又如「侵、覃、鹽、咸」四部皆閉口音，不與他部相通；或四部自相爲通，如「凱風自南，吹彼棘心」之類則可耳，從無與「真、文、庚、青」通用之事，「真、文」尚不可通于「庚、青」，矧「侵」部乎！今俱概云「通用」，皆不可曉。大抵此公見古人以某韵與某韵共爲一詩，而不知其出入界限。如《詩經》中『文王在上，於昭于天。周雖舊邦，其命維新』，因『天』之可以叶『新』，遂誤謂『新』字亦可讀『先』以叶『天』，而不知其無此一説也。足下既謂其有所本，幸不憚援引詳確，以開我茅塞，何如？拙刻《尺牘》附政，内有與友人論此事者，幸檢閲之，有訛謬處，統希駁正是荷。便面如蒙題就，并乞發回，査二老處如力能得之，則以相煩，否則不敢强也。《詩韵》繳上。不一。

尺·二34 與朱其恭

揚州最惡之俗有二，而稍媒瘦馬不與焉。其一爲假人命。人或不幸而喪妻喪媳，其母家輒率惡黨多人，詾涌麇集，或誣其翁姑督責太甚，或誣其夫之他癖生憎，辱詈强毆，無所不至，毁壞器物，不啻抄扎。繼則揭帖四布，恫疑虚喝，必厭其欲而後已，稍有不遂，立刻成訟，以致夫不敢約束其妻，姑不敢訓誨其媳，傷風敗俗，莫此爲甚。甚至臧獲之死，亦復如之。又有一種羅織好事之士夫，與死者非族非戚，亦復厠足其内，主其事而分其利，此第一惡俗也。其次，則找價之弊。夫交易田産必有文契，價之低昂，皆係當時議定，價苟不稱其産，賣時便應加增，彼若不增，我可不賣，原不能强之也。既已賣斷，即便價果稍廉，亦應無説。今乃創爲一賣二找三杜絶之名，亦始之以恫疑虚喝，而繼之以誣告公庭，此第二惡俗也。吾兄爲此日之澹臺滅明，以公事至偃室時，能爲當道極力言之，慫恿其嚴爲厲禁，俾懲刁風而全善類，真無限功德也。蓋我輩既不能有立德立功之實事，便當于立言中圖不朽耳，何如何如？

尺·二35

與晉濤叔

侄素不識馬吊，因不蓄吊具，適同諸友飲于郊園，非此物不足以消長晝，敢爲乞鄰之舉，千希檢發來手，幸毋故作留難以相窘也。

尺·二36

又

昨以吊籌奉璧，小价傳語云黑者少數二枝，令我抱歉無似。適于友人齋中見籌馬頗富，其黑者肥瘦短長大略與尊籌相等，詢知其數頗有溢額，因竊取其二以奉償。損有餘，補不足，天之道也，如其發覺，則侄不免爲東方朔矣。一笑。

尺·二37

復吴伯御孝廉

疏闊教言，屢經裘葛；梅花明月，未免相思。固不待采蕭艾以興懷，托梁月而寄咏也。滿擬計偕過邗，得親道範，忽接瑶札，知已命倌浦口，不復取道廣陵，益令人企慕無已。老年臺先生清華重望，弁冕春闈，嗣徽鼎甲，直可操券決之，車笠之詞，想不讓昔人專美也。承諭欲爲大著作序，兼以乘韋之先，弟雖未讀新篇，然舊刻向曾捧誦，風流儒雅，洵是吾師。因已見而揣其所未見，想更當引人入勝耳。但弟愧非皇甫，不足以重《三都》，且鈍拙之資，無能倚馬而待。老年臺不妨自構雄文，後署鄙人名氏，不獨克副名山之業，即弟亦藉光多多矣。梓成時，千希郵讀爲荷。大貺秖登佳茗，以志雅愛，謹對使鳴謝。奉懷拙句書之扇頭，并近刻數種，統附餘珍奉上，伏希撿入。臨風馳跂，不盡所懷。【復友·戊43】

與江含徵

尺·二38

客有自東亭來者，詢知道體違和。吾兄素善調攝，且精于醫理，此日自當霍然。設一旦與造物游，歸真返宅，則與其蟲臂鼠肝化爲异物，又不若乩壇應召，游戲人間，與我輩二三文人，流連倡和于酒旗歌扇之側，則雖死猶不死耳。見卵而求時夜，見彈而求鴞炙，我兄得毋笑其太早計耶？率筆，不一。

尺·二39

與王丹麓

丹麓足下：僕自購得《文津》以來，即知西湖有王子丹麓者，時以不獲握手爲恨。又聞有柳靖公其人者，其相思亦復與思足下相等。後知靖公設帳雲亭，益復自喜，以爲他日西子湖邊，流連倡和，不復慮無東道主人。不謂因循潦倒，所願至今未遂也。又聞足下有《今世説》之選，雖未經捧讀，然出自琅琊手筆，其剪裁自必可傳耳。敝宗覲宸榮旋，肅此鳴候，附有拙著數種呈教。倘明歲道經珂里，自當一叩高齋，傾倒積愫也。臨風企望，神與俱馳。

尺·二40

與王不庵

郵到琅函，兼拜悼亡佳咏，捧吟感泣，如獲百朋，不知存殁何修，而得大君子之華衮若此，謝奚可言。《漢皋》大刻盥讀數過，不啻面挹高風，文中如《知己論》，如《吴母傳》，如《如是園記》，如《藏鬟記》，如《大王廟記》諸篇，識議超卓，筆力雄渾，真榮世持世之文，尤爲拜服。瀆板微勞，何煩齒及，家貫玉所寄來貲已經領到，重費清心，徒增踧踖耳。近作二帙呈政，希不憚運斤爲荷。臨風神往，無任主臣。【復友·戊39】

尺·二41

與迂庵

足下向年見我吃烟太勤，苦口勸戒，實不能自禁也。唯病中則不能勝其味，病痊則已。故自前歲病愈，不敢更開，一開則恐又不能自禁，今不食烟火者已兩年矣。然未嘗不思之也，此如病弱人不復更近女色，而意中仍必以爲佳耳。附達以博一笑。

尺·二42

又

向與足下讀《感應篇疏衍》，雖知其出于乩仙，而實不知爲何等仙人。近年購得《諸仙文集》，始知仙人非他，即隋唐以及元明之文人詩翁也，如文中子，如駱賓王，如王摩詰，如孟浩然，如蘇東坡，如秦少游，如楊升庵皆在其内。則我輩他日若歸道山，不愁無處安頓，但愧不能作字，恐降乩時未免爲凡人所笑耳。《仙集》一部奉到，閲之何如。

尺・二43　與弟

汝謂我此詩太率，誠然誠然。適在不耐煩時，作此等庸俗題目，又欲頃刻揮成，安得不率。此正如昔人畫放風鳶，不過欲拖長綫一條以盡此絹而已，亮之亮之。

尺・二44　柬朱菊山

小像久停尊處，望眼欲穿如許。援筆草新詞，敢催詩。　白下南邨過訪，正好爲儂題像。讓彼作前驅，問何如。右調《昭君怨》。【友・戊50復】

尺・二45　與閔右丞

前承約赴水文中翰女優之會，聞之不勝狂喜，今連日杳無消息，何也？『餓眼望將穿，饞口涎空咽』，吾家君瑞之言，洵乎不謬矣。昨黄儀逋云似爲未帶行頭樂器之故，倘果因此，弟能爲代借也。陳芳、湘芷兩君皆交拜而未面，此意竟無所達。幸以語卓子老，俾其轉致，何如？

尺·二46 復南邨

拙集正當于倥偬中閲之，若浄几明窗，神閑氣定，則醜態畢露矣。然既承台諭，誼不可辭，俟于尊寓左右覓得稍稍可意者，即當報命也。【復友·戊52】

尺·二47 復先渭求

讀台札，方知駕返白門，未獲一唱三疊之歌，抱歉何似。家南村先生，江東名宿，素所傾仰，向以未與締交爲恨，幸足下爲吾兩人介紹，喜可知也。承其作序三首，華衮之褒，不啻出之足下，其敢忘所自耶？洪去兄臨別時，見惠集句五首爲我悼亡，高賢所貽，得之意外，感激悲慟，倍切他人。弟思先生與去老，文章行誼，近今所罕，真堪并峙千秋，其不敢遽以《清泪痕》拙作拜懇鴻章者，以閨幃兒女之情，愳不足以當高人之一吷耳。今去老既已鑒其誠懇，慨辱佳篇，仁人君子之用心，當無异量。是以復萌妄想，引例相求，敢乞先生以周秦辛柳之鴻裁，惠之長調一闋，則存殁皆拜高風於不朽矣。去老臨歧札中曾特言之，附呈尊覽，自能悉也。臨緘切禱，不盡所懷。【復友·戊46】

尺·二48

復朱贊皇

兩日得接麈談，曷勝慶慰，集句大選，誠爲今古奇觀。承諭厠名校閲之末，何幸而得此也。弟處尚仍有數種，此外自當極力留神，但恐聞見不周，有辜台委耳。遠村《集唐》二册，附呈台覽。握手何時，尚當再圖快晤。臨風惆悵，曷任神馳。【復友·戊56；友·戊57復】

尺牘偶存卷三

心齋張潮筆

尺·三1

寄余澹心徵君

仲夏得奉教言，方謂可飽聆麈論，不意匆匆判袂，迄今憶及，猶覺黯然。忽拜德音，如從天降，兼悉近履佳勝，杖屨安恬，忭慰之私，曷其有極。《文救》大選中，不識先人藏集曾蒙采録一二否？《虞初》拙選借光《王翠翹傳》，兹先以八卷成書，聽坊人發兑，想明春吴門亦可購矣。嗣有二集之役，鴻篇幸早郵示，凡貴相知中，并乞代爲廣徵，則更荷雅意也。把晤何日，曷任神馳。

尺·三2

寄聶晋人

建隆把晤以來，倏又易葛而裘矣，每詢諸同人，皆不知行臺所在。近晤周孚老，始知駕返吴門，未識握手何時，惆悵奚似。拙著《花影詞》，弟處并無副本，且有曹實庵敝世兄評語在上，千希付的實人寄回，切禱切禱。弟明春如回敝里，則三月間便道吴門，尚可特造承天寺一晤也。臨楮翹企，饑思惄如。

尺·三3　**復蔣東衍**

接手教，冲抑之懷，溢於言表，自愧學植疏淺，何以當之。辱贈扇頭佳什，尤滋顔甲。悼亡尊作，遠過百朋，存殁均感高吟矣。大集清俊不減古人，而五律尤爲傑出，俟容細讀，僭評以報台命。椽筆遒媚兼長，益深佩服，何足下之多才若此也。承諭代覓僧寮，此間僻者不能寓客，其最便者，莫過於興教寺，凡吴越騷人大半僦居於此，第恐爲值稍昂耳，悉惟裁酌。不盡。【同復友·戊62、友·戊63、友·戊64】

尺·三4　**寄復殷日戒**

手教下頒，始知足下古稀大慶，弟愧塵氛鹿鹿，不能策蹇故山，致華封之祝。唯遥望三十六峰，高吟一律，書之扇頭，附以不腆之儀，面屬令郎世兄馳上，到日幸惟莞存爲禱。名山大業定有新編，幸早惠讀，以開茅塞，何如？來歲儻有暇歸里，自當一扣雲亭，以傾積愫也。

尺·三5 與江含徵

許久不得足下消息，近始知貴恙雖漸脱體，而足復不良于行，但不識脚短三寸，猶復能作賊否也？然優游卧治中，頗與華胥國相近，往來栩栩，自有尊足者存，庸詎知夫造物者之不以此爲足下息黥補刖耶？閑居無事時，當製籃輿一具，令兒子門生輩舁之而游，亦殊不惡。僕不知醫，敢於醫津之外，另創一筏，請試乘之，何如？含徵曾著《醫津一筏》若干卷。

尺·三6 與西洋學士畢鐸民

僕聞貴域言天者云天體渾圓而地居其中，地形亦圓，四無所附，左右上下，皆成世界。地下之人與此處之人脚板相對，在我爲晝者，在彼爲夜，在彼爲卯者，在我爲酉，其於東西也亦然。僕謂此説固然近似，但不知所謂地形之圓者，將如餅、如錢之狀乎？抑如香橼氣毬之狀乎？使果如餅如錢，則是圓而帶匾，斜立於中，圓處有人，平處無人，貴域之説誠是矣。使其如橼如毬，則是八面皆圓，吾不知極南極北兩處之人，其日月果作何狀乎？苟以貴域之説推之，日月必且横周於其地之腰，必且無晝無夜，無冬無夏，恒如昧爽及黄昏時而後可。若果如此，生其地者亦甚難堪，不知將何説以處此？先生於天學必精，幸詳確以示，俾釋胸中數十年之疑，幸甚幸甚。

尺·三7

復江含徵

獻歲爲吾道兄祝者，亦唯有再生麟兒之一語，餘不必贅也。來教似爲足疾所苦，中有不平，欲呼天而問之。『彼蒼者天』，雖問之，必不能答，我請代爲之答。蓋我兄精於醫者也，北人謂醫爲大夫，『從大夫之後，不可徒行』，揚州醫家日乘錫頂笋輿招摇於市，復以一壯夫荷藥囊隨其後，人莫不曰：『夫夫固名醫也。』今我兄乃如《賁》之初六，『舍車而徒』，故蒼蒼者特爲廢其兩足，若迫之以不得不輿之勢，夫而後醫道乃始大行耳。兄欲我問天而我先代天答，正如昔人所云『策破未有，先有策結』者也。此復。【復友·戊71】

尺·三8

與許師六編修

潮資性頑鈍，言語拙訥，於世事一無所好，獨好讀古今人之書。當世之士大夫能爲古文者，心輒嚮往之。其來揚州者，未嘗不得見也，而高山景行，所最服膺者，唯先生一人。蓋先生之文，原本經術，根據理道，而復有至性存乎其間，非徒文字之工而已。竊以爲古文之體有二：有大家之文，有名家之文。學爲古文者，則當學爲大家之文，不當學爲名家之文。學大家而不得，所謂『刻鵠不成尚類鶩』；學名家而不得，則未免於『畫虎不成反類狗』矣。以潮所獲交，能爲大家者，指不數屈，其最合鄙意者，杜茶邨處士，行文極有法度，惜其人不能與文相稱，徒愛其文而已。吴街南徵君文行兼優，而冠裳被服，殊非吾儒中庸之道。今先生則文章品誼皆極可法可傳，久欲執贄以備門墻之末，顧以『師生』二字，功令所禁，不敢遽出於此。然前輩中有先生，後輩中有潮，鄉里流寓亦皆無异，而乃經年累月不獲一望見顔色，雖居先生之位，則極尋常，而在潮之自處，則似有不當然者。是以敢忘其固陋，私布鄙衷，卜於某日以先人所著書爲贄，摳謁函丈。千希預戒閽人，俾得傳達，以慰仰止就正之夙願，庶他日舉筆爲文，有所持循，猶可或類於鶩也。潮無任惶恐，待命之至。

尺·三9

寄南邨

鷄林賦别，倏過燈宵，酒後梅邊，易生離索之感，矧屬雁行，倍增惆悵，覺采蕭采葛，猶未足形容耳。改歲以來，想新著與新禧正復相等，千希惠讀，以作章程。《虞初》拙選暨《聊復集》小刻各一部郵上，幸莞存之。先還老處，祈道鄙意。去歲之札，諒不浮沉，幸毋金玉其音，而有遐心也。

臨函神往，曷任相思。

尺・三10　寄王丹麓

神交得晤，大慰調飢，雖未獲飽聆緒論，然自握别以來，無日不與大集及各種佳刻爲伍。盥讀之際，如入旃檀林，觸處皆异香馥郁；又如登多寶船，所見無非木難火齊，千秋大雅，舍君其誰，僕唯有傾心佩服而已。頃拜德音，如親道範，悼亡佳作，榮於華衮，存殁均感高吟，非一辭所可罄也。叢書遠錫，尤勝百朋，僕向久有此想，前蒙面諭，深愜鄙私，敢仍藉重高賢領袖，後附賤名，庶人間鷄犬得隨淮南以上升耳。僕處亦有數種，似可采入，容後寄呈，商酌可否，何如？尊作《紀陸子容事》一篇，敢借光梓入拙選《虞初新志》中。未刻新編，尚祈賜教。所懇《幽夢影》序文，俟發梓時，再容拜領可耳。鱗鴻迅疾，不盡覼縷。【復友・己1】

尺・三11　寄冒青若

春間返里，近始來揚。忽聞尊公先生騎鯨之耗，老成凋謝，無復典型，其爲悲悼，當不獨在弟一人已也。所恨天各一方，不獲一伸隻鷄絮酒之誼，爲悵悵耳。薄具香楮微儀，特附程舍親郵上，希供之几筵爲禱。湖上王丹麓欲選刻時人小品雜著，如《眉公秘笈》之類，名曰《檀几叢書》，屬弟廣爲徵購。憶尊公先生有《岕茶彙鈔》《蘭言》諸刻，最爲精妙，向年曾蒙惠讀，迄今日久，亦不記爲何人愛而携去。年臺讀禮之餘，仍乞檢出寄下。此外有與此種相類者，賢橋梓昆玉及知交中不妨代爲蒐羅，大抵如淮陰將兵，多多益善耳。臨函神往，不盡相思。【友·己59復】

寄復余澹心

尺·三12

孟夏過吴門時，適爲大雨所困，不獲款雲亭而問字，抱歉良深。三世兄到揚，得拜瑶函，如親道範，兼悉近祉，大慰相思。令坦年翁赴敝宗之約，定當如意。承諭大集欲壽棗梨，名山之藏，海内無不想望，好事者當有其人。但千腋之裘，非一狐所能辦，倘能合衆力以爲之，其告成當亦可期，僕亦當隨諸君子後，勉竭綿力，以效區區。然等身之書，恐非歲月可限，或先以小品各種，任人所愛而爲之，似稍易爲力耳，何如何如？至於道駕按揚，尤爲快事，已與三世兄商其可否，想能代達也。《雲谷卧餘》遵命呈到。所云松蘿，今春爲雨所厄，苦無佳者，一瓶附敬，聊以伴函。三世兄匆匆即行，未盡鷄黍，并惟原亮。《真娘墓詩》呈政。雲坡上人處，已屬三世兄詢其曾否立碑，如尚未舉行，敢乞鼎吕促之。閏五月徵詩啓附覽，并望大作，以爲章程。臨穎主臣，曷勝馳溯。【復友·己4】

尺·三13

寄王丹麓

夏五一緘寄候，不識榜人曾特送雲亭否？梅花明月，夢想爲勞。未審何日再詣霞舉堂中，細聆塵誨，何樂如之。叢書一刻，亟欲舉行，但必將式樣與足下商酌盡善，方無遺憾。案《漢魏叢書》《説郛》《百川學海》《眉公秘笈》之類，俱未合鄙意，惟《快書》五十種之式，稍有可從。欲寫式樣一二種，以候足下去取，因來人行速，不及郵政。其板片大小以《霞舉堂》大集爲準，衹略收進半行，俾釘綫處稍覺寬展，其内均作九行，高低仍舊，亦作二十字，庶幾荆川、太史，皆可通行，未審高明以爲然否？每種前署名處，一爲某輯，一爲某校。得自高齋者，台銜前列，僕附其次。僕手所輯者，不揣僭妄，糠粃在前。雖有异同，不妨於凡例中識之，以見吾兩人兩地共事之意，何如何如？暑氣蒸人，伏惟自愛，不盡覼縷。【友·己29復】

尺·三14

寄姜學在

浴佛日過虎丘，奉訪不值，曾留片札，并拙句拙刻，煩貴紀綱代呈教削。後舍親方望子自吴門來傳足下語，云曾有一札并詩四首寄蔣姓人與僕，此書不知浮沉何地，迄今并未捧讀隻字，便間仍望重頒，俾得親承雅誨爲禱。虎丘真娘墓，僕爲立碑，又短簿祠前改造木栅俱已付貲，屬劍石房雲坡上人爲之，想彼應不誤事，如尚怠緩未行，千希鼎吕力爲催促，切禱切禱。徵詩拙句呈政，大筆賜和之餘，凡諸耆宿中，統望廣爲徵取，次第寄下。僕寓揚州馬王廟東，易於訪問也。閏五日徵詩啓并詩題寄上，幸賜佳章，以光梨棗。【友・己50復】

尺・三15

與朱菊山索幽夢影

《幽夢影》久未索還，恐類鄭人隍中之失，敢祈吾兄以捉影之手爲我尋夢，庶華胥一席地，猶得復歸原主人也。【友・己20復】

尺・三16

與費此度

潮白，燕峰先生几下：僕之於古文也，如拙工之爲人寫照，若者爲妍，若者爲媸，意中未嘗不知之也。及其捉筆而落於紙，非失之肥，則失之瘦，非失之黔，則失之皙，心與手各不相應，往往不能如吾意之所期，其限於天而不可强耶？其荒於人事之未盡耶？是二者，僕誠有之。夫限於天者，無可致力矣。至若荒於人事，則實苦於欲爲之而無其暇。今觀先生之集，於經傳，於諸史，於理學，於經濟，無一不洞徹其藴奧。然觀其播遷跋涉、流離瑣尾之狀，時寓諸詩文之中，蓋亦似無其暇者，不知先生之於經史諸種種，何以能入之甚深，而出之甚裕，至於如此也。伏惟有以教之，幸甚幸甚。謹以所爲文馳政座右，繕寫乏人，并惟亮宥。潮謹白。【友・己24復】

尺・三17

與中州和尚

屢欲趨晤，而塵緣世綈，糾纏不了，歉之甚，愧之甚。向欲作小小供養，蒙垂語『秋以爲期』，今六月三十日矣，敢於翌午剪蔬就教，竊聽宗風，在某甲可得浮生半日之閒，在和尚亦不須忙兩三日也。

尺・三18

覆江含徵

讀手教，知足下亦復以古董自況，而牢騷侘傺、感憤不平之氣，時見於花紋款識之間。足下將以僕爲買古董者乎？不知僕亦是一不合時宜之古董耳。然僕雖力不能買古董，頗能識古董，如足下者，亦是三代間不合時宜之法物，雅宜自愛。『沽之哉，沽之哉，我待價者也』，此吾先師賣古董之法，足下當亦知之，又何必如躍冶之金，囂囂然自鳴曰：『我且爲鼎彝，我且爲尊罍。』俾無知之輩目之爲不祥之厭物乎！至於匱董詩箋，不過藉以解嘲云爾，非衒玉以求售也。然古董之爲物，實無足取，寒不可衣，饑不可食，原不及膏粱阿堵。無奈我輩天生傲骨，賦性已成而不可易，僅能爲豐年之玉，不能爲荒年之穀。唯一二識貨而力有餘者，必尊之上座，什襲而珍藏之，且欲以爲傳示子孫之寶玩，則我輩無用之用，大用存焉，未嘗不可自慰耳。又台札有云：『七位高真，何故不能療李仙之足？』不思君處東淘，僕處江都，風馬牛不相及，君其問諸群仙可也。【復友·己25；友·己28復】

尺·三19　復紫裳

手教疑我爲慳，僕本不慳，因足下自認爲貪，故僕亦自處於慳，以與貪字作一篇對股文字耳。稍遲數日，亦必些須破慳，庶幾有以成足下之貪也。幸姑待之。【復友·己8】

尺·三20　與王山史先生

潮之嚮往於先生者二十年矣。前承枉顧，喜出望外，不謂蠢僕失辭，以致虛勞玉趾，抱罪良深。隨趨候行臺，值駕未歸，徒增悵惘。乃蒙不鄙，頒示種種大著，雖未能遽爲窺測，然觀其義例條目，已不勝望洋之嘆，貧兒暴富，何幸如之！潮向以爲律吕之學，世無傳人，今始知誠屬井蛙之見，惜聞先生行旌甚速，不獲從容質疑問難耳。山左孔東塘國博曾面授以七言四語云：『宫商角徵徵羽宫，黄太姑仲林南應。合一四上尺工凡，外有六五黄太清。』向頗疑之，蓋以世俗絲竹之譜，其于『四、五』兩字，輕則爲『四』，重則爲『五』，吹彈之法，兩字相同。今見尊刻，始知『四』字在『一、上』之前，則『四、五』兩字皆配于太簇之位。但『句』之一字，向所未聞耳。又『互卦』之説，『十翼』中，未有明文，若以『雜物撰德』及『同功异位』諸節當之，則本卦之五爻即互卦之上爻，本卦之三爻即互卦之二爻與四爻，本卦之四爻即互卦之三爻與五爻，本卦之二爻即互卦之初爻。何爲『多譽、多懼、多凶、多功』與『貴賤之等』皆似專言本卦占辭耶？此胸中數十年之疑，不識先生肯以片言釋之否也？又《山志》内所云《檀弓》中『合葬於防』及『伋妻白母』等節，不能無疑。先君《檀弓問》中曾有别解，今特并《大易辨志》呈覽，幸付典籤爲荷。潮惶悚再拜。【友·己33復】

尺·三21

復王無异先生

連因俗冗如蝟，台著種種皆無暇展讀，且名理奥義，原非粗心浮氣所能領會者。前札不過偶然請益，乃蒙不鄙，詳示報章，曷勝慶幸。所云『「互卦」謂文周孔辭中所未及則可，謂伏羲卦畫中所未有則不可』，可云要言不煩。至於《左氏》舉《觀》卦處，其卦是《觀》之《否》，曰『坤土』、曰『巽風』、曰『乾天』，未嘗言『艮山』也。得毋以其有『有山之材』及『山岳則配天』之文，故以山爲『艮』耶？若《左氏》所載繇詞，多有令人不可信處，如『侄從其姑』『明年死於高梁之墟』之類。著繇詞者，亦不過人耳，吉凶禍福可以前知，若地名人名亦恐難以前知，何以『爲嬴敗姬』『死於高梁』如此巧合也？若今時星相家如此神見，人必疑爲樟柳神之術矣。雖爻辭中亦有用地名，如『高宗伐鬼方』之類，然不過引古事以取象，斷無有恰好勝人於鬼方者。向來亦知讀書不求甚解之義，引此不過欲以見『《左氏》之失也誣』云耳。《律吕圖説》後序，知先生於毛蕭山、孔曲阜之言皆不能無惑，思欲聚諸君子於一堂，以求其至是無非者，此事恐不易得也。敝鄉洪子去蕪曾有言：『唐虞之世，簫韶九成，則鳳皇來儀。蓋以其時，太和元氣，在宇宙間，天之所生，地之所産，爲竹爲木，爲金爲石，無非和氣，取而用之，自能有所感召。後世設有异人能傳律吕之學者，恐亦無處取如許好竹以製簫也。』其言雖近於游戲，亦可緣此而生悟也，附達以資一噱。又先君所論『防墓崩』之説，雖與上文『防』字不同，然於理則當，若竟作『防墓已崩』，豈孔子僅僅泫然流涕，徒發一『古不修墓』之嘆而已耶？又論『孔子出妻，以其不能儷聖人，原非有罪』，先生則謂『無罪而出，似非聖人所爲』，先君止云『無罪』，未嘗言無過也。有過，則亦可出矣。如七出律中，多言、惡疾之類，亦非有罪，亦未嘗不在可出之類也。鄙見如此，未識然否？《檀弓問》既少一葉，今另呈一部，又《近思録傳》一部，統惟照入。《正學隅見述》嗣容卒業奉覆。【復友・己33】

又

盥讀《正學隅見述》，其於『致知格物』之説，專以朱子爲宗，此議學者大抵相同。至論『無極、太極』，則竟以周子之説原爲有礙，以『無極』二字爲贅，則不特深服先生之識，并深服先生之膽矣。先君嘗言：『周張二程四夫子之不可及者，其行也。至若著書立説，則常有窒礙難通之處。蓋諸君皆從踐履上做工夫，不從事於詞章之末，所以不能如朱夫子之文從字順爲無間然也。』故先君于《近思録》中凡有難通之處，雖不敢顯然議論先儒，亦不欲隨聲附和，而於《西銘》尤所未服，微露其旨於凡例之中，檢閲便知也。大抵看周張二程之書，須用孟夫子讀書之法，於《詩》則『不以文害辭，不以辭害志』，於《書》則『《武成》止取二三策而已』，此讀四先生之書之法。若必逐字逐句皆求其理之可安，此致辨之所由來也。先君嘗言：『如《西銘》字句難通，原無大礙，獨是後儒推崇太過，所以益難令人心折耳。』想先生亦必以爲然也。至於陽明先生，其功實不可及，人以其『知行合一』爲近於禪，殊不知禪家原有『性由頓悟，功必漸修』之説，則是并不可謂之禪矣。大抵新建自己知之即能行之，故謂一『致良知』而已足，而不知世之知而不行者，比比皆然也。無論其他，即以潮自揣，於天理一邊，知而不行者固多，於人欲一邊，知而故犯者亦復不少。然是非之明，未嘗不知之透徹也，安得謂一『致良知』而遂足乎？世之學王氏之學者，恐與潮亦不甚相遠，但潮不自護其短耳。狂誕之言，亮之爲荷。

尺·三23 又

日昨得親山斗，大慰平生，曷勝慶幸。大著正欲借讀，乃辱頒示，更爲愉快，但蒙諭以點定之役，此則恐非後學之所敢承者矣。台諭云：『凡古之言「書」者有二：一爲《詩》《書》之《書》，一爲「六書」之「書」。』此所素知者。但謂子路『何必讀書』之言爲專指《尚書》，竊恐太泥，此『書』字即前所謂『《詩》《書》之《書》』，想《周易》《毛詩》亦在其内耳。《古筆銘》僞作無疑，《莊子》多有後人增飾處，亦不易之論。至拙刻中『《易》之爲書』，即謂指三絶之韋編而言，似亦未爲不可也。《友聲》册子甚佳，稍遲璧上。《繫辭字訓》呈覽，一字而數用者，亦古人之常事也。又拙著《聊復集》附政，大半係少年時所作，雕蟲之技，本無足觀，以中有《楮先生傳》一篇，可以與台札相發明耳。恐貴紀綱不能久待，先此率復。不備。

作書之後，出門報謁友人，歸而回札尚在，因再勒數語。案《繫辭傳》，『《易》之爲書』三處雖皆言卦畫，而又有『書不盡言，言不盡意』之語。若謂此『書』字亦是指卦畫，則下文何以又云『聖人立象以盡意』耶？可見古人亦未嘗不以簡策爲書也，第其爲物有不同耳。即今時裝釘之書，想亦不過始於宋元之世，以前皆如手卷之式，故云『卷之幾』也。如楷書、如裝釘之書本、如摺叠扇、

如棉布之類，皆是後世勝於古人，雖聖人復生，當亦不易矣。【復友·己38】

尺·三24 又

《山志》二帙先繳上。第三卷考核詳明，引據典贍，不能贊一辭。其第四卷似當别爲一書，不當附於《山志》之内，不審長者以爲然否？其大集尚需數日方能卒業也。

尺·三25 與宗定九

兩相國詩繳上，每見先生于『漸』字必書作『洊』，不知何故？夫『漸』爲徐徐之義，『洊』爲重疊之義，意各不同，不可混也。一友人云，先生于字面不吉者，率多忌諱，『漸』傍爲『斬』，故避之耳。若果如此，是真婦寺之見，非士君子所宜有也。古人有陸鴻漸，今時有傅先生諱以漸，許先生諱之漸，又舍弟亦名張漸，皆未聞世人目爲不吉也。全字且不必避，矧半字乎？苟如此避忌，則如『暫時』之『暫』、『慚愧』之『慚』，亦將避之而不用耶？又如『元魁』之『魁』從『鬼』，『胸次』之『胸』從『凶』，『道理』之『理』去一畫則爲『埋』，亦皆代之以聲音相近之字耶？幸先生姓宗耳，設若姓魏、姓隗、姓屠、姓屈，亦將嫌其半之爲鬼爲尸而改姓耶？然竊見尊刻中，如『東原書屋』之『屋』、『小香居士』之『居』，上皆從『尸』，先生亦皆用之，則『漸』以從『斬』之故，改而爲『潪』，其非先生之意明矣。在先生必自有説，幸明以教我。

尺·三26

復張玉山

盥讀手教，知老長兄誤相推重，僕意中非不欲爲宋玉登徒，無奈爲孱軀所限，雖有周旋十二金釵之志，亦僅托之妄想而已。老長兄才品優長，不減王嬙西子，相逢未嫁，定有其人，正不必望紅葉以踟躕，盼蹇修而惆悵也。『故將紅袖遮銀燭，不放才郎夜看書』，此惟郭汾陽輩方足當之，豈所以語于僕耶？《十六家詞》係坊間印行之物，舍下并無藏本，亮之爲荷。【復友·己40】

尺·三27

寄王丹麓

八月之朔，接得七月十七日台翰，始知郵筒遲誤。弟於前五月一札附舟子奉寄，閏五月一札附諸若雲舍親使者奉寄。其後札因彼使迎主赴杭城歲試，匆遽啓行，弟曾有從容投達亦可之語，其爲稽緩，猶在可原。不謂舟人之札，竟致浮沉也。弟自入秋以來，叠遭拂意，七月内，次孫病殤，八月間，故鄉敝廬忽付咸陽一炬，青氊舊物，一無所存。懷抱若斯，遂淹裁答，幸知己亮之爲荷。台諭所云叢書一事，在先生謙光厚德，真可謂『有而不居』。然弟細思之，先生一番纂輯苦心，實實不可埋没。又如先祖之《龜臺琬琰》載女仙七十二人、先君之《七勸》、家兄之《地理驪珠》、弟之《酒律》之類，咸欲藉此以傳於世。若首列賤名，實多未便，若於此數種另用一人名姓，於書例又未免參差。再四躊躇，不若分爲前後兩集，其前集竟以先生爲主，或三十種，或四十種，俱可。其續集則用弟名，如大作《鳥官記》《看花述异記》之類，皆載入續集之中，蓋《霞舉堂》大刻久已傳播海内，原不待此選而後通行也。在先生則爲『前者唱于』，在弟則爲『後者唱喁』，或合或分，無所不可，此議弟意已决，亦不復再候裁奪矣。但所苦者，弟春初已有《四書講章》之刻，所費不貲，以兩載爲期，明歲方能竣事，一時不能并供二役，必待《講章》成後，方可次第舉行。况近復有王參元之變，尤屬拮据之秋乎！然弟必不敢以此舉付之度外者，則以匡贊風雅，皆是我輩義所當爲，故必欲成書而後快，但以綿力不能早就，爲悵悵耳。然書之顯晦遲早，亦似有數存焉，則又未嘗不可停杯而待之也。臨風馳溯，不盡主臣。【復友・己29。按：與尺・三35同復。】

尺・三28

與迂庵

來教所云選『國朝八大家』古文之説固妙，但細思之，殊亦難行。蓋『八大家』名目，原非一定不移之數，茅鹿門於唐宋兩代六百年間，僅取八家之文，誠爲卓識。然唯此公可以行之，後來諸公似不必以此爲限。昔賢有云『今人作《秋興》，必不敢作七首與九首』，亦殊可笑。此言雖小，可以喻大也。張夏鍾先生選『明八大家』古文，此地坊間尚未曾有其書，其手眼定是不凡。但有明一代之文，其爲大家者，實不止此。至若國朝諸公，如施愚山年伯之集未見流通，龔端毅集僅睹封面而已，於他刻中讀之，大抵近於晉魏居多，非韓蘇派也。若某公文字，雖甚佳，然其爲人往往爲士林所鄙。憶昔年閔賓連語鄧孝威云：『《詩觀》三集以何人壓卷，再萬不可用某公。』觀此則世人之議論，從可知已。我朝五十年間，文風不減前代，即以僕所知所見者論之，如汪鈍翁、董文友、吴街南、許耒庵、杜茶村、宋漫堂、徐仲光、朱竹垞、王阮亭、彭躬庵諸先生，及來札誤列入名家中之邵青門、朱近修先生，其文真乃韓柳歐蘇嫡派子孫，大半可以家弦而户誦，安得以八家限之乎？若僅限以八家，世之起而議之者，必不止一人。若盡當世大家而選之，必有搜羅不備之憾，無論其他，即張夏鍾之集，亦我所未知者。且不獨此也，僕近年以來，懷抱不佳，心血消耗，雕蟲小伎，猶可草率，以其無關大體也。若千秋大業，豈可以粗心浮氣處之乎哉？設去取不當，評騭未精，徒供有識者之譏議而已。僕意中向有一極欲行事，所費不多，欲選刻朱紫陽可讀之文，如《大學序》《中庸序》之類，名曰《朱子文鈔》。蓋以朱子集先儒之大成，而其古文往往不爲選家所録，誠爲缺典，今若特爲表章，不特可以爲古人補其缺略，且足以爲吾新安生色也。今年過西子湖，特訪王丹麓於北新關，一見如故，伊向有《文津》之選，皆國朝古文小品，因詢其何不更爲二集，伊云『二集亦久選定，苦無力梓行耳。今選有《檀几叢書》，願舉以相贈』，因允之而歸。又以所選《國朝大題古文目録》寫本相示，則先君《封建論》《井田辯》之類咸在焉。僕心深感之，詢所從得，則吴方漣先生所轉授者也。其《目録》約五十張，爲文約一千首，觀其題目，大抵皆經學、史學、文章、政事、樂律、曆法、性理、喪制、治河、賦役、屯田、邊防、兵法之類，真乃煌煌大觀。我雖未見其書，以意度之，每篇長短約扯作三葉，每葉約三百四五十字，共約字百萬，以坊例計之，約刻費三四百金，伊亦苦費無所出，徒付之浩嘆而已。但此書恐亦難行，以部頭太大，購買維艱也。向在都門，曾見有《江左三大家文鈔》之刻，今其書亦未見坊間傳布，豈書之傳不傳，洵有其數耶？【復友·己44。按：尺·三28、尺·三31是友·己44的共同回復。】

尺·三29 寄江允冰

夏月一函寄候，諒不浮沉。《振雅》中先子詩想已梓就，如刻費不敷，幸早示知，以便寄補也。惜薗次先生初秋長逝，不識此書將來尚能成集否耳？奉懷俚句，書之扇頭，惟教削是荷。黄山勝緣，稽誤邗江，風景可想而知，中公自能詳述也。金山石刻并小箋附政，不悉。

尺·三30 寄殷日戒

夏月捧讀手教，不啻重挹清光，忭慰爲劇。新著定知盈帙，不識可能頒示否？弟入秋以來，柔川故里，叠遭拂逆，次孫殤後，繼以火災，『天之厄我，如不我克』，吾兄想久爲之扼腕也。昔柳柳州于王參元，不以吊而以賀，然參元方鋭意進取，與弟之栖遲衡泌者，大相徑庭。則諸相知于弟不當襲柳子之陳言，必有痛哭流涕之文以相吊，倡於前者，非吾兄而誰。憤懣之餘，語無倫次，亮之亮之。

尺・三31 與迂庵

前札奉覆選國朝古文之説，想久呈到，尚覺言之未盡，故不惜再爲覼縷。夫張侗初先生所選古文，能使人家傳户誦者，以其爲歷代之古文耳。設侗初先生當日復選明代古文，恐未必有讀之者矣，如或河漢吾言，則請以張夏鍾選本試之。來教深服其評選精當，或足下取以訓子弟則可，若望其家弦户誦，吾知其勢必不能。蓋以世間之書，日多於前，古書之必當讀者又不可減，吾人一生年力有限，書之可讀者日出而無窮，專於前者，必遺於後，安能既讀前代之書，復讀近代之書乎？山曉閣選本欲遍及有明一代之文，其不能全美，亦勢之所無可如何，非其人之過也。鄙見如此，足下以爲然否？今歲上諭詞臣續選《唐類函》，此書若成，實有益於後世，但翰苑諸公，悠悠歲月，不知何日方得成書耳。【復友・己44。按：尺・三28、尺・三31是友・己44的共同回復。】

與某

尺·三32

承示真娘墓斗方式樣有人翻刻，弟此箋刻成未及十日，已有效之者矣。後又見一二處亦復皆然，無足介意。獨怪其物而不化，縱不能大段翻新，即將錦片花紋略爲改易，亦無不可，何至絲毫不敢出入，爲依樣之葫蘆耶？此則真堪一大噱耳。

與紫裳

尺·三33

『聖人之于天道』，向來與上文文法解作兩樣，一順一倒，甚且有不可穿鑿之説，無非欲以聖人作一個極頂的人，以仁義禮智作天道耳。論理未嘗不是，若論上下文氣，畢竟不甚接續。故鄙意仍欲將五句看作一例，『聖人』字只作造詣，不作人看。《詩》云：『天生烝民，有物有則。』如父子君臣賓主賢否天道，皆物也；如仁義禮智聖人，皆則也。父子君臣以及天道是人人所必有的，仁義禮智聖是人人所必當盡的。既有父子，便當盡仁；既有君臣，便當盡義；既有天道，便須求至乎聖賢地位，無奈世人諉之于命云云。如此解，上下文氣方爲一串。其不敢以此附載于《會意解》上層者，因此書既以『遵注』爲名，便不可稍有异同耳。往歲曾作八股一篇，未敢問世，謹私質之吾兄。

尺・三34

與姜學在

冷松使來，復接手教，知弟閏五月之札已達雲亭。其四月九日台札，李久老于六月之杪方自淮陰郵到，計自虎丘達舍，爲期已十旬矣。豈郵筒贈答，亦復有數存耶？盥讀尊公太先生大集暨圖像，如親炙先輩典型，何幸如之。扇頭大作蒼潤古雅，觀其命意遣詞，不止置身初盛之上，那得不令人拜服。且銕畫銀鈎，尤爲佳妙，出入懷袖，榮幸實多，謹謝謹謝。短簿祠柵、真娘墓碑既俱告成，想藉鼎吕不少也。不識墓碑可能拓印否？如可，則乞代打數紙郵來，其費已囑來人附上，五七日即回吴門再領可耳。諸唯心照，不盡所云。【復友・己50】

尺・三35

與王丹麓

秋杪一緘寄候，已諄囑沈錫三兄速達，當不浮沉。札内所云，想蒙鑒亮。但弟又思之，人生如輕塵栖弱草，電掣星馳，實無足恃，設一旦化爲鼠肝蟲臂，將何以爲情耶？是以叢書之舉，仍欲即授棗梨，明年之夏，可以成書。但每種俱望先生各加評論，始爲全璧，容梓就寄上奉商，何如？便鴻率達，不悉。【復友・己29。按：與尺・三27同復。友・己58復。】

尺牘偶存卷四

心齋張潮筆

尺·四1

與王歙州

接報章，知連日醉態可掬，然自是王白鬚醉態耳，與僕何涉。今乃云作僕醉態，豈僕一夕之醉態，便足與足下連日之醉態相當耶？又或足下自以醉態不佳，因改而就僕之態耶？僕方以爾日之號呶屢舞爲可笑，今足下乃欲尤而效之，且加甚焉。而後乃今僕可藉足下以解嘲矣。

尺·四2

復余曼翁

查書老到邗，得悉近祉佳勝爲慰。《十六家詞》板雖賸在荒齋，但一時不能增入，以知交所惠詞稿甚多故耳。數年之後，自當從事於此。佳詞倘能惠讀，將來便可壓多寶船，何快如之。近有叢書之輯，敢借光尊著《板橋雜記》梓入集中，明歲便付棗梨，或可藉以報知己之雅也。某君處，僕特作懇切字代達台指，并以尊札附去，連索回音，不啻因鬼謁帝，究不能得其要領。倘果有雅意，再俟的人寄上，何如？【復友·己55】

與某

尺·四3

接台札，知足下以認真責僕，僕竊以爲過矣。夫所謂認真者，認其理之真是真非，而不肯一毫假借之謂。是乃極好字面，非不好字面也。然世間亦有不當認真之事，如笑談謔語，不必認真；戲場忌諱，不必認真；禮節小失，不必認真；功名爵位，不必認真，此外未有不當認真者。爲子而不認真，則爲不孝；爲臣而不認真，則爲不忠。他如品行倫理，必當認真。錢穀往還，必當認真；信義期許，必當認真；閨閫嫌疑，必當認真；墳墓葬埋，必當認真；延師訓子，必當認真；受恩圖報，必當認真。人豈可以不認真乎哉？我用我法，似亦未爲不是耳。

復陳葯聞

尺·四4

弟自治舉子業時，即知三吳有葯翁陳先生，雖未一識紫芝，而此中則時時神往也。前年夏，于家處冲座間得瞻道範，何幸如之。憶爾日先生謙光自牧，迥异尋常，俾弟輩疏懶之人，當流金爍石時，褦襶而睹雍容揖遜之雅，不覺愯然自失。緣喧雜之頃，不敢遽叙寒暄，爲悵悵耳。日前史摺老轉達台指，索及鄙人拙刻，致不獲覆匿其醜。弟方自以爲愧，不謂先生嗜痂成癖，奬借過情，益滋顔甲。連日陰雨之餘，悶損殊劇，稍遲當躬詣行臺，細聆麈誨也。先此率復，無任主臣。

【復友・庚1】

尺・四5

與遠峰上人

盥讀大刻，雖是學人不會，然諷誦一過，不啻親逢棒喝，直得三日耳聾。内拈古、頌古諸卷，佩服更深，洪覺範《文字禪》於今再見矣。《濟宗世譜》支派井然，尤爲可寶，但後五宗原派一段，以雲門、法眼屬於南嶽之下，其青原下止曹洞一宗，不識我師何據也？某按《傳燈》《指月》兩録，南嶽下爲潙仰、臨濟二支，青原下爲曹洞、雲門、法眼三支，二書相同。其荆州天皇道悟係石頭希遷法嗣，非嗣馬祖也。惟天王悟未知確嗣何人，兩書未載，『皇、王』兩字是一是二，向屬傳疑。龍潭崇信係荆州天皇悟嗣，溯流窮源，則雲門、法眼仍當屬青原下無疑矣。向苦五宗難記，因創立一圖，今并呈覽。豐干饒舌，不審須菩提于意云何。

尺·四6

寄復余曼翁

客冬查書老回吳門，曾具片言奉寄，想久達雲亭矣。周孚老來，台札領到，今又接翰教，知先生今秋壽開八袠，真古今所僅見者，晤時自當面祝也。大作《自壽》八章絢爛之極，當索同人踵和，但查梅翁畫恐不易得耳。大令郎似乎未到揚州，蓋蔡鉉老乃敝世兄，到時必然枉顧。鴻老雖未識荆，若與鉉老同來，僕未有不知者也。所諭苦茗竟無佳者，緣紀綱行速，不及購寄，亮之爲荷。匆匆率復，無任主臣。【復友·庚3】

尺·四7

與丁駿公太守

恭惟老公祖老先生台臺：閥閲名家，絲綸世胄。靈鍾華岳之英，十八公祥徵吉夢；帝重股肱之郡，二千石職借宏才。黄綬蹁躚，六邑薰風隨五馬；朱旛掩映，三郭瑞靄浥雙旌。治潮章句小儒，塵埃末士。邗上曾瞻丰采，大慰生平；里中統屬帡幪，尤資教育。遥托二天之庇，敢忘一日之知。念切葵傾，心懷樾蔭。適逢便羽，肅候崇禧。不腆伴函，仰祈鑒茹。臨椷馳溯，曷任主臣。

尺・四8

與汪梅坡太史

承惠《元詩選》，與舍下一本相同，止於己集，僅四十餘家而已，如倪雲林、楊鐵崖皆未之見。向頗疑之，近於友人處見有全部者，其書倍此不止，詢之，方知前本乃未經刻就時遽即印行者，老世臺似當另購全部爲佳。聞吴下價售八星有奇，亦不甚昂也。至吾兄評騭精當，一圈一點，都非泛着，那得不令人拜服。又承假《唐人萬首絶句》十册，今特繳上鄴架，幸命典籤照入是荷。諸容圖晤，不一。【復友・己63】

尺・四9

寄復汪栗亭

鴻稀鯉斷以來，忽得瑶函遠錫，復拜佳刻種種，珠光寶氣，洋溢荒齋，真不啻百朋之賜也，謹謝大教。《黄山續志》適與鄙意相符，憶中洲上人曾語弟云：『後來續修山志者，因多録近年當事之作，必致删逸前輩佳篇，未免可惜。』弟謂：『續修者止當托始某年，不必更及前代，與史家之體相似，不但不致删逸舊文，亦且易於成書。即此後又有好事者，三集四集皆可踵行。』中公亦以弟言爲是，高賢所見亦復相同，快甚快甚。但各姓字下，鄙見仍當注明係何郡邑人，庶閲者有所考耳。承詢先君舊製，先君向以黄山奇妙，非可筆墨形容，因而不復有作。承載《度湯嶺》一篇，深佩高誼，殁存均感於無既矣。弟愧未游兹山，唯去歲爲江允老題畫册二幅，今録呈台政，如可附入，尤爲拜德也。佳集自是名山大業，鄙意仍望全刊，不第弟輩可作章程，抑且不虚武密公之雅意，何如何如？《篋聲》諸草，尤徵古道照人，敬服敬服。弟近亦有數章，附呈教削，希不憚指南爲禱。餘惟珍重，不悉。【復友·庚5】

尺·四10

寄王丹麓

客冬小价回揚，得接翰教，兼悉近祉，深慰鄙私。叢書五十種已刻就其半，今以全篇者特寄奉覽，幸照入。向讀大集，知先生今歲攬揆初度，弟擬先印二十部郵寄高齋，以代交梨火棗之祝。想先生見之，亦必掀髯稱快也。但各種前小序雖曰可以無煩，而序文凡例均不可少，乞於暇日早爲製就郵來，以便授梓，則五月間便可成書矣。向日承寄原書寫本中頗多訛字，無從考對，亦乞細加校閲。其卷帙次序，俟五十種俱已刻完，然後編定，大約亦以經史子集爲次也。臨風馳溯，無任相思。【復友·己58；友·庚36復】

尺·四11

復周荆山

昨專人於朱其兄處拜領大作，渠云『復被長鬚取回』。正在惆悵，忽蒙下頒，喜溢眉宇，捧讀一過，乃知先生過嗜瘡痂，即用韵處亦多寓意。在先生不啻梅聖俞，若拙作則何敢比於八十八件之石器乎！不揣效顰，聊供捧腹。《晚春》五首，千金不能易一字。昨遍查隋煬宫人，無一小字可用，今改用『來夢』，頗佳，已付梓人，但二三日内恐不能竣事也。刻貲繳上，希照入，此得毋『世法中當如是』耶？一笑。【復友·庚7】

尺·四12

寄復王山史徵君

錢十青兄過邗，得悉近祉，忭慰爲劇。十老隨去淮陰，未暇修候，及伊回揚，始接翰教，并拜領《近思録傳》大序，捧讀之餘，且感且泣，若使先君尚存，當與先生有水乳之合。今雖不獲結契於生前，而猶得叨光於身後，歿存戴德，永矢勿諼，謹謝。《律陶》大刻不特可與滤庵并驅，且覺後來居上。《山史》一帙，不列卷數，應是采及芻蕘。種種新編，俱當奉爲鴻寶也。臨風泂溯，神與俱馳。【復友·庚10】

尺·四13

寄余淡心徵君

春月盛价回吴，一緘奉復，迄今未通音問，惆悵彌深。後錢十青兄來，知吴中諸耆舊預於上巳日爲先生稱觴，樂可知也。奉和《自壽》高吟八律，并二舍侄和詩，統呈台政，不識能供一笑否？諧石去冬大病，至今尚未全愈，不能更作苦吟，遲之日後，或有以報命耳。【友·庚38復】

尺·四14

寄王不庵

台札及宅報到，隨分致諸君矣。近晤王名友，始知吴楞老《山水志》之舉，是采各名篇中精語集以成篇，如《大明一統志》之式，非全篇選載者，則此書之成，似亦非易易也。客歲承寄《緑牡丹》佳咏，隨爲友人携去，近始索歸，今再讀之，真寫生妙手，唯有拜服而已。珠玉在前，不敢效顰取厭。近因閲《唐人萬首絶句》，偶作《集唐十絶》呈教，中有未當者，尊意中有何妙句，不妨易之，可存與否，并望示知爲荷。【復友·庚19；友·庚42復】

尺·四15

與吴街南徵君

日前有褻高賢，歉仄何似。分韵大作快讀一過，頓覺齒頰生香，拜教多矣。尊著《讀書論世》雖未暇卒業，然略一莊誦，高議卓識，真堪千古不磨。初時所慮，自宋以來易觸忌諱，頗有爲先生遠患之意，後復加檢視，則不合時宜者亦自無多，倘肯稍加删訂，自無不可行世也。拙著《雜組》不過零星游戲小品，因無所附，故彙爲一集，將來或有所增，亦未可定，若目下，則止此已呈教之十餘種耳。僕近與湖上王丹麓有叢書之輯，其初集不久即可告成，此書亦欲拜懇大序，以爲弁冕。其書以丹麓爲主，僕祇代爲校閱，至二集則僕所自輯，尊著《讀禮問》亦借光在内，明歲方可成書也。楮所未盡者，長年自能悉之。【復友·庚20；友·庚26復】

尺·四16

寄狄立人太史

久闊光儀，洊更綃纊，梅花明月，備極懷思。緬惟老年世臺先生，主眷殷隆，鼎裀介福，忝屬蘭末，與有榮施。不識朝罷委蛇，亦蒙垂注否也？近聞卜築平泉，肯堂緑野，自公多暇，何樂如之。黼黻太平，定有高文典册，千希惠讀，以作章程。兹以朱其老入都之便，肅候崇禧，扇墨伴函，極知輶褻。緣其老陸路馳驅，不便爲彼行李之累，想知己能宥我於形迹之外也。臨風馳企，無任主臣。

尺·四17

寄孔東塘國博

尺素久疏，寸丹莫展，每懷道範，不勝蕭艾之思。幸時於《輦下和鳴集》中得以快讀高吟，不啻親承謦欬也。客歲馬衆老到揚，拜接瑶函，極承垂注，兼悉近祉，何慰如之。絳帳談經之暇，新著必又等身，所望不時頒讀爲禱。奉懷拙句屬友人針之扇頭，并藏墨一函，聊以伴緘，伏祈莞納。近刻數箋，附呈台教。臨風翹企，神與俱馳。【復友·己39】

尺·四18

寄姜學在

客歲冷松來，得奉教旨，殷勤款洽，如晤芝光。隨有數行奉寄，煩代拓真娘墓碑，不謂去人匆匆，虎丘、祠館兩處款門，皆無所遇，遂將小札存茶肆中，屬其代致。前月松坪孫先生到，復接手教，知前札已達，并悉近祉爲慰。向日讀台翰中，知女校書倩扶阿妹偏紅精通翰墨，不勝傾注。今奉到近刻三帙，其一呈教高賢，仍兩帙煩代分致兩校書，欲望其以簪花之筆作香艷之評，則不

啻拜領台惠也。如二人不在吴門，不妨另覓能者爲之耳。【友·辛26復】

尺·四19

與吴街南

《讀書論世》首册昨始領到，如五帝世系及《詩》《書》《春秋》皆考核精確，翻駁盡致，即翻案處，雖於紫陽有所齟齬，然實具至理，令我心折，允宜壽之棗梨。但僕不敢作領袖，所以然者，因河下諸素封，見僕姓字，往往因而退縮，客歲曾有其事，是以知之。若果有好事之人，僕自當隨其後也。至所云稱謂之説，僕骨性本傲，向不屑謙稱於人，其人苟不當吾意，雖科甲中人、爵位尊貴者亦不欲媚之，苟以我爲傲，則不必往來可耳。既已忘分下交，情殷槃敦，安得猶存勢利之見於胸中乎？然一對學問淵博，復能爲古文辭者，則必引分自安，僕於先生，意蓋如此。且先生於聖水年伯爲從兄弟，是年侄之稱尤爲允當也。此復。

尺·四20

與王名友

尊注《離騷》於段落及起伏照應處，實有確解，弟雖未遍閲七十二家注疏，然此本已覺别開生面，足補從來所未及矣，敬服敬服。今不暇備鈔，止撮其要語録於刻本《離騷》簡端，俟他日吾兄梓成，再領二三部，痛飲酒而熟讀之可耳。先并《天問》繳上，其《漢郊祀歌》評釋二三日内即可鈔完，自當奉還鄴架也。

尺·四21

復王丹麓

四月二十日台翰，於五月二十六日領到，并捧誦《自壽》佳吟暨九老賡和諸作，方知攬揆大慶在於季春。弟偶未知，致疏修祝，其爲歉仄，何可勝言，俟容補和尊韵寄政。叢書仲夏原可告竣，因一好友入都，欲刻詩稿以爲羔雁，囑弟暫停刻工，讓彼一月，是以尚未告成。至於序例，必賴佳篇，乃一定不移之理，弟一序亦不可少，大抵成書有期，即稍遲時日，亦未爲不可。俟全部梓完，寄樣呈覽，然後抽秘騁妍，以成勝舉，在先生大才，固不難倚馬立辦也。匆匆草復，不備。【復友·庚36】

尺·四22

復江含徵

大筆及查畫領到，知吾兄於『惜費爲樂』一條，身體而力行之，自當仰遵來諭者也。弟前云盡用連四，不用檀箋，原有代香雪齋主人惜費之意，不謂尊意仍用檀箋，是以多費耳。宋人有聘京師厨娘請客者，一試不復敢再用，吾兄於此，得毋近似。台委圖章奉上，刻貲弟認，不敢又費清心也。

尺·四23

與黄仙裳

佳詞領到，雖未遽卒業，然偶閲一二闋，便覺齒頰生香，拜服拜服。承委弁言，稍凉即當草就呈正也。《讀書堂隨筆》真不啻多寶船，但鄙見各條當備載立言者姓字，庶後之讀者得有所考，否則不知爲誰氏之語矣。若將其中大筆所自著者，另爲摘録，名曰《舊樵隨筆》，則叢書二集可借光入選也。《涌幢小品》查係洪秋老借去真州，俟伊見還時，即送閲可耳。

尺·四24

復冒青若

淫雨連綿，襟懷作惡，忽親琅笈，如接塵談。又辱嘉貺，何以當之，祇拜桂香一種，以志明德。畫册乃君家世寶，不啻天球赤刀，展玩數番，仍藉手繳上。戴无老春間遠寓天寧，弟一苦於雨，一苦於病，良晤殊艱，僅作一詩贈之，竟未盡地主之誼，逮暇往候，則已返和州，抱歉真無似也。汪梅老欲返敝郡而未果，朱其兄尚未北行，大約皆以脂車無策耳。《岕茶》大刻暨《爐注》《蘭言》俱借光入叢書二集中，此書以明歲爲期，今所輯已將五十種矣。卞公祖書俟於王宅詢明奉覆。尊伻行速，愧乏伴函，韵籌一種附貢。又贈无老詩并呈台政。不備。【復友・庚48】

尺・四25

與朱菊山

昨抵舍即檢《正字通》『葵』字閱之，其種類甚繁，細爲揣度，當有菜與花之別。注中先言『葵菜』，并未言及向日與衛足之説，後云：『小滿後，莖高四五尺，花似木槿而大，有深紅、淺紅、紫黄之別。』觀此則是俗所名『一丈紅』者亦在其內。敝鄉亦有名一丈紅爲葵者。又云：『一名衛足葵，言傾葉向日，不令照其根也。』其總注云：『自蜀葵以下，或可食，或不可食，雖皆有葵名，然名同而種別，非葵菜之類也。』則彼亦以葵有花與菜之异矣。復詢之敝鄉山中人，云：『向日葵即花之老黄色者，是其花午前向東，午後向西，其實如旱蓮草之狀，其中顆粒如松子，大而殼黑。』因憶幼年頗好食之，可見向日者，是花而非菜，則以葵爲花中伊尹，亦無不可。至衛足之説，若以菜言，則凡菜之葉，皆能遮蓋其根；若以花言，則其莖高至四五尺，葉雖大，亦何能衛其足乎？此則真不可解者矣。倘晤閔賓老，幸以此轉質之。【友・庚51復】

尺·四26 復江含徵

來教云著書家皆是『趁熱鐺子，再作一餅』。弟謂古人已是如此，即周程張朱，亦不過是趁孔孟之熱鐺，再作一餅，否則便是异端矣。甲子、丙子皆生，與餛飩不熟者同罪。今吾兄云云，豈吾兄獨能起爐作竈，不因人熱，别成异味耶？若果有之，幸分以一杯羹，毋使老饕怒而染指也。弟《幽夢影》一書，自覺頗饒别趣，因友人携入都門，俟彼寄回，方能授梓，此中頗有吾兄澆頭作料在上，正可稱『五侯鯖』也。

尺·四27 寄吴街南

自夏五奉教以來，不覺又冬殘矣。日月其邁，曷云能遠。唯有莊誦大集，以當師資耳。《論世》大著原擬明歲壽梓，恐勞盼望，先鍥二翻，郵呈台覽。其板片大小，字數多寡，悉以尊集爲式，簡端諸評語雖間與尊意略有异同，然亦不妨各呈所見，以聽學者之互相觸發，且使鄙人謬論，亦得藉此以相問難也。寧都魏叔子先生《日録》一刻，亦復如此，亮大賢不以爲罪耳。其中有不識姓字者，俟書成時，并原本寄上填注，以便補刻。至于宋板之説，固是仿古一端，但板心上下各留黑條或黑綫寸許，裝釘家手指抹處，必至污書，竟不知古人此黑條何所取義。又近日吴下大作軟字，書初刻誠覺精工，日久模糊，反足生厭，且字數太多，閱者有傷目力，又不若照常宋字，每板十行，每行二十字之爲無弊也。鄙論如此，不識先生以爲何如？【友・庚72復】

尺・四28

寄曹實庵先生

自老祖臺先生内擢以來，無日不神馳左右。當年夏庇，時在胸臆間。每京師來者，咸極口鼎茵多福，宸眷優隆，忭慰爲劇。兹以宛陵袁士老入都之便，肅候崇禧，扇墨伴函，暨近刻附呈台政，統希鑒茹是荷。臨楲馳溯，無任主臣。

尺・四29

再與孔東塘國博

前月一緘及奉懷拙句附菊山肅候，不謂菊兄遲遲其行。今林桐老過邗，又接瑶翰，備悉近祉，然終日弄石，獨不慮有非第公愛，我亦愛者耶？至所云『以不能回席爲苦』，僕則謂回席方爲大苦，若時赴文酒之會，而又不須回席，豈非極樂世界乎？近刻叢書特呈台政，尊著有類此者，不妨郵示，以爲二集、三集之地，二集所輯已將五十種，擬以明年授梓也。林桐老行旌匆遽，僕報謁

時，已去真州矣。附達，不宣。【復友・庚58】

尺・四30

與王丹麓

叢書幸已告成，可不負先生一番委托，今特寄上二十部并詩箋，奉祝嵩齡，想先生見之，必鼓掌掀髯稱快也。因督學歲試淮揚，坊人促迫刷印，其中訛字未暇改補。大序暨凡例，祈即揮就郵來，以成全璧，立候立候。二集已得四十餘種，借光大著《更定文章九命》一篇壓卷，外單附呈商酌。大約明歲授梓，尊齋有何新得奇書，乞命奚童抄示，更荷雅愛也。廬陵聶晋老想是舊雨中人，因其赴杭之便，草此代面。不悉。【友・庚63復】

尺・四31

寄方恂如

文旌榮發以來，倏又易絹而纊，樹雲梁月，未免相思，瑶札下頒，恍如晤對芝光也。側聞先生暫置芸編，下親鹽筴，不識淮商何幸而得大君子之主持，何快如之。弟竊以爲，吾儒生平所學，惟此一理。孔子爲委吏，則必期于會計之當，爲乘田，則必欲牛羊之茁壯長。若今之人，初不復問所司之爲何事，而惟利是謀，寧不大負世人之仰望耶？即如楚中奉一司匣先生，原欲聯絡衆心，以固吾圉，非欲其醵金以爲世人壽也。乃廿年來類皆置痛癢于不問，至折閱與否，若秦人視越人之肥瘠，漠然不加喜戚于其心，惟知渡江而告曰『某處需物若干』，不可稍拂其意而已。楚亦何賴有若人乎！今幸得先生降心相從，現身此内，正當大展生平學問之緒餘，爲諸同人挽回造化。分庭抗禮之際，無妨痛哭流涕，指陳得失，俾知此中有人，庶吾鄉一二大家，猶得保其餘業而不致徒嗟朘削，則所造于桑梓者，豈淺鮮哉？其間利弊，惟《苦情述略》中言之最詳，幸時時與家迂庵商之，想兩賢當相得而益彰也。主臣主臣。

尺・四32

寄姜學在

鴻鈞初轉，遥知老年臺先生純禧屢介，多福永綏，欣賀欣賀。客歲曾具片札并拙刻呈教，附有二册，煩轉致沈倩扶、偏紅兩校書，索其評語，不謂許久不獲報章，不知浮沉何地也。冬月晤方望子，知文駕曾按真州，距江都僅數十里，竟不獲一睹顏色，何悵如之。望老隨有吴門之游，煩其代達鄙意，亦不識握手時曾道及否？今再寄到拙刻叢書一部，外又《雜組》二册，倘倩扶二美去歲之刻未曾達到，乞以此補之，兼索數語之評，雖屬美人之貽，亦如拜君子之賜也。

尺·四33 寄江允冰

去歲接到瑶函，兼悉近祉，緣乏的實便鴻入郡，不便以荒椷奉復，然此中未嘗一日去諸懷也。獻歲以來，福履定多佳況，遥瞻紫氣，爲先生祝有道之春秋，且羨且賀。吴祭酒《山水志》之舉，承以先君諸作入選，感刻無既。其刻貲已諭小兒，倘有所需，自當如數送上也。拙選叢書暨拙著《雜組》寄呈台教。不宣。

尺·四34 寄項靈野

疏闊教言，屢更絹纊，暮雲春樹，靡日不思。每晤汪匪兄，得悉頻年近祉，起居定知加勝也。客冬小兒家報到，驚聞老年嫂夫人之變，不勝扼腕痛惜。然吾兄爲闔宅砥柱，又當割情自愛，亮不待鄙人之瑣瀆耳。遥憶庚戌都門聚首之樂，疑在夢中，不可復得，即三五知己亦復如落落晨星，既聚散之靡常，復存亡之各别。静言思之，能無浩嘆？向讀昌黎文云：『吾年未四十而視茫茫，而髮蒼蒼，而齒牙動摇。』未嘗不訝其老態之早，今不意弟十年前于此數語者，無一不備，則吾兄之康强健飯，當又爲弟之所艷羡者已。近刻數種郵呈台政，不腆伴函，統希崇照。呵凍率泐，

不盡所云。【友·辛15復】

尺·四35

寄袁士旦

文旌榮發以來，無日不神馳硯側，梅花明月，備極相思。應教佳篇，定知盈尺，不知公宴之餘，曾一見懷否也？古香齋主人、洪蘭室主人萬福萬安，想蒙代爲禀候。博將軍、索太僕、高澹翁、王阮翁、孔東翁、曹公祖諸先生處所托代投拙刻，想亦俱蒙轉致矣。拙著《幽夢影》承允弁言，亟求惠教，又蒙允爲懇諸名家評語，不識曾有暇及之否？朱菊兄久恙未愈，北上無期，奈何奈何。兹以便鴻，肅此代面。餘惟珍重，不盡所懷。

尺·四36

復畢嵎谷

北俱盧洲爲一切動物，向亦聞之，在黄九翁意中，衹是爲衣食居室所累，因發而爲憤激之談耳。僕于飛禽，則羡其高入雲漢，東西南北，唯意所適； 于獸，則羡猫之有暇長睡，虎之爲人所畏。是則九翁之羡北俱盧洲，亦未爲不可耳，誤與不誤，可付之不論也。不獨佛經多屬寓言，即道藏亦復如此。道家以天帝生于正月初九，夫必先有天而後有日月，有日月而後成歲，有歲而後有正月，有正月而後有初九。審如彼所云，則是先有正月初九，而後乃有天帝矣，有是理乎？僕竊以爲正月者，歲之始，九者，純陽之數，天帝即人之所以成仙成佛者，是二氏之所謂元神、主人公、無位真人之類，皆是物也，以其稟于最初，而又純陽，故云然耳。又道士所最尊奉者爲《皇經》，究竟亦是言道之書，其五岳一段所言方位，皆與大禹九州、文王八卦相合，豈天之有帝，尚在禹、文之後耶？僕曾遇瞽目老人，其人平日虔誦《皇經》，因詢其能解否，答云『不敢求解』，唯其不敢求解，勢必以訛傳訛，其黠者因而遂訶吾儒之論爲理障。夫理則非障，障則非理，護前若此，亦何必與之較同异哉。偶接翰教，因而及之，然未免饒舌也。【復友·辛2；友·辛3復】

尺·四37 又

讀《蒙席一隅》，知先生嘉惠後生小子不淺，惜乎太簡耳。《四書》《五經》中《集注》已詳者不必更及，惟注中或有訛處，與夫未備者，詳加考訂，勒成一書，甚妙。至若『餘慶』之『慶』讀『羌』、『實維我儀』之『儀』讀『俄』之類，非是某字音某字。蓋此等字原有幾音，如今人『涯』字亦有『崖、牙、宜』之三音，『車』字有『居、叉』之兩音，音雖不同，其義則一，不過隨上下文之韵以爲韵耳。又若『遐不謂矣』之『遐』、『不瑕有害』之『瑕』俱讀爲『何』，此則別有其說，蓋古人原無『麻馬禡』韵，如『蛇』音『移』，又音『駝』；『家』音『姑』；『其虚其邪』與『既亟只且』叶；『爪牙』與『居』叶；『六珈』與『何』叶；『莫知其他』與『河』叶；『野』即『墅』字；『者』字加『火』則爲『煮』，加『竹』則爲『箸』，加『見』或『目』則爲『覩』與『睹』，加『土』爲『堵』，加『尸』爲『屠』，加『水』爲『渚』，加『言』爲『諸』，可見古人讀『者』字爲『煮』音也。又如『也』字，加『馬』爲『馳』，加『水』爲『池』，加『蟲』爲『虵』，加『人』爲『他』，可見古人將『也』字讀入『四支、五歌』兩部之音。『大』字止有『代、惰』二音。此『遐、瑕』之讀『何』，正古人本音，朱子不曉此説，凡《詩經》中音與上下文不合者，概以爲叶韵，殊不知其非然也。又『貪戾』之『戾』音『利』，『利』是去聲，今先生誤注音『力』，『力』是入聲，蓋欲以吾鄉土音讀之，是以混『利』與『力』而爲一。其『泪』字亦音『利』，不音『類』也。至『三字連讀』『二字連讀』『一字誤讀誤寫』諸條，有朱素臣所輯《問奇一覽》最爲詳備，惜乎其書亦有訛謬。僕《下酒物》中亦載有『二字俱非本音』一條以作觴政，此等酒令，童子在席，最宜行之，既可侑觴，又可增長學問，但苦不能記耳。先生好學深思，聊一及之，倘遇道學先生，必以爲玩物喪志矣。【復友・辛10】

尺・四38

又

細讀大著《佛解》，知足下于佛教不啻深惡而痛絶之，但輓近爲世道害者，乃楊朱之教，非佛教也。苟居官者不貪不酷，上致君而下澤民，民風亦感而化之，舉世皆孝友睦婣任恤之俗，則雖三世諸佛同時并出，亦于斯世無礙。故爲道闢佛可也，爲世界闢佛則不必矣。大抵出家者流，原非人人俱欲作佛，飢寒迫身者有之，孤鰥無後者有之，報仇亡命者有之，悍妻逆子兄弟鬩墻，無所控訴，憤恨而逃者有之，此其人大都出於不得已而然。使并此而禁焉，將一激而不可解矣。但釋教有最可恨處，是引誘婦女入寺燒香，然亦是爲之夫者漫無禁止，聽其所爲，致有中冓之辱耳。至其教之不通處，則爲《血盆經》及破地獄、受生錢諸事。夫婦人免子，何能盡如姜嫄之『不坼不副』，此造物者創制之未善，于婦人乎何尤？既非卵生則必有血，既已有血，勢必傾之，苟以爲污穢神明，則厠所獨非穢地耶？男子之糞獨潔于女人之血耶？何閻羅不罪彼而獨罪此也？地獄之説，儒者不道，惟魏叔子信其必有，苟其有之，豈誦經禮拜所能破耶？況人鬼一理，生人之入獄者，千萬人之中一二人而已，揆之地府，斷無是鬼皆入地獄之事。今其科儀中必糊紙爲獄，獄有四門，置重其中，誦經許久，以錫杖破其紙，孝子捧重而跪，真可謂詈及亡親矣。又云，凡人之生，必假錢若干緡，迨其死也，倍蓰以償之。夫必聰明正直者始可作閻羅王，不知所假阿堵將以賄何等鬼神也。此皆種種可笑之處，皆禪僧所不道者，世人闢佛專闢禪僧，而不及應付，所以闢之者有其人，護之者復有其人耳。然禪家亦有可恨處。一在妄自尊大，夫彼教中當除我慢，今之大和尚高坐禪床，任達官貴人跪拜其下，恬不爲禮，我慢孰甚焉？一在文理不通，如前稱『尊者、侍者』，後止用一『者』字；又不曰『怎麽』，而曰『作麽』；不曰『這個』，而曰『恁麽』；不曰『如此』，而曰『與麽』；止一二人而已，亦必曰『一二衆』，其可笑如此。一在禁絶注解，宗門參學問答類多隱語，在慣家或能會意，若初學人，豈能于俄頃間便解領會。若將《指月録》《禪燈録》之類注之如朱文公之注經書，雖于成佛作祖之道大相徑庭，然于初學人未必無小補也。而宗門人往往不喜人依文講義，蓋以文理欠通，故慮人之議其後耳。僕于彼教不闢亦不護，然常謂二氏必不可廢，拙著《幽夢影》中曾及之。又《异端説》一首，并呈教削。餘不及。【復友・辛12】

尺・四39

與吴繼公

憶自讀大著，汪洋浩汗，以爲先生逸才絶世，必且目空一切，舉斯世之所謂文人，咸不足以當其一盼。及接丰采，則静如山，淡如菊，温如玉，美如香草，不覺恍然自失。僕之放言狂態，皆先生之所不取者也。忽接手教及扇頭贈句，乃知足下不惟不遠之而已，且欲親而近之，何虚懷卑牧一至此耶！即欲踵候，以泥濘而止。台諭所商，似欲覓一館地於此，但未悉其詳，不敢遽復，俟晤間罄所欲言，何如？

尺・四40

復良御

昨接手教，緣病目作楚，致失裁答，謙甚謙甚。《天傭子集》先君素所寶愛，今足下以此爲依歸，其爲廬陵嫡派，復何難哉？羡服羡服。至尊選《古文折衷》，不識已點定者，曾有若干卷？其刻資能自辦否？僕深知此事之難，蓋欲專選一種，則其道甚隘，未免有挂一漏萬之譏。若不論大家名家，不論平奇濃淡，凡佳者必入選，則剞劂之費，殊難措辦。國朝諸老先生能爲古文者，則有《憺園集》《南雷文集》《賴古堂集》《鈍翁全集》《龔端毅集》《壯悔堂集》《變雅堂集》《安雅堂集》《西堂全集》《爲可堂集》《爲可堂史論》《椒峰集》《國儀集》《魏叔子集》《街南集》《十二硯齋集》《旅堂集》《待庵集》《徐仲光集》《獵微閣集》《毛稚黄集》《四照堂集》《艾陵集》《溉堂集》《廣居堂稿》《鴻逸堂稿》《大薩堂稿》及先君之《詒清堂集》，似皆不可不備，凡此諸公，其刻資皆無所出，勢不能勒其後人以必應。若倚賴于此外之人，則助梓者茍以一二惡濫之文强欲入選，不識何以處之？昆陵陳椒峰先生曾有《國朝文統》之選，余淡心先生有《文救》之選，亦未見行世，行世者惟錢十峰《文瀫》而已。西泠王丹麓其所選古文小品名曰《文津》，此外尚有『大題文字』之選，所載者皆高文典册，煌煌大篇，惜彼無力付梓，徒存書目而已，奈之何哉！今足下若果有意于此，似宜先籌剞劂所出，然後杜門却掃，勒成一書，誠千秋不朽事也。翼日定過高齋，面聆塵教。先此布復，不盡所云。【復友·辛14】

尺・四41

復李季子

昨接手教，緣友人在座，有失裁答爲罪。僕學殖疏淺，足迹未逾里閈，間有小小著述，不過雕蟲小技，無當大方，過蒙諸君子不我鄙棄，交譽而獎借之，然未嘗不以聲問過情爲愧也。其所以付之棗梨者，亦因友人索看者多，聊代鈔録，藉以就正云耳，初非侔利計也。台諭所云『獲利不貲』，僕竊惑焉。近年坊賈大半折閱，良由買書者少，借看者多。八閩翻刻之風，不啻黎丘晝見，即或經公告理，而當事視爲細務，誰與施行。是以近年坊人于鄉會闈墨、房書、行書，概不肯厚幣聘選家，而選家亦遂難覓操觚之利矣。僕非選手，亦非坊人，不識于何處獲此不貲之利乎？尊輯《月令約義》自是雅俗共賞之書。僕向欲輯成一書，名曰《布粟集》，凡人世所必當檢閱者，莫不備載。如『藥餌』一門，不載藥方，蓋以好方甚多，不勝其載，只載收藏之法、炮製之宜如肉蓯蓉净藥四兩須買生藥一斤之類，及急救雜療驗方如誤吞銅鐵及刀瘡蛇咬之類，至萬應膏、合掌丸之類，亦附載焉。所以未即成書者，一則苦于無暇，一則苦于無力耳。今《月令約義》約計須數十金方可竣事，必鄉先達如木庵先生者，方可行之，非僕綿力所敢承也。狂瞽之詞，幸惟原諒。不盡。【復友・辛18；友・辛19復】

尺・四42

復勤郡王啓

潮一介庸愚，狂瞽無似，往歲妄以先人諸刻及潮拙著進呈睿覽。拜發之後，深自愧悔，以爲藩邸尊嚴，輒敢冒昧干瀆，其爲罪戾，何可勝言。乃殿下不唯不加譴責，反優异而寵禮之，錫以睿製，忘屏翰之尊，而敦朋友之誼，跪拜展讀，反復由繹，覺温厚和平之氣，溢于言表。潮捧誦之下，感愧交并，即欲趨叩紅蘭殿邸，躬謝高深，奈生多弱疾，誠恐隕越貽羞，逾滋罪戾。俟醫藥或得痊可，自當趨侍左右，朝夕應教，以備驅策。所有苦衷，托友人朱襄轉啓。伏唯殿下恩憐而亮宥之，則有生之日，皆拜德之年也。臨啓曷勝戰栗虔禱之至。

尺・四43

與博問亭將軍

大將軍閣下天潢貴胄，公族懿親，華國有文章，允矣望隆宗室；傳家唯典策，偉哉名播寰區。顧乃忘分下交，錫珠璣于蓬蓽；推誠卑牧，頒錦綉于衡茅。拜賜則喜溢鬚眉，誦詩而感深肺腑。傳示同人，無不驚爲异數；藏諸瓊笈，永宜留作家珍。先布謝忱，嗣容賡和。臨緘悚仄，不知所云。潮再拜。

尺·四44

與朱贊皇

梅谷上人來，得接手教，具悉近祉，曷勝喜慰。三殿下睿製遥頌，跽領展讀，且感且泣。僕何人斯，蒙紅蘭主人獎諭，優隆若此。即欲趨赴京邸，叩謝鴻慈，奈有不得已之苦衷，是以不獲如願也。僕在母胎時，先母患瘧者凡九閲月，日惟飲梨汁而已，是以生而羸弱善病，飲食稀少，不獨肥甘性所畏懼，即肥膩如芥子大者，亦從不敢沾唇。若茶酒中，雖素油亦畏之如鴆毒，是以除至戚外，概不敢赴席也。又素患耳聾，雖不十分重聽，然與賓客語，十句之中，定有三五句不曉所謂，衹以意作領會之狀而已。又素患河魚之疾，坐一時許，輒腹中作楚，不能久對賓客。又苦資性健忘，讀已見之書，恍如讀所未見。客有初識面者，詢其姓字，旋即忘之。諸如此類，皆非世法所宜。又況藩邸尊嚴，尤不敢隕越以取罪戾者乎！是以詳布鄙私，敢懇先生爲我婉辭轉達主人，俾得守其初服，則叨沐洪庇于無既也。拙刻附呈台政，閲之便知鄙况。集句詩先生所開諸種，遍覓不得。洪匯郕詩頗富，尚未授梓，另有一二種，容續抄寄，何如？臨楲諄懇，不盡所懷。【復友·辛4】

尺牘偶存卷五

心齋張潮筆

尺・五1

上大中丞宋牧仲先生

潮謹再拜奉書於大中丞宋老年世伯先生大人閣下：潮嘗讀昌黎韓子之文，其以書干尚書宰相也，初非以文章道義相應求，所急者不過『芻米僕賃之資』而已。若是者，其失也卑。又嘗讀眉山蘇氏之文，其於田樞密也，則又自詡爲『天之有所與之，而以不我用者聽之人』，而托辭於不欲代爲之憂。若是者，其失也傲。夫失之卑，不可也；失之傲，亦不可也。苟欲免於二者之譏，殆唯有無求於人而後可乎？然亦第問所求者之爲何如人，我所以求者之爲何如事耳。苟其人爲文章之宗主，道義之干城，而又憐才好士，度越尋常，則是所爲高山仰而景行行者，方且就正之不暇，尚何卑與傲之有哉？今以覿於閣下，蓋潮之所謂其人也。潮自粗知文字以來，即佩服閣下之詩古文辭，以爲苟得一識荆州，且畢世不朽。顧生平引分自安，雅知自愛，雖以先子辱在尊相國門墻之末，潮誼同孔李，可以自通。然天各一方，又無曹丘生先爲之容，是以不敢遥涉龍門以求遂其所願。今幸於九月間，閣下以賑災按揚，潮藉先人之遺書，遂獲親炙光儀於行臺之次。閣下優容寬假，忘爵位之尊，而敦通家之誼，其貌藹然，其詞温然，復頒示種種大著，琳琅琬琰，衡泌增輝。潮伏而自思，以閣下之憐才好士如此，而顧不能求一言以爲光寵，則雖不致有昌黎『芻米僕賃』之譏，而未免有幸閣下憐才好士之德意，且自近於眉山蘇氏之傲，當非潮之所敢出也。夫潮自流寓蕪城以來，跧伏先人之敝廬，藉磽田以供饘粥，暇則檢遺書而懷手澤，於户外事絶不與聞者二十餘年。雖郡邑之長，匪唯無隻字之請謁，亦雅不欲與之識面，深居闤闠，實若澗阿耳，然豈所以語于閣下哉？豈事之關于文章道義者亦復不可求哉？潮今歲所輯《昭代叢書》，其大指在選例中，想承賜覽。敢懇閣下公事之餘，錫之序文，以冠其首。將隻字之褒，榮於華衮；片言之贈，重比連城。非獨爲潮與此書之幸，亦足徵閣下憐才好士，始終無間之盛心也。潮惶恐再拜。

尺·五2

寄復孔東塘主政

入春以來，風和日麗，遥想老年世臺先生鼎祻新祉，定如淮陰將兵，多多益善，喜可知也。人日接得瑶函，暨王阮亭先生所寄小品一十三種，不啻珊瑚間木難，光怪陸離，莫可名狀。惜閔左兄攜至中途，幾爲波臣所得，水痕浸潤，縹緗皆縐如縠文，爲悵悵耳。《檀几叢書》原與武林王丹老共事，今歲有二集之役，弟去年另有《昭代叢書》之刻，今郵呈台政。此兩書每部各五十種，截長補短，每種合得十翻，是以至多者不得過三十翻，庶購者梓者皆易爲力，其大指在選例中。今蒙王先生惠書，將來正欲借光，分入諸集壓多寶船，其爲慶幸，當何似也。拙著《幽夢影》今年亦欲付梓，前歲托宣城友人袁中江攜入都門，丐諸老先生評語，中江忽作古人，不識此書浮沉何地也。今一面付梓留木以待補評，尚可增入耳。附有懇者：往歲聖駕南巡，頒賜天下老人粟帛。鄙意欲將百歲老人，照京省次第，某省某姓名，係何郡縣人，其九十、八十者附於其後，名曰《人瑞録》，亦可爲《昭代叢書》之一種。敢煩先生傳諭户曹貴役，詳考備録寄來，其編録即借光台銜，何如？又往歲曾有奉懷詩，針之扇頭，魚雁未通，今特補寄，并望鑒原爲荷。臨楲馳企，曷勝主臣。

【復友・辛46】

尺・五3

與王阮亭先生

潮自有知識以來，即知新城先生爲今世泰山北斗，顧以僻居山郡，未獲一識荆州。逮辛亥歲，僑寓廣陵，每晤友人，莫不交頌老先生德愛，獎成後學有加無已。潮益自恨緣分淺薄，不能時親函丈，惟遥望燕雲，私淑而已。客冬，撫軍宋老伯復道盛意拳拳，齒及鄙人姓字。今春人日，孔東老有書到舍，接得尊票暨大著種種，拜領之次，驚喜欲狂，益以知老先生之於潮，不惟獎借之而已，且欲推而進之於聲氣之末，捧覽珍重，感激彌深，不識鄙人何幸而得此也。拙選《檀几叢書》初集，原與武林王丹老共事，後聞侍衛中有欲進呈者，因以己意更選《昭代叢書》一部，發凡起例，與前本略有异同。擬於今歲仍與丹老有《檀几》二集之役，適蒙頒賜種種大著，益足爲此書增重，其爲感佩，何可勝言。内紀《劍俠》一篇，借光選入《虞初新志》中，不必更入叢書也。拙刻數種郵呈台政，倘孺子或有可教，千希不憚斧斤，切禱切禱。【友·壬34復。按：友·壬34乃五3、五13、五24三札的共同回復。】

尺·五4　寄尤悔庵先生

潮頓首再拜奉書于艮翁老年伯先生閣下：潮觀古之人，其于當世之大人先生也，苟姓名無以自通，則或爲之御車，或爲之掃其門庭，或以所著書擲之于其堂而隨趨以出。潮竊以諸子之所行爲太過，未嘗以君子長者待大人先生也。夫諸子之姓名，即素爲大人先生所不識，苟或一旦自通，大人先生當亦必以獎成後進爲樂，寧肯自惜其齒牙餘論哉。潮十餘歲時，即購得《西堂雜組》一書，朝夕寶玩。厥後流寓廣陵，每有自吴門來者，潮未嘗不詢及先生鬚眉何似，杖屨何似。今春余湘客三兄回吴，曾以奉和《元旦》大作二詩，暨拙選《昭代叢書》屬其寄祝攬揆大慶。初夏中涗，潮來吴慰宋撫軍老世伯，其時亟欲一登龍門，緣同行者急不能待，匆遽回舟，僅于閶門購得大著《西堂餘集》而歸。登舟捧讀年譜，方知先生與先君爲丙戌同年，則是潮于先生屬有猶子誼，與前所稱諸古人間有不侔。及抵舍後，錢子十青以台札見示，復知前之拙句拙選不惟已達西堂，復荷齒芬過譽，隻字之褒，榮于華衮，不識何幸而得此也。感愧之餘，忘其固陋，再以所著書若干種獻于左右，伏惟先生一賜觀覽，錫之片言。倘他日西堂續有新刻，得厠賤姓名于内，則拜德當非筆舌所能罄也。潮惶恐再拜。【復友·壬11附】

尺·五5

復遠峰上人

捧讀華翰，知和尚于揚州今古諸君，作如許種種分别相，則是猶未能空諸所有也。至《指月》之續，晋人居士原屬有爲之業，何必計及于必傳與不傳乎。若論正因，一字也無。近代大小阿師學成一種話頭，自謂已得我佛心印，閑時做就機鋒語句，師徒記得爛熟，于上堂日彼此問答一番。正如梨園子弟搬演戲文，音雖出于伶人之口，其實是未上場時所教就者，與伶人毫無干涉也。最可笑者，是聽説法之輩善男信女，擁擠滿堂，聚語如雷，毫不知堂頭和尚口中所説何話，居然加以贊嘆，若以爲得未曾有者。某甲亦曾擠在衆人中聽過幾次，但覺汗出如雨，氣悶一番而已，毫無所聞也。其所刻語録，讀之了不解所謂，雖多，亦奚以爲。來教所云，在某甲向年已布施，竟不復又添一重公案也。

尺·五6

寄復胡静夫

四月下浣，自吴門歸，抵舍後，見案頭光芒四射，彩色陸離，探之乃華翰暨鴻篇，并貴友各雜著也。對之不勝狂喜，感謝何似。謹鈔録副本，其原本仍繳還鄴架，幸檢入是荷。拙選謬承過譽，何以當之。近刻附呈教削，幸賜評論，切感切感。尊輯《學林要覽》，雖未獲寓目，然一聞其名，已不勝溯洄之想矣。【復友·壬8；友·壬23復】

尺·五7

上勤郡王啓

客歲四月初七日，僧人應南回京，具有啓本并拙句二首屬其齎上。續于秋月拜領大稿，珍重捧讀，嘆服彌深。復喜山野姓名，竟得與于《蓼汀集》内，其爲慶幸，永矢弗諼。隨具啓本叩謝，不識俱蒙電覽否？入春以來，遥望紅蘭殿邸，叩祝殿下萬福萬安，宸眷優渥，曷勝喜慰。拙選《昭代叢書》一部，恭呈電鑒，伏乞恩諭典籤檢入，倘蒙賜閲，不啻身沐鴻慈也。臨啓無任悚仄屏營之至。

尺·五8

與朱贊皇

客歲一緘寄根潔上人處，想已達左右矣。時時于紅蘭主人稿内讀《織字軒》大著，如挹清輝，想應教佳篇，又不知增入幾許。尚祈惠讀，以開茅塞，何如？拙選《昭代叢書》呈教，外六本并書寄上主人，又綾字一幅寄博問亭將軍，統希代領回示爲禱。

尺·五9

復根潔上人

台札三函，一發于去冬十月，一發于十一月，一發于臘月，俱于今春四月間同日領到，想因靈佑寺僧今春方啓行耳。來札云梅谷上人未入都門，則是弟所呈紅蘭主人啓本并詩扇，俱未曾寄到，其誤事一至于此。西齋、勿齋久不相晤，晤時自當以主人愛賢厚意轉達之也。顧敬亭詩、沈耘石集句詩俱領到，謝謝。今寄來《幽夢影》四册，幸檢入，倘諸公有肯賜評語者，不妨代索佳評也。

尺・五10 再寄朱贊皇

客歲暨今春曾屢具札寄候，諒不浮沉。但聞梅谷上人并未回京，則是弟所寄呈紅蘭主人之啓本詩扇恐俱未到，抱屈莫伸，千希代爲剖晰，切禱切禱。近刻《幽夢影》郵呈斧政，幸賜台評爲荷。外一册呈上主人，又四册存尊處，倘諸老先生有肯着評語者，亦不妨代索之，其辭不須過譽，即與鄙意相反，或嬉笑怒駡，皆無不可也。

尺・五11 復江含徵

凡索弟拙刻者，弟未嘗不應。其求間有不應者，亦祇二種：一爲屢索，向年索過，今又復索者是也；一爲多索，每種輒索數部是也。此二種則可不應矣，吾兄以爲然乎？

尺・五12 與孔東塘户部

天上貴人能推襟送抱，不忘舊雨者，當以老年世臺先生爲第一。凡有自長安來者，必首詢起居多福爲快也。鄢人入都，亦曾屢有寸言通候，并附政拙刻，今讀來教，似鄙函俱屬浮沉。殷洪喬誤人不淺，敢以向日札稿録副呈到，聊表鄙人之心耳。王阮翁先生種種佳刻，陸續借光分入諸集中，先以《檀几叢書》二集梓就者寄上阮翁，俟書成後，煩先生爲我代懇王先生一序，暇時不妨先露此意，何如？拙選暨近刻，前者既未寄到，兹特補寄。邗上諸同人俱各代致尊意，亦俱屬筆申候近祉，附達左右。餘惟珍重，不宣。【復友・壬19；友・壬35復】

尺・五13

寄少司徒王阮亭先生

潮一介鄙儒，謭劣無似，荷蒙老先生嘉與後學，不惜誘掖而獎成之，其爲感泐，何可勝言。杪春曾具寸函通候，并拙刻郵呈記室，想已久達左右。大著種種，借光梓入《檀几叢書》二集中，印就樣本先呈台覽，俟書成後，自當郵達典籤也。近刻二種附政，倘蒙賜覽，不啻躬沐提撕，何感如之。臨函馳企，曷勝主臣。【友・壬34復。按：友・壬34是五3、五13、五24三札的共同回復。】

尺・五14

寄勤郡王

潮一介鄙儒，謭懦無似，荷蒙殿下栽培教育，有加無已。潮竊自喜得所裁成，但天各一方，不獲親聆訓誨，唯遥望燕雲，私淑而已。側聞殿下雅好敝鄉查士標字，但士標年過八旬，久謝筆墨，僅覓得向日所書《樂志論》一首，計十有二幅，鄣獻青玉案前，伏祈恩賜諭收，切感切感。臨啓不勝悚仄。

尺·五15

與朱贊皇

兩年以來，屢札修候，并附近刻，概未一獲報章，想半屬浮沉耳。詢之金沙于臣虎年兄，得知新祉勝常爲快。兹具啓本投上紅蘭主人，又査字圍屏一副，到日煩爲代稟，切感切感。近刻附呈台教，希賜郢政爲禱。

尺·五16

與根潔上人

四月下浣，靈祐〔一〕寺龍舒上人回京，一函奉寄，附有拙著《幽夢影》四册，外一册呈上紅蘭主人，封在朱贊老札内。不意龍師并不入京，擲在天寧方丈，幸傍人語弟，方得知之。其時已過端

〔一〕祐：尺·五8作『佑』。

陽，適有安慶友人入都，浼其寄上，想已送到矣。向日承諭云主人喜查二翁字，今購得屏字一副，并啓本一通，統祈代投爲禱。外王勿齋《唐詩選評》，已囑其遵照來式，梓就寄到。統望回音，切禱切禱。

尺·五17

與四弟質生

昨弟云：『《新水令》末句用韵是上聲，今《凱歌》用去聲，非是。』歸而遍查劇本，大抵去聲爲多。其最著者，如《西厢·鬧齋》之『諸檀越盡來到』，《逾墻》之『樓上晚妝罷』；《千金·追賢》之『浩然氣，冲霄漢』；《單刀赴會》之『都是那賽村社』；《綉繻·打子》之『仰瞻在白雲深處』，皆去聲也。惟《西樓·錯夢》之『舊游地，是這家也』爲上聲耳。想可通融其音而唱不必拘泥也。

尺·五18

復沈岱瞻

車騎枉臨，他出失迓，瑶篇寵錫，字字珠璣，敢不拜服。尊公太老先生文章山斗，弟爲諸生時，飽讀策論鴻裁，迄今猶在胸臆，盥誦行述，益深私淑之懷。尊諭所云，自愧後生小子無能勝任，徒增景仰而已。又承索及拙刻，名賢在望，足令小巫短氣。然又恐方命，謹以先君行狀呈覽，

而拙刻附後請政。伏祈不憚斧斤爲禱。【復友・壬27；友・壬29復】

尺・五19　再復沈岱瞻

錦句下頒，情文兼摯，捧覽珍重，慚汗實深，敬謝大教。謬承過獎，何以當之，徒增顔甲而已。《料絲》四律不惟刻畫盡致，抑且大雅不群，珠玉在前，謹當閣筆。舊製《鈕燈長歌》一首，録呈台教，尚冀剪裁，俾知程式爲荷。拙著雖仍有數種，但久未刷印，容印出補上，何如？拙選叢書，俟老長兄文駕榮旋時，藉以爲贐，非敢有所靳也。【復友・壬29】

尺・五20　上勤郡王

仲夏一函寄候萬安，附有拙刻《幽夢影》一册，想已久呈電覽。續于六月下浣，友人王世淳入都，又寄上查士標屏字，不謂世淳展轉遲延，及知而往索，已届深秋，疏慢之愆，莫能自逭。恭聞殿下動履亨嘉，永綏多福，深慰鄙私。兹者：聖駕親征凱旋，製有詩歌二種，恭呈邸第。伏祈殿下恩賜覽觀，定其可否，俾知所適從，切禱切禱。兹因便羽，肅候崇禧，并前所寄查士標字，一總投上，伏乞恩諭典籤檢入是禱。臨啓曷勝悚仄惶恐之至。

尺·五21　寄輔國將軍博問亭先生

仲夏一函寄候新禧，并集唐奉和《東皋漁父》大作原韵。又拙刻統呈台教，想已久投記室矣。友人自都門來者，詢知福履勝常，喜慰彌甚。兹值便鴻，近刻三種郵呈台政，仰祈教定爲禱。臨風馳企，曷勝主臣。

尺·五22　寄趙恒夫先生

憶自辛酉歲再奉麈誨以來，不覺十有七年矣。緬惟老年臺先生榮聞遐敷，鼎祻多福，深慰鄙私。側聞仲冬喜值攬揆大慶，薄具不腆，郵祝千秋，到日伏惟麾入是荷。近晤許子柔世兄，知先生有修刻郡志盛舉，潮聞之，驚喜欲狂，此吾郡第一要務。先君當日曾大費苦心，惜曹冠五公祖未畢其事而去，其底本竟不知歸於何所，舍下僅存序論一册，皆出先君一人手筆，今鈔録副本呈覽。潮流寓邗關，每聞故鄉公祖父母欲修志者，輒延請外郡過客操觚，殊爲不解，此事必本地鄉先生，生長于斯，方能洞悉原委，曉達利弊，外郡人士烏能勝任而愉快乎？所幸諸公因循未果，猶不失吾新安本來面目，然及今若不重修，則將來更無所徵信矣。今先生獨任其事，誠乃斯道干城，盛德大業，千秋不朽，所感非一人一家也。《江南通志》奉旨纂修，先嚴君已載入『國朝孝義傳』内。其時先君尚存，無生人入傳之例，今則可載入矣。謹以兩代傳狀，恭呈台覽。伏祈先生爲先君立一傳於『理學』之内，所有各種著作列名于『經籍志』内；先嚴君仍照《江南通志》載入『孝義傳』内；先嫜奉旨旌表節孝陳氏，仍載『列女傳』内，庶免參差也。許子兄搜其先人諸稿，想多可采。尚有奉商開局妙論，并望裁定，子兄面陳，不復覼縷。拙著數種附呈台教，就正情殷，亮大賢當不以爲有溷清心也。臨函翹企，曷勝主臣。【友·癸26復】

尺·五23

與孔東塘户部

仲秋二十六日一函寄候，并附政拙刻，外又一函致王阮亭先生。因敝宗珊來忽有華陰之游，故轉附郵人送上，想已久達典籤，幸頒回示，切禱切禱。紅蘭主人處，曾寄有拙刻暨查二瞻字一卷，亦以珊來不果于行，遂于九月初三日附郡經歷徐公祖解餉之便，想當不誤，敢懇先生代問曾否收到爲荷。兹以許子柔舍親北上，數行奉候，匆匆不及覼縷。主臣主臣。

尺·五24

寄少司徒王阮亭先生

仲秋二十六日一函寄候近祉，并拙刻二種附呈台教，想已久達典籤矣。《檀几叢書》二集借光大著，簡帙增輝，大約今歲仍可成書，明春發印，今又得刊樣數頁附到，尚未校勘訛字也。兹以許子柔舍親之便，肅候新禧，伏惟崇鑒。臨函馳企，曷勝主臣。【友・壬34復。按：友・壬34乃五3、五13、五24三札的共同回復。】

尺・五25

寄王丹麓

初秋得接琅函，暨陳漱老佳刻，即欲裁答，緣俗冗爲累，遂致淹遲，歉甚歉甚。《檀几叢書》二集已俱付梓，其全者印樣呈覽，至選例竟以屬弟，弟不敢辭，草就郵政。今歲仍可成書，但須明歲印行，年内恐不及矣。其前集并《昭代叢書》，聞都門頗多購者。近揚州有一坊賈，付與板片，似可放心，將來可以發兑矣。至于先生向日所寄樣書，其未入選者，另單注明其故，幸惟原亮是荷。【復友・壬17】

尺・五26

與王阮亭先生

陽月上弦拜領椝誨，捧覽珍重，衡泌增輝。側聞老先生鼎祻多福，宸眷優隆，喜慰殊劇。先人承乏珂里時，潮僅三歲，恐涉僭逾，是以前札不敢援引及此。今重荷老先生不忘故舊，垂注有加，感戢何似。大著《長白山録》《水月令》已借光梓入拙選《檀几叢書》二集，悉遵原本，初不遺漏隻字，前月二十四日，復以續完樣本數頁，附許子柔舍親賫上。此二種容于明春各印裝百册奉寄，緣冬月陸行者不肯携帶耳。其别搜諸本，如《華山經》《鴿經》亦皆授梓。尚有《國朝謚法考》《琉球入太學紀》《紀恩録》諸種，來歲再容續梓入《昭代叢書》乙集中，以爲光寵。至來諭所云，有西翁先生《宫閨待訪略》《燃脂集凡例》二種，未蒙頒到。其《燃脂集例》，武林王丹麓向曾郵寄到舍，因《檀几》二集額數已完，故未授劂氏耳。拙著《凱旋詩歌》附呈台政。遥瞻函丈，親炙末由，臨楮依依，曷勝馳跂。【復友・壬34】

尺・五27

寄孔東塘户部

杪秋廿四日一函奉寄，附有拙著《凱旋詩歌》，想蒙點定。陽月上弦，接到台翰，如褒清輝，忭慰爲劇。老年世臺先生雖官居膴仕，然高風亮節，可想而知。新句所云『有人來看孔方兄』者，皆未嘗深知先生者也。王阮亭先生諸小品，今歲所梓者，并不敢有所异同。嘗憶先君云宋人百種，每帙僅兩三頁，病其太少，謂必采自陶九成《説郛》中，剪頭截尾而然。及檢閲《説郛》，則亦僅數幅，時時以爲憾事。今阮翁預籌及此，誠爲卓識。然弟前月所續寄《長白山録》樣本數頁，已有碑文在内，特未完耳，想阮翁見之便有以知弟之選例也。向日奉寄扇墨，

今已無從訪問，俟來歲有由水路入都者，另有奉懷拙句寄上，以叙闊悰也。天寒，伏惟珍重，不悉。【復友・壬35】

尺・五28

復黃仙裳

許久不奉麈談，露白葭蒼，溯洄徒切，遥望吴陵，不勝惆悵。忽承翰教，如接丰采，何快如之。浣讀大作《幽居夜坐》二章，足以想其矍鑠，而《景曾》一刻，尤徵先生生平得力處，有非世人所及知者，敬服敬服。台委題跋，容草就寄政。僕年來事多拂意，唯藉筆墨以遣悶懷，承詢近刻，敢以去歲所輯《昭代叢書》及《幽夢影》《雜組》，又今歲所製《凱旋詩歌》就正有道，尚惟直筆指示，切禱切禱。佳硯不欲割愛，藉璧雲亭，外補奉《檀几叢書》一部，韵籌一副，聊以伴函，統希崇照。孔東塘先生書來，凡珂里知交，俱煩代致，并達左右。天寒，伏惟珍重，不盡所云。【復友・壬46；友・癸1復】

尺・五29

寄吴街南徵君

九月二十二日來札并樣書，于十月十九日領到，承諭前後接續處仍恐有訛，今將全書十六卷寄上，聽閲畢寄來，一總改補可耳。别諭明季并無庫藏，引王錦衣《崇禎遺録》辨，考證詳核，足爲先朝洗不白之冤，其功甚鉅。但寒舍有人寓京師者，常言明代庫藏竟有塵封未動者，順治年間始經檢出，言之鑿鑿，亦不一其人，雖不知果否，亦聊爲先生告耳。萊陽姜貞毅其令郎，一居貴郡，一居吴門，所梓《姜大行救兄疏》，想先生亦必見之，此事亦足爲崇禎帝盛德之累否？幸賜高論，以豁愚蒙爲更感也。【友・壬50復】

寄紅蘭主人

尺・五30

僧人照坤來揚，備悉殿下新祉。又拜領大著詩稿一部，鴻慈叠賜，叩首拜登，歡忭無量。九月初二日具有查士標屏字一十二幅，想已投上。今照坤匆匆回京，附上《温庭筠集》一部，敢祈恩諭典籤檢入。臨啓無任悚仄屏營之至。

復尤悔庵年伯

尺・五31

吴子山年兄到，拜領琅函，兼承大序，捧覽珍重，感戢彌深。詢知老年伯先生杖履安恬，喜慰尤劇。序中過承獎借，何以當之。《幽夢影》尊評未蒙頒到，尚祈檢寄，切禱切禱。來春或游貴

郡，尚當踵謝雅愛也。別諭已面屬子老奉復。藏烟緜七，聊以伴函，拙選二部，統祈台政。臨楲馳企，曷任瞻依。【復友・壬39】

尺・五32　寄王丹麓

接十月十八日瑶函，知沈銀鋪札已到，但弟彼時旬日之間，凡有兩札，今似止達其一，未審二函俱抵雲亭否？嗣有海寧沈岱瞻年翁榮旋，附有片函并序文、凡例呈教，當不浮沉。尊序祈早寄下，望之望之。柴虎翁《昭君夢記》字面多有觸忌諱者，存之以資談柄可耳，似未敢入選也。其某一篇，原不甚合鄙意，因作者乃某公手授，丁寧再四，情面所囑，不得不狗其請，惟于太率筆處稍爲潤色之耳。即尊齋寄來吴先生《仕的》，似亦未中肯綮，非謂其所言不是，祇是無濟于事耳。蓋此日爲邑令者，只有二道：其一爲廉，其一爲貪。若介乎二者之間，斷斷不可。著書者苟以廉吏相期，則當曰縣令免官者十人而九，是貪亦免，廉亦免，然與其貪而免，爲人所嫉，不若廉而免，尚爲人所憐也。夫廉吏之所以免者，無以周旋要人也。貪吏之所以免者，聲名藉甚，大僚慮爲所累，不敢久爲之掩飾也。苟欲保全功名，其勢不能無所染指，將如何而後可乎？欲存良心，并無別法，未仕則惟有量而後入之法；既仕，則惟有俗諺所謂『得人錢財，與人消災』之法，庶幾心無所愧耳。大抵無論貪廉，皆莫善于鋤强扶弱。然强弱二字，不可以貧富分，貧多强而富多弱，貧與富訟，慎毋曲富而直貧；民多弱而役多强，民與役訟，慎毋曲民而直役，此其大概也。二十年來，尤有一害，居官者往往喜帶家丁，多者百餘人，少亦不下數十人。考之明代，家丁從不與部民相見，近則倉庫賦役，無事不以此輩監之，弄法舞文，無所不至，吏胥且不敢與之較，况小民乎！又有假命之害，凡病死自縊，在男子則可，若婦人女子及臧獲食客輩，或病或縊，其父母家必邀集惡少多人，蜂擁而來，勢同抄劫，然後繼之以訟，即薦紳先生及諸文學不自愛其鼎者，亦咸欲覬覦而瓜分之。以致夫不敢刑于其妻，姑不敢淬礪其婦，主不敢督責其僕婢。珂里風俗，弟所不知，若淮揚、江寧一帶，未有不如此者。又有失賊之害，舊諺云『失主好做』，若邇年以來，小有所失不報官，官則以諱賊罪之。苟報官，則官將曰：『此固殷實者，不然何以有賊？』賊一日不獲，此家一日不安，是以不得不出于隱忍之法。爲賊者不唯不畏，且得志而揶揄之矣。如此等類，吴先生《仕的》中皆未之及也。若夫勸課農桑、講學讀法、鄉飲義學之類，不過泛常套語云爾。行之固無所益，即不行亦無所損，豈真經濟救時之學乎哉？邇日爲廉吏者，亦未嘗無其人，然廉而不明不公，其害更甚于貪。貪吏猶可挽回，若廉而偏，推其心，不過曰：『吾無所愧于中，即是非偶誤，彼不當有所怨。』不知長刁風而成惡俗，皆此等成見所釀而然也。至于半清半濁，介乎二者之間，其濁處既爲大吏所持，其清處不爲大吏所亮，徒爲他人作嫁衣，卒之名實兼喪，亦何爲哉？弟則謂，此日居官者，當以保全殷實爲第一要務。殷實之家所待以舉火者，不啻十餘家，今虐一殷實，是虐十餘户貧民也。又况待殷實以舉火者，又各各有所濟，統而計之，不下百餘人。今一旦漁獵而

使之貧，是將使百餘人由己推而納之溝中矣。狂夫之言，殊多憤激，幸質于吴先生，亦救時急務也。【復友・壬38；友・壬53復】

尺・五33

復江含徵諱之蘭

新歲奉祝吾兄，惟願爲王者香，不徒生空谷也。一笑。尊著《醫津一筏》先付舍侄看過，弟然後覆看。蓋弟乃門外漢，文筆之佳惡，詞氣之通塞，一見即能辨之。若其中議論之當否，非經行家法眼，何能定其是非耶。弟于眼前書籍亦皆涉獵一過，雖不能記，然開卷亦頗了然。惟看《素問》時，竟如蒙童入學，蠹魚化作瞌睡蟲，閲不數行，便思打盹，亦不自知爲何故也。先此奉復，容嗣報命。不宣。【復友・壬54】

尺・五34

寄王丹麓

前月接到瑶函，即有素行奉報。旬内風日晴和，定多佳製，惜不能買一葉之舟，過霞舉堂而快讀之也。《檀几叢書》二集序例，前既未到，兹再録呈台教。大序乞即頒來，以便早爲印行，切禱切禱。拙序從『檀几』二字生發，庶不致移易于《昭代叢書》，不識高明以爲然否？客冬，陸雲士先生到揚，以佳集見示，及次日報謁，則已他往，抱歉無似。倘回珂里，面間千希代達鄙意。其集中尚多闕文，抄目附覽，不識能補寄見惠否也？【復友·壬53；友·壬58復】

尺·五35

復畢嵎谷

琅函忽賁，清芬襲人，啓緘視之，則大筆梅花也。展玩後，細讀來教，知以墨寶易叢書，此非獨拙選之幸，乃僕之幸矣，何快如之。遵命奉到。餘晤悉，不備。【復友·壬57】

尺·五36

寄顧俠君

去秋奉教以來，不覺又當春半。緬惟老年世臺先生新禧迪吉，自與新著同增，欣賀欣賀。承選拙稿，今春方始鈔就，特寄高齋。倘《今人風雅》已完大半，則祈厠入，若一時不即成書，又不妨稍遲時日，恐後此尚有所寄政耳。臨椷翹企，不盡所懷。【復友·壬36】

尺·五37

寄王阮亭先生

獻春以來，恭惟老先生大人新祉勝常，宸眷優渥，遥望龍門，曷勝手額。客冬拜領琅函，遠承鼎誨，殷勤啓迪，有加無已，捧讀再四，感愧彌深。《叢書》二集今已告竣，大著《水月令》《長白山録》，又大集中『論選詩』一卷，敢并借光，暨《華山經》《鴿經》，裝繕成帙，各五十卷，分爲百册。又《叢書》二集一部，一并奉寄，乞命典籤檢入。其《紀恩録》《琉球入太學紀》諸種，續圖報命。《燃脂集例》及《宫閨待訪略》未蒙頒到，仍祈賜覽。至《二戎志》内有前朝備邊之語，又中間遺去一葉，繪圖亦欠精工，若再加一番臨摹，恐愈非本來面目，所謂「焉」三寫而成「烏」」，貽誤後來不少，是以未敢載入也。新著《隴蜀餘聞》《秦蜀驛程後記》二書，千希惠讀，切禱切禱。王丹老未到揚州，已郵札代達台意矣。臨椷悚仄，不知所云。【復友・壬44；友・新一5復。按：友・新一5乃尺・五37和尺・六21的共同回復。】

尺・五38　寄孔東塘户部

獻春雖不敢以寒温套語有慁清心，然新祉定知加勝也。客冬晤顧天老，深悉老世臺先生不屑同于儕俗，敢即佳句翻案成詩，聊以奉懷，兼博一笑。又舊詩仍囑友人針就，一并呈教。《檀几叢書》二集今已告成，并奉寄一部，檢入是荷。臨池神往，不盡所云。

尺・五39

寄王丹麓

《檀几叢書》二集幸已告成，可不負先生一番委托，但恐去取不當，有辜屬望耳。然内有得自鈔本者，若不爲之表章，恐後來或致遺佚不傳，亦殊可惜也。今寄上若干部，并前後封面各十紙，統惟檢入。所云餘集，大抵得之斗方爲多，附上二三紙。弟處皆有副本，不須見還。蓋緣連年折閲，不同往昔，而《昭代叢書》乙集其事又不可已，是以暫借此舉，略延歲月。俾得稍紓其力，大約以七八十翻爲率，分上下二卷，不識高明以爲何如？如以爲可，幸留心搜訪寄下。其《昭代》乙集略與前三刻不同，前者間有明末人物，今此則盡屬本朝諸公著作。玆已得其半，録單呈教，尊齋有類此者，并祈寄示，尤望代爲留神。切禱切禱。【復友・壬58；友・癸8復】

尺牘偶存卷六

心齋張潮筆

尺·六1

與卓子任

承委作序，此固弟願，附尊集以不朽者，其何敢辭。但梓人云，先生即欲上板開雕，是以佳稿不暇寓目，俟書成再于佛頭着糞，亦不懼罪過也。【復友·癸25】

尺·六2

與黄雲紀

細讀大作種種，大都自出心裁，不屑寄人籬下，自命不凡，敬服敬服。至傳奇三種，《管中豹》可以奏之場上，《感交情》次之，若《正西厢》，則弟所見不止一本，有以鄭恒爲正生，元稹作花面者，惜乎梨園不肯演扮耳。尤可恨者，世人于雜齣往往好點《西厢》，不知取其關目乎？抑取其情節乎？取其詞曲乎？若取詞曲，則于案頭展玩之足矣。若關目，如《游殿》《請宴》等皆極其可厭，不知世人嗜痂何若此其甚，大都不過耳食云爾。今大作以風化爲主，極是，但其中細微曲折，尚有不合情理之處，未免白璧微瑕。狂瞽之言，罪過罪過。大抵傳奇須分可演、可讀二種，總以情節爲主，而情節又以從來戲文所少者爲佳。若爲案頭之計，則文彩辭藻須令人可愛可玩，如《牡丹亭》情節原不甚佳，因曲白而傳者也。然宮調音韵必須遵守前人矩矱，今大作每多出入，似亦不可爲訓。李笠翁《閑情偶寄》中言之頗詳，可爲法也。

尺・六3

復畢嵎谷

承校叢書訛字數條，謝謝。惟三十九卷内有『概于中』，『概』字先生謂當作『嘅』，僕是照黄九烟先生原本者。按字書，『概』又與『嘅』通，則是亦有感嘅之義也。又如：《莊子》『我獨何能無概然』；《史記・季布傳贊》『婢妾感嘅而自殺』，徐廣注云『或作概』，《漢書》作『槩』；又《漢・王龔傳》『纖微感槩，輒引分自決』，可見『概』『嘅』二字，古文相同，黄先生必非無所本也。此復，不一。

尺·六4

與黃雲紀

浣讀新聲百闋，皆先生自度曲也。弟于此道，原非當行，遥意古人，一切詩餘皆可歌唱，後世失傳，止足供文人吟誦而已。然皆有自然節奏，有呼有應，讀之順于口而諧于耳。亦間有不然者，如《秋霽》《河傳》之類，佶屈聱牙，想古人必有其故，今已不可考矣。陽羡萬紅友作著《詞律》，考訂詳明，引据精確，可云斯道功臣。惜未獲一面，與之上下其論，以求其所以然也。今觀大作，詞藻之妙，真如上苑名葩，天孫雲錦。其調之足供吟咏者，僭加圈于本題之上，至不甚適口者，不敢妄加評騭。其題之命名風雅者，圈于目録之内，但恐句讀有訛，不敢自以爲是也。

尺·六5

寄紅蘭主人

四月廿六日，玉泉僧超裕到揚，備知殿下福履勝常，曷勝歡忭。次日揚州府經歷徐某，賫到大筆綾畫二幅、詩稿一本，跽捧展玩，感謝彌深。什襲珍藏，留爲世寶。兹以超裕匆遽回京，肅此叩謝。諸容嗣啓，曷勝主臣。

尺・六6

寄顧爾立

素耳鴻名，末由奉教。友人自京師來者，皆極口先生文章道義，爲世所宗。緣未奉顏色，不敢遽通姓字。贊府徐公到，忽蒙華翰遥頒，捧讀之餘，如親道範，何快如之。弟屢荷三殿下恩眷，有加無已，令人感戢。以賤體多病，不獲躬謝高深，惟遥望紅蘭殿邸，叩祝千秋，想主人或能鑒宥于形迹之外也。兹以語松上人匆匆北上，不暇覼縷。諸惟嗣布，不宣。【復友・癸6】

尺・六7

寄復根潔上人

四月廿六日，語松師來，得接手教，兼悉近祉。次日始于徐公祖處領到台翰，又紅蘭殿下綾畫二幅、詩稿一本，又博問亭先生詩稿，暨鎮國公拙齋先生字，并諸斗方，各各領到，敬謝諸公大教。外諭所云，俟覓得徐文長字畫，方敢行之，庶不爲失體也。又所云翻刻《玉池生稿》之説，弟竊意原板甚佳，可云盡美盡善，似不須重刻否？幸同顧爾老裁酌爲荷。若要南方通行，不妨每年發百餘部，交糧艘帶至江南亦可，何如何如？【復友・癸7】

尺·六8

與孫滋九

辱枉顧失迓，隨報謁又復相左，悵甚悵甚。讀大刻，只觀其目録，便足令小儒咋舌，況能通其義乎？敬服敬服。弟常恨人身不能虛空游行，遍觀山河大地之狀何似，西洋人雖有繞之一周者，仍是附地而行，所謂「不識廬山真面目，只緣身在此山中」也。今大刻圓圖所載，由天之度準地之里，固是一法。但天之度在于虛空，全無障礙，可以推算而知。若地之里，自東至西，自南至北，不能一直而行其中，爲高山大川之所阻隔，城郭村落之所盤旋，迂回曲折，不知凡幾。無論其他，即以尊刻論北京距北極冰海一萬二千五百里，南至熱海一萬里；江南則北距冰海一萬四千三百七十五里，南距熱海八千一百二十五里，北京與江南所差者一千八百七十五里。在先生意中，必以爲自江南省城到京師，其道路有若干里云耳。殊不知斷非如弓弦一直之路，若虛空行去，便無若干里，則是地之里數，斷斷不能推算而得之者也。弟曾與西洋學士畢鐸民談大地如圓毬之説，彼竟不能以書見復，想此公于中土文義或未精通耳。又大刻中「中外聲音同异」條内所載太爲簡略，想先生必是舉一以例其餘，然觀者不曉，未免以爲挂一漏萬也。他不具論，即如所云，敝鄉呼「磚」爲「捐」者乃休寧人，呼「九」爲「狗」者乃郡城人，城中并郊關東西南北相距不足十里，此外并不呼「九」爲「狗」也，豈可以數里之土音概一郡乎？向見朱素臣《問奇一覽》中亦略載數條，弟亦病其太略。大約他處土音可以省分分，惟江淛一帶不可以省分分，蓋一郡有一郡之土音也。至揚州、貴郡及鄙鄉，并不可以一郡論，以各州縣又有各州縣之土音也。如泰州呼『五』爲『侮』，『敢』爲『管』，『這個』爲『劄固』，『那個』爲『鹿固』；江都呼『由』爲『留』，呼『吃』爲『乞』，呼『懿』爲『彝』，呼『脚』爲『甲』，呼『藥』爲『鴨』，呼『柩』爲『鳩』，讀『乎』爲『呼』，讀『期』爲『欺』，讀『役』爲『一』，讀『侵』爲『精』，『楚』帶『此』音，『祖』帶『子』音；儀真則呼『賊』爲『嘴』字平聲之類，生其地者，殊不自知，他人聽之，以爲奇异，大率如此。至敝縣土音，大約則有五種：郡城呼『九』爲『狗』，『救』爲『姤』，『鳩』爲『勾』；東鄉則『東冬』一韵，盡如『庚蒸』；西鄉則『二蕭』一韵盡如『六麻』，『六麻』一韵近于『五歌』，『四豪』一韵近于『十灰』，『桓歡』一韵半近『真文』；南鄉則『農』爲『龍』，『南』爲『藍』，『屎』爲『死』，『侯』爲『和』，『姤』爲『個』；北鄉略與東鄉相似。至各鄉相同者，則『江』爲『剛』，『降』爲『杭』，『宜』爲『泥』，『銀』爲『寧』，『教』爲『告』，『孝』爲『秏』，『覺』爲『閣』，『雷』爲『來』，『梅』爲『埋』，『催』爲『猜』，『假』爲『噶』，『睡』爲『樹』，『間』爲『干』，『閑』爲『寒』之類甚多，然只言語如此，若讀書則又不同矣。至于休寧土音，即歙人聽之亦復不曉也。弟向閱《華嚴經》，其所謂『四十二字母』者，或複或遺，殊所不解。因戲取天下之音列而爲譜，其口法凡四十有四門，其分韵凡二十有四門，有音有字者凡一千三百餘，天下之音皆盡于此。此外或雖有其字爲弟所不識者，當不滿百，音之重者，約有百餘。如既有『真文』，復不得不列『庚青尋侵』之類。其有音無字者頗多，亦當分爲二種：有其音本可制字，而昔人未制者，此内後人以意補出數字，亦足以濟其窮；如佛典『囉咖』，清書『噶喀卡』之類。其雖有音，而斷斷不可制字者尤多，匪惟不能制字，并不能加以翻切，此則無可奈何，著書者惟有以『○』代之而已。因尊刻中論中外聲音同异，故略言之，以博一笑。拙刻附政，以其中有論此事者，尚冀指南爲荷。【友・癸15復】

尺・六9　又

辱報章，知所云『以天之度準地之里』，正是從立表取影算出，則弟所疑山川回折者，可以釋然矣。至所云『西洋勾股算法』，固是《九章》之遺制，但昔人能説一表，今增至四表，昔人能説九乘方，今增至十六乘方，此則是彼處之人精思而後得之，恐隸首、商高時未必遽能及此。蓋世間各事，皆是後人精密勝于前人，因而增立法制，不獨《九章算法》爲然也。勾股之學，舊制以『勾三股四弦五』立法爲準，弟則謂尚未盡善，蓋勾股原無定形，勾或半于股，股或倍于勾，勾或不止于三，股或不足于四，豈可以呆法爲衡乎？又如算法中，方内容圓，四分之三，圓内容方，三分之二。此兩言亦欠分曉，蓋圓之形有似毬者，有似鏡者，毬則圓而圓，鏡則圓而扁也。方之形有似骰子者，有似棋枰者，骰子則方而方，枰則方而扁也。今所云容若干分者，抑何所準乎？先生既熟于泰西勾股之學，敢以爲詢。【復友・癸15；友・癸18復】

尺·六10　寄尤悔庵年伯

初夏，錢十老來，接到老年伯先生大筆《幽夢影》評語，下駟頓叨顧盼，溝斷忽被丹黄，感戢何似。捧讀《西堂餘集》，叢書大序已經梓入，俾侄獲藉以不朽，銘勒可知。兹以十老榮旋，特令小伻附舟，恭候興居，菲意伴函，統希崇照。臨風馳企，曷勝主臣。【友·癸20復】

尺·六11　與孫滋九

溽暑中，粗將大著涉獵一過，知先生于五體書法，無一不加講究，而論楷書一卷，尤多平允之論，敬服敬服。弟嘗謂，凡興一事一物而竟得流傳者，其事其物必有一段不可埋没處，如必欲是古而非今，亦未免過于拘泥耳。但韓昌黎云『宜略識字』，則于楷書之中，須略識由篆而變之源流，即于棘闈應試以及訓誨子弟，皆有得力之時也。往歲場屋中，因題目筆畫貼出者甚多，總由平日未嘗講究篆字之過耳。至大著論六書，于『象形』分爲十類，此則不必限之以數，止概曰『象形』，則凡天文地理、魚鳥器具皆在其中矣。許氏《説文》想亦必有所本，非由杜撰而成，然其中亦有可笑處。如『也』字注『象女陰形』，毋論其象與不象，此形何必象之，『卵』字象形猶作本意用，若『也』字，不過語辭云爾，并與女陰無涉，此真可發一笑也。大著論『諧聲』處云：『有定意在左而諧聲于右者，定意在右而諧聲于左者。』此等皆是自然而然，有一定情理，其部頭之上下左右各有所宜，然後以聲音相近之字配合而成，非是定意在某方也。如將『鳥』部置于左方，『亻』部置于右方，『宀』部置于下方，『皿』部置于上方，妥乎？不妥乎？又内中仍少二條：一是將部頭分列左右，而諧聲于中者，如『衢』字、『術』字之類；一是將部頭分置上下，而諧聲于中者，如『裹』字、『衷』字之類。此二條尚須補入。又有似部頭而實非部頭者，如：『堂』『棠』『當』『賞』『常』『嘗』『裳』諸字，不可云『尚』部；『墓』『暮』『慕』『謩』諸字，不可云『莫』部；『營』『熒』『榮』『縈』『滎』『塋』『螢』『瑩』諸字，不可云『𤇾』部；『靡』『縻』『磨』『摩』『魔』『糜』諸字，不可入『麻』部。其有似部頭之處，即其諧聲之處，此亦前人所未發也。此書有一二處欲借抄，抄畢繳上。至于拙選叢書所收者，約以二十翻爲率，大著卷帙浩繁，難以借光也。【復友・癸19】

尺・六12

寄王丹麓

前月廿四日接到琅函，暨枕中秘本，欣喜無量。凡弟處所未有者，俱已鈔録，内有選入叢書者，注明原單内，并原本繳上。惟《日月蝕辨》原本仍存弟處，俟倩人照樣畫出再寄。此册尚費思索，因其圖有各種彩色，若套板，則刷印艱難，似不便入選也。大抵鄙意以不似一篇古文者爲佳，若竟是古文小品，則是選古文，非選叢書矣，不識先生以爲然否？弟廿年前欲選《外史》一書，如《毛穎傳》《甘蔗彈修竹》之類，後見貴郡王草堂先生所選，未曾有集，已先得我心，是以不復再選。今觀先生所録佳文，當是《文津》二集之意，弟處亦鈔數篇呈覽，或尊齋未有，亦未可知。又拙作數篇一并呈教。又紅蘭主人詩、朱其恭詩各一本，統惟檢入。去歲，聶晋人兄云粤中陳子明先生雜著甚多，今《檀几》初集僅得三種，不知仍有何種也。今擬餘集在先。并覆，不既。【復友·癸8、友·癸24】

尺·六13

寄復陳定九

兩接琅函，屢承垂注，謝謝。所論拙選叢書，衹印出二十餘部，發去坊間趕考之外，所存不多。今寄上《檀几叢書》初集五部、《昭代叢書》五部、《幽夢影》四部，暨《凱旋詩歌》，到日乞檢入。從來索書者，不過一部，多則二三部足矣。今先生竟各索一二十部，獨不慮人以奇貪异酷議其後耶？一笑。附上封面數張，煩付各書坊粘貼。肆中如欲得書，聽其買紙來印，至于板頭，可以從輕，止得加一足矣。【友·癸34復】

尺・六14　**與錢善士**

《十愁》大作，快讀一過，大抵歲月如流、繁華易盡之意爲多，名曰『十愁』，意多重複。不揣效顰，分製十題，各各不相移易，然究竟説之不盡也。『人言愁，我亦欲愁』，正此日之謂，書以博笑，不識種鱗樓主人以爲何如？【友・癸31復】

尺・六15　**寄上紅蘭主人**

潮夙荷栽培，叠承教育，殷勤屬望，有加無已。潮何人斯，屢叨异數于殿下如此也。久欲備名桃李之末，緣分位遼闊，不敢冒昧自通。頃西蜀費錫璜、無錫朱襄、烏程周之樞、金沙于銓輩，咸極口稱述殿下德意，好士之誠，不遺葑菲，士有願拜門下者，悉收録而奬成之，敝里僧人廣蓮言之尤爲諄切。潮是以敢蒙妄想，願隨諸門下士之末，敬涓吉日，遥望紅蘭殿邸，叩首門墻。伏懇殿下恩賜俞允，俾山野鯫生，獲叨造就，則感佩裁成之德，當與有生俱永也。謹具徐渭小畫一幀、鸞翎一副、拙選一部、拙句一首，恭呈電覽，懇賜麾存。徐渭畫苦無真者，倘續有所遇，自當郵達典籤也。臨啓曷勝惶恐待命之至。【友・新一1復】

尺・六16

寄顧爾立

語松上人回，一緘寄復，此後鱗鴻未便，音問爲疏，可勝惆悵。弟于先生雖未一識紫芝，然神交已久，正不在區區形迹間也。一詩奉懷，書箑呈教，希賜斧削。拙選一部附政。弟蒙紅蘭主人過愛，欲僭托師生之誼，以便稱呼，緣尊卑遼闊，因循未敢。近晤費滋衡兄，云主人并不之拒。根潔上人向嘗道及此意，不惟不拒，而且喜之。是以不揣冒昧，遥拜門墻，尚祈先生婉轉道達此意。極知主人被服儒雅，不屑尋常俗套，購得徐文長墨筆芭蕉一幅，裝潢進呈，副以拙選。想主人高雅襟懷，或不罪其輶褻耳。臨風馳跂，無任溯洄。【友・新一2復】

尺・六17

寄孔東塘户部

春杪一緘，寄候新禧，并附拙著，想久當呈台電矣。許久不接琅函，知新篇又當盈箧，千希惠讀，以爲程式是荷。廣陵諸同人每晤間，必首詢先生起居佳勝，弟皆一一代致台旨，諸君亦均屬筆致候，不敢不爲轉達。小詩奉懷，雖愧不工，然頗非寒温套語，或鑒其誠而恕之，未可知也。附有懇者：往歲聖駕南巡，恩賜天下老人粟帛，弟欲先生輯成一書，百歲者某省若干人某省若干人，九十、八十者亦復如之，名曰《人瑞録》，載入拙選《昭代叢書》。曩日亦曾奉瀆，迄今未蒙見示，當是前札誤付洪喬。今選刻《昭代》乙集，仍望先生特諭貴衙門該役，遍檢各省册籍，鈔録成書。其編輯借光台諱，想亦老世臺之所樂爲者也，千希從禱。乙集刻樣數張附上，又《檀几叢書》二集一部，《讀書論世》一部，統呈台政。臨風馳企，不勝溯洄。【友・新一4復】

寄王丹麓

尺・六18

兩度寄書，俱交沈培九兄銀鋪内，當不浮沉。今餘集刻就若干葉寄上，乞每篇加一評語寄來。此外苦無當意者，難以足數，奈何奈何。仍望留神，其《美人揉碎梅花回文圖》甚妙，可用，惜五瓣中有一瓣獨稍開，未審何故。檢大選《文津》閲之，亦復相同，倘吾兄知其所以然，并祈詳示。至于讀法，費盡揣摩，不能得其要領，亦望直書數首示我。如吾兄亦復不知，只得依樣畫葫蘆矣，以其款式甚新，故欲借光耳。

與陸雲士

尺・六19

曩得大集，喜而欲狂，以爲先生或在珂里，因作字王丹老，囑其索補遺漏，而丹兄回以先生未歸，想念之深，時縈魂夢。昨拜全稿，見《八紘譯史》《荒史》諸種，真令小儒咋舌。讀傳奇二種，不惟情文曲折，刌度精嚴，抑且關係忠義大倫，尤堪持世。《尚論持平》《析疑待正》二書，不掠古人之美，不騁奇异之辨，發前賢所未發，破庸俗之常談，尤所心折。讀尊選《文繪》三集，深以先君著作未與爲憾。今蒙采録拙作，愧不敢當，敢以先君所著《大易辨志》《繫詞字訓》《檀弓問》《詒清堂集》《雲谷卧餘》《近思録傳》各呈一部，千希采録入集，切禱切禱。至弟所著，得附一二首已足爲榮，不敢多望也。其《大易辨志》及《檀弓問》内頗多創解，想巨眼自能識之。拙著尚有數種補呈台覽，仍有未及刷印者，今冬恐不獲呈教，容于明春郵上，何如？拙選《叢書》乙集、餘集，《虞初新志》俱借光大著以增榮寵，緣裝釘未完，未能録目奉閲耳。前《凱旋》拙作蒙示張文宗評語，并祈録賜，以便授梓。容卜日奉扳文駕，暢所欲言，想大賢當不拒也。《叢書》乙集與前三選微有不同，前者間有明末人物，此則盡屬當代巨公，已將四十種，仍缺十餘種，尊處有當意者，千祈撿示，切感切感。

尺・六20　寄尤悔庵年伯

秋杪錢十青兄郵到大序，捧讀之下，喜而欲狂，未遇便鴻，致淹裁謝。客有見之者，笑謂潮曰『尤先生以君之祝嘏爲周歲』，可云善于戲謔。潮應之曰：『此正尤先生之善于頌禱也。夫人生世間，如輕塵栖弱草，惟孩童之年不識不知，相忘于蔭庇之下，可云極樂世界。乃未幾而有家室，此樂已去十之半矣。又未幾而風木興悲，力支門户，此樂又去十之八九矣。非不知長逝之後，復爲嬰兒。然或以爲鼠肝，或以爲蟲臂，偉哉造化，知以我何適乎？今尤先生忽以我現在之歲月，況之于提戈取印之時，是固我所禱祀而求者也。《莊子》有言：「彼且爲嬰兒，亦與之爲嬰兒，達之入于無疵。」此真養生主也。子不見尤先生之《答黄九烟先生書》乎？其中有曰：「人苟知己，則行之可，字之可，名之亦可，即呼之爲牛，呼之爲馬，亦無不可。苟非知己，則稱之爲先生也，直叱之爲小子耳，尊之爲大人也，猶罵之爲老奴耳。」不特此也，即先生八旬自壽之詩，其首章有曰：「白髮依然一小兒。」夫先生方欲以小兒自況，而君以爲謔，是不知先生之旨者也。』客無以對而去，謹録其問答以質于老伯先生，遥知老伯先生必笑曰：『孺子可教也！』則潮愈幸矣。【復友·癸20】

尺·六21

寄賀王阮亭先生

春月一函寄候新禧，想呈座右，續聞老先生大人榮膺總憲，天寵優隆，曷勝手額。薄具不腆，聊致鄙私，伏祈不鄙是荷。大著種種陸續授梓，先以樣本數葉，并《檀几叢書》二集一部、《讀書論世》一部，郵呈台覽。又拙句一首，統希俯賜教定，慨頒回示，切禱切禱。新著《隴蜀餘聞》《秦蜀驛程後記》二書，并『舊日傳聞四談』大著，又西翁老先生《宫闈待訪略》及種種藏稿，總祈惠讀，萬懇萬懇。臨函悚仄，不知所云。【友・新一5復。按：友・新一5乃尺・五37和尺・六21的共同回復。】

尺・六22

與張良御

良御足下：僕寓貴郡，荷諸君子不棄，相與爲文字之交，其能爲古文辭者，雖不乏人，然求其能卓然名家如足下者，指不多屈。足下之文，結構精嚴，氣機充暢，已入古人之室。所未愜鄙意者，微欠静氣耳，然此非足下之文之過。足下爲人頗多巖巖氣象，使親炙聖人之門，狂者之分多，狷者之分少，文之如其人也固宜。至張士誠一傳，嚮讀陳大始與足下書，謂不當『我』士誠，竊以大始之論爲正，以謂足下必勇于受善。及讀足下《復大始書》，堅引太史公于《魯世家》則『我』魯，于《吴世家》則『我』吴爲例，則又竊謂足下之護前爲已甚也。大始與足下第二書云：『古者，列國史官掌記時事，馬遷仍舊史而節録之，間存「我」字，然其改國稱名者固多。若《項羽本紀》《陳涉世家》《田儋列傳》，初未嘗以爲主而「我」之，今何不比例于田儋，而必比例于魯宋諸國耶？』足下再復書云：『史公之不得「我」項羽，猶今日之不得「我」明代也。今日即不敢「我」明代，而于士誠轉無忌也。』又云：『且言豈一端，各有所當。以爲不當稱「我」，則魯吴七國已有例之可援。以爲必當稱「我」，則《高祖本紀》以下，即史公亦未嘗數數然者，或隱或見，明者自有會心。特以英雄舉事，未既厥功，後儒好以成敗論人，偶然「我」之，遂滋浮議，不獨一足下也云云。』足下之詞甚辯，而大始之書復不能中其肯綮，其何以服足下之心乎？僕則謂：太史公之『我』魯也，蓋叙魯國臣子之言也；其『我』吴也，蓋叙吴國臣子之言也；均非太史公語氣也。不獨《史記》如是，即《左氏傳》亦然。『我不得志于漢東也，我則使然。我張吾三軍，而被吾甲兵……彼則懼而協以謀我』，此鬥伯比之言，自應『我』楚；『康公，我之自出，又欲闕翦我公室，傾覆我社稷，帥我蝥賊，以來蕩摇我邊疆，我是以有令狐之役。康猶不悛，入我河曲，伐我涑川，俘我王官，翦我羈馬，我是以有河曲之戰』，吕相絶秦，自應『我』晋，於左丘明無涉也。假使足下于士信、士德語中而『我』士誠，自無足怪，苟出于彼之戲下，匪惟士誠可『我』，即使足下爲流寇李自成作傳，于宋矮子、李過諸人語中曰『我大順』『我闖』，亦奚不可之有。今足下乃于隔代易世之後，忽取三百年以外之人，而遽以作文者之語氣『我』之，不獨于精義之學有所未通，即于文字體裁，似亦未爲允當也。倘足下猶有所未喻，則請以八股譬之，八股之體，『開講』後始入聖賢語氣，如『周監于二代』，及『魯無君子者』等題，凡文中『我周』『我魯』，必在『意曰』『意謂』之後，未有遽『我』之于『破、承題』之中者。足下又欲援太史公《項羽本紀》之例，以列國敵體之禮待士誠，恐亦有所未可。夫秦滅六國，是秦乃六國之仇，秦之混一未久，項氏世爲楚將，理應仇秦，不得謂之叛。若士誠，生于元末，元之一統已近百年，士誠降元而復叛之，直元之叛賊耳，其不同者一；秦楚之際，項羽爲上將軍，諸侯皆屬焉，即沛公初年亦嘗奉其號令，若士誠于明太祖，原無轄屬，其不同者二；又項羽烏江之敗，在秦亡之後，若士誠之被獲，元尚未亡，其不同者三；夫既已不同如此，何可援太史公之待項羽者以待之。太史公置項羽于『本紀』，僕向亦以爲未是，然子長當日亦苦于無處安頓，蓋既不可夷于『列傳』，而項非熊後，又不可竟謂之楚，且及身而殁，未能傳之子弟，不可以田儋爲例而列于『世家』，勢不得不屬之『本紀』。況天子曰『本紀』，諸侯曰『世家』，此下皆爲『列傳』，原非古人成格，乃史遷所創立，從來草創者規模體製，類難畫一，即一器一物，莫不皆然，況文字乎！僕亦極知足下之意不欲以成敗論英雄，遂奪他人之酒杯，澆自己之壘塊。然借題作文，亦自有法，與其爲士誠立傳，不若作『張士誠論』，未嘗不可以一吐胸中不平之氣。如足下之爲袁天授作序，則誠絶佳文字，僕所極醉心者也。足下《與宋汝吉書》有云：『從文字争執者，公心也，何至于絶，何至于出惡聲。』僕于足下竊比斯義，初非左袒大始與足下爲敵，正須識此意耳。至《許義人傳》，本朝寬大，原無忌諱，所不滿鄙意者，贊中云：『比于蜉蝣之撼大樹，可笑不自量也。』此二語雖本于昌黎，然『可笑』二字，似不可以施于忠義之士，不若易以『抑何其』三字，高明以爲然否？至生人立傳，原無此體，然乃陳子定九之過，于大始無與也。定九亦曾爲僕作傳，僕力阻其萬毋付梓，不謂其遽授棗梨，僕亦無可如何。成事不説，惟有付之一笑而已。狂夫之言，賢者擇焉，惟亮其誠而恕之，幸甚幸甚。

尺・六23

復毛會侯先生

潮謭劣無似，糊口他鄉，恪守先人遺訓，不敢與一切户外事，惟于讀書懷古，則實爲性之所近，亦不自知其一往而深也。三十年前，每讀老先生所爲制義，輒有高山景行之思。甲戌孟夏舟過貴鄉，晤王丹老，亦曾數詢近祉，則是潮于老先生雖未一識荆州，而實托神交之末者也。今歲十月上浣，王丹老郵筒到舍，承老先生琅箋下頒，過蒙獎借，盥讀之餘，惶悚無地。承賜大集暨大翁老先生諸種，煌煌典册，增重衡門，莊誦數過，俾後生小子有所矜式，何快如之。先集四部郵呈台覽，又拙刻數種，有與丹兄共事者，有自爲一集者，一并呈教，到日伏惟檢入是荷。【友・新一58復】

尺・六24

復王丹麓

仲冬初九日，接到十月望日台翰，暨毛會侯先生書及文集，又大可先生種種佳刻，如貧兒驟獲波斯船，何快如之。弟于七月初四日及九月二十日皆有書奉寄，附有刻樣在内，今來示止收八月一札，不識前後兩函浮沉何地。詢之沈宅，云『斷無不到之理』，未審何故，幸遣人往詢之，何如？近晤陸雲士先生，以所選《文繪》三集見示，其中可入《虞初新志》者頗多，弟此選向止八卷，今可得四卷，共爲一十二卷。大作《紀陸子容事》在第九卷内，緣編號未完，不能刷印，明春定可告成矣。《叢書》餘集尚苦不能足額，兹既刻樣未到，今又補上。其評語必出自先生方妙，若弟代擬評，恐難當意也。至于序例，俟書成再商可耳。毛大可先生《太極圖説遺議》《河洛原舛》《白鷺洲主客説詩》三種，皆發前人所未發。但《太極圖説》朱子曾采入《近思録》中，明成祖時亦載入《性理大全》内，聞今上萬幾之暇，嘗翻閲《性理》，是以都門諸大老書扇贈人，往往寫性理一段，則是『太極圖』即果出于二氏之源流，亦非我輩所敢置喙也。《河圖》《洛書》在上古之世原未必繪之爲圖，但既然有此一理，則自然有此圖耳。毛先生誤以《繫辭》之『天一地二』爲『大衍之數』，遂斷以『一六』居下、『二七』居上之圖爲《大衍圖》，不可謂之《河圖》，則圖與《繫辭》相合，深訝從前趙宋元明千年長夜，無人能曉，及今而始得之。殊不知《繫辭》此章『天一地二』兩節專言《河圖》，與『大衍』無涉；『大衍之數五十』以下至『可與佑神矣』則專言『大衍』，又與《河圖》無涉；末節則總二者而結之，最爲明白易見者也。且『大衍』乃揲蓍之名目，猶今人之所謂『六壬、觀梅、奇門、太乙』云耳，止有『七八九六』之數，何嘗有『一三五七九，二四六八十』及『二十有五、三十』之數乎？至於朱子注《詩經》不用小序，實足滋後學之疑，然亦不敢顯然斥言之。凡此非弟過于畏葸，或亦保身之道宜爾也。外書煩致會翁先生，并祈代弟致謝大教爲荷。【友·癸48復】

尺・六25

寄復高雲客

曩從減齋周先生諸刻中，得讀先生翰墨，情移心折者三十年矣。忽拜琅函，如親道範，何快如之。佳刻領到，謹謝大教。前過武林晤王丹老，丹老因出所輯《檀几叢書》屬弟流通，頗爲諸名流所賞，因有二集之刻，前後俱借光大著，今一并奉寄，附以拙刻，鄍呈台政。緣來鴻遄返，尚有數種不暇刷印，再容嗣布，不盡所懷。【復友・癸45】

尺・六26

寄朱贊皇

疏闊教言，洊更緗纊，梅花明月，懷想爲勞。接都門音問，知文駕已出京師，及領瑶函，方識養静霍山，杜門注《易》，『先生之風，山高水長』，殆此日之謂矣。婁慎老到，鞅掌公務，迄今尚未識紫芝。然念先生殷切，特賦數言，鄍呈教定。尊著《易》稿，想已成書，千祈惠讀，切禱切禱。拙刻附政，不盡所云。【復友・癸30】

尺·六27

與趙天羽先生

許子兄到揚，得接翰教，如覿龍光。復拜叠韵千首，如萬斛原泉，注而不竭，匪獨後生小子咋舌傾心，即老師夙儒，亦且退避三舍矣，拜服拜服。詢之子兄，深喜鼎祹多福，慰忭無量。兹值便鴻，肅候興居。拙刻二種附呈台政。臨風馳企，曷任瞻依。

尺·六28

與浙江學院張石虹先生

恭惟老先生台臺，盛世夔龍，昌時周召。鍾靈岣嶁之峰，大業共衡山并永；敷化聖湖之域，冰心與浙水同清。固宜政迹傳達於九重，聲名洋溢乎六合矣。潮鄉隅末士，章句小儒。讀孔氏之遺書，未能窺豹；守先人之破硯，徒愧雕蟲。名賢在望，時切高山景行之思；大匠當前，每廑御李識韓之願。爰遵功令，未遂瞻依。謹以拙刻《四書遵注會意解》暨先嚴各著四種，又附拙選四種，拙著八種，恭呈電政。其《會意解》拜懇大序，以弁其首，庶左思賴皇甫以馳聲，張籍遇昌黎而增價，其爲感勒，永矢勿諼。臨潁主臣，曷勝虔禱。

尺・六29

復江含徵

新歲爲道兄祝者：惟願奕則必勝，詩則必佳，飲則必遇美酒，游則必遇晴和，毉病則病必瘳，瘳則謝儀必厚，如是而已。《十愁》拙句，過蒙賞譽，謂『不意近作狡獪至此』，殊不知弟之伎倆一向如此，其玩世不恭，猶有百倍于此者，特寄呈教。吾兄閱之，得毋曰：『夫夫也，殆現花子身而説法者耶？』花子所不敢辭，但欲奉扳文駕，拍板隨之，亦大可觀也，吾兄能爲風魔唐解元乎？

尺・六30

復閻百詩

燈事剛完，忽睹五色异光自空而下，啓椷審睇，則瑶札暨大著《毛朱詩説》也。亟付小胥鈔録副本，容卒業以復。又承下詢『緑齒』之義，枵腹如僕，何足以知之，當廣詢同人，或有通其解者，即以報命，何如？【復友・新一8】

尺牘偶存卷七

心齋張潮筆

尺·七1

與吴寶崖

客冬遠荷琅函，復披大著，墨光盈室，璀璨陸離，美人貽我錦綉段，愈深葭蒼露白之思。獻春以來，新祉定多佳勝，歲内白門友人李因兄特游珂里，放舟匆遽，不獲作報章，致淹裁答，抱疚良多，想高賢或能見宥于行迹之外也。拙刻數種郵呈台政。大作《春秋三傳异同考》暨《攬勝圖》俱欲借光入選，先此布聞。所云《五經今文古文考》，雖未親嘗异味，然一聞其名，已不勝朵頤矣，祈以副本見示爲荷。李因兄原係貴東老先生舊交，適遇其便，故弟亦以拙刻暨《四書講章》一部，藉手奉教，并懇皇甫公一序，敢祈先生左右之，不致虚弟之望，則拜德尤切也。【復友·癸49】

尺・七2

與王丹麓

湖上春光甲于他郡，况有高賢吟咏其間，有不積爲瑞靄者乎？遥荷遥賀。客冬，白門友人李因兄緣謁貴省學院石虹先生之便，附有片札致謝鴻篇，續聞爲凍河所稽，除夕尚在半途，計上元前必抵貴郡矣。《檀几》餘集檢大集中如《紀草堂十六宜》及《課婢約》皆妙極，所當載入。初意以與先生共事，不便自選己文，後見陸雲老所刻《古今文繪》，竟以己文列後，惟于題下用『附政』二字。此法似屬可行，特以奉達。其《昭代》乙集，都門又寄來數種，今已足額，可爲一快。大作《看花述异記》亦借光入《虞初新志》中，印樣呈覽。至于沈銀鋪寄書果不滿人意，此後有尊札寄來，止訪來揚便船，交與榜人，上寫酒貲三分，彼必送到。弟不敢出諸此者，恐梅須遜雪，或爲先生之累耳。吴寶崖年兄處，去歲李因兄匆匆解纜，不暇作報章，僅以一刺致候，殊爲歉仄，今補寄回書并諸刻，不識能送入署中否？或將回札送彼宅中，囑其轉達，何如？【復友・癸48；友・新一14復】

尺・七3

寄狄立人太史

客冬把晤者僅兩日，遽即榮旋，月朗風清，徒勞魂夢。遥知獻歲新禧，定與新著同增，喜可知也。玉板遥頒，不啻拱璧。大著《菊社約》暨《御試恭紀》二種已經借光，一載《檀几》餘集，一載《昭代》乙集，書成自當郵呈台覽也。伻旋率復，曷勝主臣。

尺·七4

寄總憲王阮亭先生

上元日遠承椉誨，兼領縹囊，典册高文，增輝衡泌。獻春以來，恭惟老先生大人台臺福履勝常，頻膺天寵，欣賀無既。大著《皇華紀聞》内《劉龔墓辨》已借光梓入拙選《虞初新志》中，此書不日可成，嗣容寄呈台覽。《昭代叢書》乙集今已足額，其《兩漢東西水辨》存爲丙集之用，先此布聞。但此段文字首尾尚須酌定，今特將原文鈔録呈上，伏乞老先生親加訂正擲下，以便遵用爲荷。便鴻肅候，曷勝主臣。【復友·新一5；友·新一20復】

尺·七5

寄孔東塘户部

客冬喜接琅函，并披緗帙，飽讀一過，快不可言。獻春新祉，非僕一人私祝，凡屬知交，共切純嘏天申之頌，喜可知也。大著《人瑞録》《出山异數記》，暨金素老《旗軍志》，又《鶺鴒譜》種種俱欲借光入拙選《叢書》乙集中。惟『出山异數』四字，其命名似尚未能統括無遺。蓋駕幸闕里，自是朝廷尊師重道、超越古今盛舉，初非一人一家之事。而史館所纂修《盛典》一書，又非草野儒生所能窺見，正賴先生此篇有以知其詳悉。而先生之獨蒙异數，則又出于尋常一切之上，讀之令人感發而興起，竊欲僭擬易其名曰《幸魯承恩私記》，庶于篇中所載無復遺義。然僕不敢自專，謹述其臆見，質于高明，惟老年世臺先生定其可否。又其中『予』字概欲易爲台諱更妙。統祈回示，切禱切禱。其《鶺鴒譜》不知作者爲何時人，名某字某，里居何處，倘有可考，并望示知。《小忽雷傳奇》顧天老過邗曾一道及，今讀卷首，真覺别開生面，想場上與案頭無一不極其妙，倘梓成，尚祈頒讀。臨風翹企，神與俱馳。【復友·新一4；友·新一34復】

尺·七6

寄紅蘭夫子

春，王正月，遥望都城，叩祝老夫子殿下德業兼隆，名位益顯，頻膺天寵，眷顧有加，喜忭之私，曷可言喻。歲杪拜領鈞諭，知老夫子不以不肖爲門墻之玷而辱收之，感荷隆恩，與生俱永。大筆妙畫，舍親處以陸路難携，欲俟便舟方寄，迄今尚未頒到也。兹因鴻便，肅候崇禧。臨穎曷勝虔禱之至。【復友·新一1】

尺·七7

與顧爾立

客冬除夕前數日，接到紅蘭主人鈞翰，暨老年臺先生華札，復荷瑶篇，捧讀之餘，且喜且愧。弟半生善病，重荷主人格外垂青，常懼無以報稱，幸穆公之側有人，或可恃以無恐耳。兹因便羽，肅候新禧。臨楮曷勝馳溯。

尺·七8

與八大山人

耳八大山人名已久，奈天各一方，不獲一睹紫芝。惟時于裝潢家鑒賞妙畫，徒切蒹葭白露之思而已。近晤程葛人舍親，知與高賢曾通縞紵，不揣唐突，附到便面一柄，素紙十二幅，敢祈先生拂冗，慨爲潑墨，以作家珍。外具筆貲奉敬，弗鄙爲荷。又拙著數種并呈大教。餘情不悉。

【友·新一50復】

尺·七9

與汪柱東

曩年一晤，闊别至今，不覺十更綃纊矣。春雨悶人，飽讀尊公先生大集，心曠神怡，可爲一快。但已刻者内欠第三册，仍望補下。又未刻稿中，如《化化書》《蟹春秋》《儂雅》《俗語三絶倒》《火山客譙》及《鼠嚇》等，睹其名目，不禁朵頤，倘能於便中携示，俾得鈔録一過，何幸如之。拙刻數種呈政，餘不悉。

尺·七10

與吴街南徵君

春月片緘寄復，内附《五行問》十餘册、藕粉一囊，想俱達雲亭矣。邇日道體當已如常，幸便郵示知爲慰。《論世》一部附上，訛字俱改補矣。雪坪先生行旌匆遽，不能多寄也。餘惟珍重，不悉。

尺·七11

寄家嘯月進士

客歲一函寄候，想呈記室矣。每從員虞翁處詢知起居佳勝，深慰鄙私。遥想老長兄先生俠腸傲骨，不可一世，當風日晴好之時，必多傑構高文，可以擴心胸而長識見者，幸郵示一二，俾鄙人對酒豪吟，不啻與高賢相把晤，何快如之。奉懷拙句，書之扇頭，藏烟八筎，聊以伴函，并舊刻數種郵呈台政，到日幸惟崇照。臨風翹企，神與俱馳。【友·新三1復】

尺·七12

寄復王阮亭先生

琅函三錫，兼拜五種奇書，貧兒驟獲珍珠船，感戢匪可言喻。亟欲借光，因將乙集已定編目裁去數種，以便增入，蓋欲使諸同人早睹琅環，非特阿私所好也。内惟《甘泉宫瓦圖記》首幅尚費經營，别楮呈覽。《隴蜀餘聞》已經梓就，印樣附呈。外鑲杯十二副，聊以伴函，希賜莞存是禱。臨池悚仄，曷任瞻依。【復友·新一20；友·新一33復】

尺·七13

寄陸雲士

客冬奉教以來，滿擬仲春再聆麈論，不謂把臂維艱，懷想之私，匪可言喻。惟日讀大刻，以當晤語耳。張藩臺所梓藏書數種如告成，祈各頒一部。又去歲所懇鴻文，想久當脱稿，幸囑從者録寄，一爲屏幛之光，一爲簡册之弁，其爲榮幸，感戢彌深。舊刻一部奉寄，并希檢入。臨風翹企，神與俱馳。【友·新一29復】

尺·七14　復吴寶崖

手教再頒，情文彌摯，鱗羽未便，裁答久淹，抱歉何似。種種鴻篇，皆足以資見聞而充掌故。承諭入選，自應如命，但乙集編目已定，存爲丙集，自合借光也。拙刻補呈數種，幸賜裁削。弟今歲忽墮入坑阱中，不能自振，言之可爲於邑，此後生計維艱，生平願力竊恐不能如意，奈何奈何。文宗序文可得與否，并望示知。【復友·新一13】

尺·七15　寄王丹麓

前月之杪一緘寄候，不謂郵人自吴即返，仍擲還弟處，而沈銀鋪又已息業，悵結至今。弟生平頗謹慎自愛，不謂料事欠精，變生意外，以致家人生産耗損大半，所存僅十之二三，將來生計艱難，不知作何究竟矣。昔柳柳州于王參元不以吊而以賀，弟今日與之相反，蓋平昔知交皆不我鄙棄，辱收之聲氣之末，今一旦遭此大挫，心亂神昏，誠恐自此如才盡之江淹，有虚知己屬望，更增惆悵耳。

尺·七16 與孔東塘

今春一函寄候，人還未領報章，詢之郵人，云適值送駕南巡，此言定當不謬。大著已經梓就，便印樣呈覽，其篇名前札奉商，悉惟裁定。石村年翁《畫訣》亦已付梓。《小忽雷傳奇》當已成書，便郵尚祈頒讀爲荷。鑲杯十二副，下署『石門』二字，幸莞存之。餘情縷縷，不悉。【友·新一49復】

尺·七17 與家蘧若編修

客歲兩函寄候，想達臺端，每遇友人南還，詢知新禧迪吉爲慰。老宗臺先生賡颺之暇，定有南闈擬題，不識能頒示否也？拙刻郵呈台政，幸賜繩墨。附貢鑲盃十二副，聊以伴函，惟莞存之。臨穎曷勝翹企。【友·新一47復】

尺·七18 寄紅蘭夫子

春月一函叩候崇禧，人還，知老夫子殿下有湯泉之游，此行定多新製，拜乞頒示，以爲矜式，切禱切禱。大筆妙畫俱已拜登，門生何幸，獲此瓊瑤，謹當什襲珍藏，留爲永寶。兹值便鴻，肅候近祉，附貢八寶紫金丹素珠一串、佛手露油十觔，聊以伴函，叩祈恩諭典籤檢入，萬感萬感。臨啓曷勝馳溯之至。

尺·七19 與顧爾立

春月數行奉候，值文駕隨主人爲湯泉之游，賢主嘉賓，觴咏酣適，真令人神往于其間也。晤貴族俠君澈世兄，知主人所製《揚州夢傳奇》寓意精妙，不識能爲弟代索一部否？藏墨一函附敬。諸惟心照，不盡所懷。

尺·七20 寄戴田友

弟之廢棄八股雖已有年，然追憶大選，其神往于先生者，匪朝伊夕矣。王元臣郵來手教，知先生不我鄙棄，有《有明小題》之商。弟于此道毫無所窺，然不敢有負雅意也。拙刻數種，附呈台政。倘省中有欲印行者，悉聽來印，板頭從便可耳。

尺·七21

上閣學文宗張樸園先生

新安後學張潮再拜奉書於老祖臺老先生老大人閣下：潮聞先達之引掖後進也，貴以吐哺爲懷；後進之上交先達也，貴以廉隅自凛。昔韓昌黎上書于襄陽，謂先達與後進，相須甚殷，及觀其所謂相須者，不過『朝夕芻米僕賃之資是急』而已。昌黎以不世之才，處齟齬之境，不得已而干求當路，是固非無廉隅者比。然爲于襄陽者，或遇其人而不暇以禮焉，似未爲過。何也？世之盗虚聲而藉以沾河潤者，在在皆是。若潮則不然，潮讀先世遺書，硜硜自守，昕夕以丹黄爲事，絶無毫髮希人河潤之念。杜門却掃，不肯同于流俗，以爲士既不獲黼黻皇猷，退而鑽研書史，仰面屋梁，固其所也。以故屑迹京華，守吾初服。近接中州平倩家叔書，極道閣下文章風雅爲世宗工，私心竊願見顔色。又邗地爲車馬輻輳之所，大人先生過是邦者，必辱臨蓬室，僉道閣下著書立説，遠邁古人，衡士之暇，即一飲一食，手不停披，以是潮心儀愈甚。後友人又謂閣下購訪《虞初》各志，已將潮所選《虞初新志》呈上。因伏念潮父已丑進士，督學山左，于閣下之尊甫太老先生爲同年。自予告歸林，日以理學爲宗，著書以教不肖等，潮等謹守父書，不敢奔競。惟宋大中丞以世誼得接見，通聞問不絶，獨于閣下輒有所未敢者，匪惟雲泥之隔，實以閣下爲衡文之官，關防嚴肅，恐一投謁，有滋世俗疑議，是以逡巡不敢造次。既而思之，以平倩家叔之推崇，四方大人先生之誦説，而潮所選之《虞初新志》又幸得以名字登閣下之鄴架，乃仍逡巡不敢造次，是自外也，況并非有所干求所謂『朝夕芻米僕賃之資』如昌黎所云者乎。今謹將先人所著諸書，暨潮平生所撰製評選各種，郵呈台覽。倘閣下俯敦世誼，將先君子所著書賜一弁言，匪特潮邀藉寵光，即先君子亦拜德于九京矣。亦知較士勞神，一時必不暇及此，倘格外垂盼，潮愈幸甚。潮之區區如是而已，然終不敢必也。潮惶恐再拜。

尺・七22

與陸雲士

久闊塵談，忽承芳訊，其爲歡忭，曷可名言。弟自孟夏以來，無端失足，墮落坑阱，三十六州鐵不能鑄此大錯，慚惶懊恨，幾不欲生。重荷鴻文，不覺破涕爲笑，先生謂『文人無劫，神仙有劫』，今弟此時正在劫中，則謂先生之言不驗，亦何不可之有。弟此言正如司馬子長腐刑之時，不能免于憤激，幸高賢毋督責之爲荷。弟賤辰雖已過，然得大君子之言，真所謂榮于華衮者，感謝之私，當永矢弗諼耳。劉父母紀綱行李匆遽，不暇覼縷，統惟鑒宥是禱。【復友・新一29】

尺・七23

復尤悔庵年伯

春月一函寄候台安，想呈座右。錢十兄到揚，詢知新祉。讀大著《鶴栖堂記》，聖眷優隆，倍加手額。拜領七絶大作，知鄙詞妄達函丈，可謂因周朴而得鄭璞，感謝彌深。承諭余香祖年兄覓館一事，侄往歲亦曾極力留神，苦不能得，在香老亦備知之。至于侄之近況，有不可以言語形容者，錢十老雖不知其詳，或亦能略言其大概耳。來鴻匆遽，率候興居，惟冀鑒原，曷勝翹切。【復友·新一25】

寄總憲王阮亭先生

尺·七24

仲夏寸函寄候臺階，附貢鑲杯十二副，想呈記室矣。《瘞鶴銘辨》今已梓就。其《焦山古鼎》篆文，曾托友人于鼎上拓印，以便校其點畫，今尚未寄到，鄙意欲仿《博古圖》式樣，以陰文刻之。其《六駿圖》亦現在開雕，梓成自當郵呈台覽也。兹值便羽，肅候崇禧。臨穎曷勝翹切。【復友·新一33；友·新一48復】

與孔東塘

尺·七25

姜梓人來，領到琅函，備悉近祉，喜慰殊劇。後又承頒手諭，知弟六月之札未達台階，此札并伴函六月初一二日發行，係梓人凌公朴領去，或水路稍有稽遲，亦未可定，計此日斷無不到之理矣。大著《出山异數記》，老年世臺尊意既以書名不須另訂，謹如台旨。此書已將告成，因高江村先生有所寄而未到，不得不虛梨以待耳。陳健老匆匆一晤，即有吳越之游，俟其榮旋，再容修候。茲以姜子之便，數行附達。臨風翹企，曷勝主臣。

尺·七26

寄汪栗亭

浹歲以來，兩獲琅函，兼拜佳稿，重以紫霞之錫，感戢彌深。性懶如嵇，致淹裁答，子犯有言：『臣之獲罪多矣，臣猶知之，而况君乎！』正弟與老長兄此日之謂，其爲歉仄，曷可名言，不識能邀鑒宥于形骸之外否也？晤吳雲老暨半亭年兄，深悉近祉，喜慰殊劇。若弟則自入夏以來，顛倒錯亂，致墮坑阱中，有不堪爲知己告者，合并有日，或可奉聞。年長兄不忘舊雨，佳句遥頒，讀之曷勝慚汗。依韵奉答，聊以書懷。拙刻數種郵呈台政，尚有《昭代叢書》乙集之役，明春或可成書，自當續呈鑒定。氈衣伴函，統希崇照。臨風馳跂，曷勝溯洄。【復友·新一39；友·新一51復】

尺·七27

寄戴田友

夏月一緘寄復以來，迄今未遑修候，然道履固無日不在懷想中也。《小題》之舉告成有期，或可不負年先生一番委托，較閲之任，不無又費清心，想高賢自當不憚耳。小兒闈卷已蒙『《易》三房』房師上薦，偶因首作用『舊數』語，致駁不録。向來薦卷亦可附刻選墨之後，老年臺爲斯文壇坫宗工，必有新墨之選，特寄呈台教，敢祈稍賜潤色，附梓大選之後，庶蒼蠅得附驥尾而馳，愚父子感佩高誼，當無既也。藏烟伴函，并拙選一部，統祈鑒茹爲荷。臨風翹企，神與俱馳。

與王丹麓

尺·七28

自七夕前奉寄拙作《墻東草堂集序》之後，魚雁久疏，曷勝惆悵。《叢書》乙集已刻四十六種，今寄樣呈覽。因高淡人先生有小品數種屬陸雲老寄弟，雲老遨游未歸，迄今尚未郵到，不得不虚位以待之。内借光賢喬梓《石友贊》《連文釋義》二種。弟處友人見惠諸稿甚多，姑擇其要者先行，仍者存之篋衍，或二三年之後，弟力量稍能有餘，再爲丙集之計可耳。此選序跋俱已草就，一時乏人謄寫，未能請正。其餘集每篇乞賜評語寄示，其編目必俟書成方可定其次第，并乞大序早到，切禱切禱。小兒南闈試卷已荷本房房師上薦，因首藝録『舊數』，行致駁不録。今寄呈台覽，聞向來薦卷亦可附刻選墨之後，浙中名選，先生未有不相與者，敢藉鼎力囑之，則拜德永永無既也。

尺・七29

與陸雲士

久欲修候，緣不知仙舄所在，是以遲遲。舍侄孫啓曾家報來，屢云高江村先生有小品數種屬先生見寄，迄今未能拜領。拙選《昭代叢書》乙集久已足額，因有高先生之説，不得不虚梨以待，弟亦屢于劉父母寓中探問，皆不得其要領。茲以學臺爲先集作序，遣伻叩謝，便函肅候。附上《虞初新志》一部，其後四卷係續增者，内借光大著種種，欲藉名篇以爲流通，弟亦可因以不朽也。新著不知又增幾許，并希示教爲荷。【友・新一55復】

尺・七30

寄謝閣學文宗張樸園先生

潮聞君子之爲文以贈人也，貴得其生平之大者而論定之，而後其人之品誼以出，而其文亦遂以傳。苟徒侈鞶帨之辭，文雖工弗當也。潮向者以先人所著書郵呈于閣下，蓋欲得閣下一言以弁其首，然不敢以自必。今閣下慨然以大序見貽，謂先君之文爲有道者之言，是不獨能定先君之文，且能定先君之爲人矣。先君自予告以來，概不與户外事，惟以著書自娱，逮至晚年，益肆力于理學，以爲生于紫陽桑梓之邦，一言一行，惟以紫陽爲家法，即詞章之學，都不復措意，所朝夕鑽研者，惟周張程朱之書。曾著有《近思録傳》，頗爲東南學者所推重，即《大易辯志》《檀弓問》二書，亦多發前人所未發。閣下復命之餘，一繙閱之，當知潮言之不謬也。大序到日，曾即肅名恭謝，理應親詣臺階，泥首以叩，顧恐溷起居，有所未敢。謹特遣使恭達鄙忱，不腆伴函，統希崇照。又拙選《虞初新志》向止八卷，今續增四卷，共十二卷，附呈台覽。聞閣下選刻《凱旋詩賦》，當已成書。又聞有杜詩之刻，敢祈各賜一部，以開茅塞爲禱。明春憲節按揚，尚當摳謁以識荆州爾。臨潁曷勝悚仄之至。【友・新一54復】

尺・七31

寄吴寶崖

仲冬廿五日接到台札，備悉近況，何彼蒼于我輩罰之獨如此耶！王丹兄《更定文章九命》殊不足憑，可勝浩嘆。大著《春秋三傳同异考》及《攬勝圖》，俱借光分載于《檀几》餘集、《昭代》乙集中，是月初七日，封寄王丹老處，幸索而閲之，何如？乙集久已足額，大著尚存數種，俟弟他年或有恢復之期，當謀丙集之舉。大著《五經今文古文考》仍望見示，爲將來壓卷之地爲荷。先集遵命呈教，尚有數種，恐書多難寄，俟之异日可耳。弟半百之年，反遭蹉跌，可笑可嘆，亦復可愧。重辱佳篇，徒增忸怩耳，敬謝大教。不又。【復友・新一45；友・新一61復】

尺·七32 寄王丹麓

仲冬七日，小兒返里，數行奉候，并附叢書樣本，想當呈上。緣同舟人衆，行止不得自由，故不敢令其晋謁長者耳。餘集評語序文幸早揮就寄示，切禱切禱。自拜領《墻東志》之後，迄今未接翰教，不知小序曾達雲亭否？此係煩沈錫三兄轉寄者，似不當浮沉也。幸示回音爲荷。

尺·七33 與尤慧珠檢討

老先生台臺盛世夔龍，熙時周召。家學有淵源，父書與秘書并讀；國門多譽聞，臣道偕子道兼隆。高山在望，欲御李以無由；北斗非遥，願識韓而未敢。嚮以太老先生年伯大人與先君有蘭譜之誼，潮不揣唐突，冒昧自通，衹緣私淑情殷，是以忘其非分耳。拙著《幽夢影》重荷台評，感戢何似。珂里錢十青年兄道及齒芬垂問，銘勒彌深。兹以十兄歸里，肅此鳴謝，茶墨二種伴函，并附拙著一帙，拙選一部，幸賜莞存是禱。臨函馳跂，曷勝主臣。

尺·七34

寄賀大司寇王阮亭先生

仲冬捧接琅函，不啻親承提命，續聞老先生大人新膺帝簡，榮擢秋官，曷勝手額。行見刑措圄空，以襄堯舜之治，何快如之，敬賀敬賀。承示種種藏書，俱已次第梓就，緣月内風雪頻仍，不能刷印，容俟春暖，各裝繕五十册郵呈台覽也。其《燃脂集例》首行訛字已經改正，附上《六馬圖》及桐城相國《飯有十二合説》刻様，祈照入。相國處向未通名，不敢遽爲修候，倘荷老先生齒芬及之，即拜嘉惠于無既也。臨函歡忭，曷任翹瞻。【復友·新一48；友·新二12復】

尺·七35

與毛檢討大可先生

神馳山斗，積有歲年，時于王丹老郵遞中得讀老先生大集，又于徐野翁小阮處覓得數種，惟以不得飽讀全部爲悵。客歲冬底，王丹兄復郵到《連厢詞》一帙，云出自台指見寄，益以知老先生嘉與後學之盛心，對酒高歌，彌深嚮往。潮闇鄙無似，頗好讀書，曾有《虞初新志》之選，大著中《曼殊别志》擬欲借光入集，又有叢書之選，俟有便鴻，自當奉寄。兹先以小著數種郵呈台政，到日祈命典籤檢入是荷。臨函翹企，曷任瞻依。【友·新二10復】

尺・七
36

與高詹事澹人先生

私淑有年，末由親炙，每于諸前輩先生中詢知老先生近祉，深慰鄙私。客冬，陸雲老郵筒到舍，拜領瑶函暨種種大刻，不識鯫生何幸，而得大君子之先施，且嘉惠奬成之意，溢于言表，其爲感戢，何可勝言。意欲即具報章，緣時在歲底，鱗鴻莫覯，自知罪歉，尚冀鑒原。陸雲老札云，尊著中尚有『扈駕』諸種，鄙意仍望頒示，俾後生小子聞所未聞。今敢以《北墅草堂詩紀》借光載入拙選《昭代叢書》乙集中，仍專望『扈駕』大刻作合尖浮屠，想老先生嘉與盛心，當不憚郵示也。兹值便羽，肅候崇禧。附政小刻數種，統祈典籤檢入。臨風翹企，曷勝主臣。【復友・新一56】

尺・七
37

與編修方渭仁先生

曩歲于雪翁老先生行臺間，得悉老先生福履佳勝，續又于聶晋老詩選内捧讀大著，馳懷嚮往，積有歲年。拙選《檀几叢書》與王丹老共事，吉光片羽，簡册增輝。客冬，于丹老郵筒中拜領瑶札，暨大集一部，獲之不啻拱璧，驚喜欲狂。内欲借光大作《封長白山記》一篇，爲拙選《昭代叢書》之重，已囑丹兄代達鄙私。兹值便羽，肅候近祉。臨函馳企，曷勝悚仄。【復友・新一59】

尺·七38

與司李毛會侯先生

獻歲更新,恭惟老先生台臺福履勝常,欣賀無既。客冬拜領手示,知小札已達函丈,深慰鄙私。大著《燈謎》一種,曾于尤悔翁年伯《西堂餘集》中讀之,輒爲神怡心醉,今復承頒示,謹借光載入拙選《檀几叢書》餘集,先此布聞,書成後,自當郵呈台覽也。兹值便羽,肅候崇禧。臨楮馳依,曷勝悚仄。【復友·新一58】

尺·七39

祝新安盧舜廷太守

恭惟老公祖台臺,盛世龔黄,昌時岳牧。政迹紀于御屏,共仰簪纓華胄;恩膏流于蔀屋,咸欽鐘鼎名家。平易近人,六邑均霑郇雨;廉能邁世,三台行佐堯天。治潮鄉里小儒,章縫末士,揚州曾識荆州,喜二天之有恃;邗水能通漸水,快千里之非遥。欣逢獻歲更新,恰值攬揆初度。虔修露楮,恭侑霞觴,敬將絲粟之儀,聊比曝芹之貢。伏祈不鄙,俯賜麾存。臨穎曷勝頌禱之至。【友·新二9復】

尺·七40　寄詹事高江村先生

客冬拜領琅函，兼荷佳刻，捧覽珍重，如獲珠船。時在歲底，鱗鴻未便，獻春始具片札奉謝，并附小刻請正臯比，寄武林王丹老處，不識曾達臺端否也？所懇『扈駕』大刻種種，伏祈老先生早爲頒到，俾拙選得以藉重流通，切禱切禱。臨緘翹企，曷任瞻依。

尺·七41　復秀水同宗某[一]

日前趨候行臺，偶談近況，不謂足下怪僕之言不實，僕心以爲此亦游客之常，無足深訝。及接前札，乃知足下大有所不然于僕，意在需索程儀，遂厭人説貧説苦。又謂拙刻甚多，何只送此《凱旋》小帙。僕因奉復，謂四方諸友見僕失足，皆蒙賜慰，何足下反以見責？憶往歲曾以拙選呈教，足下謂已經看過，無所復需。則是足下之過目不忘，僕所素悉者，若又以舊刻呈上，知決不能以博一盼。唯《檀几叢書》二集，俟榮行時留以爲贐，蓋緣皂囊羞澀，不得已而出于此耳。今既以

[一] 按：此同宗即友·辛55之張昱。

《凱旋》爲少，遂以《檀几叢書》二集奉上，不謂遽蒙擲還，且面語小价云：『此書止可賣二十文錢，買不上幾斤麵。』僕聞之，以爲戲談。今又接台札，方知足下竟勃然大怒，且多所責備，其語甚爲可笑，敢一一爲足下辨之。來札云『凡滿漢禮：久闊遠來，先叩首，同四拜，及客拜而興，則主答叩四拜』，罪僕未曾答拜。不思枉顧時，僕適他出，及報謁始相見于尊寓，是僕爲客，而足下爲主，其四拜當屬之于僕，足下并未另答四拜，乃反以罪僕耶？台札又謂僕『既無官守，又無言責，所作《凱旋詩歌》，誠爲不必』，此語尤謬。凡屬臣庶，國家有大喜慶，孰無踴躍歡忭之私？即如帝堯時，康衢鼓腹擊壤而歌者，其人爲有官守者乎？抑有言責者乎？况僕此種文字，乃是本省文宗以手書與各屬守令，徵取種種詩文，彙選成書以獻當宁。郡邑當事具徵啓名帖，差役登門購請，非無因而作者。又云『「乾溼」之「乾」誤刻爲「乾坤」之「乾」』，殊不知『乾』字原只一字，而有『干』與『虔』之兩音，初無兩樣寫法，何誤之有？又謂僕之閽人不當于貴紀綱前，面問台諱之爲何字，且云『此字并非僻字，問之甚奇』。夫台諱之非僻字，亦第可就我輩讀書應試者言之耳，非所語于若輩也。足下七歲即爲神童，後又曾中乙榜，猶且不識『乾』字，顧乃深訝若輩之不識台諱，則必若輩學問高于足下，五六歲便爲神童，曾中甲榜而後可也。台諱固非僻字，然以較之『乾』字，則亦似稍近于僻矣。諺云：『秀才不識字，只認半邊。』而台諱并非半邊可讀，足下亦何必取此名諱，以來若輩之詰問耶？誠可大發一笑者也。又謂閽人誤稱足下爲『相公』，若不可稱『老爺』，則僕亦不當稱『老爺』。殊不知僕僑寓此地，有呼僕爲『官人』者，有呼僕爲『朝奉』者，并不以之介意，

《莊子》所謂『呼牛呼馬』，無不可也。昔司馬温公之僕，呼其主爲『君實秀才』，東坡教之，乃改呼『參政』，温公猶以爲『好個僕，被子瞻教壞』，足下之所見，抑何其與古人相反也。又謂僕所刻叢書『并無正經名公在内，俱係叢雜無名之士，初刻如此，二集可知』；又誤以叢書爲『叢史』，遂目爲私史；又引《孟子》『爲淵敺魚者，叢也』，以解『叢』字之義；又云『「孔氏叢書」，此輩未可當之』云云。夫僕拙選中如某公某公，真昔人所謂『雖暗中摸索，亦復可識者』，豈猶不足以當足下之許可耶？即先君亦有一二種在内，豈亦可叱之爲叢雜無名之士耶？不謂足下之狂悖，竟若此其甚也。且『叢書』二字，不始于僕，古人已有《漢魏叢書》之選，若『孔氏叢書』，僕實未之見，當是《孔叢子》耳。僕雖學殖疏淺，未登賢書，未中副車，未官中翰，然《孟子》亦曾讀過，止知有『爲淵敺魚者，獺也』之文，未見有『爲淵敺魚者，叢也』之語，豈七歲神童所讀之《孟子》，又與衆不同耶？僕初集一書，頗爲王阮亭先生所賞，且以種種大著見寄，因有二集、乙集之役。今足下乃謂『并非名筆，沽之書肆，即求一文，亦不可得。若質之麵鋪烟鋪，以紙觔秤賣，亦可得二十文，又非宋板古書，可值三星五星者』，僕拙選固不足重，奈何輕視宋板古書至于如此其極也。又云『向有神童之譽，謬承前輩黄李龔曹嚴宋王丁諸名公稱贊，尚以爲借人齒牙，附人肩背，迄今四十餘年，總不提起』云云。夫足下七歲神童，能作《走馬燈詩》，自足以來諸公之賞譽，今足下已望六矣，學問并未進于童子時。試取大著《梯航集》觀之，皆是投贈當事、仰望抽豐之作，志趣已自可鄙，且對仗不工，押韵不穩，失粘拗句，無篇不有，使愚山、其年諸老先生而在，必將深悔前此之多此一番奉贈，而後此足下四十餘年之不復提起深爲可感也。僕既不幸承贈大篇，厠名尊刻之内，然猶幸未曾作一詩以奉贈，尚可告無愧耳。某再拜。

尺·七42

復沈契掌

夙聞貴池有契掌先生，爲岩夫湯先生高弟，貯之胸中者久矣。一旦忽有實光自空而下，諦視之，即老年臺手教以及大著，獲之不啻珙璧。重以雅貺，何以當之。謹登扇墨，以志明德。拙選叢書近已告竣，甲乙兩集，并拙刻數種附呈台政，倘日後仍有事丹鉛，自必藉光大著以不朽也。

【復友·新二20】

尺·七43

復泊三上人

弟自前歲誤入煩惱場中，挨至去冬，竟已空諸所有，而冤家債主猶現羅剎面目，各各畫一〇相，將某甲困入其中，不能解脱，欲求向『折脚鐺中吃飯』，了不可得。幸喜殘年已畢，方自謂可登彼岸，不謂病魔侵及眷屬，致某甲亦復陡遇黑風，飄墮苦海。『寒時寒殺闍黎，熱時熱殺闍黎』，實爲不謬。頃接法語，如聽獅子吼，直得三日耳聾，兼拜詩扇、豆豉之貺，《焦山補咏》頗足爲山靈生色。弟近刻《瘞鶴銘辨》及《古鼎釋文》，裝成五十帙，屬平山堂麗杲上人郵至焦山，以其曾卓錫于此，自有因緣，想不久當送到。今各奉一帙呈閲，倘吾師果有《山志》之舉，幸載入其中爲荷。或他時得證觀自在菩薩，自當乘寳筏，渡迷津，共説無生話也。

尺牘偶存卷八

心齋張潮筆

尺·八1

寄紅蘭主人

春月兩具稟啓，肅候老夫子萬安，想投邸第。近又拜領大刻《寒瘦集》，評選確當，剞劂精工，堪爲永寶，惜來郵欠慎，似遭水厄爲悵，倘荷再頒一部，更爲感佩也。玆以敝鄉黄山僧人之便，恭候崇禧，附貢徐渭畫卷一軸、拙選《昭代叢書》乙集一部，千祈恩諭典籤檢入，切禱切禱。顧卓聞在閩中，朱襄近歸無錫，敢并附聞。臨啓曷勝悚仄。【友·新二49復】

尺·八2

寄大司寇王阮亭先生

初夏拜領琅函，不啻躬承提命。側聞老先生大人鼎裀多福，天寵頻仍，歡忭之私，曷其有極。

拙選《昭代叢書》乙集，借光大著種種，幸已成書，謹郵奉一部，恭呈台覽。又諸大著各五十帙。又桐城相國《飯有十二合説》五十帙，并拙選一部，賤名一通，敢祈鼎呂叱致是荷。茲以敝鄉黄山僧人之便，肅候崇禧。黄山有未了因緣，欲藉輦下貴人共襄盛舉，倘荷齒芬之及，皆無量功德也。臨穎曷勝悚仄。桐城相公原札并繳。【復友·新二12；友·新二24復。按：友·新二24是尺·八2、尺·八9的共同回復。】

尺·八3

寄黄涵齋户部

曩歲曾識荆州，以匿影菰蘆，闕于修候。側聞老年臺先生譽望遐敷，鼎祻多福，欣慰無量。時于洪秋老處捧讀大著，向曾借光《黔中雜記》于拙選中，俟遇便舟，郵呈台覽。茲以黄山克己上人之便，肅候近祉。附政拙選一部，内第二卷藉重台銜校閲，亮不以未及相聞爲罪也。臨風馳溯，曷勝主臣。【友·新二51復】

尺·八4

寄根潔上人

屢承法語，深慰鄙懷。靈淵師來，弟適他往，未獲一晤。承諭代印《離珠集》五十册，但王景州已作古人，不知板片今在何所，俟訪明印出，再容奉寄。向日曾具玉樞念珠一串、餘東手巾二方奉敬，不意竟未送到也。茲者：中洲和尚以黄山功德未完，特着克己上人到京，想我師同在濟宗，兼爲故鄉生色，凡有可商量處，幸以法力作大導師，亮不俟弟諄囑也。小刻附政。不盡。

尺·八5

寄趙天羽前輩

前歲拜領瑶函，重荷榘誨，續以去夏失足墮入坑阱中，抑鬱交加，致疏修候。側聞老先生台臺新祉永綏，榮聞休暢，欣慰殊劇。茲以黄山克己上人之便，肅候崇禧。附政拙選《昭代叢書》乙集一部，内第十三卷借光台銜校閲，亮不罪其專擅也。臨風馳企，曷勝主臣。【友·新二52復】

尺·八6

寄裴賡年編修

前冬面聆麈誨，不覺裘葛兩更。時于令公郎世兄處，詢知老先生近祉勝常，頻膺天寵，喜慰殊劇。茲敝鄉黄山克己上人之便，肅候崇禧。拙選一部附呈台覽，内第四十一卷，藉光校閲，敢并奉聞。臨穎曷勝翹企。

尺·八7

寄家蘧若侍御

客歲兩拜德音，不啻躬親丰采。側聞老先生宗臺榮遷柱史，自有嘉猷入告，以慰遐思。潮自去夏失足之後，貧困日甚，非復當年面目矣。吾郡黃山修復因緣，大費中洲上人心力，迄今猶未就緒，特遣克己上人到京，其意自有所屬。個中條理，彼自面陳，倘能仰藉台庇，成就圓滿，真可爲里中生色也。附政拙選一部，幸爲檢入是荷。臨風翹企，神與俱馳。

尺·八8

寄輔國將軍博問亭先生

曩歲曾集唐人句，敬和大作《東皋漁父》七律綾字一幅奉寄，想久呈記室矣。友人北來者，晤間詢知閣下天寵頻仍，鼎裀多福，喜慰殊劇。茲以黃山僧人之便，肅候崇禧。拙選一部，恭呈台覽，伏惟檢入是荷。臨函悚仄，曷任主臣。

尺·八9

與王阮亭先生

前月下浣一函，寄候台安，附有《燃脂集例》，并大著《隴蜀餘聞》、《廣州游覽小志》、《紀恩録》、《謚法考》、《琉球入太學始末》、《東西二漢水辨》、《焦山古鼎釋文》、桐城相公《飯有十二合説》諸種，各五十帙，又拙選《昭代叢書》乙集。係附敝鄉黄山僧克己上人水路入都，到日伏惟檢入是荷。顧潮闇陋無似，祇以性之所好，妄事丹鉛，苟非有大人先生爲弁冕而表章之，恐未足以爲重于當世。竊不自揣，欲拜懇大序，以冠其前，庶觀者震于鴻文，并拙選可藉以生光。老先生大人以嘉與後學爲心，量有所不惜也。孔東老以詩酒受累，深爲嘆息，此日想已南來，不復另候。臨函悚仄，曷勝主臣。【友・新二24復。按：友・新二24是尺・八2、尺・八9的共同回復。】

尺・八10

與根潔上人

屢函寄候，似俱未到。甚矣，魚雁之不可恃也。黄山中洲和尚遣克己上人入都，有一字附彼處，并有啓本寄候紅蘭主人，外附徐文長手卷，想不久可以送到。倘謁主人時，希先代禀爲荷。

尺・八11

復周蓮峰

孟夏把晤後，隨奉訪選樓，不獲再面，悵然可知，忽承瑶札，兼拜佳吟。尊伻行速，嗣容補和。家良御竟未枉顧，其所爲古文辭，頗爲弟所欣賞，至其所云『以古文筆手爲時文』，若果如此，真足傳世。然用古文手筆則可，若字面則各有所宜，必合時尚爲佳，未可概論矣，不識高明以爲然否？尊選凡例中稱『學者』爲『學士』，雖八股中有此字面，若序例，似當酌用，狂瞽之言，并希亮之。拙選一部奉政，外一部煩轉致胡静夫先生，匆匆未及另札。意欲换其印色少許，上品價昂，所不敢望，即次者俱可，然亦不敢相强，倘蒙其見允，即交狀元境德聚堂書坊便可到舍，但須諄囑坊人細心，勿致傾側潑滲爲要也。匆匆不備。【友・新二29復】

復朱元素

尺・八12

客夏重荷高情，兼聆雅誨，迄今猶時在胸臆間也。八閩勝游，定多佳句，不審何時方能細讀耳。笪先生墨妙領到。謹遵台諭，拙選叢書三部奉寄，幸檢入是荷。陸雲老選國朝詩，其手眼自是不同，容鈔録未刻拙稿續寄之。先祈代達鄙意，何如？臨穎曷勝洄溯。【復友・新二21】

與陸雲士

尺・八13

春月片函，托劉父母寓中寄候新禧，又附寄高江村先生札，想呈記室。近接錢十兄札，知老年臺先生駐節吴門，有《國朝詩選》盛舉，聞之曷勝雀躍。欲將拙著懇附大選之末，俾得藉以就正宇内諸賢豪，但家無副本，容鈔録奉寄，至剞劂之費，不敢有累清心也。近刻《昭代叢書》乙集，幸已告成，奉上一部，幸惟有以教之。高江村先生處，弟春間曾又具一函，暨拙著數種，寄武林王丹老，囑其轉寄。丹兄回札云已面交江村先生令親陳兄，想當得達。弟彼時原望其以『扈駕』種種爲浮屠合尖，待而不至，而都門王大司寇屢函檄促，致不獲久稽時日，是以止借光其《江村草堂》一種耳。倘或有雲翰往還，或勝游相晤，幸代致鄙忱爲禱。諸惟黼悉，曷任翹瞻。

尺・八14

寄毛大可檢討

自領到大集十種以來，時時莊誦，不啻親侍臯比，受益非淺。聞尚有《論語説》及《尚書古文定論》，仍望頒讀，以開茅塞，切禱切禱。拙選《昭代叢書》乙集，借光大著《後觀石録》一種，此書幸已告成，奉上一部，伏惟垂覽。臨函翹企，曷任主臣。【復友・新二10】

尺・八15

寄方渭仁編修

春月一函，寄候新禧，量投座右。想近祉必多佳勝，曷勝手額。拙選《昭代叢書》乙集内，借光大著《封長白山記》一種，謹以全部，郵呈台覽，伏惟檢入是荷。臨函悚仄，神與俱馳。

尺·八16

寄王丹麓

許久不遇的郵，致疏裁候，想近履必佳勝也。《昭代叢書》乙集幸已告成，今寄上一部。外四部，分送毛大可先生、方渭仁先生、毛會侯先生及吴寶老各一部，統煩代致爲荷。六月間，接得柴諱世堂兄手札，似是虎臣先生令郎，云去歲曾以其尊翁各著見寄，弟并未收，今寄字復之，亦煩致去。又見毛大可先生所作《佷亭禪師塔銘》内，載其所著有《圓覺聯珠》《楞伽心印》《維摩饒舌》《楞嚴答問》《藥師燈焰》《彌陀舌相》《金剛經説》《金剛别傳》《金剛拈》《心經句義》《法華懸譚》《閲藏偶録》等書，閲其名目，必多妙解，幸于其令郎徐武老處詢之，覓得數種見寄，甚妙。前所托寄高江村先生書，承回示，云已交其令親陳君，定當得達。其時又接得吴寶老札，云江村在湖上，而台札中并未之及，殊不可曉也。

尺·八17

寄復柴陛升

曩歲嘗于《尺牘新語》中見尊公先生諸柬，名言俊句，叠出不窮。續又于諸若雲舍親處見十九種封面一紙，渴欲捧讀，無從得見，結想殊殷。六月間，接到手札，知年臺于去歲曾有瑶函交諸若老見寄，弟并未之拜領也。總之諸若老自揚歸浙之後，再未一通音問，想伊宅去尊府當不甚遠，幸特詢之，即知弟言之不謬耳。拙著殊不足觀，重荷高賢癖嗜，不敢藏拙，謹以數種郵呈台覽，幸惟有以教之爲荷。【復友・新二19】

尺・八18

復王椒却

僕固陋無似，于古人四庫之藴，毫無所窺，即有種種小刻，亦不過性之所近，偶然爲之。不謂過承宇内諸君子之譽，虚聲傳説，致我墨舟先生亦復傾注過甚也。往歲《花影》小詞，辱賜品題，久銘五内。尊作《异夢記》亦曾讀過，祇以《虞初》拙選，專録實事，是以未能借光耳。《讀史》大作，真不朽之論，亟當廣爲流通，何久秘枕中耶？弟不幸謀生鮮術，去夏以來，先人所遺化爲烏有，遂無以副諸名流之所期，每一思之，汗慚無地。拙選一部，附呈大教。車騎有日入城，握手自可面罄也。先此布覆，不盡所懷。【復友・新二31】

尺・八19

寄大司寇王阮亭先生

秋禊日接到六月廿六日椝誨，遥知老先生侍值委蛇，鼎衵多福，歡忭實深。黄山克己上人定已抵京，但聞其改舟而陸，不識郵奉諸書，不致有損否耳。兹以坊賈之便，寄上《甘泉宫瓦考》《瘞鶴銘辨》《昭陵六駿贊辯》各五十帙，伏惟檢入。其《古鼎釋文》及《瘞鶴銘辨》二種，今另裝五十帙，置焦山僧舍，以備好事者之搜討，并藉以推廣嘉與後學之盛心。想老先生聞之，或當囅然微笑也。【復友・新二24；友・新二50復】

尺・八20

寄復朱錫鬯先生

神馳山斗，積有歲年，顧以後進鯫生，不敢輒于大人先生之前，輕率有所通問，惟遥望皋比，私淑而已。曩歲鄭舍親曉齋先生令似，曾傳語老先生不遺葑菲，索及拙刻叢書。客冬戴坤老過舍，復道及鉛槧中有《經義考》之輯，隨以先君舊刻附其行笈，定達典籤。近忽琅函遠賜，益以知老先生嘉與後進，不惜先施，且蒙索及先君種種舊刻，其爲感戢，何可勝言。兹以便鴻，謹將先集數部，行狀一册，拙刻數種，郵奉台覽。其先集倘荷收録，不特潮心勒高深，即先君亦拜大德于九原也。茶墨伴函，統祈麾入。臨風翹企，曷勝主臣。【復友・新二40】

尺・八21

復曹冲谷

捧讀大作，曲折盡致，宛轉關生，置之《長慶集》中，不可復辨，拜服拜服。但揣度其事，則三娘子乃與君賦『采唐』之篇者，吾兄前者既不能出之污泥而貯之金屋，及其『獨旦』，又不能效相如之于文君，致彼先天既墜，復事後天，吾兄僅于三天門下一會神仙而已，豈不幸其擇木而栖之雅意乎？至于大作，鄙意以爲當用小錦囊佩之身畔，風清月朗，傍無一人時，出而讀之，亦可盡吾兄不忘舊雨之情。若廣爲徵詩，即隱其姓字，恐亦有傷厚道耳。管見若此，高明以爲何如？

尺・八22 復王丹麓

是月初六日，接到前月十二日台札，并毛會翁札箋俱領到。今餘集幸已告成，寄上十餘部，内有可補評者，仍望補示數種爲荷。前承詢及《布粟集》，僕此書藏之胸中已三十年矣，乃雅俗共賞之書，大概如俗本《居家必備》《萬事不求人》，近年之《士商要覽》《留青集》《行厨集》之類。删繁就簡，補闕録遺，期有裨于實用，或録舊，或增新，州次部居，約分五六十種天文、地輿、路程、歲時、氏族、爵秩、典禮、農圃、畜養、花木、營建、選擇、堪輿、器用、衣飾、飲饌、文事、武備、醫藥、技術、人物、吉事、游戲、喪葬、算法、音樂、書籍、商賈、刑名、契券、詩文、聯額、等威、方外、字學、博古、朝代、科場、土産、起居、雜志，一字一句，皆非虚設，如布帛菽粟之不可少。其祇名爲『布粟』者，亦有二義：一則爲互文，舉布可以見帛，舉粟可以概菽也；一則爲要而尤要之義，蓋布尤要于帛，粟尤要于菽也。此非一言可盡，謹録數條于別楮。緣僕一生心事欠佳，不免因循懈弛，姑留此論于天

壞，儻有好事者用其意而成之，即未必果合于鄙見，亦當與坊間種種舊刻有不同者，吾兄以爲何如？【復友・新二27】

尺・八23

再復毛會府〔一〕明府

兩承榘誨，兼拜佳詞，頓覺草堂生色，謹謝大教。車騎辱臨敝郡，不獲追陪杖履，抱歉良多。讀貞女《徽詩文》及諸閨秀《綉帽詩》，真足令人肅然起敬，遵命賦得絶句二章，郵呈教削，愧不足以表揚萬一也。拙選《檀几叢書》餘集，近始告成，借光《燈謎》大著，今奉上一帙。又補奉《昭代叢書》甲集一部，外小刻數種，附呈台政，統祈斧削。臨風馳溯，曷任主臣。【復友・新二47、友・新二48】

尺・八24

寄王阮亭先生

獻春以來，恭惟老先生老大人純嘏永綏，頻膺寵眷，歡抃手額，曷可名言。客歲接到手諭，極

〔一〕府：當作『侯』。

荷優容，謝爾縻大令復道垂注殷切。所諭叢書四種，已屬其奉寄，量投記室。歲底林吉老枉顧，備述雅懷，種種恩施，感謝無既。兹值便羽，肅候新禧。外具上龍眠相公書一函，伏惟賜覽，倘以爲可，祈命貴役封口賫投，切禱切禱。臨函翹企，曷任瞻依。【復年·新二50；友·新三16復】

尺·八25

上龍眠相公

新安後學張潮謹再拜奉書于相公閣下：潮嚮讀昌黎韓子之文，見其上書宰相也，不啻一而再，再而三。其始蓋有所求，及求之而不應，而復干之，則其辭愈迫。夫韓子以鄉貢進士，旅食京師，爲宰相者不能用其才而豐其食，其上書也固宜。若夫潮，特黄山一布衣耳，有敝廬足以蔽風雨，薄田足以供饘粥，而性復澹于進取，讀書自樂，初未嘗妄有所求。顧今乃昧昧然于千餘里外，以姓名自通于相國之前，雖泰山北斗，仰止惟殷，然亦誠不自量矣。顧竊有所不容已口〔一〕其間者，則以去歲大司寇王公以大著《飯有十二合説》郵示于潮，潮不避僭逾，登于拙選《昭代叢書》之内，而司寇公復于閣下前不惜齒牙餘論，則是潮之姓名，固已達于左右。苟于此而猶欲引分自安，不惟有辜于司寇公奬借之雅懷，且自外于閣下之教誨，當亦非潮之所敢出者也。是以竊不自

〔一〕按：原版漫漶。

揣，忘其愚賤，敬布鄙衷，具道所以上書之意，并家先君舊刻一部，又小著一帙，如辱賜覽觀，不啻榮于華衮矣。臨函悚仄，曷任瞻依。【友·新三17復】

尺·八26

寄黄涵齋户部

獻歲恭惟老年臺先生榮擢清華，永綏多福，欣賀欣賀。客冬，黄山克己上人來，具道近祉，深慰鄙私。承諭叢書拙選，因郵人多從陸路入都，俟有便舟，自當補奉。兹以鮑子子儒之便，附候崇禧。子儒爲通政司鮑公同族，特往謁之，因從未到京，恐有阮途之嘆。特懇鄙言爲介，倘有可指示處，祈提命而教督之，初不敢有所望也。臨風翹企，神與俱馳。【復友·新二51】

尺·八27

復梅耦長孝廉

姜學老來邗，得奉手教并大著，及《石經考》《江變紀略》，几席生輝，拜德不淺。大著自應借光。而《石經考》卷帙繁多，若照原式分爲上下二卷，又于以前選例不符，若并爲一卷，則有百餘頁，亦殊未便。其中考證詳明，不敢僭爲節録。然此書乃是世間不可少之書，展轉籌畫，不得不别作裁奪。竊以上卷名曰《漢魏石經考》，下卷名曰《唐宋石經考》，雖有割裂之嫌，然于大體無礙。原本仍存舍間，以便校讎，但其中如『堂谿典』作『棠谿典』之類，不曉其故。詢之姜學老，云陳明卿板本及汲古閣皆不足據，又不知萬季翁原本曾逐字校對無誤否。倘尊處有便郵去四明，幸一詢之爲荷。《江上紀略》繳上，希照入。姜學老匆匆解纜，不復多及。【復友·新三3】

尺·八28 復家嘯月進士

客冬拜領瑤函，兼承雅貺，復荷佳句，如挹清暉，感謝何似。晤申舍親，知老長兄先生近祉勝常，曷勝手額。又蒙令弟先生不遺葑菲，頒以無數珠璣，另函奉復，幸取而閱之。奉懷拙句，書之扇頭。又廣陵葛一端附敬，物雖戔戔，聊以寓詩人『采葛』之意，伏惟勿鄙是荷。臨風馳企，曷勝溯洄。【復友·新三1】

尺·八29 答家渭濱

客歲仲冬，杜門静坐，忽有异光自天而下，接而視之，乃吾老宗臺先生之瑶函佳著也。更拜兩世藏書，高文大册，如見先輩典型，喜慰爲劇。久欲作報章，因賤體多病，兼以剡藤忽斷，刷印無從，以致遲緩爲歉耳。種種教言具悉，雅意尤爲感勒，附復數行于左，以當晤言。外具廣陵葛一端，詩扇一柄，伏惟笑而存之是禱。臨風翹企，曷任瞻依。

一　承索先君各種，今補寄上，幸照單查到，并示回音。

一　承索拙著種種内所云《聊復集》，半皆少年游戲之作，久不刷印。令補奉《昭代叢書》《下酒物》并《三字經閨訓》，其餘如《花影詞》則尚未授梓，如《逸民四史》《弈乘》《禽史》《禪世説》《仙世説》尚未成書，惟《李杜牌》已刻，容後續寄。其《博古牌》録稿呈教，此種擬繪畫爲圖，緣内有三四分不甚愜意，倘吾兄肯爲弟改正而補足之，尤足徵雅愛也。其《張文昌集》不識龔半老存于何所，無從查考矣。

一　向日奉懷令兄長兄先生詩内重一『獨』字，承摘出，感甚。今擬改『獨灑西州淚』爲『痛灑西州淚』，不識可否？

一　承諭書宜裝釘，今謹如命。

一　《友聲》補奉全部，其《尺牘》今已得八卷，嗣當續寄。

一　朱其恭兄七古一篇，以詩代柬，原不過游戲之作。若海内名流見贈瑶篇，自當另爲一刻。

一　所云海寧沈太史《十三經文緯》，弟曾親見其書，大抵皆古人談經學文字，欲進呈而未果者。若所云正史而外，尚有多種，此種種書，如《吴越春秋》《東觀漢記》《英雄記》《十六國春秋》、劉昫《舊唐書》之類，世皆有之，不待表章者也。若彙爲一書，世安得有此大力乎？

一　所云《太平寰宇記》《括地志》《古今注》等書，《漢魏叢書》内有之。

一　『韵學』云云，此事原有一定不移之理，如顧寧人、李子德兩先生所言，皆極有源流，可以爲法，近人往往誣及東陽，即弟初年亦不免有之，今始知其謬耳。其答顧天石札内所云『近得古本』者，即指《廣韵》而言，其訛謬處，承爲摘出，真潮之益友也。

一　所云『昌黎「此日足可惜」一篇，合用「江陽」』，此原弟所不解，即如《離騷》首篇『庸、降』合用是矣，接用『名、均、能』諸韵亦不曉所謂。即讀『能』爲『耐』以與下文『態』字相叶，而『名、均』二韵之叶，亦古所無也。大抵『江陽』之合，自北宋始如此，沿至今日，我輩口中自無异同，非《中州韵》并《洪武正韵》之誤，乃立譜之時，其音是如此耳。即如『六麻』一部，始自齊梁，『車遮』之韵，始自金元。可見用韵之法，當隨體製而分，潮于《叢書》乙集小序中曾言之。至所云『以「支、微、齊」、「十灰」之半爲一韵』，此不過于古人通用之中，取其不棘于耳者，并不敢溢于古人之外云耳，非有他意也。

一　所云『帖子語』，是即指對句而言，潮亦嘗有此想，然當意者絶少。今録數條于别楮，以資欣賞，若彙爲全書，此必不可得之事也。潮嘗謂前明《挂枝兒》《打棗竿》之類，皆是絶妙小品，嘆今時無之。所以然者，明代名妓所往還者，皆唐伯虎、祝枝山諸公，自有如許風流佳話。近日未嘗無《劈破玉》《倒搬槳》《呀呀喲》諸調，其俚鄙不堪，令人欲嘔，不知尚有唐伯虎、祝枝山諸公之作乎？又如酒令、雅謎之類，亦未見有流布之書，近年止見毛會侯先生《孟子古人名》耳。如此等類，原不必其成書，但見有佳者，即爲筆之于書，以備後來繼起者之采取，亦我輩所宜留心也。

一　《拜月亭傳奇》雖前人極力推重，然此等批評，惟金聖嘆能之，即毛聲山之評《琵琶》、張竹坡之評《金瓶梅》，皆未免稍遜。若吾兄能另出手眼，與聖嘆齊驅，俾潮得開擴心胸，是所願也。

一　《竹枝詞》選，弟向亦有此想，然搜羅不易，若挂一漏萬，必致貽譏識者，是以不敢輕易從事。

一　承諭選詩初盛中晚不宜偏向，誠然誠然。然弟不敢操詩道選政，以其中情面是非，斷不能免耳。

一　承示令先曾祖老先生謚記，令先祖老先生别傳，不啻親炙先賢。今寄上先學憲行狀一册，閱之亦可知寒家大略也。

一　承頒示《易占發蒙》《手讓文》《杜陵秋咏》諸種，倘有操觚家選及前代著作，自當代爲留神。

一　大著種種，無一不佳，俟有可借光處，自不憚表章也。

一　貴鄉《八景考》，係友人帶往吳門，今亦不知其何所往，俟從容報命。【復友・新三2；友・新三23復】

尺·八30 與程偕柳

喜接琅函，兼荷武夷佳茗，蟹眼雲濤，不啻坐挹清風也，謝謝。家鈍翁雜著，緣編目已定，未能授梓，行當于丙集借光，先此布復。乙集一部郵奉台覽，惟檢入是荷。【復友·新二43】

尺·八31 寄項靈野同年

雲山迢遞，懷想爲勞。側聞老年姻臺先生望重東山，桂園自適，闔宅自多新祉，何慰如之。弟馬齒虛增，麛臍滋悔，幾無以自立于天地之間。遠承台貺下頒，益增慚汗，對函拜領，如佩韋弦。茲以便鴻，肅此鳴謝。諸惟珍重，曷任神馳。

尺·八32 寄平倩叔

久疏槼誨，時切瞻依，緬惟老叔臺大人聞望遐孚，鼎裀多福，歡忭無量。侄運不辰，料事多舛，致誤墮坑阱中。自己卯夏月以還，先人所遺，盡付流水，將來家計維難，饔飧不給，想老叔定有所聞，亦必爲之扼腕而三嘆也。茲以晉濤叔鱗羽之便，肅候崇禧。拙刻二部，小著一帙，附呈台教。不宣。

尺·八33

寄高詹事淡人先生

客歲兩函奉候崇禧，一寄江陰，托陸雲士先生，一寄武林，托令親陳次牧先生，想俱投記室矣。側聞老先生大人宸眷殷隆，鼎祻多福，深慰鄙私。近項舍親抄得魏寧都《左傳經世》奉覽，此書揚州向止三家有之，今僅存舍下一本，稽其目録，亦以未全爲憾耳。向日所懇『東巡扈從』大刻，仍祈特諭典籤檢賜，俾獲一新見聞，切禱切禱。臨風馳企，曷勝惶悚。

尺·八34

寄汪扶晨

客歲曾具數行奉候，量達雲亭。側聞老年臺先生夏五嵩辰，不獲一到阮溪稱觴奉祝，惟遥望雲霞深處，手額千秋，想高賢或能原亮也。花布一端，鄙句一律書之扇頭，又拙選一部，附中公奉寄，到日幸示報章爲荷。弟之近况，中公略知一二而已。年來有何新刻，寄吴雲老處便可到也。

【復友·新三20】

尺·八35　寄寧波郡丞靳熊封

旌旆按揚，雖未獲一展地主之誼，然幸于無意中得覯龍光，不可謂非交道中奇遇也。閔賓連舍親處領到大著，謹借光《思舊録》入拙選丙集中，俟書成，郵奉台覽。又承示前人書目一單，弟雖無力表章，然世不乏有心人，倘遇好事者，不妨付之，或陸續抄寄舍下，以俟機緣，似亦無不可耳。外札煩命貴役馳送萬季野先生爲荷。

尺·八36　與萬季野

夙知四明有季野先生，貯之胸中者久矣。曩歲曾晤允誠年翁，爲敝鄉父母靳公幕中貴客，以今度之，其爲賢昆玉無疑。今春，宣城梅耦翁以大著《石經考》見示，屬弟代爲流通，繙閲一過，不勝拜服。兹幸已梓成，印樣呈覽。但其中如『棠谿典』間作『堂』字，『張馴傳』間作『純』字，不知是偶然筆誤乎？抑并非謬誤乎？又如『知』字作『知』，『曰』字作『甴』當作『甶』之類，此當是照石刻寫者，伏望回示，切禱切禱。先生原本仍存舍下，俟校訂過，再容覓的郵繳上，何如？拙選附政，幸惟有以教之。諸不悉。

尺·八37

寄徐電發太史

斗山在望，仰止殊殷，親炙末由，徒增嚮往。仲夏中浣，于武林王丹老郵筒中，領到老先生《南州草堂》大集一部，暨《詞苑叢談》一部，捧覽珍重，不啻珊瑚間木難，輝映于横門泌水間也。兹以便鴻，敬謝大教。内詞話中有紀本朝事一卷，俟拙選《叢書》丙集付梓有期，自當借光爲鉛槧增重，先此布聞。附上拙選二部，小刻六種，緣行人匆匆，不暇裝訂，并望鑒原是荷。臨風馳企，曷任主臣。

尺·八38

復王丹麓

前月領到琅函，暨虹亭徐先生集二種，獲之不啻珙璧。承諭詞話内有紀本朝事一卷，可入丙集，恰與鄙見相符，『文章有神交有道』，洵不誣也。但細玩來札，覺弟前此所寄餘集若干册，似俱未到，或先生有報函，弟未拜領，俱不可知，幸于便郵中再爲確示是望。弟自四月以來，顛倒錯亂，如着敗絮行荆棘中，其苦不可言喻，遥憶先生徜徉北墅，嘯傲西湖，真不啻仙凡之隔也。外札煩轉寄虹亭先生爲荷。【復友·新三15】

尺·八39

與某

久疏道範，時切神馳。昨承華札下頒，適值遣發京函，有失裁答爲罪。台諭月樵上人募册若在三載前，理應如命。奈自前歲失足以來，竟成江河日下之勢，自顧方且不暇，何能復作功德事乎！意中亦欲效托鉢頭陀，聯會以圖恢復，祇以賦性硜執，才具短淺，設有不虞，便不免以此身爲溝壑，故寧甘貧守拙而已。月公雖係舊交，不知此日之張山來業已四大皆空，五蘊非有，僅能布施文章，不能布施錢穀。若欲徒挂虛名，許而不與，又非至誠之道，再四躊躇，惟勉竭棉力，輸助壹金，如以爲可，則付緣簿批去，如尚未合台指，亦聽尊便。台翁現長者身而爲説法，順風一呼，山鳴谷應，合尖不患無人，潮亦樂觀其盛。俟大功成後，或蒙見委作《重建藏經院碑記》，垂鴻名于不朽，潮雖學問疏淺，所不敢辭也。謹此布復，無任忸怩。

尺·八40

上紅蘭夫子

顧卓來揚，深悉老夫子殿下近祉佳勝，天寵優隆，歡忭無量。大著《揚州夢傳奇》近始梓成，容盥手細讀。購得元人梅花一幅、徐渭柳魚一幅，謹以伴函，伏祈恩諭檢收，切禱切禱。臨啓曷任悚仄瞻戀之至。

尺・八41

寄孔東塘

魚雁久疏，非是嵇康性懶，衹以所聞不一，或云文駕在聖公許，或云車騎即按廣陵，『常疑即見面，翻致久無書』，昔人所言，誠爲不謬。余尺老來，得接手教，始知旌節仍駐都城，兼有觀濤之興，把臂非遥，尤爲喜慰。先生以詩酒去官，正如柳屯田奉旨填詞，自是千秋佳話，曠達之懷，想亦必作此解耳。新著定當插架，有梓就者，幸于便郵中頒示一二爲荷。弟自前歲誤墮坑阱中，先人所遺，盡爲烏有，因自號爲三在道人，僅存田宅與此身，餘者俱不可復問，陳徤老想能言其概。或有談及弟者，望先生以實告之，庶知此日之張山來，其近况如是也。兹以顧爾兄旋京之便，肅候崇禧。餘不多及。【友・新三18復】

尺・八42

寄大司寇王阮亭先生

小春回暖，恭惟老先生大人珂里還朝，頻膺新寵，曷勝手額。夏月坊賈回南，拜領椝誨，兼悉近祉，復荷佳藺之貺，被服殊恩，尤爲感佩。又領到龍眠相公華翰，皆出老先生齒芬所致，其敢忘所自耶？孔東老前歲一札，今年方能到舍，内云鄴架尚須《鴿經》若干，今特寄上五十册。外具不腆，聊以伴函，統祈麾入。臨楲悚仄，曷任瞻依。【復友・新三16】

尺・八43　再上龍眠相公

新安後學張潮謹再拜相公閣下：潮客歲忘其卑賤，冒昧奉書，拜送之餘，竊自愧悔，方自以爲狂誕無知，當不免于罪戾。及今年夏杪，北雁南歸，忽拜琅函，叨沐教育，重以縞紵大貺，佩德彌深。則又竊自幸駑駘下駟，不爲伯樂所棄，感恩知己，二者兼之，惟有永矢弗諼而已。兹以坊賈之便，肅候新禧。不腆伴函，統希崇照。臨緘悚仄，曷勝主臣。【復友・新三17】

尺・八44　寄家嘯月進士

孟夏數行修候，兼有拙句奉懷，附陳西湄兄奉寄。西老爲貴省華中丞令親，自當得達，亮不浮沉。老長兄先生翱翔雲路，霖雨蒼生，立功立德立言，無難以一人勝任而愉快，何羡如之。弟自去歲以來，不復有所撰著，敢以家先祖詩集，暨吴街南隱君《讀書論世》郵呈台覽。外錢十青《衆香詞》一部，手札一通，統望檢入。餘惟珍重，不盡所懷。【友・新四27復】

尺牘偶存卷九

心齋張潮筆

尺·九1

寄家渭濱

初夏數行奉候，附有家刻并拙選，及伴函鄙句，量不浮沉。承示太老先生大著，高文典册，几席生輝，後生小子，不敢妄事丹鉛。衹將大作種種，僭筆一過，抄録副本，以代晤言。其原本二帙，遵命繳上，但恐圈點不當，有辜台委耳。前者尚有拙刻一二種未寄，今補呈台教。又先祖詩集一帙、《讀書論世》一部，呈令兄老長兄處，可以共讀。陸路不能多寄，不復再具也。潮今日就頽唐，耳目衰廢，兼之懷抱不佳，竊恐將來鉛槧一途，不復能勝其任。向年意中所欲纂輯之書，倘老宗臺先生不以爲瑣屑，敢以屬之高賢一爲纂録，何如何如？曾辱詢及，另書別楮呈覽。兹值便羽，肅候崇禧。諸惟珍重，不悉。

一、《逸民四史》。僕性癖烟霞，懶親圭組，見古之隱逸者，輒羡之。因欲擇古今漁樵耕牧四種，編輯成書，以志高山之慕。然必品誼高卓，始可載入，如：荷蓧丈人、長沮桀溺之耕，嚴子陵、張志和之漁，以及王質之觀棋爛柯，黄初平之叱石成羊之類。即先隱而後仕者，如：太公之釣渭，武侯之躬耕，亦未嘗不可録之。若韓淮陰釣臺，朱買臣負薪，斷不可入，蓋不惟人品不侔，即其釣其樵，亦不過爲貧所使，初非高尚也。

一、《禽史》。《十三經》《二十一史》中，如：鳳皇巢于阿閣，鳥翼覆后稷，臧文仲祀爰居，鸜鵒來巢，六鷁退飛之類爲正史。此外古書中，如：秦弄玉之吹簫跨鳳，公冶長之知語免災之類爲外史，亦古人箋注蟲魚之意云爾。

一、《禪世説》。此書初不爲禪門起見，爲文章家作禪門文字之用，如拈花微笑，如摩登婬席，如趙州茶、麻三斤、乾屎橛之類，皆文人口頭語，苟詢其問答首尾，則茫然不知所置對矣。禪門之書，止重《傳燈》《指月》二録，書原不多，但稽考最爲不易，不若將如此眼前種種，特爲纂録。更益以講經、戒律二門，再于《法苑珠林》《三藏法數》中摘之，亦極爲簡便。又如俗傳東坡爲五戒後身，殊不知并無所謂『五戒』者，乃五祖戒禪師也。五祖，蘄州禪院名，即第五祖弘忍禪師道場，歷代相沿，稱爲五祖。其戒禪師，爲六祖下第九世師戒禪師，如此等訛謬之處，亦爲之考訂焉。其名爲『世説』者，正欲使讀者知爲文事之用，初與禪家無涉。至于分門別類，不妨別爲發凡起例，不必拘拘于臨川也。

一、《仙世説》。大指與《禪世説》相同，其分門則爲元門、符籙、服食、黄白、房中之種種。又于一切神祇姓字、出處、封號、沿革、職掌皆備載焉，俾作神廟文字者，皆有所考。

一、《説夢》。人生皆夢境耳，何者可以認真，因欲取古今夢事彙輯成帙，自黄帝夢風后、力牧始。亦以《十三經》《二十一史》爲正集，餘者爲外集。亦可唤醒迷途，但莫向痴人説耳。

一、《月窟》。古今玩月事，取其極雅、極韻者輯之，亦妙。

此外尚有《温泉志》《名泉志》《塔志》之類，此則非書籍可查，必廣徵之京省各路，各路中又須各有知交代爲搜討，并酌其可存可删，然後各成一書，亦游笈中所不可少之物也。【新四28復】

尺·九2 寄靳雁堂

秋月一函寄候以來，荏苒又將冬半，遥望甬東，時勞夢想。側聞老父母先生台臺休聲异迹，與明山鑒水并秀同清，曷勝手額。自公多暇，定有新編，未能躬詣台階，飽讀奇書爲悵悵耳。大著《思舊録》盥讀一過，不惟耆舊風流因之未墜，而殷殷至誼，尤足徵古道照人。幸已刊成，印樣奉覽。其中訛字已同閱賓連舍親較對，仍祈再閲寄示。如果無訛謬，自當刷印數十册奉寄也。臨函翹企，曷任瞻依。【友·新三26復】

尺·九3 寄沈契掌

麗日和風，春光駘蕩，遥想年臺先生，新禧新著正復相當，喜可知也。拜領琅函，如親道範，重荷雅貺，却恐不恭，拜登以志明德，謹謝謹謝。捧讀大著，受益良多，遵命僭評，一帙原本繳上，仍者什襲珍藏，以當晤對。內《學語雜篇》借光入拙選《叢書》丙集中，先此布復。其《廿一史目例异同》久欲入選，緣內多訛字，今得刻本，校對有賴，何快如之。拙著重荷佳評，自當彙齊授梓。去歲所寄祁邑汪兄尊札并未到舍，不識浮沉何地也。家侄諧石貧居陋巷中，家徒四壁，遠承詢及，已代致尊意。不腆伴函，并先集一部、江集一部、《讀書論世》一部，統唯崇照。臨風神往，無任溯洄。【復友·新三28；友·新四10復】

尺·九4　寄高侍郎澹人先生

獻春以來，恭惟老先生大人帝眷優隆，鼎祻多福，曷勝手額。客冬領到琅函，兼拜大著種種，木難火齊，輝耀衡茅，感佩無量。內《扈駕東巡》一種，遵諭藏之篋衍，仍三種借光授梓。但拙選蒐羅未備，老先生縞紵之交遍于寰宇，名山石室，藏弆必多，祈代爲彙輯，寄下爲拙選增光，則永佩雅懷，當與此書俱永矣。其魏寧都《左傳經世》，不謂項舍親未曾郵奉，今晚另鈔一部，俟卒業奉寄，先此布聞。又承傳諭有《金石考》大著，并望頒示，則拜領教益，尤爲無既也。《裝潢志》遵命奉上，希賜檢入。臨函悚仄，曷勝翹瞻。

尺·九5　寄汪扶晨

琅函遠賁，几席生輝，年先生坐擁百城，丹鉛甲乙，較之碌碌紅塵，不啻仙凡之别，何快如之。尊選《新都風雅》，自是千秋大業。承諭諸君子藏稿，緣賤性最懶，聞見不多，愳無以仰副台指，惟有諸同人中廣傳尊諭耳。先祖先父詩集馳上，先祖傳在集中，先君行狀附覽，悉聽采用。刻資俟選定示下，以便補奉。拙稿十餘年來俱未付梓，俟鈔録續寄請政。伴函不腆，聊以代蕘，伏惟檢入。家諧石詩并札附到。鄙人匆迫，不暇縷陳。【復友·新三29；友·新三34復】

尺·九6　復王丹麓

許久不拜德音，方訝魚雁之杳，及琅函遠賁，方知弟所寄諸札，未達雲亭爲悵。憶客臘五日，吴寶老自淮幕榮旋，過揚一晤，曾附數行奉候。今年二月初四日，有舍侄米船歸里，二十前後定可到杭，弟亦附有小札，不識何以俱屬浮沉也。捧讀大著《丹麓記》，不啻仙笈秘文，允宜勒之琳宫璚闕，敬服敬服。至《文苑异稱》，可與《世説》中『賞譽』一條，雅稱藝林月旦，自當借光入選者也。『琴操』『操』字可讀平聲，先生既有考訂，想當可用。丙集因三舍弟極力慫恿，願助剞劂之半，故復爲之。今已刻就三十種矣，録目呈閲，仍懇先生代爲留心，購訪寄示，切禱切禱。吴、沈二君，統祈致謝大教。吴舒老處一札候之，幸閲過封口，同拙刻致去。其《或問》十七則，在《牡丹亭》全本中可云妙極，若一經摘出，恐觀者未必遽能領略耳。譬之畫美人者，雙眉顰笑，無不入妙，苟止畫雙眉于一幅中，則萬無此理矣。擬將所記同夢杜麗娘一段文字入拙選《虞初新志》中，何如何如？沈瑶老《書齋快事》，已將小號并目録改定，印樣并小刻奉寄。弟亦增有《玩月約》一則，統煩代致爲荷。諸容嗣布，不宣。【復友・新三32；友・新三35、友・新四1同復】

尺・九7

寄吴舒鳧

向讀王丹老《霞舉堂集》，即傾倒于吴山吴先生，近復自坊間購得《三婦合評牡丹亭》，則不惟羨之，抑且敬之矣。夫古今不乏才媛，然如光、威、裒，則同爲一父之女，未足爲异。今則前後三姓，共歸一人，而筆致才情，不啻瑜之于亮，是爲可羨。但閨閣之中，憐才者少，忌才者多，今則愛惜纏綿，表章備至，能不令人起敬乎？丹老又以《牡丹亭》見示，云出自台指，敬謝敬謝。小刻數種，各奉二帙，一以請正大方，一煩代呈尊夫人妝次，不審先生能不罪其唐突否？拙選頗多，艱于郵寄，俟有的實便舟，尚容次第奉教也。大著甚富，尚祈頒示，切禱切禱。【友・新四34復】

尺·九8

寄紅蘭夫子

春月恭具啓本，叩賀新禧，亮投邸第。薰風晝拂，夏木陰濃，時時莊誦老夫子《揚州夢傳奇》及選定《寒瘦集》，不啻親承訓誨。兹以友人黄泰來之便，肅候萬安。泰來積忱最久，叩謁之餘，令之應教，定荷梁園賞識也。天氣漸炎，伏祈順時珍攝。臨啓曷勝惶悚之至。

尺·九9

寄王阮亭先生

春月寸函恭候新禧，想陳左右。側聞老先生大人福履勝常，頻膺帝眷，歡忭殊深。向日承諭，敝鄉程、吴二布衣詩選，屬轉達汪于鼎舍親。潮已屢傳台指，亮有報函。兹以同學黄子交三之便，肅候崇禧。小刻二帙附上，倘蒙賜覽，與有榮施。臨楮屏營，曷勝翹切。【友·新四7復】

尺·九10

寄程偕柳

風和日麗，柳浪鶯鳴，遥知年臺先生福履定多佳勝也。令岳雪坪先生想饒近祉，承其寄來

《石經考》，今已梓就，樣本并原本奉繳，敢煩面達，免致浮沉爲荷。家鈍夫先生《廣錢譜》，今采其實有故事者，借光入選。其《聾志》一帙，向爲聾友借去，竟未見還，不知散佚何所，幸仍鈔示寄下，以便付梓也。春月一函寄吴街南先生者，係寄尊處相煩轉致，不識曾收到否？顒望回示，以慰遐心。

尺・九11　寄陳椒峰先生

潮闇鄙無似，雖竊聞先人之緒論，然于學問原本毫無所窺。猶憶先人曾與老先生郵筒往復，以文章相是正，潮以不獲親炙龍光，時爲悵快。前歲元旦，太原閻君百詩自珂里歸淮過揚，把晤間，極口老先生好士虛懷，齒芬屢及。在老先生，嘉與後學，自不覺其殷殷，而在潮，則徒深慚汗而已。茲以令侄上湖年兄之便，謹以先人寓揚州所刻二種，暨潮拙選拙著，郵奉台覽。倘藉先世之餘光，以爲可教，尚有未刻拙稿數十首，容鈔録請正，俾獲厠一言於大選《文統》之末，則感佩尤爲無既也。臨函悚仄，曷勝主臣。

尺・九12　寄顧爾立

春月一緘寄候以來，不覺又當仲夏，想先生優游幸館，應教高吟，曷勝欣羡。茲以黄交三年兄之便，具有啓本一通，囑其呈上。交兄欲叩謁主人，千祈先生多方照拂之，不啻弟之叨愛也。餘惟心照，不宣。

尺・九13　寄根潔上人

春月寸函，并《離珠集》中大作，分編二十帙，托王秀岷兄陸路帶上，想收到矣。秀老在王顓庵先生門下，如未送到，可往訪之。今以泰州黄交三巳〔一〕之便，將前所存八十册，托其帶上，到日幸查收。交兄欲謁主人，弟啓本中已爲道及，又有札達知顧爾兄，并煩吾師同照拂之。不盡。

尺・九14　寄汪扶晨

前月中浣，一函寄復，并先祖先父詩集及非意，亮達雲亭。先集想蒙選定，今摘抄拙稿一册，郵奉有道，不識堪供采擇否也？外舊刻數種，一并呈上，倘蒙鑒定，幸同先集録目示知，以便補寄刻價也。戔戔不腆，并望莞存。月來有欲肆螯噬者，懷抱未免欠佳，俟事有定局，再容詳布。

〔一〕巳：疑當作「兄」。

不盡。

尺·九15 復戴田友

許久未通魚雁，清風朗月，靡日不思，忽拜琅函，不啻親聆塵誨也。《孑遺》大著向蒙惠讀，筆力可繼班馬，心絶愛之，緣拙選名《昭代叢書》，故不便以明季流寇之慘録入，是以未獲借光耳。拙選乙集呈教，餘再悉。不盡。

尺·九16 復王丹麓

前月廿四日，先後尊函俱領到，并知歲底正初兩小札已達雲亭。兼得毛蕭山諸種，及吴舒老、洪昉老種種爲快。内『三年喪』一段，恰與鄙見相符，尤爲契合也。徐虹翁《詞苑》内本朝紀事已經梓就，并洪升老《戒淫録》〔一〕印樣呈上，但尚未校訂，恐訛字不免耳。大作《謟卦》爲若輩小影，較之屠作更妙，當入餘集中。唐翼老《身易》亦可借光入選。丙集尚未足額，先生爲我留心，

〔一〕按：《昭代叢書》丙集收有姚廷傑《戒淫録》，廷傑字升聞，尺·九22作『姚升老』，此處作『洪升』，當誤。

尤爲感佩。前者悼亡大著，承剷去數字，存殁均感，并謝。【復友·新三35、友·新四1】

尺·九17

復汪栗亭

前月十七日一函寄候，附有拙稿一帙，亮不浮沉。續于今月初四日拜領雲章，兼荷佳茗之貺，徐烹細啜，齒頰俱芬，謝謝。徵啓辱勸賤名，可附大選以不朽矣。承諭命弟自作小傳，弟碌碌餘生，無一善狀。近來欲肆螫者，已如春蠶吐絲自縛，又可暫爲安逸。俟稍暇，即將前歲諸公爲弟所製壽文中，采取數段報命。至于上板，亦祈先將選目寄示，然後開雕，其中字句有未妥者，更蘄一爲是正，則感佩尤爲無既耳。亡友殷子日戒存詩一帙，倘可采入數首，其刻貲弟所不敢辭者。王不庵翁寓漢皋時，因弟選刻叢書，曾以其所著小品，暨其友人小品録目見示，及弟往索，則已化爲异物。家貫玉已歸其喪，後又屬其里中族子索之，則云其家竟不知散佚何所。今讀大選中小傳，方知蔣公爲彼保全故物，《太玄》近歸童烏，可爲一快，敢乞先生向其家索出寄揚。開目三幅，一存尊處，一存伊家，一寄弟處，或内有一二種可爲表章者，亦未可知。原本自當繳還，斷不致遺失也。健步行速，王丹老處不及另候，面間代致爲荷。餘不悉。【復友·新三34】

尺・九18

寄褚稼軒

稼軒先生足下：僕生平無所嗜好，唯好讀新人耳目之書，心竊以爲古人一字一句，類能流傳于世，而今人不能，古今人誠不相及。既而又思之，如『黄絹幼婦』之題，如『遠志小草』之對，我輩文人聚會亦復時時有之，其不獲流傳者，特以搜輯記載之無其人耳。近購得先生大選《堅瓠》十集，開卷第一章便是毛會侯先生《古人名雅謎》，又竊自喜以爲幸有同心。及讀至庚辛壬癸四集，拙著俱蒙采録，又復感愧交并，但不識拙作何以得呈台覽，又何幸而遂蒙痂嗜如此也。然尚欲有進者，則又以爲前代風流文采，已經前人采輯，不患不爲人知。今本朝已甲子一週，而諸名家之著作又復不少，鄙見欲先生專取近人小品，彙爲一集，誠屬宇内大觀，不識高明以爲然否？拙著數種郵呈台政，伏惟有以教之。【友・新四23復】

尺・九19

復沈契掌

琅函遠賁，兼拜種種藏書，欣慰無量，容細讀再覆。又荷扇茗雅貺，對使衹登，感謝感謝。承諭拙著《幽夢影》，久未刷印，尊評已借光數條，俟印出，自當郵奉台覽也。吴先生識高學富，渴慕殊殷，雖未親挹光儀，然讀其書，便如晤其人。承著《對問》一篇，煩爲致謝，并《論世》一部，煩代呈覽。又《論世》一部、巾帶二種，聊以伴函。秋半駕按金陵，倘有何手示，于貢院西首訪詒清堂張寓，有兒侄輩在彼應試也。使行甚速，不暇縷陳。【復友・新四10】

尺・九20

寄孔東塘

兩候興居，定當得達，然迄今未叨麈誨，則弟前札疑又浮沉，悵怏何似。顧天老近自闕里來，詢知近履佳勝，深慰鄙私。年先生望重東山，自是廟堂圭璧，賜環寵召，拭目俟之。黄交三兄想久到京，晤間便知揚州近況。茲值便羽，肅候崇禧。臨潁曷勝翹切。【友・新四6復】

尺・九21

上紅蘭夫子

門生張潮謹啓老夫子殿下：五月初旬，友人黄泰來入京，曾具啓本請安，亮已投上。溽暑中，遥想紅蘭殿邸，調冰雪藕，沉李浮瓜，定有錦綉新編，歌咏昇平，增輝霄漢，何樂如之。謹具敝里珠蘭茶一簍、吴下岕片一簍，聊備清供，千祈恩賜檢入，切禱切禱。臨啓曷任瞻依之至。

尺・九22

與王丹麓

前函奉寄，附有徐電翁《詞話》刻樣，姚升老《戒淫録》刻樣，亮已送到。讀洪昉老填詞，真是白描高手，直奪元人之席。其所著《長生殿傳奇》，如有刻本，千祈覓一部寄來。偶于坊間見《狀元圖》，清初數科亦在其内，詢知爲杭城刻本，不識有可覓否？弟意嘗欲將本朝鼎甲諸公，每人作小傳三五行，紀其韵事，或艱于采輯，只紀狀元一人亦可，不識先生能從事于此乎？或世竟有先得我心而爲之者乎？并以奉詢。溽暑困人，不復多及。

尺・九23

與潘幼石宣左人

日前舟中遥望丰采，不啻親奉塵談，以溽暑，不獲面候爲悵。瀆者：貴郡方甦庵老先生，敝年祖也，聞其所著有《寧古塔志》，千祈爲弟覓一册見示，真不啻百朋之錫，如無刻本，即鈔本亦可。鹿鳴在邇，佇聽好音。【友・新四15復】

尺·九24

復汪栗亭

六月下旬一函奉寄之後，越三日，聞健步未行，復具第二函，及往覓之，則已解維矣。閏月十四日，吴綺老處送到台翰，并先祖先父諸稿蒙賜采録，拙稿亦荷痂嗜，感謝曷勝。蒙諭弟詩或有當補入者，弟方以多選爲愧，何敢求益。但既承塵誨，或將四言《凱旋詩》冠于其首，何如？以此作頗爲諸大人先生所賞也。寄上刻貲并前札，伏惟檢入是荷。卓子老俟稍凉，當以《程蝕庵詩》囑之，第不識伊處有其遺稿否耳？所懇王不庵小品，如有可覓，幸惟留意。諸不悉。【友·新四16復】

尺·九25

寄王丹麓

吴寶老扁舟過邗，附有數行奉復，想呈台覽。《文苑异稱》印上五十四帙，檢入是荷。令郎《物表識略》確宜入《虞初新志》中，但内有已見拙選者，如卷鬚丐子之猴，吴孝先家之牛，陳隱士、太原客之犬之類。又有物性本然，非有故事可紀，如蜂之朝王、蟹之輸芒之類，止當與羊跪乳、鴉反哺作一例看，俱欲僭爲逸去。至《物表識略》之名，則未免可商，據自序引班固《古今人表》云云，殊不知文體中之有表，止有二種：其一爲年表，其體定是横列，如某年某國有某事、某國有某事，推之世表、月表，莫不皆然。即《古今人表》亦是分爲上中下九層，上上有某人某人，上中有某人某人，并無每段直書，一行到底者。又一種如《出師表》《陳情表》之類，此則奏疏之别名。今于二者皆無所準，或仍名《聖師録》何如？宣城吴街南先生曾輯《闡義》一書，人之中有義僕、義婢、義閹、義倡、義優、義胥、義兵、義丐之種種，物之中有義禽、義獸、義蟲之種種。彼曾以《義犬記》一篇囑人拙選，弟以義犬事多，不勝其載辭之。承詢丙集，今已得四十餘種，高淡人先生有《金鰲退食筆記》，一時無便人去平湖，不識先生齋頭有此否？或貴知處有此否？并望留神，賜覆爲荷。前所寄牯耕者書目，正爲吴山賓作注脚也。《雙牛歌》附上，又《四破》拙句呈教，先生能一賜佳句乎？諸容嗣布，不盡。

尺·九26

寄平倩叔

超萬弟南旋，得悉老叔大人闔宅多福，深慰鄙私，顧以天各一方，未獲時親矩誨爲悵。侄自己卯歲中落以來，生計蕭條，毫無善狀，即耳目亦漸就頹唐，有不堪爲老叔告者，不識長者能一手援之乎否也？往歲奉贈拙句，方自愧鄙率欠工，而超萬弟復傳台指，重荷賞譽，屬重録上，聞之益增顔甲。然不敢自匿其醜，書之扇頭，并拙刻數種，仰呈台政，幸惟有以教之。外款爵特晋，拙選數部，聊以伴函，伏祈鑒茹。拙選繆爲宇内諸名流所許可，因敢就正有道耳。令親劉伴阮先生，任曾見其繪刻《漢將圖》及關公、觀音種種圖像，精妙絶倫，計鄴架必有之，敢祈各惠一帙是荷。天氣漸寒，珍重爲禱。臨風馳溯，曷任瞻依。

尺・九27

復錢次辰

恭惟老年臺先生，望重三山，文高萬選。落珠璣于咳唾，玉屑紛霏；藴錦綉于肝腸，金針巧度。伊人宛在，時深蒼葭白露之思；鐵甕非遥，徒切蓬島瀛洲之想。忽遺鴻鯉，喜溢鬚眉。辱采芻蕘，慚生頤頰。豈有文章驚海内，漫勞送抱推襟；勉留梨棗在人間，敢惜傾筐倒庋。仰遵台指，就正大方。伏望賜以斧斤，引之繩墨。芟其蕪穢，會點鐵以成金；賁及衡茅，冀抛甎而引玉。臨風翹企，曷任溯洄。【復友・新四12】

尺・九28

寄孔東塘

仲秋捧到琅函，荏苒又將冬半，遥瞻紫氣，如接麈談，忭慰何似。黄舍親斯肯近叨粲誨，尤佩雅懷，所云叢書，遵命奉到，祈代致之。弟數年以來，生計蕭條，頹唐日甚，有不堪爲知己告者。

近作呈教，閱之便能識其大概也。《桃花扇傳奇》邗上已有能演之者，旗亭畫壁，快心可知。惟《小忽雷》全部尚未惠讀，不識能一郵示乎？茲以吴舍親計偕之便，肅候崇禧，尚惟珍攝。臨穎曷勝翹企。【復友·新四6】

尺·九29

寄王阮亭先生

律轉葭飛，一陽初復，老先生大人福履永綏，躬承帝眷，曷勝手額。秋間捧到鼎誨，知小札已達典籤。桐城相國予告南旋，自當遵命于皖城寄候也。汪栗亭舍親極口重荷注存，復承選定《松圓詩稿》，感佩爲劇。茲以吴舍親計偕之便，肅候崇禧。臨穎曷勝惶悚之至。【復友·新四7】

尺·九30

上紅蘭主人

秋月一函，叩候萬安，亮投殿邸。夏間恭呈山茗二種，計日當久抵都城，不識曾呈上否？茲以吴門友人顧嗣立計偕之便，肅此稟候。嗣立向荷垂青，其詩文久蒙聖鑒，進謁時，亮叨恩賜見也。臨啓曷勝悚仄之至。

尺·九31

復良御

細閲大選，實具苦心卓識，超出一切之上，可謂錚錚佼佼者矣。但從來選家，有就文論文者，文苟佳，不必復計其于理合否也，即談理極爲透闢，而文筆粗笨、詞不達意之類，亦必置之；有既論文復論理者，則必取其不悖于理者而後登之，苟悖于理，文雖佳亦當割愛也。今大選于文與理二種，瑕瑜各不相掩，細爲批出，未爲不是，若就鄙見而論，何不專就一途之爲快乎？至若竟思刊布，愚竊以爲未可。蓋以今上有御選《古文淵鑒》，設若大選所評駁者爲御選中所有，或御選所不選者而尊選有之，俱非爲下不悖之義。故弟竊願吾兄衹爲名山之藏，不必爲國門之布，區區之私，如是而已。【復友·新四26；友·新四29復】

尺·九32

復王安節宓草司直

春光駘蕩，花柳争妍，遥知賢昆玉先生道履勝常，新禧迪吉，欣慰無量。除夕前數日拜領琅函，未遑修復，入春以來，俗務紛冗，又值聖駕南巡，鱗羽少便，久淹裁答，職此之由，想高賢定能鑒宥于形迹之外也。盥讀諸大著，莫不令人心折，受益良多，敬謝大教。承索叢書，遵命呈上。

又集唐《緑牡丹詩》一帙，不識能仿佛尊刻《菊譜》之式授梓乎？此種不須他色，止用緑色一種，似易爲力，其匡廓寬窄高低并字畫，統藉重大筆增光，來樣不過草創而已，萬勿遽用以上板也。又《禽言》一帙，一并奉到，或可仿此例爲之，或如王西樓先生《野菜譜》，不用套板，更爲直捷。可否悉惟台酌，需費若干，亦望酌示，以定行止，切禱切禱。坊賈不時往還，郵筒亦甚便也。統惟台鑒，曷勝溯洄。【復友・新四18、友・新四19、友・新四20】

尺・九33

寄褚稼軒

客歲琅函于正月始獲拜領，兼荷頒到十集，暨續、秘、廣、補四種奇書，盥讀以來，歡喜無量。拙著《憶聞録》復荷采録數條，深爲感戢。又承委作餘集序文，雅意殷殷，曷敢自外，漫題數語，就正大方，第自愧不文不能爲大選增重，惟先生改削用之可耳。大著《蟹譜》借光選入丙集中，俟梓成郵覽。茲寄上先祖詩集一部、先君《雲谷卧餘》一部、附未刻二條、家族叔《鬮語》一部，又時賢小品一紙，又拙刻數種，内有可供采用者，千希俯賜收録，深感流通雅愛也。倘餘集已經告竣，此後或仍有何集，統望留神，切禱切禱。附敬廣陵花葛一端，餘東手巾二方，聊以伴函，并惟莞入。臨風馳企，無任溯洄。【復友・新四23；友・新五9復】

尺·九34

寄張渭濱

冬月琅函于今歲二月二十日到舍，甚矣，寄書之難也。細讀來教，知愚二札先後舛錯，此員令親稽遲半載，復托陳西老，以致如此。愚又將尊處寄來前札細閱，則内有仍將原本繳還之語，是以于寫本諸種，鈔録副本存讀，原本奉繳耳，非有他也。至令祖老先生《手讓文》，愚于此等題，藏稿頗多，與《檀几》餘集選例尚有未合，俟思所以表章之法，然後報命。此文係吴門一選家帶去，仍祈再鈔一通見寄。又承詢《漢魏叢書》七十六種内并無《寰宇記》《括地志》等書，愚所見《漢魏叢書》各部不一，或有此而無彼，或有彼而無此，總之此書世無全部。蓋因古人于此未編總目，即失去數種，亦無從查考，惟有遇此等書，不妨重複收買，庶幾可耳，然究不能全也。即《陳眉公秘笈》亦坐此病，愚向有鑒于此，是以拙選叢書，每卷之前及板心皆有叢書總名，復注卷之幾，其各種本名附于其次，庶不致有遺失之患耳。李艾山前歲已作古人，其《壺庵詩集》容訪購奉寄。貴鄉八景，遵命勉集唐句爲詞，另録呈教。又寄上顧天石《鶴邊詞》一部、曹實庵《珂雪詞》一部，統惟檢入。讀令兄老長兄來札，知往都門謁選，故不復另札奉候也。臨風神注，曷任相思。【復友·新三23、新四28；友·新五33復】

尺・九35

寄復靳熊封

風清晝永，緬維老父母年臺先生近祉日新，欣慰無量，復荷瑶函遠賁，兼拜名家雜著數種，深感雅懷，俟讀過從容報命。敝鄉得令弟老祖臺福星照臨，里中定沐恩波，當與舊令尹善政輝映後先，弟雖僑寓維揚，亦復遠叨厦庇也。承詢丙集，尚未成書，然告成亦在不遠，自當郵奉台教。《石經考》蒙鼎力郵清，弟可藉以不負梅耦翁一番委托，何快如之。弟自去冬以來，爲中山狼所困，忝在知愛，并以奉聞。伻旋匆遽，不暇多及。【復友・新四33】

尺・九36

寄復閻百詩

台函及大著忽賁衡門，頓令草堂生色，何快如之。粗涉一過，《詩説》後增三段，前後兩段自無可疑。其第二段，雖前人已有其論，然事涉聖經，何敢輕易從事。即已刻程篁墩一段所引《劉歆傳》，其言最爲明白，今駁者之意，不過以章句與訓詁不同，不可誤混爲一云爾。然若非《劉歆傳》云云，則程篁墩亦從何推詳，而敢發爲『今《詩》出漢儒所輯，非孔子删定舊本』之論耶？又孔子止言『放鄭聲』，并未言『删鄭詩』，昔賢辯之詳矣。即如近年《劈破玉》《呀呀喲》，皆靡靡之樂也，設有人焉，以其腔調爲忠孝節義之詞，則聖人亦在所必禁，何也？其聲淫也。聞樂者止能得其聲，不能悉其詞，聲既淫矣，聽之之人，有不因之而淫者乎？又孔子所謂『《雅》《頌》各得其所』者，如鄰國聘享，不當賦《湛露》及《彤弓》之類云爾。譬之梨園子弟，祝壽則唱《八仙》，婚娶則唱《張仙送子》，雖孔子之所謂各得其所者，未必如是，然亦未嘗不可想見其大概也。至孔廟從祀，張玉甲文宗進賢説亦頗正當，弟亦嘗詢及孟子門人何以不得從祀，或云此已從祀孟廟中，其説未爲無據。但普天之下，不能皆有孟廟，則公孫丑、萬章諸賢，尚不及漢宋諸儒俎豆遍于天下耳。尊著尚未卒業，因恐報答愆期，草率奉復。不宣。

尺·九37

寄吴舒鳬

手教下頒，情文兼至，捧覽數四，如接塵談。承寄紀事諸傑作，向日王丹兄曾以見示，久深企仰，邇日尤悉近履，至性過人，拜服之極。小刻重荷先生及尊夫人賜覽，便足爲下里巴人生色，何幸如之。拙選《叢書》乙集，又舊刻《清淚痕》《集字詩》《聯莊》《聯騷》各一部，聊以就正有道。但不記前者所索是何名目，便中仍望示知，或有未呈教者，又可次第請正也。承允新舊種種諸大著，仍祈郵示爲荷。【復友·新四34】

尺·九38

寄汪栗亭

琅函暨印詩四十帙領到，重費清心，謝謝。《修路》大作具見有心人關切，自是不同，和韵呈教，若用佳句刻箋，或得輾轉傳達于輦下諸公，未必非黄山之幸也，何如何如？卓子老早出晚歸，猝難會面，其《遺民集》即以弟處所有者奉寄。《蝕庵詩》弟曾面囑多選，至於刻費，弟亦嘗微有佽助，但不能指定剞劂何人之詩耳。孫無老尊處既然有稿，不妨寄來，弟轉囑之可也。外札煩致于鼎先生爲荷。【復友·新四36；友·新五13復】

尺·九39

寄汪于鼎

正擬倡和盤桓，而文旌遄發，未審何時再聆麈誨，惆悵彌深。拙選丙集幸已告成，俟印出郵奉台教。其王尊素先生《酒林辨氣》，又某公《顔神廟記》，此外凡有小帙可愛之書，總祈寄示，不啻百朋也。使旋匆匆，不暇多及。

尺·九40

復程雯修

夙欽芳譽，懷想殊殷，忽接琅函，如親道範，兼荷雅貺，何以當之。秖登皮盤一種，以志明德，伽香附璧，謝謝。捧讀大刻種種，知年先生家學淵源，益深佩服。承委剞劂一事，此地雖亦仿刻歐體，然邯鄲學步，終遜吴下專家，恐未必有當尊意耳。來稿囑洪秋翁點定，秋兄鑪錘在手，一經裁剪，便合準繩，今已付梓人寫樣矣。不腆伴函，暨小刻數種，統希照入。臨風馳企，無任溯洄。

【復友·新五1；友·新五27復】

尺·九41

寄靳熊封

前月寸函奉復，亮達典籤。《叢書》丙集托庇告成，然當浮屠未合尖時，尚缺一種，適拜寄書足額，此種因緣，當非小可，謹以樣本呈政。其中尚多訛謬，老父母先生自公之暇，一賜雌黄，俾弟得早爲改正，其銘勒寧有既耶。

尺・九42

復孔東塘

裘葛雖更，夢魂不隔，匪僅月朗風清，纔思元度也。屢欲草數行奉候，緣所聞不一，究不審車騎按臨何地。忽拜翰教，如接塵談，兼悉近祉，欣慰殊劇。弟自己卯年失足以來，日就貧約，然安貧自是讀書人分内事，無足异者，但不無以此失往來賓客歡耳。李大郵《古逸詩選》未見梓行。卓子任《遺民詩》，雖刻有二三百張，恐亦難以竣事。今以其存弟處者奉寄，并拙選《叢書》丙集一部、拙著四種呈教，抛磚引玉，冀頒大刻，以慰調飢耳。敝鄉紫霞茶一錫，聊奉清供，統冀麾存。臨風翹切。【復友・新五11】

尺牘偶存卷十

心齋張潮筆

尺·十1

復汪栗亭

孟秋二十七日接到台翰，暨《黄山修路口號》，知拙句附驥以行，感甚感甚。吴衛漪兄既已選館，不妨多寄之，但適當交游擾攘之秋，恐彼亦未肯便爲傳播，然不妨俟之事定之後也。皇恩蠲賦，昔年曾經部議，尋常年歲，豐歉不齊，田主不能征十分租，類讓去二三分不等，而條鞭不敢分文少欠，則所免者止應在輸納條鞭之人，與佃户無涉，奉有俞旨在案。去年恩免下江，愚兄弟皆有薄田在江都，并無一佃有所言也。小兒家信來云，已拿獲僞造免租告示數人，申報上司，想刁風從此可稍戢矣。卓子老處已達台指，渠力不能留寫樣之人，竟爲他郡有力者拉之而去，弟亦無可奈何，容向彼索所選刻《蝕庵詩》奉寄可也。拙刻《叢書》丙集呈教别駕靳公，弟曾有書與熊翁，想其振興風雅，定當先後一揆，仍望先生左右而襄贊之，則所造于桑梓者非小也。外《集篆感應

篇》一帙，又拙著《幽夢影》補評一帙，統惟檢入是荷。【復友・新五13】

尺・十2

寄朱太史竹垞先生

秋來景物，觸處都佳，緬惟老先生台臺福履勝常，曷勝忭慰。憶曩歲曾以先君《大易辨志》《檀弓問》諸書奉寄，亮達典籤，仰望成書，當與東海徐公《經解》後先輝映，所益于後學者，誠非淺尠也。續蒙郵示大著《騰笑》《蕃錦》諸種，時時捧覽，如炙龍光。近吴門錢子十青傳奉台旨，索及拙著，竊愧雕蟲小技，何敢就正大方，但既蒙垂問，不敢自外于左右，謹以拙刻郵奉台覽，倘可經雕琢，尚祈不憚斧斤，則感佩當無既也。尚冀頒示大集，以當指南，知老先生嘉與後學，當不靳耳。臨風翹企，曷勝主臣。

尺・十3

寄復寧波郡司馬靳熊封

風雨滿城，竟不知佳致何在，忽拜德音，恍如天半朱霞，忽然開霽，快心可知。七月既望，數行修候，係托吴門錢子十青奉到者，并附有新刻《昭代叢書》丙集一部，計爾日當已達崇階。又承賜和《四破詩》，覺鄙人種種腐態，竟可藉大作以解嘲矣，敬謝大教。檀林似有厭世之局，亦是敝鄉一可惜人，想老父母年臺先生當亦爲之心惻也。弟爲中山狼所嚙，迄今未已，將來竟不知税駕何地。近聞栗亭亦爲宵人所噬，一則愛莫能助，一則同病相憐，幸彼有别駕公在，當不致是非倒置，尚勝弟一籌耳。外札煩寄萬季野先生令郎子建年兄收爲荷。臨穎曷任翹切。【復友・新五15】

尺・十4

寄萬子建

夙知四明有季野萬先生，以未讀其著作爲憾。厥後宣州梅君雪坪以《石經考》見示，兼屬弟爲板行，因以悉知學問之淵博，今幸已成書，可不負雪翁一番委托。近接翰示，兼拜種種藏書，不惟知家學淵源，尤足徵孝思之不匱，敬服敬服。拙選已經告竣，當存爲异日之需，謹此布復。小刻數種，附呈台教。臨風馳企，無任溯洄。【復友・新五3】

尺・十5

復葛□□〔一〕

久欽芳譽，未識紫芝。憶曩歲于家小阮貫玉札中，深悉高雅。曾有誦輓太翁老先生排律一

〔一〕按：原版漫漶，然審其札内所言，當是友・新五19葛常夏札的回復。

章奉寄，雖裘葛頻更，而先輩典型猶時縈寤寐間也。忽拜手教，如接塵談。又荷索及拙選叢書，在弟不過窮愁無事，借以消遣居諸，不謂過蒙海内諸名家見賞，以致老年臺先生過聽虛聲，徒滋顔甲。然既叨嗜痂之愛，不敢自外，遵命呈覽，并附小著數種，統惟驗入，倘有謬戾，幸賜教言是荷。臨風翹企，曷任溯洄。【復友・新五19】

尺・十6

寄采三兄

大作美不勝收，朱自老擇其尤者入選，將尊處所寄紙，印就奉上，幸照入是荷。弟常謂今人作詩，不須展閱，便知爲七言律。今尊兄專精五言，即此一節，便已超出尋常萬萬矣。又况爲五律之最佳者乎，佩服佩服。便鴻肅候，不宣。

尺・十7

寄吴寶崖

久不奉教，懷想維殷，大著《題名録記》梓就呈覽，此篇確是傳文，因與叢書不類，故不復援以入選耳。新淮道李公處，不識文駕仍就聘否？并詢。不一。

尺·十8　寄程雯修

蒹葭白露，遥望伊人，知我雯翁先生定多福祉。承委代刻《卧游録》，幸已告成，惜高手刻工俱已入都供役，未免有辜台委爲愧。今將板片寄上，幸賜驗存是荷。

尺·十9　寄程偕柳

烟雲萬叠，通候維艱，春月一函，未審曾呈台覽否？向承索及拙作古文辭，欲入大選《江上今文》之内，今鈔就數十首呈教，倘有可采處，亦望一二篇，不敢求多也。戴田老均此修候，因不識彼近居何處，故久未通候耳。【復友·新四35】

尺·十10　寄復王宗伯昊廬先生

獲侍皋比，恭聆謦欬，勒銘座右，永矢弗諼。復拜德音，兼讀大刻，不啻再親山斗，敬謝大教。承發還《左傳經世》領到，寧都寢食于此，不減征南，乃其生平最得力處，惜鈔非全本爲憾。彼地中有隸在門墻者，老先生馳片楮購之，當可得也。臨風仰止，曷勝主臣。

尺・十11

寄家渭濱

春盡夏初，曾具數行，屬敝連襟申接老奉上，想達雲亭。今祖太老先生《手讓文》，今已梓就，郵呈台覽。不識老弟臺先生有何近著，便乞示知。向承翰示，謂僕《博古牌》不當有『六同』，僕嘗見各種譜中皆有之，如敝鄉汪司馬南溟先生《唐宋七言句》及無名氏所輯之《四書句》《西厢》《琵琶》等摘句，亦皆有之。大抵牌者，原兼骰子而言，牙牌雖無『六同』，而骰子則有『六同』。況凡以片楮行者，皆可謂之牌，如陳章侯之《水滸牌》及汪司馬之《博古牌》，十門、萬門則取《貨殖傳》，索門、錢門則取《高士傳》《貧士傳》，與夫昆山馬吊牌之類，亦皆可以牌名。則僕此種亦不妨以牌名之，祇易其名曰『骰牌譜』，則兩者俱無礙矣。但尚有未慊鄙意處，必俟八九分合式，方付梓耳。知老弟臺不嫌瑣屑，聊以奉聞。附上《今世説》一部、《集篆感應篇》一部，又小刻一部，惟毚入是荷。【友・新五39復】

尺・十12

復柴陛升

緬想高風，末由把晤，雖曾一通音問，而白露蒹葭之慕，固未嘗去諸懷也。承賜尊公先生大著種種，爲若兄所浮沉，真如海上三神山，可望而不可即。今接翰教，未蒙補寄，豈因有鑒于前者之失耶？前札過叨獎譽，尤覺汗顔，復蒙索及拙著，敢以荒齋所有者郵呈台教，尚祈不吝指南是荷。【復友・新五22、友・新五22附；友・新五32復】

尺・十13

寄洪秋岩何義文

夙茹芳名，兼聞俠概，乃一則暫聆麈論，一則徒切神交。祇以弟貧病相仍，菰蘆匿影，以致虚勞玉趾，奉教末由耳。重辱兩賢佳句見懷，兼拜合刻大稿，不啻雙珠聯璧，輝映衡茅，敬謝大教。不揣效顰，并小刻二帙，統惟郢政。承索叢書，俟有便舟，方能奉寄，若健步陸行，不肯携帶，非敢有所靳也。臨風翹企，神與俱馳。【復友・新五20】

尺・十14

寄復程雯修

律轉春回，風和日麗，遥知雯翁先生新祺誕集，多福永綏，欣賀欣賀。元旦接到台札，又承雅惠遠頒，既不敢當，又不敢却，對函拜登，感謝無既。獨菲敬不蒙鑒茹，尤覺汗顔耳。客歲曾具數行，并板片附上，係答項舍親鹽艘，歲内定能奉到也。

尺·十15

寄沈契掌

獻春以來，遥知我閑吾先生定多新祉，欣賀無量。客歲屢接琅函，久未裁答，緣台札中有某月閒有使者到揚之語，弟是以不復寄候。及臘月雲翰頒來，又值歲事峥嶸之際，闕然聞問，職此之由，不識知己能見宥于形迹之外否也？荷佳什，愧不敢當，敬步原韵呈教。向承台諭，謂貴縣是石埭，誤刻貴池，弟向誤以貴池爲貴郡之通稱，故云然耳。苟以邑名而論，則石埭之名惟江南一帶知之，若燕齊秦晋，恐尚有未悉者，不若竟用池州，何如？吴山賓先生處數行答候，統惟代致。又承示珍娘《倚欄草》，盥讀一過，齒頰俱芬。序中以小青相況，弟則謂勝于小青，小青不獨遭主婦之妒，兼以所適傖父爲嫌。今讀《和脂》《唱曲》《作字》《看花》諸什，則令叔武水先生正是風流解人，珍娘即不永年，亦不可盡謂之不幸也。又知先生有江左人文之選，弟將鈔録拙作呈教，倘荷采掇數篇，亦不枉一番神交之雅也，何如何如？

尺·十16

寄復吴山賓

僕向從諸前輩文字中，得悉次尾吴先生清風亮節，真足廉頑立懦。今又得牯耕先生，後先輝映，何珂里多賢，今人敬服無已。客冬接到手書，兼荷見詒大作，高賢點墨，增重藝林，僕之拜惠多矣。敬和原韵呈教，又先集一種，聊以伴函，幸檢入是荷。

尺・十17

寄王安節昆仲

歲華伊始，日麗風和，恭惟我安翁、宓翁、司翁三位先生福履勝常，永綏純嘏，欣賀欣賀。客歲，宗伯公在揚，知宓翁先生送試句容，是以不復裁候。寄到《感應篇》一部，伏惟檢入。沈因伯兄曾來江寧否？所商套板《緑牡丹詩》事可行與否，弟不敢自專，惟静候台示，以爲定奪可耳。歲内屢承石埭沈令親華札，今有字寄候，煩覓的郵致去，切感。

尺・十18

寄吴寶崖

蘇月翁來，接到雲翰，兼悉近履，深慰鄙懷。大著《曠園雜著》，得未曾有，快絶。惜弟《虞初》拙選已成，不獲借光，爲悵悵耳。周公祖賑饑東魯，所索之書，須俟其回署，方可謀之。弟處所有者，亦爲友人携去，無從奉寄，非敢有所靳也。拙選附政。不悉。

尺·十19

寄王丹麓

兩月間，連札奉寄，并《虞初新志》二部，當不浮沉。《涵貞閣詩》繳上，但恐評閲欠精，未免唐突，不識裘夫人能見宥否耳？其小序希賜斧削致去，尤感雅懷。又寄到戴田友《孑遺録》，文筆頗高老，亦可存之篇也。外札煩致毛會侯先生爲荷。【友·新五31復】

尺·十20

寄毛會侯先生

久疏修候，仰止殊殷，時于王丹老札中，得悉老先生近祉勝常，喜慰無量。又頒到《安序堂大集》，時時莊誦，不啻親侍皋比。雖未能亦步亦趨，然寢食苟深，亦當漸有所得，受教正復不淺耳。屢欲抄寫拙作數首，就正于大匠之門，而自顧生慚，往往中止。茲不揣固陋，録《卦變説》一篇，郵呈左右，伏惟有以教之，俾後進之士有所取裁，當亦大君子之所不拒也。臨風翹企，曷任主臣。

尺·十21

寄沈契掌

孟春一函，托令親王安老處寄候新祉，定不浮沉。今抄得拙稿古文一帙，就正大方，倘蒙采録數首，足仞高誼于無既也。但不識大選今已梓成若干，能郵示一二乎？臨風馳企，無任溯洄。永以。

尺·十22

寄大司寇王阮亭先生

春月一函，肅候新祉，亮呈座右。友人自長安來者，莫不極口稱頌老先生大人吐握雅懷，獎掖高誼。潮雖未親炙龍光，然屢叨卵翼，固不啻躬侍皋比耳。拙句奉懷，聊以志仰止之忱，非敢云就正也。臨風翹企，曷勝主臣。

尺·十23

寄紅蘭夫子

春初曾肅數行，恭請萬安，亮投座右。入夏以來，風和晝永，華萼相輝，遥想新編，又當插架，曷勝景企。奉懷拙句，聊志鄙忱，非敢云就正也。臨啓無任惶悚之至。

尺·十24 復張渭濱

五月十五日接到琅函，兼拜藏書種種，謝愛無量。但愚又有復札，内附有《手讓文》刻樣及《感應篇》《今世説》，不識何以尚未達雲亭也。正誤一帙，深感雅懷。《八景》拙詞，復蒙改正，老弟真吾師也。但謂愚不當作寒儉相，則非知己之談，吾自安吾之貧而已。《張文昌全集》其板片不知何在，無憑購訪。至舊作《廿四孝贊》，其改本亦不復記憶，原本尚存一册，遵命呈教。浣讀簡而文倡和，不惟塡詞妙絶千古，而珂里山川景物，如在目前，尤足令人神往也。《虞初新志》前所奉寄者，似是一十二卷，今又續成八卷，共二十卷，一并呈上。餘詳别楮，不盡所懷。

《集李詩序》：南思仲或即是師仲先生，『師』訛爲『思』。或别是一人，俱未可知，不能定其爲誰。

《集李》訛字：諸刻本訛字已經看出，因循失于改正者尚多，嗣當改正。

《梅花詩》『江山如有待』二句：果然誤用，今改爲『江山且相見』(《逢劉主簿弟》)。其所以誤用者，因四舍弟質生將杜律逐句照韵分開抄成一帙，僕即照樣本録出，未之細考。猶憶《雁字詩》曾用『北風隨爽氣，南斗避文星』二句，一注《送李勉》，一注《送李大夫》。已經梓就，偶爾心動，以爲世間安得有如此天然妙句，因查杜集，知是本來對句，急急改正。如此之類，想集中尚不止此，亦未可定，而世人細心如吾家渭濱先生者絶少，竟無一人看出，今承指破，感甚感甚。

《集杜》因有分韵底本，是以集之，又因杜而及李，台諭所云『所集非所習，宜集陸放翁或晁無咎』，所見甚高，然邇來懷抱欠佳，不復能從事于此矣。

《叢書》金砂相半，誠哉是言，非不欲排砂簡金，亦勢有所不能耳。然諺亦有『百貨中百客』之説也。

《乞者王翁傳》：『鐶』改爲『釧』，是。

《再來詩讖記》：此似是實事，非子虚烏有之辭，然一經道破，實覺可疑，乃作文者未之思，并未之詳考耳。有徐巢友者，其生平甚可傳，又有石帆、石顛者，事亦甚佳，僕擬各作一傳，亦以一切姓字地名俱已忘却，然終不欲没之。若作文，亦只用某某而已，即如《論語》中『某在斯，某在斯』，亦未爲不可也。

《新志》中欠分桃割袂一流人，想吾家渭濱于此道亦復鍾情不淺。向日曾有友人著《前魚厲禁》一小帙，囑入叢書，僕以爲方今之世，好此道者，上而公卿，下而士庶，滔滔者天下皆是也。京師『兔子』，尤爲赫奕，我雖生平未嘗其味，然以意度之，定有一種别趣。蓋天地間凡憑空創造一事，本非正理，而竟能流傳不廢，當非無故而然也。即如女人纏足及高底，不可謂非矯揉造作，然小脚之可愛者，實足令人消魂。又如吃烟，亦甚怪誕，然吃之既慣，便覺有不可須臾離處。設潘安、衛玠復生，與之促膝談心，固所願也。今十九卷《吴觚》内已載入一段矣。

尊意謂方今之人，非八股不談，非科第不重，此是明末風氣，今時又稍异矣。天下甚大，從事于格致誠正之學者，不可謂無其人，敝鄉紫陽書院會講本子，惜此間無之，不能奉寄也。

大著《追尊興獻説》極是不易之論，但父子互易，實于情義有所未安。竊謂獻宗之子凡十有三人，如益端王、衡恭王、榮莊王，皆有數子，何一不可以入繼，而必取一子于興獻之後乎？爲世宗者，當思父後止我一人，力辭大位，東向讓三，南向讓再，揆之天理人心，庶乎允當，乃心貪大物，顧此失彼，顧彼失此。苟律以《春秋》之法，則不免使其父爲無後之人，即使别繼一人以嗣興獻，揆之父母之心，樂乎？不樂乎？又况世宗之母現存，不肯安于其位乎！從來母以子貴，今已身爲天子而母仍爲太妃，于理則合矣。然不免拂乎母意，無一而可者也。【復友·新五33；友·新五45復】

尺·十25　**復吴聖聞**

卧病邗關，人事都廢，忽承芳訊，兼拜高吟，不覺塵囂頓息，快慰可知。敬步原韵奉答，但過情之譽，徒增慚恧耳。小刻數種郵呈台教，仍者未經印出，他日自當續寄也。臨風拜手，曷任溯洄。

尺·十26　**寄吴寶崖**

七月初旬一札，囑王丹老奉寄，附有周燕老《印人傳》《讀畫録》，計中元當到雲亭。今又寄來《閩小紀》二册，幸登鄴架，并示報章爲荷。湖上有新出奇書，幸示一二種，以新耳目，何如？

尺·十27　**寄王丹麓**

許久未通魚雁，懷想殊殷，想松溪先生定多得意新篇也。奉到餘集十册，尊意中有欲加評者，不妨補示數條，何如？前月一函寄復吴寶老者，囑送尊處，想當不誤。今又一函寄之，統惟代致爲荷。

尺・十28

復王丹麓

二十四日接到十八日來台札，知九月二十之札已到爲快。但外有周燕老《閩小紀》寄吴寶老者，曾囑其送尊處，今來札未之及，何也？若將此書寄去，不惟可釋先生乾没之疑，且可爲弟洗吝書之愆矣。其七月十一之札，此舍侄不久來揚，容面詢奉復。大刻《得閒録》可以銷夏辟寒，且足爲博雅之一助，謝謝。承索《今塵談》選樣，略書數條呈覽，祈爲弟留神爲荷。《今世説》大選中亦多有借光處也。《問奇一覽》下卷補上，幸檢入。柴陛老《海外紀聞》恐屬挂一漏萬之書，似尚未可入選。弟丙集中《臺灣隨筆》以其新入版圖，故爲可貴耳。不識高明以爲是否？

尺・十29

復吴寶崖

屢函寄候，半屬浮沉，曷勝惆悵。院署台札于廿四日領到。承索周燕老《讀畫録》《印人傳》及《閩小紀》，一是七月十一日奉寄，一是九月二十日奉寄，不謂王丹老處未收，容詢明奉復。先學憲爲文康相公門人，是弟于中丞公誼爲世侄，素荷青盼，今復有人乎穆公之側，則弟可無倂美之慮矣。家印宣札及郭于公兄札隨各送去，想自有回札。所云陳定九《留溪外傳》，遵教奉寄，計七册，幸檢入爲荷。【復友·新五40】

尺·十30　**復葛文度**

月白風清，懷思殊切，忽接翰教，兼拜佳吟，徒增顔甲。弟拙訥無似，于世間事一切不諳，僑居此地，借鉛槧以自娱，亦止消遣光陰而已。不謂過蒙痂嗜，檢之架上，皆爲坊賈取去，俟印出再容報命。拙句聊以奉酬見懷之雅，書扇請政，伴以《感應篇》一册，檢入是荷。黄令親所有種種大著，閲其書目，不勝狂喜，容當索之，先以拙著請政，聊以代一絲之鈞，當不虚弟之所望也。葭蒼露白，曷任溯洄。【友·新五43復。】

尺·十31　**復章大來**

琅函遠賁，如裒芝光，兼拜瑶編，飽資高論，敬謝大教。但奬許過情，徒滋顔甲耳。大著中所疑《檀弓》數條，先君子曾有别解，今特寄上。其《改元補遺》，容補付梓。其許又老《西賓紀略》，俟閱過奉復，至所云《虎史》《綿蕞》諸未刻奇書，若能借讀，真不啻百朋之錫也。珂里中萬壑千岩，地靈人傑，時賢小品，想當插架，何羡如之。附上拙著，聊供噴飯。蒹葭在望，曷任溯洄。【復友·新五38；友·新五47復】

尺·十32

復戴田友

許久不接田老台函，相思殊切。向接程偕柳兄字，知先生同彼有《江上今文》之選，索及拙著，弟鈔得一帙寄郎川學署，不識果有此盛舉否？章大來兄一函煩代致之。大著《孑遺録》便中仍望惠數帙。餘嗣布，不悉。

尺·十33

復王宓草

鯉斷鴻稀，忽承芳訊，千思萬憶，一時都釋。况有奇書種種，讀之便覺禦寒有具，其爲拜教，何可勝言。春後台函并未拜領，不知浮沉何地，倘其中有見覆之語，不妨頻頻補示也。曹織部向爲風雅主盟，今移節司鹺，恐又有一番新政矣。外札寄覆沈令親者，煩爲郵致是荷。

尺·十34　復沈契掌

手教下頒，知拙稿已叨選録，喜慰殊甚，但過承獎譽爲不安耳。大選須盡絶情面，寧嚴毋濫，仍須自辦刻貲，庶不爲人所制，何如何如？《十有詩》占盡世間清福，羡甚羡甚。若弟百無一有，近年自號『三在』：其一田尚在，不須買米；其二屋尚在，不須僦住；其三此身尚在，未就木也，附録以博一笑。先集一部奉到，内如《辯志序》《井田辯》《性論》諸大文字，千乞入選，弟不敢忘德也。

尺·十35　復櫟亭上人

許久不聆法語，忽接翰教，直得三日耳聾。大刻亦是竿頭更進，敬服敬服。齒木茶及菊茗、藥豆拜登以志雅貺，謝謝。大和尚乃學道人，一具皮囊直可等之夢幻泡影，何必爲塔墓計耶！自古公禁云者，想焦山止可瘞鶴，不可埋僧耳。心齋饒舌，忽然道破，罪過罪過。刻價一金附敬，聊以代瓣香也。餘惟珍重，不宣。

36

復張渭濱

兩拜琅函，兼承款爵、羢巾寵貺，但不識老弟臺先生見惠台指，我輩文字素交，不當以此身爲溝壑。僕今年五十有五，『惟庚寅吾以降』，并非當旬，今無處而餽之，是貨之也。無奈既已鐫字，又不可以返璧，苟欲依樣葫蘆，未免落套，恐非高賢所喜，是以靦顏拜登，銘謝銘謝。台示正誤，拜教良多，别楮奉復。所云《今世説》僕不獲與其内，蓋丹兄成書在先，與僕相知在後，即先學憲亦未與名，何况于僕。貴鄉孫、王、李三先生或詳或略，誠如台諭所云，在著書者初非有所軒輊也。《咏物詩》附以詩餘，未嘗不可，然拙著《花影詞》意欲另刻一集，是以不復載入耳。又骰子雖有三同，而諸譜不載，亦自有説。蓋四同所貴，原在巧合，如幺四合爲五、幺五合爲六之類，名曰合五開，若幺與六、二與五，則無所合矣；又如四搭三五、五搭四六之類，名曰合搭即合六開，若三六搭五、二五搭六，則無所合矣。總以所配之兩色與四同有情，便可從詩詞取義。若三同奪錢五，三同十四點，此五點、十四點與三同絶無關合矣。按三同奪錢五凡八牌，三同十四點凡三十四牌。然奪錢五，則限定五點，不可減而爲四、增而爲六。獨十四點者，不許減而許增，吾不知其何説也。今尊意以爲當補入三同，愚則以爲不若將奪錢五之八牌，及恰好十四點之十五牌，俱選句以象之，并注酒政其上，即以台銜署之，鏤板共行，亦一韵事，可否悉聽裁酌，何如？承委《八咏全集序》，草就呈教，如可用，乞改削用之，不可用，則爲我藏拙爲荷。王、李兩序俱佳，真珠玉在前矣。刻就大作《游慈峨山記》，又《感應篇》《張文昌集》《浮園詩》《珂雪詞》《黄山賦》《檀几叢書》餘集俱各一部，聊以伴函，伏惟檢入。餘祈珍重，不宣。【復友·新五39】

尺·十37

寄顧俠君

盈盈帶水，通候維艱，遥知我老世臺先生坐擁書城，樂逾南面，何羨如之。坊間購得大刻《元詩》二集，雕鏤精工，合之前刻，允稱雙璧。弟常見今人重價購求宋板，究之鮮真多贋，若以《秀野草堂》大刻較之，似覺後來居上。設遲至數百年之後，大刻直可駕宋板而過之矣。武林吴寶崖年兄郵字與弟，弟無從報命，今送尊處，祈鼎力妥致之，切禱切禱。臨風馳企，曷任主臣。

尺·十38

寄王慎旃

陽春布澤，萬象咸新，恭惟年臺先生福履永綏，鯉庭多吉，欣賀欣賀。年兄王謝名家，蜚聲文苑，其爲健羡，何可勝言。客臘接到台函，屬徵尊翁先生壽詩，時以歲務匆匆，未遑裁答。今特寄上，但以迫于冬底，箋簡横直，不無舛誤，敢祈原宥爲禱。尚有微儀奉祝，容于二月間，有舍弟歸

里之便寄上，先此布聞。春水方生，曷勝神往。【復友·新五41】

尺·十39

寄復葛常夏

斗轉春回，風和日麗，恭惟老年臺先生純禧屢介，多福永綏，欣賀欣賀。領到台函，知客歲奉復小札竟屬浮沉，深爲駭异。弟彼時曾有拙句，書之扇頭，又《感應篇》一帙，係交吴東大店内奉寄者，不當失誤，容細查報命。今郵上《虞初新志》一部，送到之日，望示好音。承惠紙貲，本不當領，但恐爲鱗鴻所得，反覺虛負雅愛，是以不復奉璧耳，亮之爲荷。蒹葭在望，曷任溯洄。【復友·新五42】

尺·十40

寄復周榕客

杜門陋巷中，忽有异光自天而下，接視之，乃老年世臺先生華翰也。捧函盥讀，感愧交并，陋識謏聞，重辱過情之譽，何以當之。憶先君與太老先生文字之交，頗稱莫逆，弟雖未親炙龍光，而先集中有大序存焉。又于令弟燕翁老祖臺處，索得《印人》《讀畫》《書影》諸種，時時莊誦，不啻親侍皋比也。拙刻聊以自娱，不謂過蒙痂嗜，第苦刷印維艱，敢以荒齋所有者，先塵記室，中多訛謬，尚祈是正爲荷。仍數種，俟印出即送令弟燕翁祖臺署中，續呈台政，何如？佳畫拜登，以志明德，謝謝。外具先集三部，聊以伴函，統祈鑒茹。臨風馳企，曷勝主臣。

尺·十41 寄祝王丹麓

柳綫垂金，花茵錯彩，恭惟我松溪先生名重蓬壺，望隆陬澨。古希大慶，同道增光，擬泛一葉扁舟，恭申頌禱，奈俗緣羈絆，未獲如心，惟遥望霞舉堂中，私致岡陵之祝。不腆微儀，伏祈鑒茹是荷。正月一札，并與令郎年兄札，及詩箋奉寄，係貴郡沈雍若兄手，雍老身任魚雁之責，此後郵筒，竟不妨托彼也。

尺·十42 復葛文度

兩函領到，知前者舊牘粗箋俱達雲亭，鄙私稍慰。讀黄先生詩集，可想見其爲人，而集字以補《桃李園詩》，尤爲新妙，弟亦效顰數首，録呈台政。又舊刻一種，暨叢書二集，一并奉寄，幸爲驗收。外一帙煩轉致黄先生爲荷。黄先生《藝菊譜》既有藏書，千祈鈔一帙見示，切禱切禱。《二十二君子贊》真持世之編，敝鄉趙恒夫先生《續表忠録》紀載最爲詳備，惜坊間無從購買耳。貴郡雲臺山，昔年家侄貫玉挈小兒往游，曾爲弟述其概。今讀貴友游記，益覺令人神往，從來名山勝境，斷不致湮没無聞，世不乏有心人，必有能傳之者，正不必以拙選爲重輕也。臨風裁復，無任依馳。【復友·新五43】

復王宓草

尺·十43

文旌兩賁蕪城，俱在翠華巡幸之候，以致未獲圖晤，惆悵可知。方不圚先生來，深悉賢昆仲近履佳勝爲快。讀令兄《救火論》，覺古來王政自是不同，近年揚城救火之具頗知預備，然總不若防之于先爲尤要耳。今年正月之火，六月之水，皆是出乎意外，大异尋常。舍下水幾盈尺，舍侄家則水深三尺餘，有詩紀事，弟亦和以四章，附呈一笑。【復友·新五49】

復王司直

尺·十44

積雨連綿，荒田數畝，皆在大浸中，將來竟不知飯出何所。承贈集句詩，皆取吾張典故，何以當之。亦欲集一篇奉答，無奈縣吏催租，未免敗意，僅得『王郎拔劍起舞斫地歌莫哀』一句，先以奉寄，容另日别集一篇呈教，何如？佳畫領到，對之如坐葡萄架下納凉，謝謝。《幽夢影》遵命奉

上，凡四册，又《雜組》一册，往歲定已呈教，但又有新增者，故不惜再寄也。【復友・新五50】

尺・十45

復王丹麓

沈殿老來，接到台札及《牡丹亭骰譜》并擲還鄙意，又領到大刻。今又接到七月二日一函，内有《函真〔一〕閣詩詞》，始知弟所寄回札竟未得達。查閏月十四日，有族叔歸里，曾囑帶一札，内有『菲儀何以不蒙鑒茹』之語，并擬《牡丹亭骰牌》一單，此君少年誠實，但恐拙于托人，俟詢明奉復。弟今年二月以來，事多拂意，其丁集及《今塵談〔二〕》尚在從容也。又承問三方外，其中洲乃敝鄉黄山方丈和尚，係丹徒人，乃今相國家素存先生族叔，所著有《木蘭花詩》百首，又《集句黄山賦》，弟爲集句作序，曾經御覽，傳聞有才子之贊。或以爲贊賦，或以爲贊序，皆不得其詳也。至天則、藻瀾乃其侍者，不復記憶爲何處人矣。黄交三今在都門，宗醴陵鄉居不入城市，所寄箋紙，容别圖報命，何如？

〔一〕 函真：尺・十19、尺・十一2俱作『涵貞』。

〔二〕 塵談，尺・十28作『塵談』，是。

尺·十 46 寄汪于鼎

前歲一函寄候起居,兼索《酒林辨氣》及《顔神廟碑》,其時栗亭令兄尚在,屬彼送珂里。伊回札云已致去,其非浮沉可知。但迄今未接報章,不曉何故。大刻《明二布衣詩》足爲吾鄉生色,快甚快甚。年來有何新著,示讀爲荷。

尺·十 47 復沈契掌

捧讀琅函,如親道範,兼拜佳咏,尤荷齒芬。年先生古道高懷,真爲近今罕覯,謝愧交并。承委各札,俱着价同貴紀綱送去。倪永老已將尊稿選定,内小傳數行,望先生自撰付來,以便登板,伊不日去杭,其刻資渠不肯任,弟當代付,不敢復勞清心也。敝世兄吴綺園處,送書之日,適當報捷之時,索有回書奉上。卓子老處,得古牛先生詩,定應入選,其人自是可傳,弟當代達台指。蕭靈翁『能事不受相促逼』,恐一時未能即有。家諧石病餘,艱於奉復。三舍弟進也承雅惠及之,具名奉謝。王丹老處,俟小兒由浙歸里,屬其送去,小札中當道雅意。倪永老雖亦即去杭,然若輩如閒雲野鶴,是處可留,不能必其行止,不敢付彼也。承委古磁佛像,果是奇特,隨約古董客數家賞玩，據云惜頸上有斷續接痕，又頂上螺髻旋紋及下頦虬鬚旋紋，各缺其一，誠恐一時難售。弟隨同尊管面驗，果如所云，今仍繳上，非弟不盡力也，亮之爲荷。大作僭評兼有妄誕處，弟不敢自以爲是，未識能邀鑒宥否？台惠祇登石刻一種，畫册藉璧，香牌、筆閣聊以伴函。外又《幽夢影》遵命奉到三册，統希崇照，不盡所懷。

尺·十48 復張渭濱

溽暑中忽拜琅函，兼得大著《秦腔論》，快讀一過，如置身魯橋八景中，聽抑揚抗墜之妙，不禁色飛眉舞也。愚嘗謂凡事一有妙處，定能動人，原不妨自我作古。如詞曲，有譜有律固佳，即無譜無律之腔，亦未嘗不佳。宋之詞，元之曲，已各成一世界，獨明朝未聞别立體裁，惟《挂枝兒》《打棗竿》之類，可云妙絶千古。我朝數十年中，變爲《劈破玉》，猶有紀律可循。若近年之《倒搬槳》《呀呀喲》，聽之頗覺悠揚入耳，至考其詞，不獨句法多有出入，亦且粗鄙可憎。不識貴地秦腔在元曲宫調之内乎？抑另成一種文字乎？或全本故事乎？抑零齣雜劇乎？《元人百種》止取其曲而已，至於故事之悖謬，説白之粗惡，關目之疏略，無醜不備。考其所以然，則以曲爲文人所填，白則伶人所製耳。愚竊以爲有好腔無好詞，則徒負此好腔，有好詞無好腔，則又負此好詞。夫造腔非我輩所能，若握管填詞，原是我輩事。愚雖不知秦腔故事詞曲之可否，然以意度之，似必經我輩文人爲之定其故事之是非、詞曲之優劣，庶幾不負此妙腔耳。我渭濱先生以爲何如？舍弟遺卷重荷兩先生台評，所謂一經品題，便作佳士，謝何可言。復檢出舊日華翰，所云欲作《家禮補》，此大有功世道之書，不識曾脱稿否？其《手讓文》訛字已經改正。偶作《南北禮考》，未及修飾，附呈大教。不宣。

尺牘偶存卷十一

心齋張潮筆

尺·十一1

復柴陛升

兩奉琅函，兼拜佳製，低徊往復，如獲百朋。不謂《牡丹亭》忽現八股身而説法，雖欲不推爲絶調不可得也。向承示大著《海外紀聞録》，壯游博覽，自是奇書。奈弟今春復墮坑阱，不敢作鉛槧之想，存之笥中，以當卧游，亦不啻隨侍高賢，翱翔瀣瀣也。舊刻向已塵覽，不復更寄。近作《南北禮考》呈教，聊供噴飯云爾。

尺·十一2

寄王丹麓

前者台札到之次日，隨具數行交原舟子帶上，内附洪秋老奉祝詩箋，又《奚囊寸錦》目録，定不浮沉。徐天老集字詩甚佳，惜不能以拙製呈教爲悵。近作《南北禮考》，又《寸錦圖》數幅，并《錦例》奉寄，以博一笑。諸貴友中如柴陛老、徐天老、張蘭老諸君皆可呈教，閨秀中如吴山先生尊閫錢夫人，及諸令親如馮又令、顧啓姬、林亞青、柴季嫻、洪止安、李玉山、錢雲衣見《三婦評牡丹亭》序跋，如涵貞閣裘夫人暨其令親，倘能得其吉光片羽，尤爲感佩，但不可與道學先生見耳。去冬吴寶兄亦曾留題數行，若先生，或俟梓得二三十幅，再懇大序可耳。外札煩致柴陛兄爲荷。

尺·十一3

與聶晋人

承諭弟所作《木蓮花詩序》，「花」當作「華」，如《妙法蓮華經》之類，甚是。至「岳中洲」當作「中洲岳」，亦甚是，弟亦知之。但思古有「洪覺範」之稱，考《指月録》，「慧洪」者其名，「覺範」者其號，則上一下二，上名下號，亦未嘗不可。但以洪覺范相況，太便宜却黄山和尚耳。《法華百問》頒到，尚未撿閲，既出自聖嘆手筆，此公心細而手辣，必有可觀，俟抄出一本讀之，原本仍當奉還也。又萬紅老《碎錦圖》，尊處既有寫本四十種，千希帶來，以便與彼之刻本合爲全璧，真千古快事。然弟亦不敢望先生割愛，祇欲依樣畫葫蘆，描一副本以爲珍玩耳。

尺·十一4

寄張渭濱

六七月間一字煩申令親寄復，亮不浮沉，但尚仍有數條未及，今不惜再瀆。承詢《三家詩》評語未著名氏者，此書原是卓子老所點定，無力付梓，囑愚與柘園代爲雕板，故不復列爲誰氏之筆耳。沈隱侯《八咏樓詩》未見有新刻善板也。大作《家禮補》曾脱稿若干？今于時人所作中鈔得幾篇奉寄，或齋頭所已有、所未有，不暇計矣。耳目所及，有亡于禮者之禮，欲草數條奉聞，懷抱欠佳，未之及也。便鴻率候，不宣。

尺·十一5

復王安節

弟之仰望于王先生，不啻如漢武之于神仙。去冬拜領手教，因在使院，是以無由覿面。今又接琅函暨佳刻，益深懷想。織部公既公出，而先生又無刑名、錢穀之掌，出入可以自由，聽于何時，預示其期，以便拱侯可耳。近作繪圖，苦無副本，以末册呈教，聊代廋詞，何如？恐貴紀綱久待，草率數行，惟亮宥是荷。

尺・十一6　復余同野

弟去歲再失足坑阱中，較之先生歷閻王壁、登天都峰爲更甚。蓋先生仍是本來面目，而弟則青氊舊物，毫無所存，猶幾不免于中山狼之口，是以暫避鄉間。高賢枉顧，竟不獲一倒屣，其爲罪歉，誠子犯所云『臣猶知之，而况于君』者，不識大君子能宥之于禮法之外否也？細讀大作，高懷逸致，飄飄欲仙，與匡阜黄山不相上下，拜服拜服。擬草數行，以附不朽，俟喘息稍定爲之，又恐台旌行速，先行繳上。小刻數種，寄呈台政。臨穎曷勝惶悚。

尺・十一7　復王丹麓

貧困餘生，復遭横逆，不謂弟之末年潦倒，一至于此。今歲曾有兩函寄候，接翰教，知屬浮沉，殷洪喬嫡派，古今一轍。弟生致全無，意興索莫，無復筆墨之想。止舊製一二種，無力付梓，姑以樣箋爲先聲，或世有侯芭其人，未可知耳。《尺牘》小刻印出時，原欲奉寄，而不遇的郵，未久即爲人攫取殆盡，然必踐前諾也。至于丁集，雖無其力，頗有其心。若張生不即就木，或叨天祐，衣食之外，稍有赢餘，仍當從事于此。若今，則不敢作此痴想矣。小箋附政。不宣。

尺·十一8

復周榕客

憶乙酉歲拜領琅函，隨草數行暨拙刻奉復，并候新禧。日月幾何，洊更裘葛，屢于令弟燕翁世祖臺治宇中，得悉老年世臺先生近祉。專盼旌節榮涖南邦，俾叨二天之戴，尤爲手額也。弟杜門自守，不惟與人世久謝往來，而潦倒頹唐，一切文事都廢，即燕翁署中亦不敢輕易晋謁，非欲以閔仲叔自居，或亦固窮自愛之道宜爾也。静卧之餘，忽承芳訊，兼知檄促前諾，令鄙人慚汗無地，謹以荒齋所有者補奉典籤，第恐不足以當大方劍首之一吷。新著定是等身，未蒙頒示，投桃李以盼瓊琚，知大君子當不靳耳。小箋附政，閲之便知弟之近况也。臨穎曷勝馳溯。

尺·十一9

寄朱竹垞先生

旌節按揚，未獲飽承提命，悵惘殊深。側聞《兩淮鹺志》藉重燕許手筆，超前軼後，定足千秋。不揣冒昧，以拙作數首仰呈硯左，倘荷老先生采録一二，則拜德當與此書并永也。臨風翹企，曷勝主臣。

尺・十一10

與張渭濱

淑氣初回，晴光載轉，遥知我渭濱先生新禧迪吉，純嘏天申，欣賀無量。客歲屢欲修候，以拂逆頻仍，胸懷作惡，因而未果，計老弟臺必以我爲疏懶太甚，而不知其非也。閲邸報，知嘯翁老長兄先生遭此拂意，深爲扼腕，然轉日回天，又可爲將來嚮用之地，正不足介意耳。往歲所梓大著《游嵯峨山記》，承示改本，愚即交梓人處，因若輩皆在醛憲雕刻《全唐詩》局中，無暇及此，及欽工已竣，再往促之，則原稿不知失落何所，幸再以改本見示，定當有以報命也。拙著《奚囊寸錦》無力梓行，先具一箋，爲募助之地，高賢得毋笑我痴絶乎？承柘邨王先生華翰下頒，不知幾經轉折而後到舍，兹具數行奉候，聊以寄蒼葭白露之思，幸爲代致踧踖爲荷。拙著一首呈教。餘容嗣布，不盡所懷。

尺・十一11

復王柘邨

客歲捧到琅函，兼領大著，捧覽珍重，如挹清輝。屬以失意之餘，復遭横逆，致淹裁答，罪歉彌深。兹值玉曆初更，遥知老年臺先生新著與新禧正復相等，其爲手額，何可勝言。弟生平無所嗜好，雅好讀書，海内名賢不我遐棄，因得從諸君子游。然十人之中，識面者裁及其半，其餘皆屬神交，即如華宗安節先生昆玉三人，近在秣陵，僅于宓老握手，安翁雖在醝使署中，亦未能一謀面，他可知也。小箋數幅，附呈台政。臨函悚仄，神與俱馳。

尺·十一 12

復李步青

朽蠹乾螢，久已謝絶往來，屏棄楮穎，不復與人間事。忽中舍親枉過，遠承芳訊，兼獲捧到尊公先生大集，雖未暇展讀，自是鉅麗鴻裁，俟容卒業再覆。但弟素不操詩文選政，或有友人從事于此者，弟當代爲留神可耳。台諭索及拙刻，年來無力刷印，謹就荒齋所有者，就正高賢，恐不足存也。郵人倚馬，先此報命，不宣。

尺·十一 13

再寄李步青

是月初旬，曾草數行托申舍親暫復，想呈苫次。適有敝友選刻《歲華紀勝》《群芳紀勝》二種，謹將尊公佳稿屬之，已各借光入集，兹各印四部郵奉台覽。尚有松江友人倪君永清選刻《詩最》，其初集、二集、三集皆已行世，部頭頗爲冠冕，聞其不久來揚，當以笥存大集托之。蓋諸選家遴選雖多，不過以分編應世，欲求全部流通，未易得也。惟此翁頗易成書，以其孑然一身，并無家室之累故耳。老年臺至性過人，孝思諄切，恐勞盼望，是以不惜匆匆再瀆，其中委曲，想申宅能悉之，此不復贅。

尺·十一14 與張紫裳

新安張潮謹白紫裳先生足下：潮與賢橋梓素非相識，止因昔年有梓人周長年來，云『張紫裳相公其乃尊九達相公所著《四書會意解》無力梓行，若尊府肯爲授梓，不但伊父子歿存感德，即我輩攬此一宗生意，亦沾台惠』等語。潮時尚有綿力，徇其所請，以爲表章遺書，亦屬吾儕高誼，原非藉以牟利也。其時周梓人云『此書尊府無有副本，難以校對錯字，不若仍煩紫裳相公處看樣，但伊以處館爲生，須量與酬勞，今已同劉以遜舍親與彼議明，酬以四十金。止望尊府二十金，仍者我與劉以遜共認與之』等語。潮時即如數付清，此康熙三十二年事，今周雖死，劉尚在，可問而知也。潮與足下相識往還，從此而始。未久，足下選刻《制義必讀文》，屬潮爲序，又選刻韓柳歐蘇四家文，亦屬潮爲序，又索紙印此二書，往還書札不一而足。至三十六年《會意解》始刊成，潮實用銀七百餘兩，無非爲表章遺書起見，是以每卷之首行刻『張九達先生會意解』，次刻『江都張庸德紫裳補』，後刻賤名參閱，其表章亦云至矣。詎意四十四年二月初七日，張印宣兄過舍，云

『紫裳兄言宗兄昔年曾有所允，迄今未與』云云。潮聞之，不勝駭异，回以并無此事，若果有所允，則彼時何不索去，而肯遲至八九年之後乎？此不待智者而後知也。及至二十二日，突有胡堯秀兄諱之澤、靳潜庵兄諱龍光諸人枉顧，云係『紫裳兄橋梓門人，此書曾允謝銀八十兩，向止收得四十兩，仍者未收』等語。潮益加駭异，隨以回印宣兄之語詰之，伊輩云：『今王元臣刻第二回，是以來説。』潮隨取舍下印本與看，咸云『此是原板』，隨至坊間取書來看，咸云『此是翻板』，潮隨檢邊筐肥瘦及筆畫欠缺處相對，并非翻板，毫無异同。方知紫兄喪明，貴門人借此爲彼醫治。舍弟輩勸云：『孔子有言，「故者毋失其爲故」，贈以數金醫治，亦不失爲厚道。』但潮自己卯年中落以來，日就消乏，勉力贈以十金，足下亦回有謝帖。潮方知所謂紫裳先生者，其爲人竟是如此。不意今年三月，足下突又作字復申前説，云王元臣又刻第三回，當年議定每刻一次，謝彼銀八十兩等語，潮更加駭异。據云『所議定例，始自龔爾瑞叔侄，後爲周長年等所改』云云。夫所謂定議者，必見之紙筆方可爲憑，即如岱寶樓王元臣領板印賣，亦是周長年、劉以遜立有着押議約，不知足下所言，有何着押議約爲據否也？若云與龔姓有議，則何不與龔刻而乃與周，反捨多而就少耶？又據云『萬無此書止得四十金即賣斷之理』，此語尤爲可笑。夫所謂賣斷者，滅却著書人姓名，另换刻書人姓名，方可謂之買賣。今仍是九達先生《會意解》，在足下并非賣，潮亦非買，其所贈之四十金，原爲校對錯字膏火酬勞之貲，今不但錯字纍纍，其第三十卷第二十八葉首行大字『無禮也，此物奚宜至哉』之上，誤刻小字八個，其疏略可笑，一至于此。又《中庸》一卷，共一百三十餘葉之多，江寧釘書人不論文義，隨便分爲二本。即此觀之，則所得之四十金，真可云受之有愧矣。潮去冬囑王元臣將此二處改正，凡三葉，亦不知曾改與否。然此乃有功于此書之事，非有過也。至三月十五日，張印宣兄、周子容兄同過舍，述足下之言，潮以種種道理剖晰，兩兄咸以潮言爲是，此可面質者也。又云『上司明文，凡古書舊文，不禁翻刻。若今人著作，如講章之類，翻刻千里必究』。不識此明文是奉何上司？是何年月所頒行？又不識上司何所見，而一禁一不禁也？夫所謂千里必究者，乃是刻書家以賣書糊口，若被他人翻刻，則難以覓利，空費刻貲，是以必究之爾。今因江寧、江西會館前，立有舊日都憲傅大老爺石碑，所以刻書家大受翻刻者之害，不能禁止。若就著書者論之，方喜人刻之不暇，豈肯禁而究之耶？又云『金陵坊客皆言此書并無人翻刻，福建江西所翻之板，皆王元臣另刻之板』云云。無論王元臣未必有力另刻，即使有之，亦止當讓潮與之理論，不勞著書之家代我理論也。王元臣所欠板頭錢不知凡幾，潮方恨之不暇，肯爲彼代辨乎？亦以彼實未另刻，或者將模糊裂縫之板，略換數片，亦未可知，不可謂之翻刻也。若云『湮没作者苦心』，則此書現在，其每卷首行是令尊名目，凡補注者係足下名目，非潮也。潮止列名參閲，豈捐梓者不可參閲耶？若云宅上之書，不當聽他人另梓，則《學》《庸》《論》《孟》乃大聖大賢之書，天下《四書》板片不知凡幾，豈每刻一回，皆當有所酬于孔孟子孫耶？憶先學憲所著《大易辨志》，蔣震青先生梓行，先學憲貼以刻費六十金，潮以此事語足下，足下回云『此是賢橋梓高雅越俗，真乃奇事』云云。觀此言，則足下亦自知爲非雅矣。潮曾爲宣城吴晴岩先生刻《讀書論世》，吳不獨稱謝頻頻，且欲印數部送人，皆寄印貲與潮，不欲相累。又曾刻新城王大司寇阮亭先生小品數種，亦蒙其嘆賞，且惠潮繭紬一端。又刻桐城相公小品一種，亦蒙賜札作謝，惠潮廣紗、壇葛。此兩老先生者，真世所謂泰山北斗，景星慶雲，則先學憲之貼刻費，亦出于情理所當然者也。足下縱不能貼費，亦當感潮表章之功，何乃呶呶不休耶？潮知足下讀書明理，如韓昌黎之所謂『獨盲于目耳，其心固能辨是非』，此不過誤聽人言，諒非其本心之所安也。潮自己卯失手之後，所存無幾，不意去年再墮坑阱，無以資生，正欲將《會意解》板片賣去，爲糊口之計，亦不敢望當年原價，願減價百金，止望六百金，倘有人買去，俟兑價完足之日，即將潮家姓名盡行鏟去，另換買人姓字，任彼流通，固所願也。潮知足下失明，特托周子老面讀此札于足下之耳中，足下諒不盲于心，必知潮言之不謬也。但恐此板賣與他人之後，未必能行。蓋潮素有薄名，世所共知，是以京省坊客肯要，若换去『張山來』三字，勢必與前大不相同也。潮謹白。

尺·十一 15

寄顧俠君

中秋後十日，趨候行臺，值駕公出真州。細讀大刻，佩服彌深。敬和《秀野園得扁》佳句，書箑呈教。數日後，聞已公車北上，遂不獲一睹芝光。兹因楊惠老之便，肅候新禧，粗箑仍附呈台政。老年世臺先生久膺聖眷，從此知遇益隆，爲吾黨大增光彩，何快如之。來春當佇聽會狀捷音也。臨函翹企，神與俱馳。

尺·十一16

復王歙州

台諭久當如約，緣日内南風不競，致爲袁彦道輩所苦，無以報命，俟博進有貲，即當馳上也。一笑。弟前札特以相戲，既而又思之，如我勿齋，原非可以繩墨相拘者，况廣文先生尚未到任乎！今仍奉到，願勿齋亦忽以繩墨拘我也。又一笑。

尺·十一17

復湯式臣先生

斗山在望，仰企殊殷，雖未獲一識荆州。然時于劉與老、卓子老諸同人處，得悉典型，固不啻親奉龍光也。承諭公郎世兄先生，都門索及拙刻，在拙選不過自怡，不謂過蒙痂嗜，不敢自匿，遵諭上呈。倘其中有去取未當處，尚冀老先生不惜指南，尤爲感佩。附上拙著各數種，一以就正函丈，一以附正世兄，統惟檢入是荷。臨函翹企，曷任竦仄。

尺·十一18

寄復吴仲雲

獻歲以來，遥知我老長兄年先生吊數頻膺，永綏純嘏，欣賀欣賀。二十一日，接到華翰，并《紀恩》大作，知聖恩優渥，益爲長兄志喜也。客冬，閲邸報，知纂輯諸公，許歸寓辦事，天恩尤爲隆重矣。《居庸關迎駕》諸大作，皆未拜讀，俟向朱自老索之。《群芳續編》誠千古韵事，武林吴寶崖年兄亦同輯此書，弟竊以爲必采及明季詩詞，因以先祖詩集托之。今老長兄既司此役，則采輯之功，自必廣搜博攬。兹特寄上一部，拜乞留神，倘荷收録一二，其感佩當非淺鮮也。

尺·十一19

復王丹麓

獻歲以來，遥知我松溪先生新禧迪吉，屢欲草數行奉賀，未逢便羽，遂致因循。接到瑶函，暨增補《墻東》大刻，展閲之次，忽憶去冬吴寶兄過邗，道及先生新得如嫂，乃知《多男考》大篇，正是高賢自添一段佳話，敢以《螽斯羽》三章爲祝。弟數月以來，折閲太甚，已如端木氏之直窮到底，奈何奈何。拙製《奚囊寸錦》剞劂無貲，急切不能奉教，俟稍暇，繪一二幅奉寄，以博一笑，何如？

尺·十一20

復程鳳雛

新禧迪吉，不卜可知。接到手札，知先生於岐黄一道，精妙乃爾，悔盧扁在揚時，未能面領大教爲悵。輓詩遵命集唐一律，又代懇得一首，統惟代致爲荷。大刻醫案中有『子宫竟如汪洋巨澤』之句，似乎欠雅，須易一無礙之語爲妙。昔杜工部詩『主家陰洞細烟霧』，讀者往往失笑，尊刻得毋近是乎？弟新製藥箱一具，并舊刻呈教，内有《書本草》及《病名謎》《藥名謎》，不識大醫王以爲何如？

尺·十一21

與鐵夫上人

弟自去歲料事不中，今年忽被惡風吹墮羅刹鬼國，青氊舊物，一切皆空，已在煩惱世界，而波旬調達猶時思生啖其肉。是以杜門謝客，欲一聆法語，竟不可得。大稿遵命略書數行，幸勿以才盡見哂也。憶遵照卷子，有某名宿題云『坐坐没處去，没處去坐坐』，又一名宿題云『没處去坐坐，有處去也該坐坐』，可惜某只道得一半，失記此二名宿爲誰。倘此卷在行笈中，幸將其法諱法號示知，蓋近輯《今塵談》一書，欲采入耳。

尺・十一22　寄復梅耦長

客冬奉教，瘖寐永懷，曾幾何時，龍舟又將競渡，日月其邁，能不憶『采蕭』句耶？弟杪春復遭陷阱，青氈舊物，毫無所有，正在煩惱場中，忽拜德音，如在噩夢中偶聽晨鐘，一現清凉境界，又如慶喜見阿閦佛，一見不復再見也。令壻偕兄來，滿擬時聆麈誨，而弟正在杜門避債之秋，雖在同城，不啻萬里。承委刷印大著《知我録》，特送偕兄郵到。弟近輯《易注便讀》，曾就正令壻，晤間想能悉之。又《奚囊寸錦》一帙，皆游戲之作，無力付梓，未能呈教。聊以奉聞，稍博一笑而已。臨風馳企，不盡所懷。

尺・十一23　寄沈契掌

久淹修候，祇以中山狼虎視眈眈，懷抱欠佳耳。諸拙刻曾往往及之，解人當自知也。郎趙老枉顧，弟適他往，未暇摳迎，抱歉何似。承惠種種名箋，莫不精妙，『折芳馨兮遺所思』，先生之用意何厚也。公郎妙染，足徵翰墨淵源，古有大米小米，今有大沈小沈，何羨如之，謝謝。武林王丹老回札暨評語，久寄江寧王令親處，當不浮沉，便中幸一詢之，弟係交坊友經德堂者，可訪也。吴綺老回札，去歲重陽前一日，貴紀綱自索帶回。嗣後綺兄公車北上，夏末秋初始歸，往還書札，弟所不及知也。程偕柳兄館於彼宅，俟其到館，當詢之以復。卓子老去歲便爲諸詞林先生所聘，料理御刻《全唐詩》事，竟無寧晷，即弟欲與謀面，亦不可得，俟公務完日，當代達台指可耳。近作《南北禮考》附正。

尺・十一24 與某

所云某甲譖我于夫己氏，謂行述中不當爲吾娘命名，其言直可噴飯，遂不復詢其爲誰。夫吾娘之名，乃其母家塾師江孺人所命，非出于我者也。古來閨秀，誰不有名有字，大聖人之母名『徵在』，若輩諒所不知，我亦不敢僭引爲比。若《三字經》當未有不讀者，豈蔡文姬、謝道韞亦不識耶？舉案齊眉，乃世俗口頭常語，豈亦不知爲孟光故事耶？此而不知，尚敢議人文字耶？若謂他人行述，概不如此，此則別自有説。一則其夫雖亦讀書通文，想不甚工著作，不過以筆貲倩文人代筆，自然不復及此。吾嘗謂此等文字，皆是千篇一例，只須換一姓名，便可通用，何如一字不可移易之爲佳乎？再則，其妻之名，大抵如『招弟』『春喜』之類，殊不雅馴，自宜藏拙耳。海内閨秀以詩稿、詞稿見委作序者，皆有名字。吾婦雖不甚通，亦頗粗能成句，是以不忍爲之埋没。今若輩乃欲與『招弟』『春喜』爲伍，亦何其所見之鄙陋也。又云『副室之名，不當雁行』，尤爲可笑。無論其他，王羲之父子同以『之』字命名，之復生之，古來佳話，史鑒所載，班班可考。又昔年于制臺諱成龍，而江寧縣與之同名，制臺詰之，答云『命名在先，不可復改』，制臺不惟不加之罪，且以此見賞。又江都大令王公諱維翰，王二尹即諱維屏，王捕衙諱維乾，適在同時，儼如兄弟，此皆康熙年間事，誠所謂『彼無忌，此亦無忌』者也。况正副之間，以姊妹相齒序，不惟雅當，且令讀者覺正室之不妒而賢。苟如若輩所見，則必體多倨傲，尊卑懸絶，如河東獅子供人唾駡而後可也。所謂愛人以德者，固如是耶？試以郡邑官長譬之，正印稱佐貳爲老寅翁，佐貳稱正印爲老堂翁，自知府及各廳，百姓皆稱爲太爺，鄉紳皆稱爲老公祖，初無异也。自知縣至典史，皆稱爲老父母，亦無异也。此皆世所通行，豈僻事耶？『惟無瑕者可以戮人』，豈亦不知耶？又云『竟是兩人合傳』，夫列傳之體，始于《史記》，每一傳中帶叙一二人者居其大半，不獨事當叙及，且愈覺文字之妙，亦復何傷？又云『原不當叙及』，獨不思子於親喪名曰『守制』者，謂守國家法制也。謹按《大清律》，庶子於本生母斬衰三年，嫡子於庶母齊衰杖期，吾兒業已遵行，豈于此日敢不言及？《孟子》有言，『是欲終之而不可得』，可見聖賢意中原許其終三年喪，徒以國制所限，有所不敢。今《清律》所載，明有斬衰三年之制，敢不遵行耶？既已行之於先，豈可諱之於後。又况《白兔記》中，咬臍郎回獵見父，始知爲李三娘所生，號咷痛哭，出言不遜。夫養育衣食之恩，較之懷胎坐蓐，雖曰相同，而實爲更久。彼若早知爲李氏所生，則于岳氏撫育之恩，方且感佩不暇，豈忍作如許逆狀耶？想若輩看戲時，於此等情節，不復揣摩體認，從可知矣。當今堯舜之君，以孝治天下，若輩乃敢發此夢囈狂談，吾服其膽。

尺·十一25　復郎趙客

再捧琅函，知先壟多蒙指示，俾藉朱先生大筆載入郡志，殁存感佩，非可名言，特賦拙句以謝，幸爲代致。又《石林農者》詩，敬步尊作原韵，匆匆報命，未暇推敲，恐未足表章，可存與否，悉聽裁酌。此外，種種台諭及大著，并敝鄉朱先生，容續請政。緣去歲又墮火坑，以致一貧如洗，奈何奈何。草率寄復，不遑多及，幸原亮爲禱。卓子老處，容詢明再報可耳。

尺·十一26　復費滋衡

吾鄙中學植淵博，識見超邁者，當以老長兄爲第一。昨拜佳話，藉光多矣。敢代唐之張潮九頓以謝。

尺·十一27

復王丹麓

翰教遥頒，且喜且嘆，弟之近况與先生正復相等，前年夏月已遭横逆，迄除夕而未已。及臘月中旬，拙妻卧病，至次歲上元始離床笫，而横逆又復相尋。重五節後，老妻病又復發，六月初三便爲弟先驅螻蟻，悉索敝賦以襄後事。初八日，四舍弟又復物故，雖與弟不同居，然數日之内連遭二喪，慘可知矣。弟既已破家，艱窘萬狀。不意冬月又有無妄之灾，書室中爲强暴女流所蹂躪，詈駡污穢，不堪聽聞。幸官長廉明，不波及于弟，而江都公又以他案被劾矣。將來無以資生，勢必棄此一廛以圖饘粥，下喬木而入幽谷，亦出于萬不得已耳。何彼蒼之阸我兩人，竟同出一轍耶？然先生有勝于我者，則以有兩令坦爲剞劂生光，弟即有種種綴述，無力付梓，將來必致散失矣。近欲以唐張潮詩梓成，後附詩話，已得數條，欲懇掾筆三五行，若能以古今兩張潮綰合有情，爲更妙耳。近刻附政，不盡。

尺·十一28

復郎趙客

浴佛前二日，接到清明日華札，并朱魯翁詩集，計四十餘日方能到舍，則弟三月初二日寄復一函，内有謝朱先生鄙句，尚不知曾達雲亭否耳？朱魯翁處奉上先集一部、拙選一部，祈爲代致，仍有拙著數種，俟印出補奉。其毛先生像題就，恐不足表章其高致也。弟今已人亡家破，毫無所存，不復作鉛槧想，言之可爲於邑。承寄卓子老札，專詢吴古牛先生詩，尤足徵古道深情，有功名教，敬服敬服。索有回帖，謹先附上，俟後有回書，自當補寄。朱古愚仍在揚州，近選《詩體搜奇》，如回文、藥名之屬，大著中有類此者，不妨寄來。但古兄恃此謀生，不無有所望耳。小箋遵命附上，不一。

附録

通信人索引

説明

一、本索引以姓名做主條，字號附注於後。

一、《偶存》例稱通信者字號，爲便於檢索，所稱字號均另立參見條目。

一、人名下所列書札以《友聲》居前，《偶存》居後。

一、本索引以姓字筆畫爲序排列。

一、爲方便編製和閲讀，本索引中原書札編號中的『·』不予保留。

五畫

六畫

七畫

八畫

九畫

十畫

十一畫

十二畫

十五畫

十六畫

二十畫

二十一畫

二十四畫

書札繫年

說明

一、本繫年以劉紅裕《張潮研究》中《〈尺牘偶存〉〈友聲〉的斷年》爲基礎編製，辨正處輒加按語。

一、作於兩年之交信札，無法確定其作於上年底還是下年初者闕疑。

一、《友聲》書札以收信時間排列，《偶存》書札以寫信時間排列，本繫年不作分辨。

康熙十八年己未（一六七九）

尺・一3《復戚綏耳》至尺・一9《與杜茶村》

友・甲1戚玾札至友・甲32王賓札

按：劉氏推定《尺牘偶存》《友聲》起始年之絶對標準爲尺・一4《與黄九烟先生》，劉氏考此札作於康熙十八年，可信。然其中尺・一5《與冒辟疆》實作於康熙十七年以前，札云：『又見諸名流唱和贈答詩，知香閨中有二才子，不識肯爲鯫生潑墨乎？不敢徒手請乞，特賦拙句以代潤筆。』今考鄧漢儀所編《詩觀》二集選有張潮《索冒辟疆姬人畫》詩，有『微吟敢博鵝溪絹，莫笑書生故態狂』句，此必札中所言『代潤筆』之詩。鄧漢儀《詩觀》二集凡例云：『是編始自甲寅，成於戊午（一六七八），閲五載而竣事。』是《索冒辟疆姬人畫》一詩之下限爲康熙十七年，而《與冒辟疆》札之下限亦同。可知，此起始之數札并非嚴格以時間爲序排列。

康熙十九年庚申（一六八〇）

尺・一10《與黄九烟先生》

友・甲35黄周星札至友・甲37張韵札

康熙二十年辛酉（一六八一）

友・甲39張韵札至友・甲42王賓札

康熙二十一年壬戌（一六八二）

尺·一11《與龔半千》至尺·一12《與曹秋岳先生》

友·甲44龔賢札至友·甲57余榀札

康熙二十二年癸亥（一六八三）

友·甲62張文秀札至友·甲70陳周札

康熙二十三年甲子（一六八四）

尺·一13《復徐松之》

友·甲71王煒札至友·甲88江之蘭札

康熙二十四年乙丑（一六八五）

尺·一14《與貫玉》

友·甲90方淇藎札至友·乙16方淇藎札

康熙二十五年丙寅（一六八六）

尺・一15《與貫玉》至尺・一22《與丘柯村明府》

友・乙20許維梃札至友・乙71失名札

康熙二十六年丁卯（一六八七）

友・乙73孔尚任札至友・乙86張韵札

康熙二十七年戊辰（一六八八）

尺・一23《復江含徵》至尺・一32《與孔東塘國博》

友・乙90江之蘭札至友・丙26鄧漢儀札

康熙二十八年己巳（一六八九）

尺・一33《與顧天石》至尺・一37《與項霻野同年》

友・丙27顧彩札至友・丙57王仲儒札

康熙二十九年庚午（一六九〇）

尺・一38《與吴楞香檢討》至尺・一44《與吴街南徵君》

友・丙59張韵札至友・丙91張韵札

康熙三十年辛未（一六九一）

尺・一45《與余澹心徵君》至尺・一49《復江含徵》

友・丁3余懷札至友・丁18方挺札

康熙三十一年壬申（一六九二）

尺・一53《與諧石》至尺・二8《與黄石闾》

友・丁29殷曙札至友・丁72江之蘭札

康熙三十二年癸酉（一六九三）

尺・二11《上安郡王啓》至尺・三5《與江含徵》

友・丁81席居中札至友・戊70許承家札

康熙三十三年甲戌（一六九四）

尺・三7《復江含徵》至尺・四2《復余曼翁》

友・戊71江之蘭札至友・己58王晫札

康熙三十四年乙亥（一六九五）

尺・四4《復陳藥聞》至尺・四31《寄方恂如》

友・己59冒丹書札至友・庚74倪匡世札

康熙三十五年丙子（一六九六）

尺・四32《寄姜學在》至尺・五1《上大中丞宋牧仲先生》

友・辛1王晫札至友・辛52吴高佐札

康熙三十六年丁丑（一六九七）

尺・五2《寄復孔東塘主政》至尺・五32《寄王丹麓》

友・辛53錢岳札至友・壬51江之蘭札

康熙三十七年戊寅（一六九八）

尺・五33《復江含徵》至尺・六28《與浙江學院張石虹先生》

友・壬52釋元運札至友・新一4孔尚任札

康熙三十八年己卯（一六九九）

尺・六29《復江含徵》至尺・七34《寄賀大司寇王阮亭先生》

友・新一6狄億札至友・新一59方象瑛札

康熙三十九年庚辰（一七〇〇）

尺・七35《與毛檢討大可先生》至尺・八22《復王丹麓》

友・新二1洪嘉植札至友・新三2張鼎望札

按：劉氏原將《友聲》此年末札定爲友・新二42曹鈖札，實際《友聲》屬於此年末札可下推至友・新三2張鼎望札。首先，可以考知友・新二54林佶札作於康熙三十九年年末，理由是：作於此年夏天之友・新二24王士禛札云：『吉人公車下第，七月自水路歸閩，舟次邗上，當奉訪也。』吉人，即林佶。而張潮作於康熙四十年歲首的尺・八24《寄王阮亭先生》札云：『歲底，林吉老枉顧。』可知林佶確於康熙三十九年年末過揚州訪張潮。而友・新二54

林佶札云：『久欽大雅，渴欲一識荆州。因歸期匆匆，今晚即解纜矣。』顯然是在訪張潮後，即將離揚歸閩時所作，可知此札必然作於康熙三十九年年末。而友·新三1張鼎梅札和友·新三2張鼎望札的復信分別爲作於康熙四十年的尺·八28《復家嘯月進士》和尺·八29《答家渭濱》，《復家嘯月進士》云『客冬，拜領瑶函』，《答家渭濱》云『客歲仲冬，杜門静坐，忽有异光自天而下，接而視之，乃吾宗老宗臺先生之瑶函佳著也』，可知而友·新三1張鼎梅札和友·新三2張鼎望札俱於康熙三十九年冬天寄到，而其作年亦必此年。

康熙四十年辛巳（一七〇一）

尺·八24《寄王阮亭先生》至尺·九2《寄靳雁堂》

友·新三3梅庚札至友·新三23張鼎望札

按：因劉氏於《友聲》康熙三十九年年末之札推算失誤，故而此年《友聲》首札亦誤定爲友·新二43吴陳琰札。此處將友·新三3梅庚札作爲康熙四十年年首之札，其理由是：友·新三梅庚札的復信尺·八27《復梅耦長孝廉》作於康熙四十年春，此處亦暫且將友·新三梅庚札定於康熙四十年。

劉氏推定友·新三26靳治荆札作爲此年末札，不確。劉氏的理由是：由於尺·九2《寄靳雁堂》有『荏苒又將冬半』等語，可知其作於此年年末。而尺·九2《寄靳雁堂》是友·

新三26靳治荆札的復信，友・新三26靳治荆札之作必在之前，推定其亦作於此年年末。但事實上，上二札的關係恰相反。通過二札中所提到的關於靳治荆《思舊録》印様的校閲問題，可證明友・新三26靳治荆札是尺・九2《寄靳雁堂》的復信，且友・新三26靳治荆札有『歳籥遂更，想春來江上』云云，顯然已入新年，故當繫友・新三26靳治荆札於康熙四十一年。而友・新三23張鼎望札末有『時八月既望』云云，是作於此年八月。根據張鼎望與張潮的通信推測，陝西涇陽與揚州道途遥隔，傳書不便，此札寄到當已至此年冬，遂定爲此年末札。

康熙四十一年壬午（一七〇二）

尺・九3《寄沈契掌》至尺・九30《上紅蘭主人》

友・新三26靳治荆札至友・新四28張鼎望札

按：劉氏原將《友聲》此年首札定在友・新三27尤侗札，據上年所考，應定爲友・新三26靳治荆札爲此年首札。

劉氏定《友聲》此年末札爲友・新三23褚人穫札。然劉氏於康熙四十二年條下已經推知友・新三27張鼎梅札、友・新三28張鼎望札俱作於康熙四十一年年末，於康熙四十二年二月寄到，無誤。但從其收信時間，將此二札作爲康熙四十二年首札，此處從其寫信時間，作爲康熙四十一年年末札。

康熙四十二年癸未（一七〇三）

尺・九32《復王安節宓草司直》至尺・十13《寄洪秋岩何義文》

友・新四29張符驤札至友・新五29劉芳喆札

按：劉氏定《友聲》此年首札爲友・新三27張鼎梅札，已移至上年年末，如上述。今定友・新四29張符驤札爲此年歲首札，此札有『猝不及領，準俟季春』云云，亦可知此札作於此年早春。

劉氏定《友聲》此年末札爲友・新五22柴世堂札，無誤。然，此年之札仍可下推。友・新五24王澤弘札云：『秋暮再至邗關……時與年兄大小阮相接……總不覺三冬之過半……月杪欲問歸棹，晤對當再開春矣。』友・新五25吴從龍札云：『他容開歲，當奉訪揚齋。』可知此二札俱作於此年年末。友・新五29劉芳喆札云：『今春謝恩入都，得與新城先生時相晤對。』考劉芳喆生平，於康熙二十四年罷官里居，康熙四十二年春，聖祖南巡，命官復原職，其『謝恩入都』，當在此年，而札中仍云『今春』，可知仍作於康熙四十二年。劉芳喆札又有『陽氣方升，君子道泰』云云，知此札必作於冬至後。

康熙四十三年甲申（一七〇四）

尺・十14《寄復程雯修》至尺・十36《復張渭濱》

友・新五30程元愈札至友・新五41王言札

按：劉氏定《友聲》此年首札爲友・新五33張鼎望札，無誤。然，此年之札仍可上推。友・新五30程元愈札云：『獻歲以來，知純嘏日新。』可知作於此年歲首。

康熙四十四年乙酉（一七〇五）

尺・十38《寄王慎旃》至尺・十一4《寄張渭濱》

友・新五42葛文度札至友・新五54吳陳琰札

康熙四十五年丙戌（一七〇六）

尺・十一6《復余同野》至尺・十一15《寄顧俠君》

康熙四十六年丁亥（一七〇七）

尺・十一18《寄復吳仲雲》至尺・十一28《復郎趙客》

通信人小傳

説明

一、小傳以傳主行年事迹爲主，思想、文學、藝術成就等從略。

一、小傳排列，以傳主姓名筆畫爲序，排序方式與『通信人索引』相同。

一、傳主籍貫，《友聲》所注多從縣，偶有從府者。其從府而可考其縣者，從縣，無考者依《友聲》著録。又《友聲》所注籍貫多用古稱，凡可考者皆易爲清初名稱。

一、傳主生卒年，主要依江慶柏《清代人物生卒年表》，别有所據者加按語説明。

一、傳主字號，《友聲》所注字號未明言某爲字某爲號，其無考者概作字。

一、仕履中任職地方官之時間，主要依各地方志『秩官表』之屬，不備注。

一、所據傳記資料，爲免繁瑣，僅列作者及篇名、書名； 地方志不注纂修者姓氏。除《清史列傳》《清史稿》外，所依文獻爲同源者，一般只注一種。工具書如《中國古籍總目》《清代職官年表》《清人别集總目》《清人詩文集總目提要》《清代詩集叙録》等不備注。

二畫

丁廷楗，字駿公，安邑人。康熙十二年進士，選庶吉士，散館授編修。康熙二十八年，出爲鳳陽府知府[一]。三十三年，任徽州府知府。【《（乾隆）解州安邑縣運城志》卷九】

三畫

于銓，字臣虎，金壇人。以選詩往來揚州、興化等處。【孔尚任《湖海集》卷九《于臣虎選詩小引》、卷十一《答張諧石》】

[一]《（光緒）鳳陽府志》卷六下《秩官表》載丁克懋於康熙二十九年任知府，知丁廷楗在任時間極短，其離任或因丁憂。

四畫

王士禛（一六三四—一七一一），字子真，一字貽上，號阮亭、漁洋山人，新城人。順治十二年中會試，十五年成進士。順治十六年，謁選爲揚州推官。康熙三年，遷禮部主事。七年，陞禮部員外郎，榷清江浦關務。十年，陞户部郎中。十一年，任四川鄉試主考，歸途丁母艱，十五年起復，仍補户部郎中。十七年，召對懋勤殿試詩文稱旨，改翰林院侍讀，纂修《明史》。十九年，遷國子監祭酒。二十三年，遷詹事府少詹事，兼翰林院侍講學士，奉使祭告南海。二十四年，丁父憂，二十九年，服闋復原職，尋遷都察院左副都御史，又改兵部右侍郎。三十年，以原職充經筵講官。三十一年，補户部右侍郎。三十三年，轉户部左侍郎。三十五年，奉命祭告西嶽西鎮江瀆。三十七年，陞都察院左都御史。三十八年，晋刑部尚書。四十年，准假五月歸里遷葬。四十三年，以事失出，遂罷官歸里，不復出。學問淹博，爲詩力追漢魏唐人風格，獨標『神韵』，古文雅正得體。主持風雅數十年，宏獎風流，一時名士多出其門。所選《唐賢三昧集》三卷、《唐人萬首絶句選》七卷、《古詩選》三十二卷、《十種唐詩選》十七卷、所撰《古歡録》八卷、《居易録》三十四卷、《池北偶談》二十六卷、《香祖筆記》十二卷、《帶經堂集》九十二卷、《漁洋詩話》三卷等存世。【宋犖《西陂类稿》卷三十一《資政大夫刑部尚書阮亭王公暨配張宜人墓誌銘》、孫星衍《平津館文稿》卷下《資政大夫經筵講官刑部尚書王公傳》、《清史列傳》卷九、《清史稿》卷二百

六十六、蔣寅《王漁洋事迹徵略》】

王方岐，字武徵，江都人。學問淹博，執遺民之節，不試有司，隱晦自放於詩酒間。嘗與修《揚州府志》，天文、輿地、水利、賦稅之屬，皆所手輯。晚與耆宿十人者游，人稱「竹西十逸」。【《（乾隆）江都縣志》卷二十五】

王正，字端人，江都人。能詩，善畫花草，受業於徐倬、蔣易。後入都，相國馬齊延爲閨塾師。祁門人李德之妻。【孔尚任《燕台雜興三十首》、馮金伯《國朝畫識》卷十六】

王世淳，字子龐，平湖人。諸生。家世傳《易》，善筮法及相人之術，又工醫，以此游公卿間。【陳鼎《留溪外傳》卷九《王子龐傳》、朱奇齡《拙齋集》卷一《贈王子龐序》】

王本祖，字牧之，松江人。生平不詳。

王弘文（一六七五—一六九七），字器先，正紅旗人。貢士。先世本完顏氏，居建州，徙開原。高祖守，爲開原諸生，遂著漢姓，爲王氏。曾祖一屏，官至盛京侍郎。祖國光，官至兩廣總督、太子太保、兵部尚書、右都御史、鎮海將軍、都統，世襲一等阿思哈尼哈番，謚『襄壯』。父永譽，官至廣州將軍、都統。弘文好讀書，曾兩游江南。復習舉子業，康熙三十五年舉京兆試，三十六年成貢士，會皇帝親征塞外，未與殿試而卒。【韓菼《有懷堂文稿》卷十六《貢士王君墓誌銘》】

王弘撰（一六二二—一七〇二），字文修，一字無异，號山史、待庵，華陰人。明諸生。少爲貴游子弟。崇禎十六年，李自成陷陝西，弘撰挺身而出，家得免禍。順治七年縱游之淮陰，抵金陵至吴門，與江左士人往還。越歲而歸，與湯斌訂交。巡撫賈漢聞其名，聘纂《陝西通志》，賈入都，邀之偕行。數載復旋里，居華山之下，關中名士李顒、李因篤及昆山顧炎武皆往與交。康熙十七年，徵詔博學鴻詞之士，累辭不允，至京師，寓昊天寺，稱病不入試。二十四年以後，屢爲江南之游，三十五年始西歸。究心理學，尤邃於《易》，詩歌古文，清健高超。家富藏書，金石文字率多舊拓，故又善隸草書。顧炎武嘗稱曰：『好學不倦，篤於朋友，吾不如王山史。』有《周易圖説述》四卷、《山志》十卷、《砥齋集》十二卷等存世。父之良，明天啓五年進士，官至南京兵部右侍郎，贈嘉議大夫、都察院右都御史。【《（乾隆）華陰縣志》卷十四、《清史稿》卷五百一、趙儷生《王山史年譜》】

王仲儒（一六三四—一六九八），字景州，號西齋，興化人，寓居揚州。父貴一，明亡後棄諸生，亦教仲儒及弟熹儒勿習舉業。工詩，善書法。有所著《西齋集》十八卷存世，所選《離珠集》今存殘本。《西齋集》乾隆間被禁毁。【《（乾隆）江都縣志》卷二十六、鄧之誠《清詩紀事初編》卷一】

王言，字慎旃，錢塘人。王晫之子〔一〕。有《昭代叢書》本《西華仙籙》一卷、《連文釋義》一卷。

王臬，字司直，初名孽，字汝陳，本秀水人，占籍江寧。能詩，善畫。兄槩、蓍。【馮金伯《國朝畫識》卷六、李放《畫家知希録》卷四】

王棠，字勿剪，一字名友，歙縣人。性敏勤學，於書無所不讀，隨讀隨筆而不自修飾。家貧，江淮閩越無地不游，客游揚州幾二十載〔二〕。詩文著述頗豐，有《燕在閣知新録》三十二卷存世。父泰徵，曾占籍湖廣江陵，崇禎十年進士，官廣東建陽縣知縣，明亡，隱居鄉里。【《（乾隆）歙縣志》卷十二、《（康熙）荆州府志》卷二十五】

〔一〕《昭代叢書》甲集《西華仙籙》張潮小引云：『慎旃爲吾友丹麓令嗣。』

〔二〕王棠《燕在閣知新録》康熙五十六年自序云：『家累實繁，故交零落，糊口於邗江者殆廿年於兹矣。』

王晫（一六三六—？），初名棐，字丹麓，號木庵、松溪，仁和人。諸生。年二十八，得喉疾幾死，遂棄舉子業。工詩文，喜交游，士大夫至武林者，多與納交。晚辟墻東草堂，堂内設量書尺，每歲積四方投贈詩文及諸雜編，於除夕量之，準以六尺上下，七尺外爲贏，五尺内爲絀。有所著《今世説》八卷、《廣聞録》八卷、《霞舉堂集》三十五卷、《墻東雜鈔》四卷、《峽流詞》三卷，所輯《文津》二卷、《蘭言集》二十四卷、《千秋歲倡和詞》一卷，與張潮同輯《檀几叢書》等存世。【李桓《國朝耆獻類徵初編》卷四百七十五、《清史列傳》卷七十】

王蓍（一六四九—一七三七），字宓草，一作伏草，初名尸，字弟爲，本秀水人，占籍江寧。能詩，善畫，工花卉翎毛，亦工篆刻。兄槩、弟臬。【馮金伯《國朝畫識》卷六、李桓《國朝耆獻類徵初編》卷四百七十】

王輅（一六〇六—？），字大席，號蒼霞，句容人。貢生。康熙十六年，任吴縣訓導，後轉授歙縣教諭。三十七年，陞任陝西汧陽縣令，以丁繼母憂歸里，遂不復出。爲人孝悌守禮，於鄉里多所賑濟，居官多惠政有聲。卒，祀於鄉賢祠。有《萬卷山房詩集》十卷存世。父自新，順治二年舉人，官至湖廣提學僉事。【《（乾隆）句容縣志》卷九】

王煒（一六二六—？），又名艮[一]，號不庵、鹿田，歙縣人。少生長華亭，與蔣平階、顧炎武、顧祖禹相友善。後歸里，晚客游漢上，遂卒於楚中，張兆鉉貫玉爲歸其喪。家世傳理學，博學多才，上自天官地志，以及兵機戰陣、玉函金匱之書，騎射擊刺之法，靡不畢究。有《鴻逸堂稿》存世。【汪士鋐《新都風雅》、靳治荆《思舊録》、《（乾隆）歙縣志》卷十一】

王源（一六四八—一七一〇），字昆繩，號或庵，宛平人。康熙三十二年舉人。父世德，官錦衣衛指揮僉事，明亡，避地高郵。源少從其父，喜任俠言兵。稍長，從魏禧學古文。康熙三十一年，奉父北還，居天津。以家貧父老游京師傭筆墨，貴人富家病其不習時文，因就有司求試，舉京兆第四人。遇李塨於京師，論學甚相得，四十二年，執贄顏元爲弟子。四十八年，携家南還，往來金陵淮揚間，後客死山陽。有《居業堂文集》二十卷存世。【李塨《恕谷後集》卷六《王子傳》、方苞《望溪集》文集卷八《四君子傳》、戴望《顔氏學記》卷八、魏一鰲《北學編》卷三】

[一] 《新都風雅》小傳及《思舊録》俱云王煒『原名艮』，且《新都風雅》云其『晚入太學，更今名』。然據《鴻逸堂稿》中《不庵記》云：『戊戌（一六五八）春，王子將有事於遠，事無疑也，疑於時而筮之，得《艮》焉。异時又將有所事，再筮之，亦得《艮》。王子憮然嘆曰：「先聖示我矣。」遂去其舊名而名艮，以無悶爲字。』則其名『艮』當在順治十五年（一六五八）之後，非原名。或其本名煒，更名艮，後還本名，而汪、靳二人以艮爲原名。

王賓（一六二八—一六八二），字賓王，號仔園，先世涇陽人，業鹽於揚州，遂籍江都。康熙二年舉人。家饒於資，善談諧，喜結交。晚年家財散盡，居僻園，纂集海内名素之詩，低眉論次，期以行遠而傳後。二十一年春，就禮部試，試畢，聞父喪，哀毁過情而卒。友人汪懋麟爲經營其喪。父祚昌，以文章智略用薦知江西崇仁縣。【汪懋麟《百尺梧桐閣集》卷五《仔園王君墓志銘》】

王維屏，字希召，大興人。康熙二十三年，任江都縣丞。【《（雍正）江都縣志》卷二】

王槩（一六四五—一七一〇），字安節，初名匃，字東郭，本秀水人，占籍江寧。能詩，善畫，山水學龔賢筆法，《芥子園畫譜》出其手摹。亦工篆刻。弟蓍、臬。【張庚《國朝畫徵録》卷中、馮金伯《國朝畫識》卷六、李桓《國朝耆獻類徵初編》卷四百七十】

王熹儒，字歙州，一字勿齋，興化人。貢生。幼承父貴一及兄仲儒之教，以工詩善書名世。性灑落，家饒於資，喜交游。晚年家漸落，豪氣如舊。有《勿齋集》存世。【《（咸豐）重修興化縣志》卷八】

王澤弘（一六二六—一七〇八），字涓來，一字昊廬，黄岡人。順治十二年進士，選庶吉士，散館授編修。康熙二十九年，由詹事府少詹事遷内閣學士、禮部侍郎。三十六年，改吏部侍郎。三十八年，遷都察院左都御史。三十九年，陞禮部尚書，同年免。四十二年致仕〔一〕，寓居江寧，徜徉山水。有《鶴嶺山人詩集》十六卷存世。【袁枚《小倉山房文集》卷二《光禄大夫禮部尚書王公神道碑》】

王轂，字椒却，江都人。貢生。順治十二年，任岐山縣知縣。【阮元《淮海英靈集》乙集卷一、《（光緒）岐山縣志》卷五】

王藩，字若鵑，真定人。生平不詳。

王灝，字柘村，臨潼人。貢生。於潛縣令〔二〕。父孫蔚，字茂衍，順治壬辰進士，官至福建布

〔一〕袁枚《神道碑》云：「癸未，以老辭位，歸居金陵之大功坊。」然《清代職官年表》言其康熙三十九年十一月辛丑以禮部尚書「休」。檢《清史稿·聖祖本紀二》載「（康熙三十九年十一月）王澤弘免，以韓菼爲禮部尚書」，當是僅免尚書之職而戴他職，至四十二年方致仕歸。

〔二〕章楹《諤崖脞説》卷一有「臨潼王柘邨灝，以秦川貴公子作令於潛」云云，厲鶚《樊榭山房集》卷一有作於康熙五十七年《於潛王柘村明府招飲寓齋》一詩，《尺牘偶存》之「王柘村」當即此人。檢《（嘉慶）於潛縣志》及《（乾隆）杭州府志》，康熙三十七年以後至雍正年間之於潛知縣俱失考，遂不得確知其任官之年。又《（乾隆）臨潼縣志》卷六《選舉志》「貢生」載王灝爲「孫蔚三子」，然言其爲「候補主事」，似爲其待銓時官職，當別有所據。

政使。【《（乾隆）臨潼縣志》卷六】

尤侗（一六一八—一七〇四），字同人，一字展成，號悔庵、艮齋、西堂老人，長洲人。順治五年貢生，除直隸永平府推官，坐撻旗丁鐫級歸里。康熙十八年舉博學鴻詞科，授翰林院檢討，纂修《明史》，分撰列傳三百餘篇、《藝文志》五卷。康熙二十年，以子珍登進士第且選翰林院庶吉士，遂辭官歸里。工詩，善古文。順治間，其文流傳禁中，世祖皇帝覽而稱善。康熙三十八年，聖駕南巡至吴郡，獻《平朔頌》《萬壽詩》，天子嘉焉，書『鶴栖堂』三大字以賜。四十二年，駕復幸吴，賜御書一幅，即家拜翰林院侍講。有《西堂雜組》三集二十四卷、《西堂詩集》三十一卷、《艮齋倦稿》二十六卷、《鶴栖堂稿》十卷、《西堂樂府》六種等存世。子珍，官至右春坊右贊善。【朱彝尊《曝書亭集》卷七十六《翰林院侍講尤先生墓誌銘》、潘耒《遂初堂文集》卷十八《尤侍講艮齋傳》、李元度《國朝先正事略》卷三十九、《清史列傳》卷七十一、《清史稿》卷四百八十四】

尤珍（一六四七—一七二一），字慧珠，一字謹庸，號滄湄，長洲人。康熙二十一年進士。選翰林院庶吉士，散館授編修。二十七年，充會試同考官。尋充《大清會典》《明史》《三朝國史》纂修官，日講起居注官，晋右春坊右贊善。以養親請歸里，遂不出。濡染庭訓，深於詩學，少宗唐人，歸田後宗宋人，晚復悔之，仍歸於唐。有《滄湄類稿》四十五卷存世。父侗，字展成，號西堂。

【沈德潛《歸愚文鈔》卷十七《宫贊尤先生墓誌銘》、《清史列傳》卷七十一】

毛奇齡（一六二三—一七一六〔一〕），一名甡，字大可，又字齊于，學者稱西河先生，蕭山人。少穎异，總角受知於陳子龍，補諸生。與兄萬齡俱知名，人呼爲『小毛子』。明亡，避亂山中，屢爲怨家所陷，幾於死，遂出游四方。康熙十八年，舉博學鴻詞科，授翰林院檢討，充《明史》纂修官。二十四年充會試同考官，尋假歸，得痺疾，遂不復出。歸田後，僦居杭州。淹貫群書，於經學尤自負，然好爲駁辨。所著有《仲氏易》三十卷、《古文尚書冤詞》八卷、《毛詩寫官記》四卷、《春秋毛氏傳》三十六卷、《經問》十八卷《經問補》三卷、《聖諭樂本解説》二卷、《皇言定聲録》八卷、《竟山樂録》四卷、《白鷺洲主客説詩》一卷、《四書改錯》二十二卷、《西河文集》一百十九卷《詩集》五十三卷。【毛奇齡《西河文集》卷一百一《自爲墓誌銘》、施閏章《學餘堂文集》卷十七《毛子傳》、全祖望《鮚埼亭集外編》卷十二《蕭山毛檢討别傳》、李桓《國朝耆獻類徵初編》卷一百十九、《清史列傳》卷六十八、《清史稿》卷四百八十一】

毛際可（一六三三—一七〇八），字會侯，號鶴舫，遂安人。順治十五年進士。康熙元年，任

〔一〕 據《清史稿》《清史列傳》卒年則爲一七一三。

彰德府推官。十年，丁憂服除改授城固縣知縣〔一〕。十六年，丁外艱闋調知祥符縣。十八年，應博學鴻詞科，報罷。還祥符，尋以他事去官歸里。康熙二十二年，巡撫王安國聘爲《浙江通志》館總裁。學問淹博，時與毛奇齡、毛先舒并稱『浙中三毛』〔二〕。有《松皋文集》十卷、《安序堂文鈔》三十卷、《浣雪詞鈔》二卷等存世。【吕履恒《冶古堂文集》卷四《毛鶴舫先生誌銘》、李桓《國朝耆獻類徵初編》卷二百十八、《清史列傳》卷七十】

方挺，字恂如，號孺庵，本歙縣人，占籍江都。諸生。喜結納，尚意氣，筆墨不欲輕以問世。浙江遂安方象璜爲其族兄，曾爲之刻集，今未見。【倪匡世《詩最》卷七】

方象瑛（一六三二—？），字渭仁，號霞莊，遂安人。康熙六年進士。十六年，候補内閣中書舍人。十七年，充順天鄉試同考官。十八年，舉博學鴻詞科，授翰林院編修，與修《明史》。二十二年，充四川鄉試正考官。尋遷侍講，而告歸家居不出。有《明史分稿殘編》二卷、《封長白山記》一卷、《健松齋集》二十四卷《續集》十卷等存世。【《（乾隆）遂安縣志》卷七、《清史列傳》卷七十、

〔一〕《（康熙）城固縣志》卷五『官守』未載毛氏任年，此據其卷一『公署』所載『（縣治）本朝康熙十年令毛際可重修』云云。

〔二〕見毛奇齡《毛稚黄墓誌銘》。

《清史稿》卷四百八十四】

方淇藎，原名夏，又名兆瑋，字寶臣，歙縣人。弱冠工制舉業，僑寓金陵操鉛槧，名重一時。稍長棄去，專攻詩古文詞。及壯有以白衣誚之者，復理舊業，以第一人受知於萊陽趙侖，爲名諸生。詩師蘇陸，文法歐曾，與錢謙益、林古度爲忘年交，金陵耆舊爭相引重，四方知名之士游金陵者，無不願識面。父方啓大字裕昆，倡學紫陽，撰述甚富。兄方熊字望子，亦以詩名。【倪匡世《詩最》卷五、《(乾隆)歙縣志》卷十四】

方淳，字樸士，號去欲，歙縣人，寓居江都。性孤癖不仕，卜築於二十四橋，愛古嗜潔，翰墨之外弗問也。高朋韵士，日或過從。【倪匡世《詩最》卷三】

方熊，字望子。號黃虞外士〔一〕，歙縣人。以詩名，今存其補注并刊刻之《文章緣起》。弟淇藎。【《(民國)歙縣志》卷十】

〔一〕『外士』一作『外史』，方氏侑静齋刊本《文章緣起》卷端有『黃虞外史歙方熊望子集補注』題名，卷末有後序，署『康熙三十三年甲戌長至日黃虞外史方熊望子撰』。

方壇，字洛瞻，祁門人。生平不詳。

孔尚任（一六四八—一七一八），字聘之、季重，號東塘、岸堂，曲阜人，孔子六十四代孫。康熙二十三年，聖祖幸魯，尚任以監生充講書官，并導駕遍覽闕里遺迹，回鑾授尚任國子監博士。二十五年，奉命從刑部侍郎孫在豐疏浚黄河海口，與江南士人交往頗多。後濬河之事以部議停止，二十九年還朝，仍官國子監博士。三十四年，遷户部主事。三十八年，以疑案罷官。四十一年，離京歸里。所著《湖海集》十三卷、《長留集》十二卷、《桃花扇》傳奇、《小忽雷》傳奇等存世。【李桓《國朝耆獻類徵初編》卷百四十二、袁世碩《孔尚任年譜》】

五畫

甘表，字中素，南豐人。天資卓落，有用世才，少從父游謝文洊、魏兆鳳間，後從學魏禧、丘維屏等，當時知名士皆器重之。善古文，工詩，生平崇尚古處。其後大司農李振裕、御史大夫甘國樞争列名薦之，辭不就。既老，返鄉里，不復出。父京，字楗齋，「程山六君子」之一〔二〕。【《（同

〔二〕見魏禧《魏叔子文集外篇》卷十一《贈程山五君子五十序》。

治）南豐縣志》卷二十五】

史申義（一六六一——一七一二），字蕉飲，江都人。康熙二十七年進士，改翰林院庶吉士，散館授編修。三十八年，充雲南鄉試正考官，官至禮科給事中，乞病歸。工詩，生平以王士禛爲師，王士禛嘗稱申義及湯右曾足傳衣鉢，時稱『王門二弟子』。聖祖嘗以後進詩人詢大學士陳廷敬，以申義及周起渭對，翰苑又有兩詩人之目。與姜宸英、梁佩蘭、吴雯、查慎行、何焯爲友。有《蕪城集》三卷、《使滇集》三卷、《過江集》四卷、《過江二集》四卷、《才洽樓詩》存世。【《（雍正）江都縣志》卷十五、《清史列傳》卷七十一、《清史稿》卷四百八十四】

丘元武，字清慎，號柯村，諸城人。順治十六年進士。康熙四年，授撫州推官。六年，裁推官缺，八年，改授貴州施秉縣令。十二年，將擢工部主事，逢吴三桂起兵，陷於黔中。亂定，始得間道歸里，遂不出。中年無子，鬱鬱致疾卒，年不滿六十。【李焕章《織水齋集》所收《丘工部遺詩序》、黎士弘《托素齋文集》卷四《先友傳·故工部主事丘公》、《（乾隆）諸城縣志》卷三十六】

六畫

呂士鶴，字御青，歙縣人。曾與兄士鴳〔二〕同師事王煒，今存王煒《鴻逸堂稿》即呂氏兄弟所刊。【汪世清《明清黃山學人詩選》】

呂方嘉，字禾九，一作穗九，武進人。貢生，候選知縣。父宮，順治四年一甲第一名進士，官至太子太保。【呂星垣《白雲草堂文鈔》卷五《太保公家傳》、卷六《先考對宸府君行狀》】

呂起鳳，字紫庭。生平不詳。

朱正色，字元素，蘇州人。生平不詳。

朱耷（一六二六—？），號雪個、人屋、八大山人等，南昌人。明寧藩宗室。明亡後，剃髮爲僧，從學者衆。康熙十六年，胡亦堂知臨川縣，慕其名，延之官舍。年餘，發狂疾，焚棄僧服，猖佯

〔二〕據《（乾隆）鹿邑縣志》卷六，呂士鴳於康熙二十四年任鹿邑知縣。

市間，病已，蓄髮還俗。工書法，能自成家，狂草頗怪偉。尤精繪事，喜畫水墨芭蕉、怪石花竹及蘆雁汀鳧，無畫家町畦，人得之，争藏弆以爲重。【邵長蘅《青門旅稿》卷五《八大山人傳》、陳鼎《留溪外傳》卷五《八大山人傳》〔一〕、《清史稿》卷五百四】

朱袞，字補庵，江都人。生平不詳。

朱紫，字雲卿，號西柯，江都人〔二〕。祖父家民，官至雲南布政使，《明史》有傳。父潮遠，官至大都督，總兵福建漳潮等處。【鄒漪《啓禎野乘一集》卷六、王豫《淮海英靈續集》庚集卷二】

〔一〕陳傳又見《虞初新志》卷十一。

〔二〕《友聲》題其籍貫爲『雲南』者，因朱氏本居江都，而朱紫之祖父家民曾入籍於滇，查繼佐《罪惟録》卷之十一下、鄒漪《啓禎野乘一集》卷六俱有載。然朱紫之父潮遠已回江都，據潮遠序朱家民《四本堂座右編》稱『康熙三年甲辰清和浴佛日邗江韓山子卓月朱潮遠題于紫陽書院尊生草閣』可知。此從《淮海英靈續集》著爲江都人。

朱慎（？—一六九六〔二〕），字其恭，號菊山，武義人。貢生。工詩文，兼工書畫，又善鼓琴。康熙二十五年，父爾殿任江都知縣，隨父赴任。康熙二十六年，以拔貢入京，公卿愛其才，争致之，弗屑也。後父卒於官，遂寓居江都。康熙三十五年殁，年僅四十餘。有《浮園詩集》二卷存世。【陳鼎《留溪外傳》卷八《武川公子傳》、《（嘉慶）武義縣志》卷八】

朱澐，字天綺，江都人。諸生。幼失母，事父至孝，著述頗富，今未見。父顯祖，順治三年副貢，深於理學。【《（康熙）江都縣志》卷八】

朱襄，字贊皇，無錫人。年八歲，即有詩名。弱冠游京師，館於清宗室岳端，即自號紅蘭主人者。又精《易》理，所著《易韋》十二卷，朱彝尊列入《經義考》。晚年僑寓長洲之清真觀巷，貧困以死。有《織字軒詩》一卷、《漫與詩稿》一卷存世。【《（乾隆）吴縣志》卷六十九、《（乾隆）長洲縣志》卷二十七】

〔二〕《留溪外傳》卷八《武川公子傳》云：『公子殁在丙子，四方之士皆爲扼腕。』又王仲儒《西齋集》『西齋丙子詩』有《哭朱菊山》九首，可知卒年。

朱彝尊（一六二九—一七〇九），字錫鬯，號竹垞、小長蘆釣魚師，秀水人。當明季之亂，遂棄舉子業，肆力古學。順治十三年始游粤，從此輾轉南北作幕。康熙十八年，以布衣舉博學鴻詞科，授翰林院檢討，預修《明史》。二十年，充日講起居注官，是年秋，充江南鄉試副考官。二十二年，入直南書房，命紫禁城騎馬，賜居禁垣東。二十三年，坐私挾小胥入内寫書，爲學士牛鈕所劾，降一級。二十九年，補原官。三十一年復罷官，遂歸里不出。後聖駕南巡，屢迎駕於無錫。四十四年，於杭州行殿進呈《經義考》，賜御書『研經博物』匾額。博通經史，兼工詩詞。有《經義考》三百卷、《日下舊聞》四十二卷、《明詩綜》一百卷、《曝書亭集》八十卷、《詞綜》三十四等存世。【錢儀吉《碑傳集》卷四十五陳廷敬《日講起居注翰林院檢討朱公彝尊墓志銘》、《清史列傳》卷七十一、《清史稿》卷四百八十四】

朱觀，字自觀，歙縣人。生平不詳。今存其所選《國朝詩正》六卷、《歲華紀勝》初、二集四卷。

先著（一六五一—一七二六〔一〕），字渭求，號遷甫，先世四川瀘州，上元人，寓居揚州。或言其爲明宗室，工詩文，尤長於詞。所著《之溪老生集》八卷、《勸影堂詞》三卷、所輯《詞潔》六卷存世。

〔一〕 卒年據孟永林《清初詩人先著生卒年考》（《江海學刊》二〇二〇年第六期，第二三六頁）。

【先著《之溪老生集》卷首《盍旦子傳》、《(乾隆)上元縣志》卷十九、《(乾隆)江都縣志》卷二十六】

江之蘭，字含徵，歙縣人。生平不詳。《檀几叢書》二集收録其《文房約》、餘集收録其《香雪齋樂事》，《昭代叢書》乙集收録其《醫津一筏》。

江注(一六二五—?)[一]，字允凝，一作允冰，歙縣人。畫僧漸江高弟子[二]，性夷曠，賣畫爲生。家去黄山百二十里，春秋佳日，無歲不游。游必搜勝窮幽，彌月不返。家人踪迹所在，告以瓶罍將罄，不顧也。亦工詩，有《允凝詩草》四卷存世。【吴肅公《街南文集》卷十一《江允冰詩引》、《(道光)歙縣志》卷八之九、《(民國)歙縣志》卷十、馬道闕《〈新安東關濟陽江氏宗譜〉中有關江注、漸江新史料》(《東南文化》一九九一年第二期)】

[一] 馬道闕《〈新安東關濟陽江氏宗譜〉中有關江注、漸江新史料》(《東南文化》一九九一年第二期，第二〇一—二〇三頁)引《江氏宗譜》云：『注，德新五子，一名萬禧，字允凝，生天啓乙丑年十月初九日。』

[二] 《(民國)歙縣志》卷十云其爲『漸江從子』，然馬道闕《〈新安東關濟陽江氏宗譜〉中有關江注、漸江新史料》據《江氏宗譜》云其爲漸江族弟，當從。

七畫

杜濬（一六一一—一六八七），字于皇，號茶村，黄岡人。明崇禎十二年副榜貢生。以詩名於世，亦善書。明末避亂寓居金陵。性孤特，諸公貴人求詩名者凑至，謝不與通。平生嗜茗飲，嘗言：『吾有絶糧無絶茶。』家貧，友人問窮愁何似往日。杜云：『往日之窮以不舉火爲奇，近日之窮以舉火爲奇。』王士禛官揚州時，曾造訪之，與論詩。康熙二十六年夏流寓揚州三元宫，病卒。貧不能葬，後長沙陳鵬年守金陵，葬其於蔣山北梅花村。在金陵與方苞父仲舒相善，方苞爲誌其墓。有《茶村詩》《變雅堂文集》《變雅堂遺集》等存世。弟岕，字蒼略，號些山。亦爲明季諸生，與茶村避亂同居金陵。後茶村七年卒，年亦七十有七，有《些山集》。【方苞《望溪集》卷十三《杜茶村先生墓碣》、倪匡世《詩最》卷一、《（乾隆）上元縣志》卷十九、王晫《今世説》卷二、王士禛等《感舊集》卷六、錢林《文獻徵存録》卷十、《清史列傳》卷七十、《清史稿》卷五百一、鄧之誠《清詩紀事初編》卷二】

巫敬輿，字德士〔一〕，當塗人。貢生。〔二〕【《（乾隆）當塗縣志》卷十七】

李□□，字步青。生平不詳。

李沂（一六一六—一六七〇〔三〕），字子化，號艾山、壺庵，興化人。明諸生。性不喜帖括，不樂仕進。鼎革後，棄諸生隱於野，而文名藉甚。王士禛任揚州推官，聞其名，願一見而不可得。行縣至興化，遂命駕訪之，辭不見。常往來於揚，多主張師孔、師孟兄弟家。有《鸞嘯堂集》九卷、

〔一〕《（乾隆）當塗縣志》卷十七作『得駟』。

〔二〕按：《友聲》乙集第65巫敬輿札有『敝年叔丘柯村先生』之稱。考倪匡世《詩最》卷一有『巫之巒』其人，『號巒稚，江南當塗人，乙酉孝廉』，曾官南康府推官。《詩最》所選巫之巒詩有《贈丘慎清司理》云：『與君夙世訂嚶鳴，數載西江白水盟。』丘慎清即丘元武，可見二人交誼。頗疑巫敬輿即巫之巒之子，故稱丘元武爲『年叔』。又，倪永清跋巫之巒詩有『令嗣季震』云云，不言『敬輿』。然之巒詩有《又寄三兒》知其有三子，敬輿或在其中。

〔三〕《清代人物生卒年表》卒年闕疑。按：李沂爲李驎從伯父，李驎《虬峰文集》卷二十《何墩墓誌》云：『先君□□五□春秋，伯父年八十有六，於屬纊前□日□□□曰：「汝三叔父自揚州遣人來迎我。」三叔父，□□先君也。』文雖漫漶，但可確知李沂得年八十六，知其卒於一七〇一年。又其中『先君□□五□春秋』大義當爲『先君殁後五易春秋』云云。驎父卒於康熙丙子（一六九六），五年之後爲康熙四十年（一七〇一），李沂卒年八十六，上推生年，正爲一六一六年。

《秋星閣詩話》一卷存世。【李驎《虬峰文集》卷十六《壺庵先生傳》、卷二十《何墩墓誌》】

李坤，字申吉，號忍庵，钱塘人。幼有神童之目。年十三，受知於學使，試輒冠軍，名噪兩浙。雅結桂林、正雅、澹園、存古諸社，與四方名宿往來。屢试不第，遂漫游四方。【倪匡世《詩最》卷九】

李能哲，字惠伯，號無隱，漢陽人。性豪邁，不事舉業，遨游南北，與賢士大夫縱酒賦詩，聲氣翕然。【丁宿章《湖北詩徵傳略》卷六】

李堂，字心構，南通州人。貢生。少有异才，詩古文辭過目無不通曉。勤學不倦，歲必鈔書十卷，歷五十載。雍正間，總督尹繼善聘其修《江南通志》，同局咸推重焉。兼工繪事。年七十有八卒。【王藻《崇川詩鈔彙存》】

李淦（一六二六—？），字若金，號季子、礪園、滄浪水樵，興化人。中唐王丙戌鄉試乙榜。明亡，清廷屢徵入仕，隱匿不出。工詩文。性好山水，多游歷。曾從孫奇逢學，執贄爲弟子〔一〕。父

〔一〕見孫奇逢《孫徵君日譜録存》卷三十三「康熙十二年癸丑四月二十一日」所記。

長倩，明崇禎七年進士。乙酉，金陵破，與黃道周等擁立唐王於福州，進戶部侍郎，攝尚書事，後殉國。兄濯，字若練〔一〕。【陳鼎《留溪外傳》卷六《李季子傳》、王晫《今世説》卷六、《（咸豐）重修興化縣志》卷八】

李德，一名上德，字若谷，號遯庵，祁門人。閨秀王正之夫。游京師，先後爲顯親王丹臻及戶部尚書馬齊門客。【《友聲》壬集第7李上德札】

李篤祜，字其純，江都人。貢生。康熙四十年，任貴州鎮遠府知府。【《（雍正）江都縣志》卷四、《（乾隆）鎮遠府志》卷十七】

吴山濤（一六二四—一七一〇〔二〕），字岱觀，一字寒松，晚號塞翁。先世歙縣人，父之龍以避怨之故，遷居錢塘，遂籍焉。中崇禎十二年舉人，入清後，官至陝西成縣知縣，以縱情詩酒罷官。晚年隱居西湖。工詩，善書畫，人争寶之。有《西塞詩》存世。【《（康熙）歙縣志》卷九、《（乾隆）杭州府

〔一〕陳鼎《留溪外傳》卷六有《李若練傳》。

〔二〕此據汪世清《藝苑疑年叢談》。

志》卷九十四、姚禮《郭西小志》、汪世清《吴山濤〈西塞諸詩册〉》（見《藝苑查疑補證散考》）】

吴苑（一六三八—一七〇〇），字楞香，歙縣人。康熙二十一年進士，改庶吉士，散館授檢討，分修《大清一統志》《明史》諸書。二十七年，充會試同考官，尋充日講起居注官。三十年，遷右春坊右中允。三十一年，累遷左中允、翰林院侍講，尋陞國子監祭酒。在祭酒任，創立規程，砥礪士風。發掘已仆元明進士題名碑，補立順治三年以後十八科進士題名碑。康熙三十三年，辭官歸里。晚家吴門，遂卒焉。有《北黟山人詩》十卷存世。【金德嘉《居業齋文稿》卷九《吴祭酒傳》、潘耒《遂初堂集》文集卷十九《中大夫國子監祭酒吴君墓誌銘》、《清史列傳》卷七十一】

吴來儀（一六二八—？），字丹崖，武進人。順治六年進士。順治七年，任新淦縣知縣。後任古田縣知縣。〔二〕【《（乾隆）武進縣志》卷七、《（同治）新淦縣志》卷六、《（乾隆）古田縣志》卷五】

〔二〕《（同治）新淦縣志》卷六、《（乾隆）古田縣志》卷五俱未載其任官之年。然《（同治）新淦縣志》卷二有吴來儀《收掩暴骸記》一文，云：『余以庚寅夏承乏岩疆。』知其任在順治七年。而《（乾隆）古田縣志》卷四載『文廟碑記……（順治）十四年知縣吴來儀建』云云，知其任古田知縣在後。

吴孟龍，字伯御，歙縣人。康熙二十六年舉人。【《(乾隆)歙縣志》卷八】

吴思祖，字裒人，號雲谷，丹陽人。諸生。有才名，善詩古文辭，與蔡方炳、尤侗等爲莫逆之交。【《(光緒)丹陽縣志》卷二十】

吴度，字叔子，歙縣人。康熙十一年拔貢。幼聰慧，於書無所不讀，博聞强記，執經問業者衆。廉静自處，手不停披，著述頗豐，年六十八卒。【《(乾隆)歙縣志》卷八之五】

吴高佐，字孝永，歙縣人。生平不詳。

吴陳琰(一六五九—?〔一〕)，字寶崖，一字芊町，錢塘人。諸生。康熙四十二年，御試詩文一等，召入南書房纂修。五十二年，以修書議敘，出爲茌平知縣。五十六年，由山東巡撫李樹德薦，

〔一〕馮景《解舂集詩文鈔》詩鈔卷三有戊寅年所作《吴寶崖四十自壽六首次韻》，據此推定。

復入爲南書房纂修〔一〕。少負詩名，爲毛奇齡、朱彝尊所賞識，中年往來南北，與王士禛、宋犖交善，而宋猶有國士之目。【汪惟憲《積山先生遺集》卷七《記沈馮吴三君語》、《（康熙）茌平縣志》卷二、阮元《兩浙輶軒録》卷十一】

吴逸（一六四二—？〔二〕），字疏林，號莞亭，歙縣人。善畫山水、仕女，《（康熙）歙縣志》卷前山川圖即其所繪。【《（民國）歙縣志》卷十、汪世清《藝苑查疑補證散考·黄山畫苑兩疏林》】

吴從政，字聖聞，歙縣人。生平不詳〔三〕。

吴從龍，字仲雲，號梅谷，本歙縣人，占籍江都。父孔嘉，天啓五年一甲第三名進士，官至翰

〔一〕汪惟憲《記沈馮吴三君語》：『後出爲茌平令，賓崖嗜酒懶漫，吏事或非所長，大吏以聞於朝，復命入南書房，而賓崖鬱鬱遂死。』似其不堪政事，爲當道所參，遂落職，不得已而再入爲纂修。而《（康熙）茌平縣志》卷二《循良傳》則云：『（吴陳琰）在任五年，美政多端，爲本朝邑令之冠……大中丞李公樹德，特疏奏薦，請改入詞林，奉旨：著來京陛見。』則與汪氏所記稍异，姑兩存之。

〔二〕此據汪世清《藝苑查疑補證散考》。

〔三〕許楚《青岩集》卷六《夏鎮吊亡友吴聖聞》有句云：『魂招薌石谷，詩咽濟陰城。』許氏自注云：『薌石谷予與聖聞讀書處，在黄山白龍潭上。』似即此人。

林院編修。【李驎《虬峰文集》卷十五《吴仲雲詩序》、《友聲》新集卷五第25吴從龍札】

吴雯炯，字鏡秋，號葛巾老人，歙縣人，寓居南昌。有詩名，少與廬山僧心壁、畫者羅飯牛友善，嘗從族人吴綺得填詞法。年八十一卒。【《（光緒）江西通志》卷一百七十七、《（民國）歙縣志》卷十】

吴聖修，字夷公，號匏齋，歙縣人。貢生。【《（康熙）歙縣志》卷七】

吴肅公（一六二六—？），字雨若，號晴岩、街南遺老，宣城人。從學於叔氏吴坰及同里沈壽民。入清後，謝去舉子業。精研性理，崇尚實學，學爲古文，力辟陽明學説，授徒講學，學者稱『晴岩先生』。有《讀書論世》十六卷、《明語林》十四卷、《街南文集》二十卷《續集》七卷等存世。【吴肅公《街南續集》卷六《街南遺老吴晴岩暨配麻氏合葬墓誌銘》、《（嘉慶）宣城縣志》卷十五】

吴綺（一六一九—一六九四），字薗次，晚年失明，乃號聽翁，先世歙縣人，占籍江都。順治十一年，以拔貢入都。會世祖章皇帝求异才，冢宰胡兆龍拔置第一，授秘書院中書舍人，掌制誥。十五年，遷兵部主事，受詔作楊繼盛傳奇稱旨，遷兵部員外郎。康熙二年，擢工部郎中。五年，出爲湖州知府。八年，被劾去官，以貧不能返里，僑寓吴門久之，後從子婿江辰六之請，歸廣陵，復遂遨游四方。二十四年，於廣陵辟種字林居之，後又卜居於黄珏橋鎮。所撰《林蕙堂全集》二十六卷、《藝香詞》六卷，所選《唐近體詩永》十四卷、《宋金元詩永》二十卷等存世。【焦循《揚州足徵録》卷一沙張白《吴園次傳》、卷一王方岐《吴園次後傳》、靳治荆《思舊録》、《（雍正）江都縣志》卷十五、阮元《淮海英靈集》甲集卷二、《清史列傳》卷七十、《清史稿》卷四百八十四】

吴儀一（一六四七—？〔一〕），字瑹符，一作舒凫、抒凫，號吴山，錢唐人。監生。髫年入太學，名滿都下。奉天府丞姜希轍重其才，延之幕中。遍歷邊塞，詩文益工。尤長於詞，陳維崧、王士禛俱推重之。前後娶三婦，俱能文，有《吴吴山三婦合評牡丹亭還魂記》二卷存世。【王晫《今世説》卷六、《（乾隆）杭州府志》卷九十四、姚禮《郭西小志》卷十】

吴錫晋，字子山，歙縣人。尤侗門人〔二〕。生平不詳。

〔一〕此據章培恒《洪昇年譜》。

〔二〕《友聲》壬集第39尤侗札云：『今有及門吴子山便道維揚，特令進謁。』

吴應筳（一六〇六—一六九四〔一〕），後名非，字山賓，號古牛耕者、遻齋，貴池人。不事舉業，好綜覽，博聞强記，山經地志，齊諧稗乘，覽輒成誦。善畫，工篆刻。詩文聱詰，讀者或不能句。少入復社，明亡後，窮居鄉里，教授生徒以自給，然當道皆重其人。從兄應箕，復社領袖，曾與黄宗羲等共作《留都防亂公揭》，共抗阮大鋮，明亡，殉難死。【章永祚《南湖集鈔》卷八《古牛耕者傳》】

吴應麟，江都人。諸生。以教館爲生〔二〕。

吴□□，字繼公。生平不詳。

何五芝，字蔚宗，合肥人。貢生。康熙三十年，任泰州訓導。【《（嘉慶）合肥縣志》卷十七、《（道光）泰州志》卷二十】

〔一〕此據章建文《吴應箕研究》，安徽大學出版社，二〇〇九年，第九六頁。章氏未言所據，姑志於此。

〔二〕據《友聲》庚集第71吴應麟札『頻年就館東沙……應麟兄弟愧竊黌宫，家寒祚寡，窮經半世，未叨一遇』云云，可知。

何裔雲（一六四五—一七二〇〔一〕），字令名，號曾園，錢塘人，康熙十五年進士，授内閣中書。康熙二十五年，改桂東知縣。三十六年，行取以主事用，請假歸里，遂不復出。【《（雍正）浙江通志》卷一百六十七、阮元《兩浙輶軒録》卷八、《（民國）杭州府志》卷一百三十五】

何圖，字書源，號羲文，正黄旗人。蔭生。康熙四十九年至五十一年間，任蘇州府總捕同知。【《（乾隆）蘇州府志》卷三十五】

佘瓆，字文賓，號自玉，如皋人。國子生。部試選授郡佐，以母老辭。性尚氣節，重然諾，雖家道中落，處之淡如也。【倪匡世《詩最》卷五、《（嘉慶）如皋縣志》卷十六】

余寀，字同野，山陰人。嘗隨于成龍至蒙古。有《昭代叢書》本《塞程别紀》存世。【余寀《塞程别紀》張潮題辭】

〔一〕《清代人物生卒年表》未載卒年。考汪師韓《上湖詩文編》所載《編修何先生墓表》乃何裔雲子何玉梁墓表，云『（玉梁）三十八，丁父憂』。玉梁『生以康熙二十二年（一六八三）』，年三十八當爲康熙五十九年（一七二〇），可知裔雲卒年。

余榀（一六〇七—一六八五〔一〕），字生生，號鈍翁，眉州青神人。先祖余子俊成化、弘治間爲兵部、户部尚書，贈太保，後世子孫襲爲明錦衣衛千户，故家京師。然榀不屑襲官，乃攻制藝，爲國子監生。明亡，奔廣陵。時蜀中張獻忠作亂，殘殺士民，至發掘墳墓，榀徒步歸蜀，收先人遺骸而葬之。復返吴門，居虎丘。乙酉後，居鄞縣十餘年。後往來吴門、江都，康熙二十四年仲夏卒於江都瓊花觀中。生平所著五七古詩凡若干卷，易簀時屬甥焦氏付其友張韵選輯，後失其稿。【陳鼎《留溪外傳》卷六《余生生傳》、倪匡世《詩最》卷一、全祖望《鮚埼亭集外編》卷二十《余生生借鑒樓記》、全祖望《續耆舊》卷五十九《余錦衣榀》】

余懷（一六一六—一六九六〔二〕），字澹心，一字無懷，號曼翁，又號曼持老人，先世福建莆田，江寧人。明諸生。才情艷逸，工詩詞。明季，與杜濬、白夢鼐齊名，時號『余杜白』，金陵市語轉爲『魚肚白』。曾入復社，入清後棄去諸生，詞多傷亂流離凄麗之語。康熙八年後，隱居吴門。有

〔一〕　倪匡世《詩最》卷一云：『康熙乙丑（一六八五）仲夏卒於瓊花觀中，時年七十有九。』知其生卒年。然《留溪外傳》云其『七十有七而卒』，今從前説。

〔二〕　《清代人物生卒年表》據張慧劍《明清江蘇文人年表》定卒年爲康熙三十四年（一六九五），此據范志新《余懷生卒年考辨》（《明清小説研究》一九九〇年第三—四期合刊本）。又據《友聲》辛集第27錢岳札云：『余曼翁於荷花誕日仙游。』此札繫於康熙三十五年（一六九六），可知范文所考無誤。

《甲申集》七卷、《江山集》三卷、《玉琴齋詞》《板橋雜記》等存世。【王士禛等《感舊集》卷七、李桓《國朝耆獻類徵初編》卷四百二十八、《清史列傳》卷七十、朱志遠《余懷研究》（南京師範大學碩士論文，二〇〇八年）】

余蘭碩，字香祖，一字湘客，先世福建莆田，上元人。余懷幼子〔一〕。

狄億，字立人，號向濤，溧陽人。工詩及書。康熙三十年進士，選庶吉士，時甫弱冠。康熙三十三年散館，因未通滿文，然聖祖以其漢文及書法優异，且年紀尚小，令仍爲庶吉士〔二〕。康熙四十二年散館，以『學習不及』，歸進士班用〔三〕，遂引疾歸里，不復出。有《百名家詩鈔》本《秀野堂詩》一卷等存世。父敬，順治六年進士，官至潼關參議。【《（嘉慶）溧陽縣志》卷十三】

汪士鋐（一六三二—一七〇四），原名徵遠，字扶晨，號栗亭，歙縣人。諸生。工詩古文

〔一〕聶先、曾王孫《百名家詞鈔》選余蘭碩《團扇詞》所附尤侗跋云：『吾老友余曼翁，詞壇老將，其幼子香祖《團扇詞》，才藻翩翩，致足樂也。』

〔二〕見《昭代叢書》乙集所載狄億《暢春苑御恭紀》。

〔三〕見《清聖祖仁皇帝實録》卷二百十二。

辭。康熙二十三年冬，聖祖南巡，獻賦平山，進《迎鑾曲》三十咏，召對行在。有所撰《黄山志續集》八卷、《栗亭詩集》十卷，所纂《新都風雅三種》三卷等存世。【倪匡世《詩最》卷二、《（乾隆）歙縣志》卷十四】

汪允讓，字禮常，號半亭，歙縣人。出游南北，廣交名士，好吟咏。【汪世清《明清黄山學人詩選》】

汪永清，字匪莪，徽州人。貢生。【《（康熙）歙縣志》卷七】

汪志道，字覺先，號冷松，先世歙縣，錢塘人。諸生。博通經史，不拘小節，然生平絶少知遇，殊抱鬱。【倪匡世《詩最》卷五、阮元《兩浙輶軒録》卷二、《（民國）歙縣志》卷十】

汪岱實，字柱東，號石門，嘉定人〔一〕。諸生。父价，字介人，號三儂〔二〕。【《（嘉慶）嘉定縣志》

〔一〕《友聲》注其籍貫爲『蘇州』。按：清初嘉定爲蘇州府屬縣，雍正三年後方改隸太倉州。

〔二〕汪价有自撰《三儂贅人廣自序》見張潮所選《虞初新志》。

卷十五】

汪洪度，字于鼎，歙縣人。善屬文，工詩，受業於王士禛，士禛爲定其全集。靳治荆爲歙縣令時修縣志，延洪度專志山水。有《新安女史徵》一卷、《黄山領要録》二卷、《息廬詩》六卷存世。弟洋度，字文治，并有才名，王士禛謂曰：『松山二汪，聲價比於儀廙。』【《（民國）歙縣志》卷七】

汪琬（一六二四——一六九一），字苕文，號鈍庵，長洲人。順治十二年進士，觀政通政司，旋請假歸。十五年，補户部主事，分司大通橋。十七年春，陞户部員外郎，夏調刑部，旋陞刑部郎中。十八年，江南奏銷案起，爲諸弟詿累，降二級調用，補北城兵馬司指揮。康熙五年，陞户部主事。八年，分司江寧西新倉。九年，司事告竣，以病請假歸里。十一年，結廬堯峰山。十八年，舉博學鴻詞科，授編修，與修《明史》。在史館六十日，撰成史稿百七十篇，遂稱病杜門不出。二十年，歸里不復出。以古文知名於世，宋犖輯《國朝三家文鈔》，琬與侯方域、魏禧并入之，學者稱『堯峰先生』。有《詩問》一卷、《喪服或問》一卷、《擬明史列傳》二十四卷、《鈍翁類稿》六十二卷、《鈍翁續稿》五十二卷、《堯峰文鈔》五十卷等存世。【計東《改亭文集》卷十四《鈍翁生壙誌》、陳廷敬《午亭文編》卷四十四《翰林編修汪鈍翁墓誌銘》、王峻《王艮齋文集》卷三《汪鈍翁傳》、《國朝耆獻類徵初編》卷百二十、《清史列傳》卷七十、《清史稿》卷四百八十四、趙經達《汪堯峰先生年譜》】

汪楫（一六三六—一六九九），字舟次，别字悔齋，先世休寧，遷居江都，占籍儀徵。康熙十六年以歲貢官贛榆教諭。十八年，舉博學鴻詞科，授檢討，充《明史》纂修官。二十一年，充封琉球正使，二十三年春，奉使還。二十八年，出知河南府，治績爲中州最。三十二年，陞福建按察使。三十四年，遷福建布政使。三十八年，内召入京，途次得疾，卒於揚州。王士禛稱其詩「以古爲宗，以潔爲體，以清泠峭蒨爲致」。善書法，有楊凝式、米芾之神。有《悔齋詩》《山聞詩》《京華詩》《觀海集》《中山沿革志》《使琉球雜録》等存世。【唐紹祖《改堂先生文鈔》卷下《通奉大夫内陞福建布政使加二級汪公墓志銘》、朱彝尊《曝書亭集》卷七十三《通奉大夫福建布政司使内陞汪公墓表》、阮元《淮海英靈集》甲集卷三、李斗《揚州畫舫録》卷二、《清史列傳》卷七十一、《清史稿》卷四百八十四、胡春麗《汪楫年譜簡編》（《明清文學與文獻》二〇一六年第一期）】

汪熙楨，字寧士，歙縣人〔一〕。生平不詳。

汪薇（一六四五—一七一七），字思白，號溪翁，歙縣人。康熙二十四年進士，選庶吉士。三

〔一〕許承堯《歙事閑談》卷六「《江止庵遺集》」條載此集所附《江先生遺稿徵刻小引》有「謹告于同里名賢長者醵金助資」云云，汪熙楨在捐資助刊者之列，可知汪氏當爲歙縣人。

十年，改授户部主事。三十六年，以户部郎中視學福建，與巡撫志意不合，報政考下等，效力南河，工畢告歸，遂不出。有《寒木堂看香草》二卷、《咏古詩》一卷存世，所輯《詩論》二卷亦存。【唐紹祖《改堂文鈔》卷下《户部新安汪公墓誌銘》、《（乾隆）歙縣志》卷十一】

汪穎（一六三〇—？），字遯漁，一作鈍予，歙縣人。少貧，年二十，折節向學，喜談經濟。康熙十三年，三藩亂起，獻策軍門，有聲戎幕。後將叙功，鬱鬱不得志，謝去。遂殫力於詩，遍游南北名勝。晚年歸隱漢陽之麻陽口。有《東漪草堂詩曆》五卷存世。【丁宿章《湖北詩徵傳略》卷六】

汪鎬京（一六三四—一七〇二），字快士，號西谷，歙縣人，晚僑寓江都。不求仕進，喜游山水。善篆刻，以之爲生。張潮《檀几叢書》二集收録其所著《紅朮軒紫泥法》。曾孫爲揚州著名學者汪中。【江藩《炳燭室雜文》所收《汪先生墓表》、李兆洛《養一齋集》文集卷十三《汪快士先生墓表》、汪喜孫《汪氏家傳》抄本】

汪鶴孫（一六四三—一七一二），字雯遠，號梅坡，先世歙縣人，祖父汪汝謙字然明，於明末避地武林〔一〕，遂籍錢塘。康熙十二年進士，改庶吉士，旋即請假南旋。性好游，没於江都，歸葬西

〔一〕《（乾隆）歙縣志》卷十四：『汪汝謙字然明，叢睦坊人。輕財樂施，族戚待爨者數百人。明末避地武林，爲風雅領袖。』

湖鷄籠山。有《延芬堂集》二卷存世，爲其孫汪詩韓所編，見《叢睦汪氏遺書》。父玉立，字與可。【《叢睦汪氏遺書》本《延芬堂集》卷前小傳】

沈白，字濤思，號賁園、天庸子，青浦人。父鳴求，明亡，棄諸生隱居，歿後，學者私謚『貞愍』。白亦絶意進取，闢父隱居之所而居，歌嘯其中。詩不事藻繪。工書，真行草皆入妙，亦善畫山水。年七十八卒。〔一〕【《（乾隆）青浦縣志》卷二十九、姜兆翀《松江詩鈔》卷二十五】

沈廷瑞，字兆符，號樗崖、頑仙，宣城人。工詩，善畫，取法沈周，尤善畫松。喜游歷，年八十餘猶能游。祖沈壽民，字眉生，號耕岩，明理學，學者稱『耕岩先生』。【馮金伯《國朝畫識》卷八】

沈思倫，字契掌，石埭人。嗜古工文，從湯燕生游。重交游，矜然諾，諸名輩多樂與交。【《（乾隆）池州府志》卷四十七】

〔一〕　彭藴璨《歷代畫史彙傳》卷五十云沈白爲『婁人文恪公荃弟』，誤。按《（乾隆）華亭縣志》卷十二云『沈荃，字貞蕤，號繹堂。父紹曾，世居泖上。荃幼孤，依族叔士棟於東郊。』可知二人并非兄弟。

沈琰，字冰峙〔一〕，華亭人。工詩，善畫。性至孝，曾兩次割股療親。【倪匡世《詩最》卷九】

沈善貞，字樂山，號力仁，宣城人。生平不詳。

沈輅錫，字六飛，號曉村，仁和人。生平不詳。

沈嵩士，字岱瞻，號秋畦，海寧人。康熙四十二年進士，官寶坻知縣。父珩，字昭子，康熙三年會試第一，康熙十八年應博學鴻詞科，授翰林院編修。【《（乾隆）海寧州志》卷八、卷十一】

宋永貽，字汝吉，鹽城人。生平不詳。

宋曹，字彬臣，一作邠臣，號射陵，鹽城人。工詩，善書，明崇禎時官中書。入清，先後以山林隱逸、博學鴻詞徵，皆辭不就。人高其行，稱「射陵先生」。所著《書法約言》載《昭代叢書》甲集，所著詩文《會秋堂集》有今人趙嶰石、周夢莊兩家輯本。【任朝楨《任午橋存稿》卷三《宋曹傳》、陳

〔一〕《詩最》卷九作「凝峙」。

廷敬《午亭文編》卷三十六《宋射陵先生壽序》、王晫《今世説》卷七、《（乾隆）鹽城縣志》卷十三、李桓《國朝耆獻類徵初編》卷四百七十三、劉東芹《宋曹交游考略》（《書法研究》二〇〇七年第十一期）、周夢莊《宋射陵年譜》】

宋實穎（一六二一—一七〇五），字既庭，長洲人。淹貫經史，詩文典雅，爲詞壇名宿。弱冠以文受知徐汧，游學燕趙間。順治八年舉順天鄉試，後以江南奏銷案詿誤，不得與會試。康熙十八年，召試博學鴻詞科，報罷。二十四年，授興化縣教諭，歷十六年告歸。有《老易軒文鈔》二十七卷存世。【《（乾隆）長洲縣志》卷二十五、《（同治）蘇州府志》卷八十八】

宋犖（一六三四—一七一三），字牧仲，號漫堂，商丘人。順治四年，以大臣子列侍衛，逾歲考試，注銓通判，其父以其年小力辭。康熙三年，授湖廣黄州通判。八年，丁生母憂。十六年，補理藩院院判。十七年，遷刑部員外郎，出榷贛關，還遷刑部郎中。二十二年，授直隸通永道。二十六年，擢山東按察司，十月遷江蘇布政使。二十七年擢都察院右副都御史巡撫江西。三十一年，以原官調撫江蘇。四十四年，内陞吏部尚書。四十七年，以衰老乞罷，遂致仕歸。五十三年，赴京師祝聖壽，詔加太子少師，賜詩還里，卒於家。幼負俊才，好讀書，便弓馬，敏於政事。巡撫江蘇十四年，東南名士多從之游，所獎成者皆聞於當世。有所著《筠廊偶筆》二卷《二筆》二卷、《綿津山人詩集》三十四卷附《緯蕭草堂詩》三卷、《西陂類稿》五十卷，所編《江左十五子詩選》十五卷、《國朝三家文鈔》三十二卷等存世。父權，天啓五年進士，官順天巡撫，入清官至國史院大學士，加太子太保，謚『文康』。【錢儀吉《碑傳集》卷六十七湯右曾《光禄大夫太子少師吏部尚書宋公墓志銘》、《清史列傳》卷九、《清史稿》卷二百七十四】

八畫

范國禄（一六二三—一六九六），字汝受，號十山，南通州人。諸生。家本饒於貲，舉盡於客，貧甚，遨游四方。康熙十三年，聘修州志，鏤板呈樣本，爲人指摘，十山自削其名，投書而去，故州志不署其名。避讎居維揚幾十載，乞其文者門如市，後歸里結十山草堂，因爲别號。晚年以詞賦自娱。有《十山樓稿》存世。父鳳翼，明萬曆二十六年進士，官至光禄寺少卿。【倪匡世《詩最》卷九、阮元《淮海英靈集》丙集卷三、王藻《崇川詩鈔彙存》卷首目録】

林佶（一六六〇—？），字吉人，號鹿原，侯官人。康熙四十四年舉人，四十五年獻賦及所書御製詩集，稱旨，命在武英殿辦事。五十一年，特賜進士，授内閣中書，與修《古今圖書集成》。雍正元年，以陳夢雷得罪，牽連下獄，放歸。工於楷法，亦善篆隸文。文師汪琬，詩師陳廷敬、王士禎，《堯峰文鈔》《午亭文編》《漁洋山人精華録》皆其手書付雕。有《樸學齋詩稿》十卷存世。【《清史列傳》卷七十、《（民國）閩侯縣志》卷七十二、袁行雲《清人詩集叙録》卷十七】

卓爾堪（一六五三—？），字子任，一字鹿墟，江都人。幼學擊劍，能挽五石弓。康熙十三年，從郎佐、李之芳南征閩亂。康熙十九年，亂將平，聞母病而乞歸，遂不復出。乃賦詩學古，遨游四方，與士人相倡和。有所選《遺民詩》十二卷存世。【阮元《淮海英靈集》甲集卷一、《（嘉慶）重修揚州府志》卷五十三、潘承玉《清初詩壇：卓爾堪與〈遺民詩〉研究》（中華書局，二〇〇四年）】

迮俊，字旦庵，先世河南祥符，先人業鹽於揚州，遂籍江都。明亡後，棄諸生，隱於醫，買藥爲生。晚移家山陽。【魏禧《魏叔子文集外篇》文集卷十《贈迮旦庵遷居序》、孫枝蔚《溉堂集》續集卷五《送迮旦庵俊之淮安》、王錫祺《山陽詩徵續編》卷四、張其淦《明代千遺民詩咏》卷九】

岳端（一六七〇—一七〇四），一作袁端、蘊端，字兼山，一字正子，號玉池生、長白十八郎、紅蘭室主人，清太祖四世孫。康熙二十三年，封多羅勤郡王，二十九年，降爲固山貝子，三十七年，坐事削爵。好吟咏，禮賢下士。有所選《寒瘦集》一卷、所著《玉池生稿》十卷、《揚州夢傳奇》二卷存世。父岳樂，順治十四年晋封安親王，康熙二十八年薨，謚『和』，二十九年，追降郡王，削謚。

兄瑪爾渾，襲封安郡王。【法式善《八旗詩話》、《清文獻通考》卷二百四十六及卷二百四十七、《清史稿》卷二百十七及卷四百八十四】

周卜年，字曉窗，江西人。生平不詳。[一]

周人玉，字孚尹，吴縣人。生平不詳。

周之樞，字星遠，烏程人。生平不詳。

周在都（一六五五—？），字燕客，祥符人。監生。康熙二十三年前後，任濟南府通判[二]。四十年，任揚州府清軍同知。有《桑乾草》一卷、《響山樓稿》一卷、《餐雲書屋稿》一卷、《雪舫吟》

[一] 據江西撫州府《（康熙）金溪縣志》卷四，順治三年丙戌科鄉試舉人有名「周卜年」者，官「教諭」，未知即此人否。

[二] 《（道光）濟南府志》未載任官年代，此據章培恒《洪昇年譜》所考。洪昇《稗畦集》有《贈周燕客别駕》詩云：「故人佐郡已三年，只飲城西趵突泉。」章氏考此詩作於康熙二十五年，則周在都任通判之年當在二十三年前後。

一卷存世。父亮工〔一〕，字元亮，號櫟園，崇禎十三年進士，入清官至户部侍郎。【《（道光）濟南府志》卷三十、《（雍正）揚州府志》卷十九】

周在建（一六五五—？），字榕客，號西田、學庵，祥符人。監生。效力南河十年，康熙三十六年，以功議叙，授河間府景州判官。五十年，陞廣德州知州〔二〕。有《近思堂詩》不分卷、《顧曲亭詞》不分卷。父亮工〔三〕。【周在建《近思堂詩》張潡序、吴寧謐序、吴藹序、《（光緒）廣德州志》卷二十八、徐世昌《晚晴簃詩匯》卷四十】

周鼎，字荆山，號軒三，婁縣人。諸生。工詩文，與兄齊名，然屢試不第。兄彝，字策銘，康熙三十六年進士，官至翰林院編修。【張雲章《樸村文集》卷八《周荆山長干集詩序》、《（乾隆）婁縣志》卷二十五、姜兆翀《松江詩鈔》卷十九】

周易，字蓮峰，江寧人。生平不詳。

〔一〕在都爲周亮工第五子。

〔二〕《晚晴簃詩匯》言周在建官淮安知府，然檢《（乾隆）淮安府志》未見其人，似誤。

〔三〕在建爲周亮工第四子。

於人龍，字御六，丹徒人。通形法及岐黃之術〔一〕。生平不詳。

宗元鼎（一六二〇—一六九八），字定九，號梅岑，別號小香居士，江都人。累試不第，隱居江都之東原，爲王士禛门人。詩主風調，酷學《才調集》，風華婉媚，自成一家。【焦循《揚州足徵録》卷十九孔尚任《題詩人宗梅岑小像》、阮元《淮海英靈集》甲集卷三、《（嘉慶）重修揚州府志》卷五十三】

宗學曾，字德永，一字醴陵，江都人。六歲時就塾讀書，因曾祖名世初釋褐時夢江淹以三彩筆授之，塾師取名曰文江，及稍長復改曰學曾。十餘歲，即能詩文，王士禄、士禛俱以通家子盛稱之。父元鼎。【倪匡世《詩最》卷四、王豫《淮海英靈續集》庚集卷一】

郎遂，字趙客，貴池人。國子生。以詩文名於時。所居杏花村，山川明秀，徜徉其間，吟咏自得，年逾八十弗衰，人稱耄而好學。有所纂《杏花村志》十二卷存世。【《（乾隆）貴池縣志續編》卷

〔一〕此據《友聲》新集卷二第8於人龍札自述。又今本《重刊俞天池先生痧痘集解原本》有於人龍「附記」一篇，自署「孟河畸人耕烟氏」。

六、《(光緒)貴池縣志》卷二七】

九畫

胡廷咏，字雅臣，歙縣人。貢生。【《(康熙)歙縣志》卷七】

胡其毅，字致果，一名澂，字静夫，上元人。精研性理，以蔡沈九峰、陳獻章白沙自期。晚年家貧，然未嘗干人，詩存古格，紀映鍾、陳師泰等皆重之。父正言，字曰從，精篆刻，所居名十竹齋。【《(乾隆)上元縣志》卷十九、陳作霖《金陵通傳》卷二十二】

胡復亨，字會來，黄州人。生平不詳。

胡煌，生平不詳。

查士標（一六一五—一六九七[一]），字二瞻，號梅壑，休寧人，寓居江都。以書著名，得董其昌神髓。亦長於畫，得倪瓚遠神。【《（康熙）江都縣志》卷九、《（雍正）江都縣志》卷十五】

冒襄（一六一一—一六九三），字辟疆，號巢民，如皋人。崇禎十五年副榜貢生，授推官。年十歲能詩，董其昌爲作序。與方以智、陳貞慧、侯方域并稱『四公子』。嘗置酒桃葉渡，以會爲閹黨所害『六君子』之孤，共抗阮大鋮。明亡後，棄官里居。順治元年，興黨獄，賴誠意伯營救而僅免。好客，招致無虚日。當事屢薦，辭不就。殁後，學者私謚爲『潛孝先生』。納董小宛爲妾，冒襄有《影梅庵憶語》記其事。輯有《同人集》十二卷，所著有《巢民詩集》六卷《文集》七卷等存世。父起宗，明按察司副使。【韓菼《有懷堂文集》卷十六《潛孝先生冒徵君墓志銘》、《（嘉慶）如皋縣志》卷十六、《清史列傳》卷七十、《清史稿》卷五百一】

冒丹書（一六三九—一六九五），字青若，如皋人。諸生。工制舉業及詩古文詞，困頓未第，以明經授州同知。輯有《今文選》八卷、所著有《枕烟堂詩》存世。父襄，字辟疆。【《（嘉慶）如皋縣志》卷十六、《清史列傳》卷七十】

[一] 此據汪世清《藝苑疑年叢談》。

施閏章（一六一九——一六八三），字尚白，號愚山，又號蠖齋，宣城人。順治六年進士，授刑部主事，奉使關西。十年，丁大母憂。十二年春，服闋，補刑部廣西司員外郎。十三年奉使督學山東。十八年秋，奉命分守湖西。康熙六年，裁缺歸里。十八年，舉博學鴻詞，授翰林院侍講，纂修《明史》。二十二年轉翰林院侍讀，充《太宗聖訓》纂修官。卒於官。家世理學，少從學同邑沈壽民。工詩，與宋琬齊名。與同邑高咏友善，皆工詩，時號爲「宣城體」。有《學餘文集》二十八卷、《學餘詩集》五十卷等存世。【毛奇齡《西河集》卷八十六《誥授奉政大夫翰林院侍讀加一級施君墓表》、湯斌《湯子遺書》卷六《翰林院侍讀前朝議大夫愚山施公墓志銘》、施念曾《愚山先生年譜》、《清史稿》卷四百八十四】

姜實節（一六四七——一七〇九），字學在，號仲子，萊陽人。父埰，崇禎間官禮科給事中，以言事獲罪，廷杖謫戍宣城，國變後寓居吴門。以時艱，謝去舉子業，從事詩古文學。父没後，與兄安節營父及叔父垓二公祠於虎丘以守之。閉門讀書，不問外事。年逾四十，營生壙於兩祠間，自製碣銘。屬纊，以所著《酸心集》付子，命俾他日錮鐵函沉諸井，不使示人。【冷士嵋《江冷閣文集續卷》上《明處士萊陽姜仲子墓表》、張符驤《依歸草》卷四《萊陽姜仲子生壙誌》】

洪天桂，字秋崖〔一〕，旗人。家貧，博極群書，涵負經濟。論詩以性情之真爲主，與何圖相善，詩文名亦埒。【陳夢雷《松鶴山房詩文集》文集卷十《洪秋崖詩序》】

洪嘉植，字秋士，一字去蕪，歙縣人，僑寓儀徵。貫通經史，講求實學，曾從學於熊賜履〔二〕。後遷居江寧，晚年尤力學，人稱匯村先生。有《大蔭堂集》存世。【《（乾隆）歙縣志》卷十一、《（乾隆）上元縣志》卷十九】

姚曼，字東只，歙縣人，居江都〔三〕。有才略，曾客游燕秦及郴州、柳州等地。【王豫《淮海英靈續集》巳集卷二、林佶《樸學齋詩稿》卷一《送姚東只還揚州》】

姚增，歙縣人。生平不詳。

〔一〕 秋崖，《友聲》作「秋岩」。

〔二〕 《友聲》乙集第45洪嘉植札有「嘉植嘗游孝感先生之門」云云。

〔三〕 《友聲》己集第43姚曼札云其爲張潮「同里」，即歙縣人。吴綺《林蕙堂全集》卷二《姚東只五十徵詩啓》亦云：「東老姚年翁，歙浦英流，瀛洲華胤。」知其本爲歙縣人無疑。但《淮海英靈續集》稱其爲「江都人」，林佶《送姚東只還揚州》亦云：「維揚一老翁，年已六十九。」可知必已遷居江都，但是否入籍，尚不能定。

紀映鍾（一六〇九—？〔一〕），字伯紫，一作伯子、蘗子，號戇叟，自稱鍾山遺老，上元人。崇禎間爲名諸生，爲復社在金陵一地之領袖。明亡後，棄諸生。少與龔鼎孳友善，龔既貴，招其至京師，居十餘年，未嘗輕投一刺。鼎孳没，南歸，移家儀真。有《戇叟詩鈔》四卷存世。父青，字竺遠，能詩。有女弟名映淮，字阿男，亦能詩，王士禛曾有詩紀之。【王士禛《感舊集》卷六、鄭方坤《本朝名家詩鈔小傳》卷一、吴德旋《初月樓聞見録》卷五、鄧之誠《清詩紀事初編》卷二】

十畫

秦松齡（一六三七—一七一四），字留仙，號對岩，無錫人。順治十二年進士，改庶吉士，散館授國史館檢討。十八年，以奏銷案削籍。康熙十八年，舉博學鴻詞科，授檢討。二十年，充日講起居注官，歷左春坊左贊善，遷諭德。二十三年，充順天鄉試正考官，以磨勘試卷不當落職。歸里後，耽研經訓，尤深於《詩》學。有《毛詩日箋》六卷、《蒼峴山人文集》六卷《詩集》五卷、《微雲詞》一卷。【陸楣《鐵莊文集》卷五《秦對岩先生傳》、《清史列傳》卷七十、《清史稿》

〔一〕　鄧之誠《清詩紀事初編》据《戇叟詩鈔》迄年，推測其卒於康熙辛酉（一六八一）年。

卷四百八十四】

袁啓旭（一六四八—一六九六〔一〕），字士旦，號中江，宣城人。諸生。詩才雄健，不爲纖弱語，文格與書法皆然，而尤工尺牘，爲王士禛、宋犖所嘆賞，與同邑施閏章、梅庚同負盛名於都下。有《中江紀年詩》四卷存世。【靳治荆《思舊録》、《（嘉慶）宣城縣志》卷十七】

莊文偉，字焕章，儀徵人。生平不詳。

柴世堂，字陛升，號胥山，仁和人。雍正元年，薦孝廉方正科，以年逾花甲，辭不就。父紹炳，字虎臣，『西泠十子』之一。【潘衍桐《兩浙輶軒續録》卷五】

畢鐸民，西洋傳教士。生平不詳。

〔一〕《清代人物生卒年表》卒年闕疑。孔尚任《燕台雜興三十首》有『文章九命未君欺，才解行囊已問醫。丙子殘春風雨夜，中江絶筆紀年詩』，自注云：『袁士旦名啓旭，抱病來京，凡同人倡和者，分韵送榻上，苦思成句，入《紀年集》中，兩月而卒。』知袁啓旭卒於康熙丙子。

畢熙暘（一六三九—？），字右萬，號嵎谷，又號樅亭，歙縣人。晚居揚州，善畫梅。父懋康，《明史》有傳。兄熙載，曾起兵抗清，後祝髮爲僧。〔一〕【汪世清《明清黄山學人詩選》】

倪匡世，字永清，婁縣人。趙都督某一見奇之，挈至京，名譽甚重。逾年游楚，爲葉映榴客，映榴亦倚重之。晚年好方外交。有所選《詩最》三集存世。【《（乾隆）婁縣志》卷二十五】

徐秉義（一六三三—一七一一），字彦和，號果亭，昆山人。康熙十二年一甲第三名進士，授編修。二十一年，遷右春坊右中允，尋乞假歸里。三十三年，徐乾學卒，召至京師，充《一統志》總裁，擢授左春坊左中允。三十四年，累遷翰林院侍講、右春坊右庶子。三十六年，陞詹事府少詹事，兼充日講起居注官。三十八年，陞詹事府詹事。三十九年，命總裁《明史》，七月特授額外禮部侍郎，仍管詹事府事，九月，陞吏部侍郎，兼管詹事府如故。四十年，充經筵講官，坐事失當，罷吏部侍郎職，仍官詹事府詹事。四十二年，陞内閣學士，兼禮部侍郎。四十三年，乞歸休。有《詩經識餘》四卷、《明末忠烈紀實》二十卷、《培林堂文集》十四卷存世。長兄乾學，康熙九年一甲第三名進士，官至刑部尚書。仲兄元文，順治十六年一甲第一名進士，官至文華殿大學士兼户部尚書。時稱『三

〔一〕　見《（民國）歙縣志》卷十。

徐』。【許汝霖《德星堂文集》卷四《座主果亭徐公墓志銘》、《清史列傳》卷十、《清史稿》卷二百五十】

徐貞，字幹臣。生平不詳。

徐時夏，字丙文，一字常于，吴江人。能詩文，兼工書。嘗游京師，寥落無所就。還歸廣陵，時孔尚任治下河，聘爲記室，後以不合而去。晚年以詩一册置懷中，徒步里門，踽踽無所納，後卒於僧舍。【袁景輅《國朝松陵詩徵》卷十】

徐釚（一六三六—一七〇八），字電發，號拙存、虹亭、楓江漁父，吴江人。國子生。工爲詩，尤工詞，兼通古文及制舉業，入慎交社，聲譽日起。嘗兩至京師，公卿皆折節與交，尤見知於龔鼎孳、梁清標。朝鮮貢使仇元吉嘗以金餅購其《菊莊詞》。康熙十八年，由梁清標薦，舉博學鴻詞科，授翰林院檢討，與修《明史》。以忤權貴，轉外任，遂歸里，遍游四方。後聖駕南巡，詔以原官起用，不出。有所輯《本事詩》十二卷、《詞苑叢談》十二卷，所著《南州草堂集》三十卷《續集》四卷、《菊莊詞》二卷、《南州草堂詞話》三卷存世。【《（乾隆）吴江縣志》卷三十二、鄭方坤《國朝名家詩鈔小傳》卷二、李富孫《鶴徵前録》、《清史列傳》卷七十一、《清史稿》卷四百八十四】

徐崧（一六一七—一六九〇），字松之，一作嵩芝，號臞庵，吴江人。明亡後，往來吴越之間選詩，今存者有《詩南》《雲山酬唱》《詩風初集》《百城烟水》。又好佛法，著《起信録》，今未見。【倪匡世《詩最》卷七、王弘撰《山志》、袁景輅《國朝松陵詩徵》卷四、陸林《金聖歎研究》第十九章《〈沉吟樓詩選〉所涉交游考》】

徐發，字衮侯，長洲人。康熙三十六年進士，榜名陳發。康熙四十年，任容縣知縣，後官至户部主事。【沈德潜《清詩別裁集》卷十八、《（乾隆）長洲縣志》卷二十、《（光緒）容縣志》卷十三】

徐瀫，字宛湄，衢州府西安縣人。康熙三十年，任揚州府經歷。【《（雍正）揚州府志》卷十九、《（嘉慶）西安縣志》卷二十七】

殷曙（一六二三—一六九二），字日戒，歙縣人。家貧，授徒糊口，曾受張潮父張習孔之聘，館於其家。與江注友善。【張潮《心齋聊復集》所收《殷日戒集跋》，汪世清、汪聡《漸江资料集》】

殷譽慶，字彦來，號蘧齋〔一〕，華亭人，占籍江都。諸生。詩才清麗，爲王士禛門人。嘗集一聯贈漁洋，曰：『天下文章莫大于是，一時賢士皆從其游。』當世傳之。性狂簡，落魄而死。【阮元

〔一〕《淮海英靈集》作『蘧門』。

《淮海英靈集》甲集卷三、姜兆翀《松江詩鈔》卷十一】

高士奇（一六四五—一七〇三），字澹人，號江村，本餘姚人，占籍錢塘。國子生。康熙十年，以書法精工，命供奉内廷。十四年，授詹事府録事，十六年，遷中書，賜居西安門内。十九年，特擢翰林院侍講。二十二年，補侍讀，充日講起居注官。二十三年，正月遷右春坊右庶子，二月轉左，尋晋翰林院侍講學士。二十四年，充《大清一統志》副總裁。二十五年，轉翰林院侍讀學士。二十六年，陞詹事府少詹事。二十六年，以巡撫張汧行賄事牽連，許原官解任，仍充《一統志》副總裁。二十八年，都御史郭琇疏劾之，命休致回籍，卜居平湖。三十三年，詔閣臣舉長於文學者，當道薦之，遂赴京修書，仍直南書房。三十六年，以養母乞歸，特擢詹事府詹事。四十一年，授禮部侍郎，以母老未赴。四十三年，大駕復南巡，迎謁淮安，及回鑾，隨扈至京，優賚以歸。是年六月卒，詔給全葬。四十四年，特旨賜謚『文恪』。工詩文，尤工書，精於賞鑒。有《春秋地名考略》十四卷、《左傳紀事本末》五十三卷、《春秋左傳姓名同異考》四卷、《金鰲退食筆記》二卷、《松亭行紀》二卷、《北墅抱甕録》一卷、《江村銷夏録》三卷、《清吟堂全集》七十三卷等存世。【李桓《國朝耆獻類徵初編》卷六十、《清史列傳》卷十、《清史稿》卷二百七十一、王肖肖《高士奇年譜》（南通大學碩士論文，二〇一八年）】

高兆，字雲客，號固齋，侯官人。明諸生。唐王時爲鄭芝龍所忌，避居金陵，遂居焉。善小楷，廣交游。有《春靄堂雜録文稿》二卷、《啓禎宫詞》一卷等存世。【王晫《今世説》卷二及卷三、陳作霖《明代金陵人物傳》、《（民國）閩侯縣志》卷七十二】

席居中，字允叔，錦州人，僑寓江都。所選《昭代詩存》六十卷存世。【《（康熙）江都縣志》卷九、王豫《淮海英靈續集》巳集卷三】

唐時淵，字十泉，邵陽人。諸生。能詩，與邵陽陳公禄、車萬有等交好。【鄧顯鶴《沅湘耆舊集》卷五十二】

唐麟翔，字石郊，號竺巢，泰州人。康熙四十二年進士。康熙四十九年，任射洪縣知縣，建陳子昂讀書臺。五十五年，擢吏部主事。雍正二年，任蔚州知州。【《（道光）泰州志》卷二十三】

陸次雲，字雲士，號天濤，錢塘人。諸生。康熙十八年，應博學鴻詞科，報罷。康熙十九年，任郟縣知縣，旋丁父憂。服闋，康熙二十四年補授江陰知縣，以修學、浚河、葺城垣諸大役挪墊去職。有所輯《五朝詩善鳴集》十二卷、《古今文繪》，所著《湖壖雜記》一卷、《八紘譯史》四卷《紀餘》四卷、

《八紘荒史》一卷、《峒纖志》三卷《志餘》一卷、《尚論持平》二卷《析疑待正》二卷《事文標异》一卷、《澄江集》七卷、《北墅緒言》五卷、《玉山詞》三卷等存世。【秦瀛《己未詞科録》卷六、阮元《兩浙輶軒録》卷十三、《（乾隆）杭州府志》卷九十四、《（乾隆）江陰縣志》卷十五】

陳于王，字健夫，號榆村，先世蘇州，漢軍旗人，居京師。平生慷慨好結納，縱游秦楚滇粵間，物色天下名流，足迹遍宇内。有詩名，爲詩宗老杜。【倪匡世《詩最》卷八、劉廷璣《在園雜志》卷二、法式善《八旗詩話》】

陳玉璂（一六三八—？）〔一〕，字賡明，號椒峰，武進人。康熙六年進士，官内閣中書。十八年，試博學鴻詞科，罷歸。少有大志，究心實學。讀書至夜分，用艾灼臂以驅睡意。能詩文，下筆

〔一〕《清代人物生卒年表》據陳玉璂《學文堂詩集》卷一《壽鄒母六秩》推生年爲崇禎九年（一六三六），其所據蓋詩中『恭惟乙巳（一六六五）秋，鄒母六秩時。……璂年亦三十，生儿過一期』云云。然據其《庚戌元旦述哀三十首》『三十三年事，回頭信可嘆』一語，則生年當爲崇禎十一年（一六三八）。又《述懷（甲辰春出都作）》云：『二十貢帝鄉，長安名頗熱。』《癸丑元旦述懷》云：『丁酉中副車，明經數特异。廷對赴京華，太學詔勤肄。』知其年二十貢入太學，歲在順治丁酉（一六五七），上推生年亦爲崇禎十一年（一六三八）。其《壽鄒母六秩》所云『三十』，蓋取整數，故不從《清代人物生卒年表》。

千言，旬日間動至盈尺，然其失亦在貪多。有《學文堂文集》十六卷《詩集》五卷《詩餘》三卷存世。【王晫《今世説》卷三、《清史列傳》卷七十一】

陳均，字康疇，歙縣人。張潮表親〔一〕。生平不詳。

陳周，字二游，溧陽人。明末避兵瓜山，遂不出。康熙中薦鴻博，力辭不就。【陳作霖《明代金陵人物傳》】

陳京，字翌圻，江都人。生平不詳。

陳亮，字賓王，溧水人。生平不詳。

陳軝，字約文，一作藥聞，號道闢，華亭人。貢生。官建平訓導〔二〕。【姜兆翀《松江詩鈔》卷十一】

〔一〕張潮所纂《昭代叢書》中選録陳均所著《畫眉筆談》，卷前張潮題辭有「余中表陳君康疇」云云。

〔二〕《（乾隆）婁縣志》卷十八、《（嘉慶）松江府志》卷四十七「選舉」俱言陳軝官「建平縣訓導」，然檢《（乾隆）廣德州志》卷二十五「建平縣訓導」及《（雍正）建平縣志》卷十「訓導」皆未見其人。

陳鼎（一六五一—?·〔二〕），字定九，號留溪、鐵肩道人，江陰人。原名太夏，字禹鼎。康熙五

〔二〕　按《清代人物生卒年表》據陳鼎《滇黔土司婚禮記》自序定其生年爲一六五〇年，其所據者蓋『年十四，通制藝，適奉詔改八股爲論策』云云，按《清史稿·聖祖本紀》『康熙二年（一六六三）八月癸卯詔鄉會試停制義改用策論』，以此上推生年爲一六五〇年。然又據陳鼎《滇黔土司婚禮記》自序及正文，其年十六，曾中雲南鄉試。自序有『余年十六，即僥幸于滇』云云，正文則云：『及僥幸後，入見座師，大主考閻公問曰：尊庚幾何矣？余對曰：十六歲。副主考沈公問曰：曾有姻事否？余即頸面發赤，不能答一辭，同年友項汪蕙代答曰：想猶未爾。沈公曰：尚赧然耶？閻公曰：如未聘，到京聯捷，吾爲子執柯，余益羞赧不能對。』『到京聯捷』云云，可知所中爲鄉試，以陳氏年歲推算，只能爲康熙五年（一六六六）丙午科，然以此上推生年，則生於一六五一年。又序云：『余年二十一冬，庶母命續錢氏……明年冬，舉四子嘉猷，余復入燕，次年以游秦故，未及反滇，而逆變矣。』考《清史稿·圣祖本紀》吴三桂之乱在康熙十二年（一六七三）十二月，此年陳氏年二十三，上推生年亦爲一六五一年，與前合。而上文所云『年十四，通制藝，適奉詔改八股爲論策』者，蓋政令之下達以及消息之傳播有遲緩，故陳氏等雲南士人康熙三年（一六六四）方得知此消息。按：《婚禮記》所稱『大主考閻公』似當爲『黏公』。考《清秘述聞》卷二，康熙五年雲南正副主考分别爲黏本盛、沈一澄，蓋傳抄音近而誤作『閻』。又按：《婚禮記》所稱『同年友項汪蕙』，原名當爲『項蕙』。考《（康熙）雲南通志》卷十七、《（乾隆）雲南通志》卷二十『選舉』類『康熙丙午科中式二十七名』中只有名『汪蕙』者，乃『南寧人』，無『項汪蕙』之名。此人實名『項蕙』，本歙縣人，《（道光）歙縣志》卷七『科目』類『（康熙）丙午鄉試』條下有『項蕙』，下注『雲南榜』，卷八『宦迹』類有小傳，云其曾以『舉人授廣寧令』。考《（康熙）廣寧縣志》卷六『知縣』條下有『項蕙，雲南南寧籍，江南歙縣人，舉人。康熙十九年任』。知《雲南通志》所載『汪蕙』，即《歙縣志》所載之『項蕙』，蓋以『汪蕙』之名應雲南鄉試。而《婚禮記》所以作『項汪蕙』者，蓋陳鼎原注『汪』於『項』字之下，傳抄中小字注誤入正文。以上可知，陳鼎應雲南鄉試確有其事。

年，以滇籍中鄉試，後被削籍，遂以字行。〔一〕少時隨季父宦雲南，甫一載而季父歿，遂流落於滇。康熙六年，婚於雲南土司龍氏。曾從軍，有功，授職永川，以詿誤去職，遂從事制幕者五載。中年後，游江南，采訪前明遺逸事迹。晚居江陰故里。有《東林列傳》二十四卷、《留溪外傳》十八卷等存世。【陳鼎《滇黔土司婚禮記》、《（乾隆）江陰縣志》卷十七】

陳翼，字鶴山〔二〕，長洲人。少孤，從同郡楊震百游，即明性理之學，名重於耆宿間。既冠，爲塾師以奉母，間爲詩古文辭。孔尚任奉使江左，甚奇其文，延之入幕。及聞東塘格致之理，讀其修明禮樂諸書，遂師事焉。有《春明課草》存世。【倪匡世《詩最》卷四】

陳鵬，字扶九。生平不詳。

陶澂（一六一六—一七〇一），字昭萬，又字季深，以身當末造，改字季，以字行，實應人。

〔一〕考《（康熙）雲南通志》及《（乾隆）雲南通志》選舉志『舉人』類俱無陳太夏或陳鼎之名。考《滇黔土司婚禮記》自序云：『余年十六，即僥幸于滇，原名太夏，字禹鼎，因宮甄削籍，乃以字行而就軍功者也。』似乎其應試乃冒雲南籍而後被削，故其舉人功名亦被革除。

〔二〕柯愈春《清人詩文集總目提要》卷四云『翼字羽聖，號鶴山』。

明諸生。崇禎間，避亂居吴門。國變後棄舉子業，肆力詩古文辭。不事干謁，以硯田自給。康熙十七年，薦博學鴻詞科，力辭不就。好游歷，足迹遍四方。爲詩取法六朝初盛唐，蒼老遒逸。有《舟車集》二十卷存世。【顧景星《白茅堂集》卷三十四《陶季舟車集序》、阮元《淮海英靈集》甲集卷二、閔爾昌《碑傳集補》卷三十六劉寶楠《陶澂傳》、《清史列傳》卷七十一、《清史稿》卷四百八十四】

孫弓安，字無燀，高郵人。順治十四年丁酉科舉人，後革去〔一〕。於鄉里事務，多所經意。以子濩孫貴，贈奉直大夫。父宗彝，官至吏部郎中。【阮元《淮海英靈集》乙集卷一、《（嘉慶）高郵州志》卷十】

孫自成，字物皆，號介庵、霽園，江都人。順治四年進士。順治五年，任福建歸化縣知縣。【《（雍正）江都縣志》卷十五、阮元《淮海英靈集》甲集卷一】

〔一〕 王先謙《東華録》：『（順治十五年三月）戊午諭禮部，前因丁酉科江南中式舉人情弊多端，物議沸騰，屢見參奏，朕是以親加覆試，今……孫弓安……等十四名，文理不通，俱著革去舉人。』

孫錫彤，字歌載，宣城人。温厚和平，好施予，詞翰尤工。父卓，康熙十八年一甲第二名進士，授翰林院編修，二十二年奉使安南，卒於途。【《(嘉慶)宣城縣志》卷十七】

孫蘭，一名禦寇，字滋九，號柳庭，江都人。明諸生。從西洋人湯若望受曆法，精通《几何原本》，又精於地理學。善篆隸，通文字學。詩多唐音，不入宋派。隱居黄子湖之濱，年九十餘，以壽終於家。有《輿地隅説》三卷存世。【《(嘉慶)重修揚州府志》卷五十三】

十一畫

黄元治，字自先，號涵齋，黟縣人。副榜貢生。以善書法，徵繕寫實録，書成，康熙二十三年，議叙貴州平遠府通判，到任百餘日，府改爲州，二十四年，改任江西建昌府。丁艱歸，服闋，補大理府通判，先後署理景東府、北勝州事，三十年，上官委修《大理府志》，稱信史。後遷宗人府經歷、户部員外郎、刑部郎中。四十一年，出爲雲南澄江府知府，居官廉，稱『青菜太守』。旋告病歸里。有《黔中雜記》一卷、《燕晋游草》一卷、《黄山草》一卷等存世。【汪士鋐《新都風雅》、《(同治)黟縣志》卷六】

黃周星（一六一一—一六八〇〔一〕），原名周星，字景虞，號九烟、笑蒼老子，上元人。崇禎十三年進士，官户部主事。幼稱神童，六歲能文，八歲出《周郎帖》，十二入南監。本金陵黃氏子，早年爲湘潭周氏撫養，故名周星，籍湘潭，進士榜名即如此。周氏父母卒後，復黃姓，并改籍上元。明亡後棄官，家貧，授生徒以糊口，流寓江南各地。晚家南潯，康熙十九年五月五日自撰墓誌，并作《解脱吟》十二章、《絶命詞》二章，投水自盡，爲人所救。後屢次投水，俱未成，遂絶食，至七月二十三日而卒。有《夏爲堂別集》二卷、《夏爲堂詩略刻》十一卷，輯有《文纂》不分卷、《唐詩快》十六卷，又有戲曲《惜花報》《人天樂》等著作存世。【葉夢珠《閲世編》卷四、陳鼎《留溪外傳》卷五《笑蒼老子傳》、李桓《國朝耆獻類徵初編》卷四百七十三】

黃官，字雲紀，江都人。生平不詳。

〔一〕《清代人物生卒年表》依陳鼎《留溪外傳》定其卒年爲康熙癸亥（一六八三），然除陳鼎《留溪外傳》，其他諸多文獻都表明，黃周星應當卒於康熙庚申（一六八〇），如瞿源洙《笠洲集》引湯默齋（之錡）挽黃周星詩云『不死甲申死庚申』，湯默齋與黃周星交往甚厚，不應有誤。又，與黃周星交往密切的葉夢珠《閲世編》亦記其卒於庚申，且對其死亡經過記載詳細，當可信。可參考吴書蔭《對〈明遺民黃周星及其『佚曲』〉的補正》一文（《文學遺産》二〇〇三年第五期）。

黄泰來，字交三，泰州人。宏才博學，長於詞賦，受知於徐乾學、王士禛，兼工篆隸繪畫諸技。爲黄雲之子，宗元鼎之婿。有所著《洗花詞》一卷、與繆肇甲所選《國朝詩傳初集》十卷存世。【倪匡世《詩最》卷五、馮金伯《國朝畫識》卷七】

黄逵，字儀逋，一字石儔，號玉壺山人、木蘭老人，山陰人。明亡，棄諸生游晉，後寓泰州。善詩古文辭，與孔尚任、查士標等相善。生平嗜酒負才，睥睨一世，人目之爲狂生。卒後，友人葬之於蘇州半塘寺。有《尹灣小草》《黄儀逋詩》存世。【孔尚任《湖海集》卷八《黄生傳》、夏荃《退庵筆記》卷十一、袁世碩《孔尚任年譜》之《孔尚任交游考》】

黄袞，字補臣，歙縣人，寓居揚州〔一〕。生平不詳。

黄雲（一六二二—一七〇二），字仙裳，號舊樵，泰州人。少即以詩文名家，負氣慷慨，逢俗人，稍不合意，輒謾罵之，人多目以爲狂。晚年益貧苦，屢辭聘召，益肆力於詩。幼年赴童子試，爲州守陳素所知，後陳以事繫獄，黄售田得百金而贈之，并與之同卧囹圄中。泰州守田作澤居官

〔一〕《友聲》壬集第25黄袞札云：『袞家原歙邑，寓寄邗關。』

廉潔，與黄游，田落職後，以貧不得歸，黄囊中僅有二十金，分其半以贈。有《桐引樓詩》三十卷存世。子陽生、泰來。【王晫《今世説》卷一、王士禛等《感舊集》卷四、阮元《淮海英靈集》甲集卷三、吴德旋《初月樓聞見録》卷七、《（嘉慶）重修揚州府志》卷五十三】

曹之璜，字中玉，號麓峰，醴陵人。貢生。幼承家學，所爲詩古文詞，皆有法度可觀。屢試不第，乃北歷燕趙，南游吴越，與尤侗、余懷、沈白、查士標等相往還。晚又欲爲天台之游，突疾發不果，卒。壽逾九十。今存康熙《醴陵縣志》即其所纂，有《西湖六橋桃評》收入《檀几叢書》餘集。父國彦，順治五年拔貢。【《（同治）醴陵縣志》卷九、廖元度《楚詩紀》卷二十一】

曹貞吉（一六三四—一六九八），字迪清，一字升六，號實庵，安丘人。康熙三年進士。康熙九年，任中書舍人。二十四年，改任徽州同知。三十一年，遷户部員外郎。三十二年，陞禮部郎中。三十五年，將任湖廣提學僉事，以疾辭，歸里。有《珂雪集》《朝天集》《鴻爪集》《黄山紀游詩》《珂雪詞》等存世。【張貞《杞田集》卷七《誥授奉政大夫禮部儀制清吏司郎中曹公墓誌并銘》、《清史列傳》卷七十、《清史稿》卷四百八十四】

曹溶（一六一三—一六八五），字潔躬，一字鑒躬，號秋岳、倦圃，秀水人。明崇禎十年進士，官御史。清軍入京師，投誠，官原職。順治三年遷太僕寺少卿，尋以事革職。十年，起復原官。十一年授太常寺少卿，尋遷左通政。十二年三月擢左副都御史，擢户部右侍郎，九月改外用，授廣東布政使。十三年，降山西陽和道。康熙三年，以裁缺歸里。十七年詔舉博學鴻儒，丁憂未赴。十九年，學士徐元文薦溶佐修《明史》，部議俟服滿牒送史館。不數年即卒。溶家富藏書，好藏宋元人別集，有《静惕堂書目》。輯《學海類編》，收書四百餘種。所著《静惕堂詩集》四十四卷存世。【錢林《文獻徵存録》卷四、《清史列傳》卷七十八、《清史稿》卷四百八十四】

曹鋡，字冲谷，號松茨，豐潤人。貢生。官理藩院知事。父鼎望，字冠五，順治十六年進士，康熙六年任徽州府知府。鋡及兄釗、鈖隨父任，讀書黄山，父子俱有文名。【《(光緒)豐潤縣志》卷六、《(康熙)豐潤縣志》卷七、陶樑《國朝畿輔詩傳》卷二十三】

梅文鼎(一六三三—一七二一)，字定九，號勿庵，宣城人。貢生。生平博覽群書，於天文地理，莫不究切，而曆算之學，所得尤深。康熙四十四年，聖祖南巡，以李光地薦，召對行在，上與談數日，御書『績學參微』四大字并詩箑賜歸。後聖祖又時敕有司存問，聞其歿，命江寧織造曹頫經紀其喪。以孫穀成貴，累贈光禄大夫、都察院左都御史。有《曆算全書》六十卷、《大統書志》十七卷、《績學堂文鈔》六卷《詩鈔》四卷等存世。【方苞《望溪集》卷十二《梅徵君墓表》、潘天成《鐵廬集》外集卷一《祭梅勿庵先生文》、杭世駿《道古堂文集》卷三十及三十一《梅文鼎傳(上、下)》、《清史列傳》卷六十八、《清史稿》卷五百六】

梅庚(一六四〇—?〔一〕),字耦長,號雪坪,宣城人。康熙二十年舉人。庚三歲而孤,能傳曾祖鼎祚、父朗中之學,好讀書,博綜該洽,尤深於詩。又善八分書,兼工繪事。同里施閏章一見其詩,引爲忘年交。客游京師,公卿皆折節與交,有聲都下。康熙二十年舉江南鄉試,時朱彝尊爲副主考。然屢困公車,後游王士禛門,王主禮闈,仍被黜,王至作詩自責。康熙四十九年,任泰順縣知縣,有惠政。未幾,引疾歸里,葺先人書帶園而居。有《知我録》一卷、《漫興集》一卷、《廣陵咏古詩》一卷存世。【《(嘉慶)宣城縣志》卷十七、李桓《國朝耆獻類徵初編》卷二百二十二、《清史列傳》卷七十、《清史稿》卷四百八十四】

戚珋(一六三五—一六八八)〔二〕,字後升,號綏耳,一作莞爾,泗州人。康熙十九年貢生,二十年入都,授候補知縣,未赴。二十四年,離京歸里。二十七年夏,赴福建提督張鵬扶之招,甫至

〔一〕此據汪世清《藝苑疑年叢談》,汪氏云卒年在一七一七年後。
〔二〕《清代人物生卒年表》卒年作一六八七,今從王澤强文。

即病，歸途中卒於浙江仙霞嶺。善詩，王士禛甚稱之。有《笑門詩集》存世。父伸，字起蓁，崇禎元年進士，官户部主事。【《（光緒）泗虹合志》卷十、徐世昌《晚晴簃詩匯》卷三十八、王澤强《新發現的〈戚氏宗譜〉與戚玾生平事迹補正》（《江南大學學報》二〇〇九年第五期）】

崔岱齊，字青峙，號天門，平山人。貢生。歷官刑部郎中，康熙四十四年任長沙知府。性慷慨樂施，然謙謹自持。工詩，有《坐嘯軒詩》一卷存世。父華，順治十六年進士，歷官揚州知府、兩淮鹽運使、陝西分守涼莊道參政。【倪匡世《詩最》卷一、《（咸豐）平山縣志》卷七】

崔國屏，淮安人。生平不詳。

許文匯，字子柔，歙縣人。生平不詳。

許承家（一六四七—？），字師六，號耒庵，本歙縣人，占籍江都。康熙二十四年進士，改庶吉士，授編修。康熙三十年，充會試同考官，將循資遷坊局，以兄老里居乞歸。與魏禧、程邃、許楚諸遺民唱和，兄弟并有才名。有《獵微閣詩集》六卷存世。兄承宣，康熙十五年進士，官至給事中。【《（乾隆）江都縣志》卷二十三、《（民國）歙縣志》卷七】

許維模，字姬範，武進人。許之漸子〔一〕。生平不詳。

許維楫，字傳舟，號胥山，武進人。康熙五年舉人，官歙縣教諭。二十五年，陞任鍾祥縣知縣。著有《嘉成堂詩鈔》《蘭陔草》，未見。父許之漸，字儀吉，號青嶼，順治乙未進士，累官監察御史。【吴定璋《七十二峰足徵集》卷四十一】

許維梃（一六三三—一七〇〇），字松年，號點山，武進人。康熙八年舉人。康熙二十三年，任江都縣教諭。三十年，陞武邑知縣，後解官歸里。父許之漸歿後三日，哀毁過情而卒。【吴定璋《七十二峰足徵集》卷四十一】

章大來，字泰占，一作泰顒、太顒，號對山，山陰人。貢生。爲毛奇齡高弟子，經術文章俱有根柢。毛奇齡卒後，搜輯其著作多種刊行之。有《後甲集》二卷存世。【阮元《兩浙輶軒録》卷十

〔一〕《友聲》乙集第20許維梃札云：『適四舍弟都門寄到候函，特呈台覽。』而《友聲》乙集第21札即許維模信函，云：『所賜詩文尊刻，入都後即遍致名公卿間，無不擊節嘆賞。』與許維梃所言『都門』云云相合，可知其四弟即指許維模。

五、徐世昌《清儒學案小傳》卷三、鄧之誠《清詩紀事初編》卷七】

梁嘉稷，字五粲，號灞陵山人，先世灞陵人，占籍江都。工詩文，不干仕進，喜游覽。嘉慶二十一年，焦循建北湖耆舊祠，嘉稷及其祖于涘俱入祀。【《（康熙）江都縣志》卷九、《（民國）甘泉縣續志》卷十一】

張九鵬，字萬程，號埜園，如皋人。生平不詳。

張天翼，字昭敬，松江人。生平不詳。

張化麟，字含譽，占籍江都。貢生。張潮族弟。【《（康熙）江都縣志》卷六】

張文，字戩宜，歙縣人。張潮族兄。生平不詳。

張文秀，字采三，歙縣人。張潮族兄。生平不詳。

張立，字雪堂，高郵人。生平不詳。

張兆鉉，字貫玉，號迂庵，歙縣人。困諸生三十年，晚年引例爲國子生。能詩，不欲以詩名世，資硯田自給。生平重然諾，能急友生之難。晚客游漢江，親舊争客之。有《望雲樓詩》數卷，今未見。父張光祁，字雲仲，號省庵，順治四年進士，官至河南鄧州知府。〔一〕【汪士鉱《新都風雅》】

張希良（一六三一——一七一二），字石虹，黄安人。康熙二十四年進士，選庶吉士，散館授編修。二十七年，以編修充日講起居注官〔二〕。歷官左右春坊贊善、翰林院侍講。三十六年，以侍講提督浙江學政〔三〕，致仕歸。湛深古學，詩文爲士林所推重。【《（同治）黄安縣志》卷八】

〔一〕張光祁生平見汪士鋐《新都風雅》小傳 及《（康熙）歙縣志》卷九。

〔二〕此據《詞林典故》卷七。

〔三〕《清秘述聞》卷十云以『鴻臚寺少卿任』，《（雍正）浙江通志》卷一百二十一云以『翰林院侍講任』。考《（光緒）重修安徽通志》卷二『聖祖仁皇帝詔諭』有『康熙三十六年上諭提督江南學政學士張榕端、提督浙江學政侍講張希良』云云，知以『侍講任』是。

張英（一六三八—一七〇八），字敦復，號圃翁，桐城人。康熙六年進士，選庶吉士，丁父憂歸。九年，服闋，補原官。十一年，散館授編修。十二年，充日講起居注官。十五年，陞左春坊左諭德，兼翰林院修撰。十六年，擢翰林院侍講學士，入直南書房，賜居西安門内。十八年，轉翰林院侍讀學士。二十一年，以葬父乞假歸，優詔允之。二十四年还京，補原官，仍充日講起居注官。二十五年，陞翰林院掌院學士兼禮部侍郎，十二月，轉兵部右侍郎。二十六年六月，調禮部右侍郎兼翰林院學士，充經筵講官，九月，轉禮部左侍郎兼翰林院學士，兼管詹事府詹事。二十八年，陞工部尚書，兼管詹事府詹事事。二十九年六月，奉旨兼管翰林院掌院學士事，七月，調禮部尚書，仍兼管翰林院、詹事府事。十月，翰林院編修楊瑄撰祭文失辭，斥張英不詳審，罷禮部尚書，仍管翰林院、詹事府。三十一年，復禮部尚書。三十六年，典會試，尋以疾乞休，不允。三十八年，拜文華殿大學士兼禮部尚書。四十年，致仕。四十一年，回籍里居。四十七年卒，謚『文端』。世宗即位，追贈太子太傅。雍正八年，入祀賢良祠。高宗立，加贈太傅。有《易經衷論》二卷、《書經衷論》四卷、《南書房記注》一卷、《篤素堂文集》十六卷《詩集》七卷、《存誠堂詩集》二十五卷《應制詩》四卷存世。【张廷玉《澄懷園文存》卷十五《先考予告光禄大夫文華殿大學士兼禮部尚書謚文端敦復府君行述》、張鵬翮《張文端公全集》卷四《桐城張文端公墓誌銘》、方苞《望溪

集外文補遺》卷一代李光地撰《張文端公墓表》〔一〕、《清史列傳》卷九、《清史稿》卷二百六十七】

張昱，字赫山，秀水人。幼稱『神童』，及長，實不學無術，游食四處。【《尺牘偶存》卷七《復秀水同宗某》】

張都甫（一六三六—？），字平倩，其先本歙縣人，自高祖張清始占籍河南祥符〔二〕。順治十八年進士。康熙八年，任陽城縣知縣。二十二年，行取湖廣道御史，補任貴州道。後官至通政司參議。幼年失怙，出繼都氏，故進士榜名爲都甫。張潮同宗。【黄叔璥《國朝御史題名》、王士俊《（雍正）河南通志》卷六十四、穆彰阿《（嘉慶）大清一統志》卷一百四十五】

張晟，字舜瞻。張潮族弟。生平不詳。

〔一〕江小角、楊懷志點校《張英全書》後附張鵬翮《清誥授光禄大夫經筵講官文華殿大學士兼禮部尚書致仕文端張公墓誌銘》、李光地《清誥授光禄大夫經筵講官文華殿大學士兼禮部尚書致仕文端張公墓表》，文字與文集本有出入，當別有所據。

〔二〕《（乾隆）歙縣志》卷八云其爲『一桂曾孫』，《（順治）祥符縣志》卷五張一桂傳云：『其先歙縣人，父清始籍祥符。』

張培，字秦岡，山陽人。生平不詳。祖新標，順治六年進士，官至吏部主事〔一〕。

張符驤（一六六四—一七二七），字良御，號海房，泰州人。康熙六十年進士，改庶吉士，未及散館，引疾歸里。平生論學篤信程朱，長於古文，取法歸有光。有《依歸草》十八卷、《自長吟》十二卷存世。【夏荃《退庵筆記》卷十二、閔爾昌《碑傳集補》卷八沈默《張符驤傳》】

張庸德，字紫裳，一作子常，江都人。副榜貢生。【《（雍正）江都縣志》卷四】

張淳（？—一七〇七〔二〕），字質生，號東囿，歙縣人。張潮四弟〔三〕。

張鼎梅，字嘯月，涇陽人。康熙三十六年進士。康熙四十四年任東明縣令，四十六年被參去

〔一〕《友聲》新集卷五第26張培札云：『至先祖吏部公與太翁老年祖，丙戌己丑同科世講之誼。』方象瑛《健松齋集》卷十三《張吏部傳》載張新標『順治丙戌舉於鄉，己丑成進士』，可知其祖爲新標。

〔二〕據劉紅裕《張潮研究》所考，《尺牘偶存》卷十一第27札《復王丹麓》云：『（六月）初八日，四舍弟又復物故。』此札繫於康熙四十六年（一七〇七），可知卒年。

〔三〕《尺牘偶存》卷十第24札《復張渭濱》有『四舍弟質生』云云。

官。祖炳璿，字儀照，號紉庵，以貢士授滿城知縣。父重齡，字九如，順治五年舉人，官至工部主事。【《涇陽魯橋鎮志·鄉賢志》】

張鼎望，字荆覲，號渭濱、令公，涇陽人。監生。頗有著述。雍正元年，當道薦舉博學鴻詞，辭不赴。兄鼎梅。【《涇陽魯橋鎮志·鄉賢志》】

張惣（一六一九—一六九四），字僧持，號南村，江寧人。諸生。不事科舉，專力於詩，論詩主王孟一派。家世奉佛，多方外交。好游山水，不憚險遠。【張潮《虞初新志》卷十六先著《張南邨先生傳》】

張道深（一六七〇—一六九八），字自得，一作自德，號竹坡，銅山人。諸生。康熙三十二年游京師，遂有才名。然屢試不第。康熙三十七年北上，效力永定河工，遂卒。有評點《金瓶梅》存世。【吴敢《張竹坡生平述略——張竹坡與〈金瓶梅〉研究之一》（《徐州師範學院學報（哲學社會科學版）》一九八四年第三期）】

張瑗，字蘧若，祁門人。康熙三十年會元、進士，選庶吉士，散館授編修。三十九年，改任監察御史〔一〕。四十年，奏毁魏忠賢墓碑〔二〕，朝野稱快。四十二年，以御史提督河南學政。卒於官。【《（同治）祁門縣志》卷二十五、《（雍正）河南通志》卷五十四】

張筠，字元子，江寧人。能詩。張惣長子〔三〕。【張潮《虞初新志》卷十六先著《張南邨先生傳》】

張際昌，字孚嘉，歙縣人。張潮族侄。生平不詳。

張漸，字進也，號木山，歙縣人。張潮三弟〔四〕。

〔一〕王士禎《居易録》卷三十二：『四月，改翰林院編修檢討爲科道官，馮雲驌、湯右曾俱給事中，彭始摶、宋朝楠、劉灝、張瑗俱監察御史。』未記改任之年。考錢林《文獻徵存録》卷二湯右曾本傳云：『康熙庚辰，改編檢爲科道官，右曾改給事中。』知張瑗改任御史亦在此年。

〔二〕見《清史稿·聖祖本紀》卷七。

〔三〕先著《張南邨先生傳》云：『子二：元子筠，正子淳。元子亦受詩，可不墜其聲。』

〔四〕據劉紅裕《張潮研究》所考，張潮跋《昭代叢書》本張愉曾《十六國年表》云：『先學憲生予兄弟四人。』而《昭代叢書》丙集張潮《例言》有『舍弟木山』云云，知張漸當爲親弟。又據張潮之兄張士麟所修《新安張氏續修宗譜》，知其兄爲張士麟，又據上文所考其四弟爲張淳，則張漸當行三。

張鳴珂，字珊來，一作山萊，江都人。美丰姿，能詩，曾游京師。【孔尚任《燕台雜興四十首》】

張榕端（一六三九—一七一四），字子長，又字子大，號樸園、蘭樵，磁州人。康熙十五年進士，改庶吉士，以清書第一授編修。三十年，開左右春坊，晉侍講。三十一年，晉侍讀，充日講起居注官。三十三年，應制乾清宫，賦詩稱旨，擢國子監祭酒。三十四年，授内閣學士兼禮部侍郎。三十五年，出使祭泰岳沂鎮東海。三十六年，提督江南學政，敕照巡撫行事。三十九年，以内閣學士預治河之役，四十二年召還〔一〕，尋告歸。工書法，得二王神髓。好爲詩，與香山、劍南相近。有《寶嗇堂詩稿》四卷、《河上草》二卷、《蘭樵歸田稿》一卷等存世。父溍，字上若，順治六年貢士，九年進士。【徐世昌《大清畿輔先哲傳》卷十九】

張漢麟，字東石〔二〕。生平不詳。

〔一〕《四庫全書總目》卷一百八十三《河上草》提要云：「康熙庚辰，榕端以内閣學士預治河之役，至癸未始召還，此編皆其四年之中在工次所作。」

〔二〕陳鼎《留溪外傳》卷四《徐氏雙孝子傳》、卷十《溧陽朱節婦傳》後有「東石張漢麟」評語。

張愨，字守誠，歙縣人。生平不詳。

張蓋，字願良，一字晋濤。張潮族叔。生平不詳。

張鴻烈，先字雲子，後改字毅文〔一〕，山陽人。康熙十八年舉博學鴻詞，授翰林檢討，與修《明史》。以言事鐫級，改國子監助教，遷大理寺寺副，以憂歸。聖祖南巡，特復原職。創纂《山陽縣志》，有《淮南詩鈔》二卷存世。父新標，順治六年進士，官至吏部主事。【《(乾隆)山陽縣志》卷二十一】

張鴻照，字玉山，山陽人。生平不詳。父新標。兄鴻烈。〔二〕

〔一〕蔣楛《天涯詩鈔》卷二有《贈張雲子今字毅文臘月十四生日》詩。

〔二〕《友聲》戊集第58張鴻照札有『雲子家兄欲編江南各郡詩鈔』云云，《友聲》戊集第59錢岳札則稱鴻照爲『淮陰雲子太史難弟玉山年翁』，雲子即張鴻烈。新標、鴻烈事俱見《(同治)山陽縣志》卷十三，新標生平又見方象瑛《健松齋集》卷十三《張吏部傳》。

張韵（一六三二—？）〔一〕，字諧石，號浮丘，歙縣人，寓居江都。張潮族侄。壯游京師，受知於宋德宜、蔣伊、歸允肅等。後復返揚州，與吴綺、鄧漢儀、黄雲等交。生平所著詩文極富，康熙二十五年夏悉毁於火，時廣陵諸君子有爲之營居之事。有《城東草堂集》，未見。【倪匡世《詩最》卷八】

十二畫

博爾都（一六四八—一七〇七），字大文，號問亭、東皋漁父。清太祖四世孫。順治十七年，封三等輔國將軍。康熙八年以伯父巴穆布爾善罪削爵，十九年復封。四十六年卒，後坐事追削爵。工詩，汪琬、梅庚等皆稱之。有《問亭詩集》十二卷存世。父拔都海，封輔國公，謚「恪僖」。從弟岳端〔二〕，號紅蘭主人，曾封勤郡王。【《清文獻通考》卷二百四十八、法式善《八旗詩話》、《清史稿》卷四百八十四】

〔一〕《友聲》壬集第9汪士鈜札云：「諧老起居若何，同庚老友不得把臂已十餘年。」汪士鈜生於崇禎五年（一六三二），故可知張韵生年。

〔二〕《清史稿》云博爾都爲「蘊端從弟」，然考生年，當是蘊端（岳端）爲弟。

彭瓏（一六一三—一六八九），字雲客，號一庵，長洲人〔一〕。順治八年貢生，十二年授知縣，不赴。順治十六年，成進士。康熙七年，任廣東長寧縣知縣，以廉直忤上官得罪。十一年，罷官歸里，遂不出。少喜讀書，方言矩步，同輩事之如嚴師。入清後，與宋實穎、汪琬、尤侗等結『慎交社』。初爲學頗參佛老，年六十餘，讀顧憲成、高攀龍書有得，遂專一儒學，以『居敬窮理』爲本。月聚里中諸生講授，從學者甚衆。殁後，門人私謚『仁簡』。有《孝經纂注》一卷、《小學纂注》二卷、《孝傳》一卷存世。子定求，康熙十五年一甲第一名進士，官至國子監司業。【彭定求《南畇文稿》卷十《敕封國子監司業顯考一庵府君事狀》、徐元文《含經堂集》卷二十八《敕封國子監司業雲客彭先生墓誌銘》、張孝時《筠心堂存稿》卷五《一庵彭夫子哀辭》《彭仁簡夫子祝文》、江藩《宋學淵源記》卷下、《清史列傳》卷六十六】

葉桐封，字錫蕃。生平不詳。〔二〕

萬世標，字子建，鄞縣人。諸生。父斯同，字季野，號石園。【錢儀吉《碑傳集》卷一百三十一

〔一〕《友聲》作『太倉』。

〔二〕《（道光）歙縣志》卷八之十一《列女》二有『葉門雙節』，云：『梅村葉颺高妻吴氏、漸高妻吕氏，皆廩生葉桐封孫婦也。』疑即此人。

黄百家《萬季野先生斯同墓誌銘》、萬斯同《石園文集》卷首附劉坊《萬季野先生行狀》、楊無咎《萬季野先生墓志銘》】

萬斯同（一六四三—一七〇二），字季野，號石園，鄞縣人。先世隨明太祖定天下，以備倭寇居鄞縣，累世軍功，自其父泰始習文事、研經史，中崇禎九年舉人，爲復社東南領袖，稱『履安先生』。斯同生而穎异，讀書過目不忘，少從黄宗羲學，得聞蕺山學派宗旨，後專意經史之學，尤熟於明代史事。康熙十七年，當道以博學鴻詞薦，力辭不就。十八年，朝廷開局修《明史》，由徐乾學之聘，以布衣入史局，諸纂修官史稿，皆送之覆審，成列傳三百卷。在京爲講會，從游者常數十人。卒於京師，學者私謚曰『貞文』。乾隆初，張廷玉等奉詔刊定《明史》，以王鴻緒史稿爲本而增損之，王氏稿大半出斯同手。又有《石經考》二卷、《歷代史表》六十卷、《歷代宰輔彙考》八卷、《歷代紀元彙考》八卷、《宋季忠義録》十六卷、《儒林宗派》十六卷、《群書疑辨》十二卷、《石園文集》八卷等存世。【錢儀吉《碑傳集》卷一百三十一黄百家《萬季野先生斯同墓誌銘》、萬斯同《石園文集》卷首附劉坊《萬季野先生行狀》、楊無咎《萬季野先生墓志銘》、方苞《望溪文集》卷十二《萬季野墓表》、李塨《恕谷後集》卷六《萬季野小傳》、錢大昕《潛研堂文集》卷三八《萬先生傳》、全祖望《鮚埼亭集》卷二八《萬貞文先生傳》、《清史列傳》卷八十六、《清史稿》卷四百八十四】

葛天驊（一六二七—？），字霜華，蕪湖人。順治六年進士。從定藩征粵，順治九年授南寧府知府，丁艱服闋，補贛州府知府，引疾未赴。【《（嘉慶）蕪湖縣志》卷八】

葛常夏，字文度，沭陽人。生平不詳。

項文斗，字靈野，歙縣人。貢生。【《（康熙）歙縣志》卷七】

項準，字志堅。生平不詳。

程元愈，字偕柳，本歙縣人，占籍宣城。諸生。工詩文，授徒江都〔一〕。梅庚之婿〔二〕。有所輯《二樓小志》四卷存世。【《（嘉慶）宣城縣志》卷十七、《（民國）歙縣志》卷十】

程式琦，字奇玉，本歙縣人，占籍江都。康熙五年舉人。康熙十五年，任潛山縣教諭。二十

〔一〕戴名世《南山集》卷三《程偕柳稿序》云：「余游江都，偕柳亦適授徒於此。」

〔二〕梅庚《知我録》有程元愈跋，自稱「小婿」，稱梅庚爲「外舅」。

四年，陞鄉寧縣知縣〔一〕。【《（雍正）江都縣志》卷四、《（乾隆）歙縣志》卷八、《（乾隆）潛山縣志》卷六、《（民國）鄉寧縣志》卷二】

程守（一六一九—一六八九〔二〕），字非二，號蝕庵，歙縣人。明崇禎間入籍錢塘爲諸生，名以忠。明亡後棄去，隱居故山，乃易名爲守，一意爲詩。又留心内典，悉禪宗支派，歙州名藍多其題咏。所著有《省静堂集》《汰錦詞》，未見。【汪士鋐《新都風雅》、《（康熙）歙縣志》卷九、靳治荆《思舊録》】

程宏，字天臺，歙縣人，寓居江寧〔三〕。能詩，善畫梅〔四〕。【毛師柱《端峰詩續選》卷四《白下程天臺畫梅見貽代柬寄贈》】

〔一〕鄉寧，《（乾隆）江都縣志》卷十二誤作「寧鄉」。

〔二〕汪士鋐輯《新都風雅》程守小傳云：「己巳秋，以頭眩不起，貽書作别。」《（康熙）歙縣志》卷九人物云「年七十一卒」。

〔三〕毛師柱《白下程天臺畫梅見貽代柬寄贈》自注云：「君籍歙州，今居白門細柳巷。」

〔四〕除毛師柱《白下程天臺畫梅見貽代柬寄贈》詩云「黄山詩老畫圖工」之外，先著《勸影堂詞》卷中《減字木蘭花·贈程天臺》亦云：「新詩幾首，要與秋蟲争氣候，一幅生綃，但寫梅花伴寂寥。」李漁《笠翁詩集》卷一則有《題程天台畫梅花卷子》詩，從可知也。

程桂，字雯脩，號二金，歙縣人。性孝友，負氣節，重然諾，樂施予，尤多智略。足迹半海内，客漢上最久。【汪士鋐《新都風雅》】

程雲鵬，字華仲，一字鳳雛，歙縣人，占籍江夏。貢生。專治《春秋》，生平喜談王霸大略，嘗匹馬塞外，窮河源。又通天文曆算、水利及醫學。今存所著《慈幼筏》十二卷。【《（乾隆）歙縣志》卷十一】

程瑞祊（一六六六—一七一九），字姬田，號槐江，休寧人。諸生。康熙三十三年，游京師，與龐塏、孔尚任等結詩社。四十四年，獻賦，循例入國子學，當得邑令，不就歸里。通經史，長於《春秋》。爲文兀傲有奇氣，詩則渾成大雅。有《藜牀囈語》六卷、《槐江詩鈔》四卷、《黄山紀游詩》一卷、《飄風過耳集》四卷存世。【程瑞祊《槐江詩鈔》附汪由敦《覃恩誥贈中憲大夫槐江程先生墓誌銘》、《（道光）休寧縣志》卷十二】

程鋒，字穎叔，號鐵庵，歙縣人。家貧，耿介孤高。酒酣耳熱，常把筆作書，字法遒勁。【倪匡世《詩最》卷九】

程邃（一六〇七—一六九二）[一]，字穆倩，號垢區，歙縣人。明諸生。生於雲間，曾與萬壽祺同師事陳繼儒。明亡後，棄諸生，寓居揚州。康熙十七年，有以鴻博薦者，辭不就，復移家金陵。工書畫，善鑒别古物，尤工篆刻。有《古蝸篆居印述》四卷、《蕭然吟》二卷存世。祖父九齡，字武台，官明行人司行人。父堯基，字欽明，明太學生。【陳鼎《留溪外傳》卷五《垢區道人傳》、靳治荆《思舊録》、《（乾隆）江都縣志》卷二十六、《（民國）歙縣志》卷十、汪世清《程邃年譜》（見《藝苑查疑補證散考》）】

童茂齡，字菊潭，如皋人。善書法。兄昌齡，字鹿游，貢生，官蘭州州判[二]，工印篆[三]。

惲壽平（一六三三—一六九〇），原名格，字壽平，後以字行，改字正叔，號東園草衣生、白雲外史、南田老人。早年隨父輾轉浙江、福建等地抗擊清軍，年十六被俘，爲閩浙總督陳錦收爲養子。順治九年，偶與父相遇於杭州，其父與靈隱寺僧設計，乃得脱。後以賣畫爲生，詩書畫俱佳，

[一] 生卒年俱從汪世清《藝苑疑年叢談》。

[二] 見《（嘉慶）如皋縣志》卷十四。

[三] 參見陳僖《燕山草堂集》卷四《書童鹿游〈史印〉後》。

時人稱爲『三絶』，尤善『没骨』花鳥。與王翬相友善，殁後其子念祖不能具喪，王翬爲營葬。父日初，字仲升，號遜庵，崇禎六年副榜貢生，曾入復社，爲劉宗周弟子。【惲敬《大雲山房文稿》初集卷三《南田先生家傳》、《清史稿》卷五百四、蔡星儀《惲壽平研究》】

馮湘，字淡霓，吴縣人。生平不詳。

湯彭年（一六四六—？），字式臣、來庵，江都人。康熙十五年進士，官内閣中書。【王豫《淮海英靈續集》巳集卷二】

閔奕佑，字右誠，一作右丞〔一〕，號棄翁，江都人。【阮元《淮海英靈集》丙集卷三】

閔麟嗣（一六二八—一七〇四），字賓連，一字檀林，歙縣人，占籍江都，揚州府學生。工詩古文，精書法。與王定九、魏禧、張符驤友善。殁後，張符驤爲之營葬。所著詩草三種，施閏章、魏

〔一〕右誠，《友聲》《偶存》俱作『右丞』。先著《之溪老生集》卷五有《閔右誠招集》，費錫璜《掣鯨堂詩集》卷九有《懷閔右誠客蘇州》，可見二字皆當時通行。

禧爲之序。今存所纂《黄山志》七卷。【閔爾昌《碑傳集補》卷四十五張符驤《閔賓連墓表》、《（乾隆）歙縣志》卷十一、李斗《揚州畫舫録》卷十六】

費密（一六二五—一七〇一〔一〕），字此度，號燕峰，四川新繁人，寓居揚州。父經虞，官明雲南昆明知縣，流賊張獻忠亂蜀，乃間道尋父於雲南歸蜀，後携家轉徙於漢中，順治十五年始寓江都。善詩，王士禎極賞其古體。究心古學，曾從學於孫奇逢。又通岐黄之術。閉户讀書三十餘

〔一〕《清代人物生卒年表》以費錫璜《費中文先生家傳》定其生卒年爲天啓六年（一六二六）至康熙三十八年（一六九九），其所據當爲《家傳》『考生於明天啓六年乙丑七月二十三日子時，卒於康熙三十八年辛巳九月初七日未時，年七十有七』一語。然若以天啓六年和康熙三十八年作爲生卒年，則費密只得年七十有四，與『七十七不符』。其所以然者，當是《家傳》紀年有誤。考『天啓六年』干支實爲『丙寅』，『康熙三十八年』干支則當爲『己卯』，而『乙丑』實爲天啓五年（一六二五），『辛巳』則爲康熙四十年（一七〇一），若以干支計，恰得年七十有七。又，文中提及費密年歲者五處：『崇禎甲申（一六四四），考年二十』，『戊戌（一六五八）春至揚州，年三十四矣』，『乙巳（一六六五），考年四十一』，此三處上推生年皆爲天啓五年乙丑；而『甲寅（一六七四）春初游浙……是時，考年五十一』，『壬申，舅氏楊公岱授上杭知縣……當是時，考年六十九矣』，此二處上推生年却爲天啓四年甲子（一六二四），此二處可能是誤記。綜合而論，當以天啓五年乙丑至康熙四十年辛巳爲是。又，《費氏遺書三種》前有費密門人休寧蔡廷治《中文先生私謚議》云：『康熙四十年辛巳，成都費燕峰先生卒於江都之野田村。』其出處爲《費氏家乘》，當可信。

年，著述頗多，從學者亦衆。殁後，門人私謚爲『中文先生』。有《燕峰詩抄》五卷、《弘道書》二卷、《荒書》一卷存世。子錫琮、錫璜。【焦循《揚州足徵録》卷七費錫璜《費中文先生家傳》、《清史列傳》卷六十六、《清史稿》卷五百一】

費錫琮（一六六一—一七二五），字厚菴，號樹栖，四川新繁人，寓居揚州。費密長子。少承家學，絶意仕進，長出游四方。詩勁朗，古文亦雄邁。理學、岐黄皆能承其家學，又旁通子史百家。雍正二年，遇即任汝寧知府張玢於京師，隨其赴任，次年遂卒於汝寧。學者稱『直敏先生』。【釋含澈輯《費氏詩鈔》卷前張玢《費直敏先生小傳》、《（嘉慶）新繁縣志》卷三十】

費錫璜（一六六四—？），字滋衡，四川新繁人，寓居揚州。費密次子。早慧，承祖父之傳，學爲有用，不沾沾章句。工詩古文，尤長於樂府，古文蒼瘦堅削，自爲一家。常遵父命，自揚還鄉省祖墓，間關萬里，不憚艱險。多客游，資館穀以自養。有《掣鯨魚堂詩集》十五卷存世。【釋含澈輯《費氏詩鈔》卷前《費滋衡先生紀略》、《（嘉慶）江都縣續志》卷六、《（嘉慶）新繁縣志》卷三十、李桓《國朝耆獻類徵初編》卷四百二十八】

十三畫

靳治荆（？—一七一五〔一〕），字熊封，號雁堂，奉天鑲黄旗人。監生。康熙二十一年，任歙縣知縣。三十一年，遷固原州知州〔二〕。三十六年，改寧波府同知。五十四年，陞吉安府知府，卒於任。父垣，官至兵部郎中〔三〕。【李暾《松梧閣詩集》初集、錢林《文獻徵存録》卷二】

楊文瓛，字龍御，桐城人。生平不詳。

〔一〕李暾《松梧閣詩集》中《寄懷吉安太守靳雁堂》一詩之後數首即爲《哭靳雁堂》二首，有句云：『死于江右宜西望。』可知其卒於吉安任上。考《（光緒）吉安府志》卷十一《秩官志》，靳治荆以康熙五十四年任吉安知府，至康熙五十七年王若鰲繼任之間，有李宏璐署理知府的時期，當是靳治荆卒於任上所致。而卷十七『吉州學』修繕事宜後有結銜題爲『（康熙）五十四年署知府李宏璐修』，可知靳治荆到任不久即卒。

〔二〕楊鍾羲《雪橋詩話餘集》卷二云：『靳熊封以丙寅（一六八六）宰歙，壬申之任固原。』據《（乾隆）歙縣志》卷四，靳熊封令歙在康熙二十一年（一六八二），楊氏所記當誤。然其任固原之時間，今未見其他文獻記載，姑從此。

〔三〕黄宗羲《南雷文定》後集卷四有《通議大夫兵部職方司郎中太垣靳公傳》。

楊衡選，字聖藻，本涇陽人，自父敏芳遷揚州〔一〕，遂籍江都。貢生。與魏禧、孫枝蔚交好。【王豫《淮海英靈續集》庚集卷一】

楊駷，字非馭，歙縣人。生平不詳。

解鼎基，字陽山，興化人。生平不詳。【阮元《淮海英靈集》甲集卷三】

褚人穫（一六三五—？），字學稼，號石農，長洲人。太學生。慷慨好施與。好學述古，尤熟史略。購得异書，矻矻手鈔數百種。有《堅瓠集》四十卷《續集》四卷《廣集》六卷《補集》六卷《秘集》六卷《餘集》四卷、《四雪草堂重訂通俗隋唐演義》二十卷存世。【《（乾隆）長洲縣志》卷二十五】

〔一〕　魏禧《魏叔子文集外篇》文集卷十一《贈楊仲子六十叙》云：『仲子客南昌，久無人知。仲子者其僑揚州，揚州人亦不知。』仲子，即楊敏芳，可知居江都，自其父始。

十四畫

瑪爾渾（一六六三—一七〇九〔一〕），清太祖四世孫。康熙十六年，封世子。二十九年，襲封多羅安郡王。三十五年，大軍將征噶爾丹，命率兵往歸化城偵防。四十年，掌宗人府事。四十五年，充玉牒館總裁。四十八年薨，謚曰『愨』。好文學，一時名士如毛奇齡、尤侗皆曾游其府邸。父岳樂，順治十四年晋封安親王，康熙二十八年薨，謚『和』，二十九年，追降郡王，削謚。弟岳端，曾封勤郡王。【《宗室王公功績表傳》卷八、昭槤《嘯亭雜録》卷六、《清史稿》卷二百十七】

趙吉士（一六二八—一七〇六），字天羽，一字恒夫，本休寧人，占籍錢塘。順治八年舉人，順治十八年會試副榜。康熙七年，任交城知縣，緝盜安民，頗有政績。十二年，徵爲户部主事，連丁父母憂，服除，補原官。二十年，奉使徵揚州關鈔〔二〕。二十五年，擢爲户科給事中。既而銜命勘河還，有劾其父子各占籍以仕，吏議落職。久之，補國子監學正。有《續表忠記》八卷、《寄園寄所寄》十二卷、《萬青閣詩餘》三卷、《萬青閣自訂詩》八卷等存世。【汪士鋐《新都風雅》、朱彝尊《曝

〔一〕《清代人物生卒年表》不載生年，此據《宗室王公功績表傳》卷八『四十八年十一月薨，年四十有七』推算。

〔二〕《（乾隆）江南通志》卷一百五作『康熙十九年任』。

書亭集》卷七十七《朝議大夫户科給事中降補國子監學正趙君墓誌銘》、彭紹升《二林居集》卷二十《良吏述》上、《清史列傳》卷七十四、《清史稿》卷四百七十六】

蔡方炳(一六二六—一七〇九),字九霞,號息關,昆山人。諸生。博涉群書,能詩,兼工篆草。康熙十八年薦博學鴻詞科,以患病催行不到,報罷。歸益潛心理學,究心良知之學。巡撫湯斌與論學,深相契。總督于成龍重其學,聘修《一統志》。有所輯《增訂廣輿記》二十四卷、《廣治平略》三十六卷《續集》八卷等存世。父懋德,明萬曆四十七年進士,官至右僉都御史巡撫山西,李自成陷太原,自縊死,《明史》有傳。【《(同治)蘇州府志》卷九十六、陸林《金聖歎史實考》第二十章《〈魚庭聞貫〉所涉交游考》】

蔡玺,字鉉升,號甘泉,上元人。康熙三十九年進士,由中書授甌寧知縣,頗有政績。致仕歸,寄興篇章。父祖庚,順治六年進士,官至廣西副使。【《(乾隆)上元縣志》卷十六】

蔣葵,字冰心,儀徵人。少工詩,長适泰州陳氏,後出家爲尼,法名德日。妹蔣蕙,字玉潔,亦能詩,與之俱落髮,法名得月。【倪匡世《詩最》卷九、夏荃《退庵筆記》卷十、阮元《淮海英靈集》壬集卷一】

蔣鳴奎，字西章，漢陽人。諸生。十歲陷賊中，凍餓得羸疾，父母不忍令就學，嘗竊燈夜讀。補郡諸生，益肆力六經性理子史諸書。工書，取法米芾。子魯封、魯傳。【《（乾隆）漢陽縣志》卷二十五、丁宿章《湖北詩徵傳略》卷七】

蔣魯封，漢陽人。生平不詳。父鳴奎，弟魯傳〔一〕。

蔣魯傳，字東衍，號六經日用居士，漢陽人。性淡泊，不習舉業，究心詩古文詞及金石文字，書法尤有師承，嘗言玩古鼎而字學益進。所著《易經備義》，嘗携游江左，時任江蘇巡撫張伯行見而善之。父鳴奎〔二〕，兄魯封。【《（乾隆）漢陽縣志》卷二十五、丁宿章《湖北詩徵傳略》卷六】

蔣燿，字霞生，江都人。康熙十四年舉人。康熙二十五年，任海州學正。【《（雍正）揚州府志》卷二十一、《（嘉慶）海州直隸州志》卷四及卷二十二】

〔一〕《友聲》戊集第83蔣魯封札云：『舍弟以鹿鹿不偶，輒自憤悒天涯，冀得從四方賢豪長者游，以廣其識……先生不以其無知而不加屏斥。』此札與蔣鳴奎札相鄰，其内容與『豚子魯傳浪迹秣陵』云云相應，其中『舍弟』當指蔣魯傳。又《（乾隆）漢陽縣志》卷二十五言蔣鳴奎有子二，魯傳居次，則魯封當居長。

〔二〕《友聲》戊集第82蔣鳴奎札有『昨歲豚子魯傳浪迹秣陵』云云。

蔣繼摶，字宋徵，號蓮峰，江都人。諸生。【王豫《淮海英靈續集》巳集卷四】

蔣鑨（一六二五—？），字馭鹿，號玉淵，武進人。順治二年副榜貢生，江南奏銷案起，被放逐，遍游名山大川以自娱。時開絳帳教授生徒，執經問業者屨常滿。康熙七年前後，親藩鎮國公高塞徵聘至盛京。後復遨游四方選詩，與翁介眉所選《清詩初集》十二卷今存。【倪匡世《詩最》卷七、王晫《今世説》卷七、孔尚任《燕台雜興三十首》】

裴之仙[一]，字又航，號致庵、賡年，丹徒人。康熙三十三年進士，改庶吉士，授編修。三十九年以事降級調用[二]，遂告歸，僑居揚州。【《（嘉慶）丹徒縣志》卷二十二、朱汝珍《詞林輯略》卷二】

鄭旭旦，字扶曦，本歙縣人，占籍仁和[三]。諸生。家貧，與其兄吉士讀書深山，縱橫經史，後

[一] 《偶存》卷八第6札《寄裴賡年編修》，《（嘉慶）丹徒縣志》及《詞林輯略》俱未言裴之仙之字或號爲『賡年』。然此札有言：『拙選一部附呈台覽，内第四十一卷，藉光校閲。』今檢上海圖書館藏康熙刻本《昭代叢書》乙集第四十一卷江之蘭著《醫津一筏》内校閲者爲『京江裴之仙致庵』，知『裴賡年』必爲裴之仙。

[二] 《康熙起居注》三十九年八月初三日癸亥載『吏部題將編修裴之仙等議各降四級調用』。

[三] 延豐《重修兩浙鹽法志》卷二十四『順治十七年庚子科舉人』有『鄭吉士，歙縣人，仁和籍，官教諭』，知鄭旭旦也應當爲仁和籍。

肆力於詩古文詞，年七十三卒。所選《天籟集》今存。【延豐《重修兩浙鹽法志》卷二十五】

鄭晉德，字破水，一字蓄修，歙縣人。諸生。爲詩長七言、古體。雍正間京師選詩，命諸臣各舉所知，員外郎洪澤以晉德詩進，時有『近體不及王阮亭而古詩過之』之論。父嗣武，順治十二年進士，登第即隱而不仕。【陳鼎《留溪外傳》卷十四《吴孝女傳》〔一〕、吴藹《名家詩選》卷二、《（乾隆）歙縣志》卷十四】

鄧邵榮，字若雍，泰州人。鄧漢儀子。生平不詳。

鄧漢儀（一六一七——一六八九），字孝威，號舊山，吴縣人，占籍泰州。明諸生。康熙十七年薦博學鴻詞科，試輒報罷，以年老授中書舍人，當路欲薦入史館，以母老辭歸。所著《慎墨堂筆記》，所選《詩觀》初、二、三集存世。【《（道光）泰州志》卷二十四、《清史列傳》卷七十一、《清史稿》卷四百八十四、王卓華《鄧漢儀事迹考略》（《玉林師範學院學報（哲學社會科學）》二〇一一年第三期）】

〔一〕 此文爲鄭晉德妻傳記。

鄧勱相，字方回，泰州人。鄧漢儀第三子〔一〕。

鄧勵秀，字七友，泰州人。鄧漢儀子。【王豫《淮海英靈續集》巳集卷四】

十五畫

劉芳喆（？—一七一六），字宣人，先世宛平，涿州人〔二〕。順治十八年進士，改庶吉士，散館授編修，遷國子監司業。康熙二十四年，以事鐫級調用〔三〕，遂解組歸里。四十二年，聖駕南巡過涿州，召對蒙嘉獎，命復原官，不出。生平論學主於庸，所求皆子臣弟友之事。卒後，祀鄉賢祠。有《檀几叢書》本《拙翁庸語》一卷存世。【張之洞《（光緒）順天府志》卷九十九、徐世昌《大清畿輔

〔一〕鄧勱相有《徵辟始末》一書記載鄧漢儀應博學鴻詞科事，文末有『辛酉立夏三男勱相恭記』云云，知爲第三子。

〔二〕《友聲》作『山東』，其所以誤者，或因劉芳喆與王士禛相善，而張潮與芳喆之聯繫，亦因漁洋爲介。

〔三〕《清實録》卷一百十九『康熙二十四年乙丑二月丁酉』載上諭云：『今將翰林各官特行考試，朕親加詳閲，分别次第以示勸懲……劉芳喆文理荒疏，未嫻體式，難勝厥任。除李元振、劉芳喆已經降調，其餘俱著對品調用，爾部即遵諭行。』《（光緒）順天府志》引劉芳喆《皇恩恭紀》自述則云：『康熙二十四年考試翰林院、詹事府各官，緣祭酒李元振同芳喆未及到部，議降三級調用。』

先哲傳》卷十三】

劉長會，字與偕，先世山西河津〔一〕，江都人。受知於龔鼎孳，與孫枝蔚、汪懋麟等爲文酒交。兄長發，字研山，號存永，康熙六年進士，官至工部主事。【王豫《淮海英靈續集》巳集卷二】

劉彬，字季蔚，號杲山，歙縣人，寓居儀徵。少壯任俠，歷游吴越荆襄，然未嘗一廢書史，能傾囊以解時困，人號爲『小仲連』。康熙二十一年，客游豫章，以事陷獄，謫遣池陽。後聖駕南巡，赦歸鄉里，遂放情山水，縱游名勝。【倪匡世《詩最》卷八】

劉霦恒（一六二九〔二〕—？），字沛然，無錫人。諸生。清初，顧貞觀、秦松齡、汪琬、湯斌等結雲門社於惠山，霦恒與兄雷恒皆與焉，世稱『二劉』。【顧光旭《梁溪詩鈔》卷二十二、《（光緒）無錫金匱縣志》卷二十二】

〔一〕《（雍正）江都縣志》卷十五有其祖父劉有恒小傳，已云『其先河津人，家江都』，知占籍江都已歷數世。

〔二〕《梁溪詩鈔》小傳下注云：『陳朝嗜《己巳齊年詩》同庚七人以生日爲序，首沛然，次利禪大師及朝嗜，次華商原，次安孟公，次顧景行，次孫星遠。』可知其生年當在崇禎二年。

諸殿鯤，字若雲，號際南，仁和人。諸生。有經濟才〔一〕，治《春秋》，通天文曆算之學〔二〕。【《（民國）杭州府志》卷八十六、卷八十八】

潘介，字幼石，懷寧人。貢生。以文行見重於時，桐城方苞交以師友之禮〔三〕。【《（光緒）重修安徽通志》卷二百十八】

潘鏐，字雙南，一作霜南，號飲人，先世吴江，鎮江人。家貧，旅食四方，居京師最久。工詩，從學於徐晟。有《石帆吟》一卷存世。【惠周惕《硯溪先生集》附録《潘雙南詩序》、潘耒《遂初堂集》文集卷八《潘飲人詩序》、張大受《匠門書屋文集》卷十三《潘霜男六十生日徵詩文啓》、袁景輅《國朝松陵詩徵》卷七】

〔一〕　陸隴其《三魚堂日記》卷七云：『廿六宋昆友來會……又同昆友會諸際南名殿鯤，其人有經濟之才，現在應試，諸理齋之後也。』

〔二〕　《（民國）杭州府志》卷八十六、卷八十八分别著録其《春秋指要》《訂正新步天歌》《十二宫恒星性情等第歌》諸書。

〔三〕　方苞《望溪文集》卷七《贈潘幼石序》云：『潘先生幼石，余童子時以師友之禮交，而先生常弟畜余。』

十六畫

蕭暘，字徵乂，號也堂，一作治堂，江都人。【阮元《淮海英靈集》丙集卷三】

盧詢（一六六二—？〔一〕），字舜徒〔二〕，先世竟陵，入漢軍鑲紅旗。國子生。先爲交河縣、清苑縣知縣，并捕盜盧溝。康熙三十八年，任徽州府知府。四十五年，調知雲南楚雄府，四十八年，轉知廣西府。五十年，任四川分巡建昌道，十二月，陞江蘇按察使。五十二年，遷雲南布政使。五十八年，由大理寺少卿遷爲光禄寺卿。六十一年，署任甘肅巡撫。雍正元年三月，遷刑部右侍郎，九月，陞兵部尚書。三年，去任。父震，字亨一，官至偏沅巡撫。【張大受《匠門書屋文集》卷十九《盧光禄詩序》、汪士鋐《秋泉居士集》卷二《景陵盧舜徒先生文序》】

錢志遷，字善士，丹徒人。生平不詳。

〔一〕湯右曾《懷清堂集》卷十九有康熙庚子十月二十八日所作盧詢六十壽詩一首，據此上推生年。

〔二〕《友聲》新集卷二第9札作『舜廷』，似誤。

錢岳，字十青，又字蘊生，吴縣人。有所輯《錦樹堂詩鑒》十二卷、與徐樹敏選《衆香詞》六卷存世。原配孟湛、繼室黄御袍俱能詩。【尤侗《艮齋倦稿》文集卷三《錢十青詩學》、胡文楷《歷代婦女著作考》】

錢壽軫，字次辰，鎮江人。生平不詳。

閻若璩（一六三六—一七〇四），字百詩，號潛丘，本太原人，僑寓山陽。諸生。康熙元年游京師，龔鼎孳重之，爲之延譽，由是知名。十八年，應博學鴻詞科，報罷。康熙二十一年，應徐乾學之請，與修《一統志》。晚年，時皇四子胤禛甚重之，延之入府。若璩卒，胤禛使人經紀其喪，親製挽詩，并爲文祭之。爲學博通經史，長於考證，尤精地理。有《尚書古文疏證》八卷，辨古文《尚書》及孔安國注爲僞作，袪千古之疑。又有《毛朱詩説》一卷、《四書釋地》六卷、《孟子生卒年月考》一卷、《潛丘札記》六卷等存世。【趙執信《飴山文集》卷七《潛丘先生墓誌》、錢大昕《潛研堂文集》卷三十八《閻先生傳》、杭世駿《道古堂文集》卷二十九《閻若璩傳》、《清史列傳》卷六十八、《清史稿》卷四百八十一、張穆《閻若璩年譜》】

十七畫

戴名世（一六五三—一七一三），字田有〔一〕，一字褐夫，號藥身、憂庵，又稱南山先生，桐城人。康熙四十八年一甲第二名進士。家貧，年二十，授徒以養親。康熙二十四年，成貢生。二十九年，以貢生充國子監正藍旗生員教習。三十一年，以教習期滿，考授知縣未赴，應順天鄉試亦未第，遂游幕四方，兼操時文選政。四十一年，歸里，居南山。四十四年，應順天鄉試成舉人。四十五年應會試落第，復游江南，并操選文事。四十八年，成進士，授編修。五十年，由左都御史趙申喬參劾，以《南山集》《孑遺録》中所論南明史事語涉忌諱而得罪，牽連甚廣。五十二年，被斬刑。罹刑後，文獻中多隱其姓字而稱「宋潛虚」。有《四書朱子大全》四十卷、《孑遺録》一卷、《南山集》十六卷等存世。【閔爾昌《碑傳集補》卷八蕭穆《戴憂庵先生事略》、《清史稿》卷四百八十四、戴廷傑《戴名世年譜》】

戴錡，字坤釜，號碧川，嘉興人。國子生。嘗游於朱彝尊之門，通《易》學，工爲詞。晚主麗正書院。【《（嘉慶）嘉興縣志》卷二十五、阮元《兩浙輶軒録》卷十一】

〔一〕《尺牘偶存》作「田友」。

韓菼，字元少，一字慕廬，長洲人。康熙十二年一甲第一名进士，授翰林院修撰。旋充日講起居注官，并命纂修《孝經衍義》。十五年，歷官贊善、侍講。十八年，乞假回籍。二十三年，補原官，尋轉侍讀。二十四年，二月遷侍講學士，三月擢内閣學士。二十六年，復以病乞假回籍。三十四年，召至京，充《一統志》總裁，尋擢禮部侍郎，兼翰林院掌院學士。三十八年，調吏部侍郎。三十九年，充經筵講官，擢禮部尚書，教習庶吉士，仍兼掌院學士。四十一年，上疏乞解職，專意纂輯承修諸書，詔慰留，并賜『篤志經學，潤色鴻業』匾額。四十二年，再稱疾，聖祖不悦，敕仍留原任。四十三年再疏乞退，仍不允，遂卒於官。其制藝以古文爲今文，開一代風氣。乾隆間，追謚『文懿』。有《江陰城守紀》二卷、《有懷堂文稿》二十二卷《詩稿》六卷存世。【朱彝尊《曝書亭集》卷七十一《禮部尚書兼掌翰林院學士長洲韓公墓碑》、方苞《望溪集外文》卷六《記長洲韓宗伯逸事》、卷七《禮部尚書韓公墓表》、沈德潛《歸愚文鈔》卷八《皇清故禮部尚書韓文懿公祠堂碑記》、王峻《王艮齋文集》卷三《韓慕廬傳》、《清史列傳》卷九、《清史稿》卷二百六十六】

繆沅（一六七二—一七三〇），字湘芷，一字澧南，泰州人。康熙四十八年一甲第三名進士，授翰林院編修。五十四年，召試乾清宮，拔置一等。五十六年，命視學湖廣。六十年，歷工科給事中，轉禮科掌印，掌登聞鼓院事。雍正元年，擢太僕寺少卿，轉翰林院，提督四譯館，太常寺少卿，授通政使司右通政。四年，命核畿南倉儲，授通政使司通政使。六年，授内閣學士，兼禮部侍郎，命鞫蒲臺，令發其奸欺。命核鹽課山東，授工部侍郎，轉刑部侍郎。七年，卒於官。父肇甲，字墨書。【閔爾昌《碑傳集補》卷三胡宗緒《誥授資政大夫刑部左侍郎繆公墓誌銘》、李桓《國朝耆獻類徵初編》卷六十九】

繆肇甲（一六五一—一六九九），字墨書，號補山，泰州人。貢生。爲學宗朱子，講明體達用之學。工部侍郎孫在豐奉命經理河務，聞其名，就訪其家，肇甲多爲之贊畫。然屢試不第。有與黄泰來所輯《國朝詩傳初集》十卷存世。以子沅貴，贈刑部侍郎。沅，康熙四十八年一甲第三名進士，官至刑部侍郎。【倪匡世《詩最》卷四、《（道光）泰州志》卷二十一】

十八畫

聶先，字晋人，又字樂讀，或作樂獨，吉水人，寓居蘇州〔二〕。輯有《續指月録》《百名家詩鈔》《百名家詞鈔》存世。

〔二〕此據《友聲》所注籍貫。

歸允肅（一六四二—一六八九），字孝儀，號惺崖，常熟人。康熙十八年一甲第一名進士，授修撰，充日講起居注官。歷中允、侍講、侍讀，累遷侍講學士、侍讀學士、詹事府少詹事，以疾告歸，卒於家。有《歸宮詹集》四卷存世。【《（乾隆）蘇州府志》卷六十三】

十九畫

蘇仝許，字友燕，號補園，高郵人。工詩，善行草書。【阮元《淮海英靈集》乙集卷一、李放《皇清書史》卷六】

嚴錫璋，字二維，三韓人。生平不詳。

龐弼，字筆公、天池，高平人。生平不詳。

譚宗，字公子，初名立卿，字九子，晚號曼方野老，餘姚人。好詩古文詞，善書，又善歌曲及鼓琴、篆刻等雜藝，曾客游揚州。【阮元《兩浙輶軒録》卷三、李斗《揚州畫舫録》卷二】

二十畫

釋元濟〔一〕（一六四二—一七〇七〔二〕），字石濤，又字清湘，號苦瓜和尚、瞎尊者、大滌子，明宗室靖江王之後〔三〕。遨游四方，晚居揚州大東門外，臨水結屋，自題曰大滌堂。善書畫，尤以畫名於世，後世所稱「清初四大畫僧」之一。【李驎《虬峰文集》卷十六《大滌子傳》、陳鼎《留溪外傳》卷十八《瞎尊者傳》】

釋元運，字泊三，號櫟亭，焦山僧人。生平不詳。

釋元瓏〔四〕，字牧堂，華亭人〔五〕，俗姓李氏。工詩，聖祖南巡獻詩，命賦《山色有無中》，稱旨。【沈德潛《清詩別裁集》卷三十二】

〔一〕一作「原濟」。
〔二〕此據汪世清《藝苑疑年叢談》。
〔三〕靖江王封於桂林，故《友聲》稱其籍貫爲「廣西」。
〔四〕沈德潛《清詩別裁集》卷三十二、王豫《淮海英靈續集》辛集卷三俱作「元龍」。
〔五〕其先本興化人，自祖父始遷華亭。

釋元立，字鐵夫，淮安人。居焦山數年，後入黄山，住雲谷寺〔一〕。有《耕烟詩鈔》一卷、《黄山紀游草》一卷存世。【《（乾隆）淮安府志》卷二十二下】

釋行涞（一六二八〔二〕—？），字法音，號遠峰，興化人，俗姓彭氏。六歲隨里中容止長老修行，十六歲受具足戒，後得天童浮石和尚衣鉢。康熙元年至揚州，住持建隆寺。工詩，與宗元鼎、汪懋麟、冒襄、鄧漢儀等爲文字交，又與徐崧、聶先、倪匡世等友善。【陳鼎《留溪外傳》卷十八《東陵和尚傳》、倪匡世《詩最》卷十、《詩最》二集卷十、釋昌立等《建隆寺志略》卷五《法音禪師傳》】

釋祖香，字蘭村，四川人。生平不詳。

釋海岳（一六五一—？〔三〕），字中洲、菌人，鎮江人，俗姓張氏。能詩文，兼工書。年十七，辭家學道。二十七歲，受法於愚公。二十八歲，住海鹽鹽官寺，後又住湖州之吉祥寺。康熙

〔一〕『居焦山數年，後入黄山，住雲谷寺』云云，據《清人别集總目》小傳。
〔二〕《東陵和尚傳》有『年十五，歲在乙酉』云云，可知其生年。
〔三〕李驎《黄山中洲大師五十壽序》云：『己亥，師年九歲。』可知生年。

二十八年，入黄山，卓錫慈光寺。所至，皆能興舉廢墜。年八十餘卒。有《緑蘿庵詩》二卷、《黄山賦》一卷存世。【李驎《虬峰文集》卷十五《黄山中洲大師五十壽序》、《（同治）上江兩縣志》卷二十六】

釋堯南，字崶領[一]，號乾山，歸安人，俗姓嚴氏。幼孤，好佛，皈依天目大覺禪師，志任俠，重節義，謙恭慈愛，恂恂然有儒雅風，不欲以仕顯。萬壽禪寺完魯和尚爲之剃染并受具足戒，不期年，完公圓寂，遍參諸方，皆以法器目之。已而，上靈岩親近擔雪老人二十載，稱爲入室真子。未幾，老人涅槃，建大光明幢於堯峰免水院，結茅養母其間。居久之，應無錫士人之請，主持寶安大覺寺。【倪匡世《詩最》卷十】

釋廣蓮，字根潔，歙縣人。爲揚州天寧寺雨山大師弟子，善詩。居霍山白雲寺，後游京師，爲清宗室岳端門客。【王仲儒《離珠集選霞外吟序》】

釋廣徹，字豁庵，彭澤人，俗姓葉氏。九歲禮本處法濟寺純公剃度，年二十，謁廬山萬杉可禪

[一]《詩最》作「峰領」。

師受具足戒。游學諸山，欲了大事，後遇天寧雨山和尚，得其法脉。善詩，與釋廣蓮爲同門〔一〕。【倪匡世《詩最》卷十、王豫《淮海英靈續集》辛集卷三】

二十一畫

顧卓，字爾立，吴江人。能詩，善畫花草。游京師，館於清宗室岳端。岳端刻《玉池生稿》，取顧卓、朱襄詩附於後。年七十一卒。【《（乾隆）震澤縣志》卷二十一人物、馮金伯《國朝畫識》卷六】

顧彩（一六五〇—一七一八），字天石，號補齋，無錫人。貢生。有异才，尤工詞曲。既貢國子監，有聲都下，時開博學鴻詞科，三親王共欲薦之，舉潘耒自代。徐元文以科舉招致之，欲彩出門下，絶不往。康熙二十六年，爲衍聖公孔毓圻聘至闕里，與孔氏父子三人甚相得。後與孔尚任交亦厚。孔尚任作《小忽雷》傳奇，屬其填詞，又曾改《桃花扇》爲《南桃花扇》。今存《往深齋詩

〔一〕王仲儒《離珠集》所載《選霞外吟序》言：『順治十七八年，余寓天寧寺之長青閣，當是時，雨山大師主客，日相與論詩……其記荊弟子説法推師公，稱詩者推根公、豁公。』所選釋廣蓮（根潔）詩有《贈豁庵法弟》。

集》八卷，孔毓圻父子爲之選刻。【顧光旭《梁溪詩鈔》卷二十四、《（光緒）無錫金匱縣志》卷二十二、袁世碩《孔尚任年譜》附《孔尚任交游考》、姚金笛《清代曲阜孔氏家族詩文研究》第三章《清代曲阜孔氏家族作家交游考》】

顧嗣立（一六六五—一七二二），字俠君，號閭丘，长洲人。康熙三十八年，舉於鄉。會圣祖南巡，有以嗣立名薦者，進所編《元百家詩》九卷、《韓愈詩集注》十一卷，上嘉嘆焉。四十四年，車駕復幸江南，以宋犖薦，召試行在，被選至京師，令分纂《宋金元明四朝詩》，選《皇輿全覽》諸書，以功議叙内閣中書。五十一年會試，特賜進士，改翰林院庶吉士，散館考课，仍留教習。五十三年，以薦入武英殿纂輯《鳥獸蟲魚廣義》，授中書，不就。五十四年，散館，改知縣，以疾歸里，六十一年卒。善詩，時任江蘇巡撫宋犖選刻其詩入《江左十五子詩》中。有所輯《元詩選》一百十一卷、所著《秀野草堂詩集》六十六卷等存世。【顧嗣立《閭丘先生自訂年譜》、《（乾隆）長洲縣志》卷二十五、《清史列傳》卷七十一】

二十三畫

龔柱，字礎安，江寧人。龔賢之子。生平不詳。

龔賢（一六一九—一六八九），字豈賢，號半千、野遺，昆山人。早年僑寓金陵，後輾轉廣陵、海安諸地，居廣陵最久，晚復還金陵，於清涼山築半畝園而居焉。少從學於董其昌，畫名重於當世，後人推爲『金陵八家』之首。有《草香堂集》存世。【馮金伯《國朝畫識》卷三、《清史稿》卷五百四、蕭平等《龔賢》、汪世清《藝苑查疑補證散考》所收《龔賢的〈草香堂集〉》】